BUTTER

BUTTER
by ASAKO YUZUKI

BUTTER

유즈키 아사코 소설
권남희 옮김

이봄

1

베이지색의 좁은 분양주택이 완만한 언덕배기를 따라가며 끝없이 이어졌다.

잘 정비된 동네는 어디에 있어도 똑같은 인상이어서, 마치 다리카는 아까부터 계속 같은 장소를 뱅글뱅글 도는 기분이었다. 꽁꽁 언 오른손 손가락의 거스러미가 벗겨졌다.

덴엔토시선이 다니는 역에는 처음 내렸다. 육아 모델 지구로 지정된 교외의 이 동네는 차 있는 가족을 대상으로 만든 탓인지 당황스러울 정도로 도로 폭이 넓다. 리카는 스마트폰 지도에 의지하여 저녁 장 보러 나온 주부들이 오가는 역 주변을 걸었다. 레이코가 이런 동네에 집을 장만한 이유가 새삼 이해되지 않았다. 양판점, 패밀리 레스토랑, 체인점인 DVD 대여점. 오래된 서점이나 특색 있는 개인 가게 등은 보이지 않아서 문화와 역사의 향취가 전혀 느껴지지 않는다.

지난주, 리카는 어떤 소년 사건의 피해자 평판을 조사하기 위해 규슈 어느 마을에 당일치기로 출장을 갔다. 처음 보는 이름의 지역 슈퍼나 학원 간판이 이따금 눈에 띌 뿐 단독주택만 끝없이 이어진 아무것도 없는 주택가였다. 도쿄에서는 본 적 없는 독특한 스커트 길이의 여고생들이 스쳐지나갔다. 이 일을 하지 않았으면 올 일 없었을 마을을 혼자 걷고 있으니, 일상이 멀어지고 자신이 인생째 사라져가는 느낌이 들었다. 하늘은 밋밋한 크림색이었다. 무채색 꿈이 계속 이어지는 것 같은 감촉이 되살아났다.

적어도 이 마을에는 자신을 받아줄 곳이 있으니까, 하고 리카는 아득해질 것 같은 의식을 더듬어 모으고, 마지막으로 들르기로 마음먹은 가게에 들어갔다. 슈퍼마켓 특유의 차가운 사과와 젖은 상자 냄새가 훅 풍겼다. 중년 여성이 핫플레이트에 고기를 구워 잘게 자르면서 새된 소리로 시식을 권하고 있다. 돼지고기 한 팩을 무심코 손에 들었다. 이런 날것의 식재료를 마지막으로 가까이에서 본 게 언제였더라. 분홍빛 살과 하얗게 빛나는 비계가 서로 대립하며 차갑게 젖어 있었다.

후타코타마강을 지났을 즈음부터 라인*을 주고받았다. 역까지

---

* 모바일 메신저.

6

마중 나갈게, 하는 레이코의 제안을 사양하고, 그보다 근처에서 뭐 사 갈까, 물어보았다. 오늘은 이른 아침에 귀가하여 점심때가 지나도록 잔 뒤 샤워를 하고 원고 자료를 정리했다. 연재 중인 칼럼니스트와 시부야에서 미팅을 하고 약속 시간이 다 되어 부랴부랴 마무리한 뒤 전철을 탔다. 쇼핑할 여유가 전혀 없었다. 친한 사이라고 하지만 신혼집을 방문하는데 작은 선물조차 준비하지 않은 것이 마음에 걸렸다. 토끼 이모티콘과 함께 바로 답장이 왔다. 이런 넉살은 그녀가 작년에 일을 그만둔 뒤에야 겨우 되찾은 것이다.

그럼 못 이기는 척 말할까나. 혹시 눈에 띄면 말인데, 버터 좀 사다 줘. 올겨울, 버터가 품귀 현상*이어서 구하기가 어려워. 찾다 없으면 정말 괜찮으니까 얼른 오기나 해.

유제품 매장은 여유로운 노란빛으로 가득했다. 상품 진열장에는 아래 칸에 다섯 줄 정도 고스란히 물건을 빼낸 공간이 있고, 이런 안내문이 붙어 있었다.

〈현재 물량이 부족한 관계로 버터는 1인당 한 개만 구입해주세요.〉

슈퍼를 세 군데 돌았지만 모두 이렇다. 어쩔 수 없네, 하고 리카

---

* 2014년 일본에서 생우유 감산으로 인해 발생한 버터 품귀 사태를 말한다.

는 바로 옆에 있는 몇 종류의 마가린 중에서 성분이 좋아 비교적 버터에 가까운 것을 집어 들고 빠른 걸음으로 계산대로 향했다.

레이코의 신혼집은 역에서 걸어서 5분 정도 걸리는, 나지막한 언덕배기에 있었다. 30평도 채 되지 않을 땅을 한껏 활용한 3층 건물로, 주차장에는 도요타 차가 치수라도 잰 듯이 딱 맞게 서 있다. 문에서 현관까지 이어지는 짧은 경사로에는 데이지와 비올라 등 여러 종류의 꽃을 풍성하게 심은 화분이 줄지어 있고 현관은 데이지 꽃 화환으로 장식해놓았다. 레이코다운 감각이 느껴져 안도하며, 인터폰을 누른 뒤에야 한숨을 돌렸다.

"어서 와! 우와, 리카, 오랜만이야."

현관문이 열리자마자 앞치마 차림의 레이코가 뛰어나오며 안겼다. 리카도 자연스럽게 그 얇은 어깨에 팔을 둘렀다. 키 166센티 미터에 팔다리가 긴 리카는 몸집이 작고 가냘픈 레이코를 넉넉히 안았다. 머리칼에서 그녀의 특징인 제비꽃 향이 부드럽게 피어올랐다. 문득 콧등이 시큰해졌다. 어쩌면 자신은 이런 식의 직접적인 애정표현이나 몸의 온기에 굶주리고 있는지도 모른다.

이런 마중은 절대 과장스러운 게 아니다. 대학 시절에는 매일같이 붙어 다니던 사이인데, 벌써 만난 지 반년이 됐다. 레이코가 퇴직한 지금도 리카가 바쁜 탓에 시간을 맞추기가 어렵다. 주 2일, 화요일과 수요일이 휴일이긴 하지만 느긋하게 휴일을 챙기는 동료는 후배인 기타무라 정도다. 실제로 수요일인 오늘도 약속이 있어서 이따가 회사로 돌아가 자료 조사를 할 예정이다.

신축 건물다운 목재 향에 섞여, 안쪽에서 달짝한 육수와 치즈 타는 냄새가 부드럽게 풍겼다. 레이코가 권하는 대로 따뜻한 소재의 슬리퍼로 갈아 신고, 트렌치코트를 맡겼다. 흠집 하나 없이 매끄러운 마루 복도를 지나, 오렌지빛 가득한 실내로 향했다. 다이닝 키친에서 연결되는 5평 남짓한 거실은 지극히 평범했지만, 리버티 원단의 커튼과 소파, 손때 묻은 진갈색의 고풍스러운 그릇장과 책장, 벽에 걸린 무명 작가의 콜라주 덕분에 예전에 레이코가 혼자 살던 오야마다이의 맨션처럼 아담한 다락방 같은 분위기가 풍겼다.

제비꽃 향이 한층 강해졌다. 안락한 분위기였지만, 결혼식과 신혼여행 사진이 일절 없는 것이 그녀답다. 그러고 보니 옛날부터 그녀는 사진을 좋아하지 않았다. 리카는 세면실에서 입을 헹구고 손을 씻고, 호텔 파우더 룸처럼 바구니에 여러 장 담아놓은 폭신폭신한 작은 수건에 닦았다. 섬유 유연제 향이 부드럽게 나서 평소에는 그런 것에 신경쓰지 않으면서도 어느 브랜드인지 물어보고 싶었다.

"미안. 늦게 온 데다 이런 것밖에 사 오지 못해서."

슈퍼 봉지에서 '버터 50퍼센트 배합 진한 마가린'을 꺼내 보이자, 레이코는 우와, 살았다. 고마워, 하고 웃으며 냉장고에 넣으러 갔다. 솔직히 리카는 버터와 마가린의 맛이 어떻게 다른지도 모르지만.

"버터를 찾느라 이 동네 슈퍼를 빙빙 돌았는데 결국 마가린밖에……."

"아, 미안! 근데 버터 찾느라 빙빙 돌았다니, 그거 『꼬마 삼보 이야기』* 같네."

레이코가 쿡쿡 웃으며 춤을 추듯이 돌아오더니 책장에서 새빨간 표지의 책을 꺼내서 내밀었다. 『꼬마 삼보 이야기』라면 유치원 다닐 때 그림책을 읽은 기억이 났다. 내용은 어렴풋하다. 강렬한 색채와 거침없는 선은 낯익지만.

"태어날 아이를 위해 괜찮다 싶은 그림책이 있으면 사 모으고 있어. 요즘은 금세 절판이 돼서 말이야. 『꼬마 삼보 이야기』도 흑인 꼬마 그림 탓에 지금은 거의 유통되지 않아. 내용이 인종차별이라는 생각은 전혀 들지 않는데."

말투 때문에 마치 레이코의 아이가 이미 세상에 존재하는 것 같은 기분이 들었다. 이 집에 아이의 모습이 나타나기를 모두 기다리고 있을 뿐이다. 결혼한 지 2년, 불임의 원인이 너무나 바쁜 근무 환경에서 비롯된 스트레스라는 산부인과 의사의 선고를 듣고, 병원 갈 시간도 내기 힘든 직장을 과감하게 그만둔 게 작년 여름이다.

즐거운 모습으로 그림책 넘기는 친구를 훔쳐보았다.

지금도 임신한 것 같지는 않지만, 레이코는 이미 엄마 같은 차

---

* 영국의 동화 작가 헬런 베너만이 1899년 발표한 동화로 원제는 *The Story of Little Black Sambo*이다. 직역하면 '꼬마 검둥이 삼보 이야기'가 된다.

분함이 배어났다. 일하던 시절에 비해 화장기 없는 피부와 머릿결이 좋아진 것은 물론, 갈색 눈동자는 촉촉하고 입술은 꽃잎처럼 도톰해서 편안한 분위기가 감돈다. 자잘한 꽃무늬 스커트 아래 남색 레깅스를 입고, 몸을 따뜻하게 하기 위해서인지 털실로 뜬 발토시를 신었다. 항상 빈틈없던 대형 영화사 홍보부 시절과는 비교도 되지 않는 편한 차림이지만, 사랑스럽고 어딘가 파리의 향기가 났다. 서른세 살 동갑이라고는 생각할 수 없을 만큼 소녀 같은 자태다. 능력 있는 그녀가 일을 버릴 결심을 했을 때는 아깝기도 했고 사막에 홀로 남겨진 듯한 외로움과 분함에 잠도 제대로 오지 않았다. 전화로 몇 번이나 말다툼을 하기도 했다.

레이코의 가냘픈 어깨 너머로 그림책을 보고 있자니, 대학 시절 계단식 강의실에서 서로 노트와 교과서를 보여주던 시간이 떠올랐다. 『꼬마 삼보 이야기』에 나오는 흑인 꼬마가 정글에서 호랑이들을 만나 옷과 소지품을 빼앗긴다. 그러나 자기가 제일이라고 싸우던 호랑이들이 서로의 꼬리를 물고 빙글빙글 나무 주위를 돌다, 어느새 녹아서 노란 버터가 돼버린다. 삼보의 아버지가 우연히 그 버터를 발견해서 집에 가지고 돌아왔고, 호랑이는 핫케이크가 되어 삼보 가족의 배 속으로 들어갔다는 어이없으면서도 조금 잔혹한 이야기다.

"삼보 가족이 너무한 거지? 호랑이, 좀 불쌍한 것 같아."

"무슨 소릴 하는 거야. 나쁜 건 호랑이지. 먼저 삼보를 잡아먹으려고 한 건 호랑이잖아? 허세 부리느라 서로 정신없이 경쟁하다

멋대로 자멸한 쪽이 나쁘다고 생각해야 하는 거 아냐?"

둘이서 그런 얘기를 나누고 있을 때, 현관문 열리는 소리가 났다.

"아, 리카 씨, 벌써 와 있었군요. 오랜만입니다."

중견 과자 회사 영업부에 다니는 료스케 씨의 귀가 시간은 리카의 생활에서는 상상할 수 없을 만큼 빨랐다. 학창 시절 미식축구부 쿼터백이었다는 그는 올려다봐야 할 만큼 체격이 좋다. 늘 웃고 있는 듯한 가는 눈과 아이처럼 반질거리는 빨간 볼이 특징이다. 언뜻 보기에 레이코와는 대화도 통하지 않을 것 같고 접점도 없어 보인다.

두 사람은 어느 영화 프로모션을 통해 만났다. 극장 한정으로 주인공의 이미지를 활용한 타르트를 판매하게 되어, 몇 차례 미팅을 했다고 한다. 호의를 가진 것은 레이코 쪽이었다. 이 사람밖에 없다는 느낌이 첫눈에 확 들었다고 한다. 그림의 떡이라 할 수 있는 레이코의 맹렬한 대시에 처음에는 당혹스러워했던 료스케 씨도 그녀의 내성적이고 순수한 면을 접하면서 마음을 연 것 같다. 사이타마에서 주류판매점을 하는 금슬 좋은 부모와 세 형제 사이에서 밝게 자란 료스케 씨는, 몸에 익은 여유와 대범함으로 충분히 레이코를 매료시켰다. 예전에 그에게 품었던 리카의 까칠한 질투심도 이제는 완전히 사라졌다. 웨딩드레스 입은 레이코를 보았을 때 자신의 일부를 빼앗긴 기분이 들었던 것은 사실이지만.

레이코가 디자인도 다르고 도자기 굽는 법도 다른 큰 접시를 식탁에 줄줄이 차리고 저녁 식사가 시작됐다.

감칠맛 나는 안초비소스와 데친 겨울 채소를 푸짐하게 담은 바냐 카우다, 얇게 썰어 소금에 절인 삶은 돼지고기, 대파 두유 그라탱, 질냄비에 지은 굴밥에 된장국. 하나같이 제철 식재료의 힘이 넘쳐났고, 간은 담백하지만 깊은 맛을 자아냈다. 굴은 임신에 좋은 음식이라지, 하고 바다 내음과 간장 맛이 잘 어우러진 밥을 입에 넣으면서 슬쩍 레이코를 훔쳐보았다. 평소보다 리카의 식욕이 왕성한 것은 맛은 물론이고, 료스케 씨가 맛있게 먹는 모습에 홀린 탓도 있다.

"더 줄래? 이 돼지고기 정말 부드럽네. 식당 해도 되겠는걸?"

료스케 씨는 눈을 실처럼 가늘게 뜨고 감탄하면서 빈 접시를 내밀었다. 레이코는 무척 뿌듯해하며 요리를 더 담아주었다. 왜 레이코가 그를 선택했는지 새삼 이해가 갔다.

리카는 문화의 향기가 나지 않는 동네라고 멋대로 단정했던 것을 부끄럽게 생각했다. 부부가 의논하여 료스케 씨의 연봉으로 인생 설계를 꼼꼼하게 한 뒤, 안전과 편안함을 최우선으로 하여 이 동네를 골랐을 것이다. 레이코는 친정과는 거의 연락을 하지 않는 듯했다. 경제적 지원을 받을 생각은 털끝만치도 없어 보였다.

"진부한 표현이지만, 아내가 있었으면 좋겠다는 생각이 드네. 료스케 씨는 행복하겠어요."

빈말이 아니라 눈앞에서 태평스러운 미소를 짓고 있는 료스케 씨가 너무 부러웠다. 피부에 윤기가 나고 산뜻한 분위기에 여유로움이 감도는 이유를 알 것 같았다.

직장에서도 윗세대의 기혼 남자들은 어딘지 모르게 편안하고 안정되어 있다. 바쁜 그들의 아내는 대부분 전업주부 같았다. 그런 삶의 방식은 생각한 적도 없지만 그녀들이 가족에게 얼마나 큰 힘이 되는지는 잘 안다. 매일 조금씩 쌓이는 배우자의 침전물을 밤새 초기화해준다. 침전물은 내버려두면 어느새 몸을 갉아먹는다. 지난달, 자택에서 급사한 선배는 자취하는 독신남이었다. 그의 방과 별로 다르지 않을, 청소한 지도 오래된 써늘한 자신의 방을 떠올렸다. 이혼한 아버지가 혼자 살던 맨션과도 비슷하다.

"얘, 다음에는 남자 친구도 데리고 와. 아직 마코토 씨 한번도 못 봤잖아."

아, 그러고 보니 나는 남자 친구가 있었구나……. 리카는 엉겁결에 웃음을 터뜨릴 뻔했다. 입사 동기로 문예출판부에 배치된 후지무라 마코토와는 친구에서 출발한 관계라 아무래도 달콤한 분위기와는 거리가 멀다. 평일에는 사내에서 스쳐지나는 정도, 한 달에 한번 누군가의 집에서 아침까지 보내는 게 전부다. 그러나 같이 고생해온 소중한 파트너로, 이 정도의 딱 좋은 거리감이 감사하기도 했다.

"리카, 뭐 먹고 살아? 잘 사는 거지? 더 야윈 것 같아. 요전에 어딘가에서 읽었는데 일본 여성의 열량 섭취량이 전쟁 직후보다 낮대."

"이해가 가네. 나도 밥할 시간이나 여유가 없어. 전기밥솥조차 없는걸. 사용하질 않아. 대부분 저녁은 관료 접대나 취재 상대와 잡은 식사 약속으로 차 있고."

"관료 접대면, 우리는 생각지도 못할 맛있는 음식을 먹겠네."

긴자 요정에서 호스티스 취급을 당한 일이 떠올랐다. 관료들은 대부분 때로 어이없을 정도로 착각을 한다. 어쩌면 여기자는 기삿거리가 탐나서 접근하는 게 아니라 자신을 이성으로 흠모하는 게 아닐까, 하고. 그라탱에 든 살살 녹아내리는 듯한 파가 갑자기 쓰게 느껴져서 화제를 바꾸었다.

"맛도 잘 몰라. 나, 초딩 입맛인 데다가 편의점 도시락이나 패밀리 레스토랑 카레로 충분히 만족하거든."

음식이나 옷. 리카는 옛날부터 여자들이 좋아할 만한 것에 관심이 없었다. 다만 키가 큰 탓에 체격이 커 보이기 십상이어서 몸무게는 절대 50킬로그램을 넘지 않도록 주의했다. 미의식이 높은 어머니의 영향도 있을지 모른다. 밤에는 가능한 한 먹지 않는다. 접대할 때 맛있는 음식이 나와도 반드시 채소와 국물 요리부터 먹는다. 하루에 두 번은 회사 앞 편의점에서 요구르트나 샐러드, 하루사메 누들* 등 건강에 좋은 것을 골라 먹는 데 신경쓴다. 헬스장에 다닐 시간이 없는 만큼 되도록 빨리 걷는다. 늘씬한 체형 덕분에 딱히 미인형은 아니어도 칭찬을 듣고, 아무렇게나 고른 SPA 브랜드의 옷도 나름대로 잘 소화한다. 어느 정도 외모만 유지하면 득볼 게 많은 업계다. 가늘고 긴 눈에 갸름하고 남상인 탓에 여학

---

* 녹두 또는 감자나 고구마 전분으로 만든 국수.

교 시절에는 곧잘 후배에게 편지를 받곤 했다.

"리카는 미각이 나쁘지 않을 거야. 미사키 씨는 요리에 시간을 쏟지 못한다고 늘 말하지만, 한정된 조건에서 가장 좋은 것을 딸에게 주셨잖아. 여자 혼자 힘으로 딸을 이렇게 키우시고, 우리 부모님보다 훨씬 훌륭하셔."

레이코는 리카의 엄마를 친근하게 미사키 씨라고 부른다.

내가 여중과 여고가 같이 있는 중학교에 입학한 직후 부모님은 이혼했다. 엄마는 그걸 계기로 친구가 하는 편집 숍에서 공동 경영자로 일했다. 위자료는 없고 양육비도 기대할 수 없는 상황이라, 엄마는 쉬지 않고 열심히 일했다. 요리는 그다지 잘하지 않았지만, 아버지와 살던 시절에는 나름대로 다채로운 식탁을 차리는 데 신경썼던 엄마였다. 그러나 "미안, 앞으로는 리카가 엄마를 도와줄래?" 하고 부탁해서, 리카는 힘껏 협력했다. 엄마가 돌아올 때까지 청소와 빨래를 간단히 마치고, 밥을 하고 국을 끓였다. 8시가 지나서 귀가한 엄마가 슈퍼나 대형 마트에서 사 온 음식을 주요리로 늦은 저녁을 먹었다. 손이 많이 가는 가정 요리는 없지만 아버지가 함께 있을 때 같은 살벌한 분위기도 없다. 패밀리 레스토랑에서 만나 저녁을 먹는 날도 많았다. 합숙 같은 나날은 놀이의 연장 같아서 즐겁고 엄마가 의지한다는 생각에 자신감도 커졌다.

그런 생활 리듬은 스물두 살에 리카가 집을 나올 때까지 계속됐다. 엄마네 가게가 궤도에 오르면서 물건을 사러 해외에 가는 일도 늘어나 오쿠사와에 사는 조부모와 보내는 시간이 더 많은 달도 있었지만, 모녀 사이는 지금도 양호하다. 반항기도 없었고 진학도 취직도 전부 혼자 결정하고 어려움을 극복했다. 일 좋아하는 엄마는 환갑을 맞이한 지금도 2호점인 지유가오카 분점에서 일한다. 대놓고 말하진 않지만 애인도 있는 것 같다.

대학 시절, 레이코는 곧잘 리카가 엄마와 살던 하타노다이 맨션에 식재료와 조리기구를 들고 놀러 왔다. 그녀의 요리 실력에 모녀는 놀라고 감탄했다. 오차즈케나 파스타 같은 간단한 요리에도 유자 껍질이나 레몬 소금을 살짝 넣는 등 감각을 발휘하여, 천천히 시간을 들여 먹고 싶은 맛을 냈다. 가나자와에 있는 노포 호텔 사장의 외동딸로 태어난 레이코는 여리여리한 외모로는 상상할 수 없을 만큼 확고한 미의식과 반골 정신을 갖고 있다. 어릴 때부터 부모는 가정 내 별거 상태로 서로 공인된 애인이 있어서 딸을 거의 돌보지 않은 것 같다. 요리가 특기인 가사도우미와 보내는 시간이 많았던 그녀에게 가정의 맛이란, 자른 단면이 아름다운 테린*과 완벽하게 열량 계산을 한 작은 접시가 가득 차려진 식탁이다.

"언젠가 아들이나 딸이 생기면 직접 만든 과자나 음식을 먹이고 싶어. 많이 먹어도 되고, 몸에도 좋은 그런 맛을 지금부터 연구하고 있어." 그녀는 입버릇처럼 말했다.

자란 환경은 달랐지만, 두 소녀 모두 일반적인 화목한 가정의 형태에 뭔지 모를 위화감과 긴장감을 느꼈다. 그래서 대학교 입학

---

* 생선이나 닭고기 등을 섬세하게 갈아 조미하여 찐 프랑스 요리.

식에서 눈이 마주치자마자 말을 걸 수 있었는지도 모른다. 레이코가 문득 시선을 들었다. 그 눈동자는 호기심으로 반짝거렸다.

"저기, 일 이야기 좀 해줘. 가지이 마나코에게 취재 신청했다며. 어떻게 됐어?"

가지이 마나코는 최근 몇 년 동안 세상을 시끄럽게 한 수도권 연쇄 의문사 사건의 피고인이다. 결혼 사이트를 통해 만난 남자들에게 돈을 갈취하고 세 사람을 살해한 혐의를 받고 있다. 그녀가 체포 직전까지 글을 올린, 맛있는 음식과 사치품 사진으로 넘치는 블로그가 화제였다. 취미는 맛집 찾아다니기와 온라인 쇼핑. 요리에도 상당히 자신 있는 것 같았다. 인터넷을 무대로 한 오늘날의 세태에 걸맞은 사건이라 언론은 지금까지 지치지도 않고 다루고 있다. 현재 그녀는 도쿄구치소에 수감 중이다.

왠지 용의자가 체포될 때부터 계속 신경쓰이는 사건이었다. 그때는 다른 팀에 있어서 직접 관여할 수 없었다. 가슴속에 찜찜함을 남긴 채, 어느새 체포 당시 가지이 마나코의 나이를 넘어서려하고 있다. 선거 취재가 일단락된 지금, 드디어 자신의 재량으로 움직일 수 있을 것 같다.

"가지이 마나코는 엄청나게 잘 먹겠지. 뚱보잖아. 그런 뚱보가 용케 결혼 사기를 쳤네. 역시 요리를 잘해서 그런가?"

분위기가 싸해졌다. 레이코가 눈치챌 수 없을 정도로 아주 잠깐 눈썹을 찡그렸다. 옛날부터 여성혐오에는 리카 이상으로 민감하다. 그러나 료스케 씨가 딱히 무신경해서 내뱉은 말도 아니다.

이것이 세상 남자들의 평균 반응이다. 이 사건이 이렇게도 주목받는 것은 많은 남자들을 갖고 놀고, 법정에서도 여왕처럼 행세하는 가지이가 절대 젊지도 아름답지도 않기 때문이다. 사진으로 보면 체중이 70킬로그램도 넘어 보인다.

"가지이 마나코의 수법이라기보다 그 사건을 낳은 사회적 배경……. 사건 전체에 강한 여성혐오 분위기가 떠도는 것 같아. 피해자도 가지이 마나코도 관련된 남자들도, 모두 여자를 증오하는 느낌이야. 우리 쪽이 남성 주간지여서 그런 뉘앙스가 잘 전해지는지는 모르겠지만. 본인에게 몇 번이나 편지를 보냈는데 반응이 없어. 도쿄구치소에 두 번 가기도 했는데, 역시 그쪽에서 만날 마음이 없나봐."

줄곧 외롭게 살아서 노후를 돌봐줄 사람이라면 아무리 못생겨도 좋았다.

밥을 해줄 가정적인 여자라면 아무라도 좋았다.

뚱뚱하긴 하지만 조신한 규수 타입이다. 세상 때가 묻지 않고 순수했다.

사망한 피해자들이 한결같이 가까운 사람에게 한 말이다. 가지이 마나코를 절실히 필요로 하고 거액의 돈을 바친 것은 확실한데, 제삼자에게는 어째선지 가지이를 무시하는 발언을 되풀이했다. 법정에서는 검사 측이 알리바이나 증거는 뒷전으로 하고, 가지이의 정조관념을 되풀이해서 비판하여 논점이 몇 번이나 바뀌고, 심리審理는 난항을 겪었다. 순조롭지 못했다. 증인 중 한 명인 여성 간병인에게 성희롱에 가까운 신문을 한 적도 있다. 사건에 관한 논쟁은 남녀 간 의견 대립으로 번지고, 어느 남성 평론가는 여성혐오 발언을 해 비판받아 사죄하는 일까지 있었다.

"마지막 피해자 있잖아. 왜 그 인터넷에서 유명한 오타쿠. 전철에 치이기 직전에 가지이 마나코의 수제 비프스튜를 먹었다잖아. 그것도 프랑스 요리교실, 어, 뭐라더라. 음, 살롱 드 미유코에서 배운 것이려나."

레이코는 주간지나 인터넷 정보까지 열심히 체크하나 보다. 예전부터 시사 정보나 유행에 민감하여, 좋은 의미로 유행에 첨단일 뿐 아니라 공부에도 열심이어서 대학 성적은 항상 수석이었다. 대학원 진학도 마지막까지 염두에 두었다.

'살롱 드 미유코'는 니시아자부의 유명한 프랑스 레스토랑 '발자크'의 오너 셰프인 사사즈카 씨의 아내이자, 가게 주인인 사사즈카 미유코가 가게의 정기 휴일을 이용해 여성 대상으로 시작한 꽤 알려진 요리교실이다. 주방을 개방하고 셰프가 사용하는 업소용 오븐과 조리 기구뿐만이 아니라, 최고급 식재료를 사용한다고 입소문이 난 곳이다. 월 3회 수업료는 1회당 1만 5000엔으로 꽤 고액으로, 1년이면 50만 엔이 넘는다. 수료했다고 해서 자격증이 나오는 것도 아니고 프로 요리사가 되는 것도 아니다. 부유한 가정주부나 고수입 여성들에게만 허락된 아주 사치스러운 취미 생활이다. 가지이 마나코는 체포되기 2개월 전까지 피해자 중 한 명에게 수업료를 내게 하고 열심히 다녔다고 한다. 그녀가 수강생들과 교실에서 찍은 단체 사진은 인터넷을 검색하면 쉽게 볼 수 있다. 멋진 옷차림의 세련된 여성들 사이에서 풍만한 몸을 강조하려는 듯한 딱 붙는 데이트용 원피스 차림의 마나코는 나쁜 의미로 눈에 띄었다. 언론의 취재 공세로 요리교실은 휴업 상태라고 들었다.

"아, 그래. 그 피해자 죽기 전에 어머니에게 메일을 보냈다지. '그녀가 만든 비프스튜가 정말 맛있었다'고. 법정에서도 연인을 위해 맛있는 비프스튜를 끓여주는 여성이 과연 그 상대를 전철 앞으로 밀어서 죽일 리가 있겠냐고, 가지이 측 변호사가 말했잖아. 옳지, 리카. 다음에 가지이한테 편지 보낼 때는 이렇게 써보는 게 어떨까? 그 비프스튜 레시피를 꼭 배우고 싶어요, 라고. 분명히 만나줄 거야."

리카는 눈을 깜박거렸다. 그런 발상은 전혀 해보지 못했다. 홍보부 시절, 레이코가 특유의 배려심과 유머, 허를 찌르는 선물로 까다로운 성격의 유명 영화감독이나 연예기획사 사장, 스폰서들을 잇달아 함락시켜서 자기편으로 끌어들였던 게 생각난다.

"원래 요리 좋아하는 사람한테 레시피 물어보면 신나서 시시콜콜 묻지도 않은 것까지 얘기하거든. 이건 절대 원칙이야. 실제로 내가 그렇고."

"맞아요, 맞아. 요전에 회사 동료가 부인하고 애들 데리고 우리 집에 놀러 왔는데요, 레이코가 만든 만두에 감동했대요. 그 말을 듣고는 레이코, 만드는 법이며 찜기 종류며 얼마나 한참 떠드는지 놀랐네요."

료스케 씨가 쿡쿡 웃었다.

"료스케, 나도 언젠가 가보고 싶어, 살롱 드 미유코."

"내 월급으로는 무리라니까."

디저트는 직접 만들었다는 밤 조림, 감주와 쌀가루 시폰 케이크, 생강맛을 살린 차이티였다. 폭신하고 부드러울 뿐만 아니라, 쫀득하고 탄력 있는 케이크 생지를 리카가 눈을 동그랗게 뜨고 칭찬하자, 레이코는 자못 분한 듯이 눈꼬리를 내렸다.

"크리스마스도 가까우니, 사실은 버터크림을 듬뿍 바른 뷔슈 드 노엘* 같은 것을 만들고 싶었는데 말이야. 글쎄, 료스케. 아까 리카도 찾아보았는데, 역시 아직 이 동네에 버터가 없나봐. 당분 간은 파운드케이크나 스펀지케이크는 굽지 못하겠어. 카놀라유로 구운 시폰밖에 못 만들 것 같아."

"아냐, 이거, 쫀득하고 맛있어. 버터 품귀는 계속될 거야. 작년 여름에는 무더위가 오래가서 젖소들이 유방염에 걸린 탓이라고 하지만, 올해는 품귀를 예측하고 긴급 수입까지 했는데 말이야. 대체 어디로 사라진 걸까. 낙농가도 줄긴 했지만. 머잖아 유제품을 해외에 의존하는 시대가 올지도 몰라. 어쨌든 우리 같은 작은

---

* 통나무 모양으로 만든 프랑스의 전통 크리스마스 케이크.

메이커에는 타격이야."

료스케 씨 이야기에 맞장구를 치다가 가지이 마나코가 버터를 좋아한다는 사실이 문득 떠올랐다. 음식에 별로 관심이 없어서 그녀의 블로그는 대충 읽었지만, 고급 버터에 관해 집요할 정도로 길게 쓴 글이 인상에 남았다. 그러고 보니 피해자 중 한 사람의 신용카드를 멋대로 사용하여 2000엔 가까운 버터를 여러 개 구입한 사실이 법정에서 밝혀졌다. 니가타 출신으로 낙농가에 둘러싸여 자라서 유제품에 집착하는 걸까. 인터넷에서는 '버터를 너무 먹어서 그렇게 뚱뚱한 건가' '버터를 추잡한 일에 사용한 건 아닌가' 같은 야유를 받을 정도였다.

더 놀다가 가, 자고 가면 좋을 텐데, 하고 아쉬워하는 부부의 제안을 거절하고, 리카는 9시 지나서 작별 인사를 했다. 레이코가 챙겨준 랩에 싼 굴밥 주먹밥과 시폰 케이크를 들고 회사로 향했다.

진짜를 아는 사람하고만 사귀고 싶습니다. 진짜인 사람은 별로 없죠.

가지이 마나코가 블로그에서 즐겨 쓴 말이다.

진짜라는 말은 레이코 같은 여자한테나 어울린다.

역 개찰구 앞에서 한번 더 동네를 돌아보았다. 언덕배기를 따라가며 늘어선 신축 분양주택의 불빛들이 아까와는 백팔십도 다르게 따듯해 보였다. 교통카드를 꺼낼 때 보니, 손가락 끝에 기름기가 살아나 거스러미가 진정돼 있었다.

리벤지 포르노* 논쟁은 알몸 사진을 찍게 했다, 찍혔다고 하는 피해자 측의 실수만 부각되어, 본질을 잃고 있습니다. 자기 책임론을 계속 주장하는 한 이런 사건은 앞으로도 끊이지 않을 거라고 생각합니다.

패널석 책상에 아무렇게나 올려놓은 슈트를 입은 남자. 팔꿈치에서 손목까지가 아주 길다. 가무잡잡한 뺨은 홀쭉하고, 새치가 섞인 머리칼에 조금만 크게 뜨면 빠질 것 같은 큰 눈 밑에는 다크서클이 눈에 띄었다. 절대 미남은 아니다. 그러나 그의 험상궂은 얼굴이 어쩌다 잠시 미소 지을 때마다, 긴 목의 목젖이 크게 움직일 때마다, 시선을 뗄 수 없다. 그는 지금 와이드 쇼에서 전 남자 친구가 인터넷에 알몸 사진을 유포하고 목 졸라 살해한, 하마마쓰초의 여성 회사원 사건에 관해 의견을 말하고 있다.

"오, 요즘은 이런 프로그램에도 나오네요, 시노이 씨. 야쿠자처럼 생기긴 했지만 그럭저럭 분위기 미남이군요. 사십대 중반 아저씨치고는 여자들에게 인기 있을 타입이라 주부층에도 반응이 나쁘지 않을 테고. 나이에 비해 멋있기도 하고."

등 뒤에서 4년 후배인 기타무라의 목소리가 들려왔다. 그런가?

---

* 헤어진 연인에게 보복하기 위해 유포하는 성적인 사진이나 영상.

리카는 별 흥미 없다는 듯이 웃으며 텔레비전 화면에서 시선을 돌려, 낡은 소파 위의 리모컨을 끌어당겼다.

최근 언론에 자주 등장하는 대형 통신사의 유명 편집위원인 시노이 요시노리는 옛날부터 높은 사람의 눈치를 보지 않고 기탄없이 의견을 말하는 사람이라 부서 안에서 잘 알려진 존재였다. 'ㄷ'자 모양의 낡은 소파와 텔레비전이 놓인 이 공간은 짧은 휴식에 안성맞춤인 장소다. 남들 눈만 신경쓰지 않으면 잠시 눈을 붙일 수도 있다. 바로 앞 흡연실 문으로 새어 나온 담뱃진 때문에 누렇게 얼룩진 벽을 올려다보며, 리카는 텔레비전 소리를 줄였다.

대형 출판사인 슈메이사社에 흡연실이 있는 곳은 이《주간 슈메이》편집부뿐이다. 문예부나 영업부 흡연자들이 일부러 한대 피우러 오느라 출입이 잦아서 멍하니 보낼 수 있는 시간은 이렇게 사람이 적은 오전뿐이다. 기껏 자료 조사를 위해 일찍 출근해놓고 여기 앉아 있다 보면 이내 늘어지게 된다. 리카는 아침 식사를 하기 위해 편의점 비닐봉지에서 주먹밥을 꺼내, 셀로판지를 벗겼다. 전자레인지에 갓 데워서 따뜻하다. 언제나처럼 출근 전에 종류도 다양한 주먹밥을 구경하다가, 지난주 레이코의 요리가 그리워서 평소에는 먹지 않는 '솥밥'에 그만 손을 뻗고 말았다.

"'하마마쓰초 리벤지 포르노 살인' 말인데요……. 이 용의자가 입건되지도 않았는데, 과거 교제한 상대 두 명에게도 같은 스토커질을 했다고 보도한 기사, 그거 마치다 선배가 따온 거죠. 제일 빨랐더군요."

어느새 기타무라가 옆에 앉아서 동급생 같은 말투로 얘기를 걸어왔다. 부기나 여분의 살이 하나도 없는 스마트한 체격에 풀을 잘 먹인 줄무늬 셔츠를 입고, 하얀 피부에 부드러워 보이는 연한 갈색 머리칼이 잘 어울린다. 마치 귀하게 자란 규수 같은 이 남자는 실제로 누구보다 많이 자고, 술담배도 하지 않고, 화제의 책이나 영화는 제일 먼저 접한다. 주간지 기자라고는 생각할 수 없을 만큼 여유로운 분위기에다 관점도 중립적이어서 언제 봐도 피곤하지 않다. 기분이 안 좋은 날은 물론이고 몸이 안 좋은 날도 없어서, 일은 별로 열심히 하지 않는데도 신기하게 사랑받고 있다.

"아냐, 아냐. 그건 요행이었어. 아, 오늘 편집기획회의, 우울하네. 이번주는 쓸 만한 걸 못 건졌어. 기껏 고생해서 특종 따면 바로 인터넷에 떠버리고."

"우리 같은 노땅 잡지는 상속세 대책이나 암 예방 기사 따위로 때우면 나름대로 팔리니까 괜찮아요. 무슨 일이든 대충대충. 이제 슬슬 '죽을 때까지 섹스를 계속할 수 있는 열 가지 방법' 같은 걸 써야 하지 않을까요?"

목요일인 오늘은 각자 잡은 기사나 주제를 발표하는 날이다. 금요일에는 그걸 바탕으로 편집장이 꼭지를 발표하고, 월요일 마감을 목표로 주말은 각자 취재와 원고 쓰기로 보낸다. 짧은 코스를 전력질주하는 일주일이 한 달에 네 번, 1년으로 환산하면 대략 마흔여덟 번. 입사 10년째가 되니 이런 리듬이 몸속 깊이 스며들어서, 자나 깨나 달리고 있다는 느낌이 가시지 않는다. 일흔 명 남짓한 부원은 사진 기자 열 명, 경리 직원 여덟 명, 데스크 열한 명, 나머지는 취재 기자. 정사원 여성 기자는 리카 한 명뿐이다. 네 명 있던 동기 여성 중 두 명은 이동을 신청해서 타 부서에 갔고, 두 사람은 심신이 병들어서 퇴직했다. 자신을 이끌어줄 동성 선배들도 결혼을 계기로 문예부나 영업부로 옮겨 갔다. 출산이나 육아를 일과 병행하는 것은 마법이라도 부리지 않는 한 불가능한 직장이다.

"마치다 선배, 이대로 특종 계속 터트리다가《주간 슈메이》최초로 여성 데스크 되는 거 아닙니까? 대단해요."

《주간 슈메이》에서 자료 원고를 한데 모아 기사를 쓰는 건 항상 데스크급의 일이었다. 언젠가 자신이 직접 쓴 원고를 싣는 것이 리카의 목표다.

"뭐야, 그건. 기타무라, 자기는 출세 따위 하나도 관심 없는 주제에 말이야."

기타무라의 일에 대한 냉담한 자세, 1초라도 빨리 퇴근하는 걸 목표로 의욕을 전혀 보이지 않는 태도는 이미 모두가 경의를 표할 정도로 철저하다. 적극적으로 기사를 내는 일은 없는 대신에, 취재 대상에게 일절 감정을 갖지 않아서 실수가 없고 누구보다 손이 빠르다. 오늘은 드물게도 무슨 말인가 하고 싶은 것 같다.

"예능에서 스포츠까지 마치다 선배가 물어 오는 소스는 폭이 넓고 맥락이 없어요. 실례지만 옆에서 보고 있으면……. 여성 기자는 경찰이나 관료를 아무리 자주 만나도 귀여워하긴 하지만, 좀처럼 마음까지 열어주진 않지 않습니까. 주간지 기자와 '손님' 관계란 쇼와*부터 이어지는 호모 소셜**이니까요. 그래서 결국 같은 시간과 기력을 들여도 남자 기자가 먼저 신뢰를 얻어 결정적 소스를 얻잖아요."

이 업계에서는 소스의 출처를 '손님'이라고 부른다. 주먹밥은 레이코가 만들어준 것과는 완전 딴판이었다. 향도 감칠맛도 없는 밥알 뭉치에 지나지 않았다. 혀끝에는 확실히 온도가 느껴지는데 목으로 넘어가자마자 서늘한 느낌이 퍼졌다. 페트병에 담긴 녹차로 흘려 넘기고, 혀를 뾰족하게 하여 이 안쪽의 밥알을 빼냈다.

시선이 머문 곳에서, 시노이 씨가 캐스터에게 가볍게 고개를 숙였다.

"핸디캡이 있는데 특종 연발이라니, 마치다 선배 꽤 큼직한 '손님'을 잡고 있나봐요. 뭐, 소스의 출처는 말할 수 없겠지만요."

기타무라 같은 인간이 알아낼 리 없다. 알아낸다고 해도 별로 상관없다. 리카는 실없는 미소를 지은 채, 색이 옅은 기타무라의 눈동자를 마주 보았다. 이 업계에서는 사소한 말 한마디나 교우관계가 파멸의 원인이 된다. 언제나 마음을 코팅하듯 가공하고, 자신의 행동을 일일이 확인하여 실수하지 않도록 조심하는 게 버릇이 됐다.

"저기, 미안한데요, 마치다 씨. 이 상자, 언제 정리해주실 거예

• 쇼와시대 : 1926~1989년.
•• 남성들 사이에서 배타적으로 유지되는 연대 관계.

요?"

낯익은 아르바이트 여대생, 우치무라 유우의 걸리적거려서 미치겠다는 듯한 비명이 들렸다. 내년에 입사가 결정됐다고 하지만 너무 스스럼이 없다. 마침 잘됐네, 하고 리카는 일어서서 기타무라에게 등을 돌렸다.

"곧 집으로 보낼 거야. 미안, 미안."

자기 책상까지 뛰어가서 통로로 삐져나온 상자를 책상 밑으로 밀어넣고, 의자에 앉았다. 3년 치 블로그를 프린트하니 한 상자나 됐다. 가지이 마나코는 글을 길게 쓰는 데다 하루에도 몇 번씩 포스팅해서, 양이 엄청나게 많다. 현재는 블로그를 닫았지만 '손님' 중 한 사람이 재빨리 스크랩해준 덕분에 이렇게 수중에 넣을 수 있었다. 상자에서 5일분 포스팅에 해당하는 프린트물을 빼서 한 장 한 장 넘겨보았다. 맛집 탐방과 쇼핑만으로 하루를 보내는 생활은 비현실적인 귀족의 일상 같다. 오로지 도쿄의 유명 가게, 최고급 과자나 와인에 대한 묘사만 끝없이 이어졌다. 센비키야, 뉴욕 그릴, 로브숑, 나다만, 맥심 드 파리, 레캉……. 리카도 아는 유행을 타지 않는 고전적인 가게들로, 후기를 포함하여 어딘가 표절한 것 같았다. 몇 번을 읽어도 글이 머리에 들어오지 않았다. 실제로 여러 문헌이나 블로그에서 긁어온 대목도 많은 것 같다.

가지이 마나코는 1980년 도쿄도 후추시에서 태어났지만, 아버지가 고향에서 조부의 부동산업을 돕게 되어 니가타현 야스다초로 이사한다. 엄마는 꽃꽂이 강사. 일곱 살 어린 여동생과 비교적 유복하게 자랐다. 고등학교 졸업과 동시에 대학교 입학을 위해 상경하지만, 3개월 만에 중퇴. 그 후 생활이 여유로운 초로의 남자들과 이상한 관계를 유지하며, 정상적인 취업도 하지 않고 시나가와 구 후도마에를 거점으로 삼아 생활해왔다. 2013년, 약 반년 동안에 일어난 세 건의 살인으로 체포된다. 피해자는 모두 만남 사이트나 결혼 사이트를 통해 알게 된 수도권에 사는 사십대에서 칠십대의 독신 남성으로, 가지이와 결혼을 진지하게 생각했다고 한다. 요리교실 수강료를, 가족이 다쳤는데 치료비를…… 이렇게 말하는 가지이의 요구에 많은 돈을 건넸다. 사인은 수면제 과다 복용, 욕조에서 익사, 전철 투신 등 자살로도 사고사로도 볼 수 있지만, 직전까지 가지이가 옆에 있었던 것이 체포하는 데 결정타가 됐다. 그밖에 다섯 건의 사기죄로도 거듭 체포됐다. 모든 사건에 물적 증거가 부족했지만, 검찰 측이 밀어붙인 '비뚤어진 정신론'으로 1심에서 무기징역을 받는다. 판결이 나오자마자 가지이 측은 항소했고, 현재 도쿄구치소에 수감 중이다. 항소심은 내년 봄에 열린다. 취재는 절대 받지 않는 것으로 유명하고, 특히 여성 기자에게 냉담한 것 같다.

이렇게도 이 사건이 주목을 받는 것은 가지이의 외모 탓이리라. 예쁘고, 예쁘지 않고를 떠나서 그녀는 일단 날씬하지 않았다. 이 일로 여자들은 격하게 동요하고, 남자들은 노골적으로 혐오감과 증오를 드러냈다. 그러잖아도 성숙함보다 처녀성이 존중받는 나라다. 여자는 날씬해야 한다고, 철이 들 때부터 누구나 사회에 세뇌된다. 다이어트를 하지 않고 뚱뚱한 채 살아가겠다는 선택은 여성에게 상당한 각오가 필요한 일이다. 이는 무언가를 포기하고, 동시에 무언가를 갖추기를 요구한다.

그런데 가지이는 무엇보다 자신을 인정하고 있다. 자신의 자격 요건은 무시하고, 스스로를 한 사람의 어엿한 여성으로 인정한다. 귀한 대접을 받는 것, 존중받는 것, 선물이나 사랑을 받는 것, 그리고 노동이나 집단행동 등 싫어하는 일과는 적극적으로 거리를 두는 것을 지극히 당연하게 생각했다. 그 결과 자신에게 편한 환경을 조성하고 초연하게 행동했다. 리카에게는 남자들에게 1억 엔 가까운 돈을 바치게 만든 것보다 그 사실이 더 경탄스러웠다. 어떤 여자든 자신을 인정하고 소중히 대해달라고 요구할 만도 한데, 그런 요구조차 꺼내기가 정말로 어려운 세상이다. 취재를 통해서 알게 된 성공한 여성일수록 그런 면이 현저히 나타난다. 모두 뭔가에 몹시 겁먹고, 고지식하게 참고, 이상할 정도로 겸손하고, 필사적으로 자신을 지키려고 한다. 리카도 아무리 타인에게 칭찬을 받고 일로 평가를 받아도 자신에게 만족스러운 점수를 주지 못한다. 마음이 허전한 밤, 문득 마코토를 불러내고 싶어도 그런 건 나한테 사치라며 애써 참을 때가 있다. 현재는 온화하기 그지없는 레이코도 젊은 시절에는 지금보다 신경질적이고 서툴렀다. 연애도 잘 풀리지 않았다. 둘 다 자기 평가가 낮고 이성에게 기대는 데 서툰 것은 어쩌면 아버지와의 관계 때문이 아닐까. 그러고 보니 가지이 마나코는 몇 년 전에 세상을 떠난 아버지를 애인처럼 그리 위한다. 아주 사이가 좋았던 것 같다.

만약 가지이 마나코 취재가 성사된다면, 사건의 진상뿐만이 아니라 자기 자신의 삶의 고통과도 확실히 마주하고 싶다.

그렇긴 하지만 가지이에게 속은 남자들이 안고 있던 고독과 안타까움도 안다. 가지이를 편들 생각도 없고 고인을 나무랄 생각은 털끝만치도 없다. 요전에 레이코네 집에서 식사를 대접받으며, 손수 만든 요리와 마음 씀씀이가 지친 몸과 상처받은 마음에 얼마나 위로가 되는지 잘 알게 됐다. 용모나 집안 따위는 아무래도 좋다. 속아도 좋으니, 그저 포근하고 따듯한 몸을 가진 한 이성을 붙들어두고 싶다는 마음을 이해할 수 있다. 거기까지 골똘히 생각하다 문득 손가락 끝이 줄칼에 닿은 듯한 까칠함과 따끔함을 느꼈다. 줄곧 잊고 있던, 봉인해온 분노를 문득 자신의 갈라진 살 틈으로 들여다본 기분이 든다. 이런 초조함이 누구 때문인지 잘 모르겠다. 여전히 당연한 일처럼 여성에게 가사 능력을 요구하는 풍조에 화가 난 것일까. 태어나서 남자에게 요리를 만들어준 적도, 요구받은 적도 없으면서……

유우가 책상에 아무렇게나 두고 간 꽃잎처럼 가벼운 봉투를 뒤집어본 리카는 작은 비명을 삼켰다. 도쿄구치소 주소가 적혀 있다. 발신인은 가지이 마나코. 지금까지 답장이 온 적은 한번도 없는데. 주위를 신경쓰면서 커터 칼로 봉투를 잘랐다. 연한 주홍빛 편지지가 나타났다.

당신이라면 만나도 괜찮겠다고 생각합니다. 당신은 다른 기자와
는 다른 것 같군요. 언제라도 놀러와주세요. 그럼 이만.

이 말만 쓰여 있었다. 검열 도장도 있다. 흐르는 듯한 필체는 넋
을 잃을 정도로 가지런했다. "가지이 마나코는 달필이에요"라고 아
는 사람들이 증언한 대로다. 심장이 뛰었다. 주위를 신경쓰느라 터
져나오는 비명을 애써 삼켰다. 눈에 들어오는 풍경이 갑자기 부예
진다. 대체 무슨 일이 일어난 거지. 지난주, 그녀에게 보낸 몇 번째
인지 모를 취재 요청 편지를 떠올려본다. 평소와 다른 것이라면,
　"추신─당신이 피해자인 야마무라 씨에게 만들어준 비프스튜
레시피가 무척 궁금합니다. 가르쳐주시지 않겠어요?"
　레이코가 시킨 대로 서둘러 편지 끝에 덧붙였을 뿐인데…….
도쿄구치소의 면회 접수 시간을 스마트폰으로 확인했다. 8시 반
부터 점심시간 한 시간 끼고 오후 4시까지로 되어 있다. 지금 나가
면 10시에는 도착할 것이다. 만나준다는 보장은 없지만 움직이지
않을 수 없다.
　"기획회의 때까지는 꼭 돌아올게!"
　기타무라와 유우에게 큰 소리로 말하고, 트렌치코트에 한쪽 팔
을 끼우면서 회사를 나섰다. 늦가을 찬바람에 피부가 언 채 가구
라자카역을 향해 뛰었다. 아야세역인가 고스게역인가. 순간 헤맸
지만, 오테마치에서 지요다선을 갈아타기로 했다. 기타센주를 지
나자 전철은 지상으로 나가서 차 안이 밝아졌다. 아라카와 교량을

건너니 거대한 도쿄구치소가 모습을 드러냈다. 엘리베이터가 설치된 중앙동을 중심으로 네 개의 동이 방사상으로 뻗은, 상공에서 보면 날개를 펼친 박쥐 모양일 것이다. 아야세역에서 내려 택시를 향해 손을 들었다.

예전에는 일본에서 제일 더러운 강이라고 불린 아야세강은 최근에 상당히 수질이 개선된 것 같다. 창을 열어도 바람에서 시궁창 냄새는 나지 않았다. 강을 건너 도쿄구치소를 반 바퀴 빙 돌아 면회용 입구로 향했다. 건물을 따라 작은 강이 흐르고 있었다. 이 주변은 약간 적막하긴 하지만, 그리 살벌한 분위기는 느껴지지 않는다. 단독주택과 맨션이 늘어서 있고, 베란다에는 빨래가 펄럭였다. 구치소에 인접한 공원에는 아이를 데리고 나온 가족이 즐겁게 놀고 있다. 구치소 문 맞은편에는 청소년 드라마에 나올 법한 초록색 제방이 죽 이어지고, 아라카와강을 사이에 두고 스카이트리*가 번쩍거렸다.

택시에서 내려 경비원이 서 있는 문을 지나, 리카는 사동으로 이어지는 경사로를 빠르게 걸어갔다. 사회적 영향이 큰 미결수가 많이 수용되어서 안쪽도 바깥쪽도 최첨단 설비가 구비된 탄탄한 콘크리트 건물은 세련된 곳이라는 인상을 주었다. 1층에서 면회 신청을 하고 접수표를 받은 뒤 대기실에서 차례를 기다린다. 30분 정도 뒤에 리카의 번호가 액정 모니터에 표시됨과 동시에 방송

• 도쿄 스미다구에 있는 높이 634미터의 전파 송출용 탑.

이 나왔다. 메모지와 펜 이외의 소지품을 맡기고 금속탐지기 조사를 받는다. 긴 복도를 지나 사동을 관통하는 밝은 엘리베이터 홀로 향했다. 문이 좌우로 열리고, 지정된 번호가 붙은 방 앞에 섰다. 문이 열리자, 아크릴판으로 칸막이가 된 작은 방이 나왔다. 맞은편에는 의자가 한 개 있다. 이쪽의 파이프 의자에 천천히 앉으면서 지금 자신의 모습을 방 밖에서 가지이가 보고 있을 거라고 생각하니 온몸이 굳어졌다. 면회인을 만날지 만나지 않을지는 이곳에서 판단한다. 피고인에게 평가받을 때 생겨나는 긴장감은 몇 번을 경험해도 익숙해지지 않는다.

"기다리게 했네요."

그 여자는 남성 교도관과 함께 나타났다. 통통한 손을 앞으로 하고 가볍게 인사를 한다. 가벼우면서 새된 목소리는 뺨이 쏙 들어갈 만큼 달콤하다. 이 살벌한 공간과는 전혀 어울리지 않는다. 비단으로 가장자리를 두른 고운 가림막이 올라가고, 공주님이 살짝 얼굴을 내미는 듯한 우아함이 느껴졌다.

"처음 뵙겠습니다.《주간 슈메이》기자, 마치다 리카라고 합니다. 편지를 받고 바로 달려왔어요. 오늘 시간 내주셔서 고맙습니다."

그녀는 아크릴판 너머에 앉았다. 교도관은 그 뒤에 대기했다.

"가지이 마나코입니다. 잘 부탁해요."

그렇게 못생기지도, 뚱뚱하지도 않네……. 리카는 실례가 되지 않도록 세심한 주의를 기울이며 상대를 관찰했다. 독방에서 거의 나오는 일은 없어도 열량 계산에 기초한 세 끼를 매일 정해진 시간에 먹고, 적절한 운동도 하는 생활 덕분에 체포당할 때보다 좀 날씬해 보였다. 통통하다고 해도 몸집이 작아서, 위압적이지는 않았다. 체구 자체는 일본 여성 평균치를 약간 웃도는 정도가 아닐까. 전체적으로는 여성스럽지만, 서로 닿을 듯 아슬아슬한 짙은 눈썹과 거기에 지지 않는 크고 까만 눈동자에만 고집스러운 인상이 있었다. 부드러운 소재의 롱스커트를 입었고, 셔먼핑크 니트는 가슴 부분이 빳빳하게 펴져 있다. 머리칼은 매끈매끈 윤기가 나고, 끝에 가볍게 컬을 한 것 같다. 화장은 규칙상 허용되지 않을 테지만 하얀 피부는 잡티 하나 없이 탱탱하게 빛나고, 조그맣게 오므린 도톰한 입술은 진분홍빛이다. 머리를 하나로 질끈 묶고, 지친 피부에 BB크림이나 찍어 바른 자신보다 훨씬 생기가 있다. 다만 서른다섯 살치고는 나이 들어 보인다.

진부한 느낌이 압도적이지만, 우아하고 차분해 보인다고 말할 수도 있을 것 같다. 갇힌 몸이라는 것도 숭고한 느낌이 들게 한다. 탑 위의 라푼젤을 힘겹게 만난 왕자님 기분이 이랬을까. 간절히 부탁해서 겨우 만났다는 이유로 주눅이 들고, 거기에 많은 기자 중 자신만 선택해주었기에 고마운 마음이 들어서인지 무의식중에 호감을 갖게 된다. 객관적인 시선을 가져야 해, 하고 애써 자신을 나무랐다. 가지이가 먼저 입을 열었다. 잘 익은 거봉 같은 동그란 눈동자를 무언가를 삼킬 듯이 커다랗게 떴다.

"……사건에 관해서는 아무 얘기도 하지 않을 생각이에요. 변호사나 나를 지원해주는 여러분도 그렇게 하라고 하셨고. 그러나 당신은 요리 이야기를 하고 싶은 거죠? 그렇다면 기분 전환 삼아 만나도 좋겠다고 생각했어요. 그런 사람은 지금까지 없었으니까. 난 지금 맛있는 음식 얘기에 몹시 굶주려 있거든요. 어디까지나 얘기 상대라면 앞으로도 계속 면회 와도 돼요."

연극을 하는 듯한 말투가 당혹스러웠다. 그리고 난감했다. 마음을 여는 데 시간이 걸리리라 생각했고 각오했지만, 음식에 대한 지식도 별로 없는데 레이코 흉내를 낼 수는 없었다. 아까 먹은 편의점 주먹밥 얘기를 할 수도 없다.

"먼저 당신 집 냉장고에 무엇이 있는지 가르쳐주지 않을래요?"

질문을 받아서 안도했다. 면회 시간은 그날의 면회객 수에 따라 달라서, 10분일 때도 있고 30분일 때도 있다. 어쨌든 불필요한 대화는 허락되지 않는다. 동시에 뭔가 대화 흐름이 좋지 않다는 생각도 들었다.

"아, 저기, 야채주스하고 비타민 음료하고 마가린 정도일까요. 가지이 씨처럼 요리를 잘하지 못해서……. 워낙 손재주가 없어서 집안일은 제대로 하는 게 없답니다. 허구한 날 일, 일, 일뿐이죠. 블로그 보고 정말 놀랐어요. 일상을 그렇게 소중하게 아끼며 생활하다니 대단하시더군요……."

스스로도 뻔뻔하다고 생각했지만, 입에 발린 소리가 끊이지 않았다. 어찌된 노릇인지 그녀와 함께 있으니 절로 동화되어 무슨 찬사라도 바쳐야 할 것 같은 기분이 들었다. 그녀의 진한 눈썹이 위로 움직였다.

"저기, 지금, 마가린이라고 했어요?"

"네, 버터보다 칼로리도 낮고……. 아, 콜레스테롤이 낮아서 몸에도 좋지 않나요? 게다가 요즘 버터 구하기가 힘들기도 하고요."

"문제는 버터 맛도 잘 모르면서 버터는 좋지 않다고 단정 짓는 거예요. 마가린이 훨씬 몸에 안 좋은데. 그런 모조품……. 트랜스지방산 덩어리라고요. 알겠어요? 원래 유제품은……."

가지이 마나코의 목소리가 희미하게 떨리며, 마가린이 얼마나 심각한 독물인지 설교를 늘어놓았다. 눈동자가 탁해지고 미간에 주름이 졌다. 아, 그렇다, 그녀의 블로그가 이런 식이었다. 요조숙녀로서 갖추어야 하는 조신함과 교양에 관해 끈질기게 얘기하면서 이내 타인을 멸시하고 사소한 일로 상대를 깎아내리려는 모습이 보였다. 크림처럼 매끄러운 말투에 어딘가 사나운 인상이 배어났다. 갑자기 그녀는 언짢은 듯이 입을 다물었다. 무슨 말이라도 해야 하는데, 하고 리카가 바싹 마른 혀를 움직이려는 순간, 다시 말을 이었다.

"나는 돌아가신 아버지한테 여자는 누구에게나 너그러워야 한다고 배우며 자랐어요. 그러나 도저히 용서할 수 없는 것이 두 가지 있어요. 페미니스트와 마가린."

리카는 어색하게 웃으며 죄송합니다, 하고 중얼거렸다.

"버터간장밥을 만드세요."

순간, 무슨 소린지 몰라서 나도 모르게, 네? 하는 소리가 조그맣게 나왔다.

"갓 지은 밥에 버터와 간장을 넣고 비벼 먹는 거예요. 요리를 하지 않는 당신도 그 정도는 하겠죠. 버터가 얼마나 훌륭한지 가장 잘 알 수 있는 음식이에요."

얼버무리고 넘어가지 못할 만큼, 그녀는 엄숙하게 말했다.

"버터는 에쉬레Échiré*라는 브랜드의 가염 타입을 써요. 마루노우치에 전문점이 있으니 거기에서 손에 들어보고 잘 확인해서 사면 돼요. 버터 품귀인 지금이 해외 고급 버터를 시험할 좋은 기회예요. 맛있는 버터를 먹으면, 난 뭔가 이렇게 떨어지는 느낌이 들어요."

"떨어져요?"

"그래요. 붕 날아오르는 게 아니라, 떨어져요. 엘리베이터에서 한 층 아래로 쑥 떨어지는 느낌. 혀끝에서 몸이 깊이 가라앉아요."

방금 타고 온 엘리베이터에서 느낀 중력을 떠올려보았다. 메모하는 것도 잊고, 리카는 몸이 절로 앞으로 쏠리는 상대의 말솜씨에 빨려들었다. 가지이의 눈과 입술이 촉촉해지기 시작해서 흠칫 놀랐다. 그녀의 황홀한 듯 멍한 시선은 이곳이 아닌 어딘가로 향해 있다.

"버터는 냉장고에서 막 꺼내서 차가운 채로 넣어요. 정말로 맛있는 버터는 차갑고 단단한 상태에서 식감과 향을 맛보아야 해요.

• 프랑스의 고급 버터 브랜드.

밥의 열기에 바로 녹으니까 반드시 녹기 전에 입으로 가져가야 해요. 차가운 버터와 따뜻한 밥. 일단 그 차이를 즐겨요. 그리고 당신 입속에서 두 가지가 녹아서 섞이며 황금색 샘이 될 거예요. 네, 보이지 않아도 황금색이란 걸 아는, 그런 맛이죠. 버터가 엉킨 밥 한 알 한 알이 자기 존재를 주장하고, 마치 볶은 듯한 향기로움이 목에서 코로 빠져나가죠. 진한 우유의 달콤함이 혀에 감기고……."

입속에 침이 고인다. 삼키면 분명 목에서 꿀꺽 소리가 날 것이다. 그것만은 피하고 싶다. 가지이는 갑자기 자세를 바로잡더니 가슴 앞에서 통통한 손가락을 깍지 꼈다.

"만약 내가 다음에 당신과 얘기한다면, 당신이 절대 마가린을 먹지 않기로 결심했을 때일 거예요. 나는 진짜를 아는 사람하고만 만나고 싶거든요. 그리고 그건 비프스튜가 아니에요. 프랑스 요리인 뵈프 부르기뇽이에요. 법정에서도 몇 번이나 정정했을 텐데요. 당신들이 음식에 얼마나 무지한지 질릴 정도네요. 오늘은 피곤해요. 미안해요, 이만 해도 좋을까요?"

익숙하지 않은 요리 이름을 황급히 메모했다. 면회 종료는 보통 교도관이 하는데 가지이는 자기가 했다. 부끄럽게도 처음부터 끝까지 그녀의 페이스에 말린 꼴이 됐다. 기록에 남아 있는 그녀의 법정 행동과 하나도 다르지 않다. 주인공은 그녀, 나머지는 전원 조연인가. 리카는 성큼성큼 걸어 나가는 살집이 많은 등과 윤기 나는 머리칼 끝을 멍하니 지켜보았다.

엘리베이터를 타고 1층으로 내려오며 그녀의 독특한 표현을 떠올렸다. 떨어지는 맛이라니, 잘 모르겠다. 올 때와 마찬가지로 긴 복도를 지나 구치소를 나섰다. 돌아오는 길은 가까운 고스게역을 이용하기로 했다. 뭔가 수영장에서 수영한 뒤처럼 몸이 무겁고 머리가 돌아가지 않는다. 이대로 털썩 쓰러져서 잠들어버리고 싶을 정도지만, 리카는 간신히 기력을 쥐어짰다. 가드레일 아래에 헌화한 꽃을 발견했다. 혐의가 풀려서 구치소를 나오자마자 바로 목숨을 잃은 불운한 사람이 있었던 걸까. 아니면 일반인이 공교롭게 이곳에서 사고를 당한 걸까. 거봉 같은 두 눈과 달콤한 목소리가 언제까지고 가슴에서 떠나지 않아 불안하고 발이 둥둥 뜬 기분으로 리카는 전철에 올라탔다.

회사로 돌아가기 전에 대형 마트에 들러 제일 작은 밥솥과 1킬로그램짜리 쌀을 샀다. 기획회의가 끝난 뒤에는 취재차 가스미가세키에 갔다가 그 길로 마루노우치에 들렀다. 마치 자그마한 잡화점이나 액세서리 가게 같은 에쉬레 버터 전문점에서 100그램에 가격이 1000엔 가까운 버터를 샀다. 고작 식재료에 이렇게 돈을 들인 적이 없다. 상품에 붙은 라벨도 파란 종이 가방도, 식품용 같지 않게 사랑스럽고 로맨틱했다. 레이코에게 이런 선물을 들고 가야 했는데, 하고 반성했다. 녹지 않도록 보냉재를 넣어달라고 해서 회사로 돌아오자마자 탕비실 냉장고에 넣어두었다. 게임 속 용사가 아이템을 하나하나 모으는 기분이었다.

그날 밤, 리카는 회사에서 도보 15분 거리에 있는 이다바시의 맨션에 그것들을 들고 돌아왔다. 이렇게 일찍 귀가하기는 오랜만이었다. 내일부터 주말까지 한숨 돌릴 틈도 없을 만큼 바빠서 이안건은 지금 바로 해결해야 할 필요가 있었다.

가지이가 흥미를 느낄 만한 화제를 준비하지 않은 것은 확실히 실수였다. 그러나 가지이는 더 이상 만나지 않겠다는 말은 하지 않았다. 요컨대 이쪽이 어떻게 하느냐에 따라서 마음을 열 가능성이 있다는 말이다. 10년 가까이 살았는데 새것과 다름없는 개수대 앞에 서서, 손목에 힘을 주어 쌀 한 홉*을 씻었다.

상자에서 갓 꺼낸 밥솥에 밥을 안치고, 오랜만에 방을 휘 둘러본다. 회사에서 가깝다는 이유만으로 고른 월세 8만 5000엔짜리 이 집에서 머무는 일은 별로 없다. 집이 딱히 마음에 드는 건 아니지만, 이사할 이유도 마땅히 없다. 사회인 1년 차에 레이코가 골라준 옅은 청회색 커튼과 침대 커버도 그대로다. 밥솥에서 구수한 냄새가 나니 자연스레 마음이 바지런해졌다. 오랜만에 방을 청소하고 세탁기를 돌리는 사이 밥이 다 됐다.

뚜껑을 열자, 모락모락 나는 김 너머 밥알이 반짝반짝 빛났다. 갓 지은 흰 쌀밥의 투명한 광채에 저도 모르게 넋을 잃었다. 밥공기가 없어서 밥솥에 딸려 있던 주걱으로 카페오레 컵에 아무렇게나 밥을 펐다. 가지이가 시킨 대로 냉장고에서 차가운 버터를 꺼내 포장지를 벗기고 매끈한 황금색을 잠시 바라보았다. 이제 기다

---

* 1홉은 약 180밀리리터, 일반적인 종이컵 하나 정도의 부피다.

리는 것은 아직 리카가 모르는 영역의 일이다. 함박 스테이크에 나오는 버터 라이스는 알아도, 버터간장밥은 모른다. 물론 고급 버터를 곁들여 따뜻한 밥을 먹은 경험도 없다.

버터를 한 조각 밥에 올렸다. 금세 쌓이기 십상인 편의점 도시락의 1회용 간장 봉지를 뜯어서 한 방울 떨어뜨렸다. 지시대로 버터가 녹기 전에 밥과 함께 입에 넣었다.

리카의 목 안에서 신기한 바람이 새어나왔다. 차가운 버터가 먼저 입천장에 서늘하게 부딪혔다. 갓 지은 밥과 버터의 대비가 질감, 온도와 함께 선명해졌다. 차가운 버터가 이에 닿았다. 부드럽게, 잇몸에까지 스며들 것 같은 식감이다. 이윽고 그녀의 말대로 녹은 버터가 밥알 사이로 흘러넘쳤다. 정말로 황금빛이라고밖에 표현할 수 없는 맛이었다. 황금빛으로 빛나는 믿을 수 없을 만큼 구수하고 향기로운 큰 파도가 밥에 엉키며, 리카의 몸을 저 너머로 흘러가게 했다.

정말로 떨어져가네, 그런 느낌이 들었다. 리카는 먹고 있는 버터간장밥을 찬찬히 바라보았다. 진한 젖내가 나는 긴 한숨이 새어나왔다.

레이코의 요리는 지금도 맛이 세세히 생각날 정도로 맛있었다. 지친 몸을 부드럽게 안아주는 듯한 향과 깊은 맛. 제철 식재료는 확실히 활력을 심어주었다. 그러나 이것은 더 혀끝을 포박하면서 모르는 곳으로 데려가는 듯한, 강하고 악착같은 맛이었다.

어느새 한 홉의 쌀이 배 속으로 다 들어갔다. 아직 부족하다. 버터와 밥을 받아들일 때마다 미뢰가 새로운 재능을 꽃피우며 더, 더, 하고 조르는 것 같다.

가지이 마나코가 사랑하는 버터. 남자들에게 빼앗은 돈으로 얻은 미식의 상징. 그것은『꼬마 삼보 이야기』의 호랑이가 녹아서 하나가 된 듯한 잔혹하고 밝은 황금빛 맛을 내고 있었다.

리카는 일어섰다.

레이코도 더 많이 먹으라고 했고, 자신은 너무, 충분할 정도로 날씬하다. 가끔 나를 풀어준들 아무도 나무라지 않겠지. 이것은 취재의 일환이다. 상대의 마음을 끌어당기기 위해서니까 어쩔 수 없다.

아직 뜨거운 밥솥을 개수대로 갖고 가서 리카는 세차게 수도꼭지를 틀었다. 물이 쏴아쏴아 쏟아져 솥을 식혔다. 한 홉 더, 아니 두 홉 더, 쌀을 씻는다. 너무 과식하는 걸까. 많으면 냉동해두면 된다. 시계는 어느새 12시를 지나고 있었다.

2

파스타가 다 삶긴 것 같다.

스마트폰 알람 소리에 리카는 컴퓨터 자료 원고에서 눈을 들었다. 밀의 향기가 감도는 따스한 공기를 가르고 냄비를 들어 개수대에 올려둔 소쿠리에 단번에 부었다. 스테인리스가 징을 치는 듯한 소리를 내며 꺼지고 냄비 중간 부근이 묵직하게 울렸다. 순간, 시야가 새하얘질 정도로 김이 화악 올라와서 조리 기구라 해봐야 가스레인지 한 개밖에 없는 심야의 주방 가득 퍼졌다. 김이 뺨과 코에 닿아 피부가 촉촉해졌다. 살아 숨쉬듯이 빛나는 파스타를 소쿠리에서 우묵한 접시로 옮기고, 냉장고를 열어서 칼피스 버터*와 팩에 포장된 명란젓, 이 계절치고는 초록색이 짙은 차조기 잎을 꺼냈다.

가지이 마나코가 극히 혐오하는 마가린은 지난주 일반 쓰레기 버리는 날에 버렸다.

그후 구치소에 한 번 더 면회를 갔고, 편지는 두 번 보냈다. 가르쳐준 레시피로 바로 요리를 만들어보았다, 그토록 맛있는 게 이렇게 가까이 있다니 감동이었다, 두 번 다시 트랜스지방산 덩어리는 집어들지 않겠다, 당신에게 더 맛있는 음식 이야기를 듣고 싶고, 나도 당신을 즐겁게 할 수 있도록 지식을 쌓고 싶다……. 상대에게 찰싹 달라붙어 있는 힘껏 말을 전했다고 생각하지만, 가지이는 거기에 대답하지 않았다. 포기할 생각은 없다. 어떤 방법을 써서라도 그녀의 마음을 이쪽으로 돌려야 한다.

이 칼피스 버터는 부유층 주부나 외국인 손님이 주로 이용하고 수입품을 많이 파는 가구라자카의 슈퍼마켓에 딱 한 개 남아 있었다. '특선'이라고 쓰인 갈색과 흰색 포장은 정갈한 자태였다. 12월도 중순이 지나 크리스마스가 얼마 남지 않았는데 동네에서는 여전히 버터가 품귀 상태지만, 이런 고급 브랜드 제품은 쉽게 손에 넣을 수 있었다.

따뜻한 밥에 버터를 올리고 간장을 딱 한 방울 떨어뜨린 맛에 중독됐다. 게다가 아침에 빵을 먹을 때도 듬뿍 발라 먹어서, 마루노우치 전문점에서 산 100그램짜리 에쉬레 버터는 며칠 만에 다

• 일본의 음료 회사 칼피스에서 만드는 고급 버터.

먹어버렸다. 연말 진행*으로 수면 시간조차 깎아먹는 날들이 이어지는 탓에 식재료를 사러 갈 틈이 없다. 도저히 식욕을 억누르지 못해, 가까이에서 구할 수 있는 대체품인 이 칼피스 버터는 졸인 우유처럼 진하면서 뒷맛이 아주 담백했다. 풍미가 하염없이 이어지는 에쉬레 버터와는 또 다른 맛으로 리카는 금세 이것도 마음에 들었다.

가지이 마나코의 블로그를 다시 읽다가, 연신 칼피스 버터를 찬양하는 내용을 발견하고, 자신의 미각은 틀리지 않았다는 사실에 자랑스러워졌다. 전에는 전혀 재미도 없고, 몇 번을 읽어도 글이 머리에 들어오지 않았지만 버터 맛을 안 뒤로는 몇 개의 문장이 팍팍 마음에 와닿았다.

아르바이트생 유우가 제발 좀 치워달라고 재촉했던 프린트물한 상자는 회사에서 집으로 배송시켰다. 놔둘 장소가 없어서 접이식 탁자를 치우고 참 빈티 난다 싶어서 싫긴 했지만, 상자 위에 쟁반과 런천 매트를 깔고 식탁 대신 쓰고 있다.

그녀가 블로그에 공개한 프랑스 요리나 쿠키 레시피는 리카에게는 모두 어려워서 딴 세상의 주문呪文 같았지만, 섞기만 하면 되는 이 명란젓 파스타는 한번 만들어보자 싶어, 심야 영업하는 슈퍼에서 식재료를 사 왔다. 요즘 리카는 패밀리 레스토랑이나 편의점 도시락으로 끼니를 때우지 않고 집으로 온다. 집밥까지는 아니

---

* 11월 중순부터 12월 중순에 걸쳐 스케줄이 쌓이는 현상.

지만 데운 밥이나 빵에 버터를 올리고, 오는 길에 사 온 샐러드나 인스턴트 된장국, 컵 수프 등을 차려서 먹노라니 주방에 서는 것이 겁나지 않게 됐다. 전에는 인스턴트 라면을 끓이는 것도 귀찮았는데. 물과 불을 사용하는 것만으로 자신이 소모되는 것 같다는, 지금 돌아보면 유치하기 그지없는 생각을 했었다.

팩에서 꺼낸 분홍색 명란젓이 요염하게 빛났다. 순간, 가지이 마나코의 조그맣게 오므린 입이 생각났다. 껍질도 벗기지 않고 포크로 푹푹 찌르고 뭉개서 면에 거칠게 뿌렸다. 칼피스 버터를 칼로 큼직하게 잘라서 그 위에 올렸다. 리카는 연노란색 버터가 자글자글 퍼져서 진한 황금빛이 되어, 반짝거리는 명란젓과 섞이는 모습을 가만히 지켜보았다. 유지방의 고소한 향이 바다 내음과 함께 모락모락 올라와서 한껏 냄새를 맡았다. 손으로 찢은 차조기 잎을 수북이 담아서 상자 식탁으로 날랐다. 명란젓의 어벙해 보이는 분홍빛이 버터의 걸쭉함과 섞이니 태평스러워 보이기까지 했다. 마치 윤기가 흐르는 피부색 같은 파스타를 포크로 둘둘 말아 입으로 가져갔다.

명란젓 낱알과 버터가 엉킨 면 한 가닥 한 가닥이 리카의 혀에서 까불듯이 통통 튀었다. 염분은 충분히 느껴지는데 어딘가 여유랄까, 순한 맛이 났다. 명란젓과 버터는 어찌나 궁합이 좋은지. 입안에서 뚝뚝 끊어지는 적당히 익은 파스타도 자신이 삶았지만 훌륭했다. 밖에서는 이렇게 버터를 듬뿍 사용한 요리를 먹을 수 없다. 버터는 비싸면 비쌀수록 품질이 좋고, 넣으면 넣을수록 맛이 좋아진다. 느긋하고 깊이 있는 명란젓 파스타의 맛은 오늘 비겁했던 자신에게 난 짜증을 멀리 날려보내는 것 같다.

최근 두각을 보이고 있는 젊은 인기 정치인을 톱으로 다루게 되어, 데스크에서 "뭐 꼬투리 잡을 건수 없을까?" 하고 끈질기게 요구했다. 선거 중인 그를 밀착 취재하긴 했지만 아주 시원스러운 인물이었다. 그런데도 신사적인 행동 속의 사소한 습관이나 표정 변화를 과장해서 교만으로 똘똘 뭉친 사람 이미지를 만들어냈다.

의문을 떨쳐내기 위해 향이 진한 면을 씹었다. 차조기 잎의 상큼함이 더 식욕을 돋우어, 맛있어, 소리가 절로 나왔다. 이 맛을 자신이 만들었다는 사실에 더한층 이 순간이 소중하게 여겨졌다.

겨우 이 정도로 지금까지는 없었던 흡족한 기분을 맛보았다. 먹고 싶은 것을 직접 만들어서 마음껏 먹는다. 이런 것을 풍요로움이라 하지 않을까. 지금까지는 무엇을 먹고 싶은지조차 잘 몰랐는데, 주방에 서게 된 뒤로는 막연하게나마 먹고 싶은 것을 그릴 수 있게 됐다.

유명 브랜드 이름과 어딘가에서 베낀 듯한 표현을 써놓고 시치미 떼고 있는 가지이 마나코의 블로그지만, 읽으면서 깨달았다. 버터에 관한 글만은 확실하게 살아 있다. 면을 후루룩 먹으면서 파일 한 장을 손에 들었다.

어란과 버터는 궁합이 아주 좋답니다. 톡톡 씹히는, 극도로 작은 크기의 달걀노른자 결정체 같은 명란젓과 버터를 섞으면 비린내가 사라지고 뭐라 형언할 수 없는 부드러운 맛의 소스가 되죠. 그것이 탄수화물에 달라붙어 진한 맛과 식감을 한층 돋보이게 한답니다. 무엇보다 봄날의 노을처럼 감미로운 분홍빛이 정말 사랑스럽죠(제가 제일 좋아하는 색이 분홍색입니다). 파스타 한 가닥 한 가닥에 버터와 명란젓의 분홍빛이 촉촉하게 휘감겨, 세몰리나*향을 최대한 돋보이게 하고, 가슴 저 밑바닥에서 부드러움이 올라오는 것 같은 맛. 차조기 잎을 썰어서 소복하게 올리는 것이 내 스타일. 분홍빛과 싱싱한 초록색이 마치 4월의 들판 같죠. 김 가루를 뿌리면 분홍빛을 죽이는 것 같아서 별로 좋아하지 않는답니다. 이에 붙으면 남편도 정떨어져 할 테고요(웃음).

두 개 나란히 있는 명란젓 파스타 사진은 휴대전화로 찍은 것 같은데, 빈말로도 잘 찍었다고는 할 수 없었다. 마치 팔십대 여성이 손자와 주고받느라 조심스럽게 찍은 듯한, 냄새도 맛도 전해지지 않는 흐릿한 사진이다. 섬세한 무늬의 접시는 로얄코펜하겐 제품 같지만 식탁보 색과 조금도 어울리지 않는다. 리카 역시 그런 말 할 처지는 아니지만 담는 법도 엉성하다. 보수적인 취향으로 식탁 주변이나 식재료에 상당히 돈을 들인 모습이지만 기본적으로 가지이 마나코라는 인물은 미적 감각이 둔하고 덜렁대는 성격일 것이다. 어디에서나 손에 넣을 수 있는 제철 식재료를 사

---

* 밀가루의 한 종류.

용하여 흔한 그릇에 아무렇게나 담은 듯이 보여도 놀라울 만큼 세련된 레이코의 식탁과 절로 비교된다. 올린 날짜를 확인하니 2012년 4월 20일이었다.

이듬해 5월, 최초의 피해자인 73세의 모토마쓰 다다노부가 수면제 과다 복용으로 쇼인신사 앞에 있는 자택에서 사망했다. 세상을 떠난 가지이의 아버지와 마찬가지로 다수의 부동산을 소유한 부유한 독신 남성이었다. 몇 년 전부터 불면증에 시달렸지만 수면제는 의사에게 처방받은 것이 아니었다. 대량 복용이 가능한 바르비투르산계로, 어떤 경로를 통해 개인적으로 손에 넣은 것 같다. 집에 출입했던 젊은 가사도우미는 며칠 전부터 멍하니 있는 일이 많았다고 증언했다. 어쩌면 치매 초기 단계에 일어난 불행한 실수일지도 모르고, 자살 가능성도 높다. 그러나 모토마쓰가 가지이에게 돈을 갈취당한 것, 그리고 좀처럼 결혼해주지 않는 그녀를 의심하여 결혼을 재촉하기도 하고, 진의를 확인하려고 탐정인 양 공격적인 행동을 한 것이 확인됐다. 당시 가지이에게는 동시에 사귀던 남성이 여럿 있어서 확실하다고는 할 수 없지만, 이 명란젓 파스타를 모토마쓰에게 먹였을 가능성이 높다.

손녀뻘 애인이 만들어준 맛있는 요리에 감탄하다 잠들듯이 죽었다…… 이것은 세간이 떠들썩할 정도로 비극적인 죽음일까. 죽은 피해자를 상상해도 명란젓 파스타는 여전히 맛있었다. 포크 움직이는 손을 멈추지 않는 자신이 냉혹하게 느껴져서, 리카는 일부러 천천히 면을 먹었다. 식은 버터의 막이 명란젓과 파스타를 밀착시켜 또 새로운 맛이 났다. 면을 더 많이 삶을걸 하고 막 후회하는 순간, 상자 식탁 위의 스마트폰에서 띵 하는 소리가 났다. 라인 메시지다.

미안. 지금 가도 돼? 니시하시 선생님 책 출판 뒤풀이가 너무 신나서 놀다보니 마지막 전철을 놓쳤어. 내일 일찍 출근해야 하니까 오늘밤 재워줘.

동기인 남자 친구 후지무라 마코토가 오랜만에 연락을 했다. 이런 식으로 잠자리가 필요해 찾아오는 건 늘 있는 일이어서 망설일 것도 없이 답장했다.

좋아. 네가 마시고 싶은 것만 편의점에서 사 와. 칫솔은 새것 있어. 두고 간 반바지 꺼내놓고 이불 깔아둘게.

문득 생각이 나서 냄비를 올려 가스레인지 불을 켰다. 옷장 속에 뭉쳐놓은 이불과 그의 실내복을 꺼냈다. 이불을 다 깔았을 무렵, 물이 끓었다. 끓는 물에 소금을 넣고 파스타를 꽃처럼 펼쳐 넣었다. 세면실 거울을 닦고, 새 칫솔을 꺼내고, 방을 정리하는 사이 파스타는 다 익었다. 아까와 마찬가지로 명란젓과 버터를 넣고 비빈 뒤, 차조기 잎을 수북하게 담았을 때 인터폰이 울렸다.
"어, 요리했어?"

슈트 차림으로 현관에 나타난 마코토는 넥타이를 풀면서 실내로 들어오자마자, 상자 위의 접시에 시선을 멈추고 느닷없이 말했다.

"응, 그냥 만들어봤어, 명란젓 파스타. 생각 있으면 먹어. 아까 나도 먹었어. 삶아서 버무리기만 하면 되니 완전 간단해."

어지간히 마셨는지 마코토의 콧등과 빰은 시뻘겋게 물들었다. 거물들을 담당하게 되어 최근 돈을 들인 접대가 잦아진 탓인지 턱살이 늘어졌다. 입사 당시에는 훈훈한 외모로 슈메이사의 왕자로 불리며 젊은 여성 작가에게 인기몰이를 했지만, 나이가 들면서 수더분해지고 넉살이 좋아졌다. 화제가 풍부하고 엉뚱하고 재미있는 데다 절대 상대를 곤란하게 만들지 않아 몇 시간이고 얘기할 수 있고 같이 있으면 숨이 막히는 일이 없다. 자신과 마찬가지로 홀어머니 아래에서 누나와 함께 자란 마코토는 집안일 정도는 리카보다 능숙하다. 출판계에 만연한 권력 다툼에는 흥미도 없고, 자기 자랑도 하지 않고 상대를 무시하는 언행도 절대 하지 않는다. 그래서 더욱더 동료나 일로 만나는 사람들의 마음을 사로잡는다. 이따금 생각난 듯이 만날 뿐이고 솔직히 말하면 성적인 접촉은 이미 한 달 이상 없지만, 손을 잡거나 머리칼을 쓰다듬어주는 것만으로 마음이 촉촉해진다. 갈색으로 염색한 파마기 있는 머리는 젊어 보이게 꾸미긴 했지만, 부리부리한 옅은색 눈동자와 곧잘 어울렸다.

"마치다네 집 정말 오랜만이네. 아, 이 냄새야."

"이상한 냄새 나? 청소를 제대로 하지 않아서 그런가, 미안."

"아니. 마치다 냄새 나. 마음이 놓여."

그렇게 말하고 뒤로 돌아서서 꺼내둔 실내복으로 갈아입었다. 술로 벌게진 알몸의 등을 보니, 문득 만지고 싶어졌다. 무슨 얘기든 할 수 있는 동료였지만 처음으로 그를 안았을 때, 높은 체온에 몸 깊숙이 도사린 응어리가 풀어졌다. 그때 그는 리카의 냄새를 좋아한다고 말해주었다. 친구였던 기간이 길었던 탓에 막상 연인 사이가 되니 아무래도 수줍어서 달달한 분위기를 피하는 경향이 있다. 사귀기 시작했을 무렵처럼 가만히 냄새나 체온을 느끼는 시간이 좀더 있으면 좋을 텐데. 그 무렵에는 잠을 안 자고 출근해도 지금만큼 힘들지 않아서 밤새 껴안고 있었다. 어쨌든 이렇게 오래 이성과 사건 적도 없다.

슈트를 옷걸이에 걸고 주름 방지 스프레이를 뿌린 뒤, 겨우 책상다리를 하고 편하게 앉은 마코토는 대학생 같다. 파스타를 후루룩후루룩 먹는 입가를 자기도 모르게 들여다보고 있다. 생각해보니 마코토에게 무언가를 만들어준 것은 이번이 처음이었다.

"맛있어?"

"응, 그럼, 맛있지."

파스타를 돌돌 마는 손놀림이 어딘가 어색하다. 그 말만 하고는 묵묵히 먹었다. 술 마신 뒤 면 음식 먹는 걸 좋아해서 싱글벙글할 줄 알았던 리카는 실망했다. 눈 깜짝할 사이에 파스타를 다 먹은 마코토는 짝 하고 손뼉을 치고 리카 쪽을 향해 앉았다.

"잘 먹었습니다. 정말 맛있었어. 그런데 놀랍네. 마치다가 이런 걸 다 만들다니. 손수 만든 요리는 처음 아냐?"

그런가? 하고 웃으면서 접시를 개수대로 가져가서 가볍게 설거지를 했다. 실은 이것도 취재의 일환이야, 하고 설명하려다 그만두었다. 남자 친구라고 하지만 동업자다. 어디로 어떻게 소스가 유출될지 모른다. 말을 한 후 입막음하는 것도 그를 신뢰하지 않는 듯해서 싫었다. 가지이 독점 취재는 누구에게도 방해받고 싶지 않고, 자신만의 것으로 삼고 싶었다. 세면실에서 얼굴을 내밀고 꼼꼼하게 양치질을 하면서 마코토는 웅얼웅얼 말을 계속했다.

　"저기, 내가 온다고 이렇게 신경쓰지 않아도 돼. 나 마치다한테 가정적인 거 바라지 않으니까. 난 그냥 얼굴이 보고 싶어서 온 거야. 배가 고팠더라면 내가 뭐든 사 오면 되는 거고. 오늘도 연말 진행으로 엄청 피곤했지?"

　"가정적? 엥, 내가?"

　리카는 자신과 전혀 연결되지 않는 단어에 멍했지만, 이내 아, 그런가, 하고 웃으며 침대에 앉았다. 오해를 한 것 같다. 무슨 말을 해도 골이 깊어질 것 같아서 말이 나오지 않았다. 입을 헹구는 소리가 났다. 마코토는 이내 촉촉해진 얼굴에 차가운 박하 냄새를 풍기면서 리카에게 다가와 빠른 어조로 말했다.

　"여자 친구니까 챙겨주고 도와주고 그런 거 난 하나도 바라지 않아. 똑같이 일하는데 여자 친구에게만 부담 주는 거, 싫거든. 엄마가 고생하는 걸 봐서."

　리카의 뺨에 입술을 대고 쪽 하더니 마코토는 바닥에 깐 이불에 벌러덩 누웠다. 잘 자, 하고 중얼거리고 불을 끈 뒤 리카도 자리에 누웠다. 마코토는 리카 쪽으로 팔을 뻗어 가볍게 손을 잡았지만 그 힘은 이내 약해졌다.

왜일까. 담요를 끌어당기면서 사소한 대화가 어째서 이토록 마음에 걸리는 걸까, 자문했다. 마코토는 조금도 틀린 말을 하지 않았다. 오히려 리카를 배려하고, 누구보다 이해한다고 할 수 있다. 손수 만든 요리를 거부당해서 두 사람의 미래가 불안해진 걸까. 아니다. 애초에 그와의 결혼은 어렴풋이 상상만 해보았고, 집안일은 여자 몫이라는 통념에는 넌덜머리난다. 게다가 가정이라는 말을 들으면 세상을 떠난 아버지 앞에서 늘 주눅 들어 있고, 음식 타박을 들으며 눈물 글썽이던 엄마의 모습이 떠오른다.

하지만 그는 어째서 그렇게 받아들였을까. 어쩌다 내켜서 파스타를 삶은 데 지나지 않는데. 무엇이 잘못된 걸까, 하나하나 되새기다보니 어둠 속에서 오히려 더 눈이 초롱초롱해지고 정신이 맑아졌다.

심히 고단한지 땅을 가를 듯한 마코토의 코고는 소리가 들렸다.

아야세강 수면을 지나온 북풍은 코트를 가뿐히 통과하여 뼈를 붙잡고 흔드는 것 같았다. 시린 손가락 끝에 또 작은 거스러미가 생겼다. 도쿄구치소 방문은 이번 달 들어서 세번째다. 코트 깃을 여미면서 면회객 출구를 나온 리카는 차도를 사이에 두고 맞은편에 있는 '마스다야'라는 간판에 문득 시선을 멈추었다. 낡고 자그마한 목조 건물은 초등학교 바로 앞에 있던 학교 지정 문구점을 연상시켰다. 그리운 모습이다. 아마 이곳은 구치소 내에 사식을 넣어주는 가게일 터다. 옆 가게도 마찬가지지만, 지금은 셔터가 내려져 있다. 손목시계를 보니, 4시 조금 전. 다음 약속 장소에 도착하기까지 충분히 시간이 있다. 어느새 자기도 모르게 차도를 건너고 있었다. 가드레일 아래에서는 오늘도 헌화가 흔들리고 있다.

가지이는 만나주지 않았다.

그녀가 요즘 줄곧 기분이 언짢은 것은 꼭 리카 탓만은 아닐지도 모른다. 다음주면 벌써 크리스마스다. 가지이처럼 사치를 좋아하는 여자가 이 계절에 돌아다니지도 못하고, 한정된 음식밖에 먹지 못하는 건 무척 불행한 일이겠지, 하고 이해했다.

가지이의 블로그는 체포 전날인 재작년 11월 28일 이후에는 새 글이 올라오지 않았다.

이제 곧 크리스마스. 저는 1년 중 거리가 가장 화려한 이 계절을 가장 좋아한답니다. 올해는 큰마음 먹고 밤과 쌀을 채운 칠면조를 구워보려고 해요. 요리교실에서 배운 레시피대로. 꿀을 넣은 진한 그레이비소스도 곁들여서. 크리스마스 케이크 예약도 곧 받기 시작하겠죠. 어느 가게에 주문할까 갈등이네요. 그러나 정했닷(웃음)!

자못 들뜬 분위기로 끝을 맺고 있다. 그녀가 구치소에서 보내는 세번째 겨울. 인내가 한계에 이르렀을 것이다.

'마스다야'에는 외벽에 사용한 것과 같은 낡은 목재 진열장이 빙 둘러 있고, 필기구, 수건과 속옷, 봉지 과자, 주간지 등이 빼곡하게 놓여 있었다. 과자는 하나같이 소녀 시절에 슈퍼에서 본 기억이 나는, 아직도 나오는가 하고 놀랄 정도로 오래된 제품들이었다. 포스POS 시스템으로 엄선한 최신 상품이 진열된 편의점을 둘러보면 이것도 저것도 사고 싶어지지만, 여기서는 신기할 만큼 구매 의욕이 일지 않았다.

그러나 구치소에 들어가는 식품은 이곳과 오늘은 문을 닫은 옆 가게의 먹거리만 허락된다. 수감자 이름을 말하면 구입한 상품을 배달해준다. 머리가 하얀 여주인이 계산대 안쪽에서 리카를 노려보았다. 사지도 않으면서 구경만 하는 것처럼 보이고 싶지 않아서 뭐라도 살 수밖에 없었다. 침착해, 하고 자신을 타이른다. 지정된 가게에서만 사식을 사서 넣을 수 있는 것은 가지이 마나코도 알고 있고, 선택지가 적으니 차라리 마음 편하려나.

유리 진열장에 있는 패밀리 팩 과자 세트는 중학생 때 오락회에서 친구들과 나눠 먹던 것이다. 선반에 죽 늘어놓은 '산요'의 초록색 통조림이 눈에 들어왔다. 과일 통조림이라니 오랜만에 보았다. 중학생 때 감기에 걸리면 엄마가 일하러 가기 전에 복숭아 통조림을 냉장고에 넣어놓고 갔는데……. 냉장고를 마음대로 사용할 수 있는 환경인지는 모르겠지만, 매끄럽게 목으로 쏙 넘어가는 복숭아라면 가지이도 나름대로 즐길 것 같았다. 밤 만주, 과일 젤리, 밀과자, 카스텔라 앙금 샌드……. 귀에 익지 않은 과자 회사의 수수한 봉지에 든 화과자가 진열된 가운데, 모리나가제과의 쿠키 상자들이 가장 화사하게 빛났다. 마리, 문라이트, 초이스. 어느 것으로 할까. 세 종류 모두 언젠가 먹은 적이 있는 것 같기도 하지만, 맛까지는 기억나지 않는다. 원 재료나 상품 설명을 확인해야 하지만 모두 유리 진열장 안에 있고, 매서운 눈초리의 주인에게 꺼내서 보여달라고 하기는 꺼려졌다. 몇 초 고민하다 리카는 결정했다.

"복숭아 통조림하고 모리나가 초이스를 사식으로 넣고 싶은데요……."

초이스의 노란 상자에만 버터 사진이 있었기 때문이다. 주인은 주산을 톡톡 튕기더니 용지와 볼펜을 내밀었다. 수감자 항목에 가지이 마나코라고 쓰고 필요 사항도 차례로 적었다. 냉장 케이스가 눈에 들어와서 결국 묻고 말았다.

"저기……, 여기 버터는 팔지 않나요?"

"판 적이 있지만, 지금은 알다시피 품귀라서."

쌀쌀맞게 대답해서 리카는 계산을 마치고 바로 가게를 나왔다. 있다고 해봤자, 유키지루시*, 혹은 이름 없는 회사의 평범한 버터일 테지만, 그것이 가지이가 가장 반길 만한 사식일 것 같았다. 다음에 올 때는 버터가 들어왔으면 좋겠네, 하고 생각했다. 이런 사소한 배려를 레이코네 집에 갈 때는 왜 못 했을까.

택시를 타고 아야세역에서 내려 지요다선을 타고 히비야에서 내렸다. 장소를 완벽하게 파악하고 있어서 개찰구 안의 화장실로

• 일본의 유제품 제조 회사.

직진했다. 거울 앞에 서서 가방에서 클렌징 티슈를 꺼내 얼굴을 박박 닦았다. 거무튀튀하게 더러워진 티슈를 세면대 아래 쓰레기통에 뭉쳐서 버렸다.

개인 칸에서 나온 젊은 여자가 리카 옆에 서서 분홍빛 립스틱을 바르고 거울을 향해 빙그레 웃어 보였다. 왠지 귀여운 느낌이 들어서 그녀의 뒷모습을 지켜보았다.

리카는 민낯에 일부러 거칠게 니베아크림을 두껍게 발랐다. 콘택트렌즈를 빼서 케이스에 넣고, 안경을 끼고, 머리를 검은 고무줄로 바싹 당겨서 묶었다. 그를 만나기 전에는 만만함과 부드러움을 한 가닥 한 가닥 뽑는 작업이 필요했다. 거울에 비친 키가 크고 까칠한 인상, 성별조차 모호한 인간의 모습에 리카는 만족했다. 지칠 대로 지친 창백한 안색에도. 어제는 일이 죄다 꼬여서 세 시간밖에 자지 못했다.

운동 부족임을 충분히 알고 있어서 지상으로 나오자 JR고가를 따라 신바시까지 걷기로 했다. 귀가하기엔 아직 일렀지만 해질녘 유라쿠초는 직장인으로 넘쳤다. 마른기침 소리가 여기저기에서 들리고, 마스크로 얼굴 반을 가린 탓에 날카롭고 두드러진 시선이 눈에 띈다. 슬슬 독감 예방주사를 맞아야겠네, 머릿속으로 메모한다. 건조한 찬바람이 맨살을 때리자 칼날이 뺨을 때리는 것 같다. 야마노테선과 게이힌도호쿠선이 연신 머리 위에서 엇갈려 지나갔다.

여자라는 걸 이용하는 인종이 이 업계에 존재하는 것은 사실이다. '손님'이라고 불리는 소스 제공자와 육체관계를 맺었다는 여기자의 소문은 종종 듣는다. 그러나 일대일 남녀 관계를 타인이 참견할 것은 아니다. 자신의 정신과 육체를 어떻게 사용하느냐, 이건 당사자의 자유다. 이 세계에서는 뉴스의 질이야말로 정의이니 흠을 잡고 왈가왈부하는 쪽이 오히려 촌스럽다. 애초에 그녀들은 그런 일을 공개적으로 드러내지 않으며, 확실히 인정할 사람은 하나도 없기 때문이다.

경계를 모호하게 하고, 어느 쪽으로도 분류할 수 없는 독창적인 관계를 형성해, 자신을 정당화할 수 있도록 최대한 변형시킨다. 물론 소문이 도는 사람에게 일일이 물어본 적은 없지만 당사자들은 이런 작업을 하고도 꺼림칙함을 느끼지 않을 것이다.

고소득자로 자립하고 있다는 언론계의 여성들조차 이런 방식으로 특종을 잡는 게 사실. 실제로 자신도 관료나 경찰을 상대로 여자라는 걸 무기로 사용하진 않더라도, 교태를 부린 적이 없다고는 말할 수 없다. 정계 스캔들 특종을 몇 번이나 터트려서 은근히 존경했던 타사의 베테랑 여성 기자가 어떤 의원의 오래된 애인으로, 모든 소스는 그에게서 얻었다는 사실을 알고 실망한 기억은 새삼스럽다. 누구를 나무라야 할지 알 수 없어져 빌딩으로 둘러싸인 저녁놀을 올려다보았다.

그래서 성性을 무기로 살아가며 그 사실을 감추지 않는 가지이마나코에게 격렬한 경멸과 동시에 전율도 느낀 것이다. '나라는 여자'의 몸은 특별한 가치가 있고 상대는 확실히 멋진 체험을 할 테니, 그것을 주고 돈을 받는 것은 지극히 당연하며 조금도 나를 깎아내리는 행위가 아니다. 가지이는 법정에서 이렇게 말했다. 그녀의 몸이 어떤지는 누구도 확인할 수 없으니 듣고 있으면 현기증이 나고 사고가 멈춘다. 하아, 그래요, 하고 끄덕거릴 수밖에 없다.

아까 세면실에서 옆에 섰던 여자를 떠올리려다, 벌써 얼굴이 희미해졌음을 깨달았다. 외모가 아니라 그녀를 둘러싼 자신을 사랑하는 안정된 분위기에 시선이 끌렸던 것이니 당연하다. 레이코도 결혼한 뒤, 그런 분위기를 풍기고 있다. 지금부터 시작되는 일에 그런 아리송하고 좋은 향은 불필요하다고 자신에게 타일렀다.

신바시의 가드레일 아래에 있는, 미림으로 바싹 조린 듯한 낡아빠진 이자카야는 한 달에 한 번, 두 사람이 만나는 곳이었다. 셋째 주 목요일, 가게가 붐비기 직전인 17시. 언제나 한 시간 반 정도 있다가 바로 일터로 돌아간다. 서로 취하지 않으니 술을 마시는 거라고도 할 수 없다.

주방에서 오래된 기름이 끓는 소리와 냄새가 났다. 칠십대 정도 된 주인이 어서 옵쇼오, 하고 말꼬리를 길게 빼는 소리가 들렸다. 주방에서 제일 먼, 칸막이로 가려진 좌식 자리로 향했다.

"아, 역시 금연 실패했군요."

일부러 건조한 웃음소리를 냈다. 슈트 차림에 하이라이트*를 피우고 있는 그의 맞은편에 털썩 앉아, 가방을 다다미에 던져놓

---

* 일본의 담배 브랜드.

왔다. 물수건으로 이마와 얼굴을 닦았다. 술을 따르지 않는다, 요리를 덜어주지 않는다, 다른 접대처럼 상대를 치켜세우지 않는다, 하고 싶은 얘기만 주루룩 일방적으로 한다, 이것이 나름대로 규칙이다. 대형 통신사의 편집위원, 시노이 요시노리 씨는 패널일 때는 말이 많지만 평소에는 조용하다. 얘기하다 보면 리카 혼자 줄곧 투덜거리고 있지만 별로 시시해하지도 재미있어하지도 않고, 음음 하고 끄덕이면서 자기 페이스대로 마신다. 텔레비전에서는 그야말로 눈빛이 날카롭고 체격이 다부져 보이지만, 눈앞에 있는 사람은 매우 호리호리한 체구의 차분한 중년 남성이다. 새치가 많은 머리는 찰랑찰랑 부드러워 보인다. 긴 팔다리를 주체 못 하고 등이 구부정한 모습은 사춘기 소년처럼 무료해 보인다. 셔츠에 아주 약간 주름이 졌지만, 불결한 인상은 없다.

"금연했다고는 하지 않았어, 줄이는 데 성공했을 뿐."

시노이 씨는 나직하게 말하고, 재떨이에 피우던 담배를 바로 비벼 끄더니 수증기로 부예진 유리잔에 입을 댔다.

"텔레비전 일도 많아지고, 주무실 시간도 없어 보이세요. 와, 아저씨 취향 안주네."

보리소주 오유와리*, 우엉조림, 완두콩, 멍게, 임연수, 탕두부. 처음 만났을 때는 맥주와 닭튀김이었는데 확실히 건강에 신경쓰게 됐구나, 하고 재미있게 생각했다. 리카도 그리 맥주를 좋아하지 않

---

* 더운물을 타서 묽게 한 것.

아서 따뜻한 사케와 콘 버터와 명란구이를 주문했다. 도쿠리*와 작은 사기잔에 함께 나온 기본 안주에 젓가락을 가져가서, 흐물거리는 것을 징그러운 듯이 집어올렸다.

"여전히 뭔지 잘 모를 안주네요. 조개? 곤약?"

언제나 이 가게에서 한입씩 나오는 매콤달콤한 조림은 몇 번을 맛보아도 정체를 알 수가 없다. 맛이 있는 것도 없는 것도 아닌 가게지만, 언제 와도 손님이 적은 점이 마음에 들었다.

"실은 오늘 도쿄구치소에 처음으로 사식이란 걸 넣어봤어요. 쿠키하고 통조림. 상대는 여성이지만, 이 계절에 케이크나 치킨을 먹지 못하면 허전할 것 같아서요."

가지이 마나코 건은 시노이 씨에게 아직 얘기하지 않았다. 그러나 상담을 청할 날이 그리 머지않았을지 모른다. 숨기지 않고 일 얘기를 할 수 있는 사람은 세상에서 어쩌면 이 사람밖에 없다.

"아냐, 도쿄구치소는 밥이 상당히 맛있어. 세 끼 모두 요리사 자격증을 갖고 있는 수형자가 만든대. 그 맛에 반해서 일부러 범죄를 저질러서 돌아가는 사람도 있을 정도라고 들었어."

"어머, 그래요? 콩밥이라고 흔히 말하잖아요."

"그건 백미지상주의 시대의 인식이야. 구치소 쌀에는 몇 퍼센트인가 보리가 섞였거든. 옛날에는 그걸 싫어하는 사람이 많지 않았을까. 지금은 오히려 보리나 피나 조가 건강식으로 재평가받고

---

* 주둥이 쪽이 오목한 술병.

있잖아. 아마 우리보다 훨씬 좋은 걸 먹고 있을 거야."

"정말 제가 먹는 밥보다 웰빙에다 영양 만점일지도 모르겠어요. 집밥은 안 해 먹고, 맨날 편의점 도시락이니."

최근 주방에 섰던 일은 왠지 말하고 싶지 않았다. 마코토의 반응이 지금도 마음에 걸리기 때문은 아니다.

"알아볼게. 최근 구치소의 특별 메뉴."

시노이 씨는 너덜너덜한 갈색 가죽 수첩에 메모를 했다. 이 사람, 언제 봐도 지쳐 있네……. 잔 너머로 슬쩍 시노이 씨를 훔쳐본다. 안색은 흙빛이고, 흰자위가 탁하다. 자기도 비슷할지 모르겠지만, 시노이 씨의 경우 더 깊은 곳에 얼룩져서 지울 수 없는 체념 같은 것이다. 이혼한 지 몇 년 됐다는 소문을 들은 적이 있다. 그는 사적인 얘기를 거의 하지 않아서 진실은 잘 모른다. 일부러 무뚝뚝하게 공격적으로 말했다.

"저희 아버지도 이혼하고 대충 살다가 알코올중독에 걸려서, 혼자 집에서 덜컥 돌아가신 사례이니 주의하세요. 딱 시노이 씨랑 비슷한 연령대였어요. 지금 몇 살이시더라."

"마흔여덟……. 불길한 얘기 하지 마. 식사는 대충 하지만, 건강은 꼼꼼히 체크하고 있어. 아침에 황궁 주위를 달리기 시작했고. 역 매점에서 생각날 때마다 야채 주스도 사 마시고 있고."

기분 나빴는지 자신이 먼저 말했다. 드문 일이다.

시노이 씨는 확실히 피폐하긴 했지만 무절제하지는 않다. 짜증을 내거나 몸이 안 좋다고 우는소리도 하지 않는다. 스스로 회복하는 강인함과 지혜를 갖고 있다. 그래서 같이 있으면 안정이 된다. 그것은 마코토에게도 있는 요소로 어쩌면 방긋방긋 웃을 필요나 매니저 역할이 필요 없는 이런 타입의 이성과 궁합이 맞는 것 같다. 시노이 씨도 틀림없이 그렇게 생각할 것이다. 죽이 잘 맞으니 이런 시간을 만들고 만나주는 것이리라. 남자 소스 제공자와 남자 기자에게 있을 법한 호모 소셜한 신뢰 관계와 별반 다르지 않다. 리카를 마치 동생이나 동성 후배 같은 마음으로 대하는 데 지나지 않을 것이다.

"뭐, 그 나이 남자치고는 신경쓰는 편이시긴 하죠. 신기해요. 어째서 세상 남자들은 아무도 돌보지 않으면 생활이 한없이 엉망이 되는 걸까요. 그리고 그게 자기 관리가 부족한 게 아니라, 불쌍하고 안타까운 일로 세상에 관대하게 용서받는 걸까요……."

최근에 야쿠자와 교류했다는 의혹으로 공식 무대에서 퇴출된 오십대 전직 운동선수가 불미스러운 행동으로 화제가 됐다. 오랜 세월 함께한 아내가 아이를 데리고 집을 나간 뒤 눈에 띄게 생활이 황폐해지고, 밤거리에서 술에 취해 난동 부리는 모습이 몇 번이나 목격됐다. 약물에 손을 댄다는 의혹도 짙다. 직격 인터뷰를 한 기자에게 "혼자 식사하는 게 너무 쓸쓸하고 맛이 없어 미치겠다. 그래서 그만 밖으로 마시러 나가게 된다. 밥 짓는 법도 모른다. 소금이 어디에 있는지도 모른다. 이렇게 외로운 인생을 보내다니, 나는 대체 어디서부터 잘못된 걸까. 가족들이 돌아와주길 바란다" 하고 연신 한탄하고, 가정법원의 판결에 따라 지금은 더 이상 만날 수 없는 아들들을 향해 "아빠야"로 시작하는 공개 메시지를 보냈다. 부귀영화를 누리던 남자의 안타까운 황혼이라며 남성 주간지는 일제히 기사화했고, 이런 일이 자신들에게도 일어날 가능성이 있다는 아주 동정적인 논조뿐이었다.

조금도 불쌍하다고 생각하지 않는다. 옛날부터 구린 소문이 따라다녔고 부인에게 정신적 폭력에 해당하는 언동을 하는가 하면, 애인 문제로 가족을 울린 적이 있는 사람이어서가 아니다. 그가 식생활을 자력으로 개선하려고 하지 않는 점이 몹시 거슬렸다. 충분히 활동할 수 있는 나이이고 무직이라고는 하지만 일반인에 비하면 재산도 시간도 있고, 인맥이나 정보도 풍부하다. 지금의 도쿄라면 심야 음식점은 물론 편의점이나 패밀리 레스토랑에도 채소가 풍부한 건강식이 얼마든지 있다. 요리는 못해도 조금만 궁리하면 그럭저럭 생활은 할 수 있다

모든 것을 포기한 타락한 모습에 멀어져간 측근, 찬양하다 돌아선 언론, 무엇보다 자신을 버린 아내와 새로운 생활을 하고 있는 아들을 향한 저주처럼 느껴진다. 이렇게 비참한 내 모습을 잘 봐둬, 너희들 탓이니까……. 말로 도움을 요청하지 않고 누군가 손을 내밀 때까지 소란을 피운다. 요지부동 자신의 생활을 바꾸려고 하지 않는 고집. 가족이 소중하다면서도 세간에 처자식이 자신을 버렸다는 인식을 심으려 한다. 마음을 고쳐먹고 자기 힘으로 인생을 만회하려 한다면, 그는 이제 목숨쯤은 상관없다고 생각한다. 가지이 마나코에게 살해당했다는 남자들에게도 많건 적건 그

런 냄새가 나지 않았는가. 피해자가 생전에 한 말, 그리고 그들 주위에 있던 사람의 증언이 하나둘 떠오른다.

이대로 혼자 나이를 먹는 게 두렵다. 생활이 점점 피폐해진다. 누구든 좋으니 밥을 차려주고, 돌봐줄 여자가 필요했다. 수상하다고는 생각한다. 속고 있을지도 모른다고도 생각한다. 가족들은 그런 여자와 헤어지라고 들볶는다. 그래도 상관없다. 가족과 절연하더라도 그녀를 선택하겠다.

그 여자는 외로운 생활을 보내는 피해자의 마음속 빈틈을 파고들었어요. 남자는 모자란 생물이지 않습니까? 여자의 보살핌과 따스함 없이는 생활해나갈 수 없잖아요?

요리 잘하는 착한 여성이 있다면, 남성이라면 누구라도 끌리지 않겠어요? 남자를 잡으려면 먼저 위胃부터 잡으라고 하잖아요.

이 사건은 어디를 잘라도 그 단면에 고독한 남성의 지나친 자기 연민과 여성을 향한 증오가 배어 있다. 피해자를 탓하는 사고방식일까. '자기책임론'이 제일 싫은데.

지금은 몸이 건강하고 직업이 있어서 배려가 부족한지도 모르겠다고, 리카는 공정한 시각을 지키기로 했다. 이혼하고 홀몸으로 자신을 키운 엄마의 삶에 너무 감정이입했다는 것은 충분히 알고 있다. 자신도 홀로 피폐한 노후를 보낼 가능성은 충분하다. 젊은 남자에게 속아서 모든 것을 빼앗길 가능성도.

아니, 아니, 만약 자신이라면⋯⋯. 고독하면 고독한 대로 자포 자기하지 않을 테고, 무엇보다 지금을 소중히 할 테고, 달콤한 유혹은 경계할 터다. 인터넷에서 만난 띠동갑보다 더 아래인 연하, 만난 날부터 돈을 조르는 무직 남자 따위 절대 신용하지 않을 터 다. 만에 하나 속을 뻔하더라도 같이 나이를 먹어가는 레이코가 이내 눈치채고 충고해줄 것이다. 만약 레이코가 먼저 죽어서 의 논 상대조차 없다면 인터넷으로 근처 노인들 커뮤니티라도 찾아 가지 않을까. 그런 사고방식이나 발 빠른 대응, 소통 능력으로 대 처하는 것이 리카가 여자니까, 하고 일축될까. 그러나 가지이 마 나코의 피해자 세 명 중 두 명은 도저히 노인이라고 부를 수 없 는 나이에다 자산도 충분히 많았는데⋯⋯.

아, 이 일에 관해 너무 많이 생각하지 않는 게 좋을 것 같다. 무 거운 구름 같은 예감이 스며든다. 기껏 만났는데 분위기가 가라앉 는 듯해서 리카는 사케를 단숨에 들이켰다. 지글지글 소리를 내면 서 나온 콘 버터 철판을 바라보는 사이 입술이 움직였다.

"아, 그렇지. 시노이 씨 『꼬마 삼보 이야기』 아세요? 결혼한 친 구 집에 놀러 갔다가 오랜만에 읽었는데요. 호랑이가 버터가 돼버 린 얘기요."

"알아. 표현 문제로 지금은 유통되지 않는 그림책일걸."

"맞아요. 그거, 호랑이가 불쌍하다고 생각하세요? 삼보네 가족이 잔인하다고 생각하세요?"

"자연도태이니 어쩔 수 없지 않을까. 아무도 나쁘지 않아. 호랑이도 먹어야 살지."

완두콩 껍질을 벗기면서 시노이 씨는 신중하게 말을 이었다. 까무잡잡한 중지가 아주 길다.

"삼보는 아무런 책략도 없이, 그저 정직하게 대응했는데 호랑이가 제풀에 죽어버린 것뿐이잖아? 버터도 아버지가 그런 사실을 모르고 가져온 걸 먹었을 뿐이고. 자연계나 생태계는 그런 식으로 어쩌다 살아남은 자가 위세 부리며 질서가 보존되는 거지. 잔혹한 것 같지만 말이야. 진화란 게 대단히 좋은 것처럼 말하지만, 어쩌다 그 환경에 적응한 것은 살아남고, 다른 종은 죽어가는 것이야. 대중매체 존재 방식도 미국처럼 종이 매체부터 도태된다고 흔히 말하지만, 그건 별로 진보가 아니지."

자연도태라는 말이 빙글빙글, 그야말로 나무 주위를 도는 호랑이들처럼 머리를 맴돌았다. 어쩔 수 없었던 것. 어쩌다 살아남은 것. 질서. 생태계. 정글……. 완두콩에 시선을 고정한 채, 그는 같은 톤으로 말을 이었다.

"긴자의 회원제 클럽 '라 비'라고 아나? 그곳 마담이 기오이초에 있는 연예인 단골 산부인과에 다니는 걸 본 사람이 있는 것 같아."

리카는 눈앞에 나타난 작은 정글에 발을 들이밀기로 했다. 말을 신중하게 고르면서.

"어머……. 그 마담 소문이라면 들은 적 있어요. 아직 독신이었

70

어요? 예쁘기로 유명한 사람이죠."

"옛날에 모델을 했던 사람이라 지금도 대단한 미인인 것 같아."

"그럼 가게 단골은 엄청난 사람들뿐이겠네요."

시노이 씨의 검은 눈동자가 살짝 흔들렸다.

"전직 아이돌인 오타니 도모키, 야구선수 도모하시. 그리고 또……."

다음 총선에서 주목을 끌 것 같은 남자의 이름을 말할 때, 그의 입술 끝이 크게 일그러졌다. 보이지 않는 단도에 등을 푹 찔린 느낌이 들었다.

"……감사합니다."

물론 명확한 정보는 한번도 얻은 적이 없다. 시노이 씨는 막연한 힌트만 잡담하듯 넌지시 말한다. 그렇기 때문에 이 관계는 누구에게도 털어놓을 수 없다. 첫 만남은 2년 전 편집부 송년회. 당시 종종 칼럼 의뢰를 한 그가 갑자기 참석하여, 우연히 옆에 앉았다. 미디어에서 보던 모습과는 달리 그다지 시끄러운 것을 좋아하지 않는 듯 조용한 모습이 인상적이었다. 다음에 만난 것은 어느 의원의 자택 앞이었다. 비가 내리고 있었다. 그 의원에 관한 정보를 얻고 싶은 욕심에 리카가 한잔하자고 청했더니, 겸사겸사 비도 피하자며 이 가게로 데리고 왔다. 리카가 특종을 연발하게 된 것은 그 후부터다.

"아니, 난 아무 말도 안 했어."

건강에 신경쓰지 않는 데 비해서는 하얗고 건강한 앞니를 보이며, 시노이 씨는 오늘 처음으로 조금 웃었다. 눈이 보이지 않을 정도로 가늘어지고 입 주위에 주름이 잔뜩 생겼다. 자리가 순간 훅 좁아지고, 그와 둘만 있다는 사실을 인식시키는 촉촉하게 웃는 얼굴이었다.

신문이나 대형 민영방송 매체에서는 절대 전할 수 없는 것이 몇 가지 있다. 국회의원의 불륜, 피해자 측 사정, 화제가 된 인물의 전력. 시노이 씨 같은 사람이 우연히 얻은 유익한 정보를 자신이 세상에 알리지 못한다고 해서 빤히 보며 버릴 리 없다. 이렇게 친한 주간지 기자에게 마치 전날 먹고 남은 것을 먹이로 던져주듯이 제공하는 것은 극히 자연스러운 일일지도 모른다. 그러나 어째서 자신일까. 리카는 마음이 불안했다. 자기는 아무것도 줄 게 없는데. 그의 눈에 비친 자신은 어떤 모습일지 몇 번이나 떠올린다. 아까 화장실 거울에 비친 모습이라면 절대 이성으로 끌리는 요소 따위 없을 터다. 사실 유혹을 받은 적도, 그런 기미도 없다.

"아, 한 대 주시겠어요?"

담배를 한 개비 얻었다. 시노이 씨의 라이터가 다 떨어져가서, 리카는 의욕 없어 보이는 중년 여성 점원을 불러 주방용 점화기를 갖고 오게 했다. 마른 담배를 입에 물고 총구 같은 점화기를 들고 얼굴을 기울여 불을 붙인다. 하드보일드 영화의 한 장면처럼 보였을 모습에 시노이 씨는 쓴웃음을 지었다. 평소에는 피우지 않는 담배여서 켁켁거리지 않도록 조심했다. 연기 너머로 어이없어하는 그의 얼굴을 보고 리카는 깊이 안도했다.

자신은 시노이 씨가 지금 막 눈앞에 버린 것을 주운 데 지나지 않는다. 정글에서 버터를 발견한 삼보 아버지가 그걸 들고 귀가한 것과 마찬가지다.

콘 버터는 뜨거울 때는 고소했지만, 마가린을 사용했는지 식으니 씁쌀한 맛이 목에 남았다.

마치다 리카 님

오랜만입니다. 요전에는 복숭아 통조림과 쿠키를 넣어주어서 고맙습니다. 모리나가 쿠키 중에서 나는 초이스를 가장 좋아합니다. 일반적으로는 문 라이트가 인기지만, 문 라이트도 마리도 마가린을 사용해서요. 곧 크리스마스군요. 나는 재작년에 '웨스트'의 크리스마스 케이크를 주문하려고 했답니다. 유감스럽게도 먹지 못했지만. 잘 만든 버터크림은 정말로 맛있는데, 최근에는 안타깝게도 거의 볼 수가 없더군요. 당신이 나 대신 먹어보면 어때요? '진짜'를 먹고 어떤 느낌이었는지, 당장 후기를 들려준다면 우리에게 아주 즐거운 시간이 될 거라고 생각합니다.

가지이 마나코.

취재 현장에서 돌아와 편집부 책상에 놓인 이 편지를 발견한 것은 어제 일이다.

두 번 읽고 리카는 바로 스마트폰을 꺼내 웨스트 홈페이지에 들어가 전화번호를 클릭했다. 몇 차례 호출음이 난 뒤, 침착한 학생회장 같은 여성의 목소리가 들려왔다.

"죄송합니다만, 크리스마스 케이크는 12월 1일부터 예약을 받아서, 12월 20일에 마감했습니다. 올해는 특히 예년에 비해 주문이 많이 들어와서……. 정말 죄송합니다."

분명 몇 번이나 되풀이했을, 매끄럽지만 절대 사무적으로는 들리지 않는 어조로 그녀는 말했다. 전화를 끊고 이 인기는 버터 품귀 현상과도 무슨 관계가 있을까 생각하면서 책상 위 컴퓨터를 켰다. '웨스트 크리스마스 케이크'로 검색하니 개인 블로그부터 미식가의 맛집 탐방 사이트까지, 그 맛에 관한 언급을 얼마든지 찾을 수 있었다. 한결같이 클래식하고 고상하며 진한 맛을 칭찬했다. 하지만 누군가의 표현을 표절하면 안 된다. 다른 사람의 평가를 보고 먹은 척해선 안 된다. 리카 자신이 직접 혀로 느낀 것을 자신의 언어로 전하지 않으면 아무런 의미도 없다. 가지이 같은 여자는 이내 거짓말을 알아차릴 것 같았다.

리카는 지금 시험당하고 있다고 생각했다.

뭔가 이용할 연줄이 없을까, 열심히 머리를 굴렸다. 고위 관료, 경찰, 연예계, 스포츠 기자……. 케이크와 연결되는 사람이 전혀 없다. 가게 앞에서 케이크를 수령하는 손님에게 웃돈을 주고 양보해달라고 하면 어떨까, 반쯤 진심으로 그렇게 생각했다. 문득 책상 옆 선반에 꽂힌 여러 회사의 주간지들이 눈에 들어왔다. 《주간 슈메이》의 위치는 업계 3위쯤일까. 시노이 씨의 자연도태 이야기를 떠올렸다. 잡지가 팔리지 않는 시대라고 하지만, 적어도 같은 업종 종사자끼리는 이렇게 매주 반드시 읽을 터다. 어쩌면 누구보다 주간지를 열심히 읽고 돈을 쓰는 것은 독자가 아니라 언론인이지 않을까……. 정신을 차리고 보니, 아, 그렇지, 하고 중얼거리고 있었다. 스마트폰을 한번 더 누른다. 레이코의 목소리가 바로 들렸다.

"리카가 이런 시간에 전화를 하다니 신기하네. 근무 시간 아냐? 어쩐 일이야?"

물소리가 나는 것으로 보아, 저녁 식사를 준비하는 중일지도 모른다.

"저기, 료스케 씨네 회사, 크리스마스 때면 조사하느라 다른 회사의 데코레이션 케이크 사 모으지 않아?"

"물론이지. 크리스마스 때도 밸런타인데이 때도 화이트데이 때도, 경쟁 상품을 사 모아서 회의실에 쭉 늘어놓고 사진도 찍고 시식을 한다고 들었어. 유명 제과점 케이크는 남으면 몰래 갖고 와서 나도 얻어먹을 때 있어."

짧게 사정을 설명하자 눈치 빠른 레이코는 바로 알아들었다.

"웨스트의 크리스마스 케이크라……. 오케이. 유명하니까 분명히 주문하지 않았을까. 물어볼게. 나한테 맡겨."

의기양양함이 느껴지는 통통 튀는 목소리가 들려왔다. 능력 있고 남을 잘 챙기는 사람이다. 집안일만으로는 가진 에너지를 다 발산하지 못해 이런 순간을 이제나저제나 기다리고 있었던 게 분명하다.

"정말 고마워. 메일로 얘기했지만, 네 충고 덕분에 가지이가 내게 마음을 열어주는 것 같아……. 모든 게 다 레이코 덕분."

레이코와 통화를 마치고 바로 료스케 씨의 문자를 받았다.

크리스마스 이브인 오늘, 리카는 가이엔마에역에서 가까운 양과자 회사의 도쿄 본사를 방문했다. 지하철 계단을 다 올라가니 국도 246호 길을 따라 희끗희끗 가루눈이 날렸다. 1층에 직영 카페가 있는 빌딩에 도착하자 슈트 차림의 료스케 씨가 점장인 듯한 여성과 말을 나누고 있는 것이 유리 너머로 보였다. 빨강과 초록으로 장식된 가게 안에는 크리스마스트리 전기 장식이 깜박거리고 케이크를 같이 먹고 있는 세련된 커플의 모습이 눈에 띄었다. 리카를 발견하고 한 손을 올리는 료스케 씨는 왠지 안색이 나쁘고 평소의 발랄한 생기가 없다. 특징인 볼의 붉은 기도 사라졌다. 무리한 부탁을 들어준 데 감사 인사를 하면서 조심스럽게 그 얘기를 하니 힘없이 웃었다.

"해마다 크리스마스 때는 본사 직원도 모두 공장에 나가서 밤새 케이크 만드는 데 참여해야 해요. 잠도 못 자고 시내 백화점에 조사를 나가죠. 과자점은 꿈을 꾸는 곳 같지만, 내부 사정은 보시다시피 동종 업체끼리 빡빡한 체력 싸움이죠."

"후후, 그래도 집에 가면 레이코와 크리스마스 저녁이라니 부럽네요."

뭐 그렇죠, 하고 료스케 씨는 수줍은 듯이 웃고 안쪽의 직원용 엘리베이터로 안내했다. 좁은 엘리베이터 안에선 서늘한 생크림 냄새가 났다.

"다음에 감사의 뜻도 표할 겸 우리 잡지에 이 회사 기사를 꼭 실어드릴게요. 식품업계의 개발 비화나 마케팅 뒷얘기 같은 거, 독자들한테 평판이 좋아요."

"괜찮습니다, 괜찮습니다. 아내 친구의 부탁인걸요, 라고 말하고 싶지만 그렇게 해주신다면 너무 고맙죠. 저희는 광고비를 짜내지 못해서. 리카 씨네처럼 큰 매체에서 다뤄주신다면 정말 감사한 일입니다. 과자란 게 생활비 절감할 때 제일 먼저 깎는 품목이잖아요. 편의점에서도 그럭저럭 괜찮은 걸 먹을 수 있는 시대에 우리 같은 어중간한 회사는 참 힘드네요."

음식에 사치를 부리는 건 금전 이상으로 기력과 체력을 요한다는 사실을 통감한다. 사계절의 제철 재료에 눈을 반짝거리고, 마음에 드는 가게를 찾고, 신상품과 그 동향을 꼼꼼히 체크한다. 그리고 지금 무엇을 먹고 싶은지 늘 냉정하게 자신의 몸에 묻는다. 가지이의 그런 에너지는 집념이나 생명의 불꽃이라고 해도 좋을 정도다. 자신은 아무리 시간과 돈이 있어도 그렇게는 못 할 것이다.

엘리베이터가 4층에 도착하고, 료스케 씨가 회의실 문을 열었다. 싱싱한 과일 향이 감돌았다. 아무도 없는 방 한복판에 놓인 긴 탁자에 유명 제과점의 크리스마스 케이크가 이 끝에서 저 끝까지 주욱 늘어선 광경은 장관이었다.

"자료용 사진은 찍었으니 이제 먹어도 됩니다. 나중에 상품기획실 사람들이 시식하러 오니 다 먹으면 곤란하지만 한 조각 정도

라면 문제없습니다."

웃으며 가리키는 4호짜리 버터크림 케이크는 주변의 딸기나 호랑가시나무, 설탕 과자로 장식한 호화로운 케이크 종류와는 확실히 달랐다. 새하얀 표면에 리스와 촛불 모양 크림이 있다. 이것 말고는 불꽃을 표현한 쿠키 세 개와 피스타치오나 호두 등 견과류가 몇 알 장식되어 있을 뿐이다. 설경처럼 매끄러웠지만, 눈에는 보이지 않아도 질 좋은 동물성 지방 입자가 안에 빼곡하게 박혀서 빛나고 있는 게 느껴졌다. 사실은 이렇게 보고 있는 지금도 하늘에 반짝이고 있을 한낮의 별들 같다고 생각했다.

"요즘 같은 때, 딸기나 산타나 다른 장식도 없이 버터크림과 스펀지만으로 승부를 걸다니 그래서 더 박력이 있죠. 웨스트는 언제나 적자를 각오하고 재료에 돈을 들인답니다."

"우와…… 리프파이 정도밖에 몰랐는데."

회사 휴게실에 놓여 있던, 하얀 상자에 담긴 나뭇잎 모양 파이. 남자뿐인 직장인데도 눈 깜짝할 사이에 빈 통이 됐다. 리카는 늦게 가서 한 개도 먹지 못했다.

"2년 전 폐점한 메구로의 커피숍도 그렇게 장사가 잘됐는데 한 번도 흑자를 낸 적이 없다고 하니, 대단하죠. 존경스러워요."

메구로라면 가지이가 살던 후도마에에서 걸어서 지척이다. 아마 그녀가 좋아한 가게였을 테고 크리스마스 케이크도 거기서 받으려 했을 가능성이 높다.

료스케 씨가 익숙한 손놀림으로 케이크를 잘라서 종이 접시에 담아 플라스틱 포크와 함께 내밀었다. 리카는 고맙다는 인사를 하고 얼른 케이크에 덤벼들었다. 손에 와닿는 느낌이 묵직했다. 하얗게 빛나는 노란빛 조각이 부드러워, 그것만으로 뺨이 활짝 펴졌다.

"저, 실은 버터크림 처음 먹어봐요."

직전까지 차게 해둔 덕인지 버터크림에는 단단함이 남아 있었다. 혀의 열에 녹은 달콤한 버터가 촤악 퍼져서 맛을 느끼게 하는 온몸의 세포를 들뜨게 하는 것 같다. 보들보들하고 새콤달콤한 쇼트 케이크로는 이제 만족하지 못할 것 같은, 진하고 묵직한 우유 맛과 탄탄한 케이크 부분. 그렇다, 훌륭한 맛만큼 열량도 가격도 높다. 구하려면 몇 개의 산을 넘어야 한다. 눈을 감고 혀에 기억을 새겼다. 소설가 무코다 구니코의 에세이에 이런 묘사가 있었다. "요리를 좋아하는 그녀는 외식에서 맛있는 것을 만날 때마다 집중해서 그 맛을 혼에 새겼다." 우와, 진지하시네, 료스케 씨가 놀리는 소리가 아득히 먼 곳에서 들려오는 느낌이었다.

빌딩을 나오니 아직 가루눈이 날리고 있었다. 우산을 사는 시간도 아까웠다. 눈을 맞으면서 오모테산도역까지 빠른 걸음으로 걸어, 지요다선을 타고 아야세역으로 향했다. 택시를 타고 도쿄구치소까지 가서, 언제나처럼 면회 절차를 밟았다. 금속탐지기 검사를 받고 긴 통로를 지나 엘리베이터를 타고 지정된 층에 내렸다. 번호가 붙은 방 앞에서 리카는 오늘은 꼭 만날 수 있다는 확신에 가슴이 뜨거워졌다. 잠시 후, 남성 교도관을 신하처럼 거느리고 가지이 마나코가 유유히 모습을 나타냈다. 거의 3주 만이었다.

어, 뭔가 예뻐진 것 같은 느낌이 든다……. 피부가 더 하얗고 매끄러워졌다. 뺨과 눈두덩에 희미하게 분홍빛이 돌아 부은 듯한 인상이지만 마치 울어서 젖은 듯한 색기가 있었다. 흰색 스웨터에 체크무늬 롱스커트는 이제 그런 차림을 할 여자는 어디에도 없을 정도로 촌스러웠지만 우아하고 얼굴에 잘 받았다. 무엇보다 오늘 같은 날에 딱 어울렸다. 나름대로 이곳 생활을 탐욕스럽게 즐기려 하고 있을 것이다. 자연도태라는 시노이 씨의 말이 또 생각났다. 이 사람은 전쟁이 일어나건 기근이 일어나건 살아남을 것 같다.

"오랜만이에요. 오늘은 저기……, 추천해주신 웨스트의 크리스마스 케이크를 지금 막 먹고 감사하다는 말과 소감을 전하러 왔어요."

가지이는 미소도 짓지 않고, 약간 졸린 듯한 눈은 초점도 맞지 않았다. 보들보들한 소재의 스웨터 탓인지 눈사람처럼 유머러스해 보인다. 오늘 그녀에게서는 왠지 무서움이 느껴지지 않는다. 혀에는 케이크 맛이 충분히 남아 있었다. 리카는 들뜬 마음을 억누르고 아직 버터의 지방분으로 촉촉한 입술을 벌렸다.

"리스 한복판에 촛불이 흔들리는 심플한 디자인. 섬세하게 짠 크림이 마치 조각 같았어요. 불꽃을 표현한 쿠키와 견과류 외에는 장식이 없더군요. 케이크에 관해서는 잘 모르지만, 보통 케이크에는 무염 버터를 사용하잖아요. 그런데 웨스트의 버터크림은 가염 버터를 사용해서 약간 짠맛이 났어요. 그것이 케이크 전체의 단맛을 다잡고 순한 맛의 깊이를 더하는 것 같은 느낌이 들었답니다.

스펀지 생지는 묵직하니 포만감 있고요. 향이 진한 달걀과 밀가루는 혀에서 까끌하게 자신을 주장하더군요. 크리스마스 케이크는 쇼트 케이크밖에 먹어본 적 없는데, 보들보들하고 여린 생크림이나 자기주장이 격렬한 새콤달콤한 딸기는 오히려 스펀지 향이나 씹는 맛을 죽이는 것 같아요. 버터를 먹으면 '떨어진다'는 느낌이 든다고 전에 가지이 씨가 표현했지만, 그 케이크는 뭐랄까……."

언젠가 직접 기사를 쓸 것이다. 진부한 표현을 할 수는 없다. 그녀를 단번에 끌어들일 말을 열심히 찾았다. 버터간장밥의 열변에 지지 않겠다. 가이엔마에에서 우연히 만난 가루눈이 떠올랐다. 잿빛 하늘에서 팔랑팔랑 흩날리던 한 조각의 결정.

"왈츠를 추듯 회전하면서 나선을 그리며 끝없이 계속 낙하하는 듯한 맛이었어요."

새까만 눈동자가 이쪽을 똑바로 보았다. 아크릴판 너머로도 그녀의 입술이 젖어 있는 게 보였다. 주름지고 통통한 햄 같은 목이 크게 움직였다. 아, 배가 고프구나, 리카는 깨달았다. 자신의 설명과 표현이 그녀에게 욕망을 불러일으킨 걸까. 누군가에게 욕망을 느끼게 한 것은 이제는 떠올릴 수 없을 정도로 아득히 먼 날의 이야기다.

줄곧 잊고 있던 어떤 기억이 떠올랐다. 여학교 시절, 동급생이 "딱 한번만 키스하게 해줘" 하고 눈물을 글썽거리면서 애원한 적이 있다. 물론 당황하면서도 정중히 거절했다. 몇 년 뒤, 동창회에서 다시 만난 그녀는 서글서글한 두 아이의 엄마가 되어 있었다.

"그때는 연애하고 싶은 마음은 굴뚝같은데 주위에 남자가 없어서 제일 잘생긴 리카에게 빠질 수밖에 없었어. 미쳤었나봐" 하고 태연히 얘기하며 우스개로 승화하려고 했지만, 리카는 심술궂게도 똑똑히 기억하고 있다. 분명히 그때의 그녀는 자신에게 욕망을 느꼈다. 눈앞의 가지이 마나코처럼 눈과 입술이 촉촉해지고 초조하게 애타는 표정으로 빤히 바라보았다. 눈치채고 있었다. 많은 여자아이가 자신을 원했다는 것. 남자 대용품이란 것을 알았지만, 리카는 아이들에게 호감을 사고 있는 자신이 특별한 존재가 된 듯해서 자랑스러웠다.

생각해보면 부드러운 곡선미가 드러나는 몸매가 되지 않도록 그 무렵부터 신경썼다. 소년처럼 거칠고 당당하게 행동했다. 공부도 운동도 누구한테 지지 않도록 남 몰래 노력했다. 여자아이들의 왕자님 로망을 이루어주기 위해서는 아무것도 모르는 체하고 모든 면에서 우수할 필요가 있었다. 그리고 이따금 눈여겨보고 괜찮다고 판단한 동급생 앞에서 셔츠 단추를 풀어 목덜미와 쇄골을 슬쩍 보였다. 넌지시 팔짱을 끼기도 하고 넌지시 어깨도 기댔다. 그녀들의 빠른 심장 고동 소리가 교복 너머로 전해졌다.

누군가의 욕망을 일으키는 것은 굉장히 즐겁다. 상대가 남자건, 여자건.

버터가 녹듯이 상대의 눈이 빛나며 드러나는 달콤한 굶주림이 눈에 보인다. 자신의 힘을 동원하여 누군가를 열광하게 하는 것은 나쁜 일, 비열한 일, 더러운 일이라고 생각했다. 누구에게 그런 식으로 느꼈더라……. 무의식중에 상관하고 싶지 않은 상대의 욕망을 깨웠음을 알았을 때는 소름이 끼치고, 자기혐오에 빠진다. 하지만 자기가 점찍어서 작업한 상대가 욕망한 것이라면, 조금도 리카의 존재를 깎아내린 것이 아니다. 줄곧 눌러두었던 순수한 감정이 피부로 배어나는 걸 느꼈다. 이거, 멈출 수 있을까, 불안해진다.

"메리 크리스마스. 마치다 씨."

사바랭savarin 시럽 같은 가지이 마나코의 목소리는 녹진하게 울려 퍼져, 면회실의 차갑고 단단한 벽에 천천히 스며들었다.

3

도쿄구치소에서는 해마다 설날에 떡국과 홍백만주, 설음식이 든 찬합이 특별히 지급됩니다. 예산에 따라 내용물은 약간 달라지겠지만, 올해는 아마 튀김, 야채조림, 돼지고기조림, 생선구이, 새우조림, 청어알, 양갱, 계란말이, 홍백어묵, 밤조림, 검은콩, 과일 같습니다. 그리고 이날만은 보리밥이 아니라, 백 퍼센트 쌀밥입니다. 올해도 마치다 씨에게 좋은 해가 되길 바라며.

새해가 되어 누구보다 이른 시간에 메일을 보낸 사람은 시노이 씨였다. 리카는 마룻바닥의 딱딱함이 그대로 전해지는 얇은 요와 오리털 이불 사이로 얼굴을 내밀었다. 베갯머리에 놓아둔 스마트폰을 손으로 더듬더듬 가져와서, 아무래도 업무 메일 외에는 익숙하지 않은 문장에 리카는 씨익 미소를 지었다. 블라인드 사이로 비치는 맑은 햇살이 아직 티 하나 없이 새로운 한 해가 펼쳐짐을 알리고 있다. 시노이 씨가 사소한 부탁을 이렇게 기억해준 것이 기뻤다. 답장을 하려고 키를 눌렀다가 그냥 밤에 하기로 했다. 오늘만은 부산한 대화에서 벗어나고 싶다. 내일, 2일이면 벌써 출근해야 하니까.

오전 10시. 택시를 타고 엄마네 집에 온 것은 〈홍백가합전〉이 끝나고, 제야의 종 행사 중계가 시작되기 몇 분 전이었다. 과음하여 걸음이 휘청거리는 리카에게 텔레비전을 보고 있던 엄마가 한심하다는 듯 웃으며 유자 껍질을 살짝 올린 도시코시소바*를 차려주었다. 욕조에서 땀이 희미하게 배어날 때까지 몸을 데우고 이따금 이를 가는 엄마 옆에서 아홉 시간 이상 푹 잤다. 그것만으로도 지난 일주일 동안 연이은 송년회로 망가진 몸이 다시 태어나는 것 같았다.

가지이 마나코는 인생에서 세번째 맞는 도쿄구치소의 설음식 맛에 만족했을까. 익숙하지 않은 천장을 바라보면서 좀 전의 메일을 떠올리며 상상했다. 블로그를 보니 그녀는 해마다 연말이면 여동생과 둘이서 설음식을 만들었다. 출신지인 니가타에 전해지는

---

* 에도시대 풍습으로 '한 해 동안의 재앙을 없앤다'라는 뜻이 담긴, 섣달그믐에 먹는 메밀국수.

눗페*, 히즈나마스**라고 하는 향토 요리도 만들었다. 오조니***는 연어와 연어알을 넣고 육수가 맛있도록 뿌리채소를 듬뿍 넣고 끓였다. 아마 할머니가 가르쳐준 것 같았다. 그 하얗고 통통하고 작은 손으로 정성껏 만든 조림이나 구이를 떠올리기만 해도 식욕이 마구 솟구쳤다.

리카는 일어나서 이불을 개고 작년 설날 이후 처음 온 엄마 혼자 사는 집을 휘 둘러보았다. 배우 잔느 모로의 영화 포스터. 뉴욕을 거니는 세련된 노부인만 찍은 사진집. 유리병에 아무렇게나 꽂아놓은 호접란 꽃가지에 재즈 음반. 엄마네 집은 어딘지 모르게 레이코네 집과 공통된 인상이 있다. 사람들은 엄마와 비슷한 유형의 친구를 저절로 고르게 된다고 어딘가에서 읽은 적이 있다. 실제로 엄마와 레이코는 죽이 잘 맞는다. 매사 흐리터분한 리카에 비해 두 사람은 확고한 취향을 갖고, 자기 마음에 드는 것만으로 이상적인 세계를 구축하겠다는 강한 욕구가 있어서, 각자의 일에서 그것을 잘 살리고 있다.

엄마는 지금 오륙십대 여성을 대상으로 수입 잡화에서 옷에 이르기까지 다양한 상품을 취급하는 지유가오카 2호점에 주 3회 나

---

* 니가타 향토 요리로, 깍뚝썰기한 토란에 닭고기, 당근, 우엉, 유부 등을 넣어 조린 음식.
** 연어의 얼린 머리를 식초에 절인 설음식.
*** 우리나라의 떡국 같은 음식.

가고 있다.

옆 침대에 엄마 모습은 없고, 동그란 이케아 탁자에는 메모가 놓여 있었다. "새해 복 많이 받아라. 할아버지네 집에 간다. 일어나면 문 잠그고 와."

월세 7만 8000엔. 올해 63세가 되는 엄마가 자신의 맨션보다 조금 더 싼 좁은 집에 사는 것이 이따금 가슴 찌릿하다. 아무리 설득해도 생활비는 절대 받지 않는다. 여자 혼자 살다보면 무슨 일이 일어날지 모르니 나한테 줄 돈 있으면 너를 위해 저금해, 하고 고집을 부렸다. 할아버지가 돌아가시면 유산을 봐서 마지막 살 집에 대해 생각할 계획이지만 그때까지는 이 집으로 충분하다고 한다. 가게가 나름 궤도에 오른 지금도 엄마는 절대 불필요한 돈을 쓰지 않는다. 이곳에 있는 가구나 잡화도 얼핏 보아서는 모르지만 양판점 물건이거나 싸구려 앤티크거나 얻어온 것뿐이다.

리카가 사립 중학교에 들어갔을 무렵, 아버지에게 매달 양육비만 받는 조건으로 이혼을 해서 엄마와는 지금까지 여행 한번 간 적 없었다. 비교적 학비가 싸고 수수하고 느긋한 교풍 탓인지 생활이 힘들었던 기억은 없다. 리카가 대학을 졸업할 때까지 모녀 둘이서 살았던 하타노다이의 원룸 맨션은 이곳보다 좁아서 월세는 6만 2000엔이었다. 당시 엄마의 연 수입을 알았을 때는 정말 놀랐다.

옷을 갈아입고 물 한 컵을 천천히 마셨다. 창밖으로 보이는 빨간 벽돌 맨션에는 할아버지와 외삼촌 부부가 살고 있다.

오쿠사와역에서 도보 10분 거리인 그곳에 할아버지와 할머니가 단독주택을 팔고 이사한 것은 12년 전의 일이다. 93세가 되는 할아버지는 허리와 다리는 아직 튼튼하지만 치매 초기 증세로 일상생활이 불안해져서, 같은 층에 사는 외삼촌 부부와 엄마가 도우미의 힘을 빌려가면서 돌보고 있다. 엄마와 외숙모는 옛날부터 미사키짱, 엣짱 하고 서로 이름을 부를 정도로 사이가 좋다. 최근에는 할아버지 댁에서 자는 날이 늘어난 것 같지만, 엄마는 '내 영역만은 확보해두고 싶다'라는 생각으로 독신 생활을 그만둘 마음이 없는 것 같다.

현관문에 열쇠를 꽂는 소리가 났다. 주방에서 얼굴을 내미니 엄마가 코트를 벗으면서 들어오고 있었다. 머리에는 무늬가 있는 스카프를 두르고 검은 터들 니트에 큼직한 액세서리를 하고 있다. 언제 어디서나 장소에 어울리지 않을 정도로 멋을 부리는 사람이다.

"어머, 왜? 지금 가려던 참인데."

"됐어. 안 가도. 할아버지가 지금 기분이 안 좋아서 다들 달래느라 난리야. 이불 뒤집어쓰고 안 나오셔."

그렇게 말하고, 엄마는 이거 떡, 하고 동그란 탁자에 꾸러미를 내려놓더니, 환풍기 앞까지 와서 담배에 불을 붙였다. 희미한 연기 너머 옆얼굴은 이미 지칠 대로 지친 기색이다.

"엣짱이 설음식을 백화점에서 사 온 게 마음에 안 들었나봐. 할머니가 살아 있을 때는 손수 만들었는데, 너무 대충 한다고. 그래서 내가 이혼당하고 친정에 온 거래."

"근데 어째서 외숙모가 아니라 엄마한테 불똥이 튄 거야!"

거기에는 대답하지 않고, 엄마는 꾸러미를 가리켰다.

"구울까? 근처 화과자점에 예약한 건데 갓 만들었대."

할아버지는 외숙모에게는 그래도 조심스러운데 외동딸인 엄마한테는 옛날부터 가차없다. 이혼한 뒤로 더 그렇다. 확실히 할머니는 돌아가시기 몇 년 전까지 검은콩조림부터 달걀말이까지 전부 손수 만들었다. 엄마와 정반대로 요리를 잘했지만, 리카는 당시 그 고마움을 알지 못하고 그냥 습관처럼 먹었다. 할머니의 설음식은 갈색이 주조여서 칙칙해 보였다.

문득 생각나는 광경이 있었다. 초등학교 6학년 때 섣달그믐, 아버지가 갑자기 집을 뛰쳐나갔다. 엄마가 만든 가모세이로*가 마음에 들지 않아서였다. 응석받이로 자라서 대학에서 영문학을 가르쳤던 아버지는 음식에 까다로워서 대충대충 하는 엄마의 요리에 잔소리할 때가 많았다. 이 얘기를 남들한테 하면 대부분 "미식가 아버지시네" 하고 유쾌한 추억으로 둔갑시킨다. 그러나 텔레비전을 보며 서로 웃고 있어야 할 연말에 갑자기 분위기가 돌변하여 엄마가 흐느껴 울던 그때의 기억은 떠올리기만 해도 위가 조여드는 것 같다. 리카는 그후로 가모세이로를 좋아하지 않게 되었다.

엄마는 아버지의 제자였다. 학생운동 전성기, 체제에 반발했던 젊은 강사인 아버지는 학생들에게 아이돌 같은 존재였던 것 같다.

---

* 오리고기와 파를 넣어 만든 육수에 메밀국수를 찍어 먹는 음식.

BUTTER

두 사람은 부모의 맹렬한 반대를 뿌리치고, 야반도주하다시피 해서 결혼에 골인했다고 한다.

어떻게 하면, 손수 만든 요리를 앞에 둔 단란한 자리에서 풍기는 차가운 긴박감으로부터 엄마와 둘이서 도망칠 수 있을까 생각했었는데.

"그러고 보니 엣짱이랑 아르바이트 같이 하는 대학생은 떡에 설탕이랑 간장을 뿌려서 버터를 올린대. 느글거리지 않나? 그렇게 먹는 게 젊은 애들한테 유행이라는데."

"헐, 버터를."

"엣짱이 준 버터, 뜯은 지 얼마 안 됐어."

리카는 볼 안쪽이 오목해지며 천천히 침이 솟구치는 걸 느꼈다. 탄수화물에 버터를 섞으면 형용할 수 없는 부드러운 맛이 될 테니 떡에도 어울리지 않을 리 없다. 리카는 손을 씻고 가루로 치장한 매끄러운 떡을 토스터에 나란히 올렸다.

"할아버지, 설날에 도우미가 오지 않아서 기분이 안 좋은 거야. 지금 있는 도우미, 젊고 귀엽고 뭐든 네네 하며 다 들어주니까 엄청 마음에 드나봐. 언젠가 둘이 데이트할 거라고 들떠 있다니까."

냉장고를 여니 안은 청결하고 자신의 집과 마찬가지로 식재료는 별로 들어 있지 않았다. 고이와이* 버터 병을 발견했다. 갓 개봉한 듯한데 뚜껑을 열자마자 청량한 달콤함이 풍겼다. 예전에는 그

---

* 고이와이 농장을 모태로 하는 유제품 회사.

렇게 좋아한 할아버지인데 가지이 마나코의 피해자와 이미지가 겹쳐지는 느낌이어서 조금 슬펐다.

빨간 불빛이 켜진 토스터 속에서 서서히 모서리가 동그래지는 떡을 바라보며, 어느새 모녀는 말이 없어졌다.

문득 시노이 씨와 나눈 대화가 생각났다. 대부분의 종種이 환경에 적응하지 못하고 멸종되는 덕분에 지구는 정기적으로 갱신된다. 자연도태를 극복한 종이 소수파인 게 아니라 멸종하는 종이 다수파다. 멸종 또한 필요한 현상이다. 이렇게 고령의 할아버지와 리카가 같은 세대에 존재하는 것은 긴 인류의 역사에서 생각해보면 상당히 부자연스러운 일일지도 모른다. 떡은 점점 색이 들며 도톰하게 부풀어올랐다. 노릇노릇하게 구워진 부분이 터져 뽀얗게 빛나는 속살을 드러낸 떡을 토스터에서 꺼냈다. 고이와이 버터를 듬뿍 올리고 설탕과 간장을 종지에 준비했다. 노릇한 부분과 하얗고 보드라운 부분 양쪽에서 버터가 부드럽게 흘러내리는 것을 보고 있으니 배에서 소리가 났다. 칠칠치 못하다고 생각하면서 리카는 선 채로 떡을 입안 가득 넣었다.

코로 빠져나가는 듯한 고소함과 바삭바삭 무너져가는 표면의 식감 그리고 입속의 살이라는 살마다 찰싹 달라붙어서 떨어지지 않는 떡의 매끄러움. 뜨거운 버터가 설탕과 간장에 녹아들며 달콤하고 부드럽게 형태 없는 덩어리에 엉겨서, 윤곽을 찾으려고 헤엄친다. 버터의 기름기와 설탕의 바스락거리는 식감, 간장의 강한 맛이 하나가 된다. 떡을 씹은 이가 쾌감으로 떨렸다. 리카는 한숨처럼 중얼거렸다.

"이거 정말 중독되겠네. 좀 더 구울까, 네 개, 여섯 개?"

"송년회 계속 달려서 위가 안 좋다고 하지 않았니?"

엄마가 눈을 동그랗게 뜨고, 아직 뜨거운 토스터에 떡을 넣는 리카를 보았다.

"엄마, 우리 이거 먹고 잠깐 외출하지 않을래? 메구로후도손 류센지*에 가서 참배하고 차 한잔 마시자."

이럴 때는 억지로라도 밖으로 데리고 나가서 기분 전환을 시켜주는 게 좋다. 경험으로 알고 있다. 할아버지나 아버지의 폭언에 상처받고도 어떻게든 주위에서 눈치채지 않게 하려고 애쓰는 아픈 모습을 수없이 보았다. 엄마는 아직 멍한 모습으로 의자에 벗어둔 코트를 입고 얼떨결에 리카를 따라 밖으로 나왔다. 맨션 앞에서 잡은 택시 뒷자리에 올라타 행선지를 말하고, 리카는 쾌활하게 말을 걸었다.

"할아버지한테 욕먹어서 화나지 않아? 치매 초기라 해도."

"당연하지. 진짜 화나지! 같이 사는 것도 아니고, 도우미도 있고 옛짱도 있으니 그나마 덜 속상하지만, 둘만 살았더라면 나도 어떻게 됐을지 몰라. 종일 노인 돌보는 사람이 보기에는 호강에 겨운 소리 같겠지만."

리카가 연신 맞장구를 쳐주며 불만을 토하게 하는 동안 차는

• 808년에 창건된 신사.

메구로선 후도마에역에서 그리 멀지 않은, 벚나무 가로수가 이어진 언덕 도중에 컨시어지*가 있는 고급 맨션 앞에 도착했다. 의아해하는 엄마에게, 리카는 장난스럽게 귓속말을 했다.

"엄마, 가지이 마나코가 살던 맨션이 여기야. 시간 있을 때 한번 봐두려고. 월세 30만 엔 정도 한대."

"뭔가 했더니, 결국 일이야?"

엄마가 입술을 삐죽거리면서도 웃음지으며 좀전까지 걸치고 있던 우울함을 날렸다. 레이코와 마찬가지로 귀가 얇고 호기심 왕성한 성격이다.

"요리 좋아하는 꽃뱀 말이지? 되게 좋은 집에 살았네. 남자들한테 갈취한 돈으로! 대단하다."

엄마는 들뜬 목소리로 말하며 잘 정돈된 화단이나 마치 미술관 같은 유리벽 입구에 장식된 유목풍流木風 오브제나 가도마쓰**를 천진난만하게 바라보았다. 맨션에서 나온 주민인 듯한 남자가 노려보아서 뜨끔했지만, 여하튼 기분 전환이 된 것 같아서 안도했다.

새삼스럽게 기자의 눈으로 12층 건물을 올려다보았다. 확실히 호화스러운 건물이긴 하지만 취재 대상인 연예인이나 운동선수들이 흔히 사는 맨션으로, 가지이의 새로운 면을 알게 된 것은 아니다. 그녀치고는 개성이 없다고 할까, 너무나 현대적이어서 특이

---

* 호텔에서 투숙객의 요구를 들어주는 일종의 집사 역할을 하는 사람.
** 설에 문 앞에 세우는 소나무 장식.

사항이 없다.

맨션을 한 바퀴 돌고 후도손을 향해 걷기 시작했다. 옆에서 숨을 헐떡이는 엄마는 나이를 느끼지 못할 만큼 홍조를 띠었다.

참배객으로 복작복작한 절에서 새해 첫 참배를 하고, 따뜻한 감주를 마시고, 운세 보기를 할 무렵에는 완전히 긴장감이 사라졌다. 메구로역으로 향하는 길에 1.5층에 있는 프루트팔러* 앞을 지나다, 리카는 크리스마스 케이크 맛을 떠올리면서 말했다.

"여기 원래는 웨스트라고, 가지이가 좋아했던 가게였던 거 같아."

당연하지만 그 가게에는 설날 휴무라는 안내문이 걸려 있었다. 어머나, 하고 엄마는 또 눈을 반짝거렸다.

"스타벅스는 싫어, 담배를 못 피우니까." 엄마의 주장에 따라 JR역 앞 도토루** 에 들어가기로 했다. 설날이라고 생각할 수 없을 정도로 가게 안은 붐볐고, 직업이 무엇인지 알 수 없는 혼자 온 손님들이 많았다. 엄마와 나는 어떤 관계로 보일까. 엄마는 우리 엄마라서 하는 말이 아니라 사십대 후반으로 보인다. 나이 차이 나는 친구로 보여도 이상하지 않다. 사실 십대 때는 자매로 오해받았다. 머그컵에 나온 커피를 한 모금 마시자마자 엄마는 말이 많아졌다.

"난 말이야, 가지이 마나코가 인기가 많았던 것 이해가 돼. 실은 있잖니. 절대 아무한테도 말하면 안 돼?"

---

* 과일 가게를 겸한 찻집.
** 일본의 커피 체인점.

그러더니 여고생처럼 쿡쿡 웃으며 몸을 앞으로 내밀고 귓속말을 했다. 그 말에 리카는 밀크티를 생각보다 많이 마셔버렸다.

"엄마가 맞선 파티의 바람잡이를? 엥, 뭐야, 그게, 흥미롭네?"

"싫어, 그런 기자 표정. 절대로 기사로 쓰면 안 돼. 비밀 엄수라고 했지?"

엄마는 메비우스*를 스윽 꺼내서 불을 붙였다. 엄마 이야기에 따르면, 가게 손님으로 알고 지내다 술친구가 된 결혼상담소 여성 소장이 꼬였다고 한다. 엄마처럼 외모가 화려한 여자가 있으면 도움이 될 거라고 간청하여 반은 재미삼아 참가했다. 롯폰기 호텔의 행사장에서 열린 60세 이상을 대상으로 하는 파티는 엄마 말을 빌리자면 '지옥'이었다고 한다. 엄마는 넌덜머리난다는 투였지만, 그래도 충만한 서비스 정신으로 계속 얘기했다.

"이 나이가 돼서 호스티스 취급을 받을 줄은 생각지도 못했어. 단카이 세대** 노인네들 무용담을 들어주다니, 돈을 준대도 싫거든. 우리가 만나고 싶은 사람은 훌륭한 남자가 아니라, 대화가 통하는 남자인데 말이야. 지긋지긋하다고 얼굴에 써 있는 여자는 나뿐만이 아니었어. 동지가 두 사람 있었지. 눈이 마주치자 바로 의기투합해서 파티 끝나고 오랜만에 아만도***에 가서 차를 마셨잖

---

* 일본의 담배 브랜드. 예전 이름은 마일드 세븐이다.
** 종전 후인 1948년을 전후해 태어난 세대. 고령층 가운데 인구 비율이 가장 높다.
*** 일본의 커피 체인점.

니. 롯폰기라면 우리가 남자들보다 훨씬 잘 알거든!"

"아하하, 엄마답네. 엄마는 예뻐서 그래도 꽤 인기 있었겠네."

"그게 저언혀. 그런 남자들이 바라는 건 대등한 대화가 되고 인생을 함께 걸어갈 사람이 아니야. 대단해요, 굉장해요, 당신 같은 사람 본 적이 없어요, 하고 맞장구치며 얘기를 들어줄 수완 좋은 인형 같은 존재야. 그래서 그런 여자도 몇 명 있기는 했지. 대부분 주최 측이 고용한 거지만 말이야. 요컨대 프로야. 이건 대놓고 말할 일은 아니지만, 노인들 맞선 파티를 노리고 뛰는 프로들도 최근에 많아졌다고, 같이 차 마신 사람들에게 들었어. 그 자리에도 몇 명 있지 않았을까. 그러고 보니 갑자기 남자한테 기대기도 하고 좀 이상한 여자가 있긴 하더라."

"프로라……."

가지이 사건 피해자들의 비극은, 그런 프로 여성의 (금전과 맞바꿀 뿐인) 서비스를 상냥함이나 배려로 착각한 데 있지 않을까.

"다만 얼핏 보아서 아마추어 이상으로 아마추어 같은 프로지. 평범한 아줌마로 보여야 돼. 남자를 놀라게 하거나 새로운 세계를 느끼게 하면 안 되는 거야. 그런 프로 주위에는 남자들이 빙 둘러싸고 있어. 좋지 않니? 바라는 게 같은 사람끼리 즐겁게 지내면."

담배연기를 내뱉으며 엄마가 건조한 목소리로 말했다. 아, 엄마 그 애인하고 끝났나 보다, 하고 리카는 이해했다. 오랜 세월 쌓인 지울 수 없는 실망이 미간 주위에 배었다.

엄마는 올곧고 고지식한 성격인데 자유분방해 보여서 손해 보는 사람이다. 할아버지에게도 아버지에게도 혼나기만 하고, 그걸 웃어넘기며 결국은 상대가 멋대로 굴어도 다 받아준다. 엄마가 주위를 배려하여 무슨 일이든 참는 타입이어서, 절대 폭발하지 않는다는 걸 그들은 잘 알고 있다. 집안일에 바깥일에 육아 그리고 병간호. 엄마는 언제든 생기 넘치게 복잡한 저글링을 해냈다. 리카에게조차 약한 소리를 한 적이 거의 없다.

이혼 직후, 엄마 월급 대부분은 하타노다이의 월세와 생활비로 사라지고, 사립학교 중에서는 상당히 싸긴 했지만, 리카의 중학교 학비는 한때 할아버지가 내주었다. 자기 때문에 엄마가 아직 할아버지에게 큰소리를 내지 못하나보다 생각하면 미안한 마음으로 가득하다.

"아, 리카. 아버지 성묘하러 다녀왔니?"

"시간 봐서 가려고 하는데, 좀처럼."

"너한테는 친아버지니까 가끔 다녀와. 난 남인데도 작년에 두 번이나 다녀왔어."

담백한 어조에 놀라서 엄마를 말똥말똥 바라보았다. 아버지 얘기는 모녀 사이에 금기까지는 아니지만 일부러 하지도 않기 때문이다.

엄마가 이혼 얘기를 꺼낸 뒤, 아버지는 망연해했다. 아이처럼 낭패스러워하더니 이윽고 손을 댈 수 없을 정도로 화를 냈다. 엄마가 스트레스를 견디다 못해 자신을 떠날 줄은 아마 상상도 못 했을 것이다. 생각나는 광경이 있다. 리카를 자전거 뒷자리에 태우고 언덕을 올라가던 엄마의 등이다. 땀이 찬 피부에 니트가 달라붙어서 등뼈가 불거져 있었다. 전업주부 시절, 엄마는 구내 도서관에서 도서관으로 자전거를 달리며 아버지가 예약해둔 신간 소설을 대출하러 돌아다녔다. 다섯 개의 도서관을 도는 것은 예사였다. 도서관을 좋아했던 리카로서는 엄마의 자전거로 갈 수 있어서 즐거웠지만, 한 군데라도 예약을 놓치면 아버지는 화가 나서 입을 다물기 때문에 엄마는 항상 필사적이었다. 생각해보면 그 시절부터 우리 집은 금전적으로 힘들었을지 모른다. 내가 초등학교 고학년이 되자, 엄마는 아버지의 반대를 물리치고 시간제 일을 시작하며 도서관 심부름을 거부했다.

정말로 돈을 지불할 가치가 있는 책은 별로 없어.

맨날 이렇게 말하는 아버지는 인색한 사람이었다. 영화는 비디오를 대여해서 보거나 텔레비전에서 방송할 때 녹화를 해두었다가 보거나 명화극장을 할 때까지 기다렸다. 최소한의 값으로 모든 예술에 정통한 것이 아버지의 자랑이었다. 거의 무료로 감상하면서 취향에 맞지 않으면 상대방의 등골이 서늘해질 정도로 심하게 헐뜯었다. 아버지는 아내와 딸이 떠난 뒤에도 리카가 태어나서 자란 미타카의 맨션에서 혼자 계속 살았다.

리카의 침묵을 엄마는 곤혹스러움으로 받아들인 것 같다.

"뭐야, 그런 얼굴 하지 마. 그냥 미나토미라이역에서 수입 브랜드를 확인하고 돌아가는 길에 요코하마 묘지에 들렀을 뿐이야. 네 아버지한테 좋은 기억 따위 없어. 너 중학교 입시가 눈앞인데 갑자기 직장 때려치우고 옛날부터 꿈이었던 소설을 쓰고 싶다니. 정말로 답답한 사람이었지. 우리가 얼마나 고생했는지 아니?"

세상을 떠난 아버지에게 끝이 불평을 토하면서도 어딘지 말투가 경쾌해서, 리카는 무거운 기분을 느낀 적이 없다. 그러나 그것이 엄마에게는 더 편했을까. 가게에 흐르는 멜로디가 반가운 걸까, 엄마는 풉 하고 웃음을 터트렸지만 할아버지에게 돌아갈 시간을 가늠하는지 흘끗흘끗 손목시계를 보았다.

히로오의 자택 앞에서 잠복하고 있던 리카의 취재 요청에 긴자의 클럽 '라 비'의 마담인 오야스 모모에가 마침내 응해준 것은 사흘 동안 밤샘 직후의 밤이었다. 리카는 기오이초 산부인과에 다니는 그녀의 사진과, 가게 단골인 어떤 정치가와 둘이서 찍은 사진이 컬러 화보 기사로 실리리란 것을 미리 고지했었다.

설 연휴인데 열심이네요.

2일부터 기다리고 있던 리카에게 질렸다는 듯이, 모모에는 마지못해 선 채로 이야기했다. 고급스러운 코트에 폭 감싸인 몸은 소녀처럼 가녀렸지만, 불룩한 배는 확인할 수 없었다. 리카 엄마와 마찬가지로 스카프로 긴 머리를 묶어서 드러난 하얀 이마가 어둠 속에서 반짝거렸다. 뾰족한 턱과 커다란 눈동자의 강한 눈빛으로 이쪽을 제압하여 심술궂게 관찰할 틈을 주지 않는 연령 미상의 미녀였다.

그가 단골손님인 것은 사실이지만, 사적으로 만난 일은 없어요. 그 사진은 그냥 함께 출근하던 도중에 찍힌 거예요. 네, 내가 임신한 것은 부정하지 않아요. 아버지 이름을 밝힐 생각은 없지만, 엄마가 된 이상 가게는 우리 애들한테 맡기고, 나는 밤세계를 은퇴하고 에스테틱을 시작할 예정이에요.

단호히 말하는 늠름함에 리카는 감동받았다. 자료를 바탕으로 써내려간 원고에는 그녀의 주장을 실었지만, 데스크는 교제를 부정하는 내용은 빼고《주간 슈메이》신년 머리기사에 어울리는 거물 정치가의 섹스 스캔들 기사로 만들고 말았다.

나나쿠사죽*을 먹을 틈도 없이 정초의 상큼함은 분주한 날들에 깡그리 지워졌다. 오늘 점심만은 어떡하든 밖에 나가서 먹어야지, 하고 리카는 스스로도 부끄러워질 정도로 세게 엔터 키를 쳤다.

"어, 마치다 선배, 살쪘네요?"

오늘만 벌써 몇 번째인지, 야유와 호기심이 담긴 목소리에 넌덜머리를 내며 돌아보았다. 기본적으로 남한테 관심을 갖지 않는

---

* 1월 7일에 먹는, 봄을 대표하는 일곱 가지 나물을 넣고 끓인 죽.

기타무라까지 자못 놀란 듯이 말을 걸어왔다.

"설 연휴에 제대로 쉬지도 못했으면서 왜 그렇게 살이 찌는 겁니까?"

정확한 지적인 만큼 못 들은 척했다. 아마 작년 말부터 조금씩 지방이 쌓였을 것이다. 엄마가 한 무더기 안겨준 떡은 그후 매일 밤 야식이 됐다.

물론 체형 변화는 조금씩 느끼고 있었다. 확실히 뺨이 통통해지고 가슴이 커져서 브래지어가 꽉 끼게 됐다. 아랫배는 지방이 하얗게 빛나고 있다. 불길한 예감에 의무실 체중계에 올라가 보니, 역대 최고 몸무게를 기록했다. 믿을 수 없어서 몇 번이나 올라갔다 내려갔다를 되풀이했다.

어젯밤 늦게, 오랜만에 마코토에게 메시지가 온 것도 마음에 걸렸다.

혹시⋯⋯, 좀 통통해진 거야?

뺨을 누르며 절규하는 애니메이션 캐릭터 이모티콘을 보고는 울컥했다. 봤으면 말이라도 걸어주지. 부끄러운 마음에 혼자 얼굴이 시뻘게졌다.

밤중에 그렇게 파스타를 먹어서 살찐 거 아냐? 뭐, 이미 일어난 일은 어쩔 수 없지. 지금부터 절제하면 늦지 않을 거야.

늦지 않을 거라니 무슨 소린가. 새해 인사도 메일로 때우는 남자친구가 이렇게 리카에게 집착을 보인 것은 아마 처음이 아닐까.

그렇지만 마코토도 남 얘기 할 때 아니잖아. 술을 전혀 줄이지 않아서 요즘 배가 장난 아니던걸. 코도 골고.

남자 뚱보와 여자 뚱보는 다르잖아? 리카를 위해 하는 말이야.

마치다가 아니라 리카라고 부르는 것은 마코토가 초조해졌을 때다. 답장은 하지 않았다. 확인 사살하듯 오늘 아침 또 문자가 왔다.

모진 마음으로 말하지만, 살찌는 것만은 정말 좋지 않아. 난 이상적으로 생각하는 여자 체형 따위는 별로 없지만, 주위에 노력이 부족한 걸로 보여서 신뢰를 잃어.

하던 일을 강제로 종료하고, 코트를 걸치고 가구라자카 언덕을 뛰어 내려갔다. 운동 부족이라 겨우 10분 달렸는데도 온몸에 땀이 나서, 이것만으로 약간 감량이 되지 않았을까 기대했다.

이다바시역 앞의 수로가 보이는 카페테라스에서 레이코는 이미 허브티를 천천히 마시고 있었다. 새로 다니기 시작한 산부인과가 스이도바시에 있어서 점심때 시간 되면 같이 밥이라도 먹자는 연락이 왔다. 부드러운 홍차 색깔의 니트에 드리워진 머리칼은 여유로운 유부녀다워서, 리카는 날이 섰던 마음이 잔잔해졌다. 새해 인사를 나누고 메뉴판을 펼쳐 주문도 척척 마쳤다.

"근처까지 오게 해서 미안해."

"아냐, 아냐. 움직일 수 있는 사람이 움직이면 되지."

옆 탁자에서 파스타를 먹는 샐러리맨 남성을 흘끗 눈짓하더니, 레이코가 속삭였다.

"아까, 저 사람, 담배 피우려다가 젊은 여성 손님한테 심하게 혼났어. 불쌍할 정도였다니까. 저 작은 접시 디자인이 재떨이하고 똑같이 생겨서 착각했나봐. 나는 절대로 피우지 않겠지만 일본의 금연 열풍은 좀 이상할 정도네."

듣고 보니 남자는 어딘가 불편한 듯이 등을 구부리고 포크를 사용하고 있다.

"오늘 간 데는 불임 치료로 유명한 선생님이 계신 곳이야. 예약을 받지 않는 곳이어서 평일에도 서너 시간 기다리는 건 예사야. 아까 접수대에 이름을 말했더니 두 시간 뒤에 오라고 하더라고."

"그렇구나. 굉장한 인기네. 다음에는 언제 와? 가르쳐주면 그날 비워둘게. 레이코랑 자주 점심 먹을 수 있으면 좋겠다."

"오늘 진찰을 받아봐야 알아. 타이밍 요법은 배란하기 나름이어서, 다음 진료는 내일 오세요, 하기도 하고, 다음 일정을 전혀 예측할 수 없거든. 회사 다닐 때는 정말로 힘들었어. 내 사정으로 한 달에 몇 번이나 오후 출근을 하니, 역시 주위에 민폐더라고. 지금은 한가하니까 아무 때나 상관없어서 좋아."

레이코의 입에서 '한가하다'는 말을 듣기는 처음이었다. 불시에 한 방 먹은 것 같아서 무슨 말을 해야 좋을지 몰랐다.

"아, 미안해. 힘 빠지는 소리를 해서. 내 의사로 주부가 됐으면서 한심하지. 그런 건 괜찮아. 뭔가 요즘 달라진 거 있어?"

짧은 시간이라 해도 그녀 얘기를 차분히 들어주고 싶었지만, 화제를 이쪽으로 돌리니 리카는 할 수 없이 털어놓게 됐다.

"실은 요즘 가지이 마나코의 충고대로 먹고 다녔더니, 어느새 5킬로그램이나 찐 거야. 사실 지금 54킬로그램이야."

부끄러웠지만, 주위에 소문난 것까지 얘기했더니, 레이코는 약간 얼굴을 떼고 멀리서 리카를 찬찬히 바라보았다.

"좀 통통해진 것 같기도 하네. 하지만 키가 166센티미터잖아? 리카의 키에서 54킬로그램은 찐 것도 아냐. 언론사 인간들이 미의 기준을 너무 엄하게 매겨놨어. 그래도 리카가 신경쓰인다면 먹는 만큼 운동량을 늘리면 되잖아? 유산소운동보다 근육 트레이닝을 추천해. 리카는 운동신경이 뛰어나니까 2킬로그램 정도는 가볍게 뺄 수 있어. 그냥 마르기만 한 것보다 탄력 있고 멋있는 스타일이 될 거야."

마코토의 의견에는 그토록 반발했으면서 레이코 말은 신기할 정도로 귀에 쏙 들어온다. 그렇다. 아직 돌이킬 수 없는 건 아니다. 조금씩 생활이며 습관을 바꾸어나가면 된다. 그러면 주위의 반응이 달라졌다 해서 이렇게까지 자신감을 잃고 페이스가 흐트러진 게 우스워질 것이다.

"그런데 가지이 마나코 대단하네. 신선처럼 아무 욕망도 없던 리카를 바꿔놓다니. 좋은 의미든 나쁜 의미든 확실히 카리스마가 있네. 나도 왠지 만나보고 싶어졌어."

"레이코와 가지이 마나코. 반시뱀과 몽구스 같은 느낌이네. 궁합이 맞을 거라고는 도저히 생각할 수 없어."

"응, 뭐야, 그게. 내가 살인범 이상으로 센 사람이란 거!?"

레이코가 금세 뺨을 볼록하게 해서 리카는 쿡쿡 웃었다. 얼핏 그렇게 보이지는 않지만, 그녀는 이거다 하고 정하면 주위는 아랑곳하지 않고 돌진하는 경향이 있다. 특히 음식에 관한 강한 집착은 가지이에게 지지 않는다. 기본적으로 자신이 최고가 아니면 직성이 풀리지 않는 그 여자가 마음을 털어놓을 것 같지 않다. 거기까지 생각하다, 비로소 자기는 색기도 집착도 없어서 가지이도 경쟁하지 않고 편하게 대하는 게 아닌가 싶었다.

"여하튼 적당량이라는 게 구현하기 어려운 시절인지도 몰라. 아까 담배 건도 그렇지만."

적당량? 하고 되물으니, 레이코는 설탕 통을 끌어당겨, 컵에 반 술 정도의 설탕을 살랑살랑 뿌렸다.

"요리책에 소금 적당량이나 소금 약간, 이라고 나오지? 요즘은 그렇게 개인 재량에 맡기는 표기를 하면 항의가 들어온다고 요리책 편집하는 지인이 말해주더라. 뭐랄까, 절대로 실패하고 싶지 않고, 자신의 적당량을 가늠할 자신도 없는 사람이 늘어난 것 같다고 했어. 요리란 곧 시행착오인데 말이야."

"우와, 찔린다. 나도 그 유형에 가까울지도."

레이코는 컵을 내려놓고 조금 웃더니 수로 너머를 달리는 주오선 전차로 시선을 돌렸다. 역시 만날 때마다 점점 레이코가 작아지고 예민해지는 느낌이 든다. 나쁘다는 얘기가 아니라 아주 조금씩 소녀로 돌아가는 인상이다. 처음 만났을 무렵의 열여덟 살 그녀와 눈앞의 유부녀는 하나도 다르지 않다. 그게 좋은 것인지 지금은 잘 모르겠다.

"한 가지만으로 배를 채우지 않아도 되고, 모든 것에서 남들 수준을 목표로 하지 않아도 될 텐데 말이야. 각자 자신의 적당량을 즐기고, 인생을 전체적으로 만족할 수 있다면 그걸로 충분할 텐데. 담배도 식후에 한 개비쯤 즐겨도 되고, 살이 좀 쪘다고 주위에서 난리칠 일도 아니잖아. 이렇게 말하면 게으름뱅이라고 혼나려나."

그렇게 말하고는 고개를 갸웃거리는 그녀의 하얀 손을 꼭 잡아주고 싶었다. 변하지 않았다. 자신도 레이코도. 그 사실이 기쁘다기보다 왠지 안타까웠다.

"그러려면 자신의 적당량을 모르면 안 되겠지."

"그러게. 그래서 다양한 음식을 많이 먹고 자신에게 맞는 맛과 양을 찾아야 할지도. 얘, 아예 정기적으로 점심에 만나서 새로운 맛집 개척하지 않을래? 이 동네에 맛있는 가게 엄청 많아. 나는 리카가 미식에 눈뜬 건 좋은 일이라고 생각해. 가지이 마나코에게 좀 감사한다고 할까."

"좋아. 조금씩 미각의 영역을 넓혀볼까나."

주문한 파스타와 샐러드가 나왔다. 두 사람의 눈앞에 펼쳐진 수로의 수면은 평온하게, 아직 정초의 흔적이 남은 높고 푸른 하늘을 비추고 있다.

"흐음, 떡에 버터, 그거 아주 맛있을 것 같군요. 버터의 고소한 맛은 무엇이든 다 받아들여서 부드럽게 늘어나는 따뜻한 떡과 간단히 이어줄 테니까요."

가지이 마나코의 눈이 금세 촉촉해지더니 언제나처럼 입술이 희미하게 반짝거렸다. 새해 첫 면회다. 설날에 나온 음식은 그녀의 혀를 나름대로 만족시킨 듯 맛이 어땠냐고 물어보자, 니시메*는 별로였다, 밤조림은 그럭저럭 나쁘진 않았다 등등 소감을 얘기했다. 자연스럽게 가지이네 집안의 설날 요리로 화제를 끌고 갈 수 있었다.

"떡은 그 매끄럽고 한없이 이어질 것 같은 쫄깃하고 부드러운 살 속에서, 희미하게 형태를 남긴 찹쌀이 혀에 까슬까슬하게 존재감을 내세우는 게 맛의 포인트죠. 본가에서 기리탄포**를 구워서 버터와 간장으로 먹던 생각이 나네요. 기리탄포는 쌀알을 완전히 으깨지 않고 일부러 남겨서 쫀득함과 오톨도톨함이 교차하게 하

---

* 조림 요리로 대표적인 일본의 가정 요리다.
** 밥을 반 정도 으깨어 꼬치에 끼워 구운 것.

는데 입 안에서 혀의 감촉이 설레죠. 거기에 버터가 걸쭉하게 엉키면, 아, 완전."

몸을 비틀며 하아 하고 한숨을 쉬는 가지이의 숨이 막힐 듯한 색기에 등 뒤의 남성 교도관이 따분하다는 시선을 보냈다. 평소와 달리 말을 잘 받아주어서 분위기를 탄 리카는 그만 말실수를 해버렸다.

"그런데 떡을 너무 많이 먹은 탓에 동료들한테 살쪘다고 놀림 받았어요. 다이어트를 하려고요."

아크릴판 너머의 하얗고 통통한 얼굴에 이내 그늘이 드리워졌다. 턱에 주름이 몇 겹 생겼다.

"다이어트만큼 무의미하고 쓸데없고 지성과 동떨어진 행위는 없어요."

아, 망했다. 리카는 자기 머리를 때리고 싶었다. 겨우 열리던 문이 눈앞에서 쾅 닫혔다.

"우리 엄마는 다이어트에 빠져서 딸한테도 강요하는 진짜 교양 없는 여자였어요. 남편은 나 몰라라 팽개쳐놓고 쓸데없는 취미나 사교 생활이나 일에 빠져서 말이죠. 여자다움이라곤 눈곱만치도 없고 그저 차갑고 빈티 나는 여자였어요. 정말이지 궁상맞고 매력이라곤 없었죠. 아버지한테 만족스럽게 사랑받은 적도 없었을 거예요."

부모님의 섹스를 태연하게 얘기하는 가지이에게 약간 어안이 벙벙했다. 이것은 상당히 중요한 발언이다. 법정에서도 친엄마 얘기가 나오면 입을 다물 때가 많았다.

"당신 대체 무엇 때문에 살을 빼려는 거예요? 남자들 눈을 의식해서? 그렇다면 걱정 없어요. 남자는 원래 푸근하고 풍만한 여자를 좋아해요. 여기서 남자란 정신적으로 성인이고 유복하고 여유 있는 진짜 남자를 말하는 거지만. 어린아이처럼 마른 체형의 여자를 좋아하는 남자는 자기한테 자신이 없어서 예외 없이 비굴해요. 성적으로나 정신적으로 성숙하지 못하고, 금전적으로도 여유가 없는 경우가 많죠."

자신을 받아주지 않는 인종은 안중에도 없다. 그러면 언제나 자신만만하게 살아갈 수 있다는 건가. 그런가, 가지이 마나코를 따라다니는 장뇌* 같은 냄새는 나이 많고 부유한 남자하고만 어울려온 여성 특유의 것이다. 아무리 블로그에서 풍족한 생활을 자랑해도 조금도 부럽다는 생각이 들지 않는다. 모든 것이 전근대적이고, 힘 있는 자들이 주도해 기호화한 풍족함이기 때문이다.

"아, 특별히 남성의 눈을 의식하는 건 아니에요. 저기, 이건 어디까지나 일반적인 의견이니 언짢게 듣지 마세요. 일본에서는 마른 몸이 아름답다고 생각하고, 건강에도 좋고, 옷도 예쁘게 입을 수 있으니……."

"퐁파두르 후작부인 책을 읽어봐요."

"음, 아마, 마리 앙투아네트…… 시아버지의 애인이었죠?"

• 녹나무에서 주로 추출되는 약재의 일종.

뜻밖의 화두에 머뭇머뭇 대답하니, 가지이 마나코는 어이없다는 듯이 흥 하고 콧방귀를 꼈다.

"당신네 매스컴 사람들, 좋은 대학 나와도 뭘 모르는군요."

무시하는 어조인데 별로 불쾌한 기분은 들지 않았다. 자신도 놀랐지만, 그녀가 거만하게 말하는 것이 점점 즐거워지기 시작했다.

"루이 15세의 첩이었던 귀부인이죠. 전쟁으로 피폐해진 왕을 편안하게 해주기 위해 온갖 연구를 해서 매일같이 멋진 아이디어를 생각해낸 여성. 문화인을 궁전으로 불러서 '살롱 문화'의 제1인자가 됐고. 연극을 연출하고, 자신도 무대에 서서 귀족들에게 연기하는 즐거움을 가르쳐주었어요. 와인을 공부해서 산지에서 와인을 고르는 유행을 만들었죠. 그녀의 번뜩이는 아이디어 몇 가지는 지금 프랑스 요리에 없어서는 안 될 요소가 되기도 했고."

저절로 몰입해서 듣게 된다. 그녀는 레이코와는 다른 의미에서 새로운 세계를 가르쳐주고 시야를 넓혀준다. 퐁파두르 부인에 관한 문헌들을 찾아 봐야겠다고 생각했다. 그런데 이 이야기에서 엄마에게 들은 맞선 파티 이야기와 공통된 뭔가를 느꼈다. 결국 남자들이 원하는 건 있는 그대로의 여자가 아니라 프로 엔터테이너인가.

"하지만 퐁파두르 부인이 한 일에 과시욕이나 야심은 없어요. 몇백 년 지나서 남은 것은 그런 진심 어린 헌신과 여성스러운 다정함에서 나온 것들이지."

인정하고 싶진 않지만, 정말로 백 년 뒤 전해지는 이야기는 가지이 마나코와 그녀를 둘러싼 이 사건이지, 자기가 죽을힘을 다해 쓴 기사는 아닐 거라는 생각이 들었다. 아니, 계속 말려들 때가 아니다. 이제 그만 한 달에 걸친 이 대화를 기사로 만들어야 한다. 어떻게 가지이에게 말을 꺼낼까, 머리를 굴린다. 타이밍을 봐서 절대 사건의 진상은 언급하지 않는 형태로 인터뷰 기사를 쓰면 안되겠느냐고 교섭을 해야지. 봄이면 2심이 시작된다.

"이봐요, 당신 듣고 있어? 이봐요!"

가지이의 짜증난 목소리에 겨우 면회실로 시선을 되돌렸다.

"그러니까 진정한 남자가 여성 본연의 풍만한 미를 이해하듯이, 진짜 프랑스 요리는 꼭 버터를 듬뿍 사용해요. 단맛 줄이고, 칼로리 줄이고, 간은 싱겁게, 담백함, 이런 말이 칭찬이 되는 이 나라 일본은 진짜를 몰라. 버터가 좋다는 걸 안 다음에 담백한 맛을 좋아한다면 그나마 이해가 가지. 그런데 버터와 마가린의 차이조차 잘 몰라요. 나같이 진짜를 지향하는 사람은 답답해서 미칠 것 같지. 당신도 클래식한 왕도王道의 브런치를 꼭 한번 먹어봐요. 에비스에 있는 조엘 로부숑이 좋아."

"아, 가든 플레이스에 있는 디즈니랜드 성 같은 곳이요?"

오래되어 낡은 감이 드는 고유명사의 등장에 당황하여 엉겁결에 그렇게 물었다. 무시하는 듯이 들렸는지 그녀는 뾰루퉁한 얼굴을 했다.

"그래요. 왕도야말로 가장 지름길이에요. 그곳에서 곧잘 데이트를 했죠. 그러고 보니 야마무라 씨하고도 두세 번 간 것 같네."

가지이의 입에서 피해자 이름이 나온 것은 이게 처음이다. 손가락 사이에 땀이 났다. 이 순간을 위해 지난 한 달 귀신에 홀린 듯이 버터를 계속 먹은 거라고 생각한다.

야마무라 도키오. 2013년 11월, 전철에 투신하여 세상을 떠난, 수도권 연쇄 의문사 사건의 마지막 희생자. 규모가 큰 연구소에 근무하던 당시 42세의 독신 남성으로 가지이와는 같은 해 7월에 만남 사이트에서 만나, 바로 결혼을 전제로 교제를 시작했다. 다른 피해자에 비해 젊을 뿐만 아니라, 골수 전철 마니아로 인터넷에서는 꽤 유명인이었다. 블로그에 공개한 오다큐선과 한큐 전철에 관한 지식은 여러 곳에서 경의를 표할 정도였다. 도쿄에서 어머니와 둘이 살다가 가지이와의 교제를 계기로 오다큐선 Y역 근처의 선로가 잘 보이는 맨션에서 혼자 살기 시작했다. 사진으로 본 그는 소년처럼 선이 가늘고 파란 면도 자국과 옷깃을 세운 폴로셔츠가 너무나도 청결해 보였다.

"저기, 야마무라 씨는 브런치에 박식하셨어요?"

"아니, 전혀. 와인 고르는 법도 모르고 지비에gibier도 처음인지 매번 곤혹스러운 듯이 입을 다물고 있어서 내가 창피했지. 대화나 요리를 즐기는 유형은 아니었지만, 나에 대한 정성과 일편단심만은 전해졌어요."

내버려두면 언제까지고 무용담이 이어질 것 같아서, 리카는 급소를 찌르기로 했다.

"아, 당신 요리인 뵈프 부르기뇽을 비프스튜로 착각한 분이시죠. 좀 조사해봤는데, 뵈프 부르기뇽은 불어로 부르고뉴풍의 소고기……, 소고기 레드와인 조림이더군요. 요리를 잘 모르는 분이니 비프스튜라고 한 것도 어쩔 수 없다는 생각이 듭니다만……."

뵈프 부르기뇽이란 말을 꺼내자마자 가지이의 표정이 싹 변했다. 정말로 레이코 말대로 음식 이름만 꺼내면 바로 흥분한다. 의외로 간단히 감정을 조종할 수 있네.

"어머, 전혀 다른 요리지. 살롱 드 미유코에서 배운 첫번째 요리였죠. 야마무라 씨가 요리교실에 보내주어서 답례로 만들어주기도 했고."

또 레이코의 감이 맞았다. 모든 것은 그 니시아자부의 요리교실에서 시작됐을지도 모른다. 가지이가 증오해 마지않는 여자들의 동산. 가지이는 정말이지 한심하다는 표정으로 윤기 나는 웨이브 머리를 흔들었다.

"게다가 그 사람, 빵이 아니라 밥으로 먹고 싶어 했어요. 나의 뵈프 부르기뇽을 하야시 라이스 정도로 생각하더라고. 그런 실례도 없지."

"그러나 그는 당신이 만든 요리의 맛을 제대로 알아주었던 것 같던데요? 야마무라 씨는 세상을 떠나기 직전에도 당신의 뵈프 부르기뇽을 먹고, 어머니에게 메일로 감상을 적어 보냈잖아요. 너무 맛있었다고."

"그 사람은 내가 만든 요리의 맛을 알아주었다기보다 단순히 나와 식사를 하고 싶었던 것뿐이에요. '당신 음식을 먹지 못한다면, 혼자 도시락이나 먹는 비참한 생활을 할 거라면 차라리 죽는 편이 나아'라고 늘 말했으니."

또 이런다. 가지이 마나코의 피해자 머리에는 두 종류의 식사밖에 없었던 것 같다. 여자가 정성껏 차린 다정한 집밥 아니면 혼자 먹는 처량하고 볼품없는 가공식품. 어째서 그렇게 극단적일까. 혼자 먹건, 편의점 도시락으로 해결하건, 머리를 쓰고 마음먹기에 따라 풍요로운 시간을 보낼 수 있을 텐데. 그리고 연신 집밥, 집밥 하면서도 왠지 맛에 미숙한 것 같다. 이들 역시 자신의 적당량을 잘 모르는 게 아닐까. 리카는 그런 의문을 솔직하게 드러내기로 했다.

"저기, 장기적으로 사귈 생각이 없는 남자에게 어째서 그렇게 맛있는 음식을 만들어주었어요? 귀찮지 않았어요?"

"당신은 정말로 아무것도 모르네요"

잘못 들은 게 아니라면, 가지이는 쳇 하고 혀를 찬 것 같다. 입술이 힘없이 일그러지고 이중턱의 주름이 깊어졌다.

"나는 남자를 기쁘게 해주는 게 즐거워요. 당신이 생각하는 것처럼 '일'이 아니야. 남자를 돌봐주고, 지탱해주고, 따스하게 감싸주는 것이 신이 여자에게 내린 사명이고, 그걸 완수하는 것으로 여자는 모두 아름다워질 수 있어요. 말하자면 여신 같은 존재가 될 수 있는 거지. 몰라요? 최근 까칠한 분위기의 여자들이 늘고 있는 건 남자의 사랑이 아쉬워서 그래요. 충족되지 않기 때문이지. 여자는 남자의 힘을 절대 이기지 못한다는 사실을 잘 알아야 해요. 조금도 부끄러운 게 아니야. 차이를 인정하고, 그들을 용서하

고 즐겁게 해주고 지지하는 쪽으로 돌아서면 놀라울 만큼 자유롭
고 풍요로운 시간이 기다려요. 자연의 섭리를 거역하니까, 다들
괴로운 거지."

얘기하는 내용과는 반대로 가지이의 얼굴은 격렬한 분노와 초
조로 일그러지고 있었다. 입과 코가 통통한 볼살을 주름지게 하고
이상한 위치에 자리 잡고 있어서, 한참 보고 있으니 얼굴이 아닌
다른 것으로 보인다. 흰자위가 충혈되고 눈동자 주변이 거무칙칙
하다.

"일이네, 자립이네 안달을 하니까 충족되지 않는 거고, 남자를
압도해버리니까 연애가 멀어지는 거야. 남자도 여자도 이성이 없
이는 행복해질 수 없다는 것을 뼈저리게 자각해야 해. 버터를 아
끼면 요리가 맛이 없어지는 것과 마찬가지로, 여자다움이나 봉사
정신을 아끼면 이성과의 관계는 빈곤해진다는 걸 대체 왜 모르는
거지. 내 사건이 이렇게도 주목받는 것은 자신의 인생에 책임을
다하지 않는 여성이 늘어난 탓이라고! 모두 자기만 손해를 보고
있다고 생각하니, 자유분방하고 아무 데도 구애받지 않는 내 언동
이 거슬려 죽겠는 거지!"

얘기할수록 점점 흥분되는지 어미를 내동댕이치는 듯한 말투
가 됐다. 리카는 가지이가 타인에게 자신이 어떻게 보이는지를 언
급해서 놀랐다. 그런 건 전혀 신경쓰지 않는 줄 알았다.

"그러니까 안 된다고, 당신들은 앙!"

남자뿐만 아니라 온 일본을 압도한 피고인은 얼굴이 시뻘게져

서 그렇게 소리쳤다. 교도관이 "면회 끝났습니다" 하고 외치며 황급히 달려와서 그녀의 몸을 잡았다. 평소의 우아한 태도는 온데간데없이 콧구멍을 벌렁거리고 어깨를 들썩이면서 가쁜 숨을 몰아쉬었다. 어안이 벙벙해서 눈을 동그랗게 뜨고 있는 리카를 발견하고는 그제야 정신을 차렸는지, 피곤하네요, 하고 내뱉었다.

리카는 한동안 일어서질 못했다. 긴 복도를 지나 도쿄구치소를 나오자, 인기척 없는 주택가 광경이 평소보다 더 서늘해 보였다.

가드레일 아래 꽃이 또 바뀌었다. 복수초다. 꽃에 관해 잘 모르지만, 웬지 그런 느낌이 들었다. 1월의 꽃이다.

금전적으로도 시간적으로도 여유를 지니고 스스로도 즐기면서 남자에게 절대 자신의 이면을 보이지 않고 엔터테이너 역할에 철저하려면, 역시 가지이가 생업으로 삼았던 프로가 될 수밖에 없는 것 같다. 그러려면 사회인 생활과 엄마 노릇은 포기할 수밖에 없다. 실제로 남자를 즐겁게 해주는 프로 중의 프로인 오야스 모모에조차도 엄마가 될 결심을 한 순간, 모든 것과 관계를 끊었을 정도니 말이다.

프로를 원하는 남자와 인생을 함께할 상대를 원하는 여자. 양자의 생각의 차이에 뭔가 정신이 아득해지는 것 같다. 아니, 아니, 그런 남자만 있는 것은 아니다. 이를테면 마코토……라고 감싸고 싶은 기분도 들지만, 요전의 메시지 내용을 떠올리니 모래를 씹은 기분이었다.

그가 원하는 것은……. 잔소리하지 않고, 속박하지 않고, 막대기처럼 현실감 없는 늘씬한 여자 아닐까. 리카에게서 한가지라도 그런 요소가 결여되면, 의외로 간단히 떠나버리지 않을까. 그런 일은 없을 거라고 생각하고 싶다. 마코토는 여자를 가두고 특정한 역할을 강요할 남자가 아니다. 서로 감정을 나눌 수 있는 상대여서 좋아하게 된 것이다.

처음 만났을 무렵에는 자란 환경이나 좋아하는 책에 관해 몇 시간이고 얘기했다. 공통점을 발견할 때마다 그의 눈이 더욱 빛나는 것을 보았다.

최근에는 연애 초기를 회상하기만 할 뿐이다. 조금도 미래를 기대하고 상상할 수가 없다. 이렇게 관계에 확신이 없어진 것은 함께 보내는 시간이 너무 적은 탓에 마코토의 윤곽이 희미해지고 있어서다. 올해는 자주 만나도록 노력해야지.

노력, 노력, 노력…… 마치 저주처럼 24시간 리카를 따라다니는 이 말. 그러나 무엇을 더 어떻게 노력하면 되는 걸까. 가족도, 연인도, 친구도 좀처럼 만날 수 없는데. 겨우 하루뿐인 설날 휴일. 레이코에게 조언을 듣고도 좀처럼 운동할 시간조차 낼 수가 없다. 오늘 점심은 열량을 신경써서, 먹고 싶지도 않은 미역 샐러드를 책상 앞에 앉은 채로 후다닥 먹었다. 한겨울에 먹는 차가운 해초는 몸속 심지까지 얼게 했다.

막연하게 꿈꾸는 여성 사원 최초의 데스크 자리도, 가지이가 말하는 이성을 겁먹게 하는 무언가임이 틀림없다. 남자의 시선 따위 아무래도 좋다고 떨쳐버릴 만큼 자신은 강한 사람일까. 아, 적당히 조절할 수가 없다. 레이코가 말하는 적당량을 모르겠다.

리카는 스마트폰을 꺼냈다. 에비스의 조엘 로부숑에 전화했다. 아주 잠깐 망설이다가 다음주 저녁을 1명으로 예약했다. 레이코와 가고 싶은 마음은 굴뚝같았지만 전업주부에게 비싼 저녁을 같이 먹자고 하는 건 잔혹하다. 할아버지 뒷바라지와 일로 바쁜 엄마에게 평일 저녁은 무리다. 마코토는 아마 이런 가게는 긴장돼서, 하며 가고 싶어 하지 않을 테고, 버터가 듬뿍 들어간 사치스러운 맛에도 난색을 표할 것이다.

어차피 돈을 쓰는 거라면 체험을 즐길 수 있는 상대와 함께하고 싶다. 그게 안 된다면 차라리 혼자가 낫다. 외식을 할 거라면 이성 동반자가 있어야 한다는 흔들림 없는 신념을 가진 가지이와는 동떨어진 사고방식이다. 남자 친구와는 서로 요구하는 바가 딱 맞아떨어질 때만 만나면 된다. 분명 마코토도 이런 마음이겠지…….

그렇다면 피차일반인가, 생각하면서, 리카는 한 손을 들어 택시를 잡았다. 콧속이 찌릿 아파오는 듯한, 차가운 강바람이, 더 노력해라, 그러나 절대로 세계를 능멸하지는 않는 방식으로, 하고 명령하면서 뺨을 철썩철썩 치며 지나간다.

시야 끝에서 복수초가 흔들리는 느낌이 들었다.

4

뱀처럼 땅을 기어가는 긴 무빙워크를 빠져나가니, 옷뿐만 아니라 살갗까지 벗겨내고 노출된 뼈를 사정없이 때리는 한겨울 밤바람이 불어왔다. 횡단보도를 건너자 에비스 가든 플레이스가 한눈에 보이고, 몇 개의 경사지 너머에 조명이 화려한 궁전 같은 '가스트로노미 조엘 로부숑'이 눈에 들어왔다. 거기까지 시야를 가리는 게 아무것도 없는 넓은 공간에 리카는 금세 주눅이 들어서, 그냥 이대로 집으로 돌아가서 최근 푹 빠진 버터간장밥에 달걀부침을 올려 먹고 싶어졌다. 정면에서 오른쪽에 있는 입구에 간신히 도착했을 무렵에는 추위와 긴장으로 이미 진이 빠져 있었다.

한참 망설인 끝에, 격식 있는 자리에 갈 때 입는 올리브갈색 트위드 슈트를 골랐다. 로부숑에 혼자 가는 여자 손님은 없을 것이다. 이곳 종업원에게 자신은 어떻게 비칠까.

"어서 오십시오. 기다리고 있었습니다. 마치다 님."

접수처에서 검은 슈트 차림의 키가 크고 경단 머리를 한 여성이 자연스럽게 코트를 받았다. 동작이 어찌나 물 흐르는 듯한지 오래 입은 무거운 코트가 날개옷인가 싶을 정도였다. 경단 머리를 한 여성에게 안내받아 호화로운 난간의 계단을 올라가서 2층 플로어로 들어갔다.

유리문이 열렸다. 눈앞에 펼쳐진 것은 눈부심. 마치 샴페인 잔 속에 뛰어든 것 같다. 계속 눈을 깜박거렸다. 그곳은 꿀색으로 빛나는 공간이었다. 포크가 접시에 닿는 희미한 소리와 잔이 부딪히는 소리가 눈부신 조각이 되어 메아리쳤다.

안내하는 대로 넓은 홀 모서리 쪽에 앉았다. 유리로 둘러싸인 스와로브스키가 빛나는 벽에 등을 기댄 꼴이다. 오늘의 코스 설명을 들었지만 낯선 단어뿐이어서 하나도 머리에 들어오지 않았다. 메뉴판에 얼굴을 묻고 가장 쌀 것 같은 글라스 샴페인을 주문했다. 공식 취재가 아니어서 영수증을 끊을 수 없는데, 오늘밤 저녁 식사에만 3만 엔 넘게 써야 한다.

금방이라도 떨어질 것 같은 수많은 크리스털 조각이 달린 상들리에를 올려다보았다. 이쪽이 진짜인지 평소 리카가 사는 곳이 가짜인지 알 수 없어진다. 실눈을 뜨고 슬쩍 주위를 관찰했다. 예상은 했지만 대단하다 싶을 정도로 커플뿐이다. 그뿐만이 아니다.

중년 남성과 젊은 여성 조합이 대충 봐도 세 커플이나 됐다. 부녀가 아니란 건 분위기로 알 수 있다. 여성은 모두 윤기 나는 피부와 머리칼에 옷차림이 예사롭지 않고 남성 쪽은 그야말로 부유해 보였다.

아뮈즈 부슈*로 나온 것은 투명한 젤리다. 잘 아는 사람이라면 놀라서 눈이 동그래지겠구나 싶은, 상당히 묵직하고 고급스러운 칠기에 담겨 나왔다. 가지런하게 늘어놓은 나이프와 포크는 반짝반짝 샹들리에 빛을 반사했다. 한 스푼 떠 먹으니 레몬 껍질의 쓴맛이 강하게 와닿았다. 혀 위로 쏙 미끄러져서 곧장 목으로 떨어진다. 완전히 달지는 않았다. 그러나 젤리 조각이 위 표면을 매끄럽게 왔다갔다하는 사이에 배 속에서 조용히 식욕이 끓어오르는 게 느껴진다. 이것은 감각을 예민하게 만드는 마법의 약이구나, 하고 생각했다. 그 증거로 옆 식탁의 대화 소리가 들으려고 하지 않는데도 똑똑하게 들려왔다.

"이따가 방은 예약해두었어."

방이란 이곳에서 몇십 미터밖에 떨어지지 않은 곳에 있는 웨스틴 호텔일까. 백발의 남성이 그렇게 예고하자, 맞은편에 앉은 젊은 여자는 생선 요리를 먹으면서 그와 눈도 마주치지 않고 뾰족한 턱을 살짝 당겼다. 리카는 자신의 십대를 둘러쌌던 공기를 떠올리지 않을 수 없었다. 당시는 매스컴에서 원조교제라는 말로 시

---

* 프랑스 요리에서 식욕을 돋우기 위해 주요리 전에 나오는 한입 크기의 요리.

끄러웠다. 여고생이라는 것만으로 성적인 상품이 되던 시대다. 교복 차림으로 시부야 일대를 돌아다니면 아버지 세대의 남자들이 값을 매기는 듯한 시선을 보내고, 손가락 개수로 가격을 제시하는 일이 한두 번이 아니었다. 여자들뿐이었던 평온한 청춘 시절에 떠올리기만 해도 끔찍한 몇 개의 기억.

두 살 연상인 가지이도 많건 적건 비슷한 분위기를 느꼈을 것이다. 니가타의 여고생이 어떤 곳에서 방과후를 보내고 무엇을 보았을지는 리카가 아직 모르지만, 법정 증언에 따르면 그녀의 첫번째 남자는 사십대 유부남이었다. 가지이는 열일곱 살이었다. 도쿄와 그녀가 사는 지역을 왔다갔다하던 영업사원인 남자를 따라 가지이는 고향을 떠났다. 그렇다, 그녀에게는 있고, 리카에게는 없는 곳은 고향일 것이다. 도쿄에서 태어나, 아버지의 죽음으로 본가를 잃고, 줄곧 이곳에서 살았던 리카는 버려야 할 곳도 돌아가야 할 곳도 없다.

시선을 드니 유리 뚜껑이 덮인 용기에 황금색 버터 덩어리가 나왔다.

"요즘 좀처럼 버터 구하기 힘든데 이렇게 많이……."

엉겁결에 그렇게 중얼거리자, 헤드 웨이터가 미소 지으며 정중하게 유리 용기의 뚜껑을 들어올렸다.

"해외에서 공수한 것입니다. 마음껏 덜어주십시오."

왜건에 싣고 온 빵 종류는 너무 다양해서 어느 것을 먹어야 좋을지 몰라 가장 단순한 바게트를 선택했다. 새삼스럽게 레이코와 왔으면 좋았겠다는 생각이 들었다. 그녀라면 망설임 없이 척척 골라주었을 것이다. 버터를 빵에 듬뿍 발랐다. 혀에서 천천히 뭉개진 버터가 바삭바삭 부서지는 고소한 바게트 표면에 깊이 스몄다. 이것만으로 충분히 이곳에 온 보람이 있었다.

이어서 나온 것은 아보카도와 대게를 섬세한 케이크처럼 포갠 것에 캐비어를 넉넉히 곁들인 차가운 요리였다. 톡톡 터지는 석류의 신맛이 아보카도의 고소함과 대게의 단맛을 돋보이게 했다. 그 천진난만한 붉은색이 악센트가 되어 요리 전체를 화사하게 했다. 샴페인의 도움으로 대게와 캐비어의 풍미가 빛처럼 퍼져간다.

가지이 마나코의 증언을 믿는다면 젊은 날의 가지이는 부유한 노인의 네트워크에 둘러싸인, 이른바 뮤즈 같은 존재였던 것 같다. 매춘 조직이라고 하기에는 너무나도 규칙이 느슨하다. 그러나 가지이가 주장하는 것처럼 '진짜를 아는 사람만이 출입할 수 있는 지적인 살롱'이라고 하기에는 약간 의심스러운 모임이었다. 아직 설국•에서 나온 지 얼마 되지 않은 그녀는 대체 어떤 아가씨였을까.

아보카도 접시를 치우길 기다렸다가 레드와인을 한잔 주문했다. 가격을 보고 적당한 것을 골랐을 뿐이지만, 베이컨 같은 풍미가 목 안을 부드럽고 동그랗게 넓혀주었다. 혀뿌리가 찌릿하고 뜨겁게 마비됐다.

자신의 이십대를 돌이키며 "〈티파니에서 아침을〉의 홀리 고라

• 니가타는 가와바타 야스나리의 소설 『설국』의 배경이 되는 곳이다.

이틀리 같은 생활이었다"고 한 말은 수많은 발언 중에서 가장 법정을 들끓게 했다. 매춘으로 생활을 꾸려나간 게 아닌가 하는 검찰 측의 엄한 추궁에도 해맑은 얼굴로 "그건 홀리 같은 생활이었습니다. 정신적으로도 육체적으로도 난 어디에도 소속되지 않았어요. '여행중'이었던 거죠"라고 대답했다. 스포츠 신문이나 잡지는 "오드리 헵번인 척하는 뚱보 살인마"라고 특필하며 그 분수 모르는 모습을 비웃었다. 그러나 가지이가 항상 오드리 헵번이 연기한 캐릭터에 자신을 이입했다고 한다면 납득이 가는 일도 많다.

가지이는 살롱 드 미유코에 입회하기 전에는 르 꼬르동 블루 다이칸야마교에 다닌 적도 있는 것 같다. 르 꼬르동 블루라고 하면 오드리 헵번 주연의 〈사브리나〉에서 주인공이 다니는 파리의 요리 학교다. 사브리나는 거기서 요리만이 아니라 감각이나 삶의 방식도 배운다. 셰프에게 "포니테일 그만해"라는 말을 듣고 포니테일 머리를 아주 짧게 커트하고 세련된 미녀로 변신한다. 처음에는 납작했던 수플레도 점점 부풀어 오른다. 까마득히 연상인 남성과의 교제도 가지이 입장에서는 험프리 보가트나 프레드 아스테어와 연애하는 오드리 헵번 기분이었을지도 모른다. 블로그를 보면 호사가였던 가지이의 아버지는 어린 딸을 니가타 시내 극장에 자주 데려갔던 것 같다. 그곳에서 감상했다고 하는 〈마이 페어 레이디〉나 〈파리의 연인〉 〈로마의 휴일〉이 가지이의 독특한 가치관을 만든 게 아닐까.

홀리 고라이틀리. 커포티의 원작과 블레이크 에드워즈 감독의 영화는 주인공의 개성도 결말도 크게 다르다. 오드리 헵번이 연기하면서 맑디맑은 도시의 요정처럼 인식됐지만, 원래 홀리는 퇴물 배우 출신 고급 창녀다. 남자와 데이트를 생업으로 하고 여러 명의 기둥서방 사이를 팔랑팔랑 날아다니며, 자신이 편한 일만 하며 산다. 소녀 시절, 리카도 동경하고 선망했던 뉴욕의 홀리. 현대 일본을 무대로 가지이 마나코 주연으로 재현한 〈티파니에서 아침을〉. 그것이 이 사건의 본질 아닐까.

노릇하게 구운 푸아그라 접시에 주황색 반건조 곶감 버터 소테가 곁들여졌다. 짭짤한 버터가 끈적하게 휘감기는 곶감의 과육을 더욱 돋보이게 한다. 집념마저 느껴지는 훌륭한 맛은 이것이 나무가 될 열매라고는 도저히 생각할 수 없게 한다. 혀로 누르기만 해도 툭 하고 뭉개지는 푸아그라의 부드러움, 거기서 흘러나온 피의 향과 걸쭉함에 조금도 뒤지지 않았다. 달콤하게 무너지는 고기 같다. 훈제 향이 나는 레드와인과도 잘 어울렸다. 리카는 한숨을 쉬었다. 푸아그라는 입에 넣자마자 유유히 사라졌다. 다 먹는 것이 안타까웠다.

"맛있지. 이 시기의 송로버섯은."

확인하듯이 초로의 남자가 말했다. 여자는 여전히 말없이 우물우물 먹고 있다. 거의 대화가 이뤄지지 않는데 남자의 얼굴은 무척 만족스러워 보였다. 소통을 즐기는 관계는 아닐 것이다. 중년 남자가 어린 아가씨를 자기 취향으로 키우는 사치스러운 게임은 이렇게 현실로 보니, 일방통행으로 그리고 심히 독선적으로 보인다. 엄마를 상대로 마음대로 지껄여대는 치매 초기의 할아버지 톤과 아주 비슷하다. 그들의 자기만족에 부응해주니까, 여자도 자기 나름대로 요구해도 되지 않을까, 하고 리카는 요즘 생각한다.

떠오르는 얼굴이 있다. 모토마쓰 다다노부에 이어 그리고 야마무라 도키오에 앞서 사망한 수도권 연쇄 의문사 사건의 두번째 피해자 니미 히사노리. 2013년 8월 중순, 혼자 살던 하타가야 자택 맨션의 욕실에서 익사했다. 68세의 그와 가지이 마나코도 옆자리 커플 같은 데이트를 하지 않았을까. 로부숑에는 야마무라 도키오와 온 적이 있다고 했지만, 니미와는 더 자주 왔을 터다.

그와는 다른 피해자보다 훨씬 이른 시기에 인터넷을 통해 알게 됐다. 교제는 가지이가 아직 이십대일 때 시작한 것 같다. 서로 결혼을 요구하지 않는 편한 관계였을 텐데 인연을 오래 이어간 후원자를 왜 살해했을까, 하는 의문은 리카의 마음속에서 여전히 해소되지 않았다. 가지이가 몇 번이나 말한 이상형 '정신적으로도 경제적으로도 여유 있는 남자'는 아마 니미를 가리키는 게 아닐까.

레몬 향이 나는 하얀 소스를 뿌린 광어가 나왔다. 담백하지만 상쾌하고 초여름을 연상시키는 풍미는 결국 흥분했던 마음을 식히는 바람이 됐다.

니미와 다른 두 사람과의 차이는 또 있다. 이혼했고, 전처와의 사이에 아이가 한 명 있다는 것이다. 평범한 체격이긴 하지만, 골프로 태운 단정한 얼굴이며 외모도 그럭저럭 괜찮았다. 외동아들에게 반쯤 물려주었지만 작은 수입 회사를 경영해서인지 사교적인 성격으로, 가지이를 밖으로 데리고 다니며 과시하는 경향이 있었다. 딸뻘인 순진한 아가씨와 교제한다고 예전 회사 동료나 단골 술집 점원에게 자랑했다. 미식가였는지 가지이와의 맛집 탐방은 적극적으로 즐겼던 것 같다.

사탕으로 파삭파삭하게 감싼 돼지고기 로스트에 송로버섯과 부드러운 옥수수 매시를 곁들인 요리가 모습을 나타냈다. 매시 안에 숨겨놓은 듯한 사탕이 혀에서 톡 터져, 리카는 눈이 뜨이는 느낌이 들었다. 앗, 하고 조그맣게 소리가 새어나오고, 금세 뺨이 뜨거워졌다. 아뮈즈 부슈인 마법의 젤리도 그렇고, 여기서 즐기는 것은 음식이라기보다 멋지게 뽑아낸 공연이 아닐까. 도입부에서는 천천히 완급 조절을 하다가 절정이 다가왔을 때, 곳곳에 박아두었던 복선을 회수한다. 가지이 마나코는 싫은 얼굴을 했지만, 역시 디즈니랜드 같다고 생각했다. 송로버섯의 맛은 아직 잘 모르겠다. 가을 숲에 떨어진, 향이 진하고 바삭거리는 낙엽을 먹는 것 같다.

무화과 콩피와 마스카르포네의 인상파 그림 같은 디저트로, 이미 배가 터질 것 같은데 마지막으로 축제날 노점을 떠올리게 하는 작은 과자를 잔뜩 올린 경쾌한 왜건이 천천히 등장하여 신음을 흘릴 뻔했다.

진한 커피를 다 마시고 나면 이곳을 나가야 한다. 집까지 가는 길과 바깥 추위를 생각하니 앞이 캄캄해진다. 칠흑색 식탁보에 와락 엎드리고 싶어져서 눈을 감았다. 이렇게 긴장했으면서, 아뮈즈 부슈부터 다시 한 번 되풀이하고 싶은 마음도 든다. 나는 제대로 음미했다고 할 수 있을까. 몇 년 뒤에나 또 올 수 있을까, 아니면 이것으로 마지막일까, 생각하니 리카는 왠지 슬퍼졌다.

눈두덩 너머로 샹들리에가 도발하듯이 흔들렸다.

"그냥 소화불량이야. 걱정할 것 없어. 자, 특제 수프 만들어 왔다니까. 입에 맞으면 좋겠네."

레이코는 의기양양하게 토트백에서 보온병을 꺼내 뚜껑에 희뿌연 수프를 따랐다. 생강 맛이 얼얼해서 목이 금세 뜨거워졌다. 파, 무, 구기자가 들어간 듯한 수프는 위로 술술 넘어갔다. 소금기가 거의 없어 재료의 단맛만 녹아든 담백한 맛이지만, 풍부한 풍미에 질리지 않았다. 위가 꾸르륵 하고 작은 동물 울음 같은 소리를 내서 서로 얼굴을 마주 보고 웃었다.

배란 시기에 맞춰서 스이도바시 산부인과에 다니는 레이코의 진찰 날짜에 맞춰 회사 근처에서 점심 약속을 했지만, 전날 먹은 로부숑의 음식이 아직 위에 그대로 남아 있어서 뭔가 먹을 정신이 아니었다. 몸 전체가 염분과 지방으로 부어서 묵지근하고, 뇌까지 꿀로 굳어진 것처럼 아무 생각도 나지 않았다. 몸이 축 늘어지고 의욕이 없다. 아침에 메시지를 보내 솔직히 털어놓았더니, 레이코는 손수 만든 수프가 든 바구니를 들고서 회사까지 찾아온 것이다. 한창 점심시간이라 그야말로 가장 붐비는 구내식당에서 레이코는 유리 진열장 속 견본을 찬찬히 본 뒤, 가장 인기 있는 정식을 골랐다.

"굉장하네. 과연 슈메이샤 구내식당이구나. 이 흑초 탕수육, 호텔 중화요리 맛이야. 이게 400엔이라니 너무 부럽다. 출판이 불황이라고 하지만, 큰 출판사는 그래도 여유가 있구나."

플라스틱 접시를 앞에 두고 흑초소스로 입술을 번들거리며 레이코는 천진난만하게 웃었다. 뭔가 신기한 기분이 들어서 흰 토끼 같은 모헤어 니트 차림의 친구를 낯선 사람처럼 빤히 바라보았다. 구내식당에서 그녀와 마주할 날이 올 줄은 생각지도 못했다. 1년 반 전까지는 언제 만나도 달리고 있을 것 같은 베테랑 홍보 직원 레이코, 지금은 체험학습이라도 온 소녀처럼 외부인으로 리카의 직장을 방문하여 편하게 즐기고 있다. 그녀가 원래 어떤 사람이었는지, 그런 인식이 어딘가 먼 곳으로 흘러가 버렸다.

"좋겠다. 로부숑에서 저녁이라니. 로부숑은 일본 식재료를 사용하는 게 특징이지. 반건조 곶감과 푸아그라라니 아주 진하고 맛있겠다!"

"그런데 있지, 그릇도 인테리어도 어안이 벙벙했다고 할까, 너무 고급스러우니까 놀라서 제대로 관찰도 못 하고, 맛은 제대로 봤는지 모르겠어. 나도 나이를 먹었나. 제일 놀란 건 말이야, 고기 요리에 사탕 같은 것이 바삭바삭 박혀 있는 거야. 초등학생 때 먹던 입에 넣으면 톡톡 터지는 사탕 같은 거 말이야."

"맞아, 맞아. 뭐든 다 있다더라. 로부숑 재료의 조합이 그렇대. 입안에서 톡톡 튀는 사탕이라니. 나, 그런 거 먹어본 적 없어. 우리 부모는 나를 방임한 주제에 군것질은 못 하게 해서."

레이코는 정말로 억울한 것 같다. 혀의 경험에 대한 욕심은 절대로 가지이에게 뒤지지 않는다. 혹시 미식을 즐기기 위해서는 일단 에너지가 필요한 게 아닐까.

"새삼스럽지만, 가지이 마나코는 정말 대단한 체력이야. 그런 화려한 저녁을 먹은 뒤, 웨스틴 호텔에서 섹스를 하고 다음날은 또 먹으러 다니고, 그걸 블로그에 올리고……."

리카는 문득 위화감을 느끼고, 시선을 들었다. 불편하고 곤혹스러운 듯한 한번도 본 적 없는 친구의 얼굴이 앞에 있었다. 뭔가 말을 잘못했나, 하고 지금 막 한 말을 되뇌다 바로 깨달았다. 지금까지 레이코 앞에서 성적인 얘기를 한 적이 거의 없다. 그녀는 결벽증이다. 사소한 야한 농담조차 허용하지 않는다. 서로 첫 경험이 어땠는가, 하는 얘기조차 한 적이 없다.

"언제 같이 한번 가자, 로부숑. 나, 롯폰기에 있는 캐주얼한 카운터*밖에 간 적이 없어."

이야기 흐름을 끊듯이 레이코가 입 꼬리 양쪽을 선명하게 올렸다. 그래도 리카는 얘기를 원래대로 돌리고 말았다.

"두번째 피해자인 니미 씨하고도 로부숑에는 자주 갔을지 몰라. 젊지도 않은 사람들이 잘도 그 여자 식생활과 생활방식에 어울려줬네. 그런 생각이 들었어. 가게에도 그런 분위기의 커플이 많았지만 말이야."

---

* 레스토랑 이름.

"니미 씨는 원래 미식 즐기고 좀 놀기 좋아하는 아저씨였지? 주간지 정보지만."

"음. 그것도 있지만, 가지이 마나코에게 잘 보이려고 허세를 부린 부분도 있지 않을까. 그 여자의 식생활에 맞추려다 보니 나도 몸이 버티질 못하겠어. 니미 씨도 원래 건강을 안 챙기는 데다 고혈압이었던 것 같아. 욕조 사고도 자연스럽게 일어난 일이란 생각이 들어. 그런 진수성찬을 매일 먹으면 누구라도……."

"애, 리카. 무슨 말을 하고 싶은 거야?"

레이코의 눈이 조금도 웃고 있지 않다는 것을 알고, 아직 소화되지 않은 푸아그라의 지방이 급속히 온도를 낮추며 몸속에서 또렷하게 존재를 과시했다.

"아무리 그래도 너무 편드는 거 아니니? 죽은 남자들이 전부 가지이의 생활에 따라가지 못해서 몸이 안 좋아지고 정신 상태가 망가져서 자살했다니, 설마 진심으로 그렇게 생각하는 거 아니지? 너, 그 여자가 무죄라고 말하고 싶은 거야?"

구내식당의 소음이 썰물처럼 멀어졌다. 레이코의 말이 날카로운 비수가 되어, 살을 파고들며 급소를 향했다.

이렇게 확실하게 말로 표현하고 보니 그리 황당무계한 얘기도 아닌 것 같다는 느낌이 들었다. 솔직히 말하면 요즘 줄곧 생각했던 가능성이다. 수면제를 과다 복용한 모토마쓰 다다노부, 익사한 니미 히사노리, 전철에 투신한 야마무라 도키오. 직전까지 가지이가 옆에 있었다는 것뿐, 애초에 물적 증거는 하나도 없다. 레이코는 말하지 말걸 그랬다는 식으로 미간을 찡그렸다. 리카는 조심스럽게 입을 열었다.

"너도 가지이 마나코를 좋아했지 않니. 왜, 작년에 집에 놀러 갔을 때, 『꼬마 삼보 이야기』 얘기 했었잖아. 그때, 레이코, 멋대로 자멸해서 버터가 된 호랑이가 나쁘다고 했지. 저기, 그러니까."

"남자들이 호랑이였다고 말하고 싶은 거야, 리카는?"

레이코가 단호하게 가로막았다. 먹다 만 탕수육소스가 점점 굳어지는 것을 이제 개의치 않는 모습이다.

"가지이 마나코는 거기 있는 버터를 갖고 와서 그냥 맛있게 먹었을 뿐이니까, 죄인이 아니라고 하고 싶은 거야? 거짓말을 한다는 자각이 없으니 거짓말이 아니다. 죽였다는 자각이 없으니 살인이 아니다. 그런 식으로 생각하는 거야? 식욕이며 성욕이 남달라서 사귀는 사람들이 저절로 이상해지고 페이스가 흐트러진 거라고 말하고 싶은 거야? 얘, 그렇다면 리카, 너야말로 벌써 이상해진 거 아니니?"

자신은 잘 웃어넘길 수 있을까. 레이코가 공격을 가하고 있다. 14년에 걸친 교제 중에 말싸움은 몇 번 했지만, 이렇게 험악한 얼굴을 하는 그녀도, 그리고 내가 반격할 말이 하나도 없는 상황도 경험한 적이 없다.

"혹시 가지이 마나코를 동경하는 거 아니니?"

"동경? 뭐야, 그건. 내가 왜 그딴 살인 혐의자를 동경해."

어째서 목소리가 떨리고 있을까. 레이코가 아무것도 알 리 없는데. 엉뚱하게 넘겨짚는 건데. 눈앞에 있는 색소가 옅은 커다란 눈동자는 피하는 것을 허락하지 않았다.

"먹고 싶은 대로 마음껏 먹고, 남자가 거기에 어울리기만 했는데 죽는다면, 그건 정말 꿀맛인 완전범죄네."

도전하듯이 입술을 앙다물고 한동안 리카 쪽을 응시하더니, 잠시 후 그녀는 고개를 숙이고 불쑥 중얼거렸다.

"리카, 너 요즘 피곤하구나. 보기로는 운동도 전혀 할 마음이 없는 것 같고."

흘긋 온몸을 훑어보는 눈빛은 그녀답지 않게 짓궂었다. 레이코까지 살 빼라고 넌지시 눈치를 주는 건가. 체중이 또 1킬로그램 늘긴 했다. 꽤 표정이 침울했던 모양이다. 레이코는 그제야 이쪽에 길을 양보했다.

"아냐. 미안, 이 얘기 그만하자. 아, 맞다. 조엘 로부숑은 프리메이슨●의 일원이지. 자서전에 그렇게 쓰여 있었어."

그리고 진찰 시간이 다 돼갈 때까지, 레이코는 부자연스러울 정도로 명랑하게 재잘거렸다. 리카가 현관까지 배웅하자, 바구니를 흔들며 가구라자카를 뛰다시피 내려갔다. 편집부에 돌아오자마자 유우가 회람 서류를 들고 다가왔다.

"아까 여자분, 졸업생 방문인지 뭔지로 온 거예요?"

리카는 터질 것 같은 웃음을 참으면서 서류철을 받았다.

● 유럽에서 만들어진 사교 클럽. 각종 음모론의 배후라는 루머가 많다.

"말도 안 돼, 동갑인 내 친구야. 대학 동기인데 결혼도 했어. 재작년까지는 대형 영화사 홍보팀에서 일했지. 유우, 띠동갑 나이보다 많아."

"어머, 정말요? 죄송해요. 그렇게 보이지 않았어요. 바구니도 들고 있고."

유우는 과장스럽게 눈을 동그랗게 뜨고, 세상에, 하고 신음했다.

"하하하, 본인한테 말하면 기뻐하겠네. 뭐, 옛날부터 동안인 편이었지만."

"음. 뭐랄까, 물론 외모도 젊지만, 그것뿐만이 아니라."

곰곰이 생각하며 그녀는 말을 이어나갔다. 허공을 헤매는 그녀의 시선 끝에 이곳에 없는 레이코가 보이는 것 같았다. 연신 격찬했던 명의 앞에서의 레이코를 떠올리다 황급히 생각을 지웠다. 자신이 싫어졌다.

"그분의 분위기가요. 무엇 하나 포기하지 않고 돌진하는 느낌이라고 할까요. 마치다 선배를 보는 눈이 반짝거렸어요. 친구라기보다 동경하는 선배를 보는 느낌으로."

"설마, 그애가 훨씬 야무지고, 착한 남편까지 있는걸."

그렇게 말하고 컴퓨터를 켰다. 점심때가 지난 뒤 출근하는 사람이 많아서 이 시간에 편집부는 가장 활기를 띤다. 유우는 아직 할 이야기가 많은 얼굴이다.

"다들 적건 많건 포기하는 분위기가 돌잖요. 어른이 되면."

"뭐야, 그 재미없다는 얼굴은. 정직원으로 입사도 결정됐고, 유우, 평온 그 자체일 텐데. 알겠다. 합격 우울증이구나. 나도 그런 적 있어."

"아세요? 뭔가 내 미래가 외길로 보인다고나 할까요. 이런 말 하면 배부른 소리라고 야단맞으려나. 뭐, 오늘 밤은 좋아하는 아이돌 공연이 있으니, 거기서 힘을 충전해서 내일 파워 부활하겠습니다."

"오, 아이돌? 자니즈*?"

"모르세요? 스크림이라는 여중생 그룹. 아직 매스컴에는 별로 나오지 않았지만. 언젠간 〈홍백가합전〉에 나오는 국민 아이돌이 되어 우리 같은 노땅 잡지에서도 다루게 될 날이 분명히 올 거예요. 엄청난 실력파거든요!"

평소 냉담한 편인 그녀의 열띤 어조에 무심코 얼굴을 올려다보니, 갑자기 부끄러워졌는지 뺨을 붉히며 왼손으로 공기를 휠휠 털어냈다.

"아, 그렇다고 징그러운 덕후는 아닙니다! 우리 회사에도 꽤 팬이 있어요. 왜 그 문예부의 후지무라 씨가 정통 골수. 원래는 담당 작가님 취미에 억지로 어울렸던 것이 계기였던 것 같지만요."

오호, 그랬구나, 후지무라가 의외네, 하고 말하는 자신의 표정이 어색했을 것이다. 두 사람 사이에서 그 아이돌 얘기가 나온 적은 한번도 없었다. 유우가 등을 돌리자마자 스마트폰을 꺼내서 마코토에게 메시지를 보냈다. 퐁, 퐁, 하고 당황한 듯한 답장 소리가

• 유명 아이돌이 많은 일본의 연예기획사.

바로 울렸다. 더부룩하던 위가 거짓말처럼 가벼워졌다.

마코토가 만나자고 한 곳은 최근 인기있는 가구라자카의 오모
테도리에 있는 일식 다이닝 바였다. 지하로 이어지는 계단을 내려
가자마자, 이곳 요리는 가지이가 말하는 왕도가 아니구나, 하고 생
각했다. 배경음악인 재즈도 점원의 목소리도 너무 크다. 부드러운
간접조명이 켜진 개별 방으로 안내받았지만, 왠지 안정이 되지 않
았다. 맞은편에 앉은 마코토는 냅킨을 펼치면서 안심한 듯이 끄덕
였다.

"그랬구나, 가지이 마나코 취재 때문이었구나. 아, 그래서 최근
에 잘 먹었구나. 그 여자를 독점 인터뷰하다니 대단한걸."

오랜만에 식사 약속을 한 것은, 아이돌 건도 있었지만, 가지이
와 여러 차례 면회한 사실을 이렇게 털어놓고 싶어서였다. 그를
신뢰해도 될까, 자신에게 물었다. 어쨌든 지금 당장 뭔가를 공유
하고 싶었다.

"그 말을 들으니 안심이 되네. 잔소리해서 미안해. 그렇다면 살
이 쪄도 전혀 상관없어. 심한 말 하는 게 아니었는데. 정말로 미안
해. 무신경했어."

사과받는 게 딱히 기분이 좋지 않은 것은 왜일까.

마코토와 점원의 대화를 들어보니 전에도 온 적이 있는 것 같
다. 유기농 채소를 풍성하게 사용해 건강하게 조리하는 것이 이
가게의 특징 같다. 살 빼, 하는 압력을 또 강하게 느끼고, 리카는

순간 위축됐지만, 이제 사사건건 주눅 드는 것도 귀찮아졌다. 그래, 귀찮다. 남들한테 어떻게 보일지 생각하면서 정답을 맞히듯이 생활하는 데 질렸다. 유기농 귀부 와인은 물처럼 술술 들어갔다

"여기는 칼로리가 낮으니까 얼마든지 먹어도 괜찮아."

마코토는 느긋하게 미소 지었지만, 잇따라 나오는 요리를 먹어 보고 모호한 맛에 이내 짜증이 났다. 두부 카프레제에 곁들인 뿌리채소 라타투이. 일식도 양식도 아니고, 진하지도 담백하지도 않은, 아무런 특색 없는 맛에 요리 전체가 지루했다. 바지락 현미 파에야를 앞에 두고 별로 먹지 않는 리카를 보며 마코토는 의아한 표정을 지었다.

"오랜만에 데이트잖아, 다이어트는 잊어버리고 즐겨."

어째서 이 사람은 자기 요구의 모순을 깨닫지 못할까. 게다가 자신은 여성을 잘 이해하는 쪽이라고 믿고 있다. 조금 전까지는 리카도 그렇다고 믿었다. 마코토의 이런 배려에 예전 같으면 감격했을 터였다.

"그렇게 말하지만, 그래도 먹으면 쪄. 현미도 탄수화물이고."

"어, 내가 한 말을 아직 신경쓰고 있는 거야? 그거 착각이야. 날씬해야 한다고 생각하지 않아. 노력을 게을리하는 것이 좋지 않다는 얘기지. 취재를 위해 억지로 먹은 거잖아? 그렇다면 어쩔 수 없지. 일 때문에 노력한 결과 살이 쪘잖아. 나도 접대, 회식이 잇달아서 이렇게 돼버렸고."

마치 그와 업무 제휴를 맺은 기분조차 든다. 이제 이 이야기는

더 하고 싶지 않았다.

"참, 마코토. 아이돌 좋아한다는 거 정말이야? 스크림이라는 그룹."

여기 오기 전에 인터넷으로 조사했다. 작은 기획사에서 데뷔한 여자중학생 5인조 그룹. 하나같이 어디에나 있을 법한 외모의 소녀들이었지만, 퍼포먼스가 완전히 딴사람처럼 빛나는 것이 장점인 모양이다. 마코토는 시원스럽게 끄덕였다.

"아, 거기 우치무라 유우가 말했구나? 맞아. 다음에 우리 회사 녀석들하고 공연 가지 않을래? 재미있어. 여자 팬도 꽤 많고."

"에이, 중학생 여자아이들이잖아. 난 사양할게. 딸 같은 아이들 노래에 흥을 낼 자신 없어."

"아냐, 아냐. 보통 아이돌하고 완전히 달라. 실력을 중시해서 어찌나 열심히 노력하는지 볼 때마다 성장해 있어. 팬에게 고마워하는 것도 잊지 않고, 무엇보다 아주 겸손해. 보고 있으면 나도 열심히 살아야지, 하는 생각이 든다니까."

마코토가 스마트폰을 꺼내더니, 공연장에서 오타쿠처럼 멤버 티셔츠를 입은 자기 사진까지 보여주어서 웃겼다. 객관성 있는 말투에는 사람을 불쾌하게 하는 요소가 어디에도 없었다. 그러나 그녀들의 집념과 순수함을 칭찬하는 데에는 뭔가 받아들이기 어려운 구석이 있는 게 사실이다. 이유가 없으면 좋아해선 안 된다. 그런 식으로 들린다. 노력하니까 평가한다, 노력하지 않으면 평가하지 않는다. 그냥 귀여워서 팬이 됐어, 하는 편이 훨씬 순수하게 받아들여질 것 같다.

"마치다는 좋아하는 아이돌 없어?"

갑자기 그렇게 물어서 리카는 껍데기에서 좀처럼 떨어지지 않는 바지락 살과의 격투를 그만두고 얼굴을 들었다. 마코토의 애교 넘치는 동그란 눈과 부드러워 보이는 갈색 머리칼은 간접조명을 받아서 아주 다정해 보였다. 이런 마코토와 사귀고 싶은 여자는 참 많을 거라고 남 일처럼 생각했다.

"아니, 마치다는 말이야. 그런 데 너무 흥미 없는 거 아냐? 연예인이 아니어도 괜찮아. 지금까지 멀리 있는 존재를 동경해서 용기나 설렘을 느낀 적 없었어? 이를테면 십대 시절에."

동경……. 레이코의 말이 떠오르고, 가짜 치즈 같은 딱딱하고 짠 두부가 혀 뒤에서 뭉개졌다. 불쾌한 비린맛이 번졌다.

"동경하거나 애태울 대상이 없으면 좀 재미없지 않아? 인생이."

"글쎄. 나 자신이 아이돌 같은 존재였으니까……. 학생 때."

계산을 마치고 계단을 올라가는 도중에 마코토는 앞서가던 리카에게 등 뒤에서 이렇게 말을 걸었다.

"오늘 자고 가도 돼?"

오랜만의 제안에 가슴이 희미하게 설렜다. 그러나 위가 완전히 낫지 않아 여전히 더부룩해서, 건강식을 먹었음에도 몸이 한없이 무겁다. 계단을 올라가느라 다리 한쪽 드는 것도 힘들 정도다.

"미안, 내일 아침에 또 엄청 일찍 나가야 해서."

그렇게 말하고 돌아보자, 그래, 하고 마코토는 순순히 끄덕이고 손을 내밀어, 슬쩍 리카의 손가락에 자신의 손가락을 걸었다. 그 이해심에 리카는 지금 막 머릿속을 맴돌았던 잠깐의 망설임이 미안하게 느껴졌다.

"구두쇠야. 그 사람. 주머니도, 정신도."

가지이 마나코는 주저없이 단언했다. 지난번 그토록 험악하게 이쪽을 제압했던 여자와 동일 인물이라고는 생각할 수 없을 만큼 오늘은 기분이 좋아 보였다. 그녀의 지시대로 리카가 로부숑에 가서 식사를 하고 메뉴와 감상을 써서 편지를 보냈기 때문에, 이렇게 흔쾌히 면회에 응한 것이다. 오랜만에 데이트하러 간 가게의 요리가 입에 맞지 않았다는 얘기를 했더니, 그녀는 맛에 문제가 있는 것은 물론이고 상대에게도 잘못이 있다고 했다.

"당신, 위세당당하고 정신적으로 여유 있는 사람하고 사귄 적 있어?"

"아뇨, 지금까지 사귄 사람은 한 손으로 세고도 남을 정도인 데다, 동급생이나 동기뿐이어서."

어느새 그녀에게 사생활을 털어놓는 데 아무런 거리낌이 없어졌다. 중학생 때 부모님이 이혼하고, 엄마가 친구와 가게를 열었고, 아버지가 세상을 떠났고, 여학교를 다녔고, 남녀공학 대학에서 친구를 만났고, 회사 동기와 교제하고 있다, 까지 편지로 털어놓았다. 가지이는 금세 이 화제에 질린 것 같았다.

"뭐, 그런 것보다 로부숑 말이야. 샴페인골드 인테리어에 검은

색 식탁보가 분위기를 긴장시키고 있잖아. 멋있지? 난 그 공간이 너무 좋아!"

"니미 씨와 가신 거예요?"

"글쎄, 나, 그곳엔 여러 사람하고 가서 일일이 기억나지 않네."

"그렇군요. 솔직히 내게는 너무 호화스럽더라고요. 현기증이 나는 것 같았어요."

이런 순수한 감상이야말로 그녀에게 감동을 준다는 걸, 리카는 점점 터득했다. 실제로 가지이의 표정이 누그러졌다. 줄곧 이런 얼굴로 있어준다면, 하고 생각했다. 가지이 비위 맞추기를 그만두지 못했던 죽은 남자들의 마음을 또다시 이해할 수 있을 것 같았다.

"마치다 씨는 뭔가 남자아이 같네. 그것도 중학생 정도의."

가지이 마나코가 리카의 이름을 부른 것은 두번째일 것이다. 낯간지러운 느낌이 들었다. 그녀는 키득키득 놀리듯이 웃었다.

"당신은 자신을 더 사랑해야 하지 않아? 그래야 맞지도 않는 사람과 데이트하느라 자신을 소모하는 게 아깝다는 걸 절감하게 될 거야. 자존감이 너무 낮은 거 아냐?"

"글쎄요. 그럴 수 있으려나. 그 사람을 놓치면 다음 사람을 만날 자신이 없어요. 기본적으로는 좋은 사람이에요. 그야 여성이면 누구나 당신처럼 자신을 사랑하고 자신감을 갖고 행동하고 싶다고 생각하지만, 그게 가장 어려운 거 아닐까요."

"어머나, 그런 거 간단해. 노력이나 정신론 따위는 아무래도 좋아. 그 순간에 가장 먹고 싶은 것을 마음껏 먹으면 돼. 귀를 잘 기울이고, 내 마음과 몸에 물어보는 거야. 먹고 싶지 않은 건 절대 먹지 마. 그렇게 결심한 순간부터 몸도 마음도 달라지기 시작할걸."

책상 앞에서 허겁지겁 먹는 편의점 해초 샐러드. 이동중에 집어먹는 뻐덕뻐덕한 건조 과일. 그리고 마코토를 따라서 간 일식 다이닝. 요즘 자신은 살이 찔까봐 두려워서 정말이지 먹고 싶지 않은 것만 먹고 있다. 아니, 애초에 33년 인생에서 한번이라도 진심으로 먹고 싶은 것을 자발적으로 먹은 적이 있었던가. 가지이를 알게 된 뒤 맛본 것은 물론 맛있었지만, 그녀가 권해서 먹은 데 지나지 않는다. 가지이는 갑자기 니트 소맷자락을 걷어 올리더니 살집이 통통한 피부를 보이며, 손가락으로 사랑스럽게 쓰다듬었다. 그 뽀얀 피부에 빠져 있는 리카의 눈을 의식하면서, 녹아 허물어질 것 같은 콧소리로 얘기했다.

"이 팔도 가슴도 엉덩이도 모두 내가 제일 좋아하는 것으로 가득차 있어. 뉴욕 그릴의 스테이크와 이마한의 스키야키, 데이코쿠호텔 가르강튀아에서 파는 샬리아핀 파이가 이 몸을 만들었다고. 이곳에서 매일 뻔한 식사에 진절머리 날 때마다, 맛있는 음식이 생각나서 미칠 것 같을 때마다, 내 몸을 가만히 쓰다듬고 꼬집어보고 그래. 특히 두 팔은 차갑고 부드러워서 혀를 내밀어 핥으면 희미하게 단맛이 나지."

어안이 벙벙해 있는 리카에게 가지이는 장난스럽게 눈을 깜박여 보였다. 두 팔을 어루만지고, 니트에 감싸인 뱃살을 꼬집고, 도발적으로 눈을 치켜떴다. 그녀가 알몸이 되어 거대한 유방을 모으고 턱을 바싹 당겨, 유두를 입에 머금는 광경이 또렷이 떠올랐다. 자신을 통째로 먹어버리고 싶다…….

이 사람은 그런 식으로 감시의 눈을 피해 자위하고 있을지도 모른다. 가지이 마나코의 욕망의 대상은 과거 연인이나 동경하는 연예인이 아니라, 자기 몸이다. 그래서 자유도 없고 남은 인생을 거의 같은 장소에서 보낼지도 모르는 이상한 상황에도, 언제나 이렇게 여자의 향기를 진하게 발산하고 있는 게 아닐까. 자가수분하여 흐드러지게 핀 식물처럼. 사실 이성이 필요 없는 쪽은 누구보다 그녀 자신이 아닐까.

"옛날부터 말이야, 벌레에 잘 물렸어. 따뜻한 계절이 되면 내 주위에만 벌레가 모이는 거야. 모토마쓰 씨는, 넌 입김까지 달콤하다고 곧잘 말했었지."

하아, 하고 그녀는 일부러 작게 숨을 내쉬었다. 두 사람 사이를 가르는 아크릴판이 부옇게 흐려진 듯했다.

"회사는 가구라자카에 있지? 그렇다면 아주 좋은 가게가 있어. 철판구이 좋아하나? 숙성된 미야자키규로 하는 설로인 스테이크도 물론 훌륭하지만, 마지막에 나오는 갈릭 버터 라이스가 죽여줘. 꼭 먹어봐. 그리고 감상을 들려줘. 나, 당신한테 듣는 얘기가 지금 유일한 즐거움이니까."

그렇게 말하고 천진난만하게 웃는 그녀가, 문득 미치도록 불쌍하게 느껴졌다. 이 아크릴판을 부수고 밖으로 데리고 나가고 싶다. 가지이 마나코가 무언가를 탐욕스럽게 먹는 모습을 이 눈으로 보고 뼛속까지 설레고 싶다고 생각했다.

어째서 립스틱을 발랐을까.

회사를 나오자마자, 화장 지우기를 잊어버렸을 뿐만 아니라, 세면실에서 립스틱을 다시 바른 사실을 깨닫고 언덕을 오르는 도중에 멈춰 설 뻔했다. 시노이 씨를 만나기 전에는 부드러워 보이는 것은 전부 버린다, 라는 규칙을 정했는데. 처음에는 레이코를 불러서 저녁을 사줄까 생각했지만, 지금은 가지이 마나코의 이름을 꺼내기만 해도 언짢아할 것 같아서 한동안 시간을 두기로 했다. 시노이 씨라면 언제나 싼 선술집만 갔으니, 가끔은 좋은 가게에 가도 괜찮을 거라 생각했고, 무엇보다 의논하고 싶은 일도 있었다. 가고 싶은 가게가 있어요, 하고 먼저 제안하여 오늘로 날을 잡았다.

이렇게 외길로 들어서면 가구라자카 뒤쪽은 좁은 골목길이 미로처럼 구불구불해져서 연신 통행인을 유혹한다. 관광객인 듯한 백인 커플과 스쳐지났다. 처음 보는 작은 도리이*에 공양한 꽃이 잔뜩 있었다. 고급요릿집에서 풍기는 육수 냄새. 밤하늘을 올려다보니 이 풍경이 일상의 배후에 있다는 게 믿기지 않았다. 접대하러 몇 번 다닌 적이 있지만, 오늘 밤은 구석구석까지 눈에 들어오는 것이 신기했다.

---

* 신사 입구에 세운 기둥문.

"많이 기다리셨죠, 죄송해요. 좀처럼 빠져나올 수가 없어서."

5분 늦게 도착했더니 손님이 나란히 앉아 있고, 철판 앞 카운터석 구석에서 시노이 씨는 이미 맥주잔을 기울이고 있었다. 지글지글 고기가 구워지는 소리와 냄새에 혀가 금세 젖어든다. 소화불량으로 고생한 기억이 생생한데 고기를 먹고 싶다고 생각하다니, 자신의 입이 참 얄미워진다. 립스틱의 무게가 입술에 느껴지는 것이 신경쓰여서 포렴으로 가려진 화장실 문을 흘끗 돌아보았다.

"살쪘죠, 나."

지적받기 전에 먼저 말해버리기로 했다.

"그런가."

시노이 씨는 가볍게 고개를 갸웃거리고, 그의 특징인 크고 날카로운 눈으로 이쪽을 보았다. 흰자위가 탁하고 그 아래는 여전히 다크서클로 거무칙칙하다. 먼저 말을 던지긴 했지만, 이성이 이렇게 정면에서 빤히 관찰하는 것은 오랜만이어서 옆구리 주위가 뜨거워지고 피가 느릿하게 도는 것이 느껴졌다. 시노이 씨는 이내 반짝거리는 철판으로 시선을 옮기고 약간 건성으로 말했다.

"미안, 그런 걸 잘 모르는 성격이라. 여성의 외모 변화에는 옛날부터 둔해서. 하지만 지금 그대로 별 문제 없지 않아?"

기본 반찬이 나왔다. 유리그릇에 담긴 순채가 목을 타고 내려가니, 가슴속에 퐁퐁 샘이 솟구치는 것 같았다.

첫 잔을 비우면서 어젯밤 쉰 넘은 재무성 예산담당관과 아카사카에 있는 회원제 술집에 간 기억을 떠올렸다. 노래방에서 두 번

정도 듀엣으로 노래를 부른 뒤, 갑자기 결혼반지가 번쩍거리는 뚱
뚱한 손이 허벅지에 뻗어왔다.

넌지시 유혹을 받은 적은 있지만 대놓고 욕망을 드러내는 상대
는 처음 보았다. 역시 자신은 어딘가 달라졌을지도 모른다. 살찐
몸은 솔직히 말하면 그리 싫지 않다. 목욕할 때 문득 눈에 들어오
는 자신의 허벅지나 뱃살이 안에서부터 눈부시게 빛나며 욕조에
서 보글보글 물방울을 만들 때, 꼭 에쉬레 버터 같다 싶어 넋을 잃
고 보았다. 주위에서 그렇게 말이 많지 않다면 이대로도 상관없겠
다고 생각했다.

비위를 맞추듯 심하게 비굴하던 남자의 언동은 리카가 손을 쳐
내는 순간, 백팔십도로 변했다. 갑자기 외모를 헐뜯으며 욕을 퍼
부었다.

"살은 쪄가지고 튕기기는."

취기를 가장한 목소리로 막말을 내뱉었다. 그런 모순이 딱하고
한심해서 웃음이 날 뻔했다. 뭔가 가지이 마나코에게 조공을 바친
남자들 같았다. 피부 접촉을 아슬아슬하게 피한 탓도 있지만 신기
할 정도로 공포나 굴욕을 느끼지 않았다. 예전 같았으면, 틈을 보였
다는 자책으로 심한 자기혐오에 빠져 며칠 동안 침울했을 것이다.

싸늘한, 그러나 어딘가 조롱하는 듯한 시선을 딴 데로 돌리지
않던 리카의 잔상이 그를 불안하게 한 것 같다. 오늘 아침, '취해서
무슨 얘기를 했는지 기억나지 않지만, 실례가 있었다면 죄송합니
다' 하고 겁먹은 듯한 연락이 왔을 정도다. 아무것도 빼앗기지 않

고도 상대를 저자세로 몰고 간 경험은 이번이 처음이다. 이걸로 예산 편성 정보를 얻어낼 수 있을지도 모른다.

립스틱을 신경쓰지 않기로 했다. 어차피 고기를 먹다 보면 지워질 테니.

크림소스를 끼얹은 통통한 화이트 아스파라거스를 다 먹었을 즈음, 구운 채소가 나왔다. 노르스름하게 구운 양파가 이토록 달콤하고 진하게 풀어질 줄이야. 싫어했던 고추도 향긋하고 온화한 풍미가 있다. 그러고 보니 여기서 수십 미터밖에 떨어지지 않은 요전에 간 일식 다이닝보다 훨씬 많은 채소를 위에 넣고 있다.

대각선 앞에서 소리를 내며 구워지고 있는 빨간 고기는 이쪽 자리로 올 것 같다. 투명한 육즙이 고기에서 천천히 스며 나왔다. 지방이 녹는 냄새까지 달콤하고 여유롭다. 공격적인 비릿함은 조금도 느껴지지 않는다. 붉은살이 복숭아빛으로, 흰살이 투명한 지방으로 변화하는 것을 찬찬히 지켜보았다.

썬 고기는 뜨거울 줄 알았는데, 입에 넣어보니 먹기 딱 좋은 정도였다. 따뜻하고 애정 어린 혀가 슥 들어오는 듯한 좋은 느낌. 고소하게 구워진 부분을 씹으니 촉촉한 레어 부분에서 육즙이 번지며, 뺨 안쪽이 크게 떨린다. 눈앞에 핏빛 한 가닥이 달리는 기분이 들었다.

"이 집 마늘버터밥은 천하일품이래요. 고기를 구운 뒤에 나오는 육즙뿐만 아니라, 버터도 듬뿍 넣는대요."

철판에서 볶고 있는 밥을 바라보았다. 노란 버터를 섞으니 밥

알이 춤을 춘다. 간장을 넣자 쉬익 소리가 나며, 짧고 격렬한 춤이
끝났다.

갈색으로 빛나는 밥이 공기에 담겨 나오자, 리카는 한동안 넋
을 잃었다. 밥알 한 알 한 알이 육즙과 버터로 코팅되어 힘차게 빛
났다. 간장의 향이 식욕을 돋우었다. 탄 마늘이 혀에서 위험한 듯
한 떫은맛과 쓴맛을 천천히 펼쳤다. 기름으로 번들거리는 쌀알이
차례차례 혀 위로 미끄러져 목으로 내려갔다. 아까 먹은 고기도
훌륭한 맛이지만, 그 육즙을 충분히 빨아들인 이 밥 또한 각별했
다. 밥을 씹을 때마다 힘이 무럭무럭 솟았다. 로부숑의 디너를 받
아들인 위에 이곳 음식이 선사하는 포만감이 겹치자, 신기한 권
태감과 편안함에 이대로 잠들고 싶어진다. 아, 맛있다, 하고 몇 번
이나 중얼거렸다. 문득 옆을 보니 시노이 씨가 젓가락질을 멈추
고 이쪽을 빤히 보고 있었다.

"왜요? 입에 안 맞으세요?"

"아니…… . 그렇지 않아. 왠지 행복해하며 먹는 거 같아서."

시노이 씨는 조그맣게 한숨을 쉬었다. 버터와 마늘 향이 풍겼
다. 언제나 건조한 느낌인 그의 피부와 입술이 기름으로 촉촉해진
것을 보니, 뭔가 의기양양한 느낌이 들었다. 시노이 씨는 자신의
밥공기를 내밀었다.

"그렇게 맛있으면 내 것 좀 줄게."

부끄러웠지만, 식탐에 진 리카는 시노이 씨의 공기를 빼앗고
말았다. 그리고 기름으로 혀가 매끄러워진 탓인지, 아니면 이미

마코토에게 털어놓은 탓인지, 리카는 주위를 살피며 목소리를 낮추고 거침없이 말했다.

"실은 가지이 마나코의 인터뷰를 실으려고 해요. 작년부터 도쿄구치소에 다니며 네 번 이상 접촉했어요. 사건에 관계없는 얘기를 할 정도까지는 가까워졌는데, 여기서부터 좀 힘드네요. 시노이 씨라면 어떻게 하겠어요?"

"거기까지 나갔다면 나름대로 각오가 있을 테니 말이지만."

시노이 씨가 천천히 젓가락을 놓았다. 고기 굽는 소리가 갑자기 커졌다.

"그럴 때 중요한 것은 자네가 심장을 바치는 거야."

고개를 돌려 바라본 옆얼굴은 딱히 엄격하지도 진지하지도 않았다. 뺨이 홀쭉한 만큼 눈두덩이 튀어나와 있다. 언제나 이런 모습이지만, 시노이 씨의 마음이 여기가 아닌 어딘가를 여행하고 있는 것 같다. 그가 예전에 심장을 바친 상대는 대체 누구일까.

심장, 이라는 말에 떠오른 것은 로부숑의 푸아그라다. 거위 간이던가. 하지만 그토록 달콤하고 끈적함으로 가득한 가장 맛있는 간 부위는 자기 내부에서 찾아야 하는 건가.

"절대적인 신뢰감을 주어야 한다고나 할까. 아첨을 하거나 거짓말을 하라는 게 아니야. 자네 급소를 상대에게 가르쳐주고, 목숨의 일부를 내놓는 거지."

디저트는 달달한 사과조림과 아이스크림이었다. 언제나처럼 계산은 각자 한다. 가게를 나와서 좁은 골목길을 나란히 걸었다.

주위는 깊은 어둠에 싸였고, 큰길의 소음이 멀리 느껴졌다.

"좋은 가게를 알고 있네. 좀 의외인걸. 마치다 씨, 이런 데 흥미 없는 줄 알았는데."

"지금까지는 그랬어요. 근데 최근에 친해진 친구가 맛있는 것에 관심이 많아서 가르쳐주었어요."

친구……. 자신은 지금 가지이 마나코를 그렇게 불렀다. 오랜 세월 레이코가 턱 하니 앉아 있던 자리라, 누구도 접근하지 못했는데. 가지이 마나코에게는 아마 태어나서 한번도 마음을 허락한 동성 친구가 없었을 것이다.

"오랜만에 제대로 음식을 먹은 느낌이 들었어. 정말 고마워. 괜찮다면 이런 가게에 또 불러주게. 다음에는 내가 살 테니."

시노이 씨가 불쑥 말했다. 엉겁결에 얼굴을 빤히 보았더니, 뭐야, 하고 수줍은 듯이 웃으며 이내 시선을 돌렸다. 또 부르겠습니다, 하고 무심코 한걸음 앞으로 나갔더니, 시노이 씨의 몸이 굳어지는 게 느껴졌다. 리카의 유방이 그의 두 팔에 닿았다. 급격히 살이 찐 몸에 익숙해지지 않아서 타인과의 거리감이 아직 무디다. 취재중에 역 빌딩에 있는 속옷 가게에서 사이즈를 쟀더니, B컵에서 D컵으로 바뀌었다. 어쩐지 자신은 가슴부터 살이 찌는 유형 같다. 오십대 정도로 보이는 여성 점원이 유방을 거칠게 잡고 컵 안에 밀어넣을 때, 유두 끝 부분이 마비되는 듯했다. 손목시계를 계속 주시하면서 한 줌 움켜쥐듯이 산 세 벌의 브래지어는 집에 있는 팬티의 색이나 소재와 맞지 않는다. 도저히 남들한테 보여줄 수 있는 속옷이 아니다. 거기까지 생각하다, 리카는 당황했다.

누구에게 보이겠다는 것인가. 옆에 있는 사람은 대형 언론사의 편집위원이고, 그냥 '정보원'이다.

고의는 아니었으나 얼른 떨어지면 불편해질 것 같아서, 리카는 가슴을 붙인 채 걸었다. 시노이 씨의 굳어진 두 팔에 자신의 유방은 부드럽게 뭉개져, 버터가 녹듯이 옆으로 퍼졌다. 시노이 씨는 어디 사세요? 물었더니, 스이도바시, 라는 답이 돌아왔다.

"저기, 아무 상관없는 질문이지만, 좋아하는 음식은 뭐예요?"

"카스텔라? 최근 세븐일레븐에서 파는 봉지에 든 카스텔라가 맛있더라고."

귀여워라, 하고 조그맣게 중얼거렸더니, 시노이 씨는 멋쩍은지 어둠 속에서 반짝이는 하얀 이를 드러냈다. 배가 부른데, 리카는 또 울고 싶어졌다. 누군가와 무언가를 먹고 각자의 장소로 돌아간다. 줄곧 함께 있을 수는 없다. 이렇게 위 속은 따뜻하고, 입술은 젖어 있고, 혀에는 감칠맛이 남아 있는데, 마지막에는 언제나 혼자다.

누구하고 오든 관계없다. 맛있는 시간을 즐기면 즐길수록 어쩐지 자신은 혼자가 되어가는 것 같다.

그날 오전, 도쿄구치소 1층에서 면회 절차를 밟고 있는데 갑자기 몸에 보이지 않는 스콜을 맞는 듯한 격렬한 위화감을 느꼈다. 이유는 알 수 없다.

면회 정리표를 들고 대기실에서 차례를 기다리는 동안, 왠지 마음이 어수선했다. 낯익은 엘리베이터 홀의 살벌한 공기며 평소와 다름없는 쌀쌀맞은 교도관의 대응이 문득 불온하게 느껴졌다.

"저기, 어제, 누가 오셨어요?"

면회실에 들어가서 그렇게 묻자마자, 가지이 마나코는 아주 조금 웃었다. 가족이 와도 이상하지 않고, 그녀에게는 후원자도 많다. 그러나 왠지 보이지 않는 누군가가 자신과 가까운 사람인 것 같은 느낌이 강하게 들었다. 리카는 참을 수 없을 정도로 불안해졌다. 혹시 가지이는 이런 식으로 다른 기자에게도 변죽을 울리는 게 아닐까. 꾸물거릴 틈이 없다. 오늘이야말로 인터뷰 얘기를 꺼내야 한다.

"면회는 1일 1인으로 정해져 있잖아. 어째서 그렇게 초조해하는 거야. 이상하네."

얄미움을 가볍게 무시하고, 리카는 아크릴판으로 보호받고 있는 눈앞의 여자를 이 손으로 정복해보고 싶어졌다. 그녀가 놀랄 만큼 세게 만지고 싶다. 저 니트 앞섶을 불룩하게 만들고 있는 큰 가슴에 손가락을 찔러넣고 싶다. 금방이라도 무너져 내릴 듯 부드러운 복숭아를 보면 손가락으로 자국을 내고 싶듯이, 가루를 갓 뿌린 새하얀 노시모치*를 꾹 눌러보고 싶듯이, 그런 생각이 드는 것은 자연스러운 일이다. 왜냐하면 리카는 지금까지 글래머 여자

---

* 네모꼴로 납작하게 만든 떡.

의 몸을 만져본 적이 한번도 없기 때문이다. 엄마는 평소 운동을 거르지 않아서 젊음과 스타일을 항상 칭찬받는다. 레이코는 이성의 시선을 튕겨내듯이, 사춘기 소녀처럼 딱딱하고 군살 없는 미성숙한 몸을 하고 있다. 소녀 시절, 몸을 밀어붙이던 반 친구들도 똑같이 그런 몸이었다. 그녀들과는 다른 미의식을 지닌, 한없이 풍만하고 만지면 푹 빠질 것 같은 저 미지의 몸을, 남자들이 억대에 가까운 돈을 퍼부었던 저 우주를, 이 손으로 만져서 확인해보고 싶다.

"부탁이 있어요. 당신의 인터뷰를 싣고 싶어요. 《주간 슈메이》를 대표하는 연재물을 만들고 싶어요. 다음 공판에도 호재가 될 거예요. 아직 집필할 수 있는 입장이 아니어서 제가 쓴 문장을 데스크가 마무리 짓겠지만, 당신을 절대 비방하지 않도록 제가 책임지겠습니다."

진절머리 난다는 듯이 가지이가 턱을 당기자, 턱살에 주름이 늘어나며 하나하나 깊어졌다.

"처음에 당신이 이곳에 왔을 때, 이렇게 말했을걸. 사건에 관한 이야기는 일절 하지 않겠습니다, 라고. 아직 포기하지 않은 거야? 내가 하고 싶은 건 음식 얘기뿐이야."

"네, 물론. 사건이나 피해자에 관한 정보를 원하는 게 아닙니다. 다만, 세상이 당신에게 품고 있는 인식을 바로잡고 싶어요. 여론을 아군으로 만들어봐요. 당신이라는 여성이 지금까지 어떤 인생을 보내고, 무엇을 느끼고, 어떻게 살아왔는지, 숨김없이 들려주고 싶어요."

"대체 뭘 위해서? 지금까지 경험한 것 이상으로 세상의 천박한 호기심에 노출될 뿐이잖아."

"당신의 삶의 태도를 알면 삶의 고통을 느끼는 많은 여성이 역설적으로 구원받을 가능성이 있지 않을까요. 당신은, 여성은 남성에게 패배를 인정하고 길을 양보해야 한다고 역설하지만, 그런 당신이야말로 이렇게 숨을 쉬는 것만으로 많은 남성에게 계속해서 충격을 주는, 굉장한 모순을 가진 존재입니다. 재판에서 당신으로 인해 상태가 이상해진 사람은 모두 사회적 권력을 가진 남성뿐이었죠. 직접 손을 쓰지는 않았다 하더라도, 당신을 만난 탓에 운명이 뒤틀린 남성이 많아요. 그 점은 부정하지 않겠죠? 일본 여성은 강한 인내와 노력과 고지식함과 금욕과 동시에 여자다움과 부드러움, 남성을 돌보는 것까지 온갖 미덕을 당연한 듯이 요구받고 있어요. 도저히 양립시킬 수 없어서 다들 괴로워하는데도 노력을 강요받고 있죠. 그러나 당신을 보고 있으면 확실히 알겠어요. 양립시킬 수 없는 게 당연하다는 걸. 그렇게 한들 우리는 결코 구원받지 못한다는 걸. 아무리 세월이 지나도 자유로워질 수 없다는 걸."

"다른 여자들 따위 어떻든 상관없어. 그 사람들을 구원하고 싶지도 않아. 난 이 세상 대부분의 여성을 엄청나게 싫어해. 잘 알 거라고 생각하지만."

차가운 어조에는 어디에도 손을 짚을 만한 우묵한 곳이 보이지 않는다. 매끄러운 바위에 손톱을 세우고 기어올라가는 심정으로 리카는 필사적으로 물고 늘어졌다.

"다른 여성이 아니라, 나 자신이 구원받고 싶은 건지도 모릅니다. 나를 위해서라고 생각하고 얘기해주지 않겠어요?"

"어째서?"

이쪽의 턱을 떠내듯이 거봉 같은 눈을 아래에서 위로 치켜뜨며 리카를 뚫어지게 바라보았다. 아직 이런 정도로는 한참 부족한 것 같다. 심장을 건네지 않으면 안 된다. 호랑이가 되어 죽음에 이르기까지 뱅뱅 돌며 즐겁게 하고, 그녀가 입맛을 다실 정도로 녹아내린 황금빛 버터가 되어 자신을 바칠 수밖에 없다. 리카가 리카인 것을 포기할 수밖에 없다.

"그건, 아마, 저기, 당신이, 아뇨, 아닙니다. 당신이, 아니라."

가지이 마나코와 만난 그날부터 그녀 생각만 하고 있다. 마음속에서 이 여자는 마코토보다 레이코보다 엄마보다, 더 큰 부분을 차지하고 있다. 모순투성이인 언동도, 욕망을 향한 충실함도, 보고 싶지 않은 것에서 완고히 시선을 돌려 얻은 부동의 자신감도. 모든 것이 신경쓰이는 건 어쩔 수가 없다. 이제는 눈을 뗄 수가 없다. 마코토가 아이돌을 응원하는 것처럼 '이유' 따윈 리카에게 필요 없다. 지금까지의 살아온 인생 대부분을 부정하게 됐다고 해도 인정하지 않을 수 없다.

"그건, 내가 당신을 좋아하기 때문입니다."

가지이 마나코의 표정 어디를 어떻게 도려내도, 조금도 동요하는 빛이 없어서 단도에 명치를 찔린 것처럼 리카는 어이없이 상처 입었다. 온몸의 용기를 긁어모아서 겨우 한, 태어나서 처음 한 고백을 상대는 지극히 당연하게 받아들였다.

"우리, 친구가 될 수 있지 않을까요?"

"친구는 필요 없어."

가지이는 윤기 나는 머리칼을 가볍게 흔들면서 여유롭게 미소지었다.

"내가 원하는 것은 숭배자뿐. 친구 따위 필요 없어."

픽, 하고 혀 위에서 불꽃이 튀는 기분이 들었다.

5

어두컴컴했던 주변이 갑자기 밝아져서 리카는 주위를 둘러보았다.

누군가가 편집부의 블라인드를 걷은 것 같다. 1월 말의 햇살이 이곳까지 비스듬하게 들어와서 까슬까슬한 갈색 재생용지를 새하얗게 바꾸었다. 햇빛을 받은 손가락 끝이 따뜻해졌다. 밝은 곳에서 보는 맨손톱은 가루처럼 건조하고, 세로줄이 몇 가닥이나 나 있다. 핸드크림이 떨어진 게 생각났다.

위가 더부룩한 증세가 오래가서 취재 도중 역사 안의 내과에 들렀더니 가벼운 식도염이라고 했다. 먹으면 기관지가 서늘해지고, 위 모양이 선명하게 느껴지는 듯한 가루약과 알약을 몇 종류

처방받았다. 의사의 지시에 따라 요즘은 담백한 식사를 하도록 신경쓰고 있다. 아침은 따뜻하게 데운 우유와 바나나, 점심은 도시락가게에서 손수 떠담는 건더기 많은 수프. 저녁은 되도록 일찌감치 집에 와서 소분해서 냉동해둔 밥으로 흰죽이나 야채죽을 만들어 바지런히 끓여 먹는다. 해가 바뀐 뒤로 폭식 증세는 사그라들었다. 하루에 세 번 먹는 약이 서서히 기운을 되찾게 했다. 불어나던 몸무게도 겨우 안정을 찾았다.

갑자기 살이 찌면서 리카는 자신의 '적당량'을 어느 정도 파악하게 됐다. 일단 지금까지의 식생활이 너무나 엉망이었음을 깨달았다. 언젠가는 몸 상태가 나빠졌을 것이다. 시간과 돈이 허락하는 한, 좀더 맛을 탐구해도 좋겠다고 생각했다. 오히려 지금의 통통한 팔과 뱃살이 마음에 든다. 키 166센티미터이니 건강상 현재 체중도 전혀 문제없다. 지금까지 너무 말랐던 거다. 스타일이 좋다는 평가는 이제 포기해도 상관없지만, 옷을 다시 사지 않아도 되도록 55킬로그램을 넘지 않게 주의할 생각이다.

아무리 그래도 체중이 늘어났을 때 주위의 동요는 참으로 이상했다. 리카가 민폐를 끼친 것도 아닌데, 모두 비난하는 것 같고 어딘가 무서워하는 것처럼 보였다. 자신도 누군가에게 그런 반응을 보이지 않을 거란 보장은 없다. 조심해야지, 하고 새삼 다짐하게 된 것만으로도 좋은 경험이 됐다. 레이코의 말대로 시행착오를 겪고, 다양한 맛을 알아야 나름의 기준을 확립할 수 있는지도 모른다.

책상에 앉아 스크랩북에 스틱 풀로 모아둔 자료를 붙였다. 업무중에 몇 분 짬을 내서 자료실 신문이나 타사 잡지, 편집부에 보관된 과월호 등에서 가지이에 관한 기사를 꼼꼼하게 복사해서 이렇게 정리하는 것이 습관이 됐다. 2013년 12월 2주 차 발간호의 '수도권 연쇄 의문사 사건' 특집 페이지를 재빠른 손놀림으로 넘겼다. 이 사건이 가장 세간의 주목을 끌었던 시기다. 가지이와 가족의 고향 사람들 평판, 요리교실 '살롱 드 미유코'의 내부 사정과 학생들 외모, 연봉에 관해 멋대로 억측한 기사, 피해자 들의 사생활과 맨얼굴, 그리고 몇몇 유족의 증언이다. 그러나 수는 많지 않다. 먼저 고령의 모토마쓰 씨는 사실혼 관계였던 아내와 헤어진 뒤이기도 하지만, 친척들과 별로 교류가 없었다. 니미 씨의 아내는 이미 세상을 떠났고, 아버지가 남긴 회사를 경영하는 사십대 후반의 외동아들은 가지이를 향한 증오와 취재 공세에 노골적으로 불만을 드러내, 발언은 극히 적었다. 상식적인 사람이었던 아버지가 이상한 여자에게 속아서 정신 못 차리고, 결혼을 약속했으나 배신당한 뒤, 심장발작을 가장한 뭔가로 살해된 게 분명하다고 말하고 있다. 그런 가운데 시선을 끈 것이 야마무라 씨의 누나라는 사십대 여성의 말이었다.

동생은 그 여자의 약혼자가 아니었어요. 창피하지만, 동생은 그냥 숭배자에 지나지 않았다고 생각해요. 법정에서도 얘기했듯이 동생은 내 앞에서 그녀를 언제나 나쁘게 말했어요. 못생겼다, 뚱뚱하다, 세상물정도 모르고 이상하다. 동성으로서 아주 불쾌했어요. 그렇지만 나쁘게 말하면 말할수록 그 아이가 그녀에게 목을 매고 있다는 걸 알았어요.

숭배자……. 지난주 가지이와의 접견에서 줄곧 여운을 남긴 말이었다. 갑자기 목 언저리가 가려워져서, 리카는 터틀넥의 목을 늘였다. 친구가 되고 싶다는 청은 아무 흥미 없다는 듯이 내치고, 인터뷰 이야기도 유야무야됐다.

그 여자는 태어났을 때부터 누구와도 관계를 맺은 적이 없을 겁니다. 원하는 것은 파트너가 아니라 숭배자니까요. 동생은 그 훌륭한 말발에 넘어가서, 그 여자의 극장 관객이 됐을 뿐이에요. 나는 법정 밖에서는 그녀를 한번도 본 적이 없지만요.

내치는 듯한 말투가 인상적이었지만, 냉담함은 느껴지지 않았다. 가지이와의 교제를 처음부터 반대했지만, 죽어도 가지이와 헤어지지 않겠다는 동생의 집념에 졌다. 모처럼 얼굴을 마주해도 싸움 날까 싶어서 가급적 가지이 얘기를 피했던 것을 후회한다고 했다.

가지이와 남자들은 실제로 어떤 시간을 보냈을까. 가지이의 발언을 믿는다면, 자유분방한 여신처럼 부드러움과 오만함을 재주 좋게 나눠 쓰면서 남자들을 받든 것 같다. 그러나 생전의 피해자들은 가지이에게 빠져 있었음에도, 제삼자에게 그녀를 약간 멸시하는 듯한 발언을 되풀이하고 있다. 리카는 경멸하면서도 그 대상에 빠져드는 심정이 이해되지 않았다.

리카는 잠시 햇살이 비쳐 들어오는 블라인드를 바라보았다. 아버지가 그랬을지도 모른다. 엄마의 집안일에 신경을 곤두세워 사사건건 잔소리를 했다. 걸핏하면 "사회 공부가 부족해"라고 불평을 하고, 규수로 조신하게 자란 것을 비웃었다. 그런데 막상 엄마가 집을 나가려고 하자 동요하고 당황하고, 건드리지도 못할 정도로 화를 내다가, 마지막에는 괴로운 듯이 입을 다물고 대화를 거부했다. 애써 떠올리지 않으려고 했던 이혼 후 아버지의 자포자기한 삶이 생각나서 위가 또 조여왔다. 확실히 그의 피가 내 속에 흐른다. 해마다 얼굴이 닮아가는 것 같다. 젊은 날의 아버지는 쭉 뻗은 콧날과 시원스러운 눈매, 조금 허약해 보이는 체격이어서 여학생들이 빠져들었다고 한다. 하지만 세상을 떠나기 전에는 그런 모습은 흔적도 없고 술로 퉁퉁 불은 몸이었다. 몸 전체가 비만은 아니었지만, 배는 금방이라도 터질 듯이 불러 있었다. 배 속에 살아 있는 무언가를 키우는 것처럼 고집이 느껴지는, 기분 나쁘게 불룩한 배였다.

가지이 마나코에게 어떻게 하면 충성을 표현할 수 있을까, 그런 생각에만 빠져 있었던 것이 애초에 잘못인지도 모른다. 시노이 씨의 조언대로 심장을 내어줄 필요는 있다. 그러나 충성만 다 바치면 피해자들과 똑같다. 그 여자는 만만해 보이면 끝까지 갖고 놀 테니까. 숭배자로 끝낼 생각은 없다. 그녀와 인간적인 관계를 맺고 싶다. 그러려면 어떻게 해야 좋을까.

"저기, 3년 전 가지이 마나코 특집, 이거 혹시 기타무라 씨 팀이 담당했었나?"

풀로 끈적거리는 손가락을 비비며, 통로를 사이에 두고 책상 두 개 너머에 있는 기타무라에게 물었다. 과월호를 들고 기사를 가리켜 보였다.

"맞습니다. 아, 그 유족 인터뷰, 접니다, 저."

기억을 더듬듯이 눈을 깜박이면서, 기타무라는 이쪽으로 다가왔다. 리카의 어깨 너머로 스크랩을 들여다보았다.

"이 야마무라 씨 누나. 끈기라곤 없는 기타무라가 인터뷰 땄을 정도이니, 비교적 순순히 취재에 응해준 모양이네?"

"네, 그렇지만 처음에는 완전히 비협조적이었어요. 야마무라 씨 어머니가 취재 공세로 몸이 안 좋아지셔서 도쿄의 대학병원에 입원했어요. 누나가 휴직하고 내내 붙어서 병간호하고 있을 때였 죠. 다른 환자들에게 폐가 되니까 두 번 다시 오지 마라, 하는 조건 으로 병원 대기실에서 대답해주었어요. 그후 어머니가 돌아가셨 죠. 하도 찜찜해서 지금도 기억이 나네요."

아무런 감정도 없는 어조에 등이 약간 서늘해졌다.

"아무래도 지쳐 있었지만, 야무진 여자로 보였어요. 아마 대기 업 건설 회사인가 과장이었을걸요. 지금도 근무하는지는 모르겠 지만."

"연락처 남아 있어? 나, 만나서 얘기를 들어보고 싶은데."

가지이와 면식이 없었긴 하지만, 동생의 언동을 통해 가지이라는 인물을 제대로 이해하고 있을 것 같았다. 이 사건에 관련된 인물 중에서 보는 눈이 가장 비슷할 것 같은 직감이 들었다.

"혹시 마치다 선배, 가지이 사건 다룰 생각이세요? 이제 와서?"

"맞아. 5월에는 항소심이고, 머잖아 세간은 가지이 마나코 이야기 일색일 거야."

"관두는 게 낫다니까요. 여성지라면 몰라도 우리 같은 잡지는. 작년에는 그나마 괜찮았지만, 지금은 더 이상 수요가 없어요. 공들이는 만큼 헛수고라고요."

"어째서? 얼마 전에도 '프로 후처업後妻業' 특집으로 판매가 늘었잖아."

부유한 노인의 유산을 노려서 혼인 관계를 맺는 여자들의 수법을 다룬 기사가 반응이 좋았다. 남편을 하루라도 빨리 죽게 하려고 날마다 식사의 간을 조금씩 세게 하고, 기름기 많은 요리에 익숙해지게 하는 주도면밀한 수법은 가지이 사건을 연상하게 했다. 애초에 요리 잘하는 여자가 배우자 하나쯤 저세상으로 보내는 건 식은 죽 먹기일 것이다.

"프로 후처 사건은 부자에게만 일어나는 강 건너 불이니까, 가십의 즐거움이 있죠. 가지이 사건은 처음에는 재미있어 했지만, 남성 독자를 불쾌하게 하고 뒤숭숭한 기분이 들게 해요. 수없이 머리를 굴려서 상처 입히지 않을 것 같은 여자를 신중히 골랐는데, 결국 함정에 빠졌잖아요. 그런 일이 자신한테도 일어날지 모를 것 같아 다들 두려운 거예요. 더 이상 피해자들을 채찍질하는 일은 그만해요."

야마무라 씨 누나에 대한 시원스러운 반응과 정반대의 열기에 휩싸여 기타무라는 지껄였다.

"그러나 가지이의 수법을 알면 남성들이 자신을 지키고 스스로 경계하는 매뉴얼을 만들 수 있지 않을까. 새로운 여성 독자를 개척할 수 있을지도 모르고. 어, 혹시 기타무라, 그런 경험 있어?"

농담으로 한 말이었는데, 기타무라는 마치다 선배, 요즘 뭔가 이상해요, 하고 노골적으로 싫어하는 얼굴을 하고 등을 돌렸다. 잠시 후 자신의 핸드크림을 들고 와서 내밀었다. 고마워, 하고 당황하여 중얼거렸다. 확실히 가지이는 거짓말쟁이지만, 사람을 죽일 만큼 타인에게 강한 감정을 품을 성질은 절대 아니라고 리카는 생각했다.

면회실 문을 열자마자, 언짢아서 입을 꾹 다문 가지이 마나코를 보고 리카는 순조롭군, 하고 내심 득의의 미소를 지었다. 일부러 며칠 걸러서 찾아온 보람이 있었다. 지난 열흘 동안 손은 써두었다. 출간한 지 얼마 안 된, 조엘 로부숑에서 감수한 요리책 몇 권을 보냈다. 버터가 듬뿍 들어간 레시피로 가득한 책이라 가지이의 눈을 즐겁게 함과 동시에 격렬한 욕구불만을 안겨주었을 터다.

"오랜만이에요. 혹시 날 만나지 못해서 허전하지 않았어요?"

리카가 그렇게 말하고 입꼬리를 올리자, 가지이는 순간 의외라는 듯이 눈을 동그랗게 뜨고, 이내 퉁명스럽게 턱을 당겨 주름을 깊게 했다. 섣불리 나갔다가는 얕보일 뿐이다. 아크릴판을 사이에 두고 맞은편에 앉아 리카는 바로 말을 꺼냈다.

"당신의 소녀 시절부터 지금까지 살아온 이야기를 조금씩 들려주지 않겠어요? 나는 이 사건을 이렇게 생각해요. 남성들이 인터넷에서 만난, 얼핏 세상 물정 모르는 가사도우미로 보이는 당신의 특이한 가치관과 생활방식에 이끌려 어울리는 사이 자기 페이스를 잃어 몸을 상하고, 자아를 잃고, 우연한 순간에 불행히도 세상을 떠난 거라고. 법정에서는 당신이 살인 사이트에 가입해서, 하루에 몇 번씩 자연사로 보이는 살해 방법을 검색한 것과 독극물에 관한 책을 다수 구입했다는 증언이 있었지만 정황 증거밖에 없죠. 당신이 머릿속으로 살인을 계획했다고 해도, 그들을 죽여서 얻을 이득이 없어요. 제일 먼저 의심받을 사람이 당신이란 것도 뻔히 알고 있었을 텐데요.

최초의 피해자, 모토마쓰 씨는 당신의 바람기와 배신을 걱정해서 원래부터 있던 불면증이 더 심해졌어요. 의사가 처방하지 않은 바르비투르산계의 위험한 수면제를 무심결에 과용했다고 해도 이상하지 않습니다.

다음에 니미 씨. 원래 고혈압인 데다 허세를 부리느라, 당신과 같이 밥을 먹고 데이트를 하는 사이에 콜레스테롤 수치가 높아졌겠죠. 의사의 진단에 따르면 몇 번이나 발작을 일으켰다고 하더군요. 욕조에서 죽은 것은 사고 아닐까요.

야마무라 씨는 자살일지도 몰라요. 플랫폼에 설치된 카메라 영상을 봐도 그가 뛰어든 장소는 사각지대여서, 수상한 인물의 그림자도 찾지 못했어요. 연구소 일은 원래 상당히 힘들었던 것 같아요. 당신과 교제하면서 돈이 더 필요해져 잔업을 늘린 탓에 과로해 한계에 이르렀겠죠. 가족의 증언이 맞다면, 첫 연애라더군요. 당신이 만든 비프스튜, 아니, 뵈프 부르기뇽으로 몸도 마음도 충만해진 직후인데, 파혼의 기미나 다른 남자의 그림자가 보였다면 설령 자살할 의사가 없더라도 통근중에 몸이 휘청거렸을 수 있죠.

당신에게 죄가 있다면 남자들에게 돈을 바치게 하고, 결혼을 약속했으면서 상대를 불안하게 하고, 몸 상태가 악화되는 걸 간과한 것뿐이에요. 실제로 당신이 권한 대로 마가린을 버터로 바꾸고, 당신이 추천한 가게에서 음식을 먹었더니 그것만으로 나는 6킬로그램이나 찌고, 위 상태가 나빠져서 지난주에 병원에 다녀왔어요. 동시에 원래의 식생활로 돌아갈 수 없게 되고, 가치관도 많이 바뀌었어요. 예전의 내가 당신에게 살해당했다고 하면 과장일까요?"

살해당했다는 단어를 써도 가지이의 입술은 일그러진 채였다. 말을 하는 게 손해라는 듯이 고집스럽게 원래 표정을 고수했다. 리카는 끈기 있게 기다렸다. 이윽고, 져서 분하다는 분위기를 풍기며 가지이는 천천히 입을 열었다.

"몇 번이나 말했지. 나는 당신에게 득이 될 소리를 하나도 할 생각이 없어. 그리고 또 말했을 텐데. 나의 후원자는 당신뿐만이 아니야."

"알고 있어요. 그렇지만 정말 이대로 괜찮아요? 평생을 이 건물 안에서 보내도 괜찮아요? 여론에 따라 항소심은 뒤집을 수 있을지도 몰라요."

입안이 말랐다. 요즘 약을 먹는 덕분에 위는 개운하다. 리카의 변화는 저쪽에도 전해졌는지 거봉을 닮은 눈 속에서 빛 같은 것이 흔들렸다.

"게다가 나를 이용하면 당신은 바깥과 연결될 수 있어요. 인간적인 관계를 맺고 싶다는 생각은 이미 버렸어요. 당신은 나를 이용하는 게 좋지 않을까요?"

이용이라는 말에 특히 힘을 주었다.

"당신 대신에 내가 먹고, 느끼고, 봐요. 당신 몸의 일부가 되어 세상과 만나고 있어요. 내가 이곳에 오는 한, 당신은 적어도 영혼만은 자유예요."

리카는 도쿄를 걷는 가지이를 떠올렸다. 그녀에게는 번화가나 쇼핑이 어울린다. 이런 좁고 어두운 곳은 어울리지 않는다. 가지이가 입을 열기 직전, 두 사람 사이의 공기가 크게 흔들리는 것을 느꼈다.

"지금 제일 먹고 싶은 게 있어."

가지이는 흘끗 눈을 치켜뜨고 이쪽을 살폈다. 기다렸어요, 하고 찢어지려는 입을 꽉 다물고 리카는 메모지를 꺼냈다.

"신주쿠 야스쿠니도리에 T라는 라면집이 있는데. 거기 소금버터라면을 먹고 어떤 맛인지 정확히 가르쳐줄 수 있으려나? 늘 그

렁듯이 당신의 말로."

이름 정도는 들은 적이 있다. 수는 얼마 안 되지만 전국에 분점이 있는 도호쿠 지방의 라면 가게였다. 미션이 간단한걸, 하고 안심하기보다 뭔가 함정이 있을 것 같아서 긴장했다.

"솔직히 말해서 그냥 먹으면 그리 맛있지 않아. 이 집 라면을 비약적으로 맛있게 먹으려면 어떤 상황이 필요해."

가지이는 일단 말을 끊고 거봉 같은 눈으로 이쪽을 아래에서 위로 훑듯이 바라보며 뜸을 들였다.

"섹스한 직후에 먹기. 새벽 3시부터 4시 사이. 계절은 되도록 추운 게 좋아. 딱 지금쯤."

너무 어이가 없어서 리카는 조금 웃어버렸을 정도다. 아이스블루 니트를 입은 그녀는 어딘가 허무한 인상조차 띠고 있어서, 지금 한 말과 전혀 어울리지 않는다.

"3년 전 2월, 니미 씨와 신주쿠 파크하얏트에 머물렀던 밤이었지. 뉴욕 그릴의 스테이크가 너무나 맛있었어. 그곳에서 보는 야경을 나는 정말 좋아해."

파크하얏트 안에 있는 레스토랑에 간 적은 없지만, 그날 가지이의 블로그 사진이라면 생각난다. 거대한 고깃 덩어리와 신주쿠라고는 생각할 수 없는 별이 총총한 야경. 그 많은 음식을 먹고 난 뒤에 용케 라면을 또 먹었네, 리카는 어이가 없었다.

"배가 고파서 문득 잠이 깼어. 뭔가 강렬함이 있는 따뜻한 것을 먹고 싶었는데, 룸서비스 메뉴에는 딱히 땡기는 게 없더라고. 자고 있는 니미 씨를 놔두고, 코트를 입고 방을 나와서 호텔 앞에 서 있는 택시를 탔지. 마침 이렇게 추운 계절이었어. 목적지도 없이 달리기 시작해서 기본요금 거리가 지났을 즈음에 문득 눈에 들어온 것이 야스쿠니도리의 그 가게."

"그런데 하필 왜 라면이었어요?"

리카의 마음속에서 라면과 섹스가 좀처럼 연결되지 않았다.

"섹스를 한 뒤 몸이 텅 비잖아? 그래서 뜨겁고 진한 국물 음식으로 굶주린 자신을 채워주고 싶은 거지. 말했잖아, 먹고 싶을 때 먹고 싶은 것을 마음껏 먹어서 감각을 연마하는 거라고."

그런 느낌이 리카에게는 제대로 와닿지 않았다. 마지막으로 한 게 언제인지 모를 정도로 아득한 일이니까. 그림자처럼 자취를 숨기고 있는 교도관 남자와 처음으로 눈이 마주쳤다. 애써 감정을 드러내지 않았지만, 흰자위에는 약간의 비열한 호기심이 배어 있다. 이 남자는 지금 내 알몸을 떠올리고 있겠지, 생각하니 온몸이 뜨거워졌다.

"식권 판매기에서 표를 사고 카운터에 앉았어. 주위에는 운전사나 호스트로 보이는 남자들뿐이었지. 나를 말똥말똥 보더라고. 시오라멘에 토핑은 버터. 면은 제일 단단한 하리가네*를 주문했어."

---

* 10여 초 동안 삶아서 심지가 많이 남은 상태의 면. 덜 삶겨서 생밀가루 맛이 강하게 난다.

"가지이 씨는 고급스러운 가게에만 갈 줄 알았어요."

빈말은 아니었지만, 이 말이 그녀를 무척 기쁘게 한 것 같다.

"난 맛있는 것이라면 가격은 상관 안 해. 여러 남자와 교제하다 보면 여러 가지 맛을 알게 되지. 이봐, 그 가게의 시오라멘이 어떤 맛인지 정확히 말해주면, 독점 인터뷰도 생각해볼게."

득의양양하게 말하더니, 가지이는 분홍빛 입술을 오므리고 어깨를 쓱 올렸다.

"하지만 뭔가를 한 직후라고 해서 맛이 비약적으로 달라지진 않을 텐데요."

"호오, 입으로는 여성의 권리, 권리 하면서 자기가 먼저 남자한테 자자고 하는 것은 자존심이 허락하지 않나 보네."

놀리는 듯한 어조에 목덜미가 화끈거렸다. 숨이 막힐 것 같은 답답함조차 느꼈다. 빨리 이 작은 방에서 나가서, 차갑고 신선한 공기를 마시고 싶다. 그러지 않으면 이 여자의 망언에 휘말려서 잘못된 판단을 해버릴 것 같다.

"주문할 때, 이것만은 절대 잊지 마. 버터는 배로 많이."

드디어 리카가 고개를 끄덕였다. 그렇다고 그녀에게 굴한 것은 아니다. 섹스가 끝난 뒤 버터가 듬뿍 든 라면을 어떡하든 꼭 먹고 싶어졌다.

"그후에 몸이 텅 빈다고? 뭐야, 그거, 남자 쪽 느낌 아냐?"

옅은색 눈썹이 날아가는 비둘기 날개 모양으로 일그러졌다. 자기가 말해놓고 이내 민망해졌는지 얼굴이 빨개졌다. 어느새 점심 시간이면 구내식당에서 같이 먹는 것이 습관이 됐다. 가구라자카 에서부터 먹방 세력권을 넓혀가자던 설레는 계획은 레이코의 배 란에 맞춰야 하는 통원 일정을 예측할 수 없는 탓에 슬그머니 없 던 일이 돼버렸다.

"이내 졸리니까 그런 걸 일일이 느끼지 못해. 그리고 남한테 할 수 있는 얘기도 아니고."

레이코가 눈 주위를 붉히며 항의하듯이 말해서 리카는 얼른 사 과했다. 그녀는 어깨를 움츠리고, 예쁘게 생긴 입술을 꼭 다물었 다. 레이코, 레이코오오, 하고 장난스럽게 불러도 대답조차 없다. 리카는 잠시 생각한 뒤 입을 열었다.

"그럼 이 얘기라면 하고 싶어지려나? 작년 크리스마스 날, 너희 집에 놀러 갔을 때, 료스케 씨가 그랬잖아. 회사 친구가 놀러 왔을 때, 레이코의 만두가 맛있어서 레시피를 물었더니 레이코가 갑자 기 말이 많아졌다고. 만두 만드는 법 좀 가르쳐줘."

"요리에 흥미도 없으면서."

"생각해봐. 난 레이코의 조언을 힌트로 가지이 마나코에게 편 지를 썼어. 가지이와 내가 너무 가까워질까봐 걱정하는 것 같은 데, 애초에 이건 레이코 덕분에 잡은 기회야. 요리를 좋아하면 먼 저 레시피를 물어보라고 했잖아."

"무슨 소리야. 그럼 이것도 저것도 전부 내가 잘못했다는 말이 야?"

레이코는 점점 기분 나쁜 듯이 입을 내밀었다. 가지이를 화제로 삼는 것이 금기시되고 있지만, 두 사람 사이에서만은 무슨 얘기든 할 수 있길 바랐다.

"아냐, 아냐. 감사하고 있어. 무슨 말이냐면, 실은 가지이 사건을 좇는 것은 나를 위해서이기도 하고, 거창하지만 레이코와의 우정에 보답하려는 것이기도 해."

레이코는 이해가 되지 않는다는 듯이 리카를 올려다보았다. 요전에 만났을 때보다 턱이 더 뾰족하다. 스웨터 사이로 보이는 손목이 똑 끊어질 것처럼 가늘었다.

"레이코도 답답해했잖아. 우리는 공명하며 친해졌고."

레이코가 입을 다물었다. 리카가 지금 떠올리는 것과 같은, 예전 자신의 모습을 떠올리고 있을 것이다. 대학 시절, 여성혐오 발언을 한 남성 교수에게 분노하여 세미나 도중에 언쟁을 했다. 카페테라스에서 끈질기게 따라다니는 남자에게 딱지를 놓았다고 과 친구가 비난해서, 더 화가 났다. 취직한 뒤로는 존경했던 상사가 유부남인데도 교제를 강요하여 충격을 받았다. 여주인공한테 연애 사건이 일어나지 않는 영화에는 관객이 들어오지 않는다며 클라이언트에게 기획을 퇴짜 맞았다고 분통을 터트리기도 했다.

"나는 지금도 그래. 늘 매번 멈춰 서게 돼. 우리가 날마다 느끼는 위화감이 이 사건의 배경에 숨어 있는 느낌이 들어. 나는 그 부분을 좇고 싶어. 만약 가능하다면 내 말로 써보고 싶어."

"옛날의 나는 뭔가 되게……."

거기까지만 말하고 레이코는 플라스틱 찻잔에 시선을 떨어뜨렸다. 버튼을 누르면 나오는 연한 녹차가 형광등을 선명하게 비추었다.

"나는 리카와 달라. 옛날에는 그런 일에 화를 냈지만, 결국 나는 도망쳤어."

어렴풋이 그녀의 초조함을 의식했지만, 꺼져들어가는 듯한 목소리에 리카는 당황했다. 명치가 꾹 조여졌다. 힘이 없는 레이코를 보니 언제라도, 아니, 지금 당장 어떻게든 해야 한다는 생각이 들었다. 이 세상 모두가 잘못됐고 너만 옳아, 하고 극단적인 말을 큰 소리로 외치고 싶었다.

"도망치지 않았어. 레이코는 옛날과 하나도 달라지지 않았어. 회사를 그만둔 것은 너 나름의 방식을 끝까지 모색하기 위해서였잖아."

레이코가 이쪽을 보았다. 우산 같은 긴 속눈썹을 펼치기라도 할 기세로 연갈색 눈이 반짝였다.

"료스케는 좀처럼 병원에 같이 가주지 않아. 그거 제출하길 싫어해서……. 예약을 두 번 했지만, 펑크냈어. 나 혼자 다녀봐야 아무 소용 없는데."

"의외네. 료스케 씨, 그런 사람으로 보이지 않던데."

더 이상 말이 나오지 않았다. 임신이라는 목표를 향해 나란히 손잡고 걷고 있는 줄만 알았다.

"료스케만은 다를 거라고 생각했는데, 그 사람도 남자의 체면

이 중요한 거였어. 지금은 시기가 아니다, 좀더 지켜보자, 하늘의 뜻에 맡기자, 그러고만 있어. 자기 몸에 혹시 문제가 발견되면 인생에서 무언가를 결정적으로 잃는 거라고 믿고 있는 거야. 최근에는 나 혼자 아이를 만들려고 애쓴다는 생각이 들어."

료스케 씨에게는 료스케 씨 나름의 할 말이 있지 않을까, 일 때문에 피곤한 게 아닐까, 무슨 오해가 있는 게 아닐까, 하고 필사적으로 자문하는 자신에게 실망했다. 료스케 씨를 싫어하고 싶지 않지만, 이렇게 남자에 대한 배려가 자연스럽게 녹아 있는 사회 자체가 레이코를 괴롭힌다는 것도 안다.

"그런 동화 없었나? 아이를 갖고 싶은 여자가 길고 긴 고독한 모험을 떠나서, 손, 발 등등, 어린아이의 신체 부위를 하나하나 숲이나 호수에서 발견해서, 잘 짜맞추어 마지막에는 진짜 아이를 만든다. 그 아이와 행복하게 잘 살았습니다. 축하, 축하. 마지막까지 아빠는 나오지 않는 해피엔딩."

리카에게는 보였다. 두건을 쓴 레이코가 숲을 걸어서 작은 손과 발을 주워 모아 진지한 얼굴로 정확하게 짜맞추는 모습이. 무섭다고는 생각되지 않았다. 슬프게도 그것은 더할 나위 없이 그녀다운 광경이었다.

"로스 고기 덩어리."

레이코가 퉁명스럽게 말했다. 무슨 소린지 몰라 다음 말을 기다렸다.

"내 만두 말이야, 두드린 덩어리 고기와 다진 고기를 섞어서 사용해. 다진 양파를 많이 넣고 고루 섞으며 반죽하지. 그걸 만두피에 싸서 한번 찐 다음 냉동하면 돼. 그렇게 해서 양파의 세포를 일부러 부수는 거야. 냉동한 것을 한번 더 찌면 즙이 많고 매끄러우면서 은근히 달달한 만두가 돼."

다음에 만들어줘, 하고 응석을 부렸더니, 못 말려, 하고 어이없다는 듯이 미소를 지어서 조금 안도했다.

"역시 레이코가 말한 대로네. 요리 좋아하는 사람을 다루는 마법의 말이구나. '그 요리, 어떻게 만들었어?'"

"리카, 차라리 요리교실에 다녀보는 게 어때?"

레이코가 다시 씩씩해져서 옥죄였던 위가 느슨해졌다.

"내가? 무리, 무리. 과일도 제대로 못 깎는다니까."

"그러니까 말이야. 맛있는 것을 먹기만 해서는 가지이와 대화에도 한계가 있어. 리카는 머리가 좋고, 맛있는 음식도 많이 먹어봐서 빨리 배울 거야. 전문가에게 돈을 주고 배우면 바로 실력이 늘거야. 리카가 다니면 나도 같이 다니고 싶네."

만약 다니고 싶은 요리교실이 있다면.

세상에 단 한 군데, 그곳밖에 없다.

남자 마음을 흔들 만한 새 속옷을 사야지, 하고 아침부터 마음이 들떴지만, 그런 일은 엄두도 내지 못한 채 밤이 되어버렸다. 빈틈 없는 완벽한 모습으로 임하고 싶었다.

파크하얏트는 예산 문제도 있지만 밸런타인데이 전이라 예약

자체가 불가능했다. 리카는 오다큐 센추리 서든타워 24층에서, 네온 한복판에 검디검은 어둠이 넓게 펼쳐진 신주쿠교엔을 내려다보고 있다.

마코토의 답장이 오기 전에 이 방을 예약한 취지를 문자로 전했다. 만약 오지 못한다면 혼자 푹 자고 그대로 출근하겠다고도. 반응이 두려워서 좀처럼 스마트폰을 볼 수가 없었다. 그가 집에 오겠다는 걸 거절한 주제에 가지이에게 요구받으면 바로 움직이다니 너무 제멋대로 아냐.

애인에게 섹스를 하자고 청하는 것만으로 왜 이토록 꺼림칙하고 부끄러운 걸까. 리카는 커버를 씌워놓은 더블베드에 몸을 묻었다. 회사 탕비실에서 사용하는 종류의 퍼컬레이터가 눈에 들어왔다. 먼저 움직인 것만으로 이렇게 긴장하고 있다. 거절당하면 어떡하지, 밝힌다고 생각하면 어떡하지, 그런 생각에 안절부절못했다. 이 방 어딘가에 소형 카메라가 있고, 그 너머에는 지인들이 웃음을 참고 있을 것 같은 기분이 들었다. 베개에 얼굴을 묻었다.

노크 소리가 들린 것은 새벽 1시가 지나서였다. 기분 좋은 선잠에 들었다가 녹차 방향제 냄새가 나는 방으로 돌아와, 리카는 상반신을 일으키고 침대에서 내려갔다.

"늦어서 미안."

"아냐. 나야말로 갑자기 미안해."

문을 열자마자 마코토가 조금 당황하는 것이 리카에게 전해졌다. 그는 잠시 말없이 리카를 보더니, 이윽고 방 안으로 들어왔다.

언제나처럼 마코토는 등을 돌리고 입고 있던 옷을 바로 벗어서 옷걸이에 걸었다. "피곤해……." 마코토가 침대에 털썩 주저앉았다. 리카는 옆에 앉아서 어색하게 그에게 손을 뻗쳤다.

"바쁜데 미안해."

숱이 많은 머릿결은 부드러워서 손가락 끝으로 갖고 노는 게 즐겁다. 머리칼과 같은 색의 동그란 눈은 충혈되어, 조급하게 깜박거렸다.

"니시하시 씨가 상을 받을 때, 나는 옆에 없을지도 몰라."

그가 담당한 베테랑 작가가 봄에 발표되는 문학상 후보에 올랐다.

"혹시 연말에 이동? 문예부는 인사이동이 잦지. 무슨 소리 들었어?"

"아냐, 미리 푸념해봤자. 이런 일은 때가 되면 따를 수밖에 없어. 나뿐만 아니라 모두 평등하게 경험하는 것이고."

말은 이렇게 했지만 그의 눈두덩 언저리가 희미하게 경련을 일으켰다.

"그렇게 단정할 것 없어. 불평이든 뭐든 해봐. 나도 니시하시 선생님하고 마코토가 헤어지는 건 슬픈걸. 그 후보작은 마코토가 연재 시작할 때부터 관여했던 거잖아."

"됐다니까. 오랜만에 둘이 있는데 일 얘기 하면 시간 아깝잖아."

강경한 어조로 말을 끊어 리카는 잠자코 있었다. 마코토의 완고한 부분을 또 건드린 것 같다. 절대 불평이나 약한 소리를 하지 않는 것이 강함이라고 믿고 있는 게 아닐까. 그런 강함은 강함이 아니고, 리카는 그런 것을 원하지 않는데. 옛날에는 더 창피한 일도 감추지 않고 얘기해주었다. 그래서 리카도 어떤 고민이든 털어놓을 수 있었다. 언젠가부터 두 사람 사이에 직장 일로 인한 긴장감이 흘렀다. 그건 정말로 시간이 없어서일까.

아버지가 그랬다.

그림책 읽어주는 아버지를 좋아했다. 엄마가 금지한, 인스턴트 야키소바를 프라이팬에 몰래 만들어주던 아버지를 좋아했다. 고상한 척하지만, 설날이면 영화 〈남자는 힘들어〉를 보고 눈물 글썽이는 아버지를 좋아했다. 융통성 없는 성격이 재앙이 되어, 대학에서 출세 코스를 벗어나면서부터 아버지는 변했다. 리카의 눈을 보고 이야기하지 않게 됐다. 집안 형편이 힘들어질수록 무뚝뚝하게 입을 다물고, 매일 밤 술을 마시러 다니다 새벽에 귀가했다. 술기운으로 엄마를 괴롭히는 일이 늘어났다. 엄마도 리카도 집안의 기둥이 되어주길 바라지 않았는데. 중학교는 사립이 아니어도 괜찮았다. 엄마도 일을 다닐 생각이 충분히 있었다. 가족을 지켜봐주면 그걸로 족했다.

부탁이야, 제대로 얘기를 해. 나는 그것만으로 충분해.

엄마의 눈물 섞인 목소리가 문 너머에서 들려와, 이불을 뒤집어썼던 기억이 떠오른다. 그래도 아버지의 목소리는 들리지 않았다. 마치 한마디라도 말을 하면 자신의 몸이 부서지기라도 하는 것처럼 고집스러웠다.

가지이의 남자들. 그들도 역시 남자다워야 한다는 강박관념에 사로잡혀 있었던 게 아닐까. 가지이의 범상치 않은 체력과 사치, 고칼로리의 식사에 맞추어주느라 온몸이 비명을 질러도, "피곤해, 쉬게 해줘"라는 말을 끝내 하지 못했다. 그것은 그녀를 잃고 싶지 않아서라기보다 지고 싶지 않아서가 아닐까. 목숨 걸고 그녀와 경쟁한 결과, 그들은 심신에 병이 들었다. 보도에서는 '수줍음이 많고 사람들과 소통이 서툰 사람들뿐'이라고 했지만, 그들은 절대 혼자가 아니었을 텐데. 야마무라 씨의 어머니나 누나, 니미 씨의 전 동료와 큰며느리, 모토마쓰가에 출입했던 도우미와 이웃 주부. 모두 그들을 걱정했다. 기사에는 어째선지 여자들만 나왔다. 피해자가 누구 한 사람의 목소리라도 귀를 기울였더라면······.

"허리가 아파. 눈도 피곤하고."

그렇게 말하며 마코토는 침대에 몸을 던지더니, 신음을 하면서 엎드렸다. 리카는 그의 엉덩이가 의외로 모양이 괜찮다는 것을 오랜만에 깨닫고, 자신도 모르게 스윽 어루만졌다.

"마사지해줄까?"

"괜찮아, 리카도 피곤하잖아."

전에는 이런 염려가 배려라고 생각했지만, 만드는 김에 한 그릇 더 만든 요리뿐만이 아니라, 마사지도 받지 않겠다는 것은 일종의 거부가 아닐까. 이런 일이 거듭되니 리카도 왠지 모르게 마코토에게는 약점을 보이지 않게 됐다.

용감하게 그의 허리에 자신의 사타구니를 밀착시키는 자세로 걸터앉아, 속옷 속으로 손을 집어넣었다. 으억, 하고 마코토가 신음했다. 리카의 피부가 너무 차가웠던 것 같다. 리카는 손바닥을 비비고 다시 허리를 주무르기 시작했다. 마코토의 피부는 촉촉하고 매끄러워서, 손바닥에 빨려들었다. 직접 만지는 것은 오랜만이었다. 아, 이런 감촉이었구나, 하고 3개월도 더 된 기억을 천천히 되살렸다. 가지이의 요구에 점점 의문이 든다. 굳이 섹스를 하지 않아도 상관없지 않을까. 섹스를 못 했다고 솔직히 말하면, 오히려 가지이의 자존심을 부추길 수 있지 않을까.

처음에는 간지러운 듯이 몸을 좌우로 비틀던 마코토의 움직임이 이내 적어졌다. 리카의 손바닥이 따뜻해짐에 따라, 마코토의 허리가 빳빳하게 굳어지고 전체가 차가워지는 게 느껴졌다. 사귀기 시작했을 무렵에는 깜짝 놀랄 만큼 체온이 높았는데.

그러는 사이에 조금씩 그의 피부에도 피가 돌아서 생생한 심장박동이 전해졌다. 이쪽의 사타구니도 마코토의 체온을 받아, 축축이 젖어들었다. 사귀기 시작했을 무렵의 밤에는 이렇게 살을 포개고 서로의 심장 소리에 귀를 기울였다. 그것만으로 충분히 즐거웠다.

마코토가 갑자기 벌떡 일어나는 바람에 리카는 균형을 잃고 옆으로 쓰러졌다. 쿡쿡 웃고 있으니 그가 리카의 팔을 잡았다. 예상하지 못한 강한 반응에 온갖 상념이 멀어져갔다. 그가 속옷을 벗어던졌다. 오랜만에 보는 그의 맨가슴은 사춘기 여자아이처럼 어색하게 부풀었다. 유두 주변에 털이 나 있다. 애무하는 손가락 끝이 놀랍도록 매끄럽게 쭉 미끄러져갔다. 마코토의 몸이 급격히 뜨거워졌다.

팬티와 스타킹을 한꺼번에 벗기기 쉽도록 리카는 허리를 치켜 들었다. 가방이 열리고, 서류 다발이 부스럭부스럭 거칠게 치워지고, 이어서 피임 도구를 끼우는 소리가 착착 하고 났다. 그의 손가락을 꼬리뼈 부근에서 느끼자, 유두가 천장을 향해 딱딱하게 솟았다.

머리로 생각을 너무 많이 했다. 너무 말로 하려고 했다. 줄곧 사용하지 않은 감각을 총동원하고 있는 것을 안다. 마코토의 체온은 기분 좋다. 다리 사이가 살며시 열렸다. 온몸의 관절이라는 관절이 부드럽게 마비된다. 자신의 것이 아닌 듯한 달콤한 냄새가 온 방에 퍼진다. 아직 충분히 젖지 않아서, 처음에는 안쪽이 찌릿찌릿 따가 웠지만, 이윽고 탐욕스러울 정도로 빠르게 상대를 따라갔다. 톡 하고 미지근한 물방울이 이마에 떨어졌다. 시선을 들다 핏발 선 필 사적인 눈과 마주쳤다. 그의 얼굴에서 연신 땀방울이 뚝뚝 떨어져, 리카의 몸을 두드린다. 발가락 끝까지 마코토와 함께 있다는 실감이 퍼졌다. 부족한 것은 이것이다, 혹은 이 연장선에 있는 무엇이다, 하고 리카는 몸속 깊이 이해하고, 그의 눈을 올려다보았다. 마코토와 앞으로 어떻게 될까, 정말로 그가 필요할까, 그건 잘 모른다. 저쪽도 마찬가지일 것이다. 그러나 지금은 확실히 리카의 반이 채워져 있다. 마코토의 땀이 비처럼, 은혜처럼 쏟아졌다. 청결한 천장이 점점 높아져갔다.

마코토는 괴로운 듯이 숨을 고르면서 리카 위에서 옆으로 쓰러졌다. 열이 확 가신다. 호흡이 진정되고 시야가 밝아지기를 기다렸다가, 갓 태어난 기분으로 살짝 고개를 들고 주위를 관찰했다. 땀방울로 반쯤 투명해진 시트를 보고, 눈이 동그래졌다. 샤워를 할 마음이 전혀 들지 않았다. 마코토의 땀은 끈적거리지 않아 이내 말랐고, 냄새가 조금도 없었다. 그의 숨결이 서서히 진정됐다.

"마코토도 남 얘기 할 계제가 아닌걸."

팔을 뻗쳐서 그의 동그란 배를 톡톡 두드렸다. 리카도 어느새 군살을 부끄럽게 생각하지 않게 됐다. 언제까지고 애무하며 붙어 있으려는 리카에게 기력이 달린다는 듯이 마코토는 간신히 자연스러운 미소를 보였다.

"리카는 정말 에로틱한 몸이 됐네."

귓가에서 속삭이는 말이 간지러워서 리카는 팔다리를 파닥거렸다. 마코토의 마른 입술이 피부를 긁었다. 수줍어서, 목 안에서 꾸욱 하고 작은 새 같은 소리가 새어 나왔다. 마코토의 목에 매달려서 동그란 어깨에 이마를 콩 박았다. 자신의 천진함이 점점 밖으로 새어 나가는 편안함이 미치도록 좋았다.

어째서 극히 자연스러운 욕망에 맞설 용기조차 없을까. 이 직업에 몸담기 훨씬 전부터 의식적으로 빈틈 없는 행동을 했다. 엄마가 싫어할지도 몰라, 하는 계산이 작용했을지도 모른다.

엄마는 성적인 것에 민감했다. 텔레비전에 아주 사소한 러브신만 나와도 이내 채널을 돌렸다. 대학에 들어가서 남자 친구가 생겼을 무렵, 귀가가 늦은 리카를 감정적으로 나무란 적도 있다. 용기를 내서 그를 엄마에게 소개시켜주고 가족 모두에게 공개했더니, 갑자기 태도가 유연해졌다. 엄마도 당신의 남자 친구 얘기를 하게 됐다. 엄마 입장에서 생각해보면, 딸을 연애 한 번으로 인생의 나머지 가능성을 날려버린 자신처럼 만들고 싶지 않은 마음이 앞선 것이리라.

"혼자 내버려둬서 미안해. 아무 데도 데려가지 않고, 정말 미안해."

마코토는 헛소리처럼 중얼거리고, 천장을 올려다보더니 이윽고 눈을 감았다. 리카는 땀방울이 반짝거리는 그의 콧잔등을 바라보았다. 희미하게 콧노래를 부르는 느낌이 들었다. 그 아이돌 그룹의 노래일지도 모른다. 동그란 배가 오르락내리락하고 있다.

유튜브에서 딱 한번 들은 '스크림'의 노래는 하나같이 우직할 정도로 노력과 인내를 찬양하는 것뿐이었다. 이를 악물고 다른 사람에게 의지하지 마라, 모든 답은 눈앞에 있다. 귀여운 여자아이들의 캐치프레이즈는 씩씩하다기보다는 숨이 막혔다. 리카가 아는 90년대 아이돌은 연애나 과자나 립크림 색에 관해 즐거워서 미칠 것 같은 분위기로 노래했는데.

"어디 가지 않아도 괜찮아. 서로 바쁘니 둘이 있을 때만은 편하게 있자. 난 이렇게 막 붙어 있는 것만으로도 좋다니까."

말을 할수록 마코토를 궁지로 모는 것 같아서, 리카는 입을 다물었다. 비슷한 일을 전에 경험했다. 명란젓 파스타를 만들었을 때, "만드는 김에 만든 것뿐"이라고 강조할수록 그는 뒷걸음질 쳤다.

"일찍 일어나야 해. 내일, 아니 오늘인가. 남기고 온 일이 있어서. 모레는 교정 완료해야 하고. 리카는 푹 자고 돌아가도 돼."

마코토는 헛소리처럼 중얼거렸다. 가물가물, 의식이 멀어지는 모습이다.

"이런 거 하면 농땡이 치는 기분 들어?"

껴안고 서로의 체온을 느끼면서 뒹굴며 보내고 싶다. 그에게 바라는 것은 오로지 그것뿐. 지금 확실히 알았다. 같이 있으면 편안해져서 마코토에게 끌렸다. 이 체온이야말로 리카가 원했던 그의 진면목이다. 손가락을 깍지 끼고, 다리를 그의 허벅지 사이로 밀어 넣었다.

"있잖아, 뭔가⋯⋯. 그거 현대병 아냐? 최근에는 노력해서 낸 결과보다 날마다 얼마나 노력하는가가 그 사람의 가치가 된 것 같지 않아? 그러다 노력과 고통이 혼동되기 시작하고, 고통스러운 사람이 훌륭한 세상이 돼버리고. 가지이 마나코가 그토록 규탄받는 이유는 그녀가 너무나 고통스럽지 않은 범죄자이기 때문이라고 생각해."

코 고는 소리가 들려와서 말을 끊었다. 마코토의 목젖이 크게 떨리고, 배가 오르락내리락했다. 또 일 이야기를 해버렸네, 한심하다. 그를 나무랄 수가 없다.

이대로 마코토 옆에서 푹 자고 싶은 마음이 간절했다. 이대로 마음 편한 곳에서 작은 세계에 만족하고 살면, 그렇게 나쁜 일은 일어나지 않으리라. 같이 있는 시간을 더 쌓아가면 마코토도 마음을 열어줄지 모른다.

침대 옆 시계는 오전 2시 50분을 가리켰다.

그러나 약속은 지켜야 한다. 아무리 사소한 약속이어도…….

리카는 벌떡 일어나서 속옷과 스웨터, 바지를 입고 구두를 신고 코트를 걸쳤다. 잠시 고민했지만, 휴대전화는 두고 가기로 했다. 부드럽게 젖은 피부가 섬유에 저항했다. 옷을 입었다는 감각을 의식이 좇아가지 못해서, 여전히 알몸인 기분으로 지갑과 열쇠를 들고 방을 나왔다. 입을 벌리고 자고 있는 마코토에게 미안한 마음이 들어서, 문틈으로 손을 모았다. 아무도 없는 긴 복도를 지나 엘리베이터를 타고 지상층으로 내려왔다. 남자 직원 혼자 서 있는 프런트를 지났다. 자동문이 열리자, 얼음판으로 냅다 후려치는 듯한 밤바람이 불어왔다. 몸이 휘청할 정도로 사정없는 추위와 어둠이 좀 전까지 체험했던 마법을 어이없이 날렸다.

별이 보이지 않는 감색에 가까운 밤하늘이었다.

걸을 수 있는 거리여서 리카는 서던테라스를 향해 코트 깃을 세우고 걸음을 빨리했다. 남쪽 출구로 이어지는 인기척 없는 횡단보도를 건너, 루미네 백화점을 지났다. 노숙자 몇 명이 차가운 아스팔트에 박스를 깔고 자고 있었다. 계단을 내려가서 동쪽 출구 방면으로 향했다. 마지막 전철을 놓치고 어정거리는 취한 젊은이 무리와 스쳐지났다.

아무도 리카를 보지 않았다. 몇 분 전까지 머물던 따뜻하고 습한 호텔 방과 이 거리가 이어져 있다니 믿을 수 없다. 문을 닫은 스포츠용품점 창에 비친 자신의 모습에 멈춰 섰다. 키가 큰 평범한 여자다. 슬프다기보다 오히려 안도했다. 마코토는 역시 자신에게 반했을지도 모른다고 생각하니 은근히 기뻤다. 단 한사람에게만 사랑받으면 된다. 누구나 인정하는 아름다운 존재가 되지 않아도 괜찮다. 솔직히 그렇게까지 미에 관심 있는 사람도 없고, 애초에 그게 무엇인지조차 잘 모르니까. 주위 환경과의 조화를 무시한 네온의 홍수가 걸음 속도에 맞추어 지나갔다. 냉기에 섞여 음식물 쓰레기 냄새가 났다. 마코토의 체취와 체온을 떠올리는 사이 눈을 깜박이는 걸 잊어서, 슬프지도 않은데 건조함과 냉기에 안구가 젖었다.

그런가. 침대에서 나누는 극히 사소한 대화를 전부 진짜로 받아들이고, 진지하게 일상생활에까지 가져온 것이 바로 가지이 마나코 아닐까.

피가 순환을 멈추고 몸 끝까지 차갑게 식었다. 콧속이 얼얼하고 따갑다. 발가락이 얼어붙었다. 모든 불쾌한 요소가 넘쳐서 좀 전까지만 해도 무난하고 단순하게 느껴졌던 자신이, 다양한 요소를 가득 쑤셔넣은 고층 빌딩처럼 부피가 커서 걸리적거리는 존재로 느껴졌다.

자신을 포함해서 세상이 가지이 마나코의 주관을 너무 순순히 받아들인다는 사실을, 리카는 지금 몸소 깨달았다. 어느새 다들 가지이의 시선을 통해서 본 세계를 그대로 받아들이고 있다는 사실을.

체인점 T의 빨강과 금색 간판을 발견하자 외관을 제대로 보지도 않고 쫓기듯이 들어갔다. 뚱뚱한 중년 남성 한 명이 먹다 만 라면 그릇을 앞에 두고 꾸벅꾸벅 졸고 있다. 광대가 불거진 젊은 남자가 가게 로고가 들어간 스웨트 차림으로 카운터 안에서 무심하게 리카 쪽을 보고 작은 소리로 뭐라고 말했다. 발매기에서 표를 산 뒤, 코트를 벗지 않고 입구에서 가까운 자리에 앉았다. 국물 냄새와 충분히 따뜻한 난방으로 온몸이 풀어졌다. 표를 내밀면서 소리쳤다.

"시오버터라멘 하나 주세요. 아, 버터는 넉넉히, 면은 하리가네로."

국물에서 나는 김과 면을 삶는 냄비에서 올라오는 열기가 밤바람으로 얼어붙은 몸을 풀어주었다.

잠시 후, 물기를 빼는 소리가 가게에 울려퍼졌다. 김이 가득찬 탓에 조리장이 거의 보이지 않았다. 원래 라면은 좋아하는 편이다. 입사 당시부터 마코토는 물론 동기나 선배와도 라면집을 즐겨 찾아서, 가구라자카 가게 중에 유일하게 잘 아는 분야이다. 특별한 척하지 않는 담백한 간장 맛을 좋아한다. 카운터 위에 그릇이 무심하게 놓였다. 묵직한 무게감과 열기로 얼었던 손가락 끝이 부드러워졌다. 나무젓가락을 들고 둘로 쪼갰다. 닭육수와 함께 나무

향이 피어올랐다.

고명은 참깨와 쪽파뿐인 간결함. 네모난 버터 두 개의 형체가 맑은 국물에서 맥없이 무너졌다. 그 속에는 샛노란 중화면이 가라앉아 있다. 국물에 녹은 버터는 황금빛 원을 몇 개나 그렸다. 일부러 면을 원에 넣었다가 입으로 가져갔다. 약간 간수 맛이 강했지만, 씹는 맛이 느껴져서 면 상태는 나쁘지 않았다. 국물을 마셨다. 닭육수를 기본으로 한 담백한 맛에 희미하게 가다랑어 맛도 난다. 풍미도 감돈다. 뜨거운 국물이 아플 정도로 바싹 마른 목을 적시면서 떨어졌다. 싸구려 버터의 젖내가 면과 국물에 엉켜서 황금맛이 되어 폭력적으로 영역을 넓혀갔다. 걸쭉해지며 감칠맛이 생겼다. 몸의 중심에 버터 방울이 떨어져, 점점 크게 원을 그리는 것이 느껴졌다. 콧속이 뜨거워져서 카운터 위의 티슈 상자를 끌어당겼다. 계속해서 수분이 넘쳐서 리카는 코를 힘껏 풀었다. 버터의 막이 리카의 안쪽에 달라붙었다. 마코토의 온기나 냄새보다 더 세고 자기주장이 강한, 뜨거운 국물과 면이었다. 번갈아가며 입안 가득 먹을 때마다, 리카의 몸은 아까의 부드러움과 열기를 되찾아갔다. 이미 그 방에 있을 때보다 훨씬 따뜻했다.

정신을 차리고 보니, 광대가 불거진 남자가 이쪽을 빤히 보고 있었다. 리카는 개의치 않고 오로지 라면에 열을 올렸다.

야스쿠니도리로 차가 끊임없이 오갔다. 비교적 익숙한 신주쿠 거리가 낯선 이국으로 느껴졌다. 그러고 보니 해외여행을 마지막으로 간 게 언제였더라.

가지이 마나코가 악인이란 것은 틀림없고, 구제불능의 인격체일지도 모르지만, 이것만은 말할 수 있다. 돌아갈 곳이 없는 여자.

리카는 들이켜듯 소리 내어 면을 먹었다.

섹스가 끝난 뒤 훌쩍 밖으로 나와서 맛보는 라면. 그것은 상상했던 관능의 연장이 아니었다. 오로지 혼자서만 얻을 수 있는 자유의 맛이었다. 방에 남겨두고 온 마코토를 생각하고, 그가 자신에게 남긴 체취와 손가락 자국을 음미하면서 부지런히 면을 입으로 날랐다.

욕망을 끝없이 추구할 수 있는 이유는 누구에게도 얽매이지 않아서다. 고향이라는 장소를 버리고, 제대로 된 직업도 친구도 없는 그녀가 이 도시에 가진 인식을 비로소 깨달았다. 도쿄에서 태어나서 자란 자신은 이 지역의 관습이나 가족이나 역사에서 좋든 싫든 벗어날 수 없다. 그러나 가지이에게 이곳은 언제까지나 나들이 장소이고, 화려한 무대이고, 멋대로 돌아다니다 창피함은 버리고 가는 이국이다. '여행중'이라는 표현은 주제 파악도 못하고 오드리 헵번에 빙의해서 했던 소리만은 아닐지도 모른다. 그녀는 결혼 상대를 찾고 있었지만, 누구에게도 소속될 생각이 없었다. 그건 확실하다. 그렇지 않다면 이런 시간에 남자를 남겨놓고 나와서 혼자 라면을 먹고 싶어질 리 없다.

그러고 보니 그녀 주위의 남자가 죽기 시작한 것은 고향의 아버지가 세상을 떠난 이듬해부터다. 뭔가 관계가 있을까. 리카는 계속 먹다보니 이제야 알 것 같았다. 가지이 마나코의 시점, 아니,

미각을.

그릇을 들고 버터가 녹은 국물을 다 마셨다. 시야가 푹 덮였다. 희미한 어둠 속에 버터의 유분으로 생긴 별 하늘이 반짝였다. 시선을 느끼고 퍼뜩 그릇 바닥에서 얼굴을 들었다. 리카는 새벽의 야스쿠니도리를 보았다. 가지이가 어둠 속에 서서 이쪽을 보고 있는 기분이 든 것이다.

6

말을 걸어서 고개를 드니, 대부분이 허연 단발머리 뒤로 햇살이 쏟아져, 어두컴컴한 국숫집 한 모퉁이가 빛나고 있었다.

"마치다, 오랜만이야. 여기, 앉아도 될까?"

창백한 얼굴과 흰머리의 경계선을 찾을 수가 없다. 사십대인 그녀는 늙어 보인다기보다 연령 미상의 요정 같은 매력을 풍긴다.

"수고하셨습니다. 그럼요, 그럼요."

리카는 국물을 들이마시고 따뜻한 미역국수 그릇을 탁자에 내려놓았다. 예전에《주간 슈메이》의 명물 기자였던 미즈시마 요리코 씨는 나지막한 사각 의자 방석에 털썩 주저앉았다. 3년 전에 그녀가 문예영업부로 옮긴 뒤로는 거의 얼굴을 본 적이 없다.

시야에 들어온 미즈시마 씨의 로퍼는 반짝반짝 윤이 났다. 블레이저와 버튼 다운 셔츠, 치노 팬츠 차림은 청결함이 넘쳐나 영업직으로는 더할 나위 없지만, 경험이 쌓인 사십대 여성이라기보다 영국 출신의 어린 소년 같다. 모두 집에서 빨 수 있는 소재이고, 화장이 연해도 잘 어울린다. 그녀는 적당량을 알고 있구나, 라고 생각했다. 속쌍꺼풀이 진 눈가에는 주름이 자글자글했다. 코 옆의 커다란 점에 난 털조차 뭔가 천진난만하고 사랑스러웠다.

"어쩐 일이야. 마치다 씨, 이런 데서 점심을 먹고. 하긴 점심시간이 지났긴 하지만. 서점 돌다보니 때를 놓쳐서 이제야 먹네."

손님은 리카와 그녀 둘뿐이었다. 육수 냄새가 흐르고, 미즈시마 씨의 통통거리는 반가운 말투에 절로 마음이 설렜다. 그녀는 예전에 취재 상대 앞에서도 주눅들지 않았고 경찰이나 관료 앞에서 자신을 이상한 캐릭터로 만드는 일도 없었다.

"구내식당이 맛있긴 하지만, 줄곧 회사에 있으면 답답해져서요. 취재가 아니더라도 가끔은 밖으로 나오게 되더라고요. 여기자주 오세요?"

회사에서 걸어서 2분 거리인 골목에 있는 이 국숫집은 눈에 잘 띄지 않기도 하고, 가정집으로 착각할 정도로 가게가 좁은 탓인지 손님이 별로 없다. 초로의 부부가 배달을 중심으로 영업하고 있는데 두 사람이 교대로 가게에 드나들면서 여유가 없는지 접객도 쌀쌀맞다. 그러나 금방 뽑은 듯한 메밀국수는 향이 진하고 식후에 면수를 듬뿍 마시면, 오후 내내 팔다리에 온기가 돌고 컨디션이 좋아진다. 레이코에게 연락이 없는 요즘, 구내식당에 연연할 필요도 없어졌다.

레이코는 통원을 쉬고 있는 것 같다. 본인 입으로 듣진 않았지만, 한 주에 한 번은 오던 연락이 뚝 끊겼다. 료스케 씨의 비협조적인 태도가 영향을 끼친 게 분명하다. 배려가 필요한 문제인 만큼 그녀가 먼저 말해줄 때까지 그저 기다릴 수밖에 없다. 한데 그걸 배려라고 해도 되는지, 자신이 없다.

"오늘은 어린이집에 도시락을 싸 가는 날인데, 나하고 남편 것은 만들 시간이 없어서 말이야."

"어머, 도시락도 싸요?"

"보통은 급식이 나오는데 이따금. 우리 딸 지금 네 살인데, 초등학교에 들어가기 전까지만 고생하면 된다고 생각하고 살아. 캐릭터 도시락 따위는 애초에 단념시켰어. 매실절임, 밥, 달걀말이와 남은 반찬, 그리고 파란색 한 가지 넣으면 끝."

"그것만 해도 대단해요!"

리카는 아직 결혼도 출산도 별 관심이 없다. 초조해야 할 테지만, 솔직히 앞으로도 마음이 동할 날은 없을 것 같다. 다닌돈*을 주문하고 미즈시마 씨는 다시 이쪽을 향했다.

"아니, 주간지 시절과는 비교가 안 될 정도로 시간이 많아. 기본적으로는 정시 퇴근이 가능하고. 뜬금없는 지시도 없으니 안심하

---

* 닭고기 대신 다른 고기를 사용한 덮밥.

고 지낼 수 있어서 좋아. 그쪽은? 요즘 뭐 큰 건 있어?"

일반적으로는 영업부가 회사의 얼굴이지만, 슈메이사에서는 그늘에서 일하는 사람으로 보는 경향이 강하다. 출산이나 장기 병가로 이 부서로 이동한 사람이 많았다. 미즈시마 씨가 육아를 병행하기 어려워서 영업부로 옮긴다는 얘기를 들었을 때, 사실 리카는 암담한 기분이 들었다. 자신의 장래 비전조차 구름이 끼는 듯했다. 옆에 있으면서 아무런 도움도 주지 못한 것이 한심했다. 다닌돈을 조리는지 매콤달콤한 냄새에 등을 떠밀리며, 리카는 목소리를 조금 낮췄다.

"오늘 시노노메 사건 피해자 집에 다녀오는 참이에요. 취재에는 응해주지 않았지만."

어울리던 무리의 폭력으로 세상을 떠난 남자 중학생의 엄마가 여론의 공격을 당하고 있다. 싱글맘인 그녀는 의료 사무와 접객업 투잡을 하느라, 아들과 보낼 시간을 충분히 갖지 못해서 아들의 변화를 알아차리지 못했다. 소년은 저녁거리를 사러 밤에 편의점에 다니다가 가해자들이 말을 걸어와 무리에 들어간 것 같다. "현대의 일그러진 식생활이 부른 비극"이라는 의견이 두드러져서, 《주간 슈메이》도 노골적으로 비판하지는 않았지만, 최근 일하는 엄마들에게 보내는 식생활 제언을 실었다. 취재를 맡은 리카는 마지막까지 맹렬히 반대했지만 데스크는 들어주지 않았다. 해당 호잡지가 갓 발매된 터라, 오늘 유족인 엄마에게 가는 것도 내키지 않았다. 인터폰 너머로 꺼져들어가는 목소리로 "죄송합니다. 폐를 끼쳐서 죄송합니다. 전부 제가 잘못했습니다" 하고 되풀이하던 말이 지금도 귀에서 떠나지 않는다. 미즈시마 씨는 성긴 눈썹을 찡그렸다. 점이 움찔 움직였다.

"그 사건은 말이야. 그 엄마의 일, 남의 일이라고 생각할 수 없어. 어쩌다 그 집에 일어났을 뿐, 우리 집에도 일어날 수 있는 일이야. 나라도, 지금 저녁 준비를 못 했는데 가서 뭐 좀 사 오라고 시킬 날이 많을 거라고 생각해."

미즈시마 씨가 지금 데스크였다면, 하는 생각이 간절히 들었다. 지금은 리카의 의견이 반영되지도 않고, 무슨 말을 해도 기사가 되지도 않는다. 데스크가 쓰고 싶은 원고를 만들어내기 위해 그저 부품을 주워 모으고, 큰 흐름을 바라보기만 하는 보잘것없는 존재에 지나지 않는 느낌이었다.

"마치다 씨도 잘 버티네. 우리 동년배들은 다들 감탄하고 있어. 당신이 여성 최초 데스크가 된다면, 나 정말로 질투 하나 없이 순수하게 기뻐할 거야."

《주간 슈메이》에서 출산휴가만이 아니라 육아휴가를 받은 것은 그녀가 처음이었다. 그녀의 마음이 어째서 꺾였는지, 결국은 누구 한 사람 알지 못했다.

"이래 봬도 말이야. 병행하려고 했었어⋯⋯. 이용할 수 있는 것은 뭐든 이용해서, 독신 시절부터 모아온 돈을 다 썼지. 어린이집에 빈자리가 날 때까지는 베이비시터를 고용하고 말이야, 주위에 민폐 끼치지 않으려고 필사적이었어. 그렇지만 난 초인이 아니었어. 그게 나쁜 것도 아닌데, 초인이 아니면 안 된다고 믿고 있었던 거야."

아주 잠깐 그녀는 속눈썹을 내리떴다. 그러자 눈 아래 볼록한 살에 파란 그림자가 드리워져서 자는 것처럼 혹은 무언가를 견디는 것처럼 보였다.

"그런데 있지, 이제야 그런 생각이 들어. 조금쯤 민폐를 끼쳐도 괜찮았을 텐데, 하는. 내가 필사적으로 이를 악물고 혼자 다 안은 채 아무한테도 약한 소리 하지 않았던 탓에, 마치다 씨처럼 젊은 사람들이 그 빚을 갚게 되었다는 생각도 들어. 나는 응석을 부리지 않았지만, 동시에 다른 사람의 응석을 차단하기도 했던 것 같아."

이쪽의 시선을 느꼈는지, 미즈시마 씨는 이내 목소리 톤을 높이고, 눈을 가늘게 뜨며 콧등을 찡긋거렸다.

"뭐, 기타무라처럼 되면 끝이긴 하지만 말이야. 혼자만 고고해 봤자지 뭐. 걔 요즘은 뭐해? 이번에는 필라테스라도 시작했나?"

주문한 다닌돈이 나오자, 그녀는 기세 좋게 나무젓가락을 둘로 쪼갰다. 한 젓가락 떠올리니, 부드러운 달걀이 돼지고기와 나루토•를 감싸고 있고, 그 아래 밥알은 간장빛으로 물들었다. 잠시 입을 움직인 뒤에 미즈시마 씨는 리카를 빤히 바라보았다.

"뭔가 분위기가 바뀌었네. 마치다 씨, 전에는 수도승 같았는데."

• 소용돌이 무늬가 있는 어묵.

196

"너무 먹어서 살쪄서 그런가 봐요. 완전 팅팅 불었어요."

"어머나, 전보다 훨씬 좋아. 뭐랄까, 옛날에는 너무 말라서 보고 있으면 걱정됐거든. 몸을 내던지다시피 일만 하고, 자신을 전연 돌보지 않았잖아. 뭔가 말이지, 자신을 돌보지 않는 사람을 보면, 내가 책망받는 것 같은 기분이 들어."

유리문이 열리는 소리가 났다. 부인이 배달에서 돌아와 말없이 주방으로 들어갔다. 기다리고 있었다는 듯이 주인이 텔레비전을 향해 리모컨을 들자 소리가 나왔다. 더빙된 외화의 대사가 어느 나라 언어도 아닌 듯한, 명료하고 막힘없는 말투로 가게 안에 흘렀다.

마주앉자마자, 아크릴판 너머의 가지이가 입가를 히죽거렸다.

"시오버터라면 맛있었어?"

리카는 이중의 의미라고 이해했다. 뺨을 붉히지 않으려고 신경 쓸수록 귓가가 달아오르는 것이 느껴졌다. 교도관의 눈을 의식하지 않으려 하면서 나흘 전 새벽의 기억을 더듬었다.

"단순한 체인점 라면이 그렇게 맛있는 건 추워서였을까요?"

"어머나, 자기가 제일 잘 알잖아?"

오늘 그녀의 말투에는 어디에도 끈적거림이 없어서 맥이 풀릴 정도로 시원스럽게 가슴에 들어왔다. 지적하지 않아도 딱 한번 안은 것만으로, 마코토에 대한 마음이 훨씬 단순해진 걸 알았다.

"남자는 참 순수하게 따뜻하지? 내가 자란 동네는 2월이 정말로 추워서, 남자의 고마움을 잘 알아. 내가 그 사실을 깨달은 건 고등학생 때였어."

"아마 도쿄와 니가타를 왕복했던 영업사원이었죠. 어떻게 알게 됐어요?"

리카는 수첩을 펼치고 펜을 들었다. 필기를 하면 경계하는 몸짓을 해서 가능한 한 자제했지만, 오늘 가지이는 리카 쪽은 전혀 개의치 않고 꿈이라도 꾸는지 시선이 어딘가를 헤매고 있다. 이 틈에, 하고 재빨리 펜을 달렸다.

"동네 서점에서 프랑수아즈 사강의 문고판 책을 고르고 있는데 말을 걸어왔어. 나는 문학소녀였거든. 나도 사강을 좋아해, 너 같은 소녀에게 이 도시를 안내받으면 최고겠는걸, 하더라고. 그쪽에서는 바로 애인이 되어달라고, 간절히 바랐지만 계속 모른 척했어. 도시락이나 과자를 손수 만들어서 갖고 가면 기뻐하니까 더 분발했지. 만날 때마다 정열적으로 나를 원하더라고. 밸런타인데이에 나는 그를 위해 케이크를 굽고, 처음으로 부모님한테 거짓말을 하고 니가타역 근처 호텔에서 외박했어. 함박눈이 내리던 밤이었지. 그리고 관계가 시작된 거야. 우리 둘이 러브호텔에서 나오는 걸 본 동급생이 원조교제라고 떠들고 다닌 바람에 순식간에 소문이 퍼져서 억지로 헤어져야 했지만. 그가 유부남이란 건 나중에 알았어. 뭐 그런 건 아무래도 상관없어. 지금도 그 사람과의 추억은 소중한 보물이니까."

놀랍게도 그는 잔뜩 부푼 물방울을 새끼손가락 관절로 슥 닦았다. 리카는 불편한 분위기와 열심히 싸웠다. 떠올려야 한다. 마코토와 호텔에서 보낸 농밀한 시간, 밖으로 나갔을 때 맞닥뜨린 춥디추운 현실과의 온도차. 마법이 풀려가는 느낌을 잊지 않도록 애쓰지 않으면, 이 여자가 본 세상을 그대로 받아들이는 꼴이 된다.

"당신, 그 사람하고 관계도 다시 살린 것 같으니 밸런타인데이에 과자라도 구워보는 건 어떨까."

"밸런타인데이에 뭘 준 적은 한번도 없어요. 심지어 직접 만들다니. 그 사람, 그런 것은 부담스럽다고 싫어하는 타입이기도 하고요."

"그렇군, 그렇다면 달달한 초콜릿이 아니라 카트르 카르$^{quatre-quarts}$• 해봐요. 초보자에게 딱 어울리는 간단한 레시피니까."

"카트르는 아마도, 저기."

"불어로 4. 카트르 카르는 4분의 4. 달걀, 밀가루, 버터, 설탕. 분량 비율은 전부 같고, 버터를 듬뿍 넣은 파운드형 케이크. 전부 150그램. 외우기 쉽지. 이봐, 메모하지 말고 외워. 그리고 레몬을 넣으면 좋아. 국산 유기농을 써. 강판에 표면의 껍질만 살짝 갈아. 혹시 있으면 바닐라 에센스를 넣거나, 다 구워졌을 즈음에 럼주를 넉넉히 발라도 좋아."

"케이크는 어려워 보이네요. 솔직히 불안해요."

수제 과자를 먹은 경험은 남들보다 많다. 여학교 시절, 리카의

• 프랑스식 파운드케이크.

팬을 자처하는 후배와 동급생들에게 늘 수제 파운드케이크며 쿠키를 선물받았다. 그녀들의 달달한 체취나 체온이 전해지는 그것은 덜 구워졌거나 심하게 끈적거리거나 딱딱했다. 편의점 과자가 훨씬 맛있다고 생각했다. 그래서 대학에서 레이코를 알게 되고, 그녀가 사는 여자 기숙사에서 수제 애플파이를 먹었을 때 높은 완성도와 세련된 맛에 감동했다. 리카가 듣거나 말거나 가지이는 계속 떠들었다.

"오븐 요리는 당신처럼 바쁜 사람이야말로 도전해봐야 해. 시간을 능숙하게 사용하는 게 무엇인 줄 알게 될 거야. 가능하면 남자 친구에게는 갓 구운 것을 먹이는 게 좋아. 파운드케이크는 묵혔다가 다음 날 먹어야 촉촉하고 맛있다지만, 나는 갓 구운 따끈따끈한 것을 입안 가득 넣고 먹는 걸 좋아해. 당신 남자 친구, 수제를 부담스러워하는 것 같은데 아마 갓 구운 케이크를 먹은 적이 없기 때문일 거야."

만난 적은 없지만, 사이타마에 사는 마코토의 어머니는 남편과 사별한 후, 화장품 회사에서 영업을 하여 마코토와 누나를 키워서 거의 집에는 없었던 것 같다. 그래서 마코토는 리카와 마찬가지로 정성이 담긴 엄마의 손맛은 그다지 경험한 적이 없을 것이다.

"밸런타인데이에는 항상 교제하는 남자에게 과자를 만들어주었어요?"

가지이야 동시에 여러 남자와 사귀는 것이 당연한 만큼, 그런 노력을 상상만 해도 아찔했다. 자신은 마코토 한 사람에게 케이크를 구워주라는 임무만으로도 귀찮아서 어쩔 줄 모르는데. 케이크를 잘 구울 자신도 없거니와 상대가 당최 기뻐할 것 같지도 않다.

"당연하지, 밸런타인데이 며칠 전, 우리 집은 제과점 같았어."

이런 얘기를 할 때, 그녀는 진심으로 즐거워 보였다. 목 안에서 단맛이 올라오는 것 같아서 리카는 헛기침을 했다. 이곳을 찾아온 목적을 겨우 떠올렸다.

"저기, 독점 인터뷰 건, 승낙해주신 걸로 생각해도 될까요?"

"응, 좋아."

그녀가 너무 싱겁게 끄덕여서 리카는 볼펜을 떨어뜨렸다. 파이프 의자에서 일어나 차가운 바닥에 뒹구는 펜을 눈으로 좇고 있는데, 눈앞이 핑 돌며 시야가 두 겹이 됐다.

"그렇지만 당신 인터뷰에 대답을 한다고는 말하지 않았어."

리카가 의자에 앉자마자 가지이는 차가운 목소리로 말했다. 건조한 목에 바람이 들었다. 그녀는 정말이지 지겹다는 듯이 고개를 비스듬히 들고 이쪽을 빤히 관찰했다.

"뭔가 말이지, 당신하고 마주앉아 있으면 마음이 사막 같아져. 세상을 포기한 듯이 살아가는 사람을 보면 내가 고통받는 기분이야. 피곤해진다고. 대체 뭐야, 그 얼굴."

가지이는 미즈시마 씨와 뉘앙스는 다르지만, 똑같은 말을 했다.

"아뇨, 의외로 나를 제대로 보는 것 같아서……."

"뭐래는 거야, 바보 아냐?"

그렇게 내뱉으면서도 살집이 많은 얼굴 주위가 파르르 떨렸다.

아, 또 저 표정⋯⋯. 최근 그녀는 욕을 하면서도 표정에는 나를 향한 응석과 호기심이 서려 있다. 이 여자는 정말로 동성이 싫은 걸까? 어쩌면 그렇게 믿으려는 것뿐이 아닐까. 이렇게도 욕망에 솔직한데, 왜 그것만은 완고하게 참는 걸까. 리카 자신이 가지이를 너무 빤히 보고 있다는 것을 깨달은 이유는 그녀가 처음이라고 해도 좋을 만큼 당혹스러운 표정으로 시선을 돌렸기 때문이다.

"어쨌든 말이야. 한 개라도 좋으니 과자 굽기를 터득해봐. 그러면 능숙하게 벽을 쌓아갈 수 있어. 이봐요, 당신한테는 벽이 없어. 일도 사생활도, 진심도 사교도 다 섞여 있다고. 보고 있으면 지쳐. 그 불편한 느낌이 사라지면 당신한테 전부 얘기해줄 수 있어."

정신적인 벽을 말하는 건가. 자신은 좀처럼 타인에게 마음을 열지 않는 성격이다. 그거라면 이미 만들어졌을 텐데.

"카트르 카르 레시피는 내 블로그를 보면 돼. 요령은 버터가 공기를 듬뿍 머금게 하는 것과 가루를 재빨리 가르듯이 섞는 것."

가지이는 자신감 넘치는 모습으로 이곳에 없는 무언가에 만족하는 듯이 끄덕였다. 마치 냄비의 스튜를 한입 맛보고 완성도에 도취한 위대한 셰프처럼.

옆방에서 그리 젊지 않은 여자가 아이돌 노래를 음정이 다 틀리게 부르는 소리가 들렸다. 어딘가 귀에 익다고 생각했더니 후렴 부분에서야 스크림의 신곡이란 걸 알았다.

이다바시역에서 걸어서 5분 거리에 있는 어두컴컴한 노래방에서 리카는 시노이 씨와 낮은 테이블을 사이에 두고 직각으로 앉았다. 회사 근처에서 사람들 눈을 피하기에는 이곳이 제일이다. 두 개의 마이크는 셀로판지를 덮어쓴 채 탁자에 나란히 놓여 있고, 소리를 끈 기기 화면에는 잘 나가는 밴드의 광고가 나왔다.

"피해자 어머니는 후쿠이현에서 시노노메로 이사온 지 얼마 되지 않아서 상대방 집의 소문을 전혀 몰랐을 거야. 가르쳐주는 사람도 없었던 것 같아. 아들이 거리낌없이 자러 갈 만한 친구가 이웃에 생겨서 다행이다, 정도로 생각하지 않았을까. 상대방 집에 몇 번이나 전화를 해도 받지 않아서 신경은 쓰였지만, 도저히 찾아갈 시간이 없었을 거라고 병원 동료가 얘기했더군."

가해자 아버지는 예전에 아들의 동급생 부모와 사소한 문제를 일으켜서 그의 집에 놀러 오는 아들 친구가 줄었다. 고립감이 심해진 가해자 소년은 아직 소문을 모르는 친구를 초조하게 찾았다는 사실을 시노이 씨는 우롱하이*를 마시면서 리카가 유도하는 대로 술술 얘기했다. 리카는 수첩을 가방에 넣고 머리를 숙였다.

"고맙습니다. 가해자 집 주변을 한번 더 둘러볼게요."

"그건 그렇고, 가지이 건, 어떻게 돼가나?"

"독점 인터뷰 약속은 간신히 받았는데요, 상대가 여자인 점만은 떨떠름해하고 있어요. 들어주는 조건으로 저, 케이크를 구워야 돼요."

---

* 우롱차에 소주 등의 알코올을 섞은 음료.

리카는 웃으면서 완전히 식어버린 보이차 유리잔을 입으로 가져갔다. 시노이 씨가 재떨이 가장자리에 올려놓은 담배를 톡톡 쳤다.

"케이크? 그건 또 왜?"

마코토 부분만 빼고, 간단히 사정을 설명했다. 가방에서 투명 파일에 끼운 가지이의 블로그 레시피 출력물을 꺼냈다. 2013년 10월의 것이다. 카트르 카르 레시피, 그리고 버터가 듬뿍 들어간 '본격적인' 과자 굽기에 대한 사랑, 답례품이나 슬라이스 형태로 낱개 포장된 편의점의 맛없는 파운드케이크에 대한 증오를 구구절절 써놓았다.

"그런데 상당히 어려운 일이에요. 무엇보다 우리 집에는 오븐이 없어요. 과자를 만들려면 여러 가지 도구가 필요하잖아요? 요리를 좋아하는 친구 집 주방을 좀 사용할 수 없냐고 물어봤더니, 남편이 독감에 걸려서 곤란한가 봐요. 밸런타인데이까지 이제 나흘 남았는데."

레이코가 문자로 답한 거절의 사유가 사실인지 아닌지는 모른다. 어쩌면 피하는 것일지도 모른다는 느낌이 없는 것도 아니다. 덴엔토시선 저 끝에 있는 레이코의 집에서 케이크를 굽는다고 해도, 마코토에게 갓 만든 것을 배달하기에는 거리가 너무 멀다. 촬영용 키친 스튜디오를 빌리는 방법도 있지만, 이용 시간은 대개 평일로 한정돼 있다. 게다가 밸런타인데이를 눈앞에 둔 지금, 어디나 예약으로 꽉 찼다. 잠시 후, 시노이 씨가 거의 표정을 바꾸지 않고 이렇게 말했다.

"괜찮다면 지금 우리 집에 가겠나? 실은 상당히 훌륭한 붙박이 오븐이 있어. 과자를 만드는 기구도 다 갖춰져 있고. 우리 맨션 1층 은 슈퍼인데 아마 아직 열렸을 거야. 부족한 건 거기서 사면 돼."

그의 눈에 엉큼한 빛이 없는지 재빨리 확인한 것도 사실이다. 그러나 리카는 의문을 삼키고 말을 삼갔다. 손목시계를 보니 벌써 밤 10시 반이 지나고 있다. 지금부터 이웃 역 쪽에 있는 그의 맨션 에 가서 장을 보고 케이크를 만든다. 마코토는 지금은 교정 작업 중이어서 아마 자정이 지날 때까지 회사에 있을 터다. 망설일 틈 이 없다.

리카가 끄덕이자마자, 시노이 씨가 전표를 들고 일어서서 문 을 열고 나가 바로 계산을 마치고, 카운터 옆 계단을 내려갔다. 리카도 따라서 방을 나갔다. 가게 밖으로 나오자 시노이 씨가 택 시를 향해 손을 들고 있는 참이었다. 주위 시선을 신경쓰면서 조 수석에 탔다. 시노이 씨가 주소를 말하자, 차가 요쓰야 방면으로 달려서 당황했다.

"댁이 스이도바시였죠?"

"거긴 혼자 지내려고 임대한 싸구려 아파트야. 진짜 집은 지금 가는 곳이지. 자주 가진 않지만. 바로 저기 아라키초야."

그렇다면 이혼 전에 살았던 집인가. 전처가 있을까. 자기가 가 면 분위기가 어색해지지 않을까, 걱정스러웠지만, 호기심과 카트 르 카르를 잘 구울 수 있을까 하는 불안이 더 컸다.

"아마 볼도 거품기도 주걱도 다 있을 거야."

백미러 너머로 눈이 마주쳐서 천천히 시선을 돌렸다. 늘어선 오피스 빌딩 창으로 새어 나오는 빛을 받아, 해자의 수면이 어둠 속에서 흔들리고 있었다. 큰길에서 한 골목 들어가자 이다바시역 앞의 네온 풍경과는 딴 세상 같은 고요한 주택가가 펼쳐졌다. 절구 모양의 아라키초 바닥 부분까지 내려가서야 택시는 섰다. 7층짜리 가족형 맨션이 모래밭과 그네뿐인 작은 공원을 내려다보고 있었다. 벽을 새로 칠하긴 했지만, 벽이 요즘은 별로 볼 수 없는 회반죽타입인 것으로 보아, 1980년대 초에 세워진 것 같다.

1층에 있는 23시까지 영업하는 슈퍼는 하얀 빛으로 넘쳐나 공원의 그네 그림자를 길게 늘어뜨렸다. 리카도 아는, 유기농 채소와 수입품 과자와 커피를 충실히 갖춘 슈퍼 계열이다. 제일 먼저 간 유제품 매장에는 '품귀 현상에 따라 1인 한 개까지'라는 종이가 붙어 있었지만, 다행히 요쓰바 버터의 무염 타입만은 두 개 남아 있었다. 아무 맛도 나지 않는 버터는 어떤 것인지, 리카는 아직 잘 모른다. 알루미늄 호일, 국산 레몬, 밀가루, 설탕, 달걀 한 팩을 몇 분 만에 골라 바구니를 들고 계산대로 향했다. 점원은 계산을 마친 상품을 전부 종이 봉지에 넣어주었다. 둘이 나란히 자동문을 빠져나오면서 평행우주에 빠진 듯한 기분이 들었다. 회사에서 가까운 이곳에서 한 번 결혼에 실패한 동업자인 젊지 않은 남자와 지금부터 함께 살기 시작해서, 조만간 혼인신고를 하고 아이를 낳고 키운다……. 마음은 들뜨지 않지만, 자신에게는 착실한 장래처럼 느껴졌다. 짧은 계단을 올라가서 아무도 없는 관리실 앞을 지났다. 시노이 씨는 그가 소속한 통신사의 이미지 캐릭터 형상인 열쇠고리에서 다발 중 하나로 오토록을 해제했다. 오래된 철문 엘리베이터를 타고 5층으로 가는 동안, 서로의 종이 가방이 바스락거리는 소리만 침묵을 구원하고 있었다.

모퉁이 집의 손잡이에 그가 열쇠를 넣는 순간, 리카는 숨을 죽였다. 여기서 더 발을 들이면 안 된다, 하고 마음속의 누군가가 경고하고 있다. 먼저 집 안으로 들어간 시노이 씨가 불을 켰다. 장식 방울이 들러붙어 납작해진 은색 카펫이 현관에서 복도, 그 앞에 펼쳐진 거실까지 쭉 깔려 있다. 서늘하고 건조한 실내에서 작게 재채기를 하면서 구두를 벗어서 모으고, 시노이 씨를 따라 코트를 입은 채 거실로 향했다. 추운 탓도 있지만, 왠지 몸의 선을 드러내고 싶지 않았다.

3LDK*. 다다미 열 장** 정도 되는 거실에는 의자 네 개와 탁자와 플라즈마 텔레비전, 거의 비어 있는 그릇 찬장이 한 개 있을 뿐이다. 시노이 씨가 난방을 켰다. 아일랜드식 어두운 주방은 텅 비고, 물건이 없었다. 남의 집 특유의 쩐 냄새는 없고, 새 사무실처럼 밝은 공기가 흘렀다. 그가 어두운 카운터 너머로 몸을 내밀고 조리대에 늘어놓은 것은 종이 타월과 스펀지, 세제였다.

---

* 세 개의 방과 거실, 식당, 주방이 있는 집.
** 다다미 한 장은 180×90센티미터 크기로, 열 장은 약 다섯 평 크기에 해당한다.

"개수대 아래 선반에 있는 볼과 거품기는 한참 쓰지 않아서 한 번 씻는 편이 좋을 거야. 한 달에 한번 청소 회사에 부탁해서 집 자체는 더럽지 않아. 개수대나 오븐 안도 한 달에 한번 대청소를 해서 문제없어. 아내와 딸이 나간 뒤로는 내가 한 달에 서너 번 올 뿐이지만, 광열비는 계속 내고 있어서 수도도 가스도 사용할 수 있어. 불과 얼마 전에 정식으로 이혼이 이루어져서 그냥 이 집을 팔까, 아니면 저쪽 집을 비울까 생각했지만, 좀처럼 결단을 내리지 못해서 말이야. 난 이곳에서 일을 할 테니 마음대로 사용해."

그렇게 말하고 탁자로 가더니 가방에서 노트북을 꺼내 리카 따위 관심도 없다는 듯이 키보드를 두드리기 시작했다. 리카는 머뭇거리다가 가지이의 레시피와 재료를 들고 주방에 들어가서 불을 켰다. 전등이 딩 하고 소리를 내고 천천히 주위가 밝아졌다. 카운터 너머로 시노이 씨의 옆얼굴을 바라보았다. 그의 아내도 여기서 이렇게 시노이 씨를 보고 있었을까. 그리 넓지도 않은데, 그가 무척 먼 곳에 있는 것처럼 느껴진다. 주방이란 고독한 장소구나 생각했다.

뜨거운 물이 나오기까지 기다린 뒤 세제로 손을 씻고 종이 타월에 닦았다. 한참 사용하지 않았는지, 베이지색으로 통일된 4구짜리 레인지의 주방은 그을음이나 얼룩이 하나도 없어서 가정의 분위기는 전혀 느껴지지 않았다. 먼저 오븐을 열었더니 조린 캐러멜 냄새가 잠시 풍겼다. 종이 타월로 닦아보았지만, 기름때만 살짝 묻을 뿐이었다. 미안해할 처지가 아니어서, 시노이 씨를 큰 소리로 불렀다.

"죄송해요, 오븐을 170도에 예열하라고 쓰여 있는데, 해본 적이 없어서요, 좀 봐주실래요?"

시노이 씨가 이쪽으로 다가와서 눈금을 조절했다. 캄캄한 오븐 속에 파란 불꽃이 흔들렸다. 그가 가르쳐준 대로 개수대 아래 문을 여니 안쪽 선반에 거품기, 칼, 고무 주걱이 있고, 정말로 베이킹 용구가 모두 갖춰져 있었다. 그러나 냄비나 프라이팬, 도마 등은 보이지 않았다. 케이크 틀은 여러 개 있어서, 망설임 없이 네모난 파운드 틀을 골랐다. 네 귀퉁이에 언제 묻었는지 모를 갈색 그을음 같은 것이 남아 있어서 왠지 안도했다. 대중소 크기의 볼, 체. 혹시나 해서 전부 스펀지로 씻어서 종이 타월로 닦았다. 저울에 종이 타월을 한 장 깔고, 밀가루 150그램을 눈금에 맞춰서 올렸다. 그걸 볼에다 체질하고 있으니 그가 노트북에 시선을 향한 채 말했다.

"혹시 모르니 베이킹파우더를 넣어보는 게 어떨까. 그 레시피는 상당히 수준이 있었어. 자네, 베이킹 초보잖아."

시노이 씨의 옆얼굴과 전혀 어울리지 않는 말에 리카는 손을 멈추었다. 철망 사이로, 바슬바슬하게 떨어지는 밀가루는 미미한 정도의 하얀 회오리를 일으켰다. 걸러진 응어리가 심심한 듯이 대굴대굴 굴러다녔다.

"요 며칠 동안, 인터넷에서 레시피를 검색해보니 보통 카트르카트에 베이킹파우더를 넣어서 부풀리던데, 저는 그냥 가지이 블로그의 레시피대로 만들어보려고요."

"하여간 진지해. 가지이는 지금 자네를 보고 있지 않잖아?"

아니, 가지이는 있다. '보세요, 거기 느껴지지 않아요? 히죽거리며 우리를 보고 있잖아요?' 식재료와 마주하고 있을 때면 늘 가지이의 시선을 느꼈다. 그러나 그런 얘기를 하면 머리가 이상해졌다고 오해할 것이다. 설탕을 재고, 150그램에 상당하는 달걀 세 개를 깨서 풀었다.

"심장을 내주라고 말한 사람은 시노이 씨예요. 그녀에게 진지하고 싶어요."

"그 여자 때문에 몇 명이나 죄 없는 남자가 죽었어."

빈정거리는 말투였지만, 들리지 않는 척했다. 버터를 통에서 꺼내 은박지를 벗겼다. 차가웠다. 되도록 설거지 거리를 늘리고 싶지 않고 도마는 여전히 보이지 않아서, 종이 위에 두고 썰어 종이 타월을 깐 저울에 올렸다. 칼에 묻은 아주 작은 조각을 입에 넣어보았다. 소금 맛이 없는 버터는 그만큼, 한겨울의 온화한 파도처럼 혀에 달라붙어, 매끄러움과 응축된 유분을 느끼게 했다.

"이렇게 덩어리로 보니 150그램이 굉장히 많네요. 거의 한 통분 아닌가요? 버터 부족 사태로 코코넛오일이나 유채유로 대용한과자 레시피가 잘 나가는 것 같아요."

시노이 씨가 아무 반응이 없어서 리카는 조리에 집중하기로 했다. 레시피 대로 한 조각 분량의 버터를 파운드 틀에 바르고, 가루를 뿌리고 여분의 가루를 톡톡 쳐냈다. 이렇게 하면 다 구운 케이크가 예쁘게 빠진다고 했다.

여러 조각으로 자른 버터를 볼에 넣었다. 거품기를 꽉 쥐고, 네모난 버터 한복판을 눌렀다. 단단한 버터가 부서져갔다. 아직 차가워서 잘 풀리지 않았다. 간신히 부드러워져도 튤립 모양을 한 쇠장식 부분에 달라붙어서, 그 가운데로 자꾸만 파고들었다. 볼 안에 거의 버터가 없는 상태다. 팔꿈치 아래가 물을 머금은 듯이 무거워져갔다. 버터가 엉긴 거품기를 돌리는 리카를 흘끗 보더니 시노이 씨가 드디어 한숨을 토했다. 보다 못했는지 다가와서 등 뒤에 섰다. 거리가 너무 가까워서 리카의 몸이 굳어졌다.

"안 돼, 그렇게 섞으면. 공기를 품게 하라고 쓰여 있었지?"

"그게 무슨 말인지 잘 모르겠어요. 버터에 공기? 시노이 씨, 베이킹 잘 아세요?"

오븐이 따뜻해지기 시작한 것 같다. 싸늘했던 주방이 부드러운 공기로 채워졌다. 역시 캐러멜 냄새가 난다. 이곳에서 마지막으로 만든 것은 푸딩일까.

"힘이 필요한 일은 내 몫이었으니까. 언제나."

그렇게 말하고 그는 거품기를 빼앗았다. 손가락 끝이 스쳤다. 그에 비하면 거칠다고 생각했던 자신의 피부가 촉촉하고 매끄러워 놀랐다.

"베이킹을 좋아하는 딸과 부인이었군요. 그렇지만 어째서 베이킹 도구만……."

두고 갔을까요, 하고 말하려다 리카는 입을 다물었다. 베이킹 도구는 다 있어도 요리 도구는 별로 보이지 않는다. 여기서 더 들어가서는 안 된다. 혹시 전부 거짓말이고, 두 사람은 죽은 게 아닐까.

리카의 질문에는 대답하지 않고, 시노이 씨는 볼을 큰 손으로 안고 리카와는 완전히 다른 각도로 거품기 손잡이를 잡았다. 튤립 부분에 갇힌 황금색 조각들이 점점 밖으로 나왔다. 그는 볼에 거품기를 부딪지 않는 방법으로 작은 바람을 일으키면서 빠르게 저었다. 리카는 이 틈에 이제 필요 없어진 코트를 벗기로 했다. 난방으로 따듯해지기 시작한 거실에서 의자 등에 코트를 걸치며, 카운터 안에 있는 시노이 씨를 돌아보았다. 역시 주방에 있는 그는 여기서 봐도 멀리 느껴졌다. 조리하는 사람과 하지 않는 사람. 그곳에 가로놓인 골의 깊이를 실감했다. 주방으로 돌아오니 마구 지시가 날아온다.

"설탕을 세 번에 나눠서 넣어."

종이 타월을 기울여서, 점점 크림 상태로 바뀌어 노란빛을 잃고 흰색에 가까워지는 버터에 사라락 한 가닥의 빛을 쏟았다. 사소한 한마디가 자칫 그의 가슴을 잔혹하게 베어버릴 것 같아서, 리카는 아무 말도 하지 않았다. 얼굴 높이에서 그의 어깨가 움직였다.

"지금은 절대로 만들지 않아. 둘 다."

시노이 씨의 이마에 땀이 희미하게 뱄다. 설탕을 전부 넣고, 리카는 두 팔을 축 늘어뜨린 채 그저 그를 바라보았다.

"중학생이 됐을 무렵부터 딸이 다이어트를 했어. 뚱뚱하다고 이지메를 당한 거야. 내가 보기에는 조금 통통할 뿐, 전혀 찌지 않왔는데. 그냥 애들 장난이라고 생각하고 별로 심각하게 받아들이지 않았지. 아내와 딸의 호소를 그리 진지하게 대하지 않았어. 일도 바쁘고, 아마 무신경한 말을 했을 거야. 얘기가 점점 통하지 않게 됐어. 딸이 섭식장애가 생겨서 고등학교를 휴학할 때까지 아무것도 눈치채지 못했어. 두 사람이 이곳을 나갈 때는 베이킹이라는 말을 입에 담는 것도 기피하는 분위기였지."

여기서 가족이 마지막으로 모인 것이 얼마나 됐는지, 시노이 씨의 나이로 봐서 좀처럼 판단하기 어렵다. 어떤 위로의 말도 악취를 풍길 거라고 생각했다.

딸은 지금 몇 살쯤일까. 어디서 무엇을 하고 있을까. 자신의 체형에 만족하고 있을까. 리카도 얼마 전에 경험했지만, 히스테릭하게 흉기를 들이미는 것 같은 주위 사람들의 요구를 물리칠 만큼 강해졌을까.

"자, 여기까지 했으면 됐으니까, 직접 해봐."

시노이 씨는 볼과 거품기를 내밀었다. 그러나 어지간히 염려되었는지 경호원처럼 옆에 서서 지켜보았다. 아, 하고 작게 소리를 흘렸다. 거짓말처럼 거품기가 가벼워진 것이다. 그냥 부드러운 게 아니다. 거품기에서 수월하게 떨어진 버터는 부드럽고 하얗다. 구름처럼 가볍다. 지금까지 본 적 없는, 새로운 버터의 표정이었다.

"저기, 한번 묻고 싶었던 건데요. 시노이 씨, 왜 저한테 항상 소스를 던져주세요? 물론 고마워요. 감사하고 있습니다. 인간적으로 존경도 합니다. 그러나 가끔 불안해서 견딜 수 없어요. 저는 시노이 씨한테 뭔가를 돌려줄 수 있는 입장이 아니어서. 어, 실례일지 모르지만, 내가 모르는 사이 여자란 걸 이용하고 있는 게 아닐까 하고. 저질스러운 얘기지만, 조만간 보상을 요구하는 건 아닐까 하고."

되도록 그의 눈을 보지 않으려 했다. 리카가 섞는 새하얀 버터크림에 시노이 씨가 밝은색의 달걀물을 조금씩 부었다.

"분리되잖아. 계속해. 멈추지 말고."

그 말이 저으라는 의미라는 걸 알 때까지 몇 초가 걸렸다.

"그런 속내는 전혀 아니야. 난 저기, 그런 건 이미 5년 가까이 하지 않고 있어. 오해하게 했다면 사과하지."

시노이 씨가 가늘게 붓고 있는 달걀물을 리카는 열심히 버터에 섞었다. 아까 그가 품게 해준 공기를 되도록 망가뜨리지 않도록 하며. 노란색과 흰색이 부드러운 색조로 바뀌어갔다.

"오글거리는 말이지만, 누군가에게 무언가를 해주고 감사받고 싶었어. 그런 데 굶주려 있거든. 아저씨의 자기만족이야. 뭐랄까, 자네는 내가 아는 주간지 기자 중에서 가장 정직하고 신용할 수 있을 것 같아 보였어. 동시에 거짓말을 하지 못해서, 약삭빠르게 손님과 엮이지 않을 유형으로 보였고."

자신의 자의식 과잉을 들이대니 순간 위胃가 들끓었지만, 이내 잔잔해졌다. 얼어붙었던 차가운 부분이 사라져갔다. 그와 있는 것이 점점 당연하게 느껴졌다. 달걀과 버터와 설탕이 사뿐히 녹아하나로 섞이며 부드러운 산을 만들었다. 고무 주걱을 들고 얼른밀가루를 넣으려고 하는데 시노이 씨가 제지했다.

"이건 어려우니까, 내가 한번 보여주지."

의외로 사서 걱정이랄까, 나서기를 좋아하는구나, 싶어서 웃음
이 났지만, 그를 믿기로 했다. 고무 주걱을 빼앗길 때 또 살이 닿았
지만, 이제 전혀 신경쓰이지 않았다.

"요리를 잘하시는 것 같은데 혼자서는 만들어 드시지 않으세
요? 아깝네요."

시노이 씨는 고무 주걱으로 내리찍듯이 반죽을 푹푹 섞었다.
밀가루와 노란 버터크림이 번갈아가며 보였다가 사라져서 볼 속
은 혼돈의 양상을 보였다. 시노이 씨의 흙빛 얼굴이 문득 신경쓰
였다.

"나 혼자야 상관없어. 너무 오래 살아도 곤란하잖아."

그가 무심하게 이쪽으로 내민 볼에서는 윤기 나는 반죽이 통통
하게 부풀었다. 리카는 강판 찾는 수고를 덜기 위해 씻은 레몬의
표면을 칼로 깎아서 반죽에 섞었다. 파운드 틀에 반죽을 부었다.
탁탁, 하고 묵직한 틀을 조리대에 쳐서 공기를 뺐다. 반죽 표면에
칼집을 넣고, 오븐 용기에 올려 예열이 끝난 오븐에 넣었다. 뜨거
운 바람에 뺨을 맞고, 어둠 속의 불꽃에 홀렸다. 50분으로 타이머
를 맞추고 오븐 문을 닫자, 조그맣게 한숨이 나왔다. 바로 설거지
에 들어갔다.

"제대로 살지 않는 건 폭력이라고 생각해요."

어느새 시노이 씨는 탁자로 돌아가서 관심없다는 듯이 노트북
을 들여다보고 있었지만, 리카는 계속했다.

"자신을 소홀히 하는 것은 누군가에게 분노를 퍼붓는 행위라고 생각해서. 나 자신……."

말할 수 없다. 지금은 절대 말할 수 없다. 스펀지에서 나오는 무수한 거품에서 시선을 들지 않기로 했다. 어쩌면 무의식중에 조그맣게 상처를 입혔을지도 모른다. 될 대로 되라는 식으로 살아서 엄마를, 미즈시마 씨를, 레이코를, 마코토를. 아버지가 그 무렵 스스로에게 계속 그랬듯이. 자신을 소홀히 함으로써 그는 주위 사람들을 몰아세웠다.

아버지가 미타카에서 살던 집과 이곳의 청결도는 전혀 다르지만, 분위기는 매우 비슷하다. 폐허화한 가정이다. 싫지는 않지만, 이곳에 그리 오래 있고 싶지 않았다. 조금만 더 있으면 열다섯 살 때의 자신이 떠오를 것 같다. 시노이 씨는 아까와는 다른 사람 같은 냉담한 목소리로 말했다.

"주변에 소중하게 생각해주는 사람이 하나도 없는 남자여도 제대로 살아가야 하나. 꽤 냉철한 의견이군."

리카는 씻은 볼 등을 종이 타월로 닦아서 전부 원래 위치에 돌려놓았다. 조리대를 닦고 주방을 나왔다. 코트를 걸치고, 그의 맞은편에 앉았다. 달콤한 향이 이곳까지 날아왔다. 아무 데도 모나지 않은 버터와 달걀이 가열되어 맛있는 케이크를 향해 달려가는, 아직 체험해본 적 없는 냄새에 빠져들었다.

"그렇게 생각하는 것도 무언의 폭력이라고 생각해요. 가까이에 소중하게 생각해주는 사람이 없으니까, 자신을 돌보지 않는 것 역시 누군가에 대한 폭력이에요. 시노이 씨가 아무렇게나 살고 있다고 생각하진 않지만, 만약 자신 따위 아무래도 상관없다고 생각한다면 안타까워요. 설령 지금은 그 사실을 모른다 해도 떨어져서 사는 따님은 상처 입지 않을까요. 난 그렇게 생각해요. 나는 그 사람들은……, 피해자들은 가지이가 없어도, 여자가 없어도 행복할 수 있었다고 생각해요. 누군가가 소중히 여기지 않아도 나 자신을 소중히 여길 수 있었다고 생각해요. 도움을 청할 수도 있었다고 생각해요. 그건 그렇게 어려운 일이 아닐 거예요. 기자로서, 나는 그 말을 가장 하고 싶었는지도 모르겠어요……."

그는 말없이 노트북에 시선을 떨어뜨리고 있었다. 들렸는지 어떤지도 모르고, 자기가 뱉은 말에도 자신이 없다. 리카는 한동안 탁자에 엎드려서 눈을 감고 있었다.

띠리리링 하고 타이머가 울렸다. 시노이 씨가 어깨를 흔들어서 정신을 차렸다. 잠시 잠이 든 모양이다. 향기로운 케이크 냄새로 가득해진 실내는 아까와 풍경이 달라 보였다.

"자, 봐봐."

열린 오븐을 들여다보며 리카는 우와아, 하고 탄성을 질렀다. 파운드 틀에서 옅은 갈색 반죽이 봉긋하게 부풀고, 황금빛 속살이 들여다보이는 칼집 부분은 산 모양을 이루었다. 시노이 씨가 수건으로 둘둘 만 손으로 용기를 꺼냈다. 달콤하고 뜨거운 열이 앞머리를 살랑 흔들었다.

"겨우 네 가지 재료를 섞었을 뿐인데, 이렇게 제대로 부푸는군요. 시노이 씨가 섞어준 덕분이에요."

아아, 이것이 가지이가 말하는 벽이다.

틀에서 넘쳐나 봉긋하게 부푼 케이크의 높이는 그대로 방패가
되어 리카를 지켜줄 것 같았다. 벽을 만든다는 건 으스대며 타인
을 거절하는 게 아니다. 혼자 작업에 몰두하여 자신의 보루를 지
키는 게 아닐까. 벽의 소재는 단단한 벽돌이나 차가운 콘크리트가
아니어도 상관없다. 달콤하고 부드러운 과자여도 좋다.

데일 뻔하면서, 되도록 재빨리 틀에서 빼냈다. 고르게 구워진 색
에 만족했다. 갓 구운 카트르 카르를 알루미늄 호일에 올리고, 재빨
리 칼로 10등분했다. 눈이 번쩍 뜨이는 것 같은 단면의 노란빛과
모락모락 오르는 김이 좋아서 양쪽 뺨에 미소가 피어올랐다. 시식
할 시간은 없어서 부스러기를 입에 넣어보았다. 버터와 달걀향이
코를 지나가고, 노릇노릇하게 조금 탄 부분이 포슬포슬 무너진다.
알루미늄 호일에 두 쪽을 싸서 시노이 씨에게 내밀었다.

"이거 조금이지만, 드셔보실래요. 저는 이걸 뜨거울 때 어떤 상
대에게 배달해야 돼요. 거기까지가 가지이와의 약속이어서요."

"애인?"

리카는 끄덕였다. 시노이 씨는 어서 가,라고 하듯이 조그맣게
손을 흔들었다. 그 모습을 보고, 이 사람은 아직 아버지구나, 실감
했다. 갈색 덩어리를 알루미늄 호일로 따뜻한 공기째 가두듯이 성
글게 쌌다. 보들보들하니 마치 아기 같다. 아직 열이 식지 않은 파
운드 틀과 칼, 오븐 용기를 씻어서 종이 타월로 닦았다. 오븐 문을

열고, 불이 꺼진 것을 확인했다.

"같이 나가지 않으실래요?"

이 달콤한 향으로 가득한 방에 그를 혼자 두고 싶지 않았다.

"확인할 것도 있고, 환기도 시켜야 해. 먼저 가. 케이크 식겠다."

흘긋흘긋 뒤돌아보면서 방을 뒤로했다. 문틈으로 가늘어져가는 시노이 씨의 옆얼굴이 가슴에 깊이 남았다.

맨션에서 나오자마자 달리기 시작했다. 차가운 바깥 공기에 리카는 요전처럼 당황하지 않았다. 큰길에서 잡은 택시를 타고, 기본요금에서 좀더 나오는 거리에 있는 회사에 도착했다. 8층의 문예출판부에 간 것은 신입사원 연수 이후 처음일지도 모른다. 벽에 걸린 시계는 이미 새벽 1시를 지나고 있는데, 아직 사원들이 드문드문 남아 있다. 책상에서 진지한 표정으로 교정지를 보고 있는 마코토를 발견하고, 눈이 마주치자, 저쪽, 하고 탕비실 쪽을 가리켰다. 처음 보는 차갑고 나이든 사람의 표정에 리카는 동요했다.

"무슨 일이야?"

어수선한 탕비실에 등을 구부리며 들어온 그 얼굴은 당황하고 있었다. 명란젓 파스타의 밤이 생각나 순간 주눅이 들었지만, 갓 구운 빵을 조금이라도 빨리 먹게 해야 한다. 부담스러우니 가정적이니, 어떻게 생각해도 좋다. 얼른 식기 전에. 시판 과자가 수북이 쌓인 왜건 위에 공간을 만들어서 카트르 카르를 올려놓고 쑥스러움을 감추느라 빠르게 떠들었다.

"케이크를 구웠어. 바로 저기 친구네 집에서. 갓 만든 걸 먹이고 싶어서. 밸런타인데이도 가깝고. 부탁이니 불편하게 생각하지 마. 그냥 한번쯤 해보고 싶었어."

손을 씻고 알루미늄호일을 풀었다. 달콤한 김이 번졌다. 마코토는 머뭇머뭇 손으로 집어서 한입 입에 물었다. 따뜻하네, 하고 중얼거리고는 난감한 듯이, 그러나 입은 우물우물 움직였다. 마코토의 머리칼은 덥수룩했고 깎지 않아 제멋대로 자란 수염이 눈에 띄었다.

"민폐인가 생각했지만, 나, 마코토한테 너무 민폐를 끼치지 않은 것 같아. 민폐를 끼치지 않으면 아무 일도 시작할 수 없다는 걸 알았어."

잠시 후, 마코토가 또 한 조각의 케이크에 손을 뻗쳤다. 성공한 것은 시노이 씨 덕분이다,라고 생각했다.

"갓 구운 케이크, 처음 먹었어."

마코토가 토하는 숨이 달콤하고 뜨겁다. 버터 향이 났다. 좀 전보다 목소리가 촉촉했다.

"아, 처음은 아닌가. 초등학교 때, 친구 집에서 친구네 엄마가 구워준 마들렌. 그때까지 먹어본 적 없는 맛과 따뜻함에 감동했어. 그런 걸 먹고 싶다고 일하고 돌아온 엄마한테 말했더니, 슬픈 얼굴을 하시더라고. 두 번 다시 수제 음식 따위 조르지 말아야겠다고 생각했어. 같은 향이 나네. 상큼하고 새콤달콤."

"레몬 껍질이야, 그거. '엄마의 맛'이 아니라, 그냥 레몬맛. 어머니, 시간이 없어서 어쩔 수 없으셨을 거야. 이런 건 시간이 없으면 못 만들거든. 애정 문제가 아니라 시간 문제야. 만들어보지 않으면 몰라."

이 짧은 시간에 케이크를 구울 수 있었던 것은 단순히 결단이 빨라 망설이지 않은 덕분이란 걸 안다. 시노이 씨에게 부탁하는 것을 잠시라도 갈등했더라면 절대 만들지 못했다. 이런 식으로 취사선택할 때 판단력을 키워나간다면, 이를테면 하루의 끝에 밥을 짓거나 독서를 하거나, 취미로 카트르 카르를 굽는 시간을 마련할 수도 있지 않을까. 가지이가 말하는 벽이란 혹시 그런 것일지도 모른다.

"다음에 우리 엄마 만나지 않을래? 마치다랑 죽이 잘 맞을 것 같아."

리카는 고개를 끄덕거렸다. 줄곧 게으름 피우며 이런 일을 미루고 있었다. 라면의 밤도 이 케이크도 가지이의 지시였음이 언젠가 들통나면 그는 상처 입을까.

"요전에 왜 사라진 거야?"

그 말이 이해되는 동안, 리카는 아직 따뜻한 카트르 카르를 두 조각 먹었다.

그날, 라면 가게에서 얼어붙은 몸으로 방에 돌아오자, 포만감과 침대의 따뜻함과 마코토의 냄새에 편안해져서 이내 깊은 잠이 들어버렸다. 아침에 일어나니, 미리 들었던 대로 그의 모습은 없고 침대 옆에 메모지만 남아 있었다. 방에서 나간 걸 눈치채지 못한 줄 알았다.

"저기, 어어, 라면이 먹고 싶어져서. 아무리 해도 참을 수가 없더라고."

"먹보네."

어이없다는 목소리였지만, 평소와 달리 달달함과 부드러움이 배어났다.

"말도 없이 사라지지 마. 불안해지니까."

그렇게 말하고, 마코토는 리카의 손목을 잡고 끌어당겨 키스했다. 그제야 리카는 그날 입술을 맞대지 않았다는 것을 떠올렸다. 서로의 꺼칠한 입술이 버석버석하고 어설픈 소리를 내는 것이 웃겼다. 레몬 껍질의 쓴맛과 버터의 향이 두 사람의 혀에 녹아 있었다.

도쿄에서는 그해 첫눈이 내려서 구치소에 도착했을 즈음에는 가죽 구두 끝이 젖어 있었다. 지금은 진눈깨비가 섞여서 쌓이지는 않겠지만, 오늘밤쯤 장화를 꺼내놓아야겠다고 생각했다. 가지이의 이야기에 귀를 기울이면서도 의식은 양말 속의 젖은 발가락 끝으로 향하고 있었다. 가지이는 셔츠에 큼직하게 고무뜨기를 한 스웨터를 겹쳐 입고, 평소에는 그대로 드러내던 몸매를 폭 감싸고 있었다. 코끝이 약간 빨갛다.

"그 사람 어머니도 우리 엄마하고 똑같네. 자기실현이니 어쩌니 하며 가정을 소홀히 하고 자식한테 충분한 애정을 쏟지 않았지. 요전의 시노노메 살인 사건도 그래. 일하는 엄마가 혼자 용쓰

다가 일어난 일 같아."

"저기, 사람은 자기실현을 위해서만 일하는 게 아니에요. 적어도 그 여성은 경제적으로도 압박을 받고 있었어요."

"그렇다고 아이를 희생시키면 안 되지. 당신 어머니도 그 사람 어머니도, 맞선 파티 같은 데 나가서 재혼하는 방법도 있었잖아. 어째서 자기 혼자 어떻게든 하려고 생각했나 몰라. 자신에게 도취했다고밖에 생각할 수 없어. 분명히 말하지만, 갓 구운 과자 맛도 모르고 어른이 된 사람은 도저히 만회할 수 없을 만큼 불행해."

"그런데 가지이 씨는 어떻게 그 맛을 알고 있었어요? 어머니는 과자를 만들지 않았다면서?"

"아버지가 요리를 좋아해서 초등학교 저학년 때부터 여동생하고 곧잘 과자를 구웠지. 세상을 떠난 친할머니도 종종 도넛도 튀겨주고 팥으로 오하기*를 만들어 주었어. 가정적이고 남자의 위신을 세워줄 줄 아는 예쁜 사람이었지. 나의 롤모델이야."

"봐요, 엄마가 과자를 만들어주지 않아도 얼마든지 그 맛을 알 방법은 있잖아요. 저기, 이건 내 의견이지만, 태어나서 처음으로 과자를 만들어보고 알았어요. 결국 시간을 낼 수 있나 없나의 문제이지 않을까요. 요리와 애정은 전연 다른 게 아닐까요. 애초에 요리와 애정을 뒤죽박죽 섞어서 생각하니, 당신이 사귄 남성들은 당신에게 휘둘리고, 그토록 피폐해져서 목숨을 잃은 게 아닐까요."

---

* 멥쌀과 찹쌀을 섞어 쪄서 동그랗게 빚어 팥소나 콩가루 등을 묻힌 떡.

가지이는 관심없다는 듯이 리카 뒤쪽의 벽에 진 얼룩을 보고 있었다. 더 얘기해도 소용없다고 생각해서 화제를 바꾸기로 했다.

"지금도 아이를 낳고 싶어요?"

갑자기 그녀의 눈이 생생하게 빛났다.

"그럼. 이 사람이다 싶은 남자의 아이를 낳아서, 키우고, 맛있는 밥을 해주는 것은 여자에게 최고의 행복이고, 무엇보다 사회에 엄청나게 공헌하는 거라고."

뭔가 레이코의 주장과 비슷하지 않은가. 자신이 얻지 못한 어린 시절을 이 손으로 되찾겠다며 과거와 결별하고, 현실을 힘껏 바꾸려 하고 있다. 오로지 혼자서. 이런 곳에 있으면서도 아직 포기하지 않았다. 보수적이며 이성에 대한 기대치가 낮다.

"이봐, 인터뷰를 한다면 내 소녀 시절 얘기부터 하고 싶어. 그러기 위해서는 먼저 당신이 내 고향을 잘 알아야만 해. 그렇잖아?"

물론 그렇게 생각하고 있다. 입사한 뒤 유급휴가를 사용한 것은 할머니 장례식 때 한 번뿐이지만, 독점 인터뷰 가능성이 보이는 지금 데스크에 얘기하면 며칠 휴가를 받을 수 있지 않을까. 아가노시 야스다초. 낙농이 유명하고 니가타역에서 차로 40분 거리의 한갓진 마을. 유명한 요구르트 공장이 있다는 정도밖에 조사하지 못했지만.

"그래. 우리 집에 한번 가봐."

그녀가 먼저 제안하리라곤 예상하지 못했다. 언젠가 그 땅을 찾는 일이 있다 해도 자신의 판단에 따른 결정일 거라고 생각했다.

"엄마하고 여동생 둘이 살고 있어. 엄마는 몸이 안 좋아서 별로 밖에 나가지 않고 매스컴에 냉담하지만, 여동생은 내 편이야. 당신 얘기는 가끔 해서 아마 잘해줄 거야. 연락처를 가르쳐줄 테니 일정은 직접 얘기해."

아마 가지이의 여동생은 사건 후에 남편과 별거하고 고향에 가 있을 터다. 언니 때문에 인생이 엉망이 돼버렸는데, 아직 우애가 좋다니 의외다.

"솔직히 말해서 고향은 잘라내버리고 온 거라고 생각했어요. 요전에 라면 먹을 때 그렇게 느꼈어요."

"당신, 사고방식이나 사는 방식이나 항상 고통스럽네. 잘라내 버리다니. 뭔가 매일 전투하는 것 같아. 고작 라면 먹다가. 이봐, 몇 번을 말해도 이해하지 못하는 것 같아서, 한번 딱 부러지게 말하겠는데 내가 여기 오기까지의 인생은 당신이 생각하는 것처럼 그렇게 치가 떨리는 가시밭길이 아냐. 더 즐겁고 편안하고 폭신폭신한 것이었어. 언제나 혼자였던 이유는 연애를 하고 맛있는 것을 먹으러 다니느라 바빠서, 화장실에 같이 가고 서로 위로해주는 끈끈한 친구 따위는 필요 없었기 때문이라고. 많은 남자들에게 사랑받은 탓에 나는 언제까지나 철부지 아가씨였지."

태평스러운 어조에 순간 넘어갈 뻔했지만, 리카는 애써 그날 라면 가게에서 본 새벽녘의 야스쿠니도리를 떠올리려고 했다. 뜻밖에도 힘겹게 완주했던 케이크 만들던 밤도. 아직도 팔죽지가 가볍게 시린 느낌이 든다.

맛있는 것 먹으러 다니기 좋아하고, 요리 좋아하는 풍만한 체형. 그것만 들으면 대부분 남자는 '가정적'이고 점잖은 여자라고 멋대로 부풀려 상상한다. 자신들을 능가하는 감춰진 내면은 없겠지, 하고 방심한다. 그러나 정말로 그럴까.

리카는 어렴풋이 깨닫기 시작했다. 식食은 원래 개인적이고 자기 본위의 욕망이다. 미식가란 기본적으로는 구도자라고 생각한다. 우아한 말로 아무리 포장해도, 도전과 발견을 되풀이하면서 그들은 자신의 욕망과 날마다 정면으로 맞서고 있다. 직접 요리를 만들게 되면 점점 바깥 세계를 차단하고, 정신에 성채를 쌓게 된다. 불꽃과 칼을 사용하여 몸소 식재료에 도전하고, 제압하고, 마음대로 만든다. 가지이의 블로그를 다시 읽을 때마다 새로운 사실이 떠오른다. 지나친 고지식함. 먹고 싶은 것만 먹는다. 맛있다고 생각하는 것만 먹는다. 욕망에 항상 충실하려는 일종의 고지식함이다.

세상의 엄마들이 매일 메뉴를 고민하고, 요리하느라 고생하는 것은 자신이 먹고 싶어서라기보다 가족을 위해서일 것이다. 가지이는 어느 순간부터 자신이 먹고 싶은 것을 먹고 싶은 타이밍에 자신을 위해 만들었다. 남자들의 컨디션이나 취향 따윈 상관없었다. 그래서 그녀의 요리는 악마적으로 맛있다. 계속하더라도 힘들지 않을 만큼, 요리라는 행위 자체를 즐겼다. 결혼을 하고 싶은 욕망이 강한, 미식가도 아닌 독신 남성에게 카레나 스튜가 아니라 뵈프 부르기뇽을 만들어준 이유는 단순히 가지이 자신이 가장 먹고 싶었기 때문이다.

피해자들은 그 사실을 전혀 깨닫지 못했다. 그녀의 요리를 자신들에 대한 애정으로 받아들이고, 행복한 기분으로 먹었다. 마코토도 비슷하지 않을까. 리카가 파스타를 만들었을 뿐인데, 애정을 강요한다, 결혼을 암시한다고 오해하여 거부반응을 보였다. 아니었다. 그건 리카가 리카를 위해 만든 파스타다. 그래서 그토록 맛있게 만들어졌다.

가지이의 어조가 평소와 달리 부드러웠다.

"엄마는 조금도 좋아하지 않지만, 여동생과는 사이가 좋아. 옛날부터 내가 없으면 아무것도 못하는 멍청이여서……. 게다가 우리 동네에는 맛있는 게 아주 많아. 꼭 먹어봐. 가능하면 아버지 성묘도 부탁해. 아마 눈에 덮여 있을 테니……."

뜻밖에 훈훈한 말이 흘러나온다. 지금까지 느낀 적 없는 성실함이 맥박처럼 뛰고, 팔딱팔딱 소리를 내고 있는 말이다.

"내 고향에 가면 말이지, 어째서 내가 이렇게 버터를 좋아하는지 알게 될 거야. 따뜻하게 입고 가요. 2월의 니가타는 정말로 추위. 이까짓 가루눈으로 난리치는 도쿄에서는 생각할 수조차 없는 추위야."

1년 중에 가장 추위가 혹독하다는 시기에 자신이 태어난 설국으로 기자를 보내려는 살인 피고인은 마치 엄마처럼 자상한 미소를 짓고 있었다.

7

마음만 먹으면 간단히 부러뜨릴 수 있을 것 같았다. 머랭*처럼 똑 하고. 〈은하철도의 밤〉에 나오는 과자로 만든 기러기를 연상시키는 가녀린 발목이었다.

2층짜리 신칸센인 'Max도키 341호'. 반쯤 땅에 묻힌 1층 창가 좌석에 기대, 리카는 마침 눈높이에 있는 플랫폼을 바라보고 있었다. 유리 한 장을 사이에 두고, 십여 센티미터 앞에 있는 얼굴이 없는 늘씬한 다리를 넋을 잃고 보았다. 두꺼운 타이츠에 싸인 가느다란 발목과 발레 슈즈의 발끝은 저 높은 곳에 있을 주인이 표를

• 달걀 흰자와 설탕을 섞은 것으로 구운 과자.

들고 어디로 가야 할지를 모르는지, 오른쪽으로 향했다가 왼쪽으로 향했다가 바쁘다. 다리만 보이니 더 시선이 끌리는지도 모르겠다. 저 위에 어떤 얼굴이, 어떤 몸이 있을까, 이런저런 망상을 해보았다. 엄지와 검지로 저 원주圓周를 둘러보고 싶다고 생각한 것은 자신에게 없는 것이어서일까. 목적지가 정해졌는지 그 가녀린 발목은 리카의 스크린에서 사라졌다. 아쉬운 마음으로 배웅했다.

리카는 두꺼운 데님 바지 끝에 있는 자신의 구두를 보고 씁쓸하게 웃었다. 가지이가 겁을 주어서 니가타의 기상 정보를 꼼꼼히 확인한 탓에, 무릎까지 파묻히는 남자용 방수 부츠를 신었다. 다리 굵기도 한몫하여 정말로 늠름한 남자 같다.

《주간 슈메이》 동료에게는 3박 4일 동안 예비 취재라는 여행 목적을 밝히지 않았지만, 편집장과 데스크에게는 허락을 받았다. 가지이 마나코 독점 인터뷰를 땄다는 말을 듣더니, 노골적으로 몸을 앞으로 내밀며 협력도 예산도 아끼지 않겠다고 했다. 후배인 기타무라는 이미 여론은 그녀에게 질리기 시작했다고 우려했지만, 역시 아직도 머리기사에 어울리는 소재임은 틀림없다.

제법이네, 마치다. 우리로서는 얼마 안 되는 여성 독자를 얻을 수 있는 대형 연재가 되겠어. 가지이가 사건의 진상은 언급하지 않겠지만, 남자 문제와 사생활이라면 뭐든 줄줄 얘기해줄 정도로 관계를 만들었다는 거지? 그렇군, 마치다가 최근 몇 개월 갑자기 살이 찐 게 취재 때문이었어. 그 근성은 대단해. 장하다.

직속 데스크의 말에는 불끈했지만, 인터뷰는 리카가 해도 기사를 쓰는 사람은 그다. 가십이나 사건의 진상이 아니라, 어디까지나 그녀의 인간성이나 사상을 얘기하고 싶다는 의도를 헤아려준 것만으로도 고마워해야 할지 모른다.

캔에 든 미즈와리 위스키를 따자, 오랫동안 맛보지 못한 해방감이 들었다. 아가노시 야스다초에 있는 가지이의 본가에는 내일 아침에 방문하기로 돼 있으니, 그때까지는 온전히 자유 시간이다. 아무것도 하지 않고 두 시간 이상 혼자 멍하니 지내는 것만으로, 마음의 영토가 쭉쭉 넓어지는 것 같다.

니가타행 신칸센이 천천히 움직이기 시작했다. 멀어져가는 감색의 도쿄 풍경과 빌딩들을 바라보면서 뒤에 사람이 없는지 확인하고, 리카가 좌석을 넘기던 그때였다.

"나 왔어."

발밑을 보고 깜짝 놀랐다. 저 타이츠와 발레 슈즈. 아까 그 발목의 주인이 레이코라는 사실을 금세 깨달았다. 홍보부 시절 연이은 출장으로 여행에 익숙할 텐데, 그녀답지 않게 짐이 크다. 트렁크에다 오른쪽 어깨에는 보스턴 가방을 메고 있다. 체크무늬 목도리로 화장기 없는 얼굴을 파묻고 있는 모습은 귀여웠다.

"역시 민폐인가?"

"아냐. 기뻐. 오랜만에 만나서. 얼마만이지?"

그렇게 말하면서도 생각이 제대로 따라가지 않아 목소리가 크고 날카로워졌다. 레이코는 목도리를 풀고, 코트에서 팔을 뺐다.

평소 만나는 인종에게서는 절대 맡아본 적 없는 부드러운 섬유 유연제 향이 부드럽게 풍겼다. 이런 여자를 누가 매몰차게 내칠 수 있을까.

"엄청 추운 것 같아. 눈도 내렸다던데. 그렇게 가벼운 차림으로 …… 괜찮아?"

귀찮아하는 것처럼 들리지 않게 리듬에 주의해서 말했다.

"괜찮아. 이래 봬도 가나자와 출신이야. 리카보다 훨씬 추위에 내성이 있어. 걷기 편한 신발도 갖고 왔어. 옷도 잔뜩 갖고 왔고."

레이코는 캐리어를 끌어당기더니 보스턴 가방과 함께 머리 위 선반에 올리고 옆에 앉았다. 차량은 비어 있었다. 마주 보고 앉아 있는 초로의 여성 네 명, 나머지는 출장을 가는 듯한 슈트 차림의 남성 승객이 몇 명 있을 뿐이다. 리카는 슬쩍 발밑을 비교해보았다. 부츠에 싸인 자신의 발과 레이코의 발. 이렇게 나란히 있으니 정말로 남녀로 보인다. 레이코의 파란 스웨터가 여기저기 뼈로 불거진 기분이 든다. 자신이 커진 탓도 있겠지만, 불안할 만큼 가냘픈 몸매에 피부는 종이처럼 하얗고 투명하다. 십대 초반이라고 해도 믿으리만치, 어쩐지 안쓰러운 인상이다.

어젯밤 별생각 없이, 메시지를 보냈다.

니가타에 출장 가, 가지이 마나코 취재 건으로, 선물 사 올게.

이내 '읽음' 마크가 찍히고 오랜만에 짧은 답장이 왔다.

나도 가고 싶어. 몇 시 신칸센 타? 좌석 번호랑 호텔 이름 가르쳐
줘. 두 사람으로 변경해둘 테니.

당황스러웠다. 비밀리에 추진해야 하는 취재다. 어째서 자세히
말해버렸는지 모르겠다. 동행은 곤란하다는 생각이 들었지만, 딱
부러지게 거절하려고 해도 그 뒤로 연락이 없었다. 어쩌면 그냥 농
담일지도 모른다고 생각했다. 눈앞에 있는 레이코가 꿈속의 등장
인물로 느껴졌다. 외모만 하늘하늘한 게 아니라 손을 뻗쳐도 잡히
는 게 없을 것 같은 느낌조차 들었다.

"괜찮니? 료스케 씨는?"

"응. 리카랑 여행갈 거라고 했더니 즐겁게 다녀와, 그랬어. 아,
만일을 위해 어젯밤에 컴퓨터로 명함도 만들어 왔어."

그녀가 내민 단순한 명함을 보고 리카는 깜짝 놀랐다.

"엉? 뭐야, 이게. 프리랜서 카메라맨이라니?"

"응, 나, 카메라맨인 척하려고. 가지이 자택 취재에 동행하기 위
해서는."

"농담이지?"

웃음으로 흘려들을 생각이었지만, 레이코의 어조는 냉정하기
만 하다.

"카메라라면 홍보부 시절에 쓰던 전문가용 같은 게 있어. 그쪽
에서 한사코 리카만 만나겠다고 하면 나 혼자 어슬렁어슬렁 니가
타 관광이나 할게. 따라갈 수 있는 만큼 따라가도 돼?"

232

"뭐? 그건 좀……. 상사에게도 가지이 여동생에게도 얘기하지 않았고."

"저기, 리카. 분명히 말하는데, 지금 이대로는 아니라고 생각해. 이대로라면 기껏 하는 독점 인터뷰, 지금까지 언론에서 보고 들은 가지이 마나코의 이미지를 보강한 것밖에 안 돼. 처음에는 화제가 될지 모르지만, 리카가 목적하는 곳에는 도달할 수 없어."

한동안 들은 적 없는 매서운 어조였다. 차창 밖으로, 나고 자란 도쿄가 점점 멀어진다. 머리 위의 형광등 빛이 갑자기 하얗고 강하게 느껴졌다.

"리카, 가지이한테 너무 정성을 들이고 있어. 그 사람이 보고 싶은 것만 보려고 하잖아. 가지이의 초점에서 벗어난 데서 진실을 찾아 에둘러서 질문해야지. 그 여자가 말할 생각이 없었던 본심을 끌어내야 해."

모른 체하고 고개를 갸웃거리면서도 리카는 내심 짜증이 나고, 약간 화도 났다. 거침없이 말하는 레이코가 아니라 지적받은 자신에게.

"저녁 먹을 가게 정했어? 도착하면 이미 밤 9시야. 저기, 그럼 내가 검색한 가게에 가지 않을래? 니가타역 구내에 있는 사케와 쌀 요리와 향토 요리가 나오는 가게야. 밤에는 상당히 추우니까, 되도록 역 밖으로 나가지 않고 해결하는 편이 좋겠지. 신칸센 도착하는 시간에 맞춰서 지금 예약해둘게."

리카가 모호하게 끄덕였다. 레이코가 정하고 리카가 따른다.

학창 시절부터 줄곧 이런 식이었다. 그러나 그녀 뒤를 따라가면 자기 혼자서는 절대 볼 수 없는 뜻밖의 광경을 볼 수 있다. 이건 확실하다.

"그 가게, 가지이의 리스트에 있었던가?"

"리스트라니 무슨? 보여줘."

가지이가 말해준 추천 가게와 음식을 적은 메모를 보여주자마자, 레이코는 약간 거칠게 낚아챘다.

가지이의 니가타 추억은 상경한 열여덟 살에서 멈춘 것 같다. 인터넷에서 검색한 바에 따르면 가르쳐준 몇 개의 가게는 폐점했다. 그래도 구입 가능한 것은 먹어봐야겠다며 촘촘하게 계획을 세웠다. 그쪽에서는 관혼상제 때 먹는다는 '플라리네'라는 케이크, 건포도와 버터크림이 들어간 소용돌이빵, 르렉체* 양갱, 사도 버터**, 아버지가 좋아했다는 '켄신謙心'이라는 준마이긴조 사케, 요구르트 공장 직영 체인점에서 먹을 수 있는 버터가 듬뿍 든 와플, 후루마치에 있는 큰 돈가스를 올린 덮밥, 가마솥밥 전문점의 밥상. 가이드북을 들고 이것저것 얘기하는 동안에 설국이 가까워졌다. 아까의 대화는 결론을 맺지 못한 채 저 너머로 떠내려갔다.

차창 밖으로는 어둠 속에 눈을 뒤집어쓴 산과 논밭이 이어졌다. 파랗고 고요한 정적이 한없이 빛났다. 생물이 하나도 존재하

---

* 서양 배.
** 니가타현이 근거지인 사도유업에서 만드는 버터.

지 않을 것 같은 광경을 보고 있으니, 깊고 차가운 장소에 몸과 마음이 조금씩 가라앉는 기분이 들었다.

인기척 없는 플랫폼에 내려서자마자, 촉촉한 모래와 달콤한 물 냄새가 훅 밀려왔다. 다음 순간, 콧속의 뼈가 삐걱거리고 생각이 부예졌다. 도쿄의 한기와는 무언가가 결정적으로 달랐다. 습기를 듬뿍 머금은 탓인지 부드럽고, 어딘가 졸음을 유발하는 편안함이 있는 냉기다. 이대로 피부가 찢어져서 주르륵 피가 흘러도 깨닫지 못할지 모른다. 눈두덩에서 두피까지, 찬 공기에 닿는 부분부터 남김없이 감각을 잃어가는 것 같다.

"역과 연결되어 있어서 다행이야. 레이코, 식당 예약 고마워."

혀가 돌아가지 않는다. 도망치듯이 개찰구로 향하는 에스컬레이터에 올라탔다. 기념품 가게는 이미 문을 닫았고, 세 명의 알몸 소녀 동상이 쓸쓸하게 서 있다. 팻말을 읽어보니 아가노에도 있는 '삼미신三美神*'이라고 한다. 카사단고**나 사케 등의 홍보 깃발이 눈에 띈다. 개찰구를 빠져나와, 계단을 올라갔다 내려갔다 하면서 간신히 찾은 그 음식점은 긴 에스컬레이터를 내려가야 이르는 막다른 곳에 있었다.

예약자 이름을 말하자, 학생인 듯 작업복을 입은 아르바이트생이 파티션으로 나눠놓아 반半개인실인 테이블석으로 안내해주었

---

* 그리스 신화의 삼미신에서 모티브를 얻어 만든 동상.
** 조릿대 잎으로 싼 경단.

다. 가게 안은 어두컴컴하고, 한복판에 장식해놓은 참억새 다발과 셀 수 없을 정도의 사케가 늘어선 선반만이 희부옇게 조명을 받고 있었다. 리카는 사케와 밥, 레이코는 연어알 주먹밥 한 개, 그리고 니가타가 아니면 먹을 수 없는 음식이나 특산물을 몇 종류 주문했다. 먼저 미지근하게 데운 시메하리츠루*와 레이코의 호지차로 가볍게 건배했다. 나풀나풀 춤을 추는 듯한 맛을 즐기고 나니, 차 가워진 목 안이 훈훈하게 타오른다. 눈볼대모둠회가 나왔다. 껍질 표면을 가볍게 그을렸다. 한 점 먹고, 두툼한 살과 고소한 맛에 눈이 동그래졌다.

밥공기엔 하얀빛이 수북하게 담겼다. 리카는 젓가락을 들고 그 빛을 천천히 입으로 날랐다. 레이코도 검디검은 김으로 싼 주먹밥을 베어 물었다. 두 사람은 동시에 눈이 가늘어졌다. 한 알 한 알이 너무나 달콤하다. 혀 위에서 일어선 밥알은 구수할 뿐만 아니라, 그 작은 모양까지 선명하게 전해졌다. 씹으니 뺨 안쪽이 느슨하게 이완하며 탐욕스럽게 흡수하고, 그 맛을 만끽하려고 몸속 기관이 톱니바퀴처럼 빙글빙글 맞물려서 움직이는 게 느껴졌다. 명치 언저리에서 부드러운 열이 올라왔다. 호박절임, 연분홍빛 명란젓, 매실절임을 조금씩 핥으면서 밥을 조금씩 소중하게 씹었다. 레이코가 절절하게 중얼거렸다.

"역시 사람은 밥이야……. 기본."

• 니가타산 사케 이름.

"아, 술을 마시면 탄수화물 필요 없다고 하는 사람, 부럽지만, 그 느낌, 난 잘 모르겠어. 여기요, 한 그릇 더 주시겠어요?"

리카는 가까운 탁자에서 지저분한 접시를 포개고 있는 점원을 불러세웠다.

"리카, 뭐랄까, 정말로 잘 먹는구나."

레이코는 한 귀퉁이를 먹은 연어알주먹밥을 들고 리카를 바라보았다.

"살쪘어. 지금은 글쎄 자그마치 두구두구두구, 56킬로그램이나 돼. 추우니까 몸 움직이기 귀찮아서 말이야. 연신 먹게 되네."

능청스럽게 말하자, 레이코는 입을 딱 벌렸다. 그 반응이 부끄럽지도 않았다. 새로 나온 밥과 함께 점원이 가져온 것은 놋페라는 향토 요리다. 연한 육수로 뿌리채소와 어묵을 조린 것에 연어알 몇 알이 장식되어 있다. 추위로 굳어진 부위가 녹아내리는 것 같은, 당당하고 깊은 맛에 후우 하고 숨을 토했다.

"레이코 말이야, 전에 적당량 얘기를 해주었지?"

"그랬던가? 아, 요리 분량 얘기구나."

"여러 가지 맛을 알면 알수록 점점 자신에게 관대해지는 것 같아. 인제 게으름뱅이니 뚱보니 해도 좋아, 하는 느낌. 직성이 풀릴 때까지 한번 가볼까나. 나의 적당량까지는 아직 한참 남은 것 같아. 매일 춥고 말이야. 집에 돌아가면 바로 자야지, 못 버티겠어."

레이코가 멍한 얼굴로 이쪽을 바라보았다. 어이없나보군, 하고 쓴웃음을 지었더니, 잠시 후 그녀는 조심스럽게 말을 꺼냈다.

"뭔가 부럽네. 자신이 있구나. 지금의 리카, 뭔가 느낌 좋아. 그게 적당량일지도 몰라. 그리고 오지랖쟁이 아줌마 같아서 좀 뭣한데 리카의 키, 166센티미터에 적정 몸무게는 60킬로그램이야."

사케가 부드러운 구슬이 되어 이상한 곳에 떨어졌다. 리카는 조금 켁켁거렸다.

"응, 뭐야, 그게. 내 몸무게가 60킬로그램이어도 별로 이상하지 않다는 그런 고마운 기준이 있는 거야? 나 완전 거기에 매달리고 싶어. 어째서 그 기준이 배포되지 않는 거지."

"아하하, 정말이거든. 일본 의사회 홈페이지 봐봐. 그치, 뭔가 바보 같지. 일본인이 마른 몸을 갈망하는 건, 예뻐지고 싶다기보다, 이건 마치."

레이코는 먹던 주먹밥을 내려다보았다. 새빨간 수정 같은 연어 알이 안에서 얼굴을 내밀고 있다. 그녀의 시선으로 본 알갱이에는 무수히 많은 작은 레이코가 깃들어 있겠지.

"무엇에도 쫓기지 않는 사람을 보면 마음이 초조해지도록 누군가가 조종하는 것 같아. 전에 다이어트를 강요하는 식으로 말해서 미안해. 왠지 말이야, 부드럽고 풍요롭고 여유로워져가는 리카를 보니 불안해졌어. 부끄럽지만, 내가 좋아했던 왕자님의 이미지에서 점점 멀어지는 것처럼 보여서."

귓불을 물들이며 고개를 숙이는 레이코를 보고, 리카는 조금 놀랐다.

"아냐, 아냐. 신경쓰지 마. 레이코는 먹는 걸 그렇게 좋아하는데 옛날부터 말랐잖아. 대단해. 체질이야?"

"설마. 사춘기 때는 부모님 때문에 스트레스로 엄청 쪘었어. 영양학부터 공부해서 1일 섭취 열량을 생각하면서 먹는 버릇을 들인 거야."

금시초문이었다. 레이코가 살진 모습은 도무지 상상할 수 없다.

"오, 과연. 레이코가 예쁜 것은 기뻐. 그런데 내가 말하긴 뭣하지만, 최근에 좀 걱정이 돼. 자꾸 말라서 소녀로 돌아가는 것 같아."

좀 더 배려가 필요했으려나. 말하자마자 걱정했지만, 레이코는 사랑스럽게 고개를 갸웃거렸다.

"그냥 보통으로 먹는데. 나이 탓에 살이 찌지 않는 걸까. 옛날과 달리 임신하려고 건강에 좋은 것만 먹고 있어. 술이나 기호품도 자제하고. 딱히 어디가 나쁜 건 아니지만……."

오징어젓갈이 쌀의 단맛과 향을 한층 돋우는 탓에 두 그릇째도 술술 배 속으로 들어갔다. 리카는 일단 젓가락을 내려놓았다.

"아까 신칸센에서 레이코가 한 말, 실은 줄곧 생각하고 있었어. 팩폭. 나도 좀 그런 생각이 들었거든. 뭔가 가지이 마나코한테 엮이면 내가 그 사람 몸의 일부처럼 돼. 한심하지만, 그 사람이 보고 싶어 하는 것 말고는 볼 수 없게 돼버렸어. 아무리 해도."

인정하고 나니 갑자기 편해졌다. 세 그릇째는 과연 버거웠지만, 먹으려고 하면 들어갈지도 모른다.

"그런 여자는 리카 같은 타입을 휘두르고 싶어 해."

레이코가 달걀말이를 끌어당기며 조그맣게 웃었다. 입술 모양이 빈정거리는 것처럼 보였다. 또 한편 슬퍼하는 듯도 했다. 이 기이한 미소가 어떤 의미를 나타내는지 잘 알 수 없었다. 허공을 바라보며 그녀는 천천히 말을 골랐다.

"그런데 말이야, 보고 싶은 것만 보면 보고 싶지 않은 것은 보지 않는다는 말이잖아. 알고 보면 약하고 자신감 없는 사람 아닐까? 가지이란 여자. 리카 쪽이 강한 부분도 있을걸?"

리카는 레이코를 빤히 보았다. 신칸센에 탔을 때부터 위화감을 느꼈다. 어쩌면 눈앞에 있는 여자는 사람이 아니라, 모습을 바꾼 성스러운 존재일까.

"어째 레이코 쪽이 훨씬 가지이를 잘 아는 거 같네. 만난 적도 없는데."

레이코는 뭔가 말하려고 했지만 이내 그만두고, 주류 메뉴판에 스윽 손을 뻗쳤다. 리카가 무심코 스마트폰을 보니 마코토에게 메시지가 와 있었다.

감기 걸리지 마. 따뜻하게 하고 다녀. 나중에 전화 줘.

별 생각이 들지 않아, 리카는 나중에 답장하기로 했다.

향이 진한 과즙이 흘러넘쳐 입에 넣자마자 흐물흐물 무너지는 서양 배를 먹고 나서, 두 사람은 계산을 하고 가게를 뒤로했다. 며칠 전에 큰눈이 내린 니가타 시내에 드디어 첫 걸음을 내디뎠다.

역 앞 버스의 회차장에는 길옆으로 거뭇해진 눈을 모아놓았다. 하늘은 캄캄한데 몹시 높게 느껴졌다. 요리로 훈훈해졌던 몸에서 단숨에 핏기가 가셨다. 젖은 아스팔트를 더듬어서 비즈니스호텔에 겨우 도착했다. 늘어선 음식점에서 새어 나오는 빛이 눈에 반사되어 서치라이트처럼 밤하늘에 뿌려졌다.

프런트에서 레이코가 체크인을 마치고, 두 사람은 떨면서 좁은 엘리베이터에 올라탔다. 5층 모퉁이 방에 들어가자마자, 레이코는 실내 상태를 확인하기 전에 먼저 욕실로 가서 샤워기로 욕조를 씻고 뜨거운 물을 받았다. 사이드테이블을 사이에 두고 침대 두 개에 미니 냉장고, 벽에 붙박이 책상이 있는 흔한 방이지만 넓다. 발자국이 드문드문 나 있는 초록색 카펫이 평온하게 느껴졌다. 콸콸 떨어지는 물소리를 들으면서 와이파이 접속을 확인했다. 레이코가 욕실을 먼저 사용하라고 권했지만, 그녀가 사용한 뒤에 들어가기로 했다.

좁은 욕조에 가득찬 물이 피부에 부드럽게 휘감기는 것 같다. 니가타역에서 이곳까지 겨우 몇 분 걸리는데, 몸은 뼛속까지 얼어붙어서, 그만큼 신음이 나오도록 시원했다. 커튼 너머에서 치카치카 하고 레이코의 양치질 소리가 났다.

"물이 매끈하고 부드럽네. 물 좋다는 게 이런 거구나. 이래서 사케도 밥도 맛있나봐."

커튼 너머로 흐릿한 소리가 났다.

"아, 목욕 다 하고 물 빼지 마. 그대로 받아둬. 문 열어놓고."

머리칼의 물기를 닦으면서 욕실을 나오자, 레이코는 침대에서 문고본 책을 읽고 있었다. 플란넬 소재 파자마 차림의 레이코가 얼굴을 들었다.

"가습기 부탁했어."

보니, 침대 아래 설치한 가습기에서 새하얀 김이 피어올랐다. 실내는 따듯하고, 습도는 충분했다. 레이코가 풍기는 샴푸 향이 자신의 것과 같아서 왠지 편안했다. 책상 앞의 스탠드를 켜고 배낭에서 노트북을 꺼냈다. 눈앞에 있는 좁고 긴 거울에 아이처럼 하얀 얼굴이 비쳤다.

"일 조금만 하고 잘게. 먼저 자. 여기 불 켜면 눈부셔?"

"내가 따라와서 사실은 민폐지?"

리카는 실내등을 끄고 키보드를 두드렸다. 레이코의 가녀린 목소리가 났다.

"나랑 료스케, 벌써 한참 하지 않고 있어."

그녀의 얼굴을 보지 않아도 돼서 다행이었다. 되도록 거울로 시선을 보내지 않도록 하며 조심스럽게 물었다.

"치료 건으로 싸워서?"

"아니. 그런 최근 일이 아니고, 한참 전부터."

어째서일까. 왜 자신은 조금도 놀라지 않는 걸까. 어렴풋이, 아니, 확실하게 눈치챘던 일이었다. 료스케 씨와 레이코 집에 갔을 때, 아니, 더 전에. 어쩌면 두 사람이 만나기 훨씬 전부터. 넘쳐나던 무언가가 점차 쏟아져 내리듯이 레이코는 계속했다.

"재작년, 내가 회사를 그만둔 뒤로. 그때까지는 서로 굉장히 열심이었는데, 내가 전부 버리고 임신 활동에 전념하는 것이 그에게 압박이 됐을지도 몰라. 그래서 모든 게 헛일이 됐어. 병원에 다니는 것도 한약 먹는 것도. 혼자라도 열심히 하면 료스케도 그럴 기분이 들 줄 알았어. 내가 임신 준비에 열중하면 열중할수록 료스케는, 그……. 성생활이 있는 척하면 정말로 있는 것처럼 되지 않을까 하고……. 거짓말을 계속하면 머잖아 전부 사실이 되지 않을까 하고. 가지이의 허언증을 비웃을 수가 없네. 료스케, 오히려 무거운 짐으로 느낀 것 같아. 그래서 티격태격하게 되고. 갑자기 전부 한심해져서 스이도바시에 다니는 것도 다 때려치웠어."

흐음 그랬구나, 라고만 중얼거렸다. 지금 가슴에 끓는 강한 연민은 그녀를 더 아프게만 할 것이다.

"내가 일을 그만뒀을 때부터 줄곧 아이를 갖고 싶어 하는 내 마음이 너무 부담스러운 것 같아. 아, 서로 얘기는 많이 했어. 소통이 부족한 게 아니냐고 하겠지만, 그런 것도 아니야. 못된 남편이라고 생각해? 일종의 가정폭력? 아니면 내 머리가 이상해진 걸까? 나쁜 아내일까? 그것만 제외하면 아주 원만하거든. 거짓말이 아냐. 제삼자에게 증명할 방법은 없지만 말이야."

애써 웃는 소리가 났다. 우는 것처럼도 들리는 숨소리가 이어지고, 서서히 꺼져들듯이 소리가 작아졌다.

"이런 얘기 별로 하고 싶지 않지만, 나 옛날부터 그런 것 잘 못했어. 말을 거는 것도, 남자를 받아들이는 것도. 내가 긴장하지 않고 얘기할 수 있는 남자는 료스케뿐이었어. 내가 아무리 노력해도 남편 하나 마음대로 못 하는데, 가지이는 대단해. 그렇게 많은 사람을 휘어잡다니⋯⋯."

기존의 규칙에 누구보다 반발했던 레이코가 가지이에게 어이없이 사로잡혀버렸다. 갑자기 천장이 낮게 느껴졌다. 이 사건의 피해자들이 받은 종류의 압력에 친구가 좌절하고 있다. 자기관리가 뛰어나고, 그토록 앞을 향해 전진해온 레이코가.

"역시 리카 말대로였어. 그렇게 간단히 좋아하는 일을 버리는 게 아니었어. 그때는 초조해서 충고가 귀에 들어오지 않더라. 나는 정말로 어리석었어."

레이코가 울고 있다. 보지 않아도 안다. 절대 쌓이지 않는 가랑눈 같은 조용한 눈물이다.

"시간이 없어. 나이는 점점 먹어가는데, 아무것도 바꿀 수 없어. 그 사람, 가지이 마나코, 무기징역을 받을지도 모르는데 결혼해서 아이 낳는 꿈을 포기하지 않고 있잖아? 어째서 그렇게 낙관적일 수 있을까. 나는 이렇게 애가 타는데. 리카, 억지로 따라와서 미안해. 도저히 그 집에서 그를 기다리고 싶지 않았어. 리카 일을 방해할 마음은 없었어. 내일은 여기서 얌전하게 있을게."

"저기, 어어, 레이코는."

어깨 힘을 빼, 라든가 자신을 책망하지 마, 라든가 모든 말이 아무런 의미도 없다. 어째서 이토록 그녀를 대하는 것이 두려워졌을까. 그저 잃고 싶지 않았다. 리카는 일어서서 레이코 침대까지

244

가서 큰마음 먹고 이불 위로 그녀를 꼭 껴안았다. 머리칼에 얼굴을 묻으니, 아까의 독백이 거짓말처럼 느껴지는 진하고 달콤한 향이 났다.

"가습기 부탁해줘서 고마워. 욕실 물도. 나 혼자 왔으면 목이 바삭바삭 말랐을 거야. 레이코가 매일 곁에 있어준다면 그 사람은 그만큼 행복할 거야."

어찌나 가냘픈지. 절대 그녀에게는 말할 수 없었지만, 이 몸으로 생명을 낳다니, 불가능할 것같이 연약한 몸이었다. 레이코의 호흡이 이불 너머로 전해졌다. 그녀가 진짜 무거워, 하고 중얼거리고, 너무해, 하고 서로 웃을 때까지 두 사람은 한동안 포개져 있었다.

다음 날 아침, 리카가 눈을 떴을 때 레이코의 모습은 없고, 침대 옆 메모에,

먼저 아침 먹고 있을게. 레이코.

라고 날림으로 쓰여 있었다. 머리를 다듬고 가볍게 화장을 하고 변기 뚜껑에 앉아 이를 닦았다. 평소 습관대로 인터넷 뉴스와 메일만 재빨리 체크했다. 어쩐 일로 후배 기타무라에게 '상담할 일이 있습니다' 하는 제목의 메일이 와 있었지만 지금은 뒤로 미루기로 했다. 전화를 한 통 하고 방을 나왔다.

1층 레스토랑으로 가니, 혼자 출장 온 듯한 남자 손님들 속에서 옅게 화장한 레이코가 유유히 커피를 마시고 있었다. 내리뜬 속눈썹과 머리칼에 흘끗흘끗 시선이 모이는 것을 리카는 의기양양한 기분으로 지켜보았다. 1200엔으로 즐길 수 있는 뷔페식 조식은 얼핏 아주 평범해 보였지만 밥과 반찬의 풍부함만은 눈이 휘둥그레질 정도였다. 전기밥솥 안의 밥이 아침 햇살을 받아 빛났다. 레이코의 맞은편에 앉아 밥을 한입 먹자마자 그 달싹함과 구수함에 등이 떨렸다. 이곳의 달걀말이는 설탕을 듬뿍 넣어서 갈색으로 탄 자국이 나 있었다.

리카는 더 먹으려고 일어서면서 레이코에게 이렇게 선언했다.

"있지, 레이코, 부탁인데 오늘은 같이 가줘. 그쪽에 카메라맨 한 사람 동행해도 되냐고 아까 확인했어. 괜찮대."

"어제 그건 잊어버려. 머리가 어떻게 됐었나봐."

"아냐. 나 혼자서라면 보지 못하는 것을 레이코와 함께라면 발견할 수 있을 것 같아. 가지이 마나코가 기를 쓰고 보지 않으려 했던 것들 말야. 기자로서 부탁할게. 이 기사 내 담당이니까 문제없어."

레이코가 조그맣게 끄덕였다. 눈이 희미하게 붉어졌다. 카메라 갖고 올게, 하고 짧게 말하고 일어나서 도망치듯 레스토랑을 뒤로 했다. 두 그릇째 밥을 먹어치우자, 리카는 스마트폰을 꺼내서 택시를 불렀다. 아가노까지는 택시가 가장 나은 것 같았다. 40분 정도 소요될 것 같다.

몇 분 뒤에 레이코와 호텔 정문을 나가니, 택시 옆에 오십대 정도의 체격 좋은 남성 운전사가 서 있었다. 구름 사이로 파란 하늘이 의미심장하게 내려다보고 있다.

"천천히 가도 되니 안전운전 부탁드려요. 고속도로를 타주세요."

"손님들, 관광객이군요? 이런 계절에는 아가노에 가도 볼 게 없을 텐데요."

뒷자리에서 행선지를 말하자 운전사는 그렇게 말하고, 탐색하는 눈길로 백미러를 보았다. 앞 유리 너머로 눈 사이에서 까맣게 젖은 아스팔트가 끝없이 빛났다.

"그렇게 눈이 내렸는데 도로에 제설이 다 돼 있는 게 대단하네요."

리카가 바로 화제를 바꾸자, 운전사는 이렇게 말했다.

"도로 한복판에 제설 파이프가 있죠? 지하수를 끌어올려서 뿌리는 겁니다."

창에 뺨을 바싹 붙여도 잘 보이지는 않았다. 도로 한복판에는 무수한 구멍이 줄줄이 나 있고, 작은 물보라가 올라오는 것 같다. 어젯밤 제대로 자지 못한 리카는 스르륵 잠에 빠졌다.

"얘, 이 중학교, 가지이 피고인이 다녔던 데 아닐까."

하고 레이코가 속삭이는 소리에 눈을 뜨자, 창밖으로 보이는 풍경은 눈으로 덮인 산들과 밭으로 바뀌어 있었다. 입안이 마르고 어깨가 아팠다. 파란 하늘이 쏟아져서 여기도 저기도 맑디맑게 빛났다. 레이코가 발견한 중학교는 벌써 한참 뒤로 흘러갔다. 저 멀리 거대한 관람차와 구불구불한 제트코스터가 보인다.

"저기, 저 유원지는?"

운전사에게 묻자, 바로 대답이 돌아왔다.

"산토피아월드지요. 근데 12월부터 3월 중순까지는 아마 휴원일 겁니다."

흘러 지나가는 집집마다 창고식인 게 두드러졌다. 선명한 흰색과 검은색의 체크무늬와 벽에 뻥 뚫린 외로워 보이는 창이 설경에 자기주장을 하는 것 같았다.

"이런 창고를 개조한 집, 이 주변에는 많습니다. 데즈카 오사무의 『아야코』에라도 나올 것 같죠."

지정한 주소에 도착했다. 논에 삼각형으로 둘러싸인 민가들 중한 집이었다. 1만 엔 가까이 나온 택시 요금 영수증을 받아 차에서 내리자마자, 리카는 비명을 질렀다.

"춥다기보다 아프다는 느낌이야. 혈관이 얼어서 똑 부러질 것같아."

귀와 코가 발밑으로 데구루루 굴러떨어져서 논두렁길에 빨간얼룩을 만들어도 이상하지 않겠다고 생각했다.

"약하네, 도쿄 사람은."

하고 웃는 레이코도 뺨이 새빨갛게 물들고 이를 달달 떨었다.

니가타에 내렸을 때 느낀 추위와는 명백히 질이 달랐다. 요전에 신주쿠에서 라면을 먹었던 날 밤 따위는 갖다 대지도 못한다. 가지이가 남자가 있는 따뜻한 침대에서 아무 주저 없이 심야에 홀쩍 밖으로 나갈 수 있었던 게 그제야 납득이 갔다. 그녀에게는 그런 추위쯤 아무것도 아니었던 것이다.

'가지이'라는 문패가 달린 그 집은 50평쯤 될까. 마당에는 오래된 프리우스 차량이 서 있다. 리카는 숨을 죽이고, 무엇 하나 놓치지 않겠다는 듯이 올려다보았다. 레이코가 사는 동네에서도 흔히 볼 수 있는 구조의, 연노랑색 페인트로 다시 칠한 듯한 가족형 2층집이다. 현관문 바로 위의 삼각형 지붕에 쌓인 눈이 갈라져서 금방이라도 미끄러져 떨어질 것 같았는데, 등 뒤에서 퍽 하는 소리가 났다. 전선줄에서 눈덩어리가 떨어진 것 같다. 어두운 색조의 유리로 나누어진 출창에 오래된 봉제인형 몇 개가 거리 쪽을 향해 장식되어 있었다. 커다란 살구색 곰이 단추 눈을 커다랗게 뜨고 웃고 있다. 레이코가 조그맣게 귓속말을 했다.

"평범한 집이네? 아까 본 창고 개조한 집 같은 걸 상상했는데."

두 사람은 코트와 다운 재킷을 벗어 손에 들었다. 장갑을 낀 채, 인터폰을 눌렀다. 잠시 후, 조심스럽게 문이 빼꼼 열렸다. 얌전한 인상의 여자가 얼굴을 내밀어서, 일단 리카가 이름을 말했다.

"카메라맨인 사야마 레이코입니다. 잘 부탁합니다."

얄미울 정도로 야무진 표정으로 레이코는 머리를 숙였다.

"처음 뵙겠습니다. 멀리서 일부러……."

쇼지 안나, 결혼하기 전의 이름으로 가지이 안나는 언니와 전혀 닮지 않았다. 색이 없는 입술에 눈두덩이 두껍다. 미인이라고 하긴 어렵지만, 몸집이 작고 갸날프다. 인중이 어딘지 모르게 닮은 것 같기도 한데, 눈에 생기가 있어 이쪽 모습이 훤히 비치고 있다. 아마 스물여덟 살일 텐데, 베이지색 스웨터와 체크무늬 롱스커트, 하나로 묶은 검은 머리는 대학생이라고 해도 곧이들을 것 같다. 희고 부드러워 보이는 피부만은 언니와 닮았다.

그녀의 안내로 현관에서 신발을 벗고, 각각 위에 걸치고 있던 옷을 맡겼다. 안나의 몸짓에서는 취재 대상인 가해자 가족에게 으레 따라다니는 경계심도 별로 느껴지지 않았다. 문을 잡고 안으로 들어오라고 하는 모습에 어렴풋이 신뢰가 배어 있다.

거실로 들어가자 문득 반가움이 느껴졌다. 석유난로 냄새가 여학교 시절 한겨울의 예배당을 떠올리게 했다. 바닥 난방도 되고 있는 실내는 충분히 넓고 따뜻했지만, 상당히 먼지가 많았다. 피아노, 털이 긴 카펫, 테이블, 그릇장, 레이스 천이 깔린 소파, 유리 식탁, 플라즈마 텔레비전. 흩어져 있진 않았지만, 난잡하게 쌓아놓은 잡지와 어수선한 봉제인형, 벽 쪽에 나란히 놓인 높이가 제각기 다른 여러 개의 관엽식물 탓에 희미하게나마 무서운 인상을 받았다. 언니와 마찬가지로 그녀도 어머니도 정리정돈은 별로 잘 하지 않는 모양이다. 민감한 레이코가 옆에서 작게 재채기를 했다.

"언니 편지에 종종 마치다 씨 얘기가 있어서 처음 만난 느낌이 들지 않네요. 취재 공세도 최근에는 없어졌고, 이렇게 누군가가 우리 집을 방문하는 것도 오랜만이에요."

그렇게 말하면서 안나는 탁자 앞 의자에 리카와 레이코를 앉혔다. 색 바랜 방석이 의자 등에 묶여 있다. 탁자에는 작은 꽃무늬가 번들번들한 비닐 시트를 씌워놓았다. 그녀는 커다란 보온병을 끌어당기더니 찻주전자에 끓인 물을 따랐다.

"옛날부터 오해를 잘 받는 사람이었어요. 이런 좁은 마을에서 언니 같은 사람은 이단이었죠. 언니를 상대할 수 있는 여자는 나뿐이었을 거예요."

진지한 어조였지만, 어딘가 의기양양한 빛이 배어 있다.

"그런데 진짜 언니는 언론에서 말하는 그런 사람이 아니에요. 옛날부터 남을 잘 돌보고, 장녀여서 누가 의지하면 안 된다는 말을 못 했을 뿐이에요. 피해자인 남자들이 언니를 좋아한 것은 사실이라고 생각하지만, 언니는 분명 그들의 호의를 거절하지 못해서 기대를 갖게 한 게 아닐까요. 어쩌면 언니를 질투하는 어떤 여자가 언니에게 죄를 뒤집어씌우려고 그들을 죽인 게 아닐까 하는 생각도 했어요."

안나의 작은 콧구멍이 벌름거렸다. 냉기가 사라지자 이 방은 너무 따뜻하단 생각이 들었다. 이런 상황인데, 머릿속이 녹아내리는 느낌이 든다.

"저, 지금, 어머님은……."

"엄마는 2층에서 자고 있어요. 손님이 오신다고 말했지만, 언론과는 이런저런 일이 있어서 별로 얼굴을 내밀고 싶지 않은 것 같아요. 최근 몇 년 새 허리가 나빠져서, 잘 걷지도 못하고요. 지금은 제가 있으니 괜찮지만……."

리카의 어머니와 같은 세대인 가지이의 어머니는 상당히 수다스러워서 취재에 적극 협조하는 것으로 유명했다. 딸이 용의자가 됐는데 자랑스러운 빛조차 내비치며 교육과 재판 방식에 관해 당당히 의견을 늘어놓곤 했다. 당시 취재 담당자에게 들은 얘기에 따르면, 전혀 가지이와 닮지 않았다고 한다. 안나가 그 특징을 잘 이어받지 않았을까.

내온 찻잔 세트는 꽤 오랫동안 사용하지 않은 것 같다. 언제 묻었는지 잘 모를 차 때가 있다. 같이 내온 다과는 셀로판지로 싼 전병이었다. 도쿄 슈퍼마켓에서도 살 수 있는 것이다.

피아노는 이미 한참 동안 치지 않은 듯했다. 레이스 커버를 씌우고 기념품 같은 인형이나 도자기, 싸구려 봉제인형이나 목각인형을 너저분하게 늘어놓았다. 바닥에 깔린 카펫은 먼지투성이고, 눈에 띄는 곳곳에 머리카락이 떨어져 있다. 그런데도 야무지지 못한 행동을 거부하는, 일종의 완고한 규칙 같은 것이 둘러싼 느낌이 들었다. 뭔가 하나라도 움직이면 호령이 떨어질 것 같은 분위기가 감돌았다.

관엽식물은 하나같이 짙은 녹색에 잎맥이 두드러지고, 잎이나 줄기가 탱탱하게 호를 그리고 있다. 엉망으로 무성해 보이지만, 이 계절에 이토록 신선함과 색을 유지하다니 어쩌면 잘 손질되고 있는지도 모른다. 그렇게 생각하고 보니, 잡지를 쌓아놓은 법이나 장난감을 늘어놓는 법에도 뭔가 규칙이 있는 것 같았다. 리카는 문득 불투명 유리가 끼워진 미닫이문 쪽을 보았다. 저 너머의 방에 가지이의 어머니가 있는 건 아닐까.

피아노 위에 놓인 크게 인화한 사진을 자세히 보았다. 해상도로 보아 상당히 옛날 사진 같았다. 폭신폭신한 스키복을 위아래 맞추어 입은 소녀와 어린아이가 설경을 배경으로, 눈으로 움집을 만들며 놀고 있다. 몸집이 크고 뚱뚱한 소녀는 차분한 모습으로 이쪽을 응시하고 있다.

"이거, 언니랑 안나 씨예요?"

"네, 맞아요. 언니가 초등학교 3학년이고 저는 두 살. 이때부터 리더십을 발휘하는 건 항상 언니였어요."

안나는 순간 그리운 듯이 액자에 시선을 보냈다.

"저, 실례지만, 초등학교 3학년치고는 상당히 몸이 크네요."

"네, 아마 언니가 초경을 한 게 이때쯤이었을 거예요."

"네? 아홉 살에요? 그건 상당히⋯⋯."

나는 언제 했더라, 리카는 생각했다. 기억에 안개가 낀 듯 좀처럼 생각나지 않았다. 아무리 시간이 지나도 허리도 가슴도 밋밋하고, 중학생이 돼도 좀처럼 생리가 오지 않았던 것만은 기억나지만, 그렇다고 초조해지지는 않았다. 오히려 주위 친구들이 점점 성장한 여자의 번거로움과 타협하는 가운데, 혼자만 소년 같은 몸으로 시원스럽게 행동해서 통쾌했다. 가지이의 경우 주위에서 가장 빨랐던 신체 변화가 자신감의 핵을 구성한 건 아닐까.

레이코가 사진을 찍어도 되는지, 자료로 사용하고 세상에 공개하지 않겠다며 양해를 구하고 묵직해 보이는 검은색 카메라를 가방에서 꺼내더니, 자매의 추억이 담긴 사진으로 렌즈를 향했다.

"이미 저 무렵부터 엄마랑 언니는 그다지 사이가 좋지 않아서. 엄마는 조숙한 언니를 어떻게 키워야 할지 고민했던 것 같아요. 엄마는 남성적이고 활동적인 타입으로, 우리가 남자아이 같은 차림을 하는 걸 아주 좋아했어요. 어릴 때부터 여성스러운 언니에게 당황했죠. 언니는 그런 엄마를 점점 성가시게 여기는 것 같았지만, 아버지가 있어서 전혀 문제가 없었어요. 아버지와 언니는 우리가 질투할 마음도 생기지 않을 정도로 아주 친해서."

둘러봐도 부모가 있는 사진은 방 어디에도 없었다. 아버지가 세상을 떠난 뒤, 부부의 사진을 의도적으로 지워버린 것 같은 느낌이 들었다.

"아, 참. 이건 언니의 전언인데요……. 먼저 여러분을 이웃 낙농가로 안내하라고 했어요."

"낙농가요?"

"아키야마 씨라고, 우리한테는 소꿉친구 같은 존재예요. 아마 고등학교 때는 언니와 동급생이었을 거예요. 그 집에는 어린 시절부터 자주 놀러 가서 둘이서 소 출산을 본 적도 있고요. 아버지의 교육의 일환이었어요. 자, 가실까요. 걸어서 5분 정도니까. 특별히 우사도 구경하고, 돌아오는 길에 아버지 묘에도 들르도록 해요. 언니가 성묘도 같이 가라고 했어요."

언니의 지시를 받은 탓인지 안나의 말은 거침없이, 어딘가 명랑한 인상이다. 문득 자신도 이런 식이었던가, 리카는 생각했다.

안나는 앞장서서 부츠로 갈아 신고 문을 열었다. 이 정도 추위는 그녀에게 아무것도 아닐 것이다. 똑바른 발걸음으로 사박사박 눈 위를 걸어갔다. 그녀의 작은 발자국에 자신의 부츠를 맞추듯이 리카는 뒤를 이었다.

가지이의 집에서 한껏 따뜻해진 몸이 금세 굳었다. 코 안쪽이 아파왔다. 날씨에 적응하는 게 고작이다. 아까 앉아 있었던 너저분한 거실이어도 좋으니 돌아가고 싶다. 따뜻한 곳에서 편안히 쉬고 싶다, 그 생각만 하고 있었다. 또 생각이 멈췄다……. 눈 덮인 경치의 '산토피아월드'가 산줄기를 거느리고 있었다. 관람차는 움쩍도 하지 않았다. 눈을 부릅뜨고 가지이 마나코의 인생을 직시하려고 해도 모든 것은 반짝이는 눈 너머에 부옇게 녹아들고 있다.

민가에 인접한 우사에 도착하자마자, 기다랗게 드문드문 들리는 커다란 울음소리와 시큼한 가축 냄새, 썩어가는 크림치즈 같은 냄새가 났다. 전체에 빈틈없이 깔린 짚은 은은하게 달콤하고, 따스한 향을 풍겼다. 안나가 권하는 대로 신발에 비닐 덮개를 씌우고 안으로 들어가자마자, 철책에 갇힌 색도 크기도 다른 암소가 일제히 경계하듯이 울기 시작했다. 리카는 순간적으로 몸이 굳어졌다. 소가 토하는 뜨거운 입김 탓인지 아니면 전열기 난방 탓인지 눈 속에서 활짝 열어놓은 우사는 의외로 따뜻했다.

"저, 안나예요. 도쿄에서 온 손님 모시고 왔어요. 마치다 씨랑 사야마 씨라고 합니다!!"

안나가 우사 안쪽을 향해 소리쳤다. 남성의 굵은 목소리가 들려와서 돌아보았다.

"처음 뵙겠습니다, 아키야마입니다. 얘기는 들었습니다. 관광은 어땠어요? 지금은 보시다시피 날씨가 이래서 볼 게 별로 없죠?"

가지이와 동갑이라면 서른다섯 살인가. 민가와 우사가 이어지는 곳에 선 체격이 큰 그는 리카의 동료인 동년배 남자들과는 뭔가 많이 다르다. 남자치고는 피부가 희고 코와 뺨이 분홍빛으로 물들었다. 아무렇게나 기른 수염과 웃으면 생기는 주름에 싸인 큰 입에서 토하는 입김까지 새하얗다. 위아래 달린 작업복을 입고 서 있기만 할 뿐인데, 어느 한 곳 치우친 데 없이 구석구석까지 퍼지는 따뜻한 체온이 느껴졌다.

"이곳은 니가타 낙농 발상지라고들 하죠. 저희 집은 우사를 개방해서 관광객에게 낙농의 실태를 알려드리려고 한답니다."

그렇게 설명하면서 아키야마 씨는 비닐 덮개를 씌운 고무장화를 신고 소가 코끝을 내밀고 있는 철책 사이의 통로를 힘차게 걸어갔다. 리카와 레이코도 뒤따라갔다.

"최근엔 후계자 문제로 저희 같은 낙농가가 확 줄고 있답니다. 일본인의 우유 소비량이 줄고 있는 탓이죠. 그건 쌀농가도 마찬가지지만, 다이어트를 지향하는 탓에 당질이나 유제품을 꺼리게 돼서 말입니다."

공부를 좋아하는 레이코는 두근두근 가슴이 설레는 모양이다. 목덜미가 분홍빛이 되어 있는 것을 보니 알겠다.

철책 너머로 소의 눈을 바라보다 리카는 오싹했다. 크게 튀어

나온 안구가 서로 엇갈린 방향을 향하고 있었다. 그 모습을 눈치 챘는지 아키야마 씨가 말했다.

"아, 소는요, 앞이 아니라 뒤를 보도록 되어 있어요. 그리고 소는 눈을 뜬 채로 자요."

벌름벌름 움직이는 촉촉하게 젖은 커다란 코를 지켜보니, 그것만 독립된 또 다른 생물이 꿈틀거리는 것 같다는 기분이 들었다.

"계속 젖이 돌게 하기 위해서 1년에 한 번은 출산을 해야 한답니다. 그래서 인공수정으로 항상 임신한 상태로 있어요. 소를 한 번 만져보세요."

그러고 보니 소들의 배가 무겁게 늘어져 있다. 레이코의 옆얼굴을 가만히 훔쳐보았다. 그녀의 시선은 흥미진진한 모습으로 소를 향하고 있었다.

"우와, 따듯하다."

레이코는 사랑스러운 듯이 캐러멜색에 얼룩무늬가 있는 등을 손바닥으로 어루만졌다. 매끄러운 털 아래 예술적인 탁자를 연상케 하는 뼈의 골격이 금방이라도 살을 찢고 튀어나올 것같이 힘차게 불거져 있다.

"소는 위가 네 개 있어요."

"네 개나요?"

거구를 지탱한다고는 믿을 수 없는 섬세한 골격의 다리는 연약해 보였다. 리카는 태어나서 한번도 생물을 기른 적이 없다. 사료를 줘볼래요, 하고 아키야마 씨가 짚단을 건네주었다. 주뼛주뼛

소의 코끝에 내미니 거칠게 달려들어 짚을 빼앗으려고 했다. 의외로 사나웠다. 물리면 어떡하지, 하고 순간 엉거주춤했다. 먹는 것 말고는 낙이 없겠지, 생각하니 안쓰럽기도 했다. 레이코는 침착한 모습으로 일정한 속도를 유지하며 조금씩 짚을 주었다.

"인공수정 상대는 카탈로그를 보고 정한답니다. 역시 혈통이 뛰어나고 잘생긴 수소를 고르게 되죠."

사람과 다를 바 없는 것 같다……. 남성을 돈이나 사회적 지위만으로 판단한다. 법정에서 실컷 비판받은 가지이의 연애관이지만, 마음을 주고받는 관계가 아니라 번식만을 목적으로 한다면 이치에 맞을지도 몰랐다.

"다음에 이쪽 소를 예쁜 소 콘테스트에 출전시킬 예정이랍니다."

"어머, 소들도 그런 게 있군요."

"으음, 확실히 이쪽 소에 비하면 예쁜 것 같네."

레이코가 철책 안의 세 마리를 찬찬히 비교했다. 리카는 그 차이를 알 수 없었다.

"이곳에는 여든 마리의 암소가 있어요. 암소도 이렇게 모이면 반드시 서열이 생기죠. 그래서 한번 풀어놓고 서열을 정하게 해요. 그러면 소들끼리도 서로 양보하게 되어 질서가 생기니까요. 서열은 나쁜 게 아닙니다. 충돌을 피하기 위해서는 필요한 것이죠."

소가 소리를 길게 빼며 울었다. 아까보다 여유로움이 느껴진다. 소들 역시 처음 보는 리카 일행에게 긴장했던 것이다.

1등을 정하려고 싸우다가 버터가 돼버린 『꼬마 삼보 이야기』의 호랑이들은 분명 수컷일 것이다. 아마 호랑이는 자신을 '오레사마•'라고 불렀을 것이다.

여자는 무엇보다 그런 무익한 싸움을 피하려고 한다. 그래서 서로 은근슬쩍 안식처나 개성을 알려두는 게 아닐까. 서로 상처 입지 않도록 보이지 않는 질서를 만든다. 암묵의 규칙을 형성한다. 이곳은 당신의 영역, 경의를 표하며 여기에서 더 들어가지 않겠습니다, 대신 내 자유도 건드리지 말아주세요, 하고. 단호히 선언하고 자신의 입지를 지킨다.

"근데 강한 소가 우두머리가 되는 건 절대 아니랍니다. 몸 크기나 얼굴 생김새 때문도 아니고요."

"그럼 대체…… 뭐로 정할까요?"

눈동자를 반짝거리며 레이코가 물었다. 아키야마 씨가 무엇인가 떠올렸는지 처음으로 수줍은 듯이 웃었다. 빨간 입 끝이 빙그레 올라갔다.

"그러게요, 그건 '알 수 없는 무엇'이라고밖에 할 말이 없군요. 여자끼리 동성의 어떤 점에 경의를 표한다는 건 인간에게도 수수께끼니까요."

나는 대체 어째서 가지이에게 저자세로 나가는 걸까. 레이코가 반발하면서도 가지이가 신경쓰여 어쩔 줄 몰라 하는 이유는 무엇인가. 안나가 언니를 동경하는 이유는 무엇인가. 아까 가장 미인

• 남자가 자신을 거만하게 일컫는 말.

이라고 했던 소가 같은 철책 속의 검은 소를 향해 짚을 코로 밀어 주는 모습이 눈에 들어왔다.

"청결한 환경과 먹이와 물에는 철저하게 신경씁니다. 우유 맛을 좌우하니까요. 우유란 건 피랍니다."

"그건 몰랐네요. 어머나, 빨간 피가 어떻게 그런 식으로⋯⋯."

우유도 생크림도 버터도 그 대견하기까지 한 흰색이 원래는 이 거대한 몸을 돌아다니는 빨간색이었나. 무언가를 알아가고 있는 느낌이 든다. 아키야마가 얘기하는 것 하나하나가 리카를 어지럽 게 했다. 가지이가 이곳에 자신을 보낸 데에는 큰 의미가 있는 것 같다.

"젖을 짜보시겠습니까?"

그렇게 말하고 아키야마 씨가 어느 소 아래에 양동이를 들이밀었다. 이쪽이 몸을 구부리는 사이, 아키야마 씨가 소의 뒷발을 꽉 잡아주었다. 유방에 조심조심 손을 뻗쳤다. 닿자마자 말랑말랑하고 부드럽게 이쪽으로 기댔다. 힘 조절이 어려워 당황했다. 살짝 잡아보았지만, 아무것도 나오지 않는다. 큰마음 먹고 힘을 주어보았다. 젖꼭지 끝에서부터 곧게 하얀 선이 뻗어서 양동이에 떨어진다. 그 거침없는 방사선은 리카의 눈에 아로새겨졌다.

가지이가 욕망 과잉의 특이한 여자라고 생각하는 한, 본질은 보이지 않는다. 버터란 가지이에게 기호품이 아니다. 필요불가결한 것, 없으면 죽는 것이다. 요컨대 피다. 비릿함과 철분이 뒤섞인 그 냄새가 코를 스치는 것 같다.

우유가 원래는 피라면……. 호랑이가 녹아서 된 버터란 동화여서 가능한 비유일까. 그 정체는 피와 내장이 범벅된 정글의 처참한 살육 장면이다. 하양은 빨강이다. 이것이야말로 이 사건의 본질이 아닐까. 아홉 살인 가지이 마나코의 다리 사이에서 흘러내린 생리혈이 이 새하얀 아가노를 새빨갛게 물들이는 광경이 선명하게 그려졌다.

어쩌면 남자들은 살해당한 게 아니라 서로 죽인 건 아닐까. 대결한 건 아니다. 다들 그런 유형이 아니었지만, 서로 질투한 끝에 자멸했다고는 볼 수 없을까. 질투는 여자의 전매특허 따위가 아니다.

죽은 순서는 모토마쓰 씨, 니미 씨, 야마무라 씨. 다들 같은 시기에 가지이와 교제했다. 그들은 어떤 형태로든 서로를 의식하지 않았을까. 세 명이 펼친 욕망의 촉수가 가지이를 중심으로 빙글빙글 도는 것처럼 보인다. 빙빙 돌다가 제멋대로 죽었다…….

금색 버터 연못은 피 웅덩이. 양동이에 받은 하얀 우유에 빨간 얼룩이 서서히 번져가는 느낌이 들었다.

거기까지 상상하다 빨강에 전율하는 자신을 발견했다. 왜일까. 서서히 빨강이 번져가는 것을 상상한 것만으로 숨이 막혔다.

피로 물든 아이보리색 카펫.

그 한복판에 쓰러진 것은 아버지다. 미타카 맨션에서 죽은 지 사흘이 지난 사체를 발견한 것은 중학생인 리카였다. 거무죽죽해져서 탄갈색에 가까운, 아버지의 내면이 색이 되어 넘쳐흐르는 듯한 색이었다. 기억 속 깊숙한 곳에 밀어넣어 두었던 광경이다. 떠올려서는 안 된다. 생각해내서는 안 된다. 리카는 잘못하지 않았고, 엄마도 잘못하지 않았다.

리카는 침을 삼키고 소똥과 오물 냄새를 한껏 들이마셨다. 미쳤다. 어쩌자고 이런 밑도 끝도 없는 생각만 나타났다 사라지는 걸까. 아버지의 죽음과 가지이 사건은 아무런 관계도 없는데. 다리 사이에서 뭔가 미끄덩한 것이 흘러나와 온몸이 푸르르 떨렸다. 생리를 하기에는 아직 이를 터. 속옷이 어떻게 됐는지 나중에 화장실에 가봐야지. 여기서 화장실은 이용할 수 있을까.

아버지가 죽은 직후, 늦은 초경을 맞이한 것이 문득 생각났다.

"왜 그래, 빈혈? 얼굴이 창백해."

걱정스러운 듯한 레이코의 목소리에 리카는 현실로 돌아왔다. 암소들이 용기의 바닥에 코를 갖다 대고 비비듯이 물을 마셨다. 아키야마 씨가 재촉해서 우사를 나왔다.

"겨울은 추위 때문에 사료를 많이 먹는 만큼, 달콤하고 진한 우유가 나온답니다. 반대로 여름 우유는 담백하고 상큼한 맛이죠. 아무쪼록 이 시기에만 마실 수 있는 갓 짜낸 따뜻한 우유를 맛보세요. 겨울 동안은 매점을 쉬고 있으니 저희 부엌으로 오시죠."

아키야마 씨의 자택은 우사와 잇닿아 있다. 입구에서 봉당이 이어져 있어서 신발을 신은 채 들어갔다. 자전거와 정미기가 구석에 놓여 있고, 정돈됐다고 하기는 어렵지만, 가지이네 집과는 명백히 분위기가 달랐다. 모든 것이 순환하고 있어서 탁한 데가 없다. 마당 한구석에 있는 부엌의 풍로 위에서 알루미늄 편수 냄비가 소리를 내며 좋은 냄새가 나는 짙은 김을 뿜고 있었다. 아키야마 씨의 아내로 보이는 동년배 여성이 김이 나는 종이컵을 두 사람에게 건넸다. 안나가 불쑥 말했다.

"언니는 여기서 만드는 소프트크림을 아주 좋아했어요. 진한 치즈 맛이 난다면서요. 이 계절에는 너무 차갑지만."

창밖으로 눈을 뒤집어쓴 함석지붕 매점으로 시선이 향했다. 뭔가 보이는 것 같다. 소프트크림을 핥으면서 철책에 기대어 소를 바라보고 있는, 이미 여성의 분위기를 풍기는 아이. 어떤 징조가 리카의 내면에서 이상한 향을 뿌리기 시작했다.

거짓말을 하다 보면 점점 정말이 되는 것 같은 기분이 든다.

"어머나, 맛있다. 꿀이 들어간 것 같아."

종이컵에 입을 대자마자 레이코가 감탄했다. 확실히 혀 위에 햇살이 번지는 듯한 맛이었다. 따듯하고 달콤한 숨이 새어 나왔다. 기분 탓이란 걸 알면서도 레이코가 은은하고 부드러운 모습을 되찾아서 기뻤다.

이런 건 반칙일까⋯⋯. 아니, 가지이는 이 여행을 두고 금지 사항을 말하지 않았다. 리카가 무언가 냄새를 맡았다고 해도 그런 걸로 흔들릴 여자가 아니다.

레이코가 사진을 찍는 동안 리카는 결심을 하고, 옆에 있는 아키야마 씨에게 속삭였다.

"저기, 아키야마 씨는 가지이 마나코 씨와 소꿉친구라고 들었습니다."

슬쩍 명함을 건네자, 그가 토하는 숨소리가 작아졌다.

"저는 주간지 기자입니다. 낙농에 임하시는 마음가짐이 정말
훌륭하시네요. 저희 잡지에서 크게 다룰 수도 있을 겁니다…….
저기, 그, 가지이 마나코 씨와의 추억을 좀 듣고 싶습니다. 아주 사
소한 일이어도 좋습니다. 괜찮으시다면 이 번호로 연락 주시겠어
요? 내일모레 오후 5시 반까지는 니가타에 있을 예정입니다."

그는 조심스럽게 손을 내밀어 눈앞에 내민 명함을 바로 작업복
주머니에 미끄러뜨리듯 넣었다. 뜨거운 우유의 김은 눈 깜짝할 사
이에 사라졌다.

8

안나가 단단해진 눈을 휙 털어버렸다.

눈은 묘비의 긴 변을 수평으로 미끄러져 지면에 떨어지며 부서
졌다. 젖어서 윤기 나는 화강암이 드러나, '가지이가문의 묘梶井家
之墓'라는 글씨가 오후의 강한 빛에 깊은 골을 만들고 있었다.

아키야마 씨의 우사에서 걸어서 15분 거리에 있는 이 작은 묘
지에서도 산토피아월드가 잘 보였다. 시야를 차단하는 건물이 없
고 논이 끝없이 이어진 아가노 평야는 해가 높이 뜨자, 쌓인 눈이
일제히 빛나며 이렇게 모든 것이 드러나 보였다. 묘석이 대부분
눈을 덮어쓰고 있어서 어느 집이 오늘 성묘하러 왔는지 오지 않았
는지도 한눈에 알 수 있었다. 공기는 차고 청량한데 리카는 그 투

명함에 문득 가슴이 답답함을 느꼈다.

"바로 얼어버릴지도 모르지만……. 그러나 아버지가 좋아하는 것이었고, 언니가 꼭 공양을 올리라고 해서."

그렇게 말하고 안나는 캔버스천의 에코백에서 사케 '켄신'의 두 툼한 병을 꺼내, 묘석 앞에 내려놓았다. 병 바닥이 땅에 부딪혀 딱딱한 소리를 냈다. 갖고 온 국화꽃을 꽂았다. 향에 좀처럼 불이 붙지 않아서, 라이터를 든 안나의 손에서 초조함이 배어났다. 간신히 연기가 나기 시작했지만 금세 흰 눈에 녹아 들고, 진한 향은 맑은 냉기에 차단되었다.

"2012년 딱……, 2월이었어요. 사고였죠. 취미로 이웃 사람들과 사냥을 즐기다, 호주산宝珠山* 눈길에서 굴러서 머리를 다쳤어요. 상경한 언니가 집에 온 것은 아버지 장례식 때뿐이었죠. 아, 물론 우리 도쿄에서는 자주 만났어요. 아버지와도. 보통 자매들보다 자주 만났어요."

그녀에 이어서 리카와 레이코도 장갑 낀 손으로 합장하고 추위에 언 눈꺼풀을 천천히 내렸다. 어둠 너머에 하얀 눈이 빛났다. 속눈썹 끝까지 얼었다는 것을 아래 눈두덩으로 느꼈다. 두 사람이 눈을 뜨고 손을 내려도 안나가 좀처럼 움직이지 않아서 리카는 조심스럽게 물었다.

"부모님은 도쿄에서 만나 도쿄에서 결혼하셨죠."

---

* 니가타현 아가노시 경계에 있는 작은 산.

그제야 안나는 눈을 떴다.

"맞아요. 엄마는 아버지가 일하던 시나가와에 있는 작은 상사의 직원이었대요. 어학도 잘하고 박학다식하고 신사적인 아버지는 회사 내 여자 직원들에게 동경의 대상이어서, 자신이 선택받았을 때는 질투를 받았다고, 엄마는 곧잘 대놓고 자랑했죠. 내가 철이 들 무렵에 엄마는 별로 집에 붙어 있지 않았고 부부 사이도 좋지 않았지만, 처음 만났을 때는 엄마가 아버지를 정말 좋아해서 추억만은 소중히 여기는 것 같았어요."

안나는 에코백을 어깨에 메고, 묘석을 천천히 떠났다. 묘지를 나와서 일행은 차도로 돌아왔다. 가지이네 집에서 출발할 때에 비해 제법 기온이 높아졌다. 구름 사이로 파란 하늘이 활짝 열리고, 도로가 촉촉하게 젖기 시작했다. 부츠 밑으로 느끼는 눈은 아이스캔디에서 빙수 정도로 부드러워졌다. 구두 깔창이 축축해졌다. 온 길을 돌아가면서 리카는 물었다.

"어째서 부모님은 아가노로 돌아오신 거예요?"

"거래처와 문제가 생긴 일로 아버지가 회사 생활에 염증을 느낀 데다 할아버지 몸이 안 좋아졌대요. 언니가 세 살 때부터 부모님은 이곳에서 살았어요. 도쿄에서는 후추에서 살았다고 해요."

열두 살까지 미타카에서 자란 리카에게는 익숙한 지명*이지만 굳이 말하지는 않았다. 레이코와 슬쩍 눈이 마주쳤다. 장화를 신

---

* 후추와 미타카는 인접해 있다.

고 책가방을 멘 소년 대여섯 명이 스쳐지났다.

"아버님이 멋진 분이셨네요. 언니도 아버님 얘기를 할 때는 정말로 행복해 보였어요."

리카의 말에 안나의 입술이 벌어졌다. 색이 어두워 언뜻 눈에 띄지 않지만, 잘 보면 언니를 닮아서 도톰하다. 어려 보이는 인상인데 입술에서만은 넘치는 열정이 느껴졌다.

"아주 신사적인 사람이었죠. 독서가에다 영화를 좋아하고 90년대 초부터 이미 컴퓨터에 박식해서 부동산업을 하는 한편으로 홈페이지 제작을 의뢰받으셨죠. 이곳 시민홀이나 아키야마 씨 우사 소개 페이지도 만들었어요. 인터넷으로 해외직구도 하셨어요. 이 주변 사람들에게도 인정받는 분이셨죠. 아버지를 정말 좋아했지만, 머리가 너무 좋으셔서 난 말씀을 잘 이해하지 못했어요. 하지만 언니는 아버지와 얘기가 잘 통해서 부녀라기보다……. 엄마가 좀 질투를 했는데 사실 어쩔 수 없었는지 몰라요. 아버지는 곧잘 언니에게 말했어요."

안나는 길 끝으로 시선을 보냈다.

"너는 평범한 아이들과 달라, 라고. 그렇지만 난 언니에게 질투심은 없었어요. 나이 차이도 많이 났고, 사이좋은 언니와 아버지 모습을 보면 즐겁고 좋았어요."

안나가 지나치게 언니를 긍정해서 리카는 점점 수상해졌다. 이토록 큰 피해를 입고 있으면서도 원망 한마디 하지 않는다. 이 사람에게 취미나 그걸 함께할 친구는 있을까. 언니 이외의 세계가 하나라도 있겠지라고 생각하고 싶다.

"아, 저 주차장 조부모님 집 자리였어요. 이 일대에서는 그래도 지주라고 했었죠."

그녀가 불쑥 말하더니 논을 가르는 60평 정도의 아스팔트 깔린 땅에 시선을 보냈다. 대여섯 대의 차가 눈을 덮어쓰고 있고, 색 바랜 큰 간판이 바로 앞에 솟아 있다. 산토피아월드 광고 같다. "앞으로…… m."라는 글자를 간신히 읽을 수 있었다.

"내가 초등학교 4학년 때, 할아버지가 돌아가시고 1년 후 할머니도……. 언니는 할머니를 잘 따라서 충격이 컸을 거예요. 이쪽에 발걸음하지 않게 된 건 할머니가 없는 탓도 있을지 몰라요."

일행은 가지이네 집으로 돌아왔다. 안나가 문을 열자마자 쏟아지는 석유난로 냄새와 먼지가 인제 반가웠다. 몸이 다 노곤해졌다. 이 집에 익숙해지기 시작한 것이리라.

"대단히 죄송합니다만, 화장실 좀 써도 될까요."

취재처에서 매너가 아니라고 생각했지만, 어쩔 수 없다.

"그럼요, 이쪽입니다."

안나에게 안내받아 거실로 이어지는 문 맞은편의 작은 방에 들어갔다. 방향제의 향이 강했다. 바지와 타이츠와 속옷을 동시에 내리고 생리혈이 묻지 않았는지 확인했다. 허벅지가 서늘했다. 속옷에는 묻지 않아서 일단 안심했다. 변기에 걸터앉아 멍하니 두리번거렸다. 문에는 커다란 드라이플라워 꽃다발이 걸려 있다. 보들보들한 소재의 꽃무늬 천이 변기와 휴지걸이에 씌여 있고 바닥에도 깔려 있다. 원래는 분홍색이었을 테지만, 바랜 잿빛이 되었다. 레버를 당기자 폭력적이기까지 한 시퍼런 탁류가 흘러내렸다.

일어설 때, 어깨에 드라이플라워가 닿아 바스락 소리가 났다. 돌아보니 변기 뚜껑에 갈색의 마른 꽃잎이 떨어져 있다. 손가락으로 집어서 잠시 망설였지만, 나중에 버리자, 하고 휴지에 싸서 주머니에 넣었다.

거실로 돌아오자, 레이코와 안나가 소파에 앉아 앨범을 보고 있는 참이었다. 나란히 눈을 내리뜨고 있으니 사이좋은 친구처럼 보였다. 아무도 없는 부엌 쪽에서 묵직한 김이 희미하게 떠돌았다.

리카가 레이코 옆에 앉자마자 커튼으로 들어오는 한 자락 빛에 잔뜩 피어오른 먼지가 반짝반짝 빛났다. 이 위치에서 보니 텔레비전 뒤에 난로가 있었다. 갑자기 시야에 나타난 그것은 해리포터의 무대장치 같다. 난로 속에는 잡지가 잔뜩 쌓여 있었다.

아버지예요, 안나가 중얼거렸다. 그녀가 펼친 페이지를 보았다. 셀로판지 너머의 색 바랜 사진만 보면, 잘생겼다는 느낌은 전혀 없다. 이 집 마당인 듯한데 바비큐 세트 앞에 서서 카메라 쪽으로 시선을 보내는 사십대 정도의 남자는 상상했던 것보다 훨씬 키가 작았다. 가느다란 눈과 두꺼운 눈두덩에, 어릿어릿한 정취가 감돈다. 머리는 헤어젤로 단단히 고정시켜서 까만 모자를 쓰고 있는 것 같았다. 입고 있는 스웨터는 질이 좋은 것인 듯, 따듯해 보이는 짙은 초록색이 눈을 물들일 것 같았다. 난로 앞에서 편히 쉬고 있는 모습, 엽총을 들고 있는 모습. 고급스러운 아동복을 입은 소녀 시절의 마나코나 안나와 같이 찍은 사진도 있었지만, 가지이의 엄마인 마사코로 보이는 여성이 찍힌 것은 한 장도 없었다. 리카는 아버지 옆에 딱 붙어선 중학생 시절의 마나코에게서 뭔가를 읽어내려고 자세히 보았지만, 그 눈동자는 희미한 어둠만을 비추고 입도 고집스레 꾹 다물고 있어, 근친상간의 기미는 느껴지지 않았다. 견고한 소재의 옷에 감싸인 굴곡 없고 뼈까지 튼튼해 보이는 체격은 위험함과는 조금 거리가 멀었다.

"이건 초등학교 4학년 때 나랑 언니예요. 이 시기에는 등하교 때 학부모가 데려다주고 데리러 오고 해야 했는데요. 엄마가 바빠서 언니가 데리러와주었어요."

눈길에서 책가방을 멘 안나의 손을 잡은 열일곱 살가량의 마나코는 카멜색 더플코트 차림이다. 체형에서 뿜어나는 관록 때문인지 아이를 데리고 있는 주위 엄마들 속에 놀라울 정도로 잘 녹아있다. 리카는 무심코 미소 지었다.

"왜 데려다주고 그랬던 거예요, 학교에? 4학년인데?"

갑자기 레이코가 날카로운 어조로 물었다. 안나의 눈은 여전히 그리운 듯이 앨범에 머물고 있다.

"엄마는 이 무렵 마을에 생긴 문화센터에서 꽃꽂이를 가르치기 시작했어요. 도쿄에 살던 시절 자격증을 딴 것 같고, 운전면허도 땄어요. 사교적인 성격이었지만 이 주변 주부들과는 잘 어울리지 못해서 일을 갖게 된 것을 무척 기뻐했어요."

이 방에 비좁도록 늘어선 관엽식물은 그 시절의 유물일까. 그러고 보니 화장실뿐만 아니라 여기도 드라이플라워나 리스가 벽에 많이 장식되어 있다. 이 역시 마사코의 작품으로 보아 무방할 것이다. 무수히 많은 봉제인형도 손수 만들었는지 모른다.

"그래서 언니가 대신 데리러와 주었어요. ……아, 엄마, 일어났어? 자는 게 나아."

도톰한 입술이 동그래지더니, 갑자기 어린 목소리를 냈다. 리카와 레이코는 동시에 벌떡 일어나, 안나의 시선 끝을 확인했다. 작은 주방 창의 역광을 받으며 어둠 속에 그림자 하나가 떠 있다.

"오늘은 별로 아프지 않아서 일어나도 괜찮아. 찰밥을 이제 바로 지을 수 있어. 어제부터 팥을 불려놨거든."

예순 살 전후의 여성이 주방에 서서 이쪽을 보고 있었다.

"마나코와 안나 엄마인 마사코입니다. 멀리서 잘 오셨어요."

강사 시절을 생각나게 하는, 낭랑하고 빈틈 없는 낮은 목소리였다. 리카와 레이코가 자기소개를 하는 동안에도 밥그릇을 꺼내거나 젓가락을 늘어놓는 등 분주히 움직였다.

허리가 좋지 않아서 잘 돌아다니지 않는다고 들었다. 정말로 몸을 반으로 꺾듯이 해서 움직이는데 얼굴 생김이나 동작은 야무졌다. 손님을 위해 옷을 갈아입었을 것이다. 스팽글이 달린 검은색 니트에 몸에 끼는 타이츠, 진한 갈색으로 물들인 짧은 머리…… 뺨이 움푹 팬 작은 얼굴은 연보랏빛 감도는 안경이 거의 점령하고 있다. 하얀 가루를 뿌린 듯한 피부지만, 의외의 젊음에 눈을 뗄 수 없다. 생각해보니 마나코와 자신은 겨우 두 살 차이다.

차분하고 말씨가 특이해서 마나코의 엄마라고 하면 칠십대일 거라고 멋대로 상상했더랬다.

"흐음, 찰밥, 난 별로 좋아하지 않지만. 무리하지 않아도 돼."

안나의 어조에는 위로라기보다 게으름이 묻어났다. 실제로 주방에서 물소리가 들려도 앨범 넘기는 손을 멈추지 않고, 일어설 기색도 없다. 아픈 엄마를 도우며 언니의 무죄를 믿는 씩씩한 차녀라고 생각했지만, 어쩌면 언론의 눈이 번득이는 도쿄에서 남편 신경쓰며 생활하기보다 고향에서 딸 노릇 하고 사는 쪽이 편할지도 모른다. 집안일이나 금전 면에서도 엄마에게 의지하고 있지 않을까. 전기밥솥에서 밥이 다 됐다는 멜로디가 흘렀다.

"그래? 뭐, 좋잖냐, 가끔은. 모처럼 손님도 오셨고."

가지이 마사코는 비위를 맞추듯이 말하고, 우두커니 서 있는 리카와 레이코를 눈으로 재촉했다.

"아……, 그렇지만…… 죄송합니다."

레이코가 말을 하려는데 강한 어조로 막았다.

"꼭 먹어봐요. 배고프죠."

이윽고 비닐 시트가 깔린 탁자에 김이 모락모락 나는 찰밥과 크림스튜 접시가 차려졌다. 실내에 가득한 먼지가 식욕을 떨어뜨렸지만, 리카도 레이코도 과장스레 칭찬하면서 자리에 앉았다.

젓가락 받침도 없고, 식탁 매트도 깔려 있지 않았다. 젓가락 끝은 약간 갈라져 있다. 밥그릇과 접시는 색도 모양도 제각각으로, 손님용 식기는 아닌 것 같았다. 수십 년 전, 이곳에 가지이의 침이 묻었을지도 모른다고 생각하니, 목 안이 오그라들었다. 먹어야 한다는 의무감만으로 억지로 젓가락을 들었다. 어쩌면 가지이도 맛보았을지 모르는 이 식사를 몸에 들이면, 또 한걸음 그녀에게 가까워질 거야, 라고 자신을 달랬다. 은은하게 붉은빛이 도는 윤기나는 찹쌀 사이에서 알이 굵은 붉은 팥이 통통한 모습을 드러냈다. 입으로 가져가자마자 약간 되게 지어진 찹쌀이 쫀득하게 반발하고, 짭짤함과 강한 단맛, 튀지 않을 정도로 약간 쓴맛이 퍼졌다. 붉은 팥의 말랑말랑한 내용물이 껍질 밖으로 넘치자 섬세한 바람이 되어 흘러갔다.

요리는 못한다고 했지만, 간이나 밥이 익은 정도에 리카는 솔직히 감탄했다. 한편으로 스튜는 인스턴트 가루 맛 그대로여서 이렇다 할 감상이 떠오르지 않는 평범한 맛이었다. 그뿐만 아니라, 당근도 감자도 제대로 익지 않았다.

"이 찰밥, 간장을 좀 넣으셨어요? 깊은 맛이 나서 아주 맛있어요. 팥도 적당히 잘 익었고요! 더 먹고 싶어지네요."

레이코는 옆에서 눈을 반짝거렸다. 레이코가 그렇게 말한다면…… 갑자기 신뢰가 생겨서 자꾸자꾸 입으로 가져갔다.

"어머나, 잘 아네. 맞아요. 니가타에 갓 왔을 무렵, 시집에서 처음 먹었을 때 정말 맛있어서 시어머니한테 이거 하나만은 제대로 배웠어요."

마사코는 하얀 뺨에 홍조를 띠었다. 별로 가정을 돌보지 않는 유형이라고만 생각했는데, 기뻐하는 모습이 새색시 같았다.

"원래 요리는 잘 못해요. 여기 온 뒤로 외식할 기회도 줄고, 미식가인 남편은 이러니저러니 타박을 해서 완전히 요리가 싫어지더라고요. 레토르트나 파는 반찬에 의지하게 됐죠. 여긴 슈퍼에서 파는 반찬이 정말 맛있어요. 정육점에서 파는 튀김도 정말 크고요…… 이만큼."

쿡쿡 웃으면서 손으로 커다란 네모를 만들었다.

"그래서 남편이 주말에 만드는 요리가, 마당에 벽돌 화덕을 만들어서 베이컨을 훈제하거나 양파를 캐러멜색이 될 때까지 볶아서 찜통에 푹 끓여 카레를 만드는…… 그런 게 취미인 남자의 요리죠. 시간 있을 때 돈 들여서 하는 특별한 요리니 즐겁겠지만, 나한테는 민폐였어요. 마나코도 안나도, 엄마도 아버지처럼 맛있는 걸 만들라고 불평하고 말이죠."

마사코는 넌더리가 난다는 듯이 눈썹을 찡그렸다. 그런 호사가스러운 분위기는 이 복잡한 집에 먼지만큼도 없다. 텔레비전 뒤에 있는 난로를 떠올리다 리카는 문득 생각났다.

"남편이 남기신 취미의 흔적들은 처분하셨어요?"

"네. 죽고 나서 바로 다 치웠어요. 여기 주르륵 늘어놓은 트로피나 유화, 다 버렸죠."

그러고 보니 이 방에는 불단 같은 것조차 없다.

"보기만 해도 남편 생각이 나서 너무 슬펐거든요."

너무나도 안타깝다는 듯이 눈을 축 내리떴지만 바로 알았다. 거짓말이네…….

"언니는 그것 때문에 엄청 화냈어요. 장례식하고 돌아온 날 밤, 십여 년 만에 여기 왔는데 아버지 물건이 거의 사라져서 집 안이 완전히 바뀌었어, 이런 집, 내가 아는 우리 집이 아니야, 하고."

안나가 입을 삐죽거리자 마사코는 비위를 맞추듯이 무슨 말인가를 했다.

중학교 3학년 겨울. 아버지 맨션에서 관리인과 함께 사체를 발견한 직후, 경찰과 감식반이 오기를 기다리는 동안에 리카는 공중전화로 엄마에게 전화했다. 당시에 휴대전화를 갖고 다니는 사람은 극히 일부였다.

죽었어? 확실히 죽은 거야? 아직 몰라?

이쪽 심정을 헤아리면서도 확실히 엄마의 목소리는 고양되고 들떠 있었다. 살아 있을 가능성을 찾는 게 아니라, 정말 죽었는지 어떤지를 당장 알고 싶은 것 같았다.

바로 그리로 갈게. 넌 아무것도 하지 않아도 돼.

사체를 발견한 뒤 리카는 한번도 그 집에 발을 들이지 않았다. 사체 부검이 끝나고 사인을 알자마자, 엄마는 달리기 시작했다. 아버지의 친척이 조금도 움직이지 않아서 거의 혼자 장례를 도맡았다. 쓰야通夜*를 할 때 아버지 쪽 부모와 친척에게 "네가 죽인 거나 마찬가지야!" 하고 신경질적인 공격을 당해도 절대 표정 하나 바뀌지 않았다. 엄마는 맨션에 청소업자를 데리고 왔다. 아버지의 피가 흩어진 카펫이나 담뱃진과 먼지로 얼룩진 실내를 완벽하게 청소하고, 몇 권의 앨범만 가족의 추억으로 남긴 뒤 전부 처분했다. 집수리가 끝나자 맨션을 바로 팔았다. 그 돈과 통장에 남아 있는 얼마 안 되는 돈은 법적으로 리카의 소유가 되었다. 엄마는 그 것을 교육비로 충당했다. 행동은 신속하고 군더더기가 전혀 없었다. 분명 머릿속으로 몇 번이나 리허설을 했을 것이다. 물론 엄마의 행동에 이의는 없었다. 자신이 하지 못하는 일을 엄마가 대신 맡아준 것이다. 무엇보다 그 맨션에 두 번 다시 가지 않아도 된다는 사실에 감사했다.

그래도 엄마가 줄곧 아버지가 죽기만 기다린 것처럼 느껴졌다. 비록 만나지는 않았어도 마치 엄마를 책망하듯 나태하게 사는 아버지에게 간접적으로 괴롭힘을 당한 건 사실이다.

한 달에 한번은 미타카에 자러 갔던 리카는, 아버지는 건강하다, 혼자서도 즐겁게 잘 지낸다, 라고 엄마에게 계속 거짓말을 했지만, 그런 사소한 노력은 언제나 산산조각이 났다. 오지랖 넓은 여자들이 아버지가 얼마나 비참하게 사는지, 얼마나 자포자기하고 지내는지 일일이 엄마에게 보고하는 것이다. 맨션 주민, 이웃에 사는 리카의 초등학교 시절 동급생 엄마. 다들 친한 것도 아니

• 장례식장에서 유해를 지키며 밤샘하는 것.

BUTTER

277

고 이혼 후에는 엄마와 아무런 관계도 없어진 사람들이다. 새 전화번호는 엄마를 걱정하는 척하고 굳이 가게를 찾아가서 연락처를 알아낸 사람을 통해 눈 깜짝할 사이에 퍼졌다.

눈빛이 멍해서 걱정이다, 그렇게 세련됐던 사람이 옷차림에 신경쓰지 않는다, 편의점 음식으로 대충 먹고 사는 것 같다, 이제 겨우 쉰이 넘었는데 굉장히 늙어 보인다, 이봐, 고집부리지 말고 돌아가⋯⋯. 마치 아버지가 큰 아기이고, 엄마가 육아를 포기한 것 같은 말투였다. 친절한 척해도 거기에는 자유를 원해 뛰쳐나가서, 혼자 생활이 궤도에 오른 엄마에 대한 질투와 초조함이 배었다. 전화를 끊고 나면 이마를 짚으며 몸을 웅크리는 엄마를 몇 번이나 보았더랬다.

"그애 초경 때는 찰밥을 하지 않았어요.*"

마사코가 불쑥 말했다.

"초등학교 저학년 때였죠. 너무 빨라서 어디 안 좋은 게 아닌가 하고 놀라는 바람에 제대로 축하한다고 말해주지도 못했어요. 그 탓에 이렇게 됐는지 모르겠네요. 아냐, 그런 건 아닐 거야. 음."

자신에게 말하듯이 중얼거리고, 자못 고집스럽게 연보랏빛 입술을 꽉 다물었다. 아주 얇고 곡선이 없어서 딸들의 입술과는 닮지 않았다.

"저도 엄마가 찰밥을 해주지 않았어요."

---

* 일본에서는 경사 때 세키항赤飯이라고 하는, 찰밥을 만드는 관습이 있다.

리카가 그렇게 말하자, 레이코도 머리를 흔들며 과장스럽게 끄덕였다.

"나도, 나도. 부모님은 집에 거의 없었기도 하고. 이런 식으로 가정에서 찰밥을 만들다니 대단해요. 제대로 된 생활을 하는 멋진 가족이란 느낌이 들어요."

"아, 저런…… 그랬군요."

마사코의 표정이 금세 밝아졌다. 리카는 깨달았다. 이 여자는 인정받는 데 굶주려 있다. 한참이나 기다리고 기대했지만 계속 배신당했다.

"언니가 그랬어요. 난 누구보다 생리가 빨랐는데 반 아이들은 아무도 모르고, 선생님도 칭찬해주지 않았어, 달리기나 공부가 1등인 애만 칭찬했어, 라고."

안나는 기억을 떠올리며 히죽히죽 웃었다.

"다리 사이에서 일어난 일은 아무도 칭찬해주지 않는다니 불공평해, 라고 했어요. 자기가 먼저 말할 수밖에 없지 않느냐고."

리카는 놀라서 엉겁결에 젓가락을 내려놓았다. 찰밥이 약간 시큼하게 느껴졌다. 마사코는 동요하는 모습도 없이 레이코를 위해 두 그릇째 찰밥을 아까보다 훨씬 정성스런 손길로 퍼내고 있다.

"마나코답네. 항상 칭찬받을 일만 생각하고. 정작 가장 중요한 노력이나 준비는 하지 않지. 먹을 것만 좋아해서 살만 푸둥푸둥 찌고. 아무리 운동해라, 과자 줄여라, 해도 도통 듣질 않아요. 대학도 조금만 더 노력하면 제대로 된 곳에 들어갈 수 있었을 텐데. 그나마도 바로 자퇴하고. 정말 아까워."

밥그릇을 레이코에게 내밀고, 마사코는 수줍은 듯이 웃었다.

"이러고 있으니 뭔가 여자아이의 엄마! 라는 느낌이 드네."

리카 일행의 방문이 그녀의 무언가를 채워준 것 같다. 특히 레이코를 마음에 들어 했다. 레이코를 보는 눈에 호감이 넘쳤다. 홍보부 시절부터 레이코는 이상하게 연상의 여성에게 호감을 샀다.

"그애는 여자 친구를 집에 데려온 적이 없다니까요. 안나도 누굴 데려오는 일이 별로 없었지. 한심해."

안나는 마치 남 얘기를 듣는 얼굴로 스튜를 입으로 가져갔다. 찰밥은 정말로 싫어하는지 좀처럼 젓가락을 대지 않았다. 막아놓은 봇물이 터진 듯이 마사코는 연신 주절거렸다.

"난 원래 집에 있는 게 체질에 맞질 않아요. 여긴 아무것도 없어서 질렸어요. 문화센터에서 일하기 시작한 뒤로는 동료 강사도 생기고 해서 겨우 숨통이 트였죠. 퇴근길에 테니스나 발레를 즐겼어요. 이래 봬도 옛날에는 스포츠 소녀였거든요. 그런데 남편은 좋아하지 않았어요. 그 사람, 진보적인 척하지만 실제로는 니가타 출신 도련님이라 마누라는 집에 있길 바라는 유형이었어요. 여성관이 상당히 보수적이었죠. 그 세대의 좌파 남자들에게 흔히 있는 유형이지."

"아, 이혼해서 떨어져 살았던 저희 아버지도 그랬어요. 알 것 같아요. 학생운동으로 만나서 당시로는 진보적인 부부였을 텐데 말이죠."

리카가 바로 웃으며 말을 거들자, 마사코의 눈이 반짝거렸다.

"어머니 혼자 아가씨를요? 대단하시네. 어머. 그래서 주간지 기자가 되고…… 어머니를 보고 자랐군요. 안나도 그 아이도 자립시키고 싶었는데 말이에요. 제대로 된 직업을 갖고 자립하는 여성이 되길 바랐는데."

열정적으로 얘기를 계속하다, 마사코는 느닷없이 얼굴을 똑바로 들었다. 창으로 설경이 반사돼서 주름과 늘어진 목이 또렷하게 부각되었다.

"내 딸은 사람을 죽이지 않았어요. 확실해요. 아주 게으르고 허세 부리길 좋아하는 면은 있지만, 절대 사람으로서 도를 벗어나도록 키우지 않았어요. 마나코眞奈子라는 이름은 진실하게 살라는 바람을 담아서 내가 지은 거예요. 남편은 응석을 다 받아주며 육아에서 즐거운 일만 맡으려고 했지만, 대신 내가 아버지 몫도 담당해서 제대로 규율과 예절을 가르쳤죠. 그것 때문에 아이한테 미움을 받았다 해도 개의치 않아요."

어렴풋이 눈이 붉어졌다. 입술이 떨렸다. 아무리 그래도 지리멸렬한 인상을 주는 데 육아에 대한 자신감과 딸에 대한 불신감이 정신없이 교차하기 때문일 것이다. 말을 한다면, 지금이다.

"마나코 씨 방을 좀 보여주시겠어요?"

"좋아요."

마사코는 시원스럽게 말했다. 딸의 시선을 거부하듯이 일어섰다.

엄마에 이어서 안나도 마지못해 일어섰다. 리카와 레이코도 뒤를 따랐다. 거실을 나와서 가파른 계단을 한 줄로 올라갔다. 몸이 완전히 따듯해진 탓에 나무바닥이 차갑게 느껴지고 현관에서 들어오는 냉기가 시렸다. 계단 끝에는 세 개의 문이 있었다. 마사코가 어느 문의 손잡이를 잡을 때, 리카가 물었다.

"실례지만, 부부 침실은 어느 쪽이에요?"

질문에는 안나가 대답했다.

"저기요. 지금은 엄마 혼자 사용하고 있어요."

그렇게 말하고 맞은편 문을 가리켰다.

조숙한 마나코는 문을 사이에 두고 있는 부모의 침실에 어떤 시선을 보냈을까. 리카는 소녀 시절을 떠올렸다. 부모에게 성적인 냄새를 맡은 경험은 한번도 없지만, 엄마에게 무섭게 욕을 퍼붓는 아버지에게 성적인 충동 같은 것을 느끼고 무서워진 적은 있을지도 모른다.

이곳이 마나코의 심장 부위다. 문이 열릴 때까지의 시간이 영원처럼 느껴졌다.

아버지와 연락이 되지 않아 맨션에 달려갔을 때도 이랬던가. 학교에서 나왔을 때부터 아버지에게 무슨 일이 생긴 것 같은 강한 예감이 들었다. 얼굴을 아는 관리인을 옆에 세우고 현관 자물쇠를 열었다. 다음 순간, 눈앞에 펼쳐진 광경은 절대 잊지 못하리라.

딱풀과 곰팡이를 섞어놓은 듯한 냄새에 리카는 눈을 깜박거렸다. 회색 카펫이 깔려 있고, 책상과 침대, 천장까지 닿는 책장이 있는 다다미 다섯 장° 정도의 공간이 펼쳐졌다. 문을 들어가면 바로 붙박이 옷장이 있다. 침대 커버와 커튼은 감색과 초록색 체크무늬가 수놓여 있다. 책상에 나란히 있는 사전은 손때가 묻어 있었다. 학교에서 내주는 인쇄물 같은 종이 다발이 난잡하게 바인더에서 넘쳐났다. 전동연필깎이는 리카도 사용했던 것으로, 가루받이통에는 연필 가루가 차 있었다. 인형이나 프릴, 레이스류는 전혀 없다.

"독서를 어찌나 좋아했는지 책벌레였어요. 남편이 권유해서 어릴 때부터 많이 읽었죠. 지역 도서관에서 표창을 받았을 정도예요."

마사코의 말대로 벽에는 독후감상문 상장 액자가 몇 개 걸려 있었다.

프랑스 고전문학이나 현대 일본문학이 빼곡히 꽂혀 있었다. 첫 남자와 만나게 된 계기도 사강이라고 주장했지……. 마사코가 그야말로 만족스러운 듯이 도서 목록을 바라보고 있다. 레이코가 어느새 다시 카메라를 들었다.

"사진을 찍어도 될까요? 아, 어디까지나 자료로 쓸 겁니다. 마치다가 마나코 씨를 인터뷰할 때 이 방의 모습을 가슴에 담아두면 큰 도움이 될 거예요."

마사코는 잠시 망설인 뒤, 끄덕였다.

"여론은 반드시 바뀔 거예요. 마나코 씨의 진짜 모습을 알면."

레이코의 말에 마사코가 살짝 눈물을 글썽거렸다. 바람이 세게

° 약 2.5평 크기.

유리창을 두드려서 일동은 깜짝 놀라 얼굴을 들었다.

"눈발이 심해졌네. 저기, 마치다 씨, 사야마 씨, 오늘은 자고 가
시는 게?"

레이코가 완곡하게 사양하지 않았더라면, 리카는 그래도 될까
요? 라고 말할 뻔했다. 가지이 마나코의 집에서 자다니, 기자로서
이보다 귀한 경험은 없을 거라고 생각했다.

호리고타쓰*에 얼어붙은 발을 넣자마자, 레이코가 스웨터 소
맷자락을 걷어올리고 손목을 뒤집더니 리카에게 팔 안쪽을 보여
주었다.

"있지, 이것 좀 봐."

우유처럼 새하얀 피부에 빨간 반점이 몇 개나 볼록하게 부풀었
다. 우왓, 하고 리카는 얼굴을 찡그렸다. 니가타역에서 차로 15분
거리에 있는 이 가마솥밥 전문점은 가지이 마나코가 추천한 가게
였다. 좌석 자리에서 잘 보이는 카운터 안에는 꼬치에 꽂은 생선
이 이로리**를 빙 둘러싸고, 붙박이 가마에는 종업원이 짚을 지피
는, 옛날이야기 같은 광경이 펼쳐지고 있었다.

"엄청나게 가려워. 넌 괜찮니?"

"난 아무렇지도 않아. 뭐지, 알레르기인가?"

- 바닥을 뚫고 묻은 고타쓰.
- 바닥을 사각형으로 파내고 불을 피우는 장치.

"진드기야. 그 집 인형이며 카펫에 많이 있었어. 나 그렇게 지저분하고 비위생적인 공간 정말로 안 맞아. 온몸이 가려워서 미치겠어."

손톱을 세워서 반점을 벅벅 긁었다. 금방이라도 피가 배어나올 것 같았다. 레이코답지 않은 거친 동작에 마음 어딘가가 서늘해졌다.

"그래? 이렇게 추운데 진드기가 있어? 아, 우사에서 물린 것 아닐까?"

"거기 굉장히 청결해. 통풍이 잘됐어. 공기가 제대로 순환하고 있었는걸."

"저기, 레이코는 어떻게 생각했어? 가지이네 집."

가지이네 집에서 부른 택시를 탄 뒤로 두 사람은 이 화제를 피했다. 레이코는 붉은 반점에서 시선을 들고 단호히 말했다.

"이상해. 너무 이상해."

내뱉는 듯한 말투에 리카는 적잖이 충격을 받았다. 이런 양면성은 지금까지 한번도 보지 못했다.

"진짜 미친 거 같아, 그 가족. 그렇지만 공부는 됐어. 살인범은 그런 집에서 자라는구나. 친딸이 그렇게 됐는데 자신만만하게 교육론을 얘기하다니, 그 엄마 머리가 어떻게 된 거 아니니. 동생도 그래. 불리한 건 전부 없애버리고 말이야. 보고 싶은 것만 보려고 하잖아. 그 가족에 그 딸이야. 나는 확신했어. 가지이 마나코는 사람을 죽인 게 확실해. 어쩌면 아버지도 죽인 것 아닐까? 장례식 때 말고는 집에 돌아온 적이 없었다는 데, 그거 거짓말이야."

"동기는 뭔데?"

강하게 몰아붙이는 레이코의 서슬에 압도된 채 리카가 물었다.

"도쿄에 기둥서방인 영감이 많다는 사실을 들켜서 태어나서 처음으로 잔소리라도 들은 것 아닐까. 열 받아서 눈길에 밀어버렸거나. 혹은 금전 문제. 남자 중 누군가가 돈을 갚으라고 해서? 믿고 있던 아버지가 도움을 거절해서 격노. 음, 분명히 그럴 거야."

"찰밥, 더 달라 해서 먹었잖아……."

분명히 자신의 목소리는 떼쓰는 아이 같을 거라는 생각이 들었다.

"그야 호감을 사기 위해서 그 정도는 해야지. 리카, 너 프로 기자 아냐? 아부 하나 못 해서 어쩌려고 그래. 뭐, 죽어도 못 먹을 맛은 아니었지만. 얼핏 보니, 부엌도 더럽고, 싱크대는 찐득찐득하고, 토할 것 같았어. 딸이 살인 혐의를 받고 있는데, 기자한테 찰밥을 대접하다니 어떻게 된 거 아니니. 게다가 이렇게 유제품이 맛있는 고장에서 인스턴트 가루로 만든 크림 스튜라니, 난 용서할 수 없지만."

선민의식이 풍기는 말투는 본인에게 말하면 심하게 화내겠지만, 가지이를 떠올리게 했다.

2월의 도쿄구치소에서 지금쯤 가지이는 무슨 생각을 하고 있을까. 아가노에 와 있는 리카를 조금은 생각하고 있을까. 사이가 좋지 않은 엄마나 본가의 기억을 떠올리기는 할까. 홀로 차가운 독방에 있을 가지이가 가련하게 느껴졌다. 밥과 된장국, 연어구이, 채소 절임과 젓갈, 달걀말이가 나왔다. 깔끔한 단맛이 나는 밥에 또 감동하면서, 이 고향의 맛을 가지이 마나코에게 먹여주고 싶다고 생각했다.

"그런데 말이야, 레이코. 물론 그 사람들 빗나간 면도 있고, 상식에 벗어난 면도 있지만……. 난 그렇게까지 이상하게 보이지는 않았어. 부모가 아무리 신경써서 육아를 했다고 해도 사소한 단추 하나 잘못 잠그면 가지이 같은 사람으로 자랄 수도 있구나 하는 생각이 절실히 들었어."

"리카, 너 어떻게 된 거 같아. 뭘 본 거야. 어째서 아무것도 느끼지 못하는 거야. 응? 이상하다고 생각하지 않니? 그런 불쾌한 집, 나, 본 적이 없어."

레이코의 귓불이 붉어졌다. 나는 지금 어딘가 이상한 걸까. 아니면 친구 일에 이렇게까지 개입하는 레이코가 이상한 걸까. 상식의 선이란 어디에 있는 걸까. 도쿄에 두고 온 걸까. 모든 것에 자신이 없어졌다.

"근데 수소는 어디에 있는 걸까."

계산을 마치고 나와서, 택시를 잡아타고 뒷자리에 앉자마자 레이코가 불쑥 말했다. 순간 무슨 소리인지 몰랐다. 아키야마 씨네 우사에서 보낸 시간이 먼 옛날처럼 느껴졌다.

"인공으로 정액을 채취해서…… 젖소를 위해 정자를 제공한다, 그럼 식용이 아니란 말이잖아? 정자를 제공하고 나면 그다음은

……. 정자를 주면 그걸로 끝인가? 뭔가 불쌍하다.”

레이코는 지금 료스케를 생각하고 있는 듯하다.

니가타에 온 뒤로 마코토 생각을 거의 한 적이 없다. 그 사실을 미안해하지도 않게 됐다. 시내의 우중충해진 눈이 네온에 지지 않겠다는 듯이 빛나고 있었다.

눈을 뜨자마자 리카는 스마트폰을 확인했다. 커튼 너머로 본 하늘은 어제 오전보다 다소 어두운 색이다. 세면실에서 드라이기 소리가 났다. 거기에 지지 않게, 막 자고 일어나 아직 트이지 않은 목을 쥐어짜며 소리를 냈다.

“아키야마 씨한테 연락이 왔어!! 두 시간 정도 시간을 낼 수 있대. 지금 나가면 만날 수 있을 것 같아. 아가노에 있는 요구르트 공장 안의 카페에서 만나기로 했어. 나를 지명했으니 미안하지만, 오늘은 빠져줄래.”

물고 늘어지려나 생각했지만, 세면실에서 얼굴을 내민 레이코는 드라이를 한 반짝거리는 머리를 흔들며 끄덕였다. 어젯밤과는 완전히 다르게 담백한 표정이어서 안심했다.

“오케이. 그럼 난 혼자 니가타 관광 하고 있을게. 가지이 마나코 리스트에 실린 기념품, 사둘게. 밤에는 어디에서 합류할까?”

천천히 아침 식사를 하고 호텔 로비에서 레이코의 배웅을 받으며, 리카는 어제와 마찬가지로 택시를 타고 아가노로 향했다. 날씨 예보에 따르면 밤에는 눈보라가 친다고 한다.

요구르트 공장은 소규모지만 도쿄의 슈퍼마켓에서 흔히 보는 브랜드였다. 관광명소인 듯 운전사는 이름을 말하자, 아아, 하고 끄덕였다.

조금 일찍 도착해서 부지 안을 걸어보기로 했다. 거대한 탱크에서 파이프가 뻗어서, 브랜드 로고가 있는 트럭으로 이어졌다. 그 사이로 우유가 콸콸 지나가는 걸까. 파이프 내용물이 주위의 설경과 이어진 느낌이 들었다. 어제 레이코가 한 이야기가 떠올라, 정자를 뽑아낸 수소의 운명을 문득 생각했다.

공장 바로 앞에 있는 조립식 건물인 작은 카페는 바로 찾았다. 석고상과 화단으로 둘러싸인 개방된 테라스는 눈에 덮인 채 고요했다. 입구부터 버터 향이 가득했다. 해군 제복 같은 차림으로 카운터에 나란히 선 점원들이, 어서 오십시오, 하고 인사했다.

흰색을 바탕으로 하여 환한 가게 안쪽에 앉아 있던 아키야마 씨는 리카를 발견하고 벌떡 일어섰다. 다운 조끼와 데님 차림으로 작업복을 입은 어제보다 훨씬 젊어 보여서 딴사람과 대면한 기분이었다.

"바쁘신데 이렇게 시간 내주셔서 감사합니다. 어제는 폐를 끼쳤습니다."

그렇게 말하고 리카는 맞은편에 앉았다. 이내 학생인 듯한 여성 점원이 주문을 받으러 왔다. 리카는 취재중인데 죄송합니다, 하고 작은 소리로 양해를 구하고, 휩 버터가 곁들여진 요구르트 와플과 카페오레를 주문했다. 가지이 마나코의 리스트에 들어 있던 것이어서 꼭 맛을 보고 싶었다.

"타이밍이 좋았어요. 때마침 평소 친분이 있던 낙농 도우미를 구했답니다. 가끔은 아내와 부모님도 한숨 돌려야 하고요. 마치다 씨는 내일이면 돌아가버리고."

그는 종이컵에 든 커피에 설탕과 우유를 듬뿍 넣으면서 그렇게 말했다.

"낙농 도우미? 죄송해요, 잘 몰라서. 그런 방법이 있군요. 저기, 영수증 주시면 나중에 도우미 비용 지불해드리겠습니다."

"그래도 됩니까? 고맙습니다. 예, 낙농가에는 휴일이 전혀 없답니다. 그렇지만 최근에는 외부의 힘을 빌려서 공부도 하고 연수도 갈 시간을 낼 수 있게 됐어요. 우리 부모 세대는 생각할 수 없는 일이었지만, 그렇게라도 대처 방안을 세우고 실행을 하지 않으면 후계자를 구할 수 없게 되겠죠."

음료와 와플이 나왔다. 옅은 갈색 체크무늬 와플 위에서 녹은 휩버터는 느릿느릿 황금빛 폭포를 만들며 떨어지다, 움푹 팬 곳을 발견하고는 가득 고였다. 버터가 충분히 스며들어서 적당한 짠맛이 나고 촉촉하게 젖어 물렁해진 와플을 리카는 한입 크게 베어 물었다. 어지간히 황홀한 표정을 지었는지, 아키야마 씨가 쿡 웃어서 부끄러워졌다.

"생각나네요. 마나코는 이 집 와플을 아주 좋아해서……, 자주 먹었죠, 혼자서 몇 개나. 그래서 자주 엄마한테 혼나고."

"아키야마 씨는 가지이 마나코 씨를 어떻게 생각하세요?"

"으음, 좋아하지도 싫어하지도 않습니다. 가족끼리 친해서 어릴 때는 곧잘 함께 놀았죠. 우리 소가 출산할 때 보러 온 적도 있어요. 마나코네 아버지는 종종 도쿄에서 주문한 과자를 주어서 그게 기뻤어요. 마나코네 어머니는 활력이 넘쳤지만 뭔가 좀 날카롭고 무서운 인상이 있어서 싫었다고 할까. 중고등학교에 들어간 뒤로는 학교에서 마주쳐도 인사조차 하지 않게 됐죠."

자신은 이와 비슷한 경험을 한 적이 없어서 리카는 모호하게 웃었다. 그러고 보니 가지이 마나코의 입에서 아키야마 씨의 이름은 한번도 듣지 못했다. 이 동갑의 늠름한 남자를 그녀는 어떤 눈으로 보았을까.

"마나코 씨는 어린 시절부터 조숙해서 고향에서는 물에 기름처럼 떠 있었다, 주목의 대상이었다고 법정에서도, 제 앞에서도 여러 차례 말하던데요. 마나코 씨의 동생도 그렇게 말했고. 그게 사실인가요?"

"물에 기름처럼 떠 있었다는 말은 맞을지도 모르겠지만, 그건 마나코가 좀 특이하다고 할까, 말이 없고 무슨 생각을 하는지 모르기 때문이었을 겁니다."

옆 탁자에 두 아이를 데리고 온 부부가 앉았다. 아키야마 씨가 여어, 하는 식으로 한 손을 들자, 아버지 쪽이 눈인사를 했다. 동창일까. 더 이상 말을 나누지 않는 것이 오히려 두 사람이 친밀하다는 걸 보여주는 듯하다.

"조숙했다. 글쎄요……. 내게는 항상 어린애같이 보였는데. 언제나 소처럼 먹기만 하고, 멍 때리고 있고, 둔한 아이로 보였어요.”

리카는 엉겁결에 두 개째의 와플을 먹으려고 하다가 플라스틱 포크를 접시 가장자리에 내려놓았다.

“확실히 몸은 컸지만, 이지메를 당하진 않았어요. 우리 반 아이들은 다 착한 애들뿐이어서.”

자못 옛 친구들이 그리운 듯이 아키야마는 눈을 게슴츠레하게 떴다.

“문화제 때 기억이 나네요. 다 같이 베이비 카스텔라 가게를 했는데요. 아버지가 학부모회 임원이어서 우리 집 우유를 사용했어요. 그때부터였죠, 가업에 긍지를 갖게 된 게. 즐거웠어요. 완전 인기여서 지역 신문에 조그맣게 실리기도 했죠. 아, 우리 우사에서 핫밀크 마셔보셨죠? 그 문화제에서 아이디어를 얻은 겁니다.”

아키야마 씨는 웃음 섞어 얘기했다. 이 사람은 어디에서나 주류에 속하여 거침없이 원만하게 살아갈 유형이구나, 하고 무심히 생각했다. 뜬금없이 가지이 마나코가 불쌍해졌다. 작물이 자라기 어렵다고 하는, 이 모든 게 다 바라다보이는 탁트인 평야에서, 여자아이로서 표준을 벗어난 몸매로 살아간다는 것. 가족과 함께 온 옆 탁자의 어린 여자아이는 크림 와플로 온 얼굴이 끈적끈적해졌다.

“주간지에 나온 것처럼 누군가의 소문 얘기만 줄곧 하고 있진 않습니다. 도쿄나 어디나 마찬가지겠죠? 물론 좁은 도시니까 오락거리도 적고, 마치다 씨가 보기엔 아무것도 없어 보일지 모르겠지만, 각자 장래나 가족 일로 바쁘게 지내고 있습니다. 인터넷만

되면 어디에 살든 별로 관계없죠."

주눅도 허세도 없이 현 상황을 받아들이는 목소리와 눈빛이었다.

"동창 중에 마나코를 좋아한다는 녀석은 하나도 못 봤어요. 이렇게 오랜 세월 이웃에서 살았는데, 이성이 호의를 갖는 걸 한번도 본 적이 없어요. 좀 이상하다고 생각하지 않습니까?"

아무런 악의도 없이 그는 고개를 갸웃거렸다.

이거다, 하고 리카는 눈을 크게 떴다. 가지이 마나코가 완고하게 시선을 피한 것 중 하나. 동년배의 평균적인 가치관을 가진 남자의 직설적이고 냉정한 이런 평가다.

"그런데 사건 보도를 보고도 위화감이 없었어요. 왜냐하면 녀석의 상대는 전부 인터넷에서 만난 노인이나 여자 경험이 별로 없는 남자뿐이잖아요? 그런 수요도 있겠구나 싶어서요. 그래서 당신한테 명함을 받고 한동안 생각했던 겁니다."

옆 탁자 여자아이가 끝내 엄마에게 야단을 맞고 있다. 후훗, 그는 옅은 미소를 짓고, 커피를 한 모금 마셨다. 가게에 떠도는 달콤한 와플과 버터 냄새에 리카는 갑자기 취할 것 같았다.

"가지이네 집과 예전에는 사이가 좋았기 때문에 이런 식으로 얘기하는 것도 좀 꺼림칙하긴 합니다. 지금까지 취재 요청이 들어와도 아버지는 전부 거절했어요. 그렇지만 왠지 꼭 얘기를 하고 싶었습니다. 아마 안나의 친구인 줄 알았던 당신이 주간지 기자임을 알았기 때문일 겁니다. 나 스스로도 타산적이어서 어이없었어요. 아내도 웃더군요. 난 본성이 가벼운가봐요. 자극에 굶주려 있는 건가. 그래서 좀 생각했는데요."

아키야마 씨는 커피를 내려놓더니 몸을 가볍게 앞으로 수그렸다.

"이런 일 있지 않습니까. 인상이 나중에 날조되는 것. 열일곱 살 겨울이었는데요. 마나코하고 연상의 이상한 남자와의 소문을 들었어요. 물론 다들 대학 입시나 진로를 생각할 시기여서 이내 잊어버렸지만."

"도쿄에서 온 연상의 남자와 걸어다녔다는 소문이요? 원조교제가 아닌가 하는 소문이 나서 마나코 씨는 이 도시에 있을 수 없게 됐다고……."

"주간지에는 그런 식으로 나온 것 같더군요. 뭐, 그렇죠. 틀린 건 아닙니다. 아무도 거짓말을 하지 않았어요. 그러나 뭐랄까, 그때 분위기까지는 쓰여 있지 않더라고요. 사실은 좀 다르답니다. 여기서 2킬로미터 더 가면 있는 우리 모교, 지금은 명문고가 됐지만 당시엔 양아치도 많았고, 남녀 교제가 제법 활발했죠. 오히려 마나코는 순진한 인상이었어요."

다리 사이에서 일어난 일은 자기가 말을 꺼내지 않는 한 아무도 칭찬해주지 않는다…….

"다시 봤다는 것과는 뉘앙스가 좀 다른데요. 야유를 포함해서, 헐, 하고 히죽거리며 지켜보는 느낌이랄까요. 아저씨하고 걸어가는 걸 봤다고 해도 대수롭게 생각하지 않았어요. 언론에서 원조교제를 자주 다뤘을 때고."

남녀공학의 사춘기를 모르는 리카지만, 그런 광경은 생생히 그릴 수 있었다. 또래 이성의 무관심은 가지이에게 가장 고통스러운 일이 아니었을까.

아무리 자세히 봐도 눈앞의 아키야마 씨에게 대수로운 감정은 없었다. 리카 주변 인물에게는 확실히 있는, 피고인 가지이 마나코에 대한 호기심과 짜증과 약간의 선망 따위가 느껴지지 않는다. 이 도시에서는 분명 아무것도 숨기지 않을 것이다. 존재감 없고 잘 먹기만 할 뿐인 소를 닮은 여자아이.

그가 가지이 마나코에 관해 알고 있는 사실은 그것뿐이었다. 모처럼 시간을 내주었으니까, 하고 리카는 최근 낙농가 사정에 관해 몇 가지 질문을 했다. 아키야마 씨는 하나하나 명쾌하게 대답해주었다.

감사 인사를 하고 헤어질 무렵에는 하늘이 완전히 흐려져 있었다. 공장을 견학할까 했지만, 슬슬 니가타로 돌아가는 편이 좋을 것 같았다. 택시를 부르려고 스마트폰을 꺼냈더니, 레이코에게 부재중 전화가 와 있었다. 호출음이 울리는 동안, 멀리 산토피아월드를 아무 생각 없이 바라보고 있었다. 다음에 보는 것은 언제일까. 레이코의 목소리가 들렸다.

"리카, 실은 나도 지금 아가노에 와 있어. 리카가 나가고 바로 같은 방향으로 향했어. 거짓말했어. 지금부터 한번 더 가지이 마나코 집에 갈 거야. 나 먼저 갈게. 바로 와."

"무슨 소리야? 멋대로 행동하지 마!"

대답은 없고, 전화는 뚝 끊겼다. 현재 사태를 받아들이는 동안 화가 부글부글 끓어올랐다. 레이코의 폭주에 더는 따라갈 수 없었다. 가지이네 집까지는 그리 멀지 않아서 할 수 없이 걸어가기로 했다. 이런 식으로 생각하는 건 실례일지 모르지만, 료스케 씨가 그녀를 건드리지 않게 된 이유는 성적인 문제가 아니라, 이렇게 상대를 배려하지 않는 뜬금없는 돌진에 질려서가 아닐까. 이거다, 하는 비전이 보이면 거기에 속하지 않는 것은 절대 인정하지 않는다. 일을 그만두지 말라고 그토록 진지하게 충고했을 때도 레이코는 듣지 않았다. 아직 초저녁도 되지 않았는데 하늘이 밤처럼 어두웠다.

가지이네 집 인터폰을 누르자 "열렸어요" 하는 안나의 목소리가 들렸다.

거실에 들어가자, 소파에는 이미 레이코가 안나와 나란히 앉아 있었다. 흘끗 리카 쪽을 보더니, 레이코는 말릴 틈도 없이 리카에게 들으란 듯이 안나 쪽을 향해 말을 꺼냈다.

"줄곧 이상하다고 생각한 일이 있어요. 열일곱 살 겨울, 언니가 교제했던 상대에 관해 아무도 모른다는 거예요. 정말로 그런 사람은 있었던 걸까요?"

"……언니와 친밀했던 연상의 남자는 확실히 있었어요."

안나는 분명히 동요하고 있었다. 아주 작은 목소리였다.

"좀, 레이코……, 사야마 씨, 그만해."

리카가 끼어들었지만, 레이코는 무시했다. 할 수 없이 그녀 옆에 앉았다.

"언니 동급생들은 이미 언론에서 한바탕 훑었을 거예요. 새로운 이야기는 더 이상 나오지 않을 거라고 생각했어요. 그래서 나는 당신 주변을 탐색했어요. 아까 저 앨범에 찍힌 초등학교에 다녀왔죠. 당시 일을 기억하는 선생님이 계시더군요. 게다가 당신의 동급생 중에 지금은 도서관 사서로 일하는 여성도 소개받았어요."

귀를 의심하며 레이코를 빤히 보았다. 레이코는 이제 리카와 눈도 마주치지 않았다.

"두 사람 다 잘 기억하고 있더라고요. 초등학교 4학년 겨울, 부모 동반 등하교 방침이 시행된 것은 눈 탓이 아니었어요. 이 근처에 변태가 어슬렁거렸기 때문이에요. 저 사진을 봤을 때, 이상하다고 생각했어요. 그럴 것이 이 지역 아이들에게 눈은 아무것도 아니잖아요? 변태보다 부모들이 걱정한 것은 아이들 사이에 유행한 놀이였어요. 그 수상한 남자를 모두 같이 미행하거나 놀리거나 했죠? 거친 남자아이는 돌을 던지기도 하고 야구방망이로 다리를 때리기도 했다고 하더군요. 학부모가 따라다니게 된 것은 변태에게서 아이를 지킬 뿐만 아니라, 정의감에 사로잡힌 남자아이들의 폭주를 막기 위해서이기도 했어요. 부모 동반 등하교가 필요해진 시기와 언니가 연상의 남자와 만나게 된 시기가 일치해요. 그리고 당신은 유난히 그 변태에게 찍혔던 것 같더군요. 그 사실을 당신 부모님에게 얘기했는데도 별로 걱정하지 않았던 것을, 선생님은 지금도 이상하게 생각하고 있었어요."

안나의 눈은 어디도 보고 있지 않았다. 레이코는 그녀의 시야에 들어가려고 하듯이 몸을 기울이고, 리카를 향해 가볍게 어깨를 들어 보였다. 그 박력에 압도됨과 동시에 리카는 자신감이 흔들려서 견딜 수가 없었다.

"나도 이 친구도 각기 다른 여학교 출신이지만, 이 친구는 반 아이들의 왕자님이었어요. 남자 대용품이었죠. 그런 아이는 어느 여학교에나 하나씩은 있잖아요. 전혀 연애를 접하지 못한 여자들끼리만 있으니, 다들 가짜여도 좋으니까 '달달함'을 원하게 되죠. 거짓말이어도 좋으니 자신만의 마음의 연인을 원하게 돼요."

남달리 조숙하고 어른스러웠던 소녀.

자신이 남들과는 다르다는 의식은 누구보다 강했다. 그러나 풍요롭고 복잡한 내면은 슬플 정도로 누구의 관심도 끌지 못했다. "너는 다른 아이와 달라"라고 다정하게 말해주는 아버지와 잘 따르는 여동생을 제외하고 아무도 자기에게 시선을 주지 않았다. 두뇌와 육체는 점점 농익어서 숙성된 치즈 같은 향을 뿌리는데, 아무도 자신을 건드리려고 하지 않는다. 존재를 알아차려주지도 않는다. 이대로 넘쳐날 것 같은 내면을 누구와도 나누지 못한 채, 나, 남들보다 빨리 썩는 게 아닐까……. 그렇다. 초조함이다. 여학교 시절, 학교의 왕자님 역할을 기쁘게 연기하면서도, 리카 역시 초조해했다. 여자로서 발견되지 못한 채, 인생에서 가장 아름다운 시기를 동년배 소녀들에게 소비되고 있어 때때로 주저앉고 싶을 정도로 초조했다.

"언니는 당신이 말하는 것처럼 사람들의 주목을 끄는 특별한 아이는 아니었어요. 그렇죠? 당신이 본 언니와 이 동네 사람들이 본 언니는 완전히 다른 사람 아니었나요? 그런 위화감을 안나 씨는 어렴풋이나마 눈치채지 않았나요?"

"그렇지만…… 언니는……."

"그런 마나코 씨가 딱 한번 주목을 받은 것은 열일곱 살의 겨울, 연상의 남자와 거리 여기저기에서 발견됐을 때뿐. 당신네 학교 부근에 변태가 출몰한 시기였죠. 당신과 나이 차가 나는 언니 사이에 대체 무슨 일이 있었던 거예요?"

레이코의 시선은 이 아가노의 설경처럼 투명하고 거침없어서 누구 한 사람 놓치지 않았다.

"……내가 초경을 시작한 게 몇 살이었을 거라고 생각하세요?"

한참 후, 안나가 간신히 입을 열었다.

"열다섯 살이었어요. 언니보다 6년이나 늦었어요."

그건 리카와 같은 시기였다.

"엄마가 그때 찰밥을 만들어 준 이유는 안심했기 때문이에요. 언니의 초경은 특이했지만, 내 경우는 평범했으니까. 나는 또래들에 비해서 아이 같고, 몸도 작았어요. 이지메를 당하진 않았지만, 좀 무시당했을지도 몰라요. 그러나 언니는 언제나 내게 다정했어요. 아버지보다 엄마보다 나를 더 지켜봐주는 사람은 언니였어요. 변태가 말을 걸었다고 알렸을 때도 부모님은 별로 걱정해주지 않

앉어요. 선생님이 얘기를 했는데도요. 난 귀염을 받았지만, 애완
동물 같은 취급을 받아서 이 집에서는 뭐랄까, 사람은 아니었어
요. 내가 성적인 대상으로 보인다는 것이 딱히 와닿지 않았을지도
몰라요······."

그의 시선은 벽에 걸린 소녀 시절의 자매 사진을 향했다.

"처음에는 단순한 놀이인 줄 알았어요. 그 남자······. 지금은 몇
살쯤으로 보였는지도 생각나지 않아요. 노출광은 아니지만, 등하
교중에 내 몸을 빤히 보기도 하고, 어디서 왔니, 하고 말을 걸기도
하고. 마스크를 하고 있어서 아무도 제대로 얼굴을 확인하지 못했
을지도 몰라요. 남자가 눈독을 들였다는 사실만으로 반에서 주목
을 받은 것이 무섭다기보다 좀 기뻤어요. 선생님들이 말한 대로예
요. 우리 반을 중심으로 놀이가 유행했어요. 이상한 아저씨를 물
리치자, 하고. 소년탐정단 같은, 어려운 사건을 아이들끼리 어떻
게든 해결해서 어른들을 깜짝 놀라게 하는 만화나 애니메이션이
유행했거든요. 학교에서 돌아오는 길에 걸어가는 그 남자를 우연
히 발견했을 때, 나는 미행했어요. 아이들에게 무용담을 늘어놓고
시선을 끌고 싶었죠. 남자는 아키야마 씨네 부지에 있는 목초를
보관하는 창고에 들어갔어요. 문틈으로 들여다보고 있는데 느닷
없이 안쪽에서 문이 열렸어요. 나는 앞으로 고꾸라져서 목초 위로
뒹굴었죠. 남자 손이 내 몸으로 뻗어왔어요. 정신을 차리고 보니
나는 천장을 보고 누워 있고 팬티 속에 손이 들어와 있었어요. 깜
짝 놀란 나는 황급히 밖으로 뛰쳐나갔죠. 마침 벽에 걸려 있던 꽹

이로 힘껏 남자의 머리를 때렸어요."

가느다란 실 같은 목소리가 안나의 입술을 통해 끊일 듯 끊일 듯 이어졌다.

"눈 위에 피가 튀었어요. 깜짝 놀랐어요. 영화나 드라마에서 본 것 같은 빨간색이어서. 남자는 머리를 감싸고 웅크렸어요. 죽었을지도 모른다, 부모님한테 들키면 큰일나겠다고 생각했어요. 집에 돌아와서 바로 언니에게 울면서 털어놓았죠. 언니는 전부 내게 맡기라고 해주었어요. 전부, 언니한테 맡겨, 아무한테도 말하면 안 돼, 하고. 언니는 그날 밤 남자를 찾으러 혼자 나갔어요. 밤새 돌아오지 않았어요. 엄마는 몹시 화가 났고, 아버지는 걱정하고, 나는 잠을 이루질 못했죠. 다음날 아침 언니는 돌아왔어요. 엄마한테 따귀를 맞아도 행선지를 말하지 않았어요. 나중에야 아저씨는 죽지 않았다고, 언니가 몰래 털어놓았어요. 창고에 쓰러진 아저씨를 몰래 병원에 데리고 가서 치료를 받게 했다. 마음을 다친 불쌍한 사람이지 나쁜 사람은 아니라고."

사실 안나는 그때 화를 내도 됐다. 기분이 더럽다고 울어도 됐다. 그리고 주위 어른을 불러들여도 됐다.

"여자의 다정함에 굶주렸을 뿐이래요. 그 사람도 여자의 애정만 있으면 그렇게 되지 않았을 거라고. 그래서 언니가 친구가 돼주었다고."

가족 이외에 단 한 사람, 자신을 바라봐주는 상대는 성범죄자. 그녀는 전부 제 입맛대로 요리해버렸다. 그렇다, 요리한 것이다.

연상의 수수께끼 같은 남성과 남한테 말할 수 없는 교제를 하는 조숙한 소녀 이야기로 머릿속에서 다시 만들었다. 성범죄자의 생각에 바싹 다가선 순간, 그녀의 세계는 뒤집혔다.

모두 여자 쪽이 나쁘다. 성범죄가 일어나는 이유는 여자들이 살랑살랑 꼬리를 친 주제에 아무것도 주지 않기 때문. 내성적이고 착해서 마음을 제대로 표현하지 못하는 이성이 짝을 만나지 못하고, 일본 인구가 점점 주는 것은 모두 남자를 돈이나 외모로만 판단하는 여자 탓. 자신을 주목하지 않는 것은, 취미나 즐거움, 사교술 따위만 중시하는 여자 쪽의 가치관에 남성까지 끌려갔기 때문.

다 여자가 나쁘다. 여자가 져주면 원만하게 수습될 텐데. 여자는 남자와 똑같은 인간으로, 여신이 아니기 때문에 이 세상은 이렇게 어두운 것이다. 그러나 나는 다르다. 나만은 다르다. 나만은 여신이다. 빛나는 여신이다.

"남자는 약하고 섬세하고 다정한 존재이니 조금쯤 무례하게 굴어도, 집적거리더라도 용서해주라고 했어요. 너한테 빈틈이 있었을지도 모른다고. 외로워서 그런 거라고. 모든 여자가 냉정하게 남자를 무시한 탓이라고. 엄마 같은 여자 탓이라고. 안나는 그렇게 되지 않도록 최대한 노력하라고."

옆에 앉은 레이코가 히익 하고 목 안으로 작은 비명을 삼켰다.

"그러고 보니 아버지가 돌아가셨을 때도 언니는 그랬어요. 엄마 탓이라고. 좀더 아버지를 잘 돌봤으면 그렇게는 되지 않았을 거라고. 그렇게 잘 미끄러지는 부츠를 신은 사람을 눈 오는 날 내

보내선 안 되는 거였다고."

가지이에게 걸리면 어떤 남자든 판단 능력 없는 어린이가 된다. 가장 사랑한 아버지조차도 말이다. 그러나 자신은 다르다고 말할 수 있을까.

사실은 아버지란 사람 싫다, 그렇게 살았으니 죽어 마땅하다, 라고 단언해버리고 싶다.

하지만 마음속으로는 불쌍하기도 하다. 리카는 언제나 양쪽으로 갈렸다. 가족의 추억이 가득한 집에서 혼자 외롭게 숨이 끊어진 아버지를 생각하면 안타까워서 미칠 것 같아 되도록 생각하지 않으려 했다. 틀림없이 엄마와 자신이 집을 나온 탓에 아버지는 죽은 것이다. 엄마와 자신이 죽였다. 아버지에게 더 기댔더라면, 세상이 바라는 '좋은 아내' '좋은 딸'답게 더 능숙하게 아버지를 손바닥에서 굴리며 저글링하듯 비위를 잘 맞췄더라면 가족이 함께 사는 길도 있지 않았을까. 그런 노력으로 이루어진 관계는 가짜이고, 잘못된 거란 사실을 알면서. 리카가 이런 생각을 했다는 걸 알면 엄마가 얼마나 상처받을지 알고 있으면서. 마음 한구석에서 그렇게 생각하는 자신을 부정할 수 없다. 자아를 더 죽이면, 아버지에 대한 혐오감을 뭉개버린다면, 자유 따위 찾지 않는다면, 아버지의 SOS를 무시하지 않는다면…… 무엇보다 리카가 후회하고 있는 것은…….

아, 안 된다. 또 가지이 마나코의 생각 속으로 끌려들어간다. 입술을 꽉 깨물고, 필사적으로 정신을 차렸다. 자신의 과거와 이 사건은 전연 교차하지 않는다. 제대로 선을 긋지 않으면 레이코가 지적한 대로 돼버린다. 안나가 가느다란 목소리로 얘기를 계속했다.

"언니와 얘기하다보니 내가 전부 잘못했다는 생각이 들었어요. 내가 그 남자를 물리치려 하지 않았더라면 이런 일이 생기지 않았을 텐데. 그때 이후 이 사실을 아무한테도 얘기하지 않았어요. 학교 선생님한테도."

안나는 그제야 할 수 없었다는 듯이 미소 지었다.

"언니가 자발적으로 주방에 가서 요리를 만들게 된 것은 그 무렵부터예요. 도시락을 만들고, 케이크를 만들어서 그 사람에게 갖다주는 것 같았어요. 자기가 만든 요리를 먹을 때마다 그가 조금씩 재기하여 기운을 찾는 것이 기쁘다고 했어요. 무엇을 하고 어디 사는 사람인지는 가르쳐주지 않았지만, 혼자 살고 있다는 것과 애정이 듬뿍 담긴 손수 만든 요리에 굶주려 있다는 것만은 말해주었어요."

두 사람은 일종의 공범이고 동지이기도 했다. 아무것도 속일 수 없는, 끝없이 차갑고 청명한 평야에서.

"아마 그 남자는 성인 여성을 좋아하지 않을 거예요. 열일곱 살치고 언니는 이미 성숙한 어른의 몸이어서 두 사람 사이에 뭔가 있었던 것은 아니라고 생각해요. 언니는 아주 성실하고 책임감 강한 사람이에요. 언니는 그를 갱생시키려고 노력했고, 내 죄를 덮어주려고 애썼어요. 어쩌면 그 남자는 지금도 언니 주변에 있는 게 아닐까요? 맞아요. 언니 주변 남자들을 질투해서 잇따라 죽인 게 아닐까요? 내가 머리를 때린 탓에 정말로 머리가 이상해져버렸는지도 몰라요. 그렇다면 전부 내 탓이에요."

안나는 와앙 하고 울음을 터트렸다.

"울음 그쳐."

등 뒤에서 소리가 났다. 마사코가 바로 옆에 서 있었다. 이렇게 올려다보니 마나코와 꼭 닮았다. 아무것도 비치지 않는 커다란 눈. 몸집은 작은데 가슴 주위에 살집이 있어서 주위를 압도하는 중량감이 있다. 방 안의 관엽식물이 팔을 뻗어 리카의 몸을 칭칭 감는 느낌이 들었다. 봉제인형의 단추 눈과 시선이 마주쳤다. 어느새 해가 저물고 있었다.

"흉하게. 손님 앞에서. 그런 옛날이야기, 인제 떠올리지 마. 생각해봐야 소용없으니까."

이런 순간에도 리카는 바깥의 눈보라가 걱정됐다. 오늘 밤은 니가타까지 돌아갈 수 있을까. 이번에야말로 정말로 이 집 침대에서 자야 할지도 모른다.

팔 안쪽이 가려워서 손목을 뒤집어 보니, 레이코가 어젯밤에 보여준 것과 같은 핏빛 반점이 몇 개나 볼록하게 부풀어 있었다.

9

플랫폼에서 보이는 하늘이 초저녁이라고는 생각할 수 없는 짙은 감색으로 바뀌었다. 투명한 냉기가 발차 벨 소리와 안내 방송, 배웅객의 소음까지도 빨아들이려 했다. 어젯밤의 눈보라를 잊게 하는 온화한 색조다. 한없이 스며들어 골수까지 파고들 것 같은 이 땅의 추위에 리카의 몸은 이미 적응하고 있다. 내일 이맘때쯤 졸음이 올 만큼 따뜻한 대신에 피부가 갈라질 듯이 건조한 편집부에서 일하고 있을 자신의 모습을 그릴 수 없을 정도로.

"도쿄 도착할 때까지 녹지 않으면 좋을 텐데. 신칸센, 난방 틀어 놓겠지."

레이코가 힐끗 시선을 보낸 것은 선물이 가득 담긴 종이 가방

맨 위에 놓인 사도 버터다. 소가 그려진 노란 버터 상자는 가지이의 리스트에 있는 것으로, 니가타역과 연결된 슈퍼마켓의 유제품 매장에 방금 뛰어가서 사 온 것이다.

"레이코, 정말로 혼자 괜찮아?"

레이코는 하루 더 묵으며 니가타를 관광한 뒤, 작년에 개통한 호쿠리쿠 신칸센을 타고 고향인 가나자와에 바로 가겠다고 했다. 기억이 확실하다면, 그녀가 친정에 가는 건 5년 만이다. 지난번 귀성은 초등학교 은사의 장례식에 참석하기 위해서였다. 부모님은 만나지 않은 것 같았다. 피고인의 가족을 추궁하며 호흡이 가빠지는 듯한 격렬함은 눈보라 너머로 사라졌다.

오늘 오전에는 둘 다 거의 누워서 보냈다. 어젯밤에는 "자고 가라"고 물고 늘어지는 마사코를 뿌리치듯이 나와, 눈보라 속에 엉금엉금 기어온 택시를 탔다. 시야가 나빠서 가다서다를 거듭하면서, 그래도 조금씩 니가타를 향했다. 호텔에 도착했을 무렵에는 서로 지칠 대로 지쳤지만, 흥분해서 좀처럼 잠을 이루지 못했다.

한낮이 지나 둘이서 니가타현 경찰서 홍보 담당자를 찾았다. 1997년 12월 이후에 아가노 주변에서 검거된 변태, 성범죄자를 조사하려고 했지만, 너무나 옛날 사건이어서 도움은 받지 못했다. 도쿄에 돌아가면 동종 범죄자 리스트를 손에 넣을 생각이다. 물론 거기에 그 남자가 있을지 어떨지는 모른다. 법의 심판도 받지 않고 도망쳐서 지금도 어린 소녀를 먹이로 삼고 있을 가능성도 충분히 있다. 어쩌면 가지이가 대학에 입학해서 상경할 때 동행하여 같이 살았을지도 모른다. 재력財力이 있는 가지이라면 이상한 남자 한 명 세간의 눈으로부터 숨기고 보살피는 일쯤은 식은 죽 먹기였을 것 같다.

레이코는 어딘가 담백한 분위기를 풍기며 이렇게 말했다.

"부모님과의 관계가 이제 와서 좋은 방향으로 변화하리라곤 기대하지 않아. 가사도우미인 다지마 씨나 만나면 돼. 내게 가족이라고 할 수 있는 사람은 그 사람뿐이고. 지금도 우리 집에 다니는지 모르겠지만, 연하장에 있는 주소가 바뀌지 않았다면 근처에 남편하고 같이 살고 있을 거야. 그리고 콜리견犬인 멜라니가 건강하게 있다면 정말 기쁘겠는데."

"레이코는 따뜻하고 큰 생물을 좋아하는구나. 소젖 짤 때, 정말로 즐거워 보였어."

새삼스럽지만 신기한 사람이다. 10년 이상 사귄 친구를 찬찬히 바라보았다. 부드러운 소재의 베레모 아래 흘러내린 갈색 머리가 청회색 코트 어깨에 풍성하게 물결쳤다. 눈앞에서 얌전하게 미소 짓는 열세 살 소녀 같은 이 사람과, 자신을 밀어제칠 정도로 집요하게 취재를 진행한 사람. 어느 한쪽이 아니라, 둘 다 진짜일 것이다. 지금의 리카에게는 그쪽이 받아들이기 수월하다. 예전에는 1밀리미터의 모순도, 아주 소량의 조미료의 혼입도 절대로 용납하지 못했더랬다.

"왠지 미안하네, 리카."

레이코는 바람소리에 지워져버릴 것 같은 속삭이는 목소리로 말했다.

"민폐만 끼쳤네. 나, 너무 나댔지. 뭔가 말이야, 가지이 마나코 얘기를 하는 너를 보면서 무척 불안했어. 네가 피해자들과 마찬가지로 그녀에게 빠져드는 것 같은 느낌이 들어서. 뭐, 이런 건 듣기 좋은 핑계고, 그냥 질투였어."

단숨에 말하더니 부끄러운 듯이 고개를 숙였다. 리카는 살이 별로 없는 그녀의 차가운 뺨을 엄지와 검지로 꼬집었다. 그녀가 간지럽다는 듯이 몸을 비틀었다. 그러자 조그만 볼이 장밋빛으로 물들며 파르르 움직였다. 서로 토해낸 입김이 하얗게 섞였다. 아까 역 구내 전문점에서 함께 먹었던 뜨거운 주먹밥 냄새가 남아 있다. 레이코는 연어, 리카는 연어알 주먹밥이었다. 어제 그런 공간에 있었는데도 스스로도 어이없을 정도로 식욕은 간단히 되살아났다.

"난 레이코의 불안정하고 태풍 같은 점, 좋아해. 물론 가끔 놀라기도 하고, 솔직히 화가 날 때도 있긴 하지만 말이야. 그리고 사과는 내가 해야지. 가지이 마나코에게 빠져서 여러 가지를 보지 못했던 것 같아. 레이코가 있어주어서 정말 다행이야. 인제 정신이 들었어. 나보다 훨씬 기자에 어울리네. 어제는 무진장 부끄러웠어."

낮은 데 있는 맑디맑은 눈동자가 커다래지고, 마른 입술이 조그맣게 떨렸다. 바람 소리가 울렸다.

"레이코, 일을 하는 게 좋겠어. 어떤 방식으로든. 그런 능력을 잠재우는 건 아까워. 집에서 혼자 고민하지 않게 되면 료스케 씨와의 관계도 조금씩 달라질 거야. 이번에는 가정과 임신 활동을 병행할 수 있는 직장을 골라. 응원할게. 제대로 시간을 마련할 테니까 다음에는 진짜 여행을 하자. 료스케 씨와의 관계도 중요하지만 그게 레이코의 전부가 아냐. 힘들어지면 나한테 도망 오면 되잖아."

"과연 왕자님이네."

그제야 레이코가 말했다. 장난스럽게 말하면서도 눈이 빨개졌다. 전자 게시판 옆의 시계를 보니, 신칸센 발차 시각이 가까워졌다. 바로 옆에서 젊은 커플이 이별을 아쉬워하며 장갑 낀 손가락을 깍지 끼고 있다. 리카가 빠른 걸음으로 신칸센에 올라타자, 플랫폼에 서 있던 레이코가 갑자기 이렇게 말했다.

"나 한 가지, 착각하고 있었을지도 몰라. 리카가 가지이 마나코에게 열을 올렸던 게 아니라…… 아버지 일 때문이지? 리카가 이렇게 이 사건에 집착하는 것은."

그의 눈은 진지함으로 가득했다. 아버지가 어떻게 죽었는지 레이코에게 제대로 얘기한 적은 한번도 없는데. 두 사람 사이, 열차와 플랫폼에 생긴 틈은 캄캄했고, 그 어둠에는 바닥이 존재하지 않는 것처럼 느껴졌다.

"대학생 때, 미사키 씨가 네가 없을 때 얘기해주었어. 그 일이 리카에게 상처가 되지 않았을까 굉장히 걱정하셨어."

발차 안내 방송이 울려 퍼졌다. 리카 바로 옆으로 승객이 비집고 지나갔다. 자신이 입구를 막고 우두커니 서 있었다는 것을 깨닫고, 황급히 벽 쪽으로 몸을 붙였다.

"누군가 아무리 애쓰고 참아도, 결국 그런 결과가 됐을 거라고 생각해. 너는 나쁘지 않아. 그러나 리카는 리카가……, 죽게 했다고 생각하는 거 아냐?"

끄덕일 수는 없었다. 레이코가 안타까워했다. 발차 시간을 신경쓰면서 내게 상처 입히지 않으려고 열심히 말을 고르고 있는 게 느껴졌다. 갈색 머리가 정전기로 뺨에 달라붙었다. 리카는 눈썹과 입꼬리를 올리는 데 간신히 성공했다. 어색해도 추위로 얼굴 근육이 굳어진 거라고 핑계 댈 수 있을 것이다.

"고마워. 걱정해줘서. 그렇지만 괜찮아. 레이코, 조심해서 가. 관광과 귀성, 즐겁게 다녀와."

그렇게 말하고 가슴 언저리에서 여고생처럼 조그맣게 손을 흔들었다. 사실은……. 아직 아무것도 얘기하지 않았다. 엄마에게조차도. 레이코는 포기한 듯 털썩 어깨를 떨어뜨리고 미소 지었다.

"조심해. 리카. 집에 도착할 때까지 버터가 녹지 않기를."

말이 끝나자마자 두 사람 사이의 자동문이 쉬익 하는 소리를 내며 닫혔다. 바이바이, 하고 소리내지 않고 서로 입을 움직였다. 리카는 무심코 얼음같이 차가운 유리창에 이마도 코끝도 손도 찰싹 붙였다. 플랫폼의 레이코는 점점 작아지다, 가루눈 너머로 보이지 않게 됐다. 그래도 리카는 필사적으로 눈을 부릅뜨고 조금이라도 오래 친구의 잔상을 새기려고 했다.

왠지 두 번 다시 그녀를 만나지 못할 것 같은 기분이 들었다.

집에 돌아와서 열쇠로 문을 열고, 손잡이를 돌리자 마른 냉기가 쏟아져나왔다. 샤프심과 세제가 섞인 듯한 딱딱한 냄새가 기세 좋게 밀려와서, 바깥 복도의 차가운 공기에 녹아들었다. 최근 며칠 도쿄의 한풍에 싸여 진공포장되었던 자신의 냄새다.

다음 순간, 리카는 비명을 억지로 참았다.

짧은 복도 끝에 드리워진 어둠에 그날의 아버지가 쓰러져 있었다……. 부츠를 신은 채 방에 뛰어들어가 불을 켜고 크게 한숨을 토했다.

엎드린 사람 모양으로 보인 것은 벗은 채로 둔 트렌치코트였다. 출발 시간이 다 돼서야 이런 차림으로 니가타에 가면 얼어 죽는다고 후다닥 벗어던지고, 다운 재킷을 꺼냈던 것이 한참 옛날 일처럼 떠올랐다.

가슴을 쓸어내리고 현관으로 돌아와서 부츠를 벗었다. 기념품과 보스턴 가방을 들고와 난방을 켰다. 손도 씻지 않고 재킷을 입은 채 침대에 벌러덩 드러누웠다. 멋없는 방이네, 하고 눈만 움직여서 새삼스럽게 실내를 둘러보았다. 니가타와는 비교도 안 될 정도로 주변은 사람들 왕래가 많고, 차나 전철 소리도 끊이지 않는다. 그런데 이렇게 고요하고 외롭게 느껴지는 것은, 지난 며칠 동안 레이코가 옆에 붙어 있었던 탓이다. 실내가 충분히 따뜻해져서 재킷을 벗고 싶은 마음이 들 때까지, 리카는 꾸벅꾸벅 졸았다. 신발을 신은 채 들어와서 더럽혀진 바닥을 청소할 기력은 조금도 없었다. 며칠 동안 밟은 우사나 눈길이 떠올랐다가 사라져갔다.

헤어질 무렵 레이코가 한 말까지, 한 차례 기억 회로를 돌리고 나서야 벌떡 일어났다. 기념품 가방에서 버터 상자를 꺼내 열자마자 아아, 하고 조그맣게 중얼거렸다. 은색 종이에 싸인 그 네모는 손 닿는 모양대로 흐물흐물 무너져 크림 상태가 돼 금방이라도 흘러내릴 것 같다. 당장 냉장고에 넣어야 하지만, 한번 녹은 버터를 다시 굳히면 맛이 현저히 떨어진다고 어디서 읽었다. 기껏 사도 버터를 사 왔는데, 가장 맛있는 상태에서 먹고 싶다. '부드러워진 버터를 한번에 많이 소비할 수 있는 음식'은 무엇일까, 생각하면서 냉장고 문을 열었다. 시노이 씨처럼 케이크를 구우면 한 통쯤 간단히 쓸 수 있을 테지만, 여기는 오븐은 물론 밀가루나 달걀도 없다. 밥도 면도 빵도 사둔 게 없다. 식재료라곤 싹이 난 커다란 감자 두 개가 냉장고 야채실에 뒹굴 뿐이다. 대체 언제부터 여기 있었을까. 자신이 산 건 아니다. 그래, 그래, 동료 누군가가 본가에서 재배한 것을 주었거나 취재처에서 받은 선물을 신문지에 싸서 나눠 주었을 것이다.

리카는 감자를 바구니에 담아 개수대에 올렸다. 물이 차가워서 엉겁결에 몸을 떨었다. 식칼을 꺼내서 움찔할 정도로 독이 있어 보이는 싹을 도려냈다. 알루미늄 편수 냄비에 감자를 데구루루 굴리고 물을 부은 뒤 불을 켰다. 잠시 후 은은하게 녹말 향이 나는 하얀 김이 건조한 방을 적셨다. 좀 전까지 적막감에 젖어 있던 공간이 훈훈해지고, 리카는 부글부글 끓는 물속에서 떡하니 자리잡고 있는 두 개의 감자를 묵묵히 내려다보았다.

선 채로 스마트폰을 확인하고 일 때문에 온 메일에 답장을 써 나갔다. 한 통씩 보낼 때마다 일상으로 돌아가는 기분이 들었다. 마코토와 기타무라에게서도 문자나 메일이 와 있었지만, 답은 나중으로 미루었다. 이따금 젓가락으로 감자를 찔러서 익은 상태를 확인했다. 몇 차례 시도 만에 아무 저항 없이 쑥 들어갔다. 소쿠리에 냄비의 내용물을 비우자, 스테인리스가 크게 소리 내며 푹 꺼지고, 주변이 김으로 자욱해졌다. 삶은 감자를 접시에 담고 버터와 간장 병도 같이 올려서 탁자로 가져갔다. 껍질이 터지며 하얗고 부드러워 보이는 알맹이가 따끈따끈하면서 평온하게 반짝거렸다.

은박지에 엉겨붙은, 저항감이 거의 없는 부드러운 버터를 크게 한 술 떠서 껍질이 갈라진 틈에 떨어뜨렸더니 금세 황금빛으로 번지고 반짝반짝 빛나는 입자 덩어리에 순식간에 빨려들었다. 간장을 몇 방울 떨어뜨리고, 잘 먹겠습니다, 중얼거린 뒤 포크로 찔렀다. 버터를 듬뿍 머금은 뜨거운 감자가 입안에서 무너지고, 김이 콧속까지 닿았다. 통통하고 묵직한데 보슬보슬한 식감의 크림이 되어 열과 함께 혀 위에 퍼져갔다.

버터는 비교적 담백한 맛이지만, 니가타에서 먹은 모든 유제품이 그랬듯이 햇살이 느껴지는 따스함과 감칠맛이 있었다. 간장이 스며 어우러진 감자의 단맛과 식감이 함께 두드러져서 포크를 든 손이 멈추지 않았다.

정신을 차리고 보니, 한 통 가까운 버터와 두 개의 감자를 감쪽

같이 해치웠다. 포만감으로 그대로 데구루루 쓰러졌다. 자신이 자신을 달랜 것이 자랑스러웠다. 숨을 토하니 진한 버터 향이 천천히 얼굴을 덮었다.

가지이의 피해자들과 리카의 차이는 성별 말고는 별로 없을지도 모른다. 굳이 말하자면 이렇게 문득 생각나면 채소를 삶아서 입맛에 맞게 간을 해서 먹는 능력이 있는가, 없는가, 이런 차이가 아닐까.

"아빠."

하고 불쑥 중얼거렸더니, 기관 하나가 막힌 것 같다. 감자 조각이 어딘가에 걸렸을지도 모른다. 20년 가까이 입에 올리지 않은 단어였다. 아직 쉰두 살밖에 안 된 젊은 나이였다.

그렇게까지 못된 사람은 아니었다. 안타까움이 끓어오르면 미칠 것 같아 아버지의 나쁜 점만 애써 떠올린 것이다. 추운 계절이었던 어린 시절의 생일과 크리스마스. 리카는 그런 날 아버지에게 사랑받았던 것을 또렷이 기억한다.

구급대원의 말에 따르면 아버지는 죽을 때 고통스러워하지 않았던 것 같다. "쿵 하고 갑자기 막이 내린" 듯했다고 한다. 최후의 순간, 아버지는 무엇을 느끼고 보았을까. 가족과의 많은 추억이 아로새겨진 장소에서. 전화기 바로 옆의 차가운 카펫 위에서. 시야가 갑자기 일그러졌다.

머리를 일으키니 접시에 남은 얇은 감자껍질이 에어컨의 뜨거운 바람에 희미하게 흔들리고 있다. 감자 향이 나는 트림이 나왔다. 이렇다 할 무엇 하나 남기지 못한 채 나이를 먹고, 아마 아이를 만들지도 못한 채 언젠가 혼자 죽겠지, 이 방이나 이곳과 비슷한 장소에서. 그렇게 또렷이 자각했다. 아버지의 딸이다. 피할 수 없는 사실이다. 너무 거창하게 받아들이지 않는 것이 중요하다. 어떻게든 스스로 할 수 있는 일은 최대한 연구하고, 생활의 세부까지 풍요롭게 일구어나간다면 결과는 같아도 처량함은 덜하겠지…….

선명한 이미지 하나가 번쩍였다. 마지막 날이 올 때까지 힘닿는 대로 맛있는 음식을 만들어서 누군가를 대접하고 싶다. 어릴 때 그림책에서 본 것 같은 칠면조구이나 설탕옷이 녹아내리는 케이크. 생각만 해도 가슴이 설레고 벅차다. 알찬 가정 요리로 누군가를 위로해주겠다는 생각은 주제넘는다. 그러나 나 하나만을 위해서 만드는 요리도 이젠 질렸다.

단 한 가지 알고 있는 것은, 대접하고 싶은 상대가 마코토가 아니라는 사실뿐이다.

밀크티를 살짝 덮고 있는 갈색 막을 찻숟가락으로 구석까지 걷어내자, 깊은 주름이 생겼다. 젊은 여성들로 붐비는, 나뭇결이 실내장식의 기조인 카페였다. 술 없이도 침묵이 불편하지 않게 된 지금 이런 장소에서 만나는 편이 여러 가지로 편하다는 걸 서로가 깨달았다.

"시골 간장과 수제 된장이라니……, 독신 남자에게 하는 선물로는 허를 찌르는걸."

봉지에서 병과 통을 꺼내자마자 시노이 씨는 쓴웃음을 지었다.

"일껏 곡창지대에 갔으니 사케를 살까 생각도 했지만, 술은 일로 만나는 분들과 얼마든지 드시잖아요? 오히려 시노이 씨에게 필요한 것은 집에서 소비해야 하는 조미료가 아닐까 싶어서. 이게 있으면 자연스럽게 채소를 삶거나 볶게 되지 않을까요."

"맙소사. 이건……. 자취를 하지 않을 수 없게 됐네."

이 가게에서 시노이 씨는 그리 튀지 않았다. 위압감이 없는 외모 탓일까. 역시 딸이 있는 아버지라는 사실이 영향을 미친 것 같다.

"괜찮아요, 나도 같은 걸 샀어요. 같이 노력해요. 이 앱 한번 보세요. 적은 식재료로 5분이나 10분 만에 뚝딱 만드는 간단한 레시피가 잔뜩 있어요. 일단은 밥을 짓고, 간단한 반찬 한 가지와 된장국부터 시작하지 않을래요?"

리카는 스마트폰을 내밀었다. 오지랖이라고 해도 상관없다고 생각하니 갑자기 긴장감이 사라지고, 레이코하고 있을 때처럼 통통 튀는 리듬이 생겨났다.

"니가타에 가서 절실히 생각했어요. 딱히 이유도 없고 싫은 것도 아닌데, 그저 별생각 없이 피하다보니 귀중한 식문화를 죽이고 있구나 하고. 앞으로는 쌀이나 우유를 제대로 챙겨 먹으려고 해요. 아가노라는 마을을 알고 나서, 일본인의 마른 몸 스트레스에 코웃음치고, 음식에 집착하는 데 전혀 거리낌이 없는 가지이를 조금은 이해할 것 같은 기분이 들었어요. 이걸 기회로 요리를 제대로 시작해보려고 해요. 실은 살롱 드 미유코에 다니려고요."

"지금은 폐점하지 않았나?"

시노이 씨가 목소리 톤을 약간 낮추고 시선을 선물에서 리카 쪽으로 돌렸다.

"연줄을 통해 조사해보았는데요, 언론의 눈을 피해 예전 수강생들만 마담이 자택으로 부르나봐요. 어떻게든 수를 써서 끼어보려고요."

"그쪽도 경계심이 강할 테니 쉽지 않을 거야, 끼기가. 그러나 나 역시 가지이의 분기점은 살롱 드 미유코 아닐까 생각해."

"네, 저도 그렇게 생각해요. 대체 어째서 가지이는 가장 싫어하는 여자 집단에 일부러 직접 뛰어든 걸까요? 본격적인 요리를 배우기 위해서라면 더 브랜드 가치가 높고 괜찮은 학교도 있을 텐데요. 그야말로 혼활婚活*의 장이 되는 남녀 혼성 교실도 좋았을 테고요."

시노이 씨는 여전히 뜨거운 밀크티를 한 모금 마시더니, 리카를 찬찬히 바라보았다.

"니가타에서 뭔가 잡았나보군. 전과 태도가 완전히 달라."

애플파이를 쪼개니 투명한 황색의 사과 잼 같은 것이 흘러내렸다.

"아가노에서 1997년 12월부터 몇 년 사이에 검거된 성범죄자 명단이 필요해요. 당시 니가타 지국에서 근무하면서 니가타현 경

---

* 혼활은 결혼 활동의 줄임말로, 결혼하기 위해 상대를 찾는 행위를 가리킨다.

찰과 친했던 기자라든가, 아는 사람 없으세요?"

찾아보지, 하고 그는 턱을 당겼다. 아무것도 제시하지 않고 뻔뻔하게 정보를 원하는 데에 리카는 이제 죄책감을 느끼지 않기로 했다. 상대도 혹시 뭔가 필요해지면 말할 것이다. 자신은 모든 수단을 써서 전력을 다할 생각이다. 지금 당장은 무리여도 장기적으로 기브 앤드 테이크 관계를 만들어나가면 된다.

회사로 돌아가서 엘리베이터를 탔을 때 무심코 스마트폰을 꺼냈더니 메시지가 와 있었다. 마코토였다.

오늘 밤 만날 수 없을까? 니가타 애기도 듣고 싶고.

마코토의 선물을 잊었다는 사실을 그제야 떠올렸다. 리카는 답을 생각하기 전에 먼저 탕비실로 발을 옮겼다. 오늘 아침 출근하자마자 르렉체 양갱 두 통을 "니가타 선물입니다. 여러분들 드세요" 하는 메모를 곁들여 왜건 위에 올려놓았다. 이제 오후 3시가 막 지났다. 한 개쯤은 남아 있지 않을까, 기대했지만 유키가 마지막 한 조각을 입에 넣고 있는 참이었다.

"아이쿠, 다 떨어졌네."

유키는 거리낌없이 양갱을 입에 밀어넣더니 말했다.

"당연히 다 떨어지죠. 이렇게 신선하고 맛있는걸요. 과일을 통째로 씹는 것 같아요. 나라도 꼭 사겠어요. 이거, 오모테산도에 있는 니가타의 안테나숍에서 팔려나."

"그게 뭐야? 거기서 니가타 특산품 살 수 있어? 어딘지 가르쳐 줘."

나가는 길에 들러야지, 하고 마음먹었다. 그런데 어째서 마코 토한테 '선물 사는 걸 깜박했다'는 말 한마디 하기가 이렇게 꺼려 질까. 유키가 입고 있는 것은 아이돌 '스크림'의 굿즈 같다. 그녀 는 리카의 시선을 느끼고 트레이닝복을 내려다보더니, 집에 가지 못해서요, 로커에 갈아입을 옷이 이것밖에 없어서, 하고 부끄러운 듯이 빠르게 변명했다.

"저기, 우리 동기인 후지무라도 그런 것 입고 그래?"

"그럼요. 그분 굿즈에 돈 많이 써요. CD도 몇 장이나 사서 소장 용과 감상용과 포교용으로 나누고. 그러니 집에서 몰래 입지 않을 까요. 그런 타입, 여자 친구나 부인은 무지 힘들 것 같아요."

가벼운 농담이었는데, 뜻밖의 핵심을 찔러서 움찔했다. 유키는 아무것도 눈치채지 못한 모양이다. 아직 성이 안 차는지 양갱 상 자를 미련이 남는 눈길로 내려다보았다. 리카는 되도록 가볍게 들 리도록 신경썼다.

"그렇지만 좋은 사람이잖아. 일도 잘하고 여자한테 이해심 많 은 유형."

유키는 머리 위의 선반 근처로 시선을 옮기고 몇 번이나 혼자 끄덕였다. 진지한 화제로 삼을 생각은 없어서 리카는 뭔가 미안한 마음이 들었다.

"맞아요, 주위에 자랑할 수 있는 사람이긴 해요. 그렇지만 뭐랄까……."

식칼에 묻어 있는 종이처럼 얇은 양갱 부스러기를 손가락으로 집어서 떼어내어 혀 위에 달랑 올린다. 작은 동물 같은 연분홍빛 혀였다.

"중요한 사실을 마지막까지 말해주지 않을 것 같은 느낌, 들지 않으세요? 아이돌 좋아하는 것도 굳이 자기가 먼저 말하지 않을 것 같아요."

자연스럽게 웃느라 힘들었다.

"아, 그렇지만 이제 그런 걱정은 없으려나. 후지무라 씨, 스크림 덕질 끝낸 것 같아요."

"어머, 그래?"

"후지무라 씨가 좋아하는 센터 메구미가 갑자기 살이 쪘어요. 왜 인터넷 뉴스에서 엄청 화제가 됐잖아요? 열네 살짜리 여자아이이고 성장기니까 살 좀 찌는 거야 별것 아닌데, 후지무라 씨는 고지식해서 노력하지 않는 데 환멸을 느꼈다나요. 아아, 사내에서 오타쿠 친구 귀한데."

모호하게 웃으며 탕비실을 나갔다. 복도 벽에 기대서서 마코토에게 답장을 했다.

미안, 사정이 여의치 않네. 바로 연락할게.

멋대로 손가락이 움직였다.

마코토는 리카가 아직 살이 빠지지 않은 것을 가지이 취재 때문이라고 믿고 있어서 그런대로 인정하고 있다. 거짓말이라고 할 수는 없지만, 이미 리카는 누군가를 위해서가 아니라 자신을 위해서 먹고 있다. 아마 메구미라는 아이돌도 연예 활동으로 소모된 부분을 보충하려고 자연스러운 욕망대로 먹었을 뿐일 것이다. 예를 들면 아이의 건강이나 장래를 생각하는 가족이나 교사가 보면, 전혀 이상하지 않은 몸매일 터다. 시노이 씨의 딸이 그렇듯이. 그건 그렇고, 어느새 마코토와 자신의 필요 열량이 서로 바뀐 기분이 들었다. 터닝포인트는 그날 밤쯤일까.

책상으로 돌아오자, '1층에 손님'이라고 쓴 낯익은 글씨가 적힌 포스트잇이 있었다. 약속 없이 만나러 오는 상대는 드물다.

경계심으로 몸이 굳어졌던 만큼, 엘리베이터에서 내리자마자 바로 눈에 들어온 커다란 체구에 안도했다. 매서운 눈을 한 편집자들이 오가는 로비에서 두 달 만에 만난 더플 코트 차림의 툐스케 씨는 무방비 상태의 선량하고 체온 높은 대형견처럼 보였다. 추위 탓인지 콧등도 뺨도 한층 빨갛다.

"바쁘실 텐데 느닷없이 찾아와서 죄송합니다. 레이코가 신세를 졌습니다. 민폐를 끼친 건 아닌지요."

"아뇨, 저야말로! 레이코를 데리고 가서 죄송해요. 오랜만이에요. 그때는 갑자기 드린 무리한 부탁을 들어주셔서 감사했습니다."

그가 근무하는 회사의 직영점이 가구라자카로 진출했다 해도 이상하지 않다. 또는 외근차 왔다가 들른 걸까, 이렇게 생각하면서 접수처 앞 세 군데에 나란히 놓여있는 응접 세트 중 한 곳으로 안내했다. 너무나도 미안해하는 모습으로 료스케 씨는 몇 번이나 머리를 숙였다.

"레이코의 행방을 모르겠습니다. 휴대전화도 연결이 안 돼요."

그러고 보니 라인 메시지를 몇 번이나 보내도 읽지 않았지만, 관광하느라 정신이 없거나 통화권 밖에 있겠거니 하고 딱히 신경 쓰지 않았다. 리카는 말을 잃고 그의 맞은편에 앉았다.

"어떻게 된 걸까요. 제가 마지막으로 만난 곳은 어제 니가타역 이었어요. 레이코는 하룻밤 더 자고 오늘 밤에는 5년 만에 가나자 와의 친정에 간다고 했어요. 당연히 료스케 씨도 알고 있는 줄 알 았는데."

"저도 그렇게 들었습니다. 그런데 처가에서는 그런 연락이 없 다고 하더군요. 아내 성격에 가면 간다고 연락 정도는 하지 않겠 습니까. 뭐, 결혼식에도 오지 않았던 부모님이지만……."

각진 이마에 희미하게 땀이 뱄다. 미간을 찡그리며 료스케 씨 는 쥐어짜듯이 말했다.

"아이가 생기지 않는 일로 그 사람, 많이 고민했어요. 요즘 대화 도 줄었고. 말을 걸어도 멍하니 있는 일이 많고, 집안일도 하지 않 고, 컴퓨터에만 매달려 있는 일이 늘었어요. 그렇지만 전부 제 불 찰입니다. 제가 변변찮은 탓입니다."

"불임 치료에 관해 의견이 맞지 않는다는 얘기는 들었어요."

조심스럽게 그렇게 말하자 료스케 씨의 얼굴이 한층 빨개졌다.

속 얘기를 하는 데 별로 익숙하지 않을 것이다. 갈 곳 없는 손을 무릎에 올렸다.

"……처음에는 레이코가 나를 좋아한다고 말해주었어요. 솔직히 깜짝 놀랐습니다. 그렇게 만인의 주목을 받는 사람이 어째서 나를 선택했을까, 하고. 나는 인기 있는 유형도 아니고, 화제가 풍부한 것도 아니고. 수입도 레이코보다 훨씬 적었어요."

그런 의문은 두 사람이 약혼한 당시 리카에게도 있었다. 솔직히 레이코를 빼앗겼다는 질투심도 거들어서, 료스케 씨의 장점을 순수하게 인정하게 된 것은 최근 일이다.

"결혼해서 매일 웃으며 지내도 그런 불신감은 지워지지 않았습니다. 그 사람, 가정에 대한 동경이 누구보다 강하잖아요? 그토록 좋아했던 일을 그만두고 임신에 전념하겠다고 했을 때는 깜짝 놀랐습니다. 말렸죠. 그렇지만 레이코는 듣지 않았어요."

소를 쓰다듬던 레이코의 손놀림이 되살아났다.

"그 무렵부터 온도 차가 생겼을지 모르겠습니다. 상대는 꼭 내가 아니어도 됐을지 모른다, 어쩌면 아이를 만들기 위해서라면 상대가 누구든 상관없지 않았을까 생각하니, 뭔가 점점 그러고 싶은 마음…… 들지 않아서……. 병원에 검사를 하러 가는 날은 일부러 약속을 잡기도 했습니다. 못됐지요. 만약 내 쪽에 원인이 있다고 하면 레이코에게 버림받을 것 같아서 무서웠어요. 아, 죄송합니다. 이런 개인적인 이야기, 갑자기 이런 데서 해서. 폐를 끼쳤네요."

료스케 씨는 아픔을 참듯이 등을 구부리고, 이따금 말이 막혀

신음이 나왔다. 아마 이 이야기를 누군가에게 하기는 처음일 것이다. 평소의 허물없던 말투가 딱딱해졌다. 리카가 몸을 앞으로 내밀 때 스마트폰의 착신음이 울렸다. 전원을 끌 생각으로 집어들자, 화면에 기타무라의 이름이 떠 있었다. 료스케 씨에게 양해를 구하고 고개를 돌려 전화를 받았다. 입가를 손으로 막고 빠르게 속삭였다.

"뭐야, 급해? 미안, 지금 손님이 계셔서. 나중에 하면 안 돼?"

"시간 뺏지 않을게요. 본관 구내식당에서 기다리겠습니다. 얼른 와주세요."

일방적으로 그렇게 말하고 전화를 끊었다. 무시할 생각이었지만 료스케 씨가 바로 눈치를 챈 듯 말릴 틈도 없이 일어났다.

"죄송합니다, 업무 시간에. 저 그만 가보겠습니다. 무슨 일 있으면 연락주세요. 리카 씨만 믿겠습니다."

도망치듯이 유리로 된 현관 너머로 작아져가는 그의 등을 지켜보는데 불길한 예감이 더욱 현실감을 띠고 스멀스멀 커졌다. 지하 1층의 구내식당을 향해 계단을 뛰어내려가면서 리카는 상황을 정리했다.

부부라면 흔히 있는 대수롭지 않은 가출일까. 레이코에게 료스케 씨와 겪어온 이런저런 얘기를 들은 만큼, 없는 얘기는 아니라고 생각한다. 그를 좀 골탕 먹이고 싶어 벌인 행동이라고 생각하면 납득이 가지만, 그런 유치한 짓을 할 레이코가 아니다. 무엇보다 리카와도 연락이 되지 않는 것이 이상하다. 그러나 꼼꼼한 레이코가 사건 사고에 휘말렸을 거라고는 생각하기 어렵고, 겨우 어제오늘 일이다. 밤이 되면 가나자와의 친정에 도착했다는 연락이 올지도 모른다.

사람이 거의 없는 구내식당 한 모퉁이에, 파티션으로 구분한 테이블석에서 기타무라가 얼굴을 쏙 내밀었다.

"아까 남자, 누굽니까? 내선 받은 사람 나였어요."

취조하는 듯한 어조가 거슬려서 일부러 털썩 앉았다. 기타무라 탓에 료스케 씨를 쫓아보낸 꼴이 된 것도 화가 났다. 평소에는 신경쓰이지 않던 고급스런 셔츠나 편집부에는 어울리지 않는 피부의 윤기가 짜증나게 느껴졌다.

"누구든 상관없잖아. 왜, 무슨 일이야? 아, 혹시 가지이 마나코 피해자 누나 건? 연락처 알았어? 가르쳐줘."

스스로 생각하기에도 거만한 어조가 돼갔다. 그는 평소와 달리 도전적인 눈빛으로 리카의 내면까지 꿰뚫듯이 노려보고 있다.

"봤습니다. 지난주. 마치다 씨, 통신사 시노이 씨하고 바로 저기 이다바시에서 같이 택시 탔죠."

이겼다며 노골적으로 우쭐해하는 빛이 눈에 서렸다. 까맣게 잊고 있었지만, 니가타 출장중에 '의논하고 싶은 일이 있다'고 메일이 왔는데 이 일 때문이었나.

"저, 미행했습니다. 차는 아라키초로 달려가서 아랫길로 내려가 1층에 슈퍼가 있는 맨션 앞에 섰죠."

"미쳤어. 사생활 침해야."

리카는 의자에 다시 깊숙이 고쳐 앉았다. 놀라움보다 혐오감이 훨씬 컸다. 타인에게 무관심한 기타무라가 이렇게까지 개입해오는 것이 왠지 불길하기도 했다.

"두 사람은 맨션 1층에서 장을 봐서 건물 안으로 나란히 들어갔어요."

"맞아. 같이 술 마시는 친구야. 그게 뭐 잘못됐어? 집에는 다른 사람도 있었어. 같이 요리를 하고 함께 먹었어."

거짓말이 술술 나왔다. 아무런 죄책감도 없다. 그 집에서 일어난 일을 일일이 설명하면, 시노이 씨는 물론이고 가족까지 조롱거리로 만드는 일이다. 이쪽의 감정이 조금도 흐트러지지 않아 그는 더 초조한 모양이다. 세팅에 시간을 들인 듯한 긴 앞머리를 마구 헝클었다.

"들었어요. 가지이 마나코 독점 인터뷰 선배가 땄죠?"

"네가 그걸 어떻게 알아?"

"편집부 전원이 알아요. 뿐만 아니라, 업계 전체에 소문났어요."

출근하고 나니 많은 시선이 와서 꽂힌 이유를 그제야 알았다. 리카는 흥, 하고 희미하게 콧방귀를 꼈다. 술이 들어가면 절도를 지키지 않는 데스크의 행동거지가 떠오르고, 피로감이 훅 몰려왔다.

"라이벌 회사의 기자가 가지이 마나코에게 인터뷰를 요청했나 봐요. 그 사람 선배 이름을 대며 거절했대요.《주간 슈메이》의 마치다 리카에게 취재를 받기로 해서 지금은 받을 수 없습니다, 하고. 그 기자가 우리 부서 사람에게 넌지시 떠봤고요. 또 술자리에서 데스크에게 물었더니 바로 인정했다더군요. 선배가 출장 간 동안에 눈 깜짝할 사이에 퍼졌어요."

딱히 감출 필요도 없었다. 다음 달이면 공표할 생각이었고, 무엇보다 가지이가 리카의 이름을 댔다는 사실이 자신도 의외일 정도로 마음을 들뜨게 했다.

"시노이 씨의 협력입니까?"

두 가지 일이 어떻게 연결되는지 도무지 알 수 없어, 리카는 엉겁결에 웃음을 터트렸다.

"마치다 선배는 일에 여자라는 걸 이용하지 않는다고 멋대로 생각했는데, 내가 착각한 건가요. 선배와 나는 비슷한 동지라고 생각했는데."

정의의 사도인 척하는 표정에 기가 막혀서 리카는 머리를 좌우로 흔들어 보였다.

"어떻게 생각해도 좋아. 시노이 씨에게 때때로 상담하는 건 사실이고 자문도 듣고 있지만, 이 건과는 무관해. 가지이에게는 내가 몇 번이나 편지를 써서 허락을 받고 만나러 갔어. 나는 정공법으로 피고인 가지이에게 부딪쳤고, 시노이 씨와도 시간을 들여서 신뢰 관계를 구축해왔어. 퍼트리고 싶으면 그러시고?"

잠시 후 기타무라의 표정에서 힘이 훅 빠졌다. 모든 일이 아무래도 상관없다는 듯한, 언제나 보이는 태도로 조금 돌아왔다.

"존경했습니다. 마치다 선배. 제가 우리 부서에서 기자로서 정말로 본받을 만하다고 생각한 사람은 미즈시마 선배와 마치다 선배뿐입니다. 두 사람 다 합리주의인 데다 마음이 통하는 점이 좋았습니다. 모두가 진부한 방식에 얽매이는 가운데 언제나 새로운 일을 하려고 했어요."

이쪽 상태에 아랑곳하지 않고 주절주절 말했다. 그의 입에서 동료 이름이 나온 것은 지금까지 거의 없는 일이다.

"기자와 '손님'은 관계를 만들기 위해 엄청나게 많은 술을 마셔. 돈을 써. 출판 불황이라고 하면서 다들 접대에 돈을 펑펑 쓰는 데 의문을 갖지 않아. '손님'과 맺는 관계는 그런 거라는 인식이 업계 전체에 배어 있어. 낭비와 야합에 대해 이렇게 엄격한 세상이 됐는데 여태껏 쇼와시대의 낡은 규칙이 그대로 적용돼⋯⋯."

뭔가 말하려다 그만두었다. 자신과 똑같은 위화감을, 남들보다 빨리 퇴근할 생각만 하는 줄 알았던 이 후배가 안고 있는 것이 그저 신기했다.

"편집부는 기본적으로 접대에 맞추어 일정을 정하죠. 만약 회식이나 술자리에 끼지 않고도 제대로 소스를 따서 업무에 지장만 초래하지 않는다면, 아침 9시 전에 출근해서 오후 6시에 퇴근해도 좋을 텐데 말입니다. 그러나 아무도 그렇게 하지 않아요. 만약 이 규칙이 적용되면 미즈시마 씨가 영업부로 옮길 일도 없었을지 모르죠. 무의미한 관습이 무엇보다 중요시되니 정작 중요한 판매 부수나 기사 수준이 떨어지는 것 아닌가요."

미즈시마 씨가 기타무라와 같이 일한 기간은 아주 짧다. 게다가 노골적으로 기타무라의 작업 방식을 비판했다. 그래도 기타무라는 미즈시마 씨에게는 순수한 마음으로 대하는 모습을 몇 번이나 보았다.

"진정한 신뢰 관계를 맺었다면 시간도 술도 그렇게까지 필요하지 않을 텐데요. 그쪽이 선배에게 호의를 갖지 않았다고 단언할 수 있어요?"

가슴속이 술렁거리지 않았다고 하면 거짓말이다. 그래도 리카는 입술만 재빨리 움직였다.

"지금 단계에서는 소스를 따는 게 전부 아냐?"

"선배, 굉장히 변했네요. 더 이상 가지이 마나코를 쫓아다니지 마세요. 돌이킬 수 없는 일이 되는 것 아닌가요?"

리카는 상대의 얼굴을 보지 않고 벌떡 일어났다. 구내식당을 나와서도 기타무라의 시선이 따라다니는 것 같아서 안정이 되지 않아, 엘리베이터 안에서 의미도 없이 몇 번이고 손바닥을 쳤다.

"니가타는 모든 게 맛있는 도시지? 어땠어? 뭐가 제일 맛있었어?"

노래를 부르는 듯한 어조로 가지이는 대뜸 물었다. 이렇게 태평한 모습을 보니 니가타에서 있었던 일이 전부 꿈만 같다. 자신은 레이코와 그냥 단순히 여행을 다녀온 것뿐이지 않을까. 레이코는 지금 집에 돌아와서 요리를 하며 료스케 씨의 귀가를 기다리고 있지 않을까.

어제는 결국 레이코와 연락을 하지 못했다. 료스케 씨가 한번 더 친정에 전화를 해보았지만, 오지 않았다고 했다.

2월도 슬슬 끝나가는데 도쿄구치소는 여느 때보다 더 을씨년스러웠지만, 아크릴판 너머의 여자는 남국에 있는 것처럼 뺨이 반짝반짝 붉게 빛났다.

"아, 내 소꿉친구 아키야마는 만났어? 그립네. 옛날에는 엄청난 개구쟁이였지. 무뚝뚝하지만, 나한테 호감 있는 게 다 보였지. 귀여웠어."

이성 얘기가 나오면 바로 목소리가 통통 튀고, 눈이 가늘어진다. 입술이 싱싱하게 젖는다.

"저기, 좀 다르지 않아요?"

"왜 그래. 무서운 얼굴 하고."

"아키야마 씨는 이렇게 말했어요. 당신은 원래 눈에 띄지 않는 여자아이였다고."

예상대로 가지이는 전혀 개의치 않고 깔깔 웃었다.

"아, 혹시 안나가 뭔가 이상한 말 했나? 안나는 지금 제정신이 아냐. 그런 엄마와 24시간 같이 있으면 누구라도 그렇게 되지. 무슨 말을 해도 신경쓰지 마. 아키야마는 사실은 나와 같이 도쿄에 오고 싶어 했어. 그런데 집에 붙들려서 별 볼일 없는 동창이랑 결혼해버렸지."

리카는 우울한 듯이 한숨을 쉬는 마나코를 차가운 눈으로 지켜보았다. 어째서 이런 여자의 페이스에 말려들었을까. 얼마 전까지의 자신이 어리석기도 하고 불쌍하기도 했다. 무엇을 해도 자신이 없었다. 무엇을 먹고 싶은지도 알 수 없었다.

"당신한테 시선을 보낸 유일한 남성은 아직 어린 여동생을 노렸던 변태라면서요?"

"무슨 소리야? 엉? 뭐지? 무슨 말을 하는지 통 모르겠네."

자기가 한 말이 문득 무의미하게 느껴졌다. 이렇게 이 여자의 내면에 들어가려고 애를 써도 전부 헛수고로 끝날지도 모른다.

"그 남자예요. 당신의 첫사랑 남자. 당신의 첫 남자는 안나 씨를 따라다녔어요. 도쿄에서 온 회사원이란 것, 지어낸 얘기죠?"

얼굴을 보지 않아도 알았다. 그녀가 만들어낸 두꺼운 벽은 이 방향에서는 무너뜨릴 수 없다. 리카는 즉석에서 각도를 바꾸기로 했다.

"당신이 다녔던 요리교실에 다녀보려고 해요. 친구인 레이코와. 레이코가 니가타에 따라와준 덕분에 이번에 수확이 컸어요."

"호오, 무슨 바람이 분 거야? 요리 따위 흥미 없지 않았어?"

"당신은 어째서 살롱 드 미유코에 갔을까요. 그건 마지막 희망을 걸었기 때문이라고 나는 생각하는데."

"무슨 소리?"

"이해자를 얻는 거죠. 동료 말이에요."

"친구는 필요 없다고 말했을 텐데?"

"그러게요. 그러나 남자들은 당신의 육체나 돌봄, 모성, 이른바 본인에게 유익한 것만 좋아할 뿐 당신의 고민이나 아픔을 나눠 가질 수 없었죠? 당신은 언제나 뭔가를 요구당하기만 했을 테니까."

"별로 상관없어. 고민이나 아픔 따위 내게는 원래 없으니 무의미해."

하고 싶은 말이 넘쳐흘렀는지 혀가 마구 엉키는 가지이를 가로막았다.

"어쨌든 나는 거기에 레이코와 가보고 싶어요. 그 친구와 함께라면 내게는 보이지 않는 것이 보일 테니."

"레이코, 레이코, 당신들 뭐야. 뭐, 사귀는 거야?"

껍을 뱉듯이 가지이가 중얼거렸다. 평소에는 아무것도 비치지 않는 눈이 그녀에게 어울리는 잔인한 빛을 띠고 희미하게 빛났다.

"레이코는 당신이 생각하는 그런 여자가 아냐. 당신은 아직 아무것도 못 보고 있어."

상대의 모습을 보면서 리카는 주의깊게 되물었다.

"당신, 레이코를 알아요?"

이쪽을 우리에 넣고 감상하듯이 가지이는 가볍게 턱을 돌리며 내려다보는 듯한 자세를 취했다.

"여기 온 적 있어. 지금까지 두 번."

아가노의 눈을 덮어쓴 산자락이, 산토피아월드의 하얀 관람차가 순간 눈앞에 나타난 느낌이 들었다. 실내인데 뺨이 차갑다. 귓속이 추위로 쩡 울린다. 관자놀이가 멋대로 움찔움찔 움직였다. 이렇게 해서…… 눈앞의 여자는 이렇게 해서 직접 손을 대지 않고도 피해자들을 죽음에 이르게 했을지 모른다.

"언제요?"

"글쎄, 아마 새해가 되고 얼마 지나지 않아서 한 번. 이번 달 초에 한 번. 그 여자, 당신이 여기 온 뒤로 편지를 보냈더라고. 나 때문에 마치다 씨가 이상해졌다, 한번이라도 좋으니 만날 수 없느냐고. 부탁이라고, 하도 끈질기게 굴어서 멋대로 하라고 답장했더니 정말로 왔더군. 친구가 이상해진 건 당신 탓이라고, 무서운 얼굴로 말해서 어디가 어떻게 이상해요? 하고 물었더니 이렇게 대답하데."

가지이는 말을 끊고, 갑자기 두 손을 활짝 펼치더니 위협하듯이 몸을 앞으로 내밀었다.

"엄청 살이 쪘대!"

연극을 하는 것처럼 눈을 커다랗게 떴다.

"이상하다고 해서 당신이 대체 어떤 기행을 저질렀는가 했더니, 그냥 살이 쪘다는 거야. 걱정이 돼 죽겠대. 당신이 살쪄서 이미 세간의 상식에서 벗어나버렸다는 거야. 기가 막혀서. 바보 아냐. 남의 체형이 좀 달라진 것 가지고, 원 세상에. 왜 그렇게 심란해하지. 이 인간이나, 저 인간이나……. 왜 그렇게 남을 신경쓰는 거야? 남이 어떤 모습인지, 남이 욕망을 드러내고 있는지, 어떤지. 그런 일로 불안해하기도 하고 우월감을 갖기도 하다니, 이상해. 남의 모습이 자기 속에서 일어나는 일보다 훨씬 더 걱정이 돼 죽겠다니 미친 거 아냐?"

가지이의 목소리는 명료했고 지금까지 한 어떤 말보다 진지했다. 그대로다. 지난 몇 개월, 리카가 주위 사람에게 계속 느껴온 위화감 그 자체다.

"거참 대책 없이 정서 불안인 여자더만. 남편이 상대해주지 않는 것도 이해가 가대. 궁상맞게 생겨서 보잘것없고, 몸은 막대기 같은 데다 앵앵 귀에 거슬리는 목소리로 떠들어대는데. 만나자마자 바로 알았어. 남자 품에 제대로 안겨보지 못했다는 걸. 우리 엄마하고 똑같은 여자더라고. 배운 건 있어서 입으로는 잘난 소리를 해대도 아무리 그래봐야 남자한테 사랑받지 못해. 진정한 쾌락을 모르니까, 언제나 채워지지 않아서 공격 상대를 찾지 못하면 안정이 안 돼. 당신에 대한 우정인지 뭔지도 채우지 못한 성욕의 배설구야. 당신을 마치 연인처럼 얘기하는데 소름 끼쳤어. 내가 말해줬잖아. 제대로 된 섹스를 정기적으로 하지 않는 사람은 이유야 어떻든 모두 사회 부적합자라고. 섹스도 제대로 못하고, 뭐가 인간이야. 머잖아, 언젠가, 이런 게 어디 있어. 지금 이 순간 남편한테 사랑받지 못하면 끝까지 원만하지 못해. 뭘 해도 소용없다니까."

자신이 멸시당하는 것보다 더한 아픔이 몸을 덮쳤다. 리카가 가지이에게 끌린 것은 사람을 무시하는 듯한 언동으로 가리고 있는 분노 때문일지도 모른다. 그녀의 내면에 있는 것. 아무 상관없는 레이코까지 이렇게 철저히 멸시하지 않고는 못 배긴다. 가지이의 본질은 아마 오랜 세월 축적된 분노일 것이다. 모든 것을 다 태워버리는, 줄곧 꺼지지 않을 불꽃같은 분노.

"당신도 레이코인가 하는 여자도 남자한테 부성을 찾고 있어. 자신들이 원해도 얻지 못한 따뜻한 아버지상을 멋대로 이성에게 기대하고 있어. 나는 아버지하고 서로 깊이 사랑하고 신뢰했기 때문에 이성에게 아버지를 원하지 않아. 제대로 아버지한테 사랑을 받지 못한 당신들처럼 뒤틀린 욕구 따위 들이대지 않아. 그래서 누구에게나 사랑받았지. 여자한테 모성을 찾고, 보살핌이나 다정함을 기대하는 남자를 당신들은 경멸하는데, 그거하고 대체 뭐가 달라."

요전의 자신이었다면, 이 주장에 쉽게 넘어가서 며칠이고 침울해 있었을 것이다. 시노이 씨에게서 아버지의 모습을 보는 것도 어렴풋이 자각하고 있다. 그가 건강하게 살도록 도움으로써 아버지에 대한 죄책감을 지우고 싶은 마음이 있다는 사실도 깨닫고 있다. 그러나 리카도 레이코도 손 하나 까딱하지 않으면서 누군가를 조종하려는 소극적인 에너지는 조금도 갖고 있지 않다. 그래서 깊은 늪에 끌려들어가지 않으려고 자세를 바로했다.

"그 말을 레이코에게 했어요?"

"그럼, 해주었지. 얼굴이 새파랗게 질렸다가, 빨개지더니, 눈물을 뚝뚝 흘리며 울어서 내가 아주 폭소를 터트렸네. 내게서 당신을 되찾겠다고 진지한 얼굴로 선언해놓고, 딱하기 그지없더만."

세 건의 살인 사건 피고인 아닌가. 지금까지 더 위험한 상대도 만난 적이 있지 않은가.

"나는 레이코를 조금도 싫어하지 않아요. 확실히 이상한 데가 있고, 고집이 세죠. 화가 날 때도 있어요. 하지만 당신의 지적이 맞다고 해도 레이코와 있으면 즐거워요."

"즐거워?"

처음 듣는 언어처럼 가지이는 이 말을 혀에 사탕처럼 굴렸다. 즐겁다라, 하고 한 번 더 희미하게 중얼거렸다.

"그래요. 친구와 얘기하면 원래 즐거운 거죠. 당신한테 친구가 생기지 않은 이유는 당신이 독특해서도, 성적으로 분방해서도 아니고, 분명 누구든 당신과 함께 있으면 시간의 흐름이 단조롭게 느껴져서 지루했기 때문 아닐까요."

"무슨 소리 하는 거야. 당신 내 얘기에 실컷 빠졌었잖아!"

가지이가 처음으로 어안이 벙벙한 듯이 이쪽을 보았다.

"처음에는 그랬어요. 그러나 깨달았어요. 당신의 지식은 모두 책에서 읽었거나 돈을 내면 누구든 얻을 수 있는 것뿐이죠. 당신이 특이하게 보인 것은 현대인이 돈과 시간을 쓰지 않게 되고, 칼로리를 신경쓰느라 진정한 미식에서 멀어지고, 당연한 것처럼 교양을 쌓을 수 없게 됐기 때문이에요. 단지 그뿐이에요."

"아니. 나하고 있으면 괴로워지기 때문이겠지. 당신들 여자는 다 그래. 자기보다 어딘가 뒤처진 데가 있는 동성이 아니면 같이 있질 못해."

"그렇게 생각하는 편이 편할 테죠."

리카는 기타무라와 가지이가 같은 주장으로 자신을 책망한다고 생각했다. 기타무라는 지금까지 '손님'을, 가지이는 '친구'를 가진 적이 없다. 그래서 둘의 주장은 전부 상상의 성城을 넘지 않는다. 그들의 심한 말에 겁먹을 필요도, 가슴 아파할 필요도 없다. 전혀 동요하지 않는 리카에게 눈앞의 여자가 서서히 주춤거리는 것이 피부로 느껴진다.

"레이코가 지금 어디에 있는지 짐작 가는 곳 있어요?"

가지이는 여유를 되찾았는지 히죽 웃으며 대답하려고 하지 않았다. 너무나도 기분좋은 듯이 서로 애무하는 것처럼 두 입술을 맞대고 비볐다. 순간 오싹 소름이 끼치는 예감이 가슴을 스쳤다. 그것만은 생각하고 싶지 않다. 직접 손을 대지 않고도 쉽게 사람의 생명을 빼앗을 수도 있는 이 여자의 함정에 현명한 레이코가 빠질 리 없다.

"자기 자신을 백 퍼센트 긍정하고, 배짱 두둑하고, 아무런 주저함도 없어 보이는 당신한테 끌렸던 건 인정해요. 그러나 레이코가, 아니, 우리가, 귀찮고 성가셔도 일일이 사람 대 사람으로 정면에서 부딪치는 것은…… 당신보다 강하기 때문이 아닐까요."

"강하다고? 당신들이?"

가지이가 턱을 당기고 리카 쪽을 바라보았다. 입 모양이 반쯤 웃고 있었다.

"내게는 당신 쪽이 훨씬 약한 인간으로 보여요. 보기 싫은 것은 아예 보지 않으려 하고, 자신을 상대해주지 않는 쪽이라면 전부 없는 것 취급하고. 니가타에 가기 전까지는 어딘가 당신이 무서웠어요. 그러나 그건 당신에 대해서도 실례였다고 생각해요. 당신은 세상 사람들이 말하는 괴물이 아니라 한 사람의 인간인데."

그렇게 말하고 일부러 눈을 내리떴다. 가지이의 목소리가 점차 떨리기 시작했다.

"실례에도 정도가 있지. 내가 싫다고 하면 독점 인터뷰고 뭐고 바로 백지화할 수 있어."

"그런다 해도 어쩔 수 없죠."

얼굴을 들자, 처음으로 가지이가 말을 찾지 못한 듯이 리카를 멀뚱히 보고 있었다. 반쯤 벌어진 입에서 금방이라도 침이 떨어질 것 같다. 통통하고 하얀 손끝만 초조하게 움직였다.

"내가 마냥 당신 뜻을 따르기만 한다면 결국 당신이 마음속으로 만든 얘기를 한번 더 더듬는 것뿐. 그런 인터뷰, 발표해봐야 누가 읽겠어요? 그러잖아도 세상은 당신 사건에 지겨워하기 시작했는데."

"이래서 여기자는 싫다니까. 감정적이고, 신경질적이고, 어리광쟁이여서 철저히 프로가 되지 못한다니까! 됐어, 이 인터뷰는 없었던 걸로 해! 그래서 여자는 싫다고!"

콧구멍을 벌렁거리며 시뻘게져서 소리치는 가지이를 앞에 두고도 신기할 정도로 리카의 마음은 잔물결 하나 일지 않았다.

"나는 프리랜서가 아닌 정직원이어서 이 인터뷰가 백지가 돼도 일을 계속할 수 있어요. 결국 내가 잃는 건 없어요. 오히려 당신이 잃는 게 크죠. 처음으로 당신을 이해해준 사람이 없어지는 거니까. 원래대로 돌아갈 뿐이에요. 누구에게나 무시당했던, 아가노 시절로."

거봉 껍질이 툭 터졌다. 리카는 확실히 지켜보았다. 벨벳처럼 두껍고 아무것도 비치지 않는 피부 틈으로 비취색의 젖은 과실과 즙이 흘러내리는 것을. 이제 조금, 이제 조금 남았다. 겨드랑이 언저리에 땀이 찼다. 오감에 호소하면서 이쪽 페이스대로 확실하게 밀고 나간다. 절대 초조해서는 안 된다.

"그 사람을 만나기 전까지 당신은 그저 먹기만 할 뿐이었죠."

그녀의 추억의 맛은 돈을 내면 먹을 수 있는 외식으로 얻은 것뿐이었다. 그것이 훗날의 인생에 크게 영향을 끼쳤다.

"아가노에 가보고, 나는 당신을 진심으로 불쌍하다고 생각하게 됐어요. 당신에게 레이코 같은…… 남자든 여자든 상관없이, 고민을 털어놓을 수 있는 상대가 있었더라면 이렇게 되지 않았을지도 모르죠. 그런 식으로 무리하게 혼자 마무리 지으며, 사건 하나하나를 자신의 손으로 무리하게 닫아나갈 필요도 없었을지 모르죠. 나도 자칫했으면 당신처럼 됐을지도 모르고."

주간지 기자로서 다음 순간에는 반드시 답이 돌아오리라 확신하고, 리카는 가지이 마나코를 만난 뒤 처음으로 도전하듯이 정면으로 노려보았다.

"가르쳐주세요. 내 친구 사야마 레이코는 지금 어디서 무엇을 하고 있나요?"

10

2월 22일

료스케는 요즘 사케를 좋아한다. 업무상 교제를 하다 맛을 배웠다고 한다.

플랫폼에서 리카와 헤어진 나는 리카 몰래 로커에 넣어둔 짐을 꺼내서 아무것도 살 생각이 없는데 개찰구 안에 있는 지역 특산주와 과자가 진열된 기념품 가게에서 좀처럼 나가지 못하고 있었다. 호쿠리쿠 신칸센을 타고 고향인 가나자와에 가야 하는데. 니가타를 관광할 생각이나 부모를 만날 생각은 털끝만치도 없었다. 내 목적은 단 하나. 그것만 끝내면 당장 도쿄로 돌아가서 가와사키에 있는 그 집으로 어떻게든 들어가야 한다. 트렁크를 끌고 에스컬레이터에서 내려, 목적한 플랫폼으로 향했다. 가루눈을 덮어쓴 열차가 시간에 맞춰 들어오는 참이었다.

승차하기 전에 코트 주머니에서 스마트폰을 꺼내 전원을 껐다. 내게 연락할 사람이라곤 지금은 리카와 료스케뿐이지만, 두 사람 때문에 마음이 흐트러지거나 일을 방해받고 싶지 않았다. 며칠 동안 연락이 되지 않아도 스마트폰을 잃어버렸다거나 고장났다거나, 얼마든지 변명할 수 있을 것이다. 이날을 위해 새로 계약한 또하나의 스마트폰을 꺼내서 전원을 켰다. 덮개도 없는 스마트폰은 이 도시의 기온에 차가워질 대로 차가워졌다. 서먹서먹하고 어두운 화면에 나의 어설픈 윤곽이 비쳤다.

지정석에 앉자마자 코트를 입은 채 등받이도 기울이지 않고, 딱 한곳 등록해둔 주소에서 온 메일을 확인하고 바로 한 손으로 답장을 보냈다.

젤리한 마술사님, 드디어 남편의 눈을 피해 집을 나오는 데 성공했습니다. 오늘 밤 안에는 댁으로 갈 수 있을 것 같습니다. 당신만 믿습니다. 만남을 기대하고 있겠습니다. 커스터드로부터

드디어 이 노트를 꺼내서 오늘의 수확인, 리카와 찾아간 니가타현 경찰서에서 나눈 대화를 적고 있다. 항목별로 쓰는 '할 일 리스트' 중에서 '가나자와에 가기'에 선을 그어서 지웠다. 그리고 앞

으로 해야 할 일들을 제일 앞에 적어넣었다. 차창을 흘러가는 니가타의 경치도 나를 외롭게 하지 않았다.

최근 몇 달 동안 조사한 것, 어제 가지이네 집에서 판명된 것이 하나의 선으로 이어졌다. 내 추측이 맞다면 그 여자에게는 틀림없이 살인 공범이 있을 터다. 리카가 지적한 대로 직접 손을 대지는 않았을지 모른다. 그저 여자의 지시에 따라, 남자들을 죽인 제5의 인물이 있을 테고 그는 이미 증언이나 수사 속에 모습을 드러냈다. 하나하나, 다급해하지 말고 정확하게 일을 진행해야 한다.

노트를 열심히 다시 읽는 동안, 나는 고향에 도착했다. 5년 만의 귀향이다. 플랫폼을 나오자, 니가타의 그것과는 완전히 다른 부드러운 냉기가 몸을 감쌌다. 잡초 타는 냄새 비슷한 향이 희미하게 떠돈다. 반갑게 느껴지는 것이 분했다.

역 앞에서 택시를 타고 고린보에 있는 친정 주소를 말했다. 번화가 뒤편의 이른바 고급주택지에 쇼와 초기에 지어진, 지나가는 관광객이면 모두 사진을 찍고 싶어 하는 빨간 삼각 지붕이 얹힌 양식 저택이다. 2층으로 이어진 계단 층계참에 박아넣은 스테인드글라스가 노을을 받아 빛나면 마리아의 옆얼굴이 떠오른다. 마치 드라마에 나오는 집 같다고, 학교 다닐 때 친구들은 언제나 부러워했다.

운전석 뒷주머니에 꽂힌 전단은 이 일대에서는 유명한 아버지의 호텔에서 뿌린 것 같다. 택시에 광고를 하다니 마침내 기울기 시작한 걸까. 홍보용 사진 속 아버지와 눈이 마주쳤다. 보톡스를 맞았는지 내가 아는 웃는 얼굴보다 훨씬 가짜 같다. 새하얀 머리 탓에, 요트 놀이로 탄 피부가 한층 검게 빛났다. 아버지는 키가 크고 이목구비가 훤해서 젊은 시절에는 곧잘 길거리 스카우트를 당했다고 한다. 짜증날 정도로 눈매가 나와 닮았다.

"이 일대에서 제일 커요, 거기. 숙소, 정하지 않았으면 어때요? 아가씨."

백미러 너머로 육십대 정도의 목이 굵은 운전사가 내 움직임을 은밀히 관찰하고 있었던 것 같다. 말을 흐리자, 그는 은근히 악의가 풍기는 어조로 이렇게 말했다.

"예약 없어도 갈 수 있어요. 요즘 거기 텅텅 비어서."

내가 아직 어릴 때, 우리 호텔은 규모는 작았지만, 서비스와 식사로는 가나자와 제일이라고 정평이 났다. 그러나 할아버지에게 사업을 물려받은 아버지 대부터 조금씩 질이 떨어지기 시작했다. 창밖에는 니가타보다 훨씬 쾌청한 쪽빛 하늘이 흘러갔다.

택시가 주택가 입구에 섰다. 요금을 낼 때, 운전사의 시선이 내 지갑으로 흘끗 향했다. 홍보부 시절부터 애용한 장지갑은 현금 25만 엔으로 빵빵하게 부풀었다. 현금카드나 보험증 등 꼬리가 잡힐 만한 것은 여행을 떠나기 전에 통장이나 인감을 넣어두는 서랍에 전부 두고 왔다. 만에 하나, 무슨 일에 휘말려도 내 신분을 증명할 것은 전혀 없다.

"10분 안에 돌아올 거예요. 잠시 여기서 기다려주시겠어요?"

운전사에게 말하고, 나는 태어나고 자란 이 동네에 내려섰다.

5년 만에 들른 친정집은 쓸데없이 커서 도깨비집 같았다. 시커멓게 우뚝 솟아서 나를 조용히 위협한다. 부모님은 여전히 밖으로 나돌아다닐까. 정면 현관에 감시 카메라를 단 것은 이 일대에서 우리 집이 제일 빨랐다. 뒤편으로 돌아가서 쪽문에 열쇠를 꽂았다. 혹시 열쇠가 맞지 않으면, 다지마 씨한테 연락해서 도움을 청할 생각이었다. 손잡이가 돌아가서 안도의 숨을 내쉬고, 낮은 나무문을 밀었다. 주방문까지 이어진 좁은 길이 가로지르는 두 평 정도의 뒤뜰 한복판에 개집이 있고, 한 치수 정도 작아진 멜라니가 우울하게 이쪽을 올려다보고 있었다. 짖을까 했지만, 사람이 그리운 듯한 눈으로 이쪽을 향해 킁킁 코를 벌름거렸다. 나는 몸을 구부린 채 숨을 죽이고, 멜라니의 목을 끌어안았다. 안구가 뜨거워지고 목이 바짝 탔다. 멜라니가 이렇게 살아 있다니, 이걸 안 것만으로도 오길 잘했다는 생각이 들었다.

"멜라니, 나, 기억해?"

역시 료스케를 닮았다. 암컷이지만. 나의 첫인상은 틀리지 않았다. 멜라니의 따뜻한 등에 얼굴을 묻으면서 나는 깊이 안도했다. 작은 몸에서 쿵쿵 맥박이 뛰고 있다. 목 언저리에서 과자 빵과 똑같은 냄새가 났다.

료스케 씨의 어떤 점이 좋은 거야?

그와 결혼하겠다고 말하자, 리카는 조심스럽게 물었다. 예전

동료 중 한 사람은 "어울리지 않아"라고 단호히 말했지만, 나는 잘 몰랐다. 애견 멜라니를 닮은 그를 만나자마자 나는 바로 끌렸다. 료스케는 나보다 훨씬 더 세상 사람들에게 사랑받고, 어디 가든 자신을 속이지 않고 잘해줄 타입의 사람이다. 한눈에 보면 알 일이었다. 그런 사람에게 나는 언제나 강하게 끌린다. 리카도 그렇다.

당연하지만 예전에 비하면, 멜라니의 털은 뻣뻣해서 손가락이 잘 지나가지 않는다. 눈곱이 잔뜩 꼈다. 제대로 보살피지 않아서라기보다 나이를 먹어서일 것이다. 산책은 제대로 시키는지…… 이것저것 걱정이 됐다. 허세꾼 부모이니, 주위의 눈을 의식해서 최대한 애견에게는 신경을 쓸 테지만. 그러지 않는다고 해도 다지마 씨가 있다.

멜라니는 목장견으로 알려진, 검은색과 흰색이 섞인 보더콜리다. 온순하고 순수하며 상대를 의심할 줄 모른다. 내가 멜라니와 처음 만난 것은 강아지 시절로, 마지막으로 한순간이라도 눈을 마주친 것은 지난번 귀성 때였다.

원래 부모님이 나를 이 도시에 붙들어둘 목적으로 사서, 고등학교 3학년 크리스마스에 우리 집에 온 불쌍한 아이다. 1지망 대학에 추천 입학이 결정되어서 준 선물이지만, 아직 손이 많이 가는 강아지를 도쿄에 데려갈 수 없는 노릇이었다. 또 익숙하지 않은 자취 생활을 하면서 개를 돌보기도 당연히 곤란할 터였다. 나는 울면서 멜라니를 남기고 본가에 이별을 고했다. 더 홀가분한 마음으로 고향을 떠날 생각이었는데, 정말이지 두 사람다운 책략에 화가 났다.

그리고 지금 멜라니는 나의 이기주의 때문에, 익숙한 이 집을 떠나야 한다. 나는 카트식 트렁크에서 중형견용 이동장을 꺼내 조립했다. 뚜껑을 벗기고, 최대한 작아지도록 포개서 넣어왔다. 빗, 산책용 줄, 뼈다귀 모양 장난감, 간이 화장실, 약간의 먹을 것, 시트. 어제 리카가 호텔방에서 나간 후, 근처 쇼핑몰 안 반려동물 용품점을 구경하며 사 모은 것이다. 도쿄를 떠날 때 리카는 내가 큰 트렁크와 보스턴 가방을 들고 있어 놀랐지만, 실은 안이 거의 비어 있었다. 옷도 소지품도 거의 갖고 오지 않았고, 가져온 것마저 오늘 아침 호텔을 나올 때 거의 전부 버렸다. 멜라니에게 애견용 쿠키를 주면서 이동장으로 무난히 유인했다.

접어두었던 폴리에스테르 소재의 토트백을 꺼내, 몇 장의 옷과 소소한 일용품을 넣고 빈 트렁크와 보스턴 가방은 뒤뜰 구석 쪽으로 차버렸다. 나의 눈짐작이 옳았던 듯 멜라니의 몸은 이동장에 딱 맞았다. 뚜껑을 닫자마자 격렬하게 짖기 시작해서 당장 이곳을 떠나야겠다고 생각하고는, 노트를 꺼내 백지에 볼펜으로 재빨리 휘갈겼다. 다지마 씨에게 메모를 남길까 생각했지만, 어쩌면 이제 여기에 오지 않을지도 모른다는 생각도 들었다. 어쨌든 아무리 싫은 부모라 해도 키우는 주인에게 멜라니가 무사함은 알려야 할 필요가 있다.

멜라니를 데려갑니다. 원래 내 개였으니 상관없죠? 레이코 그렇게만 써서 죽 찢어, 개집에 휙 던져넣었다. 이동장과 토트백을 들고 집을 나섰다. 집을 향해 등을 돌리자마자 호흡이 편해지는 걸 느꼈다. 이런 짓을 하는 자신이 생떼를 쓰는 아이처럼 느껴져서, 일부러 세게 아스팔트를 밟았다. 이동장에서는 멜라니가 공황에 빠진 듯이 계속 짖었다.

료스케와 리카에게는 내가 부모에게 버림받은 불쌍한 딸인 것처럼 얘기했지만, 사실은 좀 다르다. 두 사람을 밀쳐낸 것은 나다. 지금도 부모님은 계속 연락을 취하고 싶어 하고, 도움을 주고 싶어 한다. 그때마다 나는 쌀쌀맞게 내친다. 어쩌면 어리광을 버리지 못한 쪽은 나일지 모른다. 이렇게 멜라니를 유괴한 것도 신고당하지 않을 자신이 있기 때문이다.

열다섯 살의 중형견은 사람으로 치면 일흔여섯 살에 해당한다고 한다. 내일부터 산책을 데리고 나가야 한다. 마사지를 하고, 털도 정돈해야지. 정신이 아득해질 만큼 해야 할 일이 줄줄이 떠올라, 아주 잠깐 모든 것을 내팽개치고 싶어졌다.

오른손에 이동장, 왼쪽 어깨에 토트백을 메고 택시로 돌아와 역으로 가달라고 운전사에게 말했다. 그가 당황스러운 듯이 몇 번이나 돌아볼 만큼 멜라니는 격렬하게 계속 짖었다. 그러나 가나자와역에 도착한 후, 도쿄행 신칸센에 탔을 무렵에는 지쳐서 잠이 들었다. 긴 속눈썹을 내리고 축 늘어진 듯이 잠든 모습이 애처로웠다. 만나러 오려고 마음만 먹었으면 얼마든지 기회가 있었을 텐데. 지금 이렇게 데리러온 이유는 단순히 이 계획에 아무래도 멜라니가 필요했기 때문이다. 나 혼자서는 도저히 해낼 자신이 없어서 멜라니를 동반자로 삼은 것이다. 너무 내 멋대로여서 타인을 피폐하게 만든다. 나와 관련된 사람은 빠짐없이 불행해진다.

가지이 마나코와 나는 표리일체다.

나는 리카에게 몇 가지 거짓말을 했다. 애정 없는 부모는 가정 내 별거 상태라고 했지만, 두 사람 다 언제나 사이가 좋고, 로맨티시스트로 자식 사랑이 넘쳤다. 요리와 집안일은 다지마 씨가 전부 맡아서 했지만, 원래 그런 거라고 생각했고, 엄마의 손맛을 모르는 것쯤은 어린 내게 불행도 뭣도 아니었다. 단골인 고급 레스토랑이나 우리 호텔에서 세 식구가 하는 식사, 다지마 씨가 솜씨를 발휘한 맛있는 음식을 즐기는 설날과 생일. 모두 마음속에 등불을 켜놓은 듯한 기억이다. 누구도 희생하는 일 없이 풍요로운 생활이 가능해서 가족은 언제나 즐겁게 웃고 지냈다. 원하는 것은 무엇이든 가질 수 있었다. 배움의 경험은 셀 수 없을 정도이고, 지역에서 유명한 여고를 다녔다. 인정하고 싶지 않지만, 부모님에게 받은 교육과 지식은 현재 나의 기반이 됐다. 지금 생각해보면 애완동물처럼 사랑받은 것 같지만, 사리분별을 잘하고 순수한 나는 부모님의 자랑이었다. 호텔 광고 모델이 된 적도 있고, 가장 비싼 스위트룸에는 내 이름이 붙어 있다. 학생 커플로 결혼했기 때문에 동급생의 부모와 비교해도 젊고, 언제나 연인 사이 같은 멋지고 아름다운 부모가 내게도 자랑이었다.

중학교 1학년 봄, 피아노 학원에 다녀오다, 호텔 종업원인 젊은 여성과 겐로쿠엔*을 걷고 있는 아버지를 우연히 발견했다. 불륜 가능성은 전혀 생각하지 않고 장난 반인 심정으로 즉시 미행했지만, 이내 놓쳐버렸다. 대체 어떻게 된 걸까, 나는 줄곧 생각했다. 조심스럽게 엄마에게 말했더니, 안색 하나 바뀌지 않고 "아버지는 여직원들의 상담을 잘 들어줘서 지금도 직원들이 많이 의지해. 옛날부터 그랬어. 대학 테니스 동아리 때부터. 엄마는 하나도 신경 안 써" 하고 미소 지었다. 그때, 뭔가 이상하다고 생각했다. 모래 섞인 음식을 무심코 삼킨 듯한 위화감이 까슬까슬하게 흘렀다.

학교에 추종자 같은 친구는 얼마든지 있었지만, 내게는 마음을 나눌 친구가 없었다. 부모님이 가장 좋은 친구였던 까닭에, 밖에서 마음 둘 곳을 원하지 않은 탓도 있다. 가족 이외에 뭐든 얘기할 수 있는 상대라면 다지마 씨 정도였다. 저녁 식사 준비를 하는 그녀에게 부모님 일을 캐물었더니 얼버무렸다. 태어나서 처음 보는 모습이었다. 얼버무렸다. 곤란한 듯이 어색하게 미소 짓더니, 요령 좋게 얼렁뚱땅 넘어갔다. 나는 포기하지 않고 아버지를 거듭 미행하고, 엄마를 관찰하고, 동시에 다지마 씨를 추궁했다. 그러던 중에 지금까지 보이지 않았던 것이 내 눈에 비치게 됐다.

열세 살에 세상 풍경이 달라졌다. 지금 생각해보면 나의 최대의 결점이자 최대의 재능은 그때를 기점으로 싹이 텄다. 즉 남들보다 뛰어난 집념과 탐구심, 어떤 일이든 혼자 해내는 강철 같은 의지.

---

* 가나자와에 있는 일본 3대 정원 중 하나.

부모님에게 각각 공인된 애인이 몇 명이나 있다는 것은, 이웃은 물론 호텔 종업원, 지역 전체가 다 아는 사실이었다. 그처럼 독특한 삶의 방식은 웬걸 할아버지 대부터 이어진 것이었다. 아버지와 엄마의 상대 중에는 우리 집에 자주 드나들어서 나와 잘 놀아주던 착한 '아저씨'와 '아줌마'도 있었다.

중학교 2학년 여름, 나는 부모님 앞에서 처음으로 증거를 들이대고 두 사람의 부정을 심하게 비난했다. 처음에는 완고하게 부정했지만, 내가 준비한 몇 장의 사진을 보자마자 말수가 적어졌다. 뭔가 겁먹은 눈초리로 그제야 최근 딴사람처럼 냉담해진 딸과 마주했다. 나는 그런 눈을 여러 곳에서 몇 번이고 보게 된다. 어제는 급기야 친구인 리카까지 그런 얼굴을 하고 말았다. 요컨대 그녀와 헤어지는 것도 시간문제란 말이리라.

아버지는 말했다.

"아빠가 사랑하는 사람은 엄마뿐이야. 엄마도 그래."

마치 어려운 것을 잘 이해하도록 알기 쉽게 말해주는 듯했다. 아니, 틀린 것은 그쪽이다. 그런 건 사랑이 아니다. 그저 원하는 것이 일치하여 공범이 됐을 뿐이라고, 두 사람을 노려보는 눈에 힘이 들어갔다. 엄마는 줄곧 창밖으로 시선을 보내고 마치 피해자처럼 불쌍한 태도를 흩트리지 않았다. 지금의 나와 그리 나이가 다르지 않을 터다. 기억 속의 엄마는 짜증날 정도로 나와 외모가 닮았다. 연약하고 매끈하고 도자기 인형 같은 여자. 표현하고 싶은 것도 몸을 뚫고 나오는 욕구도 없는 대신에 누구와도 마찰을 일으키지 않는, 일으킬 줄조차 모르는 지루한 여자.

"말하자면, 각자 애인을 두는 것은 엄마와 아빠가 언제까지나 신선하고 사이좋게 지내기 위해 어쩔 수 없는 일이야. 평범한 집과는 조금 다를지도 모르지만, 레이코라면 어른들 사정도 이해해주겠지. 세상에는 여러 형태의 부부가 있다는 것을 알아주었으면 해."

나는 지금까지 쌓아온 모든 지식과 학교 수업 시간에 익힌 토론 실력을 구사하기로 했다. 극히 냉정하게, 이론적으로, 부모의 방식이 어떻게 잘못됐는지, 그들이 사랑이나 책임을 얼마나 가볍게 여기고 있는지 얘기했다. 어른이 아이에게 가르치듯이 시간을 들여 찬찬히 설명했다. 눈앞의 부모는 처음에는 곤혹스러워하고, 그다음에는 사람이 달라진 듯한 딸에게 공포를 느끼고, 시간이 흐를수록 점점 귀찮아하는 얼굴이 돼갔다. 나는 그제야 알았다. 정말 좋아했던 부모님은 문학이나 예술에는 나름대로 조예가 있었지만, 실제로 깊이 생각하는 습관을 갖지 못했다. 그저 보기에 예쁘고 자기가 좋아하는 것에 둘러싸여, 그날 하루 즐겁게 살면 그만인 지극히 경박한 인종이었다. 몸에 익힌 우아함 따위는 어차피 가짜였다. 돈이 없으면 금세 황폐해질 종류의 남녀였다. 언제까지고 계속 지껄이는 내게 아버지는 결국 넌덜머리가 난 것 같았다.

"어쩔 수 없어, 그…… 가족하고는 섹스를 할 수 없으니까."

그렇게 말하는 아버지의 얼굴을 나는 평생 잊지 못할 것이다. 일그러진 입술과 탁한 눈에는 끝없는 쾌락에 대한 갈망이 배어 있었다. 한없이 경박할 뿐 아니라 한편으로, 절대 이 삶의 방식을 바꾸지 않겠다는 강한 의지도 보였다. 아아, 이 사람은 자신의 기분이 좋아지기 위해서라면 규칙을 비틀어버리는 부류의 인간이다.

가족과는 섹스할 수 없다. 어른이 된 뒤에도 여기저기에서 나는 이 말을 들었다. 세상에 어느새 당연시된 이 말은 모든 부부를 무차별 능멸하고 있다. 내 표정이 어지간히 굳어 있었는지, 아버지는 황급히 수습했다.

"분명 레이코도 언젠가 어른이 되면 알게 될 거야."

그런 걸 이해할 거라면 어른 따위 되지 않아도 좋다고 생각했다.

지금도 결코 변함없다. 상대에 대한 존경과 규범을 도외시하는 쾌락 따위 평생 몰라도 좋다. 그리하여 아버지가 싫어하는 '단조롭고 가난한 인생'이 된다고 해도, 다른 것, 이를테면 음식과 생활 환경에 더 신경써서 궁극적으로 부모를 능가할 만큼 풍요로운 인생을 보내겠다고 생각했다.

그때 나는 이렇게 결심했다.

나는 부모의 삶의 방식에 온몸으로 "아니오"를 계속 외쳐왔다. 고향을 떠나 내 힘만으로 살았다. 생각해보면 부모의 삶의 방식이 허락된 것은 그들이 지역 전체로부터 보호받고 있기 때문이다. 도쿄에 와서 친구도 애인도 일도 내 힘으로 손에 넣었다. 그리고 나는 남편 이외의 사람과 결코 섹스를 하지 않는다. 나는 순수하게 아이를 만들기 위해서 섹스를 한다. 결혼 전까지 순결을 지키기로 마음먹었다. 내가 초경을 맞은 것은 그 무렵이다.

유감스럽게 의지가 약한 탓에 맹세를 지키지 못했지만, 장래를 생각한 남자가 아니면 자지 않겠다는 자신과의 약속은 최대한 지켜온 셈이다. 어린 시절부터 가사도우미로 일했던 이웃에 있는 다지마 씨의 집이 내 이상이었다. 얼굴도 분위기도 다지마 씨하고 꼭 닮아서 포동포동한, 중학교 교사인 그녀의 남편 같은 남자를 고르는 것이다. 성性적인 느낌은 전혀 풍기지 않고, 자식이 많아서 행복한 부부가 되는 것이 꿈이었다.

도쿄역에 도착하자, 게이힌도호쿠선으로 갈아탔다. 멜라니는 얌전하게 자고 있다. 나는 드디어 가와사키에 도착했다. 긴 여행이 겨우 끝나가고 있다.

개찰구 안에 있는 추운 화장실 개인 칸에 들어가자, 손목에 붕대를 칭칭 감고, 왼쪽 뺨에 일회용 밴드, 안대도 했다. 요전에 본 서스펜스 영화에서 주인공은 남편에게 폭행을 당한 것처럼 보이려고 자기 얼굴을 때려서 멍을 만들었다. 하지만, 나는 도저히 그렇게까지 할 용기는 없었다. 개인 칸에서 나와 그야말로 불행하고 힘없는 여자의 모습을 거울로 확인했다. 화장은 이미 다 지워졌고, 지친 탓인지 자연스런 창백한 얼굴은 내가 보기에도 썩 그럴듯했다. 역 앞에서 택시를 타고 그의 집 주소의 한 블록 앞을 말했다. 이러고 있는 지금도 어디선가 나를 보고 있을지 모른다. 역에서 걸어왔다고 생각하게 하고 싶었다.

가와사키시의 공업지대 한 모퉁이에 있는 아담한 주택가였다.

바로 옆에 강변이 있다. 내일 멜라니를 데리고 산보하기에 딱 좋다. 조각 케이크 같은 모양의 좁고 긴 3층 주택이었다. 원래는

2년 전에 망해서 철거한 공장에 인접한 사무실이었다고 한다. 그가 법정에서 설명한 대로라면 1층이 주방과 거실, 2층은 세면실과 요코타 본인의 방, 3층은 창고일 것이다. 벽이 얇은 탓에 겨울에는 상당히 춥다는 것도 사실 같다. 이곳에서 늙은 어머니 병간호를 했다니, 고생이 이만저만이 아니었겠다.

얇은 합판 문을 노크하고, 동시에 그을음으로 더러워진 인터폰을 눌렀다. 나는 마음을 가다듬고 무슨 일이 일어나도 절대 도망가지 않겠다고 맹세했다. 잠시 후 문이 열리고 몇십 배 농축된, 남의 집 특유의 달짝하고 시큼한 냄새가 기세 좋게 얼굴에 확 뿜어졌다. 흙색의 통통하고 동그란 얼굴이 빼꼼 이쪽을 내다보았다. 지문투성이인 안경 너머의 눈과 마주쳤다. 희미하게 나는 정액과 화학조미료 냄새에 눈이 따갑고 토할 것 같았다. 그러나 돌아가지 않기로 마음먹었다. 나는 얼굴을 들고, 숨을 참으며, 현관에서 바로 펼쳐진 세모 모양의 실내를 둘러보았다. 작은 주방이 있고, 다다미가 깔린 거실 한복판은 고타쓰가 점령하고 있다. 주위에는 읽다 만 잡지와 먹다 남은 컵라면 용기가 흩어져 있었다.

누레진 고타쓰 이불을 지금 당장 벗겨서 창밖으로 버리고 싶다.

"처음 뵙겠습니다. 커스터드입니다. 아니, 이케다 소노미입니다……"

복이 없어 보이는 고등학교 동창의 이름을 그대로 빌렸다. 되도록 힘없는 소리로 말하려고 했지만, 갑자기 목이 간질거려서 크게 재채기를 해버렸다. 멈추려고 해도 코와 목이 쥐어뜯고 싶을 만큼 가려워서, 연거푸 심하게 쿨럭거렸다. 가지이네 집과 비슷한 비위생이 나를 사정없이 공격했다. 숨을 멈추고, 실내에 발을 들이밀었다. 뒤에서 문이 닫혔다. 요코타가 문을 잠그는 것 같다. 이제 돌아갈 수 없다.

"요코타 시로입니다."

나는 몸집이 작고 땅딸막한 중년 남자를 말똥말똥 보았다. 예상보다 훨씬 새된 목소리였다. 여차하면 나 혼자도 충분히 싸울 수 있다. 상대가 별로 큰 남자가 아니란 사실이 내 등을 강하게 밀었다. 두 번 다시 뒤를 돌아보지 않겠다, 하고 방으로 한걸음 성큼 내디뎠다.

"고생 많았겠군요. 나라도 괜찮다면 힘이 돼줄게요. 저기, 마음대로 써도 되니, 정말, 사양하지 않아도 돼요. 남편이 너무하네."

요코타가 말을 하자, 건조한 보랏빛 입술 끝에 거품이 고였다. 입 주위에 하얗고 자잘한 종기가 거품처럼 눌어붙어 있다. 쉰두 살이라고 하지만, 표정도 행동도 대학생 같다. 신사적인 자신의 행동에 취해 있다. 배는 튀어나오고, 머리는 거의 허연데. 나는 열심히 그를 관찰했다. 나라는 여자를 어떤 눈으로 보고 있을까. 알몸으로 만들겠다는 욕심은 현재 보이지 않지만, 느닷없이 뛰어든 살아 있는 육신을 앞에 두고 지저분한 트레이닝복 아래 심장이 고동치는 것만은 전해졌다.

요코타와 적절히 시선을 섞으면서 나는 미안해하는 표정을 지었다. 재빨리 한쪽 눈으로 둘러본 집 구조는 확실히 증언대로였다.

3년 전인 11월, 가지이는 이 건물에서 요코타가 지켜보는 가운데 체포됐다. 딱 이틀 동안, 그와 함께 산 것이다. 두 사람의 증언을 믿는다면 만난 해는 2012년. 어떤 만남 사이트에서 출신지 이야기로 분위기가 무르익어, 메일을 주고받기 시작했다고 한다. 체포 직전, 경찰이 메구로의 자택 맨션을 감시하고 있음을 눈치챈 가지이는 빈틈을 노려서 당시의 옷차림 그대로 도망쳤다. 그리고 전부터 "언제든 놀러 오세요" 하고 주소를 알려주었던 초면의 요코타 집으로 굴러들어갔다. 가지이 왈, 이 "착하고 오빠 같은 존재"가 가지이를 건드리는 일은 일절 없었다. 침실은 따로따로, 가지이는 3층에 머물렀다. 가지이가 만든 요리나 마음씀씀이에 감격하여 그저 옆에 있어주기만 해도 좋다고, 어설프게나마 프러포즈 같은 말을 했다. 그녀가 체포된 순간에도 눈앞에서 일어난 일을 믿을 수 없었다고 한다. 재판에서는 어머니가 세상을 떠난 뒤 독신 생활이 얼마나 고독하고 쓸쓸했는지, 가지이에 대한 미련을 털어놓고 가지이가 정말로 착한 여자이며 그 온기가 얼마나 소중했는지 당당하게 얘기했다. 여론은 욕심이 없고 헌신적이고 여성 경험이 적은 그를 동정하는 분위기였다.

재판 기록과 인터넷을 검색하여 나는 그가 사는 곳과 본명을 비교적 간단히 알아냈다. 불임치료를 그만둔 터라 시간은 남아돌았다.

그와 나는 지난 한 달 동안 어느 만남 사이트에서 대화를 나누었다. 가지이가 접견 때 흘린 한마디가 계기가 되어, 나는 그에게 주목했다. 하마터면 살해당했을지도 모를, 이 사건에서 가장 운이 좋았고 피해자들과 공통된 무언가를 가진 인물. 나는 '커스터드', 그는 좋아하는 애니메이션의 제목이라는 '젤리한 마술사'라고 자기소개를 했다. 나는 남편의 가정폭력에 시달리는 사이타마에 사는 주부로 가장했다. 가지이 이야기는 조금도 하지 않고, 같은 애니메이션을 좋아한다고 거짓말을 하여 정보를 빼냈다.

요코타는 니가타의 아가노시에 있는, 가지이의 집에서 몇 킬로미터 떨어지지 않은 병원에서 태어났으며, 어린 시절에 아버지를 잃었다. 지역에서 전통 있는 전병회사 시스템실에서 일했지만, 정신적으로 힘들어져서 휴직을 거듭했다. 어머니가 몸이 안 좋아진 것을 계기로 친척의 도움을 빌릴 수 있는 도쿄로 나왔다고 한다.

4년 전에 어머니가 세상을 떠났고, 결혼 이력은 없다. 가지이가 노린 사람들은 기본적으로는 먹고살기에 곤란하지 않은 고등유민高等遊民* 같은 인종뿐이다. 이 건물도 지금은 그의 소유 같다.

니가타 여행중 문득 떠오른 가설이란 이렇다. 초등학교 4학년인 여동생 안나를 덮쳤던, 가지이를 첫번째로 받아들여준 수수께끼의 남자…… 그가 이 요코타 아닐까. 당시, 남자는 사십대 정도였다고 들었지만, 어디까지나 어린이의 눈으로 보았으니 실제로는 더 젊었을지도 모른다. 둘 다 아가노 출신이라 의기투합했다고 법정 기록에는 남아 있다. 실은 더 오래 전부터 두 사람은 아는 사

---

* 고등교육을 받았으나 일정 직업이 없이 놀며 지내는 사람.

이 아니었을까. 그렇다면 육체관계가 없었다는 것도 납득이 가는 얘기다. 요코타의 증언으로 세간에 가지이의 인상이 조금이나마 좋아진 것은 사실이다. 그는 10년 넘게 수면 아래에서 공범으로 암약하지 않았을까.

사흘간. 내가 가나자와에 간다고 남편에게 알린 일정이다. 이 한정된 시간에 나는 요코타가 소아성애자인 증거, 나아가서 가지이와 지금도 연결돼 있다는 증거를 찾으려고 한다. 그걸 리카에게 보여줄 수 있다면 급속히 내게서 멀어져가는 그녀의 마음을 되돌릴 수 있다. 가지이의 죄도 증명할 수 있다.

그의 시선이 내 오른손에 들린 이동장에 가닿았다. 내심 미소 지으면서 나는 이동장을 바닥에 내려놓고, 문을 열어서 멜라니의 마른 코끝을 보여주었다.

"이 아이도 데리고 왔어요. 멜라니라고 해요. 중형견이지만, 얌전하니 실내에서 키우겠습니다. 괜찮겠죠?"

"어, 난, 개를 별로, 좋아하지 않아서……. 개를 키운다는 말은 한마디도……."

그가 우물우물 말했다. 물론 개를 아주 싫어한다는 사실은 알고 있다. 블로그에 적은, 좋아하는 애니메이션에 관한 글에서 알아냈다. 얼마 안 되는 독자를 상대로 한 댓글 대화로 그라는 사람을 완벽하게 파악했다.

"죄송해요. 그렇지만 이 아이, 내가 없으면 안 돼요. 남편한테 뒀다가 무슨 일을 당할지 모르고. 더구나 나이도 많고. 돌봄이 필요해서요."

여기서는 그야말로 단숨에 정리해야 한다. 홍보부 시절에 익힌 교섭술을 떠올리면서 저자세로, 그러나 절대 튕겨나가지 않도록 상대의 선택지를 교묘하게 제거했다.

"야마가타에 사는 부모님과는 사이가 좋지 않아서 벌써 한참 만나지 못했어요. 그러나 옛날부터 잘해주는 친구가 이쪽에 있어요. 지금 해외에서 일을 하고 있는데 다음주에 돌아올 예정이에요. 그 친구가 돌아오면 같이 살 생각입니다만, 그때까지 이 아이도 같이 있게 해주세요. 딱 사흘만이어도 좋아요."

사흘 이상은 이 방의 미지근한 공기를 견딜 수 없을 것 같다. 나는 요코타를 밀치듯이 거실로 들어가서는 라면 그릇과 잡지를 밟고 지나면서 정신없이 창을 열었다. 약간 휘발유 냄새가 났지만 차갑고 신선한 공기가 불어 들어와 심호흡을 했다. 먼 밤하늘에 소각로 불빛으로 추정되는 빛이 붉게 빛났다. 뒤에서 요코타가 불쑥 말했다.

"뭔가, 생각했던 사람하고, 좀 다르네요."

얼른 힘없는 미소를 지으며 돌아보았다. 다행히도 나는 연약하고 어린 인상이다. 가지이 같은 뚱뚱한 여자는 육체적으로 거부해도 어쩌면 아이 같은 나라면 욕정의 스위치가 켜질지도 모른다. 그때가 이 자의 성향을 알 기회라고 생각하니, 공포와 동시에 기대감이 차올랐다. 나는 잘 싸울 수 있을까. 그러나 내 판단이 옳다면 그는 내게 어정쩡한 태도를 취할 것이다.

"알겠어요. 커스터드 씨 마음대로 해요."

졌다는 듯이 그가 중얼거려서 나는 하이파이브를 하고 싶어졌다.

"청소기는 어디 있어요?"

그가 머리를 긁적거렸다. 트레이닝복 어깨는 비듬투성이다. 잠시 후 누렇게 뜬 창호지 문을 가리켰다.

"청소 같은 거 됐어요. 저기, 이제 피곤할 텐데 그냥 자요. 3층에 빈방이 있어요. 어머니가 사용하던 침대도 있고. 안내하죠."

"지금은 괜찮습니다."

그와 둘이서 침대가 있는 공간에 있고 싶지 않았다.

"그러나 정말로 청소는……. 우리 집, 저기, 청소 세제 같은 것도 없고."

나는 조그맣게 웃고, 단호히 고개를 가로저었다. 집안일에 초보일수록 집을 깨끗이 하려면 의지와 시간과 나름의 도구가 있어야 한다고 생각하지만, 있는 것을 활용하여 해결하는 편이 오히려 깔끔하다. 면봉과 베이킹소다, 얇은 고무장갑이라면 토트백 안에 있었다.

"공짜로 묵기는 미안해서. 저는 집안일밖에 잘하는 게 없어요."

그렇게 말하면서 나는 얼른 주방으로 들어갔다. 휴대용 풍로, 스테인리스 개수대, 급탕기. 하나같이 기름때와 곰팡이로 얼룩져 있다. 개수대 아래에는 가지이가 산 걸로 보이는 유통기한이 한참 지난 식초 한 병과 쌀. 개수대에는 지저분한 스펀지가 뒹굴고 있다. 이 정도면 충분하다. 요코타는 여전히 우두커니 서 있다.

"안 자도 돼요? 피곤하잖아요? 손도 다쳤는데."

나는 그제야 나의 설정을 떠올리고, 아픈 듯이 손목을 감싸면서 고무장갑을 꼈다.

"정말로 조금만, 여기만 청소하고 잘게요. 먼저 쉬세요."

나는 상대를 닥치게 하기 위해 빙그레 웃었다. 오늘 밤 안에 치워야 한다면, 내가 잘 방, 그리고 이 주방은 꼭 청소해야 한다. 다행히 우리 집에 비해 면적이 좁아서, 마음만 먹으면 얼마든지 깨끗이 치울 수 있다.

너무 지저분한 집이어서 같이 살기 싫을 정도였지만, 나는 청소를 하고, 음식을 만들고, 어떻게든 살기 편한 공간을 만들도록 노력했어요.

게으른 가지이조차 그렇게 증언했을 정도다. 지금도 지저분했다. 적어도 이 주방을 정상이라고 말할 수 있는 상태로 만들기까지는 잘 수 없다.

겨우 요코타가 보이지 않게 되어, 나는 신고 있던 스타킹을 거침없이 벗어서 네 갈래로 찢었다. 머리를 하나로 묶고 마스크를 하고, 버릴 생각으로 가져온 실내복을 위아래로 갈아입고, 안대를 뗐다. 최종적으로는 이 실내복도 찢어서 청소에 사용할 생각이다.

골판지 상자와 펫 시트를 사용하여 멜라니의 화장실도 만들었다. 비교적 덜 더러운 그릇을 한 개 발견해서 소다와 물을 섞어 바닥에 떨어져 있던 나무젓가락으로 잘 섞었다. 손을 멈추면 끝장, 정신없이 불안에 삼켜질 것 같아서 일사불란하게 계속 움직였다. 개수대를 깨끗이 하고, 스펀지로 여기저기 문지르고, 쓰레기봉지에 바닥에 떨어진 것을 연신 던져넣는다. 청소기를 돌렸다. 이동장에서 나온 멜라니는 컵라면 용기에 코끝을 처박고 있다. 나는 황급히 그걸 치우고 찻잔에 물을 떠서 내밀었다. 멜라니가 천천히 내민 연한 분홍빛 혀끝을 잠시 멍하니 바라보았다.

어떤 경우에든 조금이라도 공간을 쾌적하게 하려는 여자의 지혜, 자기 취향으로 환경을 바꾸는 여자의 씩씩함을 보수적인 남자일수록 꺼린다. 그런데 그것이야말로 남자들이 무엇보다 여자에게 원하는 가사 능력의 핵심이다. 어째서 그런 모순을 깨닫지 못하는 걸까. 가정적인 여자라면 자신들을 능가하는 능력은 없으면서 시키는 대로 말을 잘 듣는다, 라고 오히려 단정짓겠지.

집안일만큼 재능과 에고이즘과 일종의 광기가 필요한 분야도 없을 텐데.

기분이 처지지 않도록 스마트폰으로 좋아하는 음악을 작은 소리로 틀어놓았다. 약 한 시간 동안 쉬지 않은 결과, 1층은 몰라보게 달라졌다. 바닥이 전부 보였다. 이상한 냄새는 사라졌다. 나는 멜라니와 함께 그가 있는 층으로 삐걱삐걱 소리를 내면서 올라갔다. 타일이 깔린 욕실과 화장실의 오물은 더 심했다. 일단 오늘 밤에는 몸을 씻는 걸 포기했다. 얼마 남지 않은 락스를 발견하고는, 볼일을 본 뒤 물을 내리고 변기에 화장실 휴지를 빈틈없이 깔아, 넉넉히 뿌려두었다. 쑥색 벽 너머로 애니메이션인 듯한 톤 높은 대사와 시끄러운 음악이 들려왔다. 요코타라는 미지의 존재가 그다지 위협적으로 느껴지지 않는 것이 신기했다.

멜라니는 이따금 발목에 기댔다. 나는 그때마다 몸을 구부리고 목덜미를 부드럽게 어루만졌다. 준비해온 비스킷과 견사료는 자주 챙겨주었다.

"미안해. 긴 여행에 지쳤지. 곧 편히 쉴 곳을 만들어줄게."

3층으로 무거운 몸을 끌고 겨우 올라간 것은 새벽 4시가 지났을 무렵이었다. 멜라니와 방에 들어가자마자 문을 안쪽에서 잠갔다. 다다미 일곱 장* 정도의 일그러진 육각형 실내에는 비닐 끈으로 묶은 잡지, 전기난로, 빈 상자 일곱 개, 먼지를 뒤집어쓴 비닐 소재의 크리스마스트리, 그리고 요코타의 어머니가 사용한 것으로 보이는 환자용 낮은 침대가 있을 뿐이다. 곰팡내 나는 이불이 개켜져 있다. 여기서 가지이는 쉬었을 것이다. 그렇게 생각하니 아무리 청소해도 부족한 느낌이 들었지만, 체력이 한계에 이르러 대충 걸레질을 하는 정도로 그쳤다. 전기난로를 켜고, 묵직한 이불은 신문지로 싸서 사용하기로 했다. 괜찮다, 무슨 일이 있어도 멜라니의 존재가 나를 지켜줄 터다. 만에 하나, 남자가 문을 부순

---

* 약 3.5평 크기.

다 해도 물어뜯는 힘은 기대할 수 없지만, 적어도 짖어서 위험은 알려줄 것이다. 수건을 쌓아올려서 잠자리를 만들어주었지만, 새로운 장소가 불안한지 멜라니는 같은 장소를 빙글빙글 맴돌다가 이윽고 조그맣게 짖기 시작했다. 일단, 도망중인 처지이니 어떻게든 조용히 시켜야 해서 꺼안고 마사지를 해주었다. 멜라니가 진정되기를 기다렸다가, 나는 침대에 가서 누웠다. 이곳에 누워 뒹굴었을 가지이의 거구를 떠올렸다. 매트리스는 어떻게 늘어지고, 어떤 곡선을 그렸을까? 신문지 너머의 이불은 차가운 탓도 있어서 냄새는 느껴지지 않았다.

"잘 자, 멜라니."

리카가 보고 싶었다. 최근 며칠 동안 함께 있었던 탓인지 그녀의 부재를 알리는 고요한 질감이 이 방의 어둠처럼 몸속에 천천히 퍼져서 나를 침식한다.

사실은 리카와 끝없는 여행을 계속하고 싶었더랬다.

2월 23일

눈을 뜨자마자 따뜻하고 부드러운 것이 뺨에 닿았다. 멜라니의 코끝이라는 걸 바로 알았다. 밤에 심하게 짖어서 안아서 이불에 넣었다. 역시 노견이다. 코가 그다지 촉촉하지 않은 것이 조금 안타까웠다. 신문지 위로 덮은 이불 탓에 몸이 차가웠다. 멜라니의 목둘레를 쓰다듬다가 나도 모르게 꾸벅꾸벅 졸았다. 안 된다, 이제 일어나야 한다. 결국 새벽까지 청소를 한 탓에 두 시간밖에 자지 못했다. 요코타를 포함해서 이 집째로 세탁기에 던져넣고 팍팍 씻을 수 있다면 얼마나 좋을까 하는 생각조차 든다.

계단을 내려갈 때, 요코타가 요란하게 코를 고는 소리가 귀를 스쳤다.

"멜라니, 아침 먹기 전에 산책하고 오자."

나는 맨얼굴로 안대와 붕대를 몸에 지니고, 코트를 걸치고 멜라니와 함께 밖으로 나갔다. 추운 지방에 갓 다녀온 탓인지 이른 아침의 냉기도 부드럽게 느껴졌다. 어딘가에서 쇠를 치는 소리가 난다. 여기저기에서 연기가 피어올랐다. 마을 전체가 태엽을 감아놓았던 것처럼 천천히 태동하는 기미를 온몸으로 느꼈다. 멜라니와 나를 잇는 목줄은 예전처럼 팽팽하지 않다. 우리 사이에 부드럽게 리본처럼 늘어져 있다. 적절한 자극은 개의 노화 방지에도 좋다지만, 이렇게까지 환경이 격변하면 오히려 스트레스가 될지 모른다.

사람들과 별로 마주치지 않고 제방으로 이어지는 돌계단에 도착했다.

강변의 공기는 차고 젖은 흙냄새가 나서, 들이마시니 목 안이 촉촉하게 부풀었다. 풍경이 부예 보이는 탓에 한없이 이어진 것처럼 보이는 강, 하늘을 옆으로 두고 고가를 달리는 게이힌도호쿠선. 뻥 뚫린 광경이 기분좋았다. 달리기하는 여자아이들과 스쳐지났다. 근처 중학교 배구부의 이른 아침 훈련 같다. 요코타는 친척 지인이 경영하는 학원의 사무를 돕고 있다고 들었다. 중고등학교 입시 학원이라고 하니, 이 연령대 소녀도 다니겠지. 역시 그런 확신이 강해지는 요소뿐이다.

미안. 뭐랄까, 나 레이코가 너무 소중해.

문득 료스케의 목소리가 들렸다. 요코타의 집에 온 뒤로는 한 번도 그를 생각하지 않았는데. 멜라니가 가는 대로 따라가면서 나는 료스케의 얼굴과 감촉을 떠올렸다.

가족과는 그런 것, 못 해. 레이코는 이제 여동생이나 딸에 가까운 느낌이야. 부서질 것 같아서 내가 좋아하는…… 그런 방식은, 좀 힘이 들어가니까. 절대로 거친 짓 하고 싶지 않아. 당신한테 욕망을 터뜨리면 안 될 것 같은 기분이 들어서.

그가 조금 거친 성적 취향을 가졌음을 그날 밤 처음 알았다. 언제까지 기다리면 돼, 하는 물음에 그는 괴로운 듯이 이렇게 말했다.

언젠가 꼭 아이는 만들 거야. 부탁이야. 지금은 그냥 나를 믿어 줘. 기다려줘.

나는 가족이니까 하고 싶은데. 료스케는 반대다. 결혼 전에는 그토록 희박했던 성욕도 몸의 경계를 점차 알 수 없을 만큼 그와 가까워지는 동안 점점 고조됐다. 바로 옆에서 편안하게 숨소리를 내고 있는, 자신과 거의 같은 냄새가 나는, 너무 편안한 '가족'과 섹스를 하고 싶어서 견딜 수 없게 됐다. 생각해보니 료스케의 주 장은 아버지와 거의 같았다.

이렇게 선명한 욕망을 갖고 있다는 데 자신도 놀랐다. 결혼 전 에 사귄 상대는 내가 아무 반응도 없는 인형 같아서 질린다고 했 었는데.

나는 제방에 한동안 우두커니 서 있었다. 부모 같은 삶의 방식 만은 절대 닮지 않겠다며 필사적으로 피해왔는데, 어째서 이런 곳 에 서 있을까. 남편을 남겨두고, 낯선 남자가 기다리는 집으로 돌 아간다. 멜라니가 넌지시 재촉해서 그제야 정신을 차렸다.

돌아오는 길에 24시간 슈퍼에서 욕실 청소용 세제와 스펀지, 달걀, 버터 등의 유제품, 제철 채소와 과일, 육류, 조미료를 재빨리 샀다. 물가는 비싸지 않았다. 아이가 있는 가족에게는 분명 살기 좋은 동네일 것이다. 100엔 균일 가게에서 흐물흐물하고 얇아빠 진 종이 같은 앞치마를 하나 샀다. 장기간 머물 생각은 아니어서 조금만 샀다.

집에 돌아와서, 아침 햇살이 비치는 반짝거리는 주방에 흡족한 기분으로 섰다. 요구르트와 크림치즈로 만든 팬케이크는 개의 노 화 방지 전문서에서 본 레시피다. 달군 프라이팬에 반죽을 넣고,

황금빛 얇은 케이크를 연달아 구워냈다. 계단을 내려오는 발소리에 돌아보았다. 요코타는 그제야 깬 것 같다.

"그 개, 조용히 시킬 수 없어요? 시끄러워서 잠을 하나도 못 잤네."

어제와는 딴사람처럼 요코타는 짜증스럽게 말했다. 검은 스웨터에 데님 차림은 처자식이 있어도 이상하지 않은 극히 평범한 중년 남성으로 보였다. 자칫하면 이런 남자와 결혼할 가능성도 있을지 모른다.

"이웃에서 항의가 들어올지도 몰라요. 그러면 제일 곤란한 건 당신 아닌가요."

나도 모르게 반사적으로 몸을 움츠렸다. 요코타에게는 여자에게 요구를 하거나 여자를 거부하는 능력 따위 확실히 없으리라 생각했다. 이 정도로 집을 깨끗하게 치워놓았는데 요코타는 딱히 감동하는 기색도 없이 고타쓰에 다리를 밀어넣고, 무례하게 아침 식사를 내려다보고 있다. 접시에 쌓인 팬케이크와 같은 것을 멜라니가 부엌 바닥에서 먹고 있는 것을 재빠르게 눈치챈 것 같다.

"개하고 같은 음식……."

노골적으로 혐오감을 드러내는 요코타에게 나는 반항하듯이 빙그레 웃었다. 솔직히 요코타를 기쁘게 해주는 것보다 멜라니의 건강이 훨씬 중요했다.

"사람이 먹어도 아주 맛있어요."

능청스럽게 멜라니용으로 구운 지름 5센티미터 정도의 팬케이크를 한입 물었다. 요코타는 여전히 굳은 표정이었다. 나는 짜증이 나서 견딜 수 없었다. 인스턴트식품뿐인 조잡한 생활을 한탄하며 약자인 척했던 주제에 막상 손수 만든 음식을 차려 바치니 이게 싫다, 저게 싫다, 잔소리뿐. 그래서 너 같은 남자는 여태 혼자인 거야……. 얼굴은 웃고 있지만 금방이라도 욕이 튀어나올 것 같다.

"뭐 됐어요. 오늘 아침에는 식욕이 없어서."

요코타는 포크를 거칠게 내던졌다. 내면에서 이 자에 대한 혐오감이 뚜렷이 형태를 이루었다. 식탁은 침묵에 빠졌다. 할 수 없이 나는 커피를 따르면서 입을 열었다.

"일, 바쁘세요?"

"아, 예."

"몇 살 정도의 아이들이 와요?"

"뭐 제각각이죠."

이거야 뭐, 내가 인터뷰어네. 얘기 상대가 필요하다고 메일로는 그렇게 성화더니, 개처럼 오로지 이쪽이 질문하기를 멍하니 기다리고만 있다. 아니, 이 비굴한 척하는 오만한 태도를 개라고 하면 멜라니에게 실례. 요코타는 팬케이크에 전혀 손을 대지 않고 고타쓰에서 일어나, 벽에 걸린 군데군데 깃털이 삐져나온 다운 재킷을 입더니 현관으로 향했다.

"내 방에는 들어가지 말아요. 절대로."

"다녀오세요."

황급히 소리쳤지만, 대답은 없다. 아무리 상냥한 미소로 빈틈

없이 감추어도 마음속의 경멸이 새어 나오는 걸까. 저런 남자를 장악하기는 간단하다고 생각했는데. 문이 닫히기를 기다렸다가 나는 바로 2층으로 뛰어올라갔다. 요코타의 방은 생각한 대로 잠가 놓지 않았다.

나를 믿는다고 봐야 하는지 그냥 단순히 부주의한 건지. 아니면 시험해보는 건지. 어머니를 병간호한 경험이 있음에도 그는 조금도 총명해지지 못한 것 같다. 아니, 어쩌면 그 얘기에는 다분히 거짓말이 포함됐을지도 모른다. 친척이나 도우미에게 맡겨놓기만 했을 수도 있다.

눈이 따가울 정도로 땀에 찌든 냄새, 깔아둔 누렇게 뜬 이불에, 금방이라도 쓰러질 것 같은 애니메이션 DVD가 빼곡한 선반, 피규어와 미소녀 일러스트 포스터. 모든 것이 상상했던 범위 내여서 나는 전혀 동요하지 않고 일을 진행했다.

아주 어린 여자아이를 다룬 포르노는 아무리 찾아도 보이지 않았다. 애니메이션에 관해 잘 몰라서 이 캐릭터가 소녀인지 어른인지조차 알 수 없었다. 어떤 캐릭터는 교복을 입고 있지만, 얼굴은 아기 같고, 유방은 빵빵하다. 아가노 사건이 일어난 지 벌써 18년이 지났다. 그런 성적 취향을 상담이나 치료를 거쳐 서서히 바꾸었을 가능성은 있다. 나는 소아성애자에 관한 책을 샅샅이 읽었다.

그가 최근 마음에 들어 하는 시리즈인 듯한 DVD를 재생해보기로 했다. 몹시 끈적거리는 데크의 버튼을 고무장갑을 낀 엄지로 눌렀다. 이불과 만화를 밀어놓고 다다미에 앉을 자리를 만들었다.

아무리 역겨운 묘사여도 견딜 자신이 있었지만, 열네 살이라는 주인공에게 너무나 많은 것을 요구하는 내용에 불쾌하기보다 어이가 없었다. 귀여움, 청순함, 강인함, 온순함, 근면함, 그리고 섹시. 이런 것을 보고 있으니, 하긴, 현실의 여자가 귀찮고 성가시기만 하겠지, 딱히 불쾌감도 없이 납득하고 DVD를 꺼냈다.

책상의 컴퓨터를 켰다. 비밀번호는 미리 생각했던 몇 가지를 입력해보았다. 설마했던 단순한 번호가 맞아서 한심했다. '젤리한 마술사' 주인공의 생일이다. 데스크톱 바탕화면은 그 미소녀 캐릭터의 애니메이션 그림이다. 메일이나 다녀간 사이트 이력을 꼼꼼히 보았다. 가지이와 주고받은 것을 발견하긴 했지만, 법정에서 읽은 것과 거의 같은 내용의, 체포 직전 이메일이었다. 어느 문장을 봐도 그들이 사귄 것은 2012년 이후로, 인터넷을 통해 단기간에 관계를 맺었다는 사실을 알았다.

나와 거의 같은 조건 아래, 가지이는 요코타에게 사랑과 신뢰를 얻어낸 것이다. 나는 끝내 현기증이 나서 책상에서 내려오자마자 주저앉아 무릎을 감쌌다. 아직 그 생각을 버릴 수 없다. 혹시 요코타는 가지이가 그때 그 소녀의 언니임을 깨닫지 못한 채, 이렇게 관계가 깊어진 것 아닐까. 그리고 자기도 모르는 사이 가지이에게 조종당했을 가능성도 있다.

구치소 아크릴판 너머에 있는 그녀의 언동만으로 내가 이끌리듯이 이런 곳까지 와버린 것처럼.

내가 필사적으로 숨겨온 것을 단 한 번 만난 가지이는 간단히 꿰뚫었다. 남편에게 소외당하고 있고, 리카에게 본심을 숨기고 있으며, 지금까지 단 한 번도 힘을 빼고 타인을 대한 적이 없고, 부모에 대한 악의를 원동력으로 오늘날까지 살아왔다는 것을.

일은 보람 있었다. 노력은 아깝지 않았다. 몇 사람과 강한 신뢰 관계도 만들었다. 그러나 그만큼 실패를 거듭했다. 프로모션에 열을 올릴 때마다 누군가는 "과한 것 아니야?" 하고 조심스럽게 충고했다. 몇 차례 대립한 끝에 나는 업계에서 뒷담화를 듣게 됐다.

가엾게도, 갇혀 있는 나보다 당신은 훨씬 더 외톨이네. 리카 씨는 내 친구가 되고 싶은 것 같던데. 그 사람, 귀엽대. 나한테 푹 빠져서 점점 귀여워진 거지. 당신은 곧 리카 씨도 잃을걸.

가지이를 만난 날부터 내 마음은 한순간도 평온하지 못했다. 어떡하든 리카만은 잃고 싶지 않았다. 생각해보면 대학교 1학년 때부터 나는 그녀를 짝사랑했다.

문득 온기를 느끼고 옆을 보니, 거기에 멜라니가 있었다. 나는 살며시 손을 뻗었다. 나이가 많아서 약간 까슬해지긴 했지만, 부드럽고 긴 털. 손가락 끝에서 우울한 기분이 사라지는 것 같다. 그래, 이 온기야. 아키야마 씨의 우사에서 암소를 만질 때부터 이 아이를 다시 안고 싶어서 미칠 것 같았다. 이런 식으로 그냥 있기만 해도 누군가를 평온하게 하는 존재가 된다면 얼마나 좋을까. 검고 촉촉한 눈동자로 바라보기만 해도 상대를 무조건 긍정할 수 있는 그런 존재로.

나는 그날 여덟 시간 넘게 청소를 하고, 욕실과 화장실과 창고를 결벽증 환자라도 합격점을 줄 만큼 청량한 공간으로 만들었다. 저녁 무렵에는 식사 준비를 했다. 새 요리를 만들어도 요코타 같은 부류는 엉거주춤한 반응을 보일 것이다. 고심 끝에 아침에 산 식재료로 크로켓과 겐친지루*를 만들기로 했다.

요코타는 7시가 지나서 귀가했다. 고타쓰 위에 차려놓은 식사를 흘끗 보더니 이렇게 내뱉었다.

"난 곤약 싫어해요. 그리고 당근도 못 먹어요."

거짓말쟁이. 나는 소리치고 싶어졌다. 가지이 마나코와 있을 때는 그녀가 만든 어묵이며 보르스치**를 먹었으면서. 맛있다, 맛있네, 더 줘요. 국물에 밥을 말아 먹어서 그 여자가 미간을 찌푸리게 했으면서.

금방 튀긴 크로켓을 아무렇게나 쿡쿡 찌르면서 그는 갑자기 중얼거렸다.

"생각난단 말이오. 그 녀석이."

나보다 우위를 지키려고 하는 심리가 그 녀석이라는 단어 선택에서 생생히 나타났다. 드디어 왔구나……. 나는 들뜬 마음을 억

- 무, 당근, 우엉, 토란, 곤약, 두부를 참기름으로 볶다가 국물을 더해서 조리고 마지막에 간장으로 간을 한 장국.
- ** 고기와 채소 등을 넣고 끓이는 러시아식 스튜.

누르고 아무렇지도 않은 얼굴로 밥을 펐다.

"저기, 잠깐 동안 함께 살았던 사람 얘긴가요? 전에 얘기하셨죠. 그, 나랑 같은 사이트에서 만난 고향이 같은 여성분?"

조심스럽게 물으면서 국자로 겐친지루의 곤약과 당근을 빼주었다. 요코타는 나와 메일을 주고받을 때, 이 집에서 여자와 동거한 경험이 있다고 자랑스럽게 말했다.

"음. 반찬을 몇 가지나 차려놓아서 어머니가 건강했을 때 기억이 떠올랐지. 그 여자하고 밥을 먹으면 정말 즐거웠는데."

"아주 멋있는 사람이었군요."

"아니, 아니, 아니! 호박이었어. 엄청나게 뚱뚱했고. 엄청난 호박!"

그는 쿡쿡 웃었다. 선명하게 구분 짓는 듯한 말투에 처음으로 등골이 오싹했다.

남자 초등학생 같은 말투와 달리 눈은 세상에 도전하듯이 강하게 빛나고 있었다.

그렇다, 이런 남자아이는 내 주위에 흔히 있었다. 표적인 여자아이에게 욕망과 가학 심리를 드러내며, 오로지 집요하게 집착하는 남자아이들. 다행히 빈틈이 없는 나는 그들을 자극하지 않는 유형이었지만, 아무 거리낌없는 거친 장난과 놀림에는 완전히 질려버렸다. 선생님에게 고자질하거나 대놓고 주의를 주면 남자뿐만 아니라 피해자인 여자애들도 나를 꺼리는 것 같았다. 좋아하니까 괴롭히는 거지, 남자아이들이란 원래 수줍음쟁이야, 하고 엄마는 달랐지만 나는 남자가 너무 싫어져서 바로 여학교에 진학하기로 마음먹었다.

그 여자 얘기가 나오니 요코타는 마치 딴사람이 된 것 같았다. 생기 넘치는 손짓발짓을 섞어가며 다 알아듣지 못할 만큼 빠른 말투로 떠들어댔다.

"그렇지만 잘 보면 동글동글하고 애교가 있어서 뚱뚱하지만 간신히 허용 범위라고 할까? 피부는 고와서 뭐 못 봐줄 정도는 아니라는 느낌이었죠. 계속 보니까 꽤 귀엽더라고. 무엇보다 목소리가 아주 좋아요. 목소리가 귀여운 것만으로 여자는 반은 먹고 들어가지."

나는 여자치고 목소리가 낮은 편이다. 요코타는 어느 성우가 연기하는 어떤 캐릭터 목소리와 가지이의 목소리가 닮았다며, 식사는 제쳐놓고 신나서 떠들었다. 내가 여기 있으나 없으나, 별로 상관이 없구나, 하고 멍하니 생각했다. 나는 고슴도치처럼 뾰족했던 크로켓 튀김옷이 불어가는 것을 지켜보았다.

"게다가, 그 여자, 하여간 나한테 정성을 다했지."

역시 이 사람은 그렇게 험한 꼴을 당하고도 조금도 질리지 않은 것 같다. 세상은 자신에게 친절하고, 이것저것 뒷바라지를 해주는 것이라는 근본적인 사고방식이 바뀌지 않았다. 만약 내가 같은 경험을 한다면 인터넷 만남 사이트는 더 이상 근처에도 가지 않고, 모르는 여자를 집에 들이는 일은 두 번 다시 하지 않을 텐데.

"그녀를 좋아하세요?"

단도직입적으로 묻자, 그는 금세 싫증난 얼굴을 했다. 어린 시절 나를 대하던 동급생 남학생과 똑같다. 나의 여린 몸 속에는 어떤 이성도 시들하게 만드는 특수한 기능이 탑재됐을지도 모른다.

"남녀 관계가 있었어요?"

요코타는 뺨을 홀쭉하게 하고 입술을 쭉 내밀었다.

"에이, 무리, 무리. 그런 뚱보, 하자고 해도 무 – 리!!"

가지이든 누구든 여성의 용모를 헐뜯는 남자와 마주하는 것은 견디기 어려웠다. 나는 질문을 바꾸기로 했다.

"그녀와 고향이 같았다면서요. 혹시 아주 옛날에 만난 적은 없었을까요?"

그의 표정에 스치는 어떤 빛도 절대 놓치지 않으려고 나는 눈에 힘을 주었다.

"글쎄, 기억나지 않는데."

이걸로 얘기가 끝나버린 것을 수상하게 봐야 할까.

맛에 관해선 일언반구 말이 없어서 나는 또 짜증이 났다. 음식은 나무랄 데 없었다. 타원형으로 만든 바삭바삭한 크로켓은 예쁜 갈색이다. 나만의 비법으로 카레 가루와 치즈까지 넣었다.

"맛있어요?"

요코타는 조금 어이없다는 표정을 짓더니 뭐라고 우물우물 중얼거렸다. 아까부터 맛있다, 고맙다, 말 한마디 듣지 못했다. 그 여자와 똑같이 해주어도 나는 뭔가 다른 것 같다. 뭐가 부족한 거야, 하고 나도 모르게 소리를 지를 뻔했다. 서로가 진심으로 격렬하게 싫어한다는 것은 이제 명백했다.

"아침은 빵이 좋으세요, 밥이 좋으세요?"

빵, 하고 그가 당연하다는 듯이 바로 대답한 것조차 몹시 불쾌했다.

평소 마주하지 않으려고 했던 바람이 문득 눈앞의 형광등에 번졌다.

리카가 남자였다면 좋았을 텐데.

2월 24일

그날 아침 식단은 갓 구운 빵과 베이컨 에그, 수제 잼이었다.

"이 베이글, 직접 만들었어요. 프라이팬에 구웠어요."

하지 마! 라고 생각하면서도 나는 그만 설명을 해버렸다. 이렇게 의기양양한 얼굴로 빙그레 웃으면 료스케는, 아, 그래, 하고 끄덕이고 머리를 쓰다듬어주지만, 요코타는 별 흥미 없다는 듯이 끄덕일 뿐이었다.

"몇 시에 오세요?"

"어제, 내 방 멋대로 봤죠?"

그렇다, 아니다, 말하면 지는 거다. 나는 지극히 모호하게 미소지었나. 요코타는 아주 상식인 같은 얼굴로 나를 보았다. 나와 함께 있으면 그야말로 사회에 잘 적응하고 있는 인물처럼 행동한다.

"혹시 거짓말한 거 있어요? 뭔가 보면 폭행을 당한 모습도 없고, 남자한테 겁먹은 모습도 없는데."

손목의 붕대는 이미 풀었고, 오늘은 이제 괜찮겠지, 하고 안대도 하지 않았다. 나는 그를 너무 얕보았다. 당연하지만, 싫어하기 이전에 경계를 하는 것이리라. 희한하다. 그는 상냥하게 대하는 것만으로는 절대 만족하지 않는 듯하다. 그 여자는 세상이 어이없어하는 무방비 상태로 누구에게나 덥석 받아들여졌는데. 내 쪽이 훨씬 몸도 작고, 연약해 보이는데.

"뭐, 됐소, 오늘이나 내일이면 나가줄 거죠?"

이 집을 바로 나가고 싶다는 생각이, 완전히 사라진 데 나 스스로도 놀랐다. 지내기 편하진 않지만, 아직 할 일이 많이 남아 있어서 아무래도 떠날 마음이 들지 않았다. 목적을 이루지 못했다.

"진짜 목적이 뭐요?"

요코타의 눈은 아주 정상적인 빛을 띠었다. 남들과 같은 의심을 품고 있는 사람이 어째서 가지이와 살았는지 점점 의아해졌다.

"퇴근, 8시 정도예요?"

나는 똑바로 마주보며 응답을 거부했다.

"저녁, 뭐 좀 따뜻한 걸로 준비할게요. 일찍 오세요."

최대한 남자를 감싸는 듯한, 눈동냥으로 보고 배운 모성을 의식하고 미소 지었지만, 상대는 뭔가 무서운 것이라도 보듯이 한번 거들떠보기만 할 뿐이었다. 문이 닫힌 뒤에도 나는 한동안 멍하니 서 있었다. 멜라니가 고타쓰 위에 코끝을 올리고 남은 아침 식사를 재미있다는 듯이 보고 있다. 멜라니에게 수제 비스킷을 주고, 개수대에 가서 설거지를 하려고 힘껏 수도꼭지를 틀었다. 물방울이 뺨에 튀어 정신을 차렸다.

저런 남자에게 교태를 부리다니. 나도 나를 믿을 수 없다. 나는 대체 무엇을 이루고 싶은 걸까. 무엇을 얻으면 지금의 자신에게 합격점을 줄 수 있을까. 이미 부모 탓은 할 수 없는 나이가 됐다.

어제 산 감자와 양파와 브로콜리를 사용하여 고기와 당근을 뺀 크림 스튜를 만들 예정이었다. 그저 기계적으로 평소 습관대로 상대의 몸 상태와 남은 식재료를 잘 고려하여, 식단을 짜고 있었다. 평소 같으면 두유를 사용했을 텐데, 아키야마 씨의 우사에서 나눈 이야기가 지금도 가슴에 남아 있어서 조금이라도 많은 우유를 소비하고 싶은 기분이기도 했다.

베샤멜소스를 응어리가 생기지 않게 만드는 요령은 버터를 아끼지 않고 듬뿍 사용하고 찬 우유를 단번에 넣는 것이다. 적어도 그 남자로 하여금 맛있다는 말을 하게 만들고 싶었다. 요코타에게 합격점을 받을 때까지는 떠나면 안 되겠다는 생각이 들었다.

아, 이래서야…….

나는 문득 국자를 든 손을 멈추고, 먼지 하나 없는 방충망 너머 반짝거리는 환풍기를 올려다보았다. 이런 상황에도 단기간에 이만큼 해낸 성취감에 살짝 기분이 좋았다.

뭉글뭉글 모양을 갖춰가는 어떤 생각을 황급히 지웠다. 이를 인정하면 내가 두 번 다시 원래의 생활로 돌아갈 수 없고, 그 여자에게 결정적 패배를 당했음을 인정하게 되는 것이니. 환풍기가 흐물 흐물 일그러졌다. 그래도 나는 말을 하지 않고는 견딜 수 없었다.

"이건 뭐 료스케하고 사는 것과 하나도 다르지 않잖아."

전혀 다른 사람인데. 누구와 함께 살아도 결국 나는 마찬가지 아닌가. 하는 일도 마찬가지. 그저 집안일에 전념하여 얼룩이 있으면 기를 쓰고 닦고, 상대의 몸 상태에 맞춰서 시간을 들여 식사를 준비한다. 맛있어? 하고 집요하게 묻는다. 성적인 분위기나 대화는 조성하거나 발설하지 않는다. 그리고 참을 수 없는 분노가 몸속에 둥지를 튼다. 나는 정말로 료스케를 사랑한다고 할 수 있을까. 물론 료스케와 있으면 즐겁다. 그의 큰 몸에 안기면 편안하고 안락하다. 아끼고 있고, 아낌을 받고 있다고 단언할 수 있다.

그러나 내가 일을 그만두면 가족이라는 회전목마의 회전이 멈추는 게 아닐까, 하는 예감은 늘 지워지지 않았다. 일을 하지 않으면 사랑받지 못한다. 일을 한다고 사랑받을 거라는 보장도 없다. 애초에 사랑받는다는 게 뭘까. 상대가 나를 필요하다고 생각해주는 걸까. 그렇다면 남에게 도움이 되는 내가 어째서 이렇게 비참할까.

내가 어떤 존재가 되면 자리를 잡고 심호흡을 할 수 있게 될까.

리카에게 힘이 되기 위해, 가지이의 죄를 파헤치기 위해 이곳에 있다는 것을 이미 잊었다. 노력할수록 내가 설 자리는 점점 수축해간다. 호흡이 괴로워졌다. 이 집은 어째서 이렇게 좁고 이상한 모양으로 생겼을까.

인터폰이 울렸다. 소리가 둔하다. 수리를 부탁하는 편이 좋겠다. 요코타가 뭘 잊고 간 게 있어서 찾으러 왔을까.

나는 한숨을 쉬고, 앞치마에 손을 닦으며 현관으로 향했다. 멜라니가 불안한 얼굴로 나를 올려다보면서 종종걸음으로 쫓아왔다.

역시 상대가 달라져도 마찬가지인 것 같았다.

이 문 뒤에 누가 서 있든, 이 세상에서 나는 영원히 외톨이다.

11

그 시절에 비해 대략 8킬로그램이 찐 탓일까.

리카가 그녀의 허락을 받고 이 도쿄구치소를 다니게 된 지, 벌써 3개월이 지나고 있다.

이렇게 가지이 마나코를 보고 있으니, 어째서 그렇게 세상 사람들에게 외모로 욕을 먹고 있는지 새삼스럽게 이해가 가지 않았다. 젊지도 않고, 물론 미인도 아니지만, 아주 평범한 외모 아닌가. 오늘 입은 물색 스웨터는 부드러운 소재로 두꺼운 흰색 롱스커트에 잘 어울렸다. 내면에서 끓어올라오는 자기 긍정감이 가지이의 동작과 표정에 통통 튀는 생기를 불어넣고 있다. 그러나 그뿐이다. 극히 평범한 삼십대 중반의 여자다.

어쩌면 세상이 보기에 지금의 리카 쪽이 훨씬 추하고 정신 나가 보일지 모른다. 아침 식사를 겸한 늦은 점심으로 생달걀을 얹은 규동을 섞고 있는데, 상사가 갑자기 말을 걸었다. 누군가가 펑크 낸 사내 여성지 인터뷰를 받게 되어, 주간지 기자의 업무 내용에 관해 한바탕 설명했더니, 카메라 기자의 당황한 기색이 역력했다. 얼마 전까지만 해도 리카는 늘씬하고 그럭저럭 괜찮은 외모의 《주간 슈메이》 홍일점 여성 정사원 기자로 통했던 것이다. 니가타 출장 후, 생각해야 할 일, 조사해야 할 일이 산더미 같아서 자신에게 할애할 시간이 거의 없었다.

덕분에 가지이 마나코는 이제 두려운 대상이 아니게 됐다. 그녀에게 가까이 가기 위해 자신은 이렇게 지방을 비축했을지도 모른다. 지금 그녀는 리카에게 비난받은 탓에 이목구비의 움직임에서 희미하게나마 피로와 무기력함이 배어났다. 한동안 입을 다물고 있던 가지이는 졌다는 듯이 이렇게 내뱉었다.

"내가 알 리 없잖아. 마법사도 아닌데, 당신 친구가 지금 어디 있는지 어떻게 알아."

어처구니가 없다는 듯이 머리칼을 좌우로 흔들었다. 빛의 고리가 꿀처럼 녹았다. 여기서 되돌아갈 수 없다. 지금 한 말로 확신은 한층 강해졌다. 이 여자는 레이코가 있는 곳을 알고 있다.

"아주 사소한 힌트여도 좋아요. 레이코에게 큰 영향을 주었을 것 같은 말을 생각해봐줄래요?"

보이지 않는 나비를 좇는 것처럼 가지이는 천천히 시선을 움직였다. 이쪽의 초조함을 맛있게 핥고 있는 것이 생생하게 느껴졌다. 음, 하고 신음하더니, 가지이는 통통한 턱에 검지를 대고, 귀엽게 보조개를 만들어 보이며 리카를 약올렸다.

"앗. 알 수 있을지도 모르겠네. 그렇지만 가르쳐주는 데는 조건이 있어."

그녀는 일부러 소리를 질렀다. 눈동자가 다시 번득이며 교태를 띠었다. 또냐, 하고 생각하면서도 이번에는 어딘가 다르다는 사실에 은근히 전율하다, 그런 자신을 이내 부끄러워했다.

"당신 아버지를, 당신은 어떻게 죽였어?"

그날 일을 얘기한 기억은 없지만, 이제 놀라지도 않았다.

"그걸 가르쳐주면, 애써 생각해보도록 하지."

언제 하건 이 이야기를 해야 하는 날이 오리라는 사실은 우사를 방문했을 때 깨달았다. 리카는 동요하지 않기 위해, 공포심이 생겨날 때마다 매듭을 짓고, 호흡을 가다듬었다.

"그 여자가 말했어. 당신이 내게 집착하는 이유는 중학교 3학년 때 아버지의 죽음에 책임을 느끼기 때문일 거라고. 그 일과 요리가 밀접하게 관련이 있기 때문일 거라고."

"……아버지와 한 약속을 지키지 않았어요."

리카는 그제야 소리를 쥐어짰다. 조금은 동정을 부르지 않았을까, 아무리 가지이여도 더는 묻기를 주저하지 않을까, 기대했다. 그러나 가지이는 더욱 구경꾼 근성이 불타올랐는지 아크릴판에 얼굴이 짓눌릴 정도로 몸을 앞으로 내밀었다.

"어, 어머. 어떤 약속?"

리카는 마음먹었다. 어차피 언젠가는 들킬 일이다.

"가정 시간에 배운 그라탱을 금요일에 아버지에게 만들어주지 않았어요."

"당신, 그렇게 어려운 요리를 만들 줄 알아? 양파도 못 써는 줄 알았네."

이런 얘기를 하는데도 가지이는 잔뜩 장난기 어린 눈동자를 한 바퀴 굴렸다. 길고 숱이 많은 속눈썹은 예쁜 반원을 그리며 물결쳤다. 아래 속눈썹까지 손질한 것처럼 보였다.

"솔직히 말하면 중학교 때는 요리를 좋아했어요. 일이 바쁜 엄마 대신 집안일을 떠맡으려고 의욕이 넘치던 시기였어요. 덕분에 가정 시간에는 눈에 띄었죠. 우리 반만 선생님한테 엄청나게 칭찬받았어요. 나는 언제나 편애를 받았고."

기억에 강렬히 새겨져 있다. 오븐에서 꺼내자마자 오븐 장갑을 낀 손으로 의기양양하게 그라탱 접시를 들어올리면, 친구들은 일제히 박수를 보냈다. 노릇하니 맛있게 구워진 빵가루, 녹아내린 노란 치즈, 군데군데 내용물이 들여다보이는 화이트소스에는 얇은 막이 생겼다.

"어떤 레시피? 좋네. 그라탱이 맛있는 계절이잖아. 배고파지네."

"밀가루를 묻힌 양파를 버터로 볶다가 우유를 조금씩 부어요. 소금물에 삶은 마카로니와 브로콜리, 화이트와인으로 찐 새우를 화이트소스로 버무려 그라탱 접시에 넣어요. 녹는 치즈와 빵가루와 파슬리를 뿌리고, 오븐에서 20분 정도 구우면 돼요."

자신도 놀랄 만큼 레시피가 술술 입에서 나왔다. 교과서에 인쇄된 폰트나 요리 과정을 그린 일러스트의 동글동글한 선까지 선명히 떠올랐다. 열다섯 살 그날부터 한번도 이 순서를 잊은 적은 없었다. 그후, 제대로 된 요리를 만들려고 하면, 요령을 갈겨쓴 바인더노트 조각, 창으로 쏟아져 들어오던 교정의 목련나무 가지, 레시피를 노래로 만들어 친구들과 장난스럽게 부르며 걷던 가정 실습실 가던 길이 전부 선명하게 넘쳐서, 주방에 다가가는 것조차 피했다.

"오호, 의외로 정통이네. 대충 만든 레시피인가 했더니."

"아버지와 전화할 때, 무심코 내가 먼저 그 얘기를 해버렸어요. 아버지는 바로, 먹어보고 싶네, 라고 하셨죠. 만들어주었으면 좋겠다고. 한 달에 한번은 자러 가는 날이 있으니, 그때. 나는 바로 알았다고 했죠."

그 무렵은 무엇보다 침묵이 찾아오는 것이 무서워서, 아버지를 상대하고 있을 때면 리카는 끊임없이 주절거렸다. 엄마의 근황을 물을 틈을 절대로 주지 않겠다는 일념으로 계속 다른 화제를 꺼냈다. 명랑하고 낙천적이어서 부모의 이혼 따위 아무렇지도 않게 생각하는 요즘 아이 역할을 하지 않으면, 늘 즐거움을 주지 않으면, 아버지가 이따금 자신에게 보내는 응석 부리는 시선과 자포자기한 말투에 빠려들어갈 것 같았다. 학교에선 왕자님이었던 자신과 아버지 앞에서의 자신은 완전히 다른 인격체 같았다. 아버지 사양의 리카는 덜렁거리고 농담 좋아하고 느긋하고, 유행을 잘 따르는 수다스러운 여자아이였다. 그런 리카를 맙소사, 하고 바라보는 아버지는 엄마와 리카가 집을 나간 지 불과 2년 사이에 술과 불규칙한 생활로 몰라보게 살이 찌기 시작하더니, 지저분한 트레이닝복을 입고 항상 불쾌한 얼굴로 지냈다. 하지만 가족이 화목했던 시절의 장난 좋아하고 유쾌한 모습 그대로여서 언제나 안도했다.

그럼 다음 금요일. 기다릴게. 저녁 7시. 더 빨리 와도 좋아.

그날은 동아리 연습이 길어졌다. 아버지가 세상을 떠난 뒤 바로 그만두었지만, 당시 리카는 배구부원이었다. 갑자기 해가 지는 게 빨라졌다. 감색 하늘을 올려다보며 학교 지정 코트의 옷깃을 모으고 있으니, 지금부터 주오선을 타고 역 구내 슈퍼마켓에서 장을 봐서 아버지 맨션에 가는 일이 너무 귀찮았다. 엄마한테는 얘기하지 않았지만, 리카네가 나간 뒤로 미타카 맨션은 청소를 한 흔적이 거의 없고, 개수대는 소름이 돋을 정도로 곰팡이투성이었다. 자고 갈 때는 목욕도 하지 않고, 되도록 외식을 주문했다.

대학교에도 거의 출근하지 않고, 집에 틀어박혀 원고만 쓰는 아버지가 끊임없이 피워대는 담배 탓에 벽지는 변색되었다. 지금부터 조리를 하려면 적어도 주방만이라도 청소를 해야 한다. 해야할 일을 머릿속으로 조목조목 써나가다 보니 갑자기 미치도록 모든 것이 귀찮아졌다. 주위에서 깔깔거리고 있는 천진난만한 동급생들에게 지금까지 느낀 적 없는 질투를 느꼈다. 교풍이 고상한 여학교에서 부모가 이혼한 딸은 반에서도 리카뿐이었다.

월요일에 갑자기 시험을 치게 돼서 못 간다고 리카는 공중전화 수화기 너머로 처음으로 거짓말을 했다. 그러냐, 하고 한번은 느긋한 어조로 전화를 끊으려 했던 아버지였지만, 갑자기 크게 숨을 들이마셨다. 잠깐의 침묵만으로 리카의 위가 쿡쿡 아팠다. 차갑디차가운 목소리로 아버지는 이렇게 말했다.

"아빠를 무시하는구나. 엄마와 함께 지내서. 리카는 못된 딸이야."

무시하지 않아, 무슨 소리 하는 거야, 하고 웃으며 부정하려고 한 순간, 일방적으로 감정을 터뜨리는 듯한 말투가 예전에 매일 밤 엄마한테 향했던 것과 같은 종류임을 깨닫고, 말을 잃었다. 전화부스 안에서 머리를 감싸안고, 아악 하고 비명을 지르고 싶었다. 아버지가 그런 생각만은 하지 않게 하려고 필사적으로 노력해왔는데, 단 한번의 판단 실수로 모든 것이 엉망이 됐음을 깨달았다. 리카는 말없이 전화를 끊었다.

엄마에게 이 얘기는 하지 않기로 했다. 이런 식으로 아버지에게 심하게 야단맞은 것은 처음이어서 놀랐을 뿐만 아니라 자신이 부끄러웠다. 자기뿐만 아니라, 이 뒤틀린 상황을 만들어낸 부모에게까지 화가 났다. 부모님이 이혼한 후, 처음으로 느낀 분노였다. 자신이 얼마만큼 감정을 억누르고 살았는지 깨달았다.

"아버지는 고독했어요. 그 무렵, 미타카 맨션에 드나든 사람은 나뿐이었어요. 자존심이 강해서 나 말고는 누구에게 도와달라고 말하지 못했어요. 술친구들은 있었던 것 같지만, 고민을 말할 수 있는 상대는 없었어요. 누군가와 함께하는 식사에 굶주려 있었어요. 그 집을 나설 때면 매달리는 듯한 시선이 내게는 너무나 무거웠어요. 그날, 엄마한테는 아버지 집에 가긴 갔는데, 시험이 얼마 안 남아서 자지 않고 왔다고 거짓말을 했어요. 엄마는 전혀 의심하지 않았어요. 월요일, 아버지에게 연락했더니 전화를 받지 않더군요. 처음에는 신경쓰지 않았어요. 그러나 수요일 아침이 돼도 계속 전화를 받지 않았어요. 나는 불길한 예감이 들어서 조퇴를 하고 미타카로 달려갔죠."

그때의 술렁거리는 친구들 시선. 안색이 바뀌어 달려나가는 리카를 걱정하면서도, 왕자님 같은 반 친구가 자신들은 경험한 적 없는 드라마틱한 비극에 휩싸인 것을 보고 흥분했다.

"아버지의 사인은 뇌경색이었어요. 내가 발견했을 땐 죽은 지 사흘이 지난 후였대요. 문 쪽에 엎드려 있는 것을 얼핏 보았을 뿐이지만, 이미 시신은 부패하기 시작했고……. 나중에 여러 문헌을 읽어봤어요. 만약 그날 금요일에 아버지를 만나, 식사를 만들어드리고, 자고 토요일 오후까지 같이 지냈더라면, 뇌경색 초기 증세인 마비나 비틀거림을 어리지만 알아챘을지도 몰라요."

한참 후, 가시이가 그제야 조용한 목소리로 중얼거렸다.

"당신 잘못 아니야. 아직 어린아이였고, 어떤 일을 했어도 아버

390

지의 죽음은 피할 수 없었을 거야."

문득, 실처럼 가늘어져 있던 눈이 번쩍 떠졌다.

"라고 내가 말할 줄 알았지?"

콧방울이 부풀고, 뺨이 볼록해졌다. 입술이 반짝반짝 빛나고, 좋아하는 음식만으로 배를 채운 듯한 충족감을 찰랑거리듯이 히죽 웃으면서 이쪽을 가리켰다.

"당신이 내게 집착하는 이유를 알았네. 본인도 깨달은 대로 당신은 살인자야. 나와 거의 마찬가지야. 자신을 긍정하고 싶어서 내게 눈을 뗄 수 없는 것뿐이야. 내가 무죄가 되면 저절로 자신도 용서할 수 있게 될 테니, 일석이조겠지."

신기하게 긴장했던 몸의 안쪽이 스륵 풀렸다. 니가타역에서 레이코에게 "너는 잘못하지 않았어"라는 말을 들었을 때보다 지금, 훨씬 더 구원받고 있는 게 아닐까. 절대 여자를 인정하지 않는 가지이가 예외로 나는 받아들였다.

그렇다. 자신은 아버지를 이 손으로 죽였다. 그 사실을 리카는 처음으로 냉정하게 받아들였다. 마치다 리카는 살인자다.

과실이 아니다. 악의가 없었던 것도 아니고, 의지를 가지고 그를 밀쳐서 죽음으로 내몰았다. 그러나 덕분에 엄마와 자신이 정신적으로 해방됐다. 사랑했지만, 그런 어설픔을 동정도 했지만, 하루도 잊은 적이 없고 자신을 용서할 수도 없지만, 그를 죽임으로써 리카는 앞으로 나아갈 수 있었다.

새삼스럽게 아버지가 불쌍했다. 시즈오카에 사는 조부모는 아버지를 응석받이로 키웠지만, 그 보수적인 가치관 때문에 젊은 시절에는 끊임없이 반발한 것 같다. 강사 시절에는 학생운동에 심취하여 학생들에게는 인기가 있어도 출셋길은 차단됐고, 사십대 중반에 무작정 작가를 꿈꾸었다. 도시에서 자란 엄마에게는 강한 콤플렉스가 있는 것 같았다. 언제나 혼이 반은 딴 데 가 있는 것 같은 사람이었다. 현실적인 문제나 금전 얘기가 나오면 만사 성가셔지는지 생활을 둘러싸고 엄마와 곧잘 말다툼을 했다.

그러나 아버지가 골라준 그림책, 개봉과 동시에 데려가준 서양 애니메이션 영화, 어쩌다 내키면 들려주는 창작 이야기는 리카에게 지금도 보물이다. 말이 많아 보이지만, 수줍음쟁이여서 말문이 막힐 때가 있었다. 문득 얼굴을 들면 싱글벙글 웃으면서 리카를 지켜보고 있었다. 초등학교 5학년 때까지 같이 목욕을 했다. 리카가 너무 좋아서 어쩔 줄 몰라 하는 것이 어린 마음에도 전해졌던, 몇 가지 장면이 갑자기 떠올라 눈시울이 뜨거워졌다.

"내가 만약 사람을 죽였다면 당신과 같은 방법인 거야. 그저 나를 필요로 하는 사람 앞에 갑자기 나타나지 않은 것뿐. 풍성하게 주던 것을 아무 예고 없이 뚝 끊은 것뿐. 아버지를 죽여놓고 당신은 마음 한편으로 잘됐다고 생각하고 있지 않아? 죽었다는 걸 알았을 때, 안도하지 않았냐고. 그건 최악이야."

그랬다. 신고를 받고 도착하자마자, 현관에서부터 실내에 파란 비닐 시트를 넣고 있던 구급대원이 이쪽에서는 보이지 않도록 아버지의 몸을 만졌다. 그중 한 사람이 관리인과 나란히 서 있는 리카에게로 와서, "유감입니다만" 하고 눈을 내리뜨고 있을 때, 제일 먼저 입에서 나온 말은 "죽었어요?"라는 참으로 비정한 한마디였다. 이렇게 된 바에는 확실하게 죽었길 바랐다. 어중간하게 살아 있으면 리카도 엄마도 한층 아버지에게 엮이게 된다고 생각했다.

"나도 말이야, 그랬어. 그 사람들이 죽었을 때도, 아버지가 죽었을 때도, 내가 돌봐야 하는 사람이 한 명 줄었구나, 하고 어깨에 얹힌 짐이 내려진 기분이 들었어."

후회는 한다. 그날로 돌아갈 수 있다면 틀림없이 그라탱을 만들어주러 갔을 것이다. 그러나 아버지가 여전히 살아 있었다면 어땠을까, 하고 늘 상상한다. 존재만으로 리카와 엄마의 생활에 누름돌 같았던 아버지. 사랑했는지 미워했는지, 지금도 잘 모르겠다.

"당신은 정말로 죽이지 않았죠. 누구 한 사람, 직접 손을 대지 않았죠."

가지이는 무표정하게 고개를 깊이 끄덕였다. 리카는 오직 이 순간만 그녀를 신용했다. 이것이 진실이다. 이 순간을 위해 오늘까지 여길 오간 것이다.

"그럼 살해 의도는 있었어요? 재판에서 쟁점이 되는 것은 바로 그 점입니다."

"있다고 하면 있고 없었다고 하면 없어. 하지만 그런 거 아냐? 누구라도, 옆에 있는 누군가가 성가셔서 꺼져줬으면 좋겠다고 생각할 때 있잖아."

니가타에서 집요하게 물고 늘어지던 레이코에게 참을 수 없이 화가 났던 일이 생각났다. 혹시 레이코는 그걸 민감하게 눈치챈 게 아닐까. 등이 오싹해졌다.

"당신하고 같은 이유야. 어느 날 갑자기 그들이 무진장 귀찮아졌어. 원하기만 하면 무엇이든 당연히 생기는 줄 아는 그들의 얼굴이, 아무것도 하지 않고 식탁에 앉아서 그저 멍하니 요리를 기다리기만 하는 그들이, 아무런 긴장감 없이 대우받는 게 당연하다는 표정을 하고 있는 그들이, 갑자기 싫어졌어. 그런 상대를 위해 제철 식재료를 사서 밑준비를 하고, 요리를 하고, 접시를 고르고, 담고, 그리고 설거지를 하고 뒷정리를 하는 일이 귀찮아졌어. 연락을 하지 않게 되고, 집안일이나 요리를 해주지 않게 되니 거칠어지더군. 의심이 많아져서 스토커같이 구는 사람도 있었고, 원래의 독신 생활로 돌아가서 자포자기하고 살다 몸이 나빠진 사람도 있었어. 다들 엄마가 돌보지 않게 된 아기처럼 말이야. 이상하지. 아무것도 못하고 나한테 응석만 부리던 그들이 귀엽다고 생각했는데. 그들을 기쁘게 하는 것이 나의 즐거움이었을 텐데. 언제나 나만 기를 쓰고 움직이는 것 같고……. 나는 정말로 혼자구나 생각했어. 지금까지도, 앞으로도."

리카는 극히 미미한 표정 변화를 놓치지 않았다. 가지이 마나코의 빵빵하게 부푼 연분홍색 얼굴에 비탄이 스미는 것을. 처음이라고 해도 좋을 정도다. 그녀는 멸시하는 눈빛으로 이쪽의 시선을 튕겨냈다.

"착각하지 마. 나는 이성을 기쁘게 해주고, 정성을 바치는 걸 좋아해. 그러지 못하는 여자는 바람직하지 않아. 다만 한 사람만 상대하고 있으면 나처럼 변덕스러운 여자는 아무래도 질리기 마련이지."

"그렇게 질리고도 당신은……, 결혼을 포기하지 않았어요?"

"아직 이렇다 할 사람을 만나지 못한 것뿐이야."

"뭔가 당신이 하는 말은……."

"요리가 즐겁지만, 의무가 되는 순간 시시해지지? 섹스나 멋 부리기나 미용이나 다 그래. 남들이 강요하면 뭐든 일이 되어서 즐거움 따위 사라지지?"

리카는 아무 대꾸도 할 수 없었다. 몸이 무겁고, 중요한 대목인데 견디기 힘들 만큼 듣기가 고통스럽다.

"결혼 시장에 나온 남성이 이상적으로 바라는 타입은 되도록 생명력이 느껴지지 않는 여자야. 죽은 사람이나 유령이 최고겠지."

조금도 덥지 않은데 겨드랑이에 미지근한 땀이 흘렀다. 니트의 소매와 손목 사이까지 축축해졌다. 자세히 보니 가지이 마나코의 눈 주위에 자잘한 주름이 그물처럼 얽혀서, 그 부분이 약간 푸른 빛을 띠고 있다. 그래서 흰자위가 맑아 보이는 것이다. 화장 때문인지도 모른다.

"그래, 현대 일본 여성이 진심으로 이성에게 사랑받으려면 '사체가 되는' 편이 좋을지도 몰라. 그런 여자를 원하는 자들도 이미 죽은 거나 마찬가지지. 죽었으니까 생명력을 느끼게 하는 것이 무서워서 견딜 수 없는 거야. 반쯤 저세상에 있는 것 같은 남자들 상대로 요리를 하고 있으면, 내 희망이나 몸이 안개가 되어 사라질 듯한 기분이 들지. 상대가 누구든 결국 마찬가지가 아닐까. 나를 만나지 않았어도, 내게 차이지 않았어도, 바로 죽지 않았을까, 그 사람들. 하긴, 처음부터 이 세상에 없는 것 같은 사람들뿐이었는걸."

피해자뿐만이 아니다. 어쩌면 자신도 이미 죽은 거나 다름없는 게 아닐까. 자신뿐만이 아니라, 마코토도 레이코도 료스케 씨도 시노이 씨도 엄마도. 살아 있는 것은 눈앞의 이 여자뿐이지 않을까. 그래서 다들 가지이에게 분노를 느끼면서도 눈을 떼지 못하는 게 아닐까. 경계를 넘어, 저쪽에서 욕망을 채우고 생명을 불태우는 모습을 마지막까지 지켜보지 않을 수 없었다.

"그렇지만 생명력의 덩어리 같은 당신이 왜 그런 반쯤 죽어 있는 사람을 매혹시킨 거죠."

"왜일까. 유령이란 저세상에 가지 못하고 생명 있는 것에 이끌려서 이 세상을 방황하고 있는 존재겠지."

"왜일까요. 당신은 명백히 이상한 소리를 하는데 뭔지 모르게 이해할 것 같은 느낌도 들어요."

입이 멋대로 움직여서 리카는 그만 생각나는 대로 말해버렸다.

"나도 뭔지 잘 모르겠지만, 눈앞의 풍경에 내가 전혀 참여하지 않고 있다는 느낌이 들 때가 있어요. 레이코는 어쩌면 그런 기분에 졌을지도 모르겠군요."

"당신하고 얘기하고 있으면 아주 즐거워."

가지이는 천진난만하게 웃었다. 한순간 방의 온도를 올려줄 만큼, 많은 꽃잎이 날리는 따스한 바람 같은 웃음이었다.

"이렇게 여자끼리 수다 떠니 꽤 즐겁네. 서로에게 마음을 열었나봐. 이제야 당신이 하는 말을 이해할 수 있을 것 같아."

더 이상, 가지이의 수다에 어울려서는 안 되겠다 싶어 리카는 정신을 차렸다. 교도관이 시계를 노려보았다. 오늘은 면회하는 사람이 적은지 벌써 20분 이상이나 얘기했지만, 슬슬 한계인 모양이다.

"자, 약속했죠. 레이코가 어디 있는지 가르쳐줄 수 없을까요?"

가지이는 이내 시시하다는 표정이 됐다. 자못 귀찮다는 듯이 천천히 입을 열었다.

"나는 그냥 이렇게 말했을 뿐이야. 버터가 된 호랑이는 몇 마리였더라? 하고."

아마『꼬마 삼보 이야기』얘기일 것이다. 그러나 이 그림책 이야기는 레이코하고만 나눴었다. 그러나 레이코가 우연히 건넨 한마디에서 가지이가 어떤 배경을 읽어냈을 가능성은 충분히 있다.

"그래, 그랬더니, 그 여자 안색이 점점 바뀌더라고……."

가지이가 갑자기 얼굴을 찡그렸다. 아기가 울음을 터트리기 직전의 표정과 꼭 닮았다. 피부가 검붉어졌다.

"다 그 여자 얘기뿐이네. 그렇게 걱정돼? 기껏 내가 이렇게까지 얘기할 마음이 들었는데, 조금도 기쁜 것 같지 않네. 오늘은 담당 변호사한테 들키면 혼날 정도까지 다 털어놓았는데."

가지이는 그냥 멍하니 보고 있기만 하는 리카에게 초조함을 감추지 않았다.

"지쳤어. 그만 가."

오늘이야말로 이쪽에서 끊을 생각이었는데, 가지이가 선수를 치듯이 말했다.

리카는 3개월 만에 덴엔토시선의 아야세역에 내렸다.

도쿄구치소를 나온 후로 아무것도 먹지 않았다. 역 주변에서 아무 식당이나 들어갈까 생각했지만, 정신을 차리고 보니 개찰구 바로 앞에서 료스케 씨에게 전화를 걸고 있었다.

"아직 레이코에게 연락이 없습니다. 이제 경찰에 신고하러 갈까 싶습니다. 일이 손에 잡히지 않아서 회사도 조퇴했습니다."

비통하다기보다 넋이 나갔는지 붕 뜬 목소리가 들려왔다.

"지금 댁에 가도 될까요? 할 얘기도 있고."

레이코네 동네에 도착하자마자, 역에서 곧장 향한 곳은 언젠가 들어갔던 슈퍼였다. 작년 말, 이곳에서 버터를 찾던 일이 까마득한 옛날처럼 느껴졌다.

치즈와 밀가루, 빵가루는 레이코의 집에 재고가 있을 것 같아서 찾지 않았다. 마카로니, 냉동 새우, 양파를 플라스틱 바구니에 던져 넣었다. 유제품 매장 앞에 와서 잠시 망설이다 500밀리리터짜리 우유 팩을 들고, 드디어 버터를 찾기 시작했다.

〈현재 물량이 부족한 관계로 버터는 1인당 한 개만 구입해주세요.〉

그때와 같은 안내문이 붙어 있었다. 다만 상품 수는 작년 12월보다 훨씬 더 늘어났다. 유키지루시 가염 버터를 한 개 들고 계산대로 가서 계산을 마쳤다.

노을을 배경으로 완만한 언덕에 신축 분양주택이 빼곡히 늘어서 있었다. 도로 폭은 넓고, 저녁 장을 보러 가는 듯한 주부들이 오갔다. 예전에는 그런 일상적인 모습에 압도되는 기분이 들었지만, 지금은 별로 주눅들지 않고 그들 무리에 섞였다.

사야마 집의 인터폰을 눌렀다. 섞어 심은 비올라와 데이지는 여전히 싱싱하고 잘 다듬어졌다. 하긴 레이코가 이 집을 떠난 지 아직 닷새밖에 안 됐다.

"실례합니다."

처음 왔을 때의 인상과 뭔가 크게 달라졌다. 어질러져 있는 건 아니다. 체격이 큰 료스케 씨가 복도를 막듯이 서 있는 탓인지, 시야가 좁게 느껴졌다. 그는 피우지 않을 텐데 담배 냄새가 희미하게 났다. 맨발에 위아래 실내복 차림으로 리카를 맞으러 나온 료스케 씨는 제대로 잠도 자지 못해서 창백한 얼굴이었다.

"저기, 주방 좀 빌려도 될까요? 그라탱을 만들려고 하는데, 괜찮다면 료스케 씨, 맛 좀 봐주시겠어요?"

"네? 무슨 말씀인지? 그라탱? 지금은 저기……, 만들어주시는 것도 죄송하고."

그는 당혹스러워했지만, 리카는 고집스럽게 밀어붙였다. 그를 위로하기 위해서라기보다 집에 오븐이 없어서 빌리러 온 것이나 다름없다. 타인에게 대접한다 생각하면 긴장감이 우러나 조금이라도 잘 만들지 않을까 하는 계산도 있다.

"레이코 요리처럼 맛있지는 않겠지만. 식칼과 도마 있는 곳만 가르쳐주시면 어떻게든 될 거예요."

리카 뒤를 따라서, 료스케 씨는 거실로 와서 걱정스러운 듯이 들여다보았다.

주방에 발을 들이는 순간, 아버지 집에 가려고 했던 그날부터 봉인해온 감각과 압력 같은 것이 한꺼번에 해방되는 느낌이 들었다. 료스케 씨는 거의 주방에 들어선 적이 없었는지 어디에 무엇이 있는지 모르는 것 같았다. 다행히 잘 정리되어 있고, 설탕도 소금도 투명 용기에 담아 라벨을 붙여놓아서, 리카는 이내 주방의 호흡을 파악했다. 개수대에 지저분하게 접시가 쌓여 있는 사태를 각오했지만, 스테인리스 그릇은 반짝반짝 빛나고, 개수대는 번쩍거렸다. 오븐 사용법이라면 시노이 씨와 케이크 만들기를 할 때 습득했다. 신축인 만큼 레인지 아래의 붙박이 오븐은 시노이 씨네 것보다 훨씬 문이 가볍고 여닫기가 부드러웠다.

전자레인지 옆 약간의 공간에는 요리책이 나란히 꽂혀 있었다. 자신에게 어울리는 초보적인 내용으로 기본에 충실한 것이 많았다. 《우리 집 식사》라는 제목의 일식, 양식을 두루두루 다룬 쇼와 시대다운 눅눅한 색조의 사진으로 장식된 한 권을 골랐다. 목차를 보고 그라탱 페이지를 찾았다. 누렇게 바랜 상태도 그렇고 상당히 자주 사용했지만, 조미료나 기름 한 방울 튀지 않은 것이 물건을 소중히 쓰는 레이코다웠다. '버터'가 '빠다'로 표기돼 있는 것도 마음에 들었다.

"응어리가 없는 베샤멜소스를 만들려면 버터를 아낌없이 사용하기와 차가운 우유를 단숨에 넣기."

샤프로 휘갈겨 쓴 레이코의 글씨였다. 서양산 박하향이 지나가는 듯한 막힘없는 필체에 길잡이를 발견한 기분이 들었다. 화이트소스를 베샤멜소스라고 부르는 것 같다. 가정 시간에 배운 대로 양파에 밀가루를 뿌려서 볶는 방식이 아니었다. 밀가루를 버터로 볶는다기보다 녹인 버터에 밀가루를 섞는 모양새다. 설정 온도로 오븐을 예열했다.

예상한 대로, 티끌 하나 떨어져 있지 않은 얼음성 같은 냉장고 속에는 치즈도 빵가루도, 건조 파슬리도 다 있었다. 양파를 씻는데 물의 차가움이 뼛속까지 스몄다. 곱은 손가락으로 껍질을 벗겼다. 매끈한 하얀 살을 도마에 올려 칼질했다. 가정 시간에 배운 대로 세로로 반 썰고, 섬유질 반대 방향으로 위아래 칼집을 넣는다. 눈이 따가워서 몇 번이나 깜빡였다. 봉지에 표시된 대로 마카로니를 삶아서 버터를 듬뿍 섞었다. 껍질을 벗기고 등의 내장을 꺼낸 새우에 화이트와인을 뿌려서 가볍게 불에 익힌다. 빨갛게 색이 돌며 굽어가는 새우를 바라보는 동안에 온몸을 싸고 있던 가지이가 떠맡긴 습도가 떨어져나갔다.

새우 껍데기나 양파 껍질 버릴 곳을 찾다보니 벽 쪽에 네모난 플라스틱 통이 눈에 들어왔다. 뚜껑을 열었더니 타는 것과 타지 않는 것으로 구별해 버릴 수 있도록 칸이 나뉘어 있었다. 타지 않는 쓰레기 쪽에 편의점 도시락통이 잔뜩 버려져 있어서, 주방이 전혀 지저분하지 않은 이유를 알았다. 탁자 앞에 앉아서 회사 일인 듯 자료를 멍하니 보고 있는 료스케 씨를 흘끗 돌아보았다.

프라이팬에 버터를 넉넉하게 넣고 황금빛으로 녹기를 기다렸다가 큰 숟가락으로 계량한 밀가루를 더했다. 가루가 점점 버터를 흡수하여 점도가 생겼다. 탐욕스럽게 한없이 버터를 빨아들였다. 차가운 우유를 단숨에 넣으면서 거품기로 섞자, 걸쭉한 크림으로 바뀌었다. 간신히 완성한 베샤멜소스와 내용물을 섞었다.

머리 위의 선반을 열어보니 2인용 그라탱 접시가 바로 보였다. 부부 사이가 좋다는 걸 보여주듯 밝은 햇빛 색이다. 소스를 담고, 치즈, 빵가루, 파슬리를 뿌렸다. 데워둔 오븐에 그라탱 접시를 올린 철판을 넣고, 리카는 장갑을 벗으면서 주방을 나갔다. 잘될 것 같은 예감에 발걸음이 저절로 통통 튀었다.

"책장 좀 봐도 될까요?"

료스케 씨가 난감한 듯이 끄덕이길 기다렸다가, 거실 벽 한쪽을 점령한 책장으로 향했다. 이렇게 보니, 전부 레이코의 장서로 료스케 씨는 거의 독서를 하지 않는 모양이다. 빨간 표지의 책을 망설임 없이 꺼냈다.

그렇다. 이 그림책. 애초에 여기서부터 시작했다고 해도 과언이 아니다. 이 책을 가르쳐주지 않았더라면 나는 가지이에게 이렇게까지 접근하지 않았을 거다. 선명한 빨간색 바탕에 소년의 검은 피부가 빛났다. 지난 3개월, 레이코가 옆에서 속삭이는 힌트에 이끌리듯이 울창한 정글 속을 걸어왔다. 그러나 주위를 둘러보니 열기와 습기로 가득한 숲에는 가지이와 리카 두 사람뿐이고 레이코의 모습은 어디에도 없다.

나무 밑동에 펼쳐진 눈부신 황금 버터 샘.

그때, 그림책에 끼어 있던 종이 한 장이 발밑으로 팔랑 떨어졌다. 주간지 스크랩 같았다. 왠지 료스케 씨한테 보이면 안 될 것 같아서 얼른 주워서 주머니에 쑤셔넣었다.

"죄송하지만, 레이코의 컴퓨터 좀 보여주시겠어요? 뭔가 단서가 있을지도."

료스케 씨는 끄덕이더니 얼른 방 한구석 서랍에서 노트북을 꺼냈다.

"저도 열어보려고 했지만, 비밀번호를 몰라서."

료스케 씨는 고개를 가로저었다. 생일, 전화번호, 그녀가 좋아하는 여배우의 생일 등을 다 넣어보았지만, 모두 맞지 않았다. 버터와 우유, 치즈가 녹아서 하나가 되어 구워지는 고소한 냄새가 이곳까지 흘러왔다.

"사건에 휘말리진 않았을 거라고 생각해요. 레이코는 분명히 본인이 원해 뛰어들었을 거예요. 신고는 내일 오후까지 기다려줄 수 없을까요? 부탁합니다."

"……혹시 짐작 가는 게 있습니까?"

뒤에서 큰 그림자를 만들고 있는 그는 초췌한 얼굴을 하고 있을 것이다. 보지 않아도 알 수 있다.

"대학 동창이 정보 제공을 해줄 것 같아요."

돌아보면 거짓말이 들킨다. 그때 타이머가 울렸다. 마침 다행이라 생각하며 리카는 료스케 씨 옆을 지나 그의 시선을 등지고 오븐 문을 열러 갔다. 어둠 속의 파란 불빛과 뿜어나오는 열풍. 그날 가정 시간의 영광이 되살아났다. 치즈가 지글지글 소리를 내고 있다. 노릇하게 잘 구워진 모습에 절로 미소가 번졌다.

일단 겉보기에는 합격점이다. 리카는 안심하고 장갑을 끼고 손을 뻗었다.

하얀 접시에 그라탱을 올리고, 포크와 물컵을 탁자로 가져가서 료스케 씨와 마주 앉았다. 잘 먹겠습니다, 하고 중얼거린다.

포크를 들고 빵가루로 바삭바삭한 표면을 무너뜨렸다. 베샤멜 소스가 용암처럼 흘러내리고, 마카로니와 새우가 얼굴을 내밀었다. 리카는 자신감을 얻고 한 스푼 입으로 가져갔다. 간도 풍미도 나쁘지 않다고 만족한 순간, 까칠한 이물질이 혀에 닿았다. 버터와 치즈의 순한 맛, 소스의 부드러움, 새우나 마카로니의 탱탱한 식감을 단번에 죽여버리는 모래알 같은 식감. 무시하려고 했지만, 끊임없이 입속을 불쾌하게 자극했다. 잠시 혀를 움직이다, 리카는 어깨를 떨어뜨리고 포크를 내려놓았다.

"소스가 응어리졌네요. 맛이 없군요. 죄송합니다."

"아닙니다. 고맙습니다."

18년 동안 실력이 떨어진 건 아니다……. 그날도 이런 맛 아니었을까. 제트코스터가 급강하기 직전처럼 위胃가 붕 뜬 것 같은 기분이 들었다. 학생뿐만이 아니다. 가정환경 덕분인지 교사에게도 편애를 받았다. 리카가 하는 일은 뭐든 그 좁은 세계에서는 칭찬받았다.

료스케 씨는 특별히 감정을 표현하지 않고, 묵묵히 포크를 움직였다. 리카는 그제야 깨달았다. 그날, 이 조금도 맛있지 않은 마카로니 그라탱을 만들었더라면 아버지는 죽지 않았을까. 아버지의 임종은 피할 수 없었다. 만약에 리카의 힘으로 뇌경색을 어떻게든 모면했다 해도, 한두 번 입원한다 해서 생활 방식을 고칠 사람이 아니었고, 이내 또 쓰러졌을 것이다.

단 한번의 요리가 사람의 마음을 구한다? 그런 건 환상이다. 만약에 가능하다 해도 비할 데 없이 훌륭할 경우에나 그럴 터다. 여자들이 그 환상에 얼마만큼 괴로워하고, 속박되고 있는지. 자신의 서툰 요리가 한 생명을 구할 수 있다니, 자기만족과 자아도취가 심하다. 리카가 아무리 정성을 다했어도 아버지의 고독은 해소되지 않았을 터다. 그날 벼락치기로 착한 딸인 척했어도 사태는 달라지지 않았을 것이다.

애초에 아버지의 죽음을 비극으로 단정해도 되는 걸까. 맛없는 그라탱을 입에 밀어 넣으면서 그렇게 생각했다.

생활은 엉망이고, 딸에게만 너무 의존하는 아버지가 불행하다고 단정하고, 자신이 어떻게든 해야 한다고 기를 썼다. 핏줄이 이어진 딸이니 어떻게든 할 수 있다, 아니, 도와야 한다고 믿었다. 하지만 아버지는 나름대로 자기 생활에 만족했던 게 아닐까. 원래 가정을 꾸리는 데 적합한 사람이 아니었다. 별로 떠올리고 싶지 않지만, 리카나 엄마를 감당하지 못하는 게 아닐까 생각한 적도 많다. 가족을 돌아보지 않고, 혼자 성큼성큼 걸어가는 아버지의 긴 등, 남자치고는 가는 정강이가 떠올랐다. 보고 싶지 않은 것은 보지 않는다, 하고 싶지 않은 일은 하지 않는다. 싫은 것과는 거리를 둔다. 리카가 보기에 그야말로 무책임하고 무기력해 보였지만, 그에게는 남들은 알지 못하는 소중한 비밀의 영역이 있을지도 모른다.

"한 가지, 알게 된 게 있습니다."

료스케 씨가 무덤덤한 목소리로 말했다.

"레이코는 인기가 많은 사람인 줄 알았어요. 그런데 지난 며칠, 레이코의 소지품을 찾다가 알게 된 몇 군데 연락처에 전화를 해봤습니다만. 다들 레이코를 별로 좋아하지 않는 것 같았습니다. 내가 아는 레이코는 거기에 없었어요."

무슨 말인가 하려는데 가방 속에 있는 스마트폰의 진동이 느껴졌다. 마코토였다. 오늘 몇 번째 오는 전화지만, 리카는 답을 나중으로 미루고 있었다.

"레이코는 전부 직접 손으로 더듬어서 찾았던 거군요. 나와의 관계도 그렇고, 료스케 씨와도 그렇고. 가정의 맛도. 전부 실험하는 기분으로 하나하나 확인해갔던 거군요."

리카는 포크를 내려놓았다. 료스케 씨는 느릿느릿 그라탱을 먹고 있다. 무엇을 내놓아도 불평 없이 받아들이는 사람인 듯하다.

"레이코가 아이를 만들기 위해서 당신을 선택했다고 생각하지 마세요. 그런 아이였으면 좀 더 명쾌하고 즐겁게 살았을 거예요."

레이코의 집을 나온 리카는 빠른 걸음으로 역으로 향했다. 당장 회사로 돌아가야 한다.

표지의 호랑이는 네 마리다.

요컨대 가지이가 준 힌트는 네번째 피해자가 될 가능성이 있었던 남자다.

가게를 고를 시간 따위 없었다. 밤 10시가 지났을 무렵, 리카는 시노이 씨와 회사 옆에 있는 벨기에 맥주 전문점 앞에서 만나, 빨려들 듯이 들어갔다. 카운터 구석에서 자신들을 응시하는 시선을 느꼈지만, 무시하기로 했다.

"아마 이 남자 아닐까 싶네. 가지이 마나코를 첫번째로 이해했다는 사람."

시노이 씨는 니가타 지국에 다니는 아는 기자에게 오늘 오후 받았다는 파일을 탁자에 올렸다. 펼쳐보니 오래된 기사가 스크랩되어 있었다.

"1995년부터 아가노 맨션에서 혼자 살고 있었다. 양친은 니가타 역 부근에 사는 자산가로, 이렇게 신문에 실릴 만한 지역 유지다. 사십대까지 은둔형 외톨이로 사는 아들을 억지로 독립시키려고 맨션을 얻어주었다. 부모는 생활비만 송금할 뿐, 거의 아들을 만난 적이 없다. 밤중에 절규를 하거나 이웃 주민에게 민폐를 끼치거나, 어린아이에게 말을 걸어서 수상한 자로 몇 번이나 신고됐다. 가지이 마나코의 여동생을 따라다니다 주위에서 소란이 났음에도 한번도 체포되지 않은 것은 부모의 힘이다."

색 바랜 지역 신문에 부모와 함께 소개된 그 젊은 남자를 자세히 보았다. 촬영 당시는 이십대였을까. 가지이는 거짓말을 하지 않았다. 얼굴 생김새 자체는 아주 단정한 부류였다. 눈썹이 굵고, 미간이 좁고, 검은자위가 가지이와 똑같이 빛이 없는 색이었다. 웃고 있는지, 겁을 먹어서 소리지르기 직전인지 알 수 없는, 기묘한 모양으로 입술을 다물고 있다.

"1년 전에 세상을 떠났어. 자살이야. 아가노의 자택에서 목을 매고 죽었어. 쉰여섯 살이었대."

"아버지를 포함하면 이것으로 다섯 명째네요. 가지이 주변에서 죽은 사람은. 이 남자가 수면 아래에서 가지이와 줄곧 연락했을 가능성은 없을까요. 안나가 말했던 것처럼 그가 지금까지 피해자를 죽였다는 건……."

"그건 모르지. 다만 가지이의 첫 공판 결과가 나온 직후에 죽었어. 얘기를 들어보니 레이코 씨는 머리가 좋은 사람이네. 무슨 사건에 휘말렸다기보다 이 사건을 직접 나서서 해결하려는 건 아닐까. 아마 이 남자와 요코타 시로 씨 사이에 접점이 있나 하고 조사차 나섰을 거야. 아마 자네를 위해."

리카는 너무 차가운 맥주에 얼굴을 찡그리다 땅콩을 억지로 입에 쑤셔넣었다.

"가지이 체포 후, 요코타 씨 집에서 치사량에 이르는 농약이 발견됐어, 알고 있지? 가지이는 허브를 키우기 위해 샀다고 주장했지만, 어쩌면 요코타 씨가 방해하면 죽일 생각이었을지도 몰라."

"네, 그렇지만 이상하네요. 만약 가지이가 사람을 죽였다면, 말이지만, 그때까지는 자연사나 사고사로 위장하는 방법을 선택했는데. 네번째 피해자만 들키기 쉬운 방법으로."

"결국 경찰에 들켜서 자포자기했을지도 모르지."

"이런 스크랩을 발견했어요. 레이코네 집에서."

그렇게 말하고 내민 주간지 기사를 보고, 시노이 씨 눈이 스르륵 옅은 빛이 됐다. 그야말로 저질스러운 여성지 기사다. 적어도 레이코가 좋아할 만한 내용은 아니다.

호박이어도 뚱보여도 괜찮아! 가지이 마나코에게 배우는, 남자의 위를 사로잡아서 사랑받는 테크닉

A 씨는 겨우 이틀 동거했는데 가지이 마나코에게 완전히 빠졌다고 합니다. 그녀의 매력 중 하나는 요리라고 그는 강조했죠. 가지이의 레퍼토리는 스튜나 햄버그, 그라탱 등, 특이한 게 전혀 아닙니다. 진기함을 자랑하는 요리는 독선적인 여자의 자기만족일 뿐, 이 사람이다 하는 상대에게는 놀라운 요리보다 어머니의 맛으로 어필하

는 것이 영리한 방법이죠. A 씨 댁 주방에는 지금도 가지이 마나코가 남기고 간 조미료가 몇 종류 나란히 자리 잡고 있습니다. 언젠가 그녀가 돌아왔을 때를 위해서라고 합니다.

"요코타 씨가 순진하고 순박해 보여서 엄청나게 세간의 동정을 모았죠."

지금 속내를 털어놓으면 시노이 씨는 어떻게 생각할까. 어쩌면 호랑이는 아니, 남자들은 가지이가 말한 대로 처음부터 죽어 있었던 게 아닐까요. 그래서 요코타 씨도 경찰이 '당신도 살해됐을지도 모른다'라고 말해도 전혀 와닿지 않은 게 아닐까요. 살아 있다는 건 뭘까요. 피해자뿐만이 아니에요. 우리도 살아 있다고 말할 수 있을까요. 떠난 가족과 함께하던 집을 처분하지 못하는 시노이 씨도, 아직 아버지에게 묶여 있는 나 자신도.

"이 글에 쓰인 처세술이란 결혼, 여러 곳에서 봤는데요, 뭔가 눈앞에 있는 상대의 아무것도 보지 마라, 아무것도 느끼지 마라, 하는 식으로 들리지 않으세요. 정신이 영양실조를 일으킬 것 같은 느낌이 들어요."

시노이 씨가 이쪽을 보았다.

"어쩌면 가지이의 죄라면 누구도 살아 있는 사람으로 생각하지 않았다는 데 있지 않을까요?"

굴러 떨어질 것 같은 큰 눈. 그것을 지탱하는 아래 눈꺼풀은 수면 부족으로 적갈색을 띠고 있다.

"딸이 뚱뚱해지기 시작했을 때 이지메를 당했다고 말했지?"

리카는 조심스럽게 끄덕였다.

"뚱뚱했다기보다 우리 딸은 발육이 좋았어. 단순히 다른 아이보다 빨리 어른의 몸이 된 거야. 반 친구들은 그 사실에 겁을 먹었겠지. 나도 마찬가지였어. 아마 여자의 몸이 되어가는 딸이 적나라한 고민을 털어놓는 게 무서웠을 거야."

시노이 씨 딸의 모습을 떠올려보았다. 이목구비가 그를 닮은 작고 작은 여자아이. 아이가 얇은 껍데기를 우지직 깨고, 고기를 먹고 살을 찌워서 점점 여자가 되는 모습을. 압도당할 듯한 생명력을.

"그때, 나는 전혀 상황을 파악하지 못했지만, 사실은 어렴풋이 알고 있었을지도 몰라. 그런데도 일부러 업무량을 줄이지 않았어. 아버지로서 이만큼 열심히 일하고 있으니, 알아주지 못해도 어쩔 수 없다. 조건만 필사적으로 채웠을지도 몰라. 딸이 원하는 게 아니라, 세상이 요구하는 조건을……. 이제 그런 실수는 하고 싶지 않아. 마치다 씨에게 할 수 있는 일은 전부 한 것 같지만, 그러나……."

말끝이 흐려지고 시노이 씨는 손을 대지 않고 있던 맥주를 한 모금 마시더니 얼굴을 찡그렸다.

"……더는 사건에 관여하지 않았으면 좋겠다고 생각하세요?"

리카가 묻자, 시노이 씨는 리카를 마주 보았다. 평소와 달리 눈빛이 냉엄하다.

"저널리스트로서는 더 파헤쳐야 한다고 생각하지만, 친구로서
는 어떨까. 레이코 씨를 위해서도 적당히 손을 떼고 경찰에 맡겨
야 한다고 생각해."

"그게 말인데요. 레이코의 남편에게도 내일까지 기다려달라고
했어요. 되도록 큰일로 만들고 싶지 않아요. 아무 일도 없었던 것
처럼 레이코를 일상으로 돌려놓고 싶어요."

리카는 뒤돌아서, 아까부터 이쪽을 감시하고 있는 기타무라를
똑바로 바라보았다. 그가 갓 나온 문예지로 얼굴을 가리고 있어
도, 가게에 들어설 때부터 눈치채고 있었다. 뚜벅뚜벅 그의 옆까
지 다가가서 문예지를 빼앗았다.

"기타무라, 3년 전에 가지이 담당이었으니 가와사키에 있는 요
코타 시로의 집, 알지? 왜 그 체포될 때 가지이와 같이 살던 남자
말이야."

"알지만, 뭡니까, 갑자기."

평소의 시치미 떼는 태도는 어디로 가고, 어두컴컴한 가게에서
도 알 만큼 귀까지 새빨개져서 낭패스러워했다.

"내 친구가 그 집에 있을지도 몰라. 좀 데려가주지 않을래?"

기타무라가 리카의 등 뒤 쪽으로 문득 시선을 보냈다. 어두운
바에서 리카의 가방이 거슬릴 정도로 번쩍거렸다. 기타무라에게
"잠깐만 기다려" 하고 내뱉듯이 말하고, 스마트폰을 거머쥐고 코
트도 입지 않고 차가운 하늘 아래로 뛰어나왔다.

왜 전화 안 받는 거야. 너무하잖아. 내가 뭐 잘못한 거 있어?

"미안, 지금, 좀 복잡해서."

자기가 생각해도 너무 차가운 말투였다. 이 가게를 나와서 아직 회사에 있을 마코토를 만나는 데 2분도 걸리지 않을 텐데. 아직 애써 여유를 부리는 밝은 목소리가 떨리고 있다.

혹시 헤어지고 싶은 거 아냐?

몇 년 동안 교제했지만 헤어짐이라는 말이 두 사람 사이에 등장한 것은 이번이 처음이다. 그런 가능성을 생각한 적은 한 번도 없었지만, 리카는 별 동요 없이 받아들였다.

"그건 다음에 제대로 얘기하고."

내가 뭘 잘못한 거야. 어이, 어떻게 된 거냐고.

이런 말투를 쓰는구나. 뭔가 남자 같네, 하고 남 일처럼 생각했다. 휴대전화 너머의 비명 같은 소리를 기계의 힘으로 차단했다. 그의 반응은 지극히 당연하다. 어째서 이렇게 심한 짓을 해도 마음이 아프지 않은지 모르겠다. 레이코 일로 머리가 가득한 탓만은 아니다. 요 며칠 동안 리카는 깨달았다.

마코토를 사랑하지 않는다.

사랑하지 않는데 이렇게 오래 사귈 수 있었던 것은 제대로 얼굴도 못 봤고, 피곤할 때나 곁에 있어주길 바랄 때 필사적으로 참고 함께 보내지 않는 것을 미덕으로 삼았고, 애초에 사랑이란 것을 서로 잘 몰랐던 탓도 있다. 상대의 감정을 조금이라도 흩트리지 않는 것이, 시간을 방해하지 않는 것이 좋은 남녀 관계라고 믿었다. 몸뿐만이 아니라, 마음도 시간도 전혀 사용하지 않았다. 그렇다. 리카도 마코토도 죽어 있는 거나 다름없었다. 정신을 차리고 보니 기타무라가 옆에 서 있었다.

"그럼 또 연락하지."

그렇게 말하고 시노이 씨는 기타무라에게도 가볍게 인사를 하고 두 사람 옆을 지나 역 쪽으로 걸어갔다. 손바닥을 내밀고도 한참 지나서야 깨달았을 정도로 약한 가랑비가 내렸다.

혹시 마코토는 아버지처럼 혼자 방에서 죽을지도 모른다. 어둠 속에 떠오른 회사를 올려다보며 그가 있는 층의 불빛을 보았다. 저 빛이 사라지는 것을 본 적이 없다. 자아도취란 걸 알지만, 그의 죽음을 상세한 부분까지 구체적으로 상상했다. 그렇게 되면 이번에야말로 진짜 살인범이 된다.

기타무라가 옆에서 의아한 얼굴을 했다. 스마트폰을 조작하려다가 리카는 이내 가방에 집어넣었다. 만약 이대로 마코토가 세상에서 사라진다 해도 이 선택을 후회하지 않을 것이다. 서로에게 히락된 시간에는 한계가 있다. 레이코를 발견하면 마코토와 제대로 얘기를 하자. 그러나 지금은 생각하지 않기로 마음먹었다.

가방 바닥의 어둠 속에서 스마트폰은 계속 빛을 뿜었다. 리카의 비정함을 책망하듯이 종잇조각이며 클립이며 펜 뚜껑을 밤새 비추었다.

바람에 섞인 휘발유의 뜨거운 냄새가 마음 편하게 느껴졌다. 얼굴이 아프리만치 추운 탓일까. 아침의 가와사키 공업지대는 특유의 냄새를 풍기는 연기가 몇 종류나 자욱하게 끼어, 육안으로도 구분할 것 같은 느낌마저 든다. 게이힌도호쿠선을 타고 가장 가까운 역에 도착해서 리카와 기타무라는 그럭저럭 한 시간 가까이 이 주택가 한 모퉁이에서 요코타의 소유라는 3층짜리 건물을 감시하고 있다.

3월이 코앞에 왔다고는 믿을 수 없을 정도로 냉기가 살벌한 아침이다.

"정말로 레이코 씨라는 사람이 거기 있다는 보장이 있어요? 요코타 시로와 동거하며 가지이의 유죄를 인정할 결정타가 될 증거를 찾겠다는 건가요?"

"이런 말 하긴 그렇지만, 언제나 상상을 초월하는 일을 예사로 하는 사람이야. 옛날부터."

"날마다 바쁘게 살면서 학생 시절과 다름없이 친구 관계를 유지하다니 굉장하네요. 부럽습니다."

평소와 같은 모습으로 주절주절 떠드는 후배에게 짜증이 나서 리카는 그만 말투가 거칠어졌다.

"부럽다는 말을 네 입에서 들을 줄은 생각지도 못했네."

"난 그런 득실을 따지지 않는 친구는 한 사람도 없어서요. 그래서 시노이 씨와 마치다 선배의 관계도 아무런 이해관계가 없다는 게 이해가 되지 않았어요."

리카가 무슨 말인가 하려고 할 때, 기타무라가 왼쪽 어깨를 앞으로 내밀었다.

다운 재킷을 입은 키가 작고 조금 살이 찐 남자가 건물에서 나온 것이다. 요코타일까. 옆얼굴을 보면 별로 행복한 것 같지도 만족스러운 것 같지도 않다. 그와 레이코의 알몸이 포개진 모습이 순간 떠올라, 황급히 지웠다. 남자가 완전히 보이지 않을 때까지 기다렸다가, 리카는 현관을 향해 달려갔다. 인터폰을 눌렀다. 이대로 아무런 응답도 없고, 손잡이를 돌려서 문이 열린다면…….

거기 레이코가 그날의 아버지처럼 쓰러져 있다면, 자신은 다시 일어설 수 있을까. 자신의 선택 때문에 소중한 사람을 둘이나 잃고, 그런데도 태연히 살아갈 수 있을까. 이 일을 계속해나갈 수 있을까.

또렷이 떠올랐다. 레이코의 연약한 몸이, 컵라면 용기와 헌 잡지가 흩어진 실내에 쓰러져 있는 모습이. 자신의 다리가 떨리고 있음을 기타무라가 눈치챈 것이 기적으로 느껴졌다. 문이 저쪽에서 천천히 열렸다.

"레이코."

눈앞에 레이코가 멍하니 서 있다. 현관 같은 공간은 거의 없어서 문을 열자, 바로 이등변 삼각형의 방이 펼쳐지는 묘한 구조였다. 레이코는 그 꼭짓점 부분에 우두커니 서서, 리카, 하고 처음 이름을 불러보는 듯이 천천히 혀를 움직였다. 레이코의 발밑에 중형견이 겁먹은 듯이 이쪽을 향해 짖고 있다. 얼굴 생김이며 부드러운 갈색 눈이 누군가를 닮았다고 생각했다.

등 뒤에 펼쳐진, 고타쓰가 있는 거실과 주방은 면적이나 가구의 배치도 다른데 어딘가 레이코네 집과 비슷했다. 아마 레이코가 시간을 들여 청소를 했기 때문일 것이다. 리카는 결벽증인 레이코가 낯선 사람의 더러운 물건을 만졌다는 사실에 무엇보다 충격을 받았다.

싸구려 종이로 만든 듯한 앞치마는 레이코에게 조금도 어울리지 않았다. 가지런한 작은 얼굴 윤곽 안에 한번도 본 적 없는 표정이 서려 있다.

지금까지 리카에게는 한번도 보이지 않았을 레이코의 얼굴이었다.

그저 긴장해서 창백한 얼굴, 무엇 하나 실수하지 않겠다, 상대한테 말리지 않겠다, 하고 꽉 다문 입술에서 눈꼬리의 주름에 이르기까지 피아노 줄처럼 팽팽했다.

이것은 실종도, 불륜도, 취재도 아니다. 리카는 그제야 깨달았다. 레이코는 지난 사흘 동안 아무도 만나지 않았다. 누구와도 접촉하지 않았다. 그냥 혼자 있었을 뿐이다. 그래서 료스케 씨에게는 이 사실을 얘기하지 않기로, 지금 마음먹었다.

이 작은 집을 이용해서 레이코는 소꿉놀이를 하고 있다. 지난 몇 년 동안 한 일은 규모가 큰 소꿉놀이다. 눈동냥으로 배운 가정의 따듯함을 연출하고, 몇 시간이고 혼자서 몰두하고. 이 공간은 인형의 집과 똑같았다. 주방의 작은 창을 보니, 그 거봉 같은 눈동자가 이쪽을 들여다보는 듯한 기분이 들었다. 이 방도, 가구도, 리카도, 레이코도, 기타무라도, 전부 가지이가 배치한 작은 장난감이다. 가지이의 어둡고 검은 눈동자 속으로 죄다 빨려들어가는 것 같았다. 무슨 말이든 해야 하는데. 아버지 앞에서 예전에 그랬듯이, 모든 것은 리카의 말 한마디에 달려 있을지도 모른다. 열다섯살 그날의 중압감에 비하면 아무것도 아니다. 마른 입술이 멋대로 움직였다.

"얘, 이건, ……화이트…… 아니, 베샤멜소스?"

귀를 기울이니 주방에서 뭔가 끓는 소리가 났다. 두 사람 사이에는 버터를 아낌없이 넣고 끓인 매끄러운 베샤멜소스 냄새가 가득했다. 분명 화상을 입을 만큼 뜨겁고 윤기가 나고, 깊은 맛이 나며 벨벳처럼 고른 식감이 위까지 술술 뻗어가겠지. 레이코가 만든 요리를 먹고 싶다. 레이코의 음식 맛을 좋아한다. 빈틈없고, 섬세하고, 그러면서 어딘가 밀당을 한다고 할까, 격렬함이 있다. 그렇다. 레이코의 장점은 극단적이고, 우직하고, 열정을 감추지 못하는 점이다. 가지이보다 훨씬 개성이 강하다.

레이코는 언제나 득실이나 승부 따위 무시하고, 미지의 세계에 정면으로 부딪쳐간다. 대신 누구보다 상처 입고, 많은 것을 잃는

다. 자신이 옆에 있어주어야 할 사람은 가지이가 아니다. 레이코다. 이 위태롭고 순수하고, 다음 행동을 전혀 읽을 수 없는 이 여자야말로 누구보다 리카를 필요로 하고 있다. 이렇게 서 있는 지금도 레이코는 하얀 몸에서 눈에 보이지 않는 피를 계속 흘리고 있다. 가지이에 맞서서 가라앉기보다 레이코와 함께 높은 곳을 향해 달리고 싶다. 레이코와 함께 지금까지 집착하고 있던 것에서 자유로워지고 싶다. 그렇다. 실제 살아 있는 존재는 가지이가 아니다. 레이코다. 너무나 가까이 있어서 깨닫지 못했다.

어젯밤부터 이를 닦지 않았다. 마카로니 그라탱 덩어리의 불쾌한 식감은 지금도 혀에 남아 있다. 옆에서 기타무라가 더는 참을 수 없다는 듯이 뭔가 재촉하는 것 같지만, 지금은 조금도 머리에 들어오지 않는다.

"오늘은 날씨가 추우니까 그 사람한테 스튜를 만들어주려고 버터를 듬뿍 넣고 밀가루를 볶아서 차가운 우유를 단번에 붓던 참이었어."

레이코가 초점 없는 눈으로 말했다.

우유 맛이 진하게 나고, 큼직하게 썬 채소가 듬뿍 들어간 살짝 달달한 크림 스튜. 가지이의 어머니가 인스턴트 가루를 넣고 만든 것과는 차원이 다른, 깊이가 있으면서 풍미가 넘쳐흐르는 맛. 이런 상황인데도 회가 동하기 시작했다. 이는 자신이 살아 있다는 희미한, 그러나 확실한 증거였다. 리카는 레이코가, 자, 먹어봐, 라고 말해주기를 은근히 기다렸다.

12

재빛 욕조 뚜껑을 벗기는 순간, 아버지가 혼자 살던 집의 화장실이 떠올라, 머릿속이 온통 곰팡이 색으로 물들었다. 리카는 숨을 삼키고 손을 움직여 천천히 욕조 뚜껑을 말아서 빼냈다. 시노이 씨는 벌써 몇 년째 이 집에서 목욕을 하지 않았다고 하지만, 욕조는 매끈매끈 하얗고 흠집 하나 없었다. 예전에 세 식구의 때나 땀을 받아들였던 욕조라고 생각할 수 없을 정도로 매끄럽다.

그래도 리카는 샤워기와 손바닥으로 꼼꼼하게 씻었다. 스펀지가 보이지 않았던 것이다. 뜨거운 물을 틀었다. 실내가 건조해서 불투명 유리가 끼워진 욕실 문을 열어놓았다. 습도, 먼지, 누렇게 뜬 벽지, 방 귀퉁이에 떨어진 자신의 것인지 시노이 씨의 것인지 모를 짧고 곧은 머리카락. 시노이 씨의 냄새나 피부를 이렇게 가까이에서 느끼는 데 조금도 거부감이 없는 이유는 가족이나 다름없는 관계이기 때문일 것이다.

냉랭할 정도로 정연하고, 무균 상태로 느껴지는 이 넓은 집에도 오전의 햇살 속에서는 여기저기 쌓여 있는 먼지가 잘 보였다.

젖은 발을 닦고, 거실로 가서 손을 깨끗이 씻었다. 물을 끓이고 차를 타서 보온병에 담아 뚜껑을 닫았다. 아까 만들어서 식혀둔 주먹밥 중 세 개를 은박지에 쌌다.

근처 초등학교에서 4교시 시작을 알리는 한가로운 종소리가 들렸다. 이 주변은 생활감 있는 공기나 리듬이 진해서 왠지 마음이 씻기는 기분이 든다.

해야 할 일 목록이 하나 지워져도 이내 또 생긴다. 도무지 머리가 쉴 틈이 없다. 주부들은 이런 식으로 24시간, 온몸을 끊임없이 움직이는 걸까. 종일 할아버지 병간호에 신경쓰는 엄마를 생각했다. 설날 이후 줄곧 만나지 못했다.

시노이 씨에게 들은 대로, 현관 옆 벽장 안에 있는 청소기를 돌렸다. 몸체가 가느다란 신형으로 카펫 위를 술술 미끄러져간다. 성능이 좋다는 걸 자랑하던 CM송이 아직 기억에 남아 있다. 불과 몇 년 전까지 여기 가족이 생활한 증거다.

예전에 시노이 씨의 딸이 사용했던 방문 너머로 아직 침대에 있는 레이코에게 말을 걸었다.

"물은 상온으로 해두었어. 요구르트는 냉장고. 그리고 주먹밥이랑 차를 만들어두었어. 개한테는 일단 사다 둔 통조림 뚜껑 뜯어서 마루에 내놓았어. 1층에 슈퍼도 있어. 돈이랑 열쇠는 여기 둘게. 전화는 언제든 받을 테니까, 무슨 일 있으면 아무리 사소한 일이라도 연락해. 그럼 나 회사 갈게. 있다 보면 사람이 오겠지만, 응대하지 않아도 돼. 되도록 일찍 퇴근하고 올게."

어제 오후, 기타무라와 리카의 부축을 받다시피 하며 이 집에 온 후로 레이코는 말을 하려고 들지 않았다. 문 아래쪽에서 무언가가 부딪히는 소리가 났다. 살그머니 손잡이를 돌리니 작은 틈으로 멜라니가 젖은 코를 내밀었다. 까맣고 촉촉하게 젖은 동그란 눈이 이쪽을 올려다보고 있다. 지금까지 동물을 한번도 키워본 적이 없어서 이 검정과 하양이 섞인 작은 몸과 약간 튀어나온 눈이 귀엽다기보다 어딘지 무서웠다. 시선 저 아래에서 움직이는 모습에도, 독특한 냄새에도 익숙해지지 않는다. 자칫 실수해서 다치게 하거나 놓치면 어쩌지, 걱정하게 되니 멜라니가 시야에 없으면 안도했다. 어둠 속에서 침대에 누워 있는 레이코 등이 보였다. 며칠 만나지 않은 사이에 한 사이즈 더 작아진 것 같다. 멜라니가 발밑을 지나 주방 바닥에 내려놓은 통조림을 먹으러 갔다.

문을 닫았다. 찹찹찹 하는 멜라니의 통조림 먹는 소리를 등지고, 접시의 주먹밥을 한 개 집어서 입에 넣었다. 아직 따뜻한 밥에 초밥 김이 붙어 있다. 김이 치아 밑에서 바스락 부서지며 가다랑어 풍미의 내실절임이 입안에 퍼졌다.

레이코는 무사해요. 어디 다친 곳도 없고요.

어젯밤, 레이코 앞에서 료스케 씨에게 모든 것을 전화로 알리
자, 그는 듣는 리카 몸의 심지까지 바삭바삭 말라서 아파지는 듯
한, 건조한 목소리로 흥분했다.

책임지고 레이코를 데리고 있겠습니다. 상태는 자주 알려드릴게
요.

마음이 아픈 게 아니다. 그저 결혼생활에 약간 지쳐서 휴식을
취하는 것이다, 라고 리카는 되풀이했다. 그래도 레이코의 목소리
를 꼭 듣고 싶다는 료스케 씨의 애원에 져서, 레이코에게 스마트
폰을 건넸다. 리카가 자리를 비우고 베란다에 나간 몇 분 동안 대
화를 나누었는지 어떤지는 모른다.

처음에는 리카 집에 재울까도 했지만, 입주 조건에 애완동물
불가로 되어 있다. 지금 레이코와 멜라니를 떼어놓을 수는 없다.
요코타의 자택에서 데리고 나올 때, 레이코는 어린 여자아이처럼
멜라니를 가슴에 꼭 껴안고, 다른 것에는 거의 관심을 보이지 않
았다. 우선 택시를 잡아타는 동안에 빈집이나 다름없는 시노이 씨
의 아라키초 맨션을 떠올렸다. 확인해보니 애완동물을 들여도 된
다고 했다.

레이코가 회복할 때까지 빌려줄 수 있으세요, 하고 어렵게 한

부탁을 그는 순순히 들어주었다. 그뿐만 아니라 이따금 자신도 상태를 보러 가겠다고 했다. 이곳에 온 뒤로 레이코는 죽은 듯이 계속 잠만 잤다. 리카는 그사이에 동물 용품 전문점에서 배변판과 사료를 사 오고, 열쇠를 하나 더 만들고, 이다바시의 자택에서 짐과 업무 도구를 나르는 등 언제까지 이어질지 모르는 이곳 생활을 기타무라의 도움을 받으며 신속히 정리해나갔다.

사흘 동안 레이코는 무엇을 보고 들었을까. 그 빈틈없이 정돈된, 예전의 가지이가 살았던 집에서. 요코타가 경찰에 행방불명 신고를 하지 않았는지 그게 걱정이다. 기타무라가 검색을 거듭한 끝에 알아낸 요코타의 블로그에는 오늘 아침 언제나처럼 좋아하는 애니메이션 후기를 포스팅했다고 하니, 별다른 동요 없이 레이코의 부재를 받아들인 걸까.

레이코를 이용해서 가지이와 경쟁할 생각은 없다. 이런 비교는 무의미하다고 말할 수 밖에 없다는 것도 안다. 그러나 같은 조건 아래, 거의 같은 시간을 보냈는데 가지이는 뽑히고, 레이코가 뽑히지 않았다는 이 사실은 받아들이기 어려웠다. 친구와 함께 그여자에게 짓밟힌 기분이 든다.

요코타의 집 현관문을 잠그고, 열쇠는 메모와 함께 우편함에 넣고 자리를 떠났다. 끓이다 만 스튜는 그대로 두었다. 레이코가 요코타용으로 계약한 스마트폰은 리카가 자연스럽게 빼앗았다.

맨션을 나와서 두 개째의 주먹밥을 먹으면서 언덕길 몇 개를 거쳐 회사로 향했다. 니가타보다 훨씬 기온이 높을 텐데 도쿄의 바람은 건조하고 딱딱한 탓인지 매서웠다. 집집마다 정원에 막 피기 시작한 매화가 보이지만 조금도 봄기운을 맡을 수 없었다. 레이코에게만 매여 있을 수 있다면 얼마나 좋을까. 이렇게 걷는 동안에도 마음은 대부분 그 집에 남겨져 있다. 이 상태라면 일하다 큰 실수라도 할 것 같아서 무섭다. 육아를 하면서 일을 계속 하는 미즈시마 씨는 늘 이런 기분으로 회사에 다니고 있을까.

이제 어떻게 할 수도 없다. 지금은 자신보다 에너지와 시간이 있는 사람에게 의지할 수밖에 없다. 오후 1시가 지나 편집부에 도착하자, 기타무라와 유우를 흡연실 앞 소파로 불러서 소리를 낮추고 말했다.

"미안, 기타무라, 유우. 사적인 일이지만, 일생을 걸고 하는 부탁이니 협력해줘. 아라키초 맨션의 주소는 메일로 보냈어. 그, 통신사 시노이 씨 집인데, 거기에 말이야, 지금 가출중인 내 친구가 개와 함께 살아. 정신적으로 좀 불안정해. 나도 되도록 일찍 퇴근하겠지만, 가능하면 시간 있을 때 아무 때라도 좋으니, 두 사람이 교대로 보러 가주지 않겠어? 택시로 5분 정도 걸리려나. 알바비는 줄게. 거기서 일을 해도 되고, 아무것도 하지 않아도 돼. 그냥 있어주기만 하면 돼. 자, 이거, 비상 열쇠."

기타무라는 리카의 기세에 당황하는 기색도 없이 조그맣게 끄덕이며 대수롭지 않은 듯이 열쇠를 휙 낚아채더니 자기 자리로 돌아갔다. 모든 사정을 알고 있으면서 참견하지 않는 것이 지금은 고마웠다. 유우는 영문을 모르겠다는 듯이 미간을 찡그렸다. 아이돌 굿즈 트레이닝복이 색이 바래고 주름이 졌다. 유우 역시 집에 돌아가서 유유히 시간을 보내는 일이 없을지도 모른다.

"시노이 씨라면, 그 유명 편집위원인 시노이 요시노리 씨요? 그리고 그 친구?"

중요한 부분은 대충 얼버무리려고 했지만, 결국 최근 레이코에게 일어난 일을 전부 얘기하게 됐다. 다 듣고 났을 무렵에는 열기로 들떠 흥분의 도가니가 됐다.

"굉장해요. 너무 굉장해요, 그분! 뭐지, 영화 같아요. 요전에 접수처에 있던 예쁘고 동안이신 분 맞죠? 우리 편집부에 꼭 필요한 인재 아닌가요."

"지금은 몸이 약해져서 평소의 레이코가 아니지만 말이지……."

"솔직히 저희 세대는 가지이 마나코 사건에 그렇게 흥미는 없었어요, 원래. 경기 좋은 시절을 살아온 가치관이 바탕이 돼서일까요. 가지이 마나코보다 레이코 씨가 훨씬 엉뚱하고 재미있는걸요. 할래요, 할래요. 협력할래요! 그리고 꼭 친해지고 싶어요. 제 조사 업무야 어디서 하든 마찬가지니 당장 가볼래요."

호기심 많은 구경꾼 근성을 감추려고도 하지 않고, 유우는 마구 떠들어댔다. 금방이라도 뛰쳐나갈 듯한 기세에 리카는 벌써 불안해지기 시작했다.

"정말로 고맙지만, 너무 들락날락하지 마. 원래는 섬세한 성격이니까."

내선으로 편집장의 호출이 와서 리카는 일어섰다.

밖에서도 보이는 유리방 한 모퉁이에 들어가자마자 편집장이 책상에 올려놓은 것은 개봉한 봉투였다. 익숙한 '도쿄구치소' 소인이 찍혀 있다. 여러 장 되는 편지지를 아무렇게나 쑤셔넣어서 원통 모양이 되었다. 보낸 사람은 확인하지 않아도 알았다.

"가지이한테 왔어. 자네, 그 여자한테 쌀쌀맞게 대한다며, 사실이야?"

조만간 이렇게 되리라 짐작했다. 흥미가 급속히 식어가는 걸 누구보다 먼저 깨달은 이는 리카 자신일 것이다.

"대단하네. 벌써 자네한테 목을 매는 느낌이야. 자네가 최근 자기한테 관심이 없다고 화를 내는가 하면, 당장 만나게 해달라고 불쌍한 척 부탁하고 있어."

리카는 크게 숨을 토했다. 가지이한테는 자기한테 빠진 줄 알았던 사람이 등을 돌리는 건 아마 처음일 것이다.

"제가 가지이한테서 떨어지려고 하니까 재미가 없어졌나봐요."

이제 감춰도 소용없다. 아까 유우와 기타무라에게 모두 밝혔으니, 리카는 지금까지 유지한 규칙을 버리는 데 아무런 주저도 없어졌다.

"저뿐이라면 괜찮아요. 제 주위 사람에게도 해가 미치고 있어요. 저는 이 사건에서 손을 떼겠어요. 인계할 사람을 찾아주시겠어요? 무책임한 건 알아요. 부서 이동을 시켜도 어쩔 수 없다고 생각합니다."

지난 며칠 동안 레이코에게 일어난 일을 극히 간단하게 설명했다. 예상했던 일이지만, 금세 편집장의 눈이 반짝이기 시작했다. 좀 전의 유우보다 훨씬 어둡고 깊은 눈빛으로 반짝거렸다.

"이야, 이렇게 말하긴 미안하지만, 정말로 재미있어졌네. 자네 친구도 가지이한테 뒤지지 않는 엉뚱한 사람인걸. 그거, 그대로도 좋으니 자네가 쓰지 않겠어? 이례적이지만, 자네의 첫 기명 기사로 해도 좋아."

"이제 됐어요. 제가 하고 싶은 일은 가지이 없이도 할 수 있다는 걸 알았어요."

아무래도 목소리가 경직되고 작아진다. 화가 난다기보다 지금은 나를 지켜야 한다는 위기감 쪽이 강하다. 편집장이 한 방에 쓰러뜨릴 무기를 들고나왔다.

"그건 그렇고 좋은 소식이야. 그 살롱 드 미유코. 다닐 수 있게 됐어. 우리 여성지에서 맛집을 담당하는 프리랜서가 다리를 놔주었어. 그 사람, 거기 오너 부부의 신뢰를 받고 있는 모양이야. 가명으로 신청해두었어. 자네는 외국계 회사 영업 일을 하는 사람으로 돼 있고. 누구 한 명 더, 데려가도 좋을 것 같은데. 레이코 씨인가하고 같이 가면 어때. 기분 전환이 되겠지?"

"무슨 말씀이세요. 레이코가 어떤 상태인지 다 말씀드렸잖아요."

"자네는 기자잖아? 한걸음만 더 걸으면 다른 풍경이 보이는 데서 왜 헤매는지 도통 모르겠네. 자네라면 머지않아 데스크를 맡을 수도 있어. 애써서 이렇게 가지이를 손에 넣었잖아. 조금만 더하면 돼. 지금 도망치면 평생 후회만 남지 않을까."

덥수룩한 잿빛 눈썹은 잘도 움직였지만, 그 아래 눈두덩은 코끼리 다리처럼 주름이 모여 무거워 보였다. 흰자위가 탁하다. 피로와 의심병으로 손가락 끝까지 부은 듯한 오십대 상사다. 이혼한 뒤 다시 골초가 된 탓에 여기까지 풍길 정도로 담배 냄새가 심했다.

그러나 그의 말에 거짓이 없다는 것도 안다. 예전에 미즈시마 씨가 부서 이동을 신청했을 때, 그가 필사적으로 말리던 게 생각났다. 가지이가 고른 편지지는 이 지칠 대로 지친 공간에 어울리지 않게, 이제 곧 찾아올 벚꽃 계절을 떠올리게 하는 연분홍빛이었다.

커피숍 문이 열리는 게 느껴졌다.

마코토가 들어온 것은 공기의 흐름으로 전해졌지만, 스마트폰 화면에서 굳이 얼굴을 들지 않았다. 밤 8시가 지나서 가구라자카가 보이는 유리창에 마코토의 코트 자락이 비쳤다. '슈메이샤' 로고가 들어간 종이 가방을 들고 있는 것으로 보아, 작가에게 교정지를 전하고 돌아오는 길일까.

"메구미란 애 참 귀엽네."

리카는 그렇게 중얼거리며, 유튜브의 '스크림' 공연 화면에서 시선을 뗐다. 상대의 반응이 이쪽 커피의 수면에서 흔들린다. 마코토는 몸을 돌려 점원을 불러 세우고 메뉴를 가리키는 모습이다.

"인터넷 동영상으로만 봤지만, 웃는 얼굴이 생기발랄하고, 무엇보다 노래를 정말 잘하네. 요즘 줄곧 인터넷에서 찾아보았는데, 성장기여서 갑자기 몸이 불어났을 뿐인 것 같아. 1~2년 지나면 안정될 거야. 오히려 팬들에게 비난받은 뒤로 웃음이 적어진 게 더 걸리네. 왜 갑자기 이 아이 덕질을 그만두는 거야?"

그제야 마코토의 윗입술과 아랫입술이 떨어지는 소리가 났다. 애가 타는 것을 들키지 않도록, 애써 부드러운 목소리로 말하려는 것 같았다.

"왜 그런 건 물어? 내가 그런 얘기 했던가? 누가 무슨 말이라도 했어? 지금은 상관없는 얘기잖아. 이건 마치 취재 같네. 시간 내서 여기 온 것은 나와 네가 앞으로 어떻게 할지 얘기하려는 거잖아. 설마, 갑자기 쌀쌀맞아진 이유가 그거야?"

"왜 그 아이를 응원하지 않게 됐는지 얘기해줘."

더 이상 얼버무려봐야 소용없다는 사실을 깨달은 것 같다. 마코토는 정말 귀찮다는 듯이 빠르게 말했다.

"자기관리를 못 하는 유형은 별로 좋아하지 않아. 좀더 자기관리에 엄격할 거라 생각했어. 뭐야? 고작 아이돌이잖아. 질리는 데 정당한 이유가 있어야 되는 거야?"

"아냐. 마코토는……. 메구미가 열심히 하지 않으니까 마음이 떠난 게 아니잖아. 아름다움이나 조형에 그 정도까지 민감하지 않다는 것, 알아. 단지 많은 사람이 비난하는 여자아이를 혼자 응원할 용기가 없을 뿐인 거야."

마코토의 눈이 옆 탁자로 향했다. 여대생으로 보이는 여자와 프랑스인 남성이 책을 펼쳐놓고 대화에 빠져 있다. 가구라자카에서는 흔한 광경이다.

"내게 아이돌 좋아한다는 말을 한마디도 하지 않은 이유도 다른 어른이 어린 여자아이한테 설레는 걸 알리기 부끄러워서였겠지. 나는 얘기해주길 바랐어. 사귀는 사이라면 사소하더라도 소중히 여기는 것을 많이 얘기하고, 마코토를 더 잘 알며 지내고 싶었어."

"미안, 시간이 없어서. 정말이야, 전부 시간이 없는 게 문제였어."

이제 설득해봐야 소용없다고 생각한 것 같다. 과장스러울 정도로 미안한 듯이 눈을 내리떴다.

"난 리카가 먼저 데이트하자고 했을 때, 기뻤어. 몸이 굉장히 따뜻해지는 느낌이었어. 그런 시간을 더 많이 갖고 싶다고 생각했어. 처음에는 그런 식으로 시작했잖아, 우리. 리카는 그렇지 않았어? 이런 생활이어서 리카하고 더……."

리카는 더 듣기 싫어서 고개를 끄덕였다. 그때 느낀 열기와 통증의 기억이 살짝 되살아났다. 사귀기 시작했을 무렵, 밤새 껴안고 보낸 날들이 떠올랐다. 그런 시간을 보낸 남자인데 이렇게 밝은 곳에서 보니, 한없이 가벼워서 한 가닥 수증기처럼 느껴졌다. 앞으로도 먼저 자자고 말하는 쪽은 아마 리카겠지.

"그렇지만 말이야, 그때의 나와 지금의 나는 좀 달라. 점점 달라질 거야. 그리고 마코토, 사과할 게 있어."

나는 가지이와 약속을 해서 당신과 섹스했어, 라는 말이 목까지 올라왔지만, 꾹 참았다. 단순히 무거운 짐을 버리고 싶어 하는 행동일 뿐이다.

"나, 가지이 취재 때문에만 살찐 거 아냐. 지금까지 요리하고 먹는 것을 즐기는 데 죄책감이 있었어. 혼자서 내가 오기만 기다리다 죽은 아버지가 생각날 것 같아서 싫었어. 그런데 말이야, 나, 맛을 보거나 몸에 뭔가 흡수하는 게 좋아졌어. 지금 다이어트는 할생각이 없어. 적당량을 발견할 때까지 이대로 있을래."

"내가 네 몸매에 대해 한 말 때문에 기분 상했다면 사과할게. 미안해. 내가 나빴어. 무신경했어. 정말로 조심할게."

손을 내밀어 도와주고 싶을 만큼, 말투도 태도도 지쳐 있었다. 리카 때문에 몹시 힘들어하는 게 전해졌다. 문득 자신이 잘못한 것 같은 기분이 들었다. 자신이 이기적이어서 사달이 난 것 같았다. 어째서 양보하지 못할까. 모두 사소한 일인데. 리카는 자신이 이상해서 견딜 수 없었다.

언젠가 이 결단을 후회할 때가 오리란 사실은 알고 있다. 그렇다면 아무것도 생각하지 않고 늘어난 몸무게를 원래대로 돌리고 마코토와 이따금 만나면 된다. 단지 그것뿐인데 어째서 하지 못할까……. 그건 레이코에게도 할 수 있는 말일지 모른다. 레이코가 눈을 딱 감고, 모두 받아들이고, 료스케 씨에게로 돌아가면 모든게 순조롭다. 어째서 우리는 그리하지 못하는 걸까. 마코토나 료스케 씨를 미워하는 것도 아닌데. 고독이 무서워서 어쩔 줄 모르면서.

거기까지 생각했을 때, 마코토와 눈이 마주쳤다. 거기에 같은 의문이 서려 있었다. 아무리 이해심 많은 척하려 해도, 그는 지금 마음속으로 초조해하고 있다. 리카에게만 일방적으로 요구하는 눈빛이 보였다. 그도 사실은 1밀리미터도 양보하고 싶지 않은 것이다.

어쩌면 지금 리카는 마코토와 처음으로 인간 대 인간으로 대치하고 있는지도 모른다. 리카가 거짓말을 하고 이 자리를 얼렁뚱땅 넘긴다 해도, 길게 보면 결국 마코토를 배신하고 상처 입히게 될 것이다.

"……요 며칠 일에 집중이 안 되고 잠도 잘 안 와. 나쁜 점이 있으면 고칠게. 같이 있으면 너무 즐겁고, 궁합도 잘 맞잖아. 지금까지 자주 만나지 못했지만, 앞으로는 시간을 만들도록 할게. 나, 너하고 그저 느긋한 시간을 보내고 싶을 뿐이야. 서로 바쁘잖아? 그러니까 적어도 만날 때만은 싸우지 말고 지내자."

진지한 목소리다. 마코토는 지금 한창 교정을 보고 있는 중일 터다. 약해지지 말아야지, 하고 리카는 창밖의 자동차에 시선을 두었다.

"저기, 그게 아냐. 지금의 현실에 한정된 얘기가 아냐. 장래를 얘기하는 거야."

"결혼하고 싶어? 그것도 말이야, 앞으로 되도록 생각해볼 테니까."

"아니. 만약 내가 가지이 독점 인터뷰를 따서 여성 최초의 데스크가 되면 비판대에 서게 될지도 몰라. 그래도 사귈 수 있겠어? 너, 그런 여자랑 사귀냐? 하는 야유를 견딜 수 있어? 가지이의 피해자들이 이미 죽었는데도 아직 그런 말을 듣고 있는 것처럼."

예감이 든다. 그리 머잖은 미래에, 상상할 수 없을 만큼 많은 사람에게 규탄을 받을 것 같다. 무섭고, 몸이 움츠러들지만 피할 수 없을 것이다.

"그런 식으로 비판받지 않도록 리카가 열심히 노력하면 되잖아 ……. 나, 사실은 내 방식대로 살아오지 못했어. 남들보다 두 배는 노력해야 따라가. 그렇게 살아왔기 때문에 그걸 부정하면 힘들어."

마코토의 어조가 서서히 무거워졌다. 이제 졸린 것 같기도 했다. 본인에게 그걸 지적하면 화낼까. 리카는 슬퍼졌다. 그는 귀찮아서 이렇게 말하는 게 아니다. 정말로 노력만 하면 모두 해결된다고 생각한다. 이 세상에서 일어난 비극은 전부 개인의 책임이고, 누구도 남에게 기대서는 안 된다고 믿고 있다.

"난 게으른 편은 아니라고 생각해. 다만, 온종일 당신이나 세상을 기쁘게 할 만한 노력을 할 자신은 없어. 이제 젊지도 않고, 더는 타인에게 소비되고 싶지 않아. 일하는 법이나 사람 사귀는 법을 내 중심에 놓고 생각하고 싶어."

리카는 되도록 부드럽게 말하려고 애썼다. 마코토가 더 견디지 못하고 있음을 알아차리고, 크게 숨을 내쉬었다. 자기가 먼저 이 대화에 종지부를 찍기로 했다.

"가지이 일이 끝나도 나는 이대로일지도 몰라. 아니. 나이가 들면서 신진대사가 떨어질 테니 더 살이 찔지도 모르지. 겉모습뿐만 아니라 일도 점점 바빠질 테니, 이렇게 차분하게 얘기할 여유가 없어질 때도 있을 거야."

부드럽게 마코토의 손을 뿌리치려 하고 있다. 그러면서도 은근히 바라는 자신이 부끄러웠다. 너를 너무 몰아붙이지 않아도 괜찮아, 하고 말해주기를. 소모성 교제는 그만두자. 언젠가 신주쿠에서 밤을 보냈을 때처럼 그냥 서로의 체온을 느낄 정도로 기댈 수 있다면, 그걸로 충분해. 네가 세상에 어떤 식으로 보이건 내 마음은 조금도 변치 않아⋯⋯.

마코토의 입술이 일그러졌다. 아, 하고 리카는 저도 모르게 외마디 소리가 나왔다. 좀처럼 형태를 정하지 못하던 그 입술은, 지금 작은 미소를 만들었다. 끝이다. 선언하는 것보다 2초, 먼저 알았다.

"그렇다면 할 수 없네."

그는 어딘가 안도한 모습으로 힘없이 미소 지었다.

"외로울 거야."

적어도 눈시울이 뜨거워지도록 처음 만난 날, 처음으로 마음이 움직인 날을 세세하게 떠올리려고 했다. 그러나 최근 몇 달 동안 가지이와 레이코와 얽힌 일이 너무 강렬해서 거의 아무것도 생각나지 않았다.

50인치 플라즈마 텔레비전 앞에 리카가 빌려준 실내복을 입고 레이코와 기타무라가 거리를 두고 앉아 있다. 리카는 코트에서 팔을 빼면서 두 사람의 등에 대고 다녀왔습니다, 하고 중얼거렸다. 피곤해서 녹초가 됐지만, 감정은 그렇게 흔들리지 않았다. 1층 슈퍼에서 산 식재료를 식탁에 올려놓았다. 맞은편에는 유우가 컴퓨터를 향해 있다가 제대로 돌아보지도 않고 건조하게 말했다.

"어서 오세요. 졸업논문 요약을 다시 제출해야 해서 바빠요. 게다가 레이코 씨, 말을 걸어도 전혀 대답해주지도 않고, 이 사람들 게임만 하고."

까맣게 잊고 있었는데, 유우는 다음달 말까지는 학생 신분이다. 리카는 그렇구나, 하고 중얼거렸다. 마코토에 대한 분노도 미련도 없다. 그저 몸속 깊은 곳까지 싸늘하게 식었다.

그후, 마코토와는 약 한 시간 동안 시시한 소문이나 일 얘기를 하다가 헤어졌다. 여전히 연락하면 편하게 만날 수 있을 것 같은 분위기였다. "친구로 돌아갔네"라는 말이 그쪽에서도 나왔지만 어차피 친구의 연장 같은 관계였다. 서로에게 그렇게까지 집착하지 않고 미래가 없다는 것이 가시화됐을 뿐이다. 적당히 부옇던 미래가 구석구석까지 환하게 눈앞에 보였다.

플라즈마 텔레비전 가득히 황폐한 유원지가 펼쳐지고, 전투복 차림의 백인 남녀 콤비가 총을 들고 움직이고 있다.

"아, 이거 요즘 빠져 있는 게임입니다."

기타무라는 얼굴을 반만 이쪽으로 돌렸다. 레이코는 여전히 화면에서 눈을 떼지 않았다. 무릎에는 멜라니가 오도카니 앉아 있다. 레이코의 조그맣고 가지런한 얼굴이 엷은 파란색으로 물들었다. 전혀 감정을 읽을 수 없어서 이렇게 노는 것을 좋은 징조로 봐야 할지 모르겠다. 두 사람 손에는 컨트롤러가 쥐여져 있었다.

"나도 별로 사람을 잘 챙기는 편이 아니어서요, 게임은 어떨까 하고. 그랬더니 사야마 씨 보시다시피 정신없이 하네요. 습득이 빨라서 재미있는걸요."

녹슨 관람차, 돌지 않는 회전목마는 눈 오는 날 아가노의 산토피아월드를 연상하게 했다. 기타무라가 이쪽을 보지 않은 채 말을 계속했다.

"전에 얘기했던 피해자 야마무라 씨 누나, 현재 근무지를 알았어요. 작은 부동산 회사에 들어가서 구축 맨션 영업을 하는 것 같습니다. 어떻게 할까요?"

바로 대답하기는 어려웠다. 이만큼 협력하게 해놓고 이제 와서 그 사건에 열정을 잃었고 성가심과 공포를 느낀다는 말은 차마 후배한테 할 수 없다. 살롱 드 미유코 건도 그렇고, 어째서 잊어버릴 즈음에 순순히 제안이 들어오는지. 리카는 얼버무리려고 밝은 목소리로 말했다.

"어, 다들 뭐 좀 먹었어? 배고프지 않아?"

일동은 초등학생처럼 그 순간만 이쪽을 보았다.

"내가 만들게. 추우니까 따뜻한 포토푀를 할까 하는데, 어때?"

감자, 양파, 당근, 소고기가 든 슈퍼마켓 봉지를 가볍게 들어올렸다.

유우는 흥미 없다는 듯이 끄덕이고, 컴퓨터에서 고개도 돌리려 하지 않았다. 레이코도 기타무라도 유원지를 이곳저곳 탐험하다, 좀비 기척이 나면 총을 들고 방어하는 데 빠져 있다. 직장과 사생활이 섞여서 리카는 어떤 태도를 취해야 할지 고민하다 답이 나오지 않는 미로에 우두커니 서 있었다. 그때, 현관에 열쇠 꽂는 소리가 나고, 코트 차림의 시노이 씨가 모습을 나타냈다. 그를 모두에게 어떻게 소개해야 할지 아주 잠깐 망설이고 있는데,

"아까 잠깐 들렀을 때 내 소개는 했으니까. 기타무라 군과 레이코 씨와 우치무라 씨지."

시노이 씨는 그렇게 말하면서 흰색과 빨간색 포장을 탁자에 내려놓았다. 그 유명한 기름과 향신료 냄새가 현관에서 여기까지 이어졌다.

"프라이드치킨 사 왔어. 코울슬로와 비스킷도."

기타무라도 유우도 벌떡 일어나서 탁자에 둘러앉더니, 기름이 밴 상자에 손을 뻗쳤다. 뚜껑이 열리자, 갈색으로 튀긴 고기가 빼곡히 들어 있다. 웬걸, 레이코까지 고기를 가까이 끌어당기며 하얀 이를 내보였다. 고기 냄새에 반응했는지 멜라니가 격렬하게 짖으며 주위를 두리번거렸다.

리카는 도저히 튀긴 음식이 동하지 않아서 좀 전까지 무표정하던 태도가 믿어지지 않을 만큼 왕성한 식욕으로 고기를 해치우는 후배들과 친구를 멍하니 지켜보았다.

"그건 그렇고 마치다 선배하고 시노이 씨, 사귀었어요?"

하고 기타무라가 뼈를 우물거리며 느닷없이 그렇게 말해서 리카는 간신히 손을 뻗쳐서 집은 핫 비스킷을 떨어뜨릴 뻔했다.

"기타무라 군, 난 이따금 산에 올라가. 취미로."

당황하는 기타무라를 무시하고 시노이 씨는 태연히 계속했다.

"그런데 말이야, 최근에는 매너가 없는 등산객도 많아. 요전에 등산 친구가 대량의 종이 기저귀가 버려진 걸 발견했다더군. 뭐라더라, 그게. 그러고 보니, 산기슭에 대형 실버타운이 있었던 것도 같고…… 왜 그 이자카야 체인점을 운영하는 무슨 기업……."

기타무라의 표정이 금세 굳어졌다. 경계심을 감추려고도 하지 않고 시노이 씨를 노려보았다.

"……어째서 제게 그런 말씀을 하십니까? 아무런 상관도 없는데. 공범으로 몰 생각이십니까?"

"왜일까? 나는 세상 사는 얘기를 하는 것뿐이야. 마치다 씨한테 하는 것과 똑같이. 내가 쓰지도 않는 것을 아끼면서 갖고 있어봤자 소용없잖아. 이 집을 자네들한테 개방한 이유도 마찬가지야. 가끔은 외로운 내 말동무가 돼주게. 마치다 씨처럼 말이야."

기타무라는 입을 다물고, 결국에는 그가 메모지를 꺼낼 때까지 시노이 씨의 '세상 사는 얘기'는 계속됐다.

"마치…… 합숙 같네."

리카가 누구에게랄 것도 없이 중얼거리자, 유우와 눈이 마주쳤다. 기타무라 없이 다시 게임을 시작하는 레이코를 곁눈으로 보며 유우가 말했다.

"레이코 씨, 다들 빤히 보니까 부끄러운 거예요. 그래서 각자 할 일 하며 적당히 내버려두는 편이 좋다고 생각했어요. 저기, 우리 집 먼데 자고 가도 돼요? 이불 있던데요."

"아, 나도 자고 갈까나. 이미 시간도 늦었고, 회사도 가깝고."

기타무라가 시노이 씨와 대화를 중단하고 이쪽에 끼어들어서 당황했다. 유우가 날카롭게 되받았다.

"남자는 좀 빠지세요."

"그거, 차별이야!"

기타무라가 기름으로 번들거리는 입술을 삐죽거렸다. 구원을 청하며 레이코를 보니, 괜찮다는 식으로 끄덕였다. 시노이 씨는 갈 채비를 하며 말했다.

"그럼 나는 슬슬 스이도바시로 돌아갈게. 손님용 이불은 저쪽. 기타무라 군은 거실에서, 우치무라 씨는 옛날 부부 침실에서 자면 돼."

그의 집인데, 미안했다.

그러나 어차피 자신이 신경써도 이 사람들은 뜻대로 움직이지 않는다. 그렇다면 자신도 마음 편히 움직이는 게 낫지 않을까. 이제 와서 집에 돌아가기도 귀찮다. 오늘은 레이코 방에 이불을 깔고 같이 자자, 하고 리카는 일어섰다.

"당신이 인제 여기 오지 않는 꿈까지 꿨어."

면회실에 들어가자마자, 울먹이는 달달한 목소리로 가지이는 쥐어짜듯이 말했다. 두 번 다시 오지 않으리라 맹세했는데. 편집장에게 꺾였는지, 그래도 아직 가지이를 지켜보고 싶은 마음이 남았는지 리카는 나도 나를 모르겠다는 심사로 파이프 의자에 거칠게 앉았다.

"마음이 마음이 아니어서 뭘 해도 집중하질 못했어. 잠도 통 못 자고."

가지이는 확실히 초췌해졌다. 한 사이즈 작아졌다고 해도 과언이 아니다. 아주 낯설 정도로 머리칼은 푸석푸석하고, 머리칼 끝은 풀풀 날렸다. 피부는 건조하고 눈 주위가 움푹하다. 베이지색 니트도 어딘가 싸구려 같고 보풀이 두드러졌다.

"당신, 여자 친구 따위 필요 없다고 했잖아요."

리카 자신도 약간 연극적이라고 느꼈을 만큼 차갑게 말했다. 가지이는 그래도 리카와 얘기하는 것이 기뻐서 어쩔 줄 모르는 것 같았다. 눈꼬리가 축 늘어졌다.

"글쎄, 그때는 친구가 뭔지 잘 몰랐단 말이야. 처음이었어. 뭐든 얘기할 수 있는 상대가 생긴 게."

"당신, 나한테 뭘 했는지 알아요?"

"친구를 놀린 일은 사과할게. 그렇지만 그 사람 아무 일도 없었잖아. 요코타 씨 집에서 한동안 지냈지만, 나처럼 잘하지 못해서 주야장천 청소랑 집안일만 하다가 녹초가 돼서 돌아왔지?"

더 이상 듣고 싶지 않았다. 부드럽게 늘어진 볼살에 레이코에 대한 우월감이 스미는 것을 용서할 수 없었다.

"어차피 그것도 당신 작전이겠죠."

무심코 혀를 찬 것을 무마하려고 뒤꿈치로 바닥을 차고는 강요하듯 밀어붙였다.

"그렇게 사람을 조종하는 일이 당신이 할 수 있는 유일한 처세술이겠죠. 자신이 바라는 대로 상대방이 움직여주는 것이 인간관계라고 생각하는 듯한데 그렇지 않아요. 예측 불가능하고, 생각대로 되지 않고, 점점 변화해간다고. 결국 당신은 자신이 이해할 수 없는 것은 즐기지 못해요. 예상할 수 있는 일이 아니면 안심하지 못하죠. 정말로 외롭고, 겁쟁이에다 한심한 사람."

가지이는 그야말로 슬픈 듯이 속눈썹을 내리고 머리칼을 흔들었다. 그런 몸짓이 더 리카를 짜증나게 했다.

"당신 탓에 레이코가 지금 어떤 정신 상태인지 알아요? 그 아이에게 무슨 일 생기면 나 절대로 용서하지 않을 테니까."

차라리 가지이가 격앙해서 전부 무산되면 좋겠다고 생각했다. 그러나 가지이는 여전히 기분이 어떤지 살피려는 자세를 무너뜨리지 않는다.

"저기 최근에 뭘 제일 맛있게 먹었어?"

"이제 됐어요. 지긋지긋해요. 난 그만 가보겠어요."

거짓말이 아니라는 증거로 파이프 의자에서 일어나 보였다. 가지이의 목소리가 갑자기 낮아졌다.

"가지 마. 혼자 두면 용서하지 않을 거야. 이번에야말로 모두 다

빼앗을 테니까. 당신도 레이코도 파멸조차 하지 못하는 응석받이인 주제에."

표정은 겨우 유지했지만, 자신이 파랗게 질렸다는 것은 알았다. 가지이는 그걸 보고, 금세 미안한 기색을 보였다.

"아, 미안. 취소할게. 친구한테 이런 말을 하다니 미쳤나봐. 당신이 좋아서 좀 질투를 한 거야. 저기, 내 기사, 마음대로 써도 좋아. 당신이 쓴 글이라면 뭐든 나 받아들일 수 있어."

가지이는 눈앞에서 바로 두 손을 모았다. 어딘가 장난치는 분위기가 엿보여, 방심하지 않겠다고 마음을 다잡았다.

"요리교실, 살롱 드 미유코에 다닌 건, 맞아, 당신이 생각한 대로였어. 친구를 만들기 위해서였어. 동성 따위 싫어. 무리지어 다니는 여자도. 그러나 세상에 한 명 정도는 나와 대등하게 사귈 수 있는 상대가 있었으면 했어."

"……애인이 있는 걸로 충분하지 않았어요?"

"많은 남성을 만났지. 그러나 누구와 사귀어도 진심으로 만족한 적이 없어. 맛있는 음식 이야기며 날마다 느끼는 불안이나 즐거움에 관해 서로 얘기를 나누고 싶었다고. 대화를 즐기고 싶었어. 그런데 그 사람들은 자신들이 모르는 이야기를 하면 싫어해. 자기들이 경험한 적 없는 요리를 만들면 불안해서 입을 다물어. 그 사람들이 아는 것, 예상되는 것밖에 인정하지 않았어. 뵈프 부르기뇽을 만들어도, 어떤 요리인지 열심히 설명해도 고집스럽게 비프스튜라고만 인식하듯이. 그래서 얘기를 해도 조금도 세계가 넓어지지 않고, 뭔가 외로워졌어. 당신하고 반대. 당신은 모르는 맛을 만났을 때 설레고 즐거워하잖아? 마치다 씨랑 있으면 뭔가 있지, 시야가 넓어지는 기분이 들어. 보이지 않는 것이 보이는 기분이 든다고. 그건 말이야, 살롱 드 미유코에 다니기 시작했을 때 느낌과 아주 비슷해."

안다, 리카는 찜찜하지만 인정했다. 가지이와 만난 후에는 언제나 약간 새로운 바람이 몸을 지나갔다. 그러나 상대가 지금까지의 주장을 뒤집고, 갑작스레 이쪽의 가치관에 기대는 것이 어쩐지 기분 나빴다.

"그곳이라면 내게 어울리는 여자 친구를 찾을 줄 알았어. 내 수준에 어울리는 동성을 찾을 수 있을 줄 알았어. 퐁파두르 부인의 살롱 같은 곳이니까."

가지이는 넋을 잃은 듯이 게슴츠레하게 눈을 떴다. 이런 브랜드 지향, 보수적인 가치관, 선민의식 등이 농밀한 것으로 느껴졌던 때도 확실히 있었다. 진한 꿀색의 특별한 무언가로 보였던 시기도 있었다. 이 사람은 설령 무기징역형을 받아도 분명 아무것도 달라지지 않고, 달라질 수 없을 것이다. 얼핏 보아 에너지가 넘치지만, 실제로 타인한테 다 맡기는 소극적인 인생이다. 그러나 이 상황을 어딘가 통쾌하게 여기는 듯하여 리카는 경계심을 품었다. 이렇게 백기를 가볍게 들어 보이고는 새로운 미로로 유혹할 가능성이 크다.

"그래서 발견했어요?"

"괜찮다 싶은 상대가 한 사람 있었지만……. 그러나."

가지이는 우물거렸다. 리카는 히죽히죽 나오는 웃음을 멈출 수 없다. 가지이는 살롱의 원 속에 들어가지 못했다. 센스 있고 동성과의 사교에 능숙한 부유한 여자들은 가지이의 언동이나 차림새를 우습게 여겨서 끼워주지 않았다고 여러 매체에서 읽었다.

"당신 주위에서 사람이 죽어가던 시기와 요리교실에 다니던 시기는 같습니다. 뭔가 관계가 있는 걸까요?"

질문하면서도 뭔가 이상하다는 생각이 들었다. 역시 가지이가 주도권을 잡고 있다는 생각이 드는 것이다. 가지이는 고개를 숙여버리고, 면회는 끝났다.

온몸이 땀으로 축축해졌다. 도쿄구치소에서 나와서 걷고 있어도 도무지 마를 것 같지 않았다. 진눈깨비가 섞인 찬비가 아스팔트를 어둡게 적시고 있는데. 누군가 기다리는 집이 있다는 사실이 지금의 리카를 어떻게든 걷게 만들었다.

그릇장에서 발견한 산뜻한 초록색 그릇에 수북이 담은 지쿠젠니*는 아주 조금밖에 줄지 않았다. 레이코네 집에서 봤던 같은 요리책을 인터넷으로 구입하여, 분량을 정확하게 재서 신중하게 만들었는데. 리카는 너무나 불만이었다.

---

* 닭고기에 당근, 우엉, 연근, 표고버섯 등을 넣고 기름에 볶은 뒤 설탕과 간장으로 간을 해서 조린 규슈 북부의 향토 요리.

최근에는 일을 일찍 끝내고 되도록 소화가 잘되는 음식을 준비하려고 신경쓰고 있다. 그러나 진지하게 레시피대로 재현한 일식보다 시노이 씨가 사 온 붕어빵이나 다코야키, 프라이드치킨에만 계속 손이 가는 것을 이해할 수 없었다. 오늘 그는 취재하다 짬을 내어 역 구내에서 샀다며 돈가스 샌드위치를 들고 왔다. 상자를 열자마자 눈 깜박할 사이에 줄더니, 결국 두 조각 남았다. 레이코만 멍하니 있느라 거의 입을 대지 않았지만.

"뭔가 신기하네. 이 느낌. 완전 편해. 합숙 같아."

그것이 레이코의 목소리임을 깨달을 때까지 한참 걸렸다. 바로 옆에 레이코가 서서 키친타월로 젖은 접시를 닦고 있었다. 개수대에서 묵묵히 손을 움직이면서도 레이코가 필사적으로 자신을 되찾으려 하고 있다는 것이 느껴졌다. 이 분위기를 깨지 않으려고, 리카는 숨을 크게 들이마시고 수도꼭지를 틀면서 애써 아무렇지 않은 척했다.

"이 맨션이 패밀리형이라 방이 많아서인가. 각자 마음대로 쓸 수 있고. 밤낮이 거꾸로인 인종뿐이고. 자기 멋대로 할 수밖에 없으니 독특한 분위기가 나지 않을까?"

"아냐. 리카가 있기 때문일 거야."

레이코는 대면형 주방 너머로 실내를 천천히 둘러보았다. 졸업 논문에서 해방된 유우는 기타무라와 나란히 게임에 열중하고 있고, 시노이 씨는 탁자에서 신문을 스크랩하고 있었다. 발밑에는 멜라니가 누워 있다.

"리카가 중심에 있으니 모두 자기 역할에서 자유로워지는 거야. 성별이며 지위가 관계없어져. 자기장이 엉터리가 된다고 할까. 옛날부터 그런 면이 있었지만, 최근에는 특히……."

"그런가. 어째설까. 난 모르겠어. 살쪄서인가? 나 힐링 캐릭터인가? 그러고 보니 편집장이 살롱 드 미유코에 자리가 두 개 난다고 했는데, 거기 다니면 점점 살찔 것 같아. 뭐랄까 이제 사건에 별로 흥미도 없어졌고."

능청스럽게 재잘재잘 떠들어도 레이코는 조금도 웃지 않았다.

"리카는 리카가 없는 곳에서 리카를 아는 사람들끼리 친해져서 새로운 관계가 생겨도, 여러 방향에서 리카 얘기를 해도 별로 신경쓰이지 않지? 그런 사람 상당히 드물어. 다들 손해보지 않으려고, 가진 것을 지키는 데 필사적이잖아."

"그런가. 아, 저기, 실은 말이야, 마코토랑 헤어졌어."

레이코가 그러니, 라고만 중얼거렸다. 스펀지를 세게 문질러 거품을 냈다.

"앞으로 내게는 아무도 나타나지 않을 거 같아. 평생 그 한 사람 뿐일지도. 어쩔 수 없지. 내가 결정했으니까. 결혼 생각은 없지만, 나도 의외로 보수적인지도 모르겠어."

"근데, 어째서 누군가 나타나서 구원해주지 않으면 연애를 못한다고 생각해?"

커다란 옅은 색 눈이 이쪽을 보고 있다.

"어째서 이성에게 선택받지 않으면 관계가 시작되지 않는다고 생각해? 어째서 아무것도 하지 않고 선택되기를, 그저 죽은 듯이 기다리고 있어야 해?"

설거지통 물이 넘쳐서 리카는 수도꼭지를 잠갔다. 맑은 물의 흔들림이 희미하게 주방을 밝혔다.

"희망사항이나 속마음을 얘기하지 않고, 상대가 자기한테 맞춰서 움직이게 수를 쓰거나, 손해보지 않으려고 그저 상대의 반응을 기다리기만 하는 건, 가지이의 피해자나 가지이나 다를 바 없다고 생각해. 요코타 씨 집에서 지내며 그런 사실을 알게 됐어. 여자에게 익숙하지 않은 남자라고, 가지이에게 걸려들 정도의 남자라고 내 멋대로 무시하니, 요리며 청소를 해도 두려움만 심어줄 뿐이었어. 료스케도 어쩌면 마찬가지일지 몰라. 료스케를 자유롭게 해주자, 자유롭게 해주자, 생각만 그렇게 할 뿐, 나 실은 내 멋대로 엉뚱한 방향으로 달리기만 하고, 제대로 눈을 보고 원하는 바가 무엇인지 전하지 않았던 것 같아. 대등한 대화를 하지 못했어. 오로지 먼저 해주기를 기다리기만 했어. 어딘가에서 나를 찾아주길 기다리는 공주님으로 있고 싶었나봐. 가지이에게 지적받고 부끄러웠어. 게다가 좋아하는 것도 뭣도 아닌 요코타 씨한테까지 거절당하고 도리어 자존심만 너덜너덜. 바보였어. 이제 귀엽고 작은 소녀도 아닌데 말이야. 리카도 타인에게 평가받기를 기다리는 일은 그만두는 게 좋아. 앞으로는 리카 쪽에서 누군가를 좋아하게 될 거야. 그 순간을 기다려. 그리고 순수하게 마음을 전하면 돼."

"하지만 그다음에 잘될 거라고 생각해? 내가?"

목소리가 떨려서 리카는 얼굴이 붉어졌다. 레이코는 너무나 진지하다.

"남녀가 잘된다는 게 뭐야? 어떤 상태를 가리키는 거야? 나처럼 결혼해도 잘되지 않을 때가 있고, 가지이처럼 이성이 간절히 원한다고 행복해지는 것도 아니잖아. 리카, 자신을 믿어. 리카 같은 사람에게 진심으로 사랑받는 사람은 행복해서 연애로 발전하건 어쩌건 순수하게 기뻐할 거야. 무엇보다 리카가 호의를 가질 만한 사람은 너를 매정하게 대하거나 이용하지 않을 거야. 내가 보장해."

문득 여기처럼 넓은 맨션을 갖고 싶다고 생각했다. 아니, 큰 방이 하나 있는 것보다 한 사람이 쓸 수 있는 방이 여럿 있는 게 좋다. 여러 명의 사생활을 존중할 수 있도록.

"레이코, 고마워. 정말로 고마워. 건강해지면 료스케 씨한테 메일이나 문자 보내. 굉장히 걱정하고 있어. 남편이라는 사실은 잠시 잊고 이성 친구라고 생각해봐."

잠시 후, 레이코는 표정을 바꾸지 않은 채 턱을 당기며 오른쪽 어깨를 가볍게 들어 올리더니, 조심스럽게 수건에 손을 닦았다. 그리고 멜라니를 데리고 시노이 씨 딸이 사용했던 방으로 갔다. 레이코의 말로 인해 지금까지 전혀 기능하지 않던 몸 여기저기가 어색하게 움직이는 걸 느꼈다.

거실에 남은 세 사람을 보는 사이, 흐물거리던 구름이 윤곽을 만들어갔다.

레이코를 지킬 수 있는 것은 자신뿐이라고 생각했다. 시노이 씨의 외로움도 해소해주고 싶었고, 할아버지 뒷바라지에 쫓기는 엄마에게도 늘 미안했다. 그러나 그들의 문제를 자신이 해결할 수 있다고 생각하는 것은 애초에 교만이 아닐까. 리카가 아버지의 임종을 어찌 할 수 없었던 것과 마찬가지다. 오직 개인의 영역으로 남이 끼어들 곳이 아니다. 어쩌면 자신이 유일하게 할 수 있는 일은······.

가까운 사람들이 여차할 때 피난할 수 있는 공간을 마련하는 것이 아닐까.

기타무라와 유우는 오늘 밤은 집에 가겠다며 전철이 끊기기 전에 돌아갔다. 샤워를 하고 옷을 갈아입자, 거실에 시노이 씨와 아직 깨어 있는 레이코가 마주 앉아 있는 것이 보였다. 아주 잠깐, 두 사람의 얼굴과 얼굴이 포개진 듯한 착각이 들어 가슴이 덜컥했다.

수건으로 머리를 닦는 리카에게 시노이 씨가 눈짓을 했다. 지난 며칠 사이 그는 젊어졌다. 기름기 많은 음식 탓인가, 통통해지고 피부에 윤기가 돈다.

시노이 씨가 지켜보는 가운데 레이코가 정신없이 라면을 먹고 있다.

"삿포로 이치방 시오라면*, 버터 추가. 나의 특기지. 아까 별로 먹지 않는 것 같아서. 어쩐 일로 레이코 씨가 조르더군."

* 일본의 대표적인 인스턴트 라면.

그렇게 말하는 그의 좁은 옆얼굴은 어딘가 의기양양했다. 레이코는 혀가 예민해서 첨가물이나 영양분에 예민한데. 뭔가 배신당한 기분조차 들었다.

"이런 것이 더 맛있게 느껴질 때가 있지. 만드는 쪽의 마음을 받아들이는 일에도 에너지가 필요한 법이니까. 맛에도 거리감이 필요해."

시노이 씨가 말했다. 그는 아마 이 집에서 홀로 라면을 먹었을 것이다. 셀 수 없을 정도로 많이. 그는 어딘지 모르게 힐난하는 듯한 리카의 시선을 눈치챈 것 같다.

"이 사람도 어린아이가 아니니까 영양 균형은 알아서 취하겠지. 너무 오냐오냐 해주는 것도 좋지 않아. 제멋대로인 공주님, 아니, 왕 같은 사람이니까."

레이코가 그릇에서 얼굴을 들고 따지듯이 시노이 씨를 올려다보았다. 짧은 시간에 이렇게까지 두 사람이 친밀해진 것이 의외다 싶은데 또 한편 당연하게도 느껴졌다. 리카의 기억이 확실하다면 레이코에게 이런 식으로 가볍게 농담한 남자는 지금까지 한 사람도 없다.

고요한 방에 레이코가 라면을 후루룩거리는 소리만 울렸다. 분말 수프에 섞인 듯 이국적인 향신료 향이 희미하게 코를 스쳤다. 꼬불꼬불한 면은 선명하게 파도쳤다. 적당히 잘 삶은 것 같다.

어디가 어떻다고 잘 표현할 수는 없지만, 시노이 씨는 레이코를 대할 때만은 말이 촉촉하고 말끝이 평온한 느낌이 든다. 혹시 전처와 레이코에게 공통된 면이 있는 건 아닐까. 레이코네 집과 이 집의 주방은 어딘지 모르게 비슷한 분위기가 있다. 특히 오븐을 열 때의 공기나 오븐용 용기를 끌어낼 때 울리는 끼익 하는 소리가 똑같다. 어쩌면 리카는 그의 딸과 비슷한 유형이고, 레이코는 아내 유형일지도 모른다. 그렇게 생각하자 이 셋이 있으면 뭔지 모르게 편안한 것도 납득이 간다.

레이코가 천천히 그릇을 탁자에 쿵 올려놓았다.

"나, 가지이가 다니던 요리교실에 다니고 싶어. 아까 얘기하던데. 리카가 싫다면 혼자라도 갈게. 너를 위해서가 아니라 거기에 뭐가 있는지, 나, 보고 싶어."

레이코는 손등으로 번들거리는 입술을 닦고, 일어서더니 창문을 활짝 열었다. 얼음 같은 밤기운을 상상하자 바로 몸이 굳어졌다. 연한 황토색 커튼이 펄럭이고, 순간 그녀의 가냘픈 어깨가 시야에서 사라졌다. 리카는 옆에 있는 시노이 씨한테 속삭였다.

"저도 같은 걸 끓여주시겠어요? 버터는 듬뿍이요."

그는 빙그레 웃더니, 레이코의 빈 그릇을 들고 주방으로 걸어갔다. 뜻밖일 정도로 미지근한 밤바람이 불어와 옷 밖으로 살짝 삐져나온 피부를 부드럽게 어루만졌다. 리카는 뺨을 매끈하게 어루만지는 바람에 어린 봄 향기를 맡고 몹시 당황했다.

건조하고 차가운 바람을 걷어차며 따스한 계절이 태연하게 도래했다는 사실에 놀랐다. 더 이상 아무것도 바뀌지 않는다, 바꿀 수 있는 것 따위는 없다고, 불과 몇 분 선까지 믿었는데.

자신이 아무것도 하지 않아도 세상이 시시각각 변화해가는 데 아연했다. 자신이 움직이지 않아도 주위에서 잇따라 관계가 생겨나고, 복잡하게 얽히고, 점점 자라간다. 마치 식물의 가지와 잎이나 뿌리처럼. 짙은 초록색이 눈두덩 위로 펼쳐지는 것 같았다.

누구에게나 뭔가를 배우러 다니기에 어울리는 계절일지 모른다.

가지이 마나코의 2심 재판이 두 달 후로 다가왔다.

13

나는 도쿄 후추에서 태어났습니다만, 철이 든 뒤로 자란 곳은 니가타 아가노로, 니가타의 낙농 발상지라고 불리는 곳입니다.

니가타역까지는 차로 40분 정도일까요. 거기까지 가면 대체로 뭐든 갖추어져 있습니다. 우리 집은 놀기 좋아하는 아버지 영향으로 외식이나 소풍을 좋아했고, 사교적인 엄마는 문화센터 강사 일과 취미와 관련된 것을 배우는 데 열심이어서, 엄마를 따라 니가타 시내에 나가는 건 일상다반사였습니다. 그러니까 그렇게까지 시골에 산다는 느낌은 없었습니다.

그러나 겨울이 되면 평야는 한없이 눈으로 덮이고, 우리는 좁은 마을에 갇혔습니다. 세상은 고요하고 모든 것이 죽은 듯이 느껴졌습니다. 그런 가운데, 생명력을 뿜는 곳으로 기억에 남는 것은 옆집 소유였던 우사입니다. 주위 전체가 눈에 덮여 은색을 띠고 있어도 그곳은 소가 토하는 뜨거운 입김과 체온 덕분에 약간 따뜻했죠. 추울 때 소는 영양을 듬뿍 저장해놓기 때문에 그 시기의 우유는 달고, 크림처럼 깊은 맛이 납니다. 우유는 원래는 소의 피죠.

내게 유제품은 생명이고, 피입니다. 버터를 듬뿍 넣은 과자나 요리, 특히 버터를 듬뿍 사용하는 프랑스 요리를 너무 좋아하는 데 이 추억 때문입니다. 암소가 줄줄이 늘어선 우사를 보고 있으면 그 냄새나 파리가 몰려들어도 꿈쩍도 하지 않는 자세, 커다란 이빨과 돌출된 안구의 강력함에 압도됐어요. 파리가 달라붙어 새까매진 끈끈이에는 오싹 소름 끼쳤지만, 동시에 그곳에는 존재하지 않는 수소가 마음에 걸렸어요. 임신할 수 있는 정자만 받으면 이성 따위 상관없이 여자끼리 잘 지내면서 싸우지도 않고 생명의 시스템을 잘 돌리는 암소가 무섭기도 했어요.

대학 입학을 계기로 도쿄로 돌아와서 제일 먼저 놀란 것이 유제품과 쌀이 맛없다는 것이었어요. 그리고 주위 여성이 그 두 가지를 꺼리는 데도 놀랐어요. 먹는다 해도 병아리 눈물만큼. 고지식하고 금욕적인 자세는 그녀들의 생활방식 자체였어요. 아기자기하고 바르게 살아가는 여자들을 보면, 나는 그의 몸을 벽에 내동댕이치고 싶을 정도로 화가 났어요.

갓 입학했을 무렵, 어느 날 대학 카페테리아에 있었습니다. 나는 친구도 생기지 않고, 늘 혼자였어요. 한낮에 옆에 있는 여자아이들네 명의 대화를 들었죠. 다들 지방 출신으로 자취를 하거나 기숙사에 사는 것 같았어요. 애인도 없는 것 같았고요. 한 사람은 지방에 적응하지 못했던 것 같고, 한 사람은 도시에 적응하지 못했던 것 같고, 한 사람은 돈을 모으고 싶다, 한 사람은 살을 빼고 싶다, 하고 한심하게 털어놓더군요. 네 명은 처음에는 힘이 없어 보였지만, 애기하다 점점 기분이 좋아졌던 걸까요. 점점 웃는 얼굴이 되더니 이윽고 여행 갈 계획을 세우더라고요. 자리에서 일어난 그녀들은 어디를 어떻게 봐도 즐거워 보이는 여대생 그 자체였어요. 그 빠른 변신, 타산적인 태도에 나는 상처받았어요. 문제는 아무것도 해결되지 않았는데 만족해하는 모습에도 화가 났어요. 도무지 이해가 되지 않았어요. 나는 혼자라고 생각했어요. 나는 위안 따위 필요 없다. 누구와도 얽히지 않고 살아가야지 마음먹었어요. 이윽고 나는 대학을 그만두고 부유한 신사들과 데이트하는 일로 생계를 꾸려나가게 되죠.

고백합니다. 세상 사람들은 나를 남자 좋아하는 여자로 생각하지만, 나는 남자 몸만 생각하는 호색하고 천박한 여자가 아닙니다. 그저 여자를 아주 싫어할 뿐입니다.

질투도 아니고, 친구로 끼워주지 않아서도 아닙니다. 결혼 상대를 찾다가 만난 많은 남성이 응석받이여서 의존심이 강한 것은 나도 인정합니다만, 여자들의 불분명한 태도나 상대를 압도하는 듯한 사나움, 자기주장을 손바닥 뒤집듯 바꾸는 섬뜩함에 비하면, 나는 차라리 남자 쪽이 견디기 쉬웠어요.

아가노에는 '삼미신'이라고 하는 세 명의 일하는 처녀 동상이 있습니다. 니가타역에도 있죠. 나는 어릴 때부터 그 동상이 너무 싫었어요. 씹던 껌을 붙여놓기도 하고 녹아서 흘러내린 소프트 아이스크림을 갖다 문지르기도 했던 걸 고백합니다. 여러 명의 여자가, 그것도 아름다운 여자가 일을 하면서 사이좋게 지낼 리가 없고, 세 명이 있으면 한 명은 반드시 왕따를 시키죠. 처녀 동상이 모두 날씬하다는 것도 용서할 수 없었어요. 나는 어릴 때부터 엄마가 다이어트를 하라고 병적으로 혹독하게 강요한 탓에 칼로리 소비니 운동이니 하는 걸 무엇보다 싫어해요.

내 체형이 사람들한테 야유받고 있는 건 알고 있어요. 남자를 기쁘게 해주는 걸 좋아한다면서 외모는 그들의 요구에 반하다니 웃기네, 라고 지적받은 적도 있습니다. 그런 발언을 하는 사람이야말로 남자가 여자에게 왜 반하는지를 모르는 거예요. 분명 빈곤한 성생활을 하는 사람이겠죠. 동정해요.

남자를 용서하고, 감싸고, 긍정하고, 안심시키고, 절대 능가하지 않는 것.

단지 이것만 있으면 돼요. 어째서 결혼 활동을 하는 여성들은 세월이 흘러도 깨닫지 못하는 걸까요? 사람이 아닌 것 같지 않아요? 나는 소리 높여 말하고 싶어요. 모든 여자는 여신이 되면 된다고. 만약 이 주장이 세상에 널리 전해진다면, 이유 없는 죄로 이렇게 잡혀 있는 것도 조금은 납득이 가겠죠.

여자는 욕망을 죽여, 라는 말이 아니에요. 절대적인 포용력을 유지하기 위해서는 여자 쪽이 어떤 스트레스나 고민이나 갈등을 안고 있어서는 안 되거든요. 왜냐하면 여신이잖아요. 그래서 나는 먹고 싶은 대로 먹어요. 사치뿐만이 아니라 모든 욕구는 절대 참지 않아요. 생각해보면, 내가 여자를 싫어하는 건 어린 시절 어머니와의 관계 때문이었네요.

"푸드라이터 시게모리 씨한테 소개받은 미나미 카즈코입니다."

일 때문에 가명을 쓰는 것은 처음이 아니지만, 아무래도 발음이 어색해진다. 어찌되었든 상대는 정치인이나 연예인이 아니다. 마담이라고 부르는 사사즈카 미유코의 부드러운 램프 불빛에 비친 주름이 도드라지는 하얀 피부, 빛의 정도에 따라 차가운 물에 젖은 듯도 하고 따뜻해 보이기도 하는 쥐색 니트가 리카의 건조한 눈을 적셨다.

셰프인 남편과 2인 3각으로 유명 프렌치 레스토랑을 운영하며, 미슐랭 별을 두 개 획득하고, 개성 있는 자태와 접대로 해외 유명 인사조차 구워삶는 그녀는 고급 여성잡지에 실리는 일도 많다. 엄격한 눈빛에 빈틈없는 여성 이미지였다. 하지만, 이렇게 가까이에서 보니 부드러운 담요에 싸여서 사랑받으며, 그게 당연한 듯이 새침 떨고 있는 강아지 같은 미워할 수 없는 면이 있었다. 몸집이 작고 가냘픈 데다 턱이 뾰족하고 눈동자가 커서, 올림머리를 한 백발이 성성한 머리와 니트 목둘레가 풍성해 보였다.

"이노 마리코입니다. 카즈코의 대학 친구로 주부입니다."

레이코는 매끄럽게 발음했다. 오랜만에 밖에 나온 레이코가 격정돼서, 롯폰기역에서 만났을 때부터 넌지시 옆얼굴을 관찰했지만, 뜻밖에 여유롭고 당당했다. 유우에게 빌린 듯한 감색 니트 차림에 긴 머리는 이마를 내놓고 깔끔하게 하나로 묶고, 화장기 없는 얼굴에 립스틱을 발랐다. 그것만으로 홍보부 시절의 야무진 자태가 되살아나서 리카는 조금 기뻤다. 여전히 시노이 씨 집에 틀어박혀 있지만, 최근에는 자발적으로 료스케 씨와 메일을 주고받는 것 같고, 오전중에는 멜라니와 산책을 나갈 정도가 되었다. 집주인인 시노이 씨가 귀찮아하지 않았고, 유우와 기타무라도 같이 죽치고 지내서, 리카는 이 상황을 어떻게든 정리해야 한다는 강박에서 벗어나고 있었다. 리카도 일주일 중 반은 시노이 씨 집에 머물렀다.

3월은 이미 중순이 됐다. 아직 공기는 팽팽하게 얼어붙어 있지만, 올해 벚꽃 개화는 예년보다 조금 이른 듯, 월말은 업무상 진행되는 꽃놀이가 몰려 있다.

롯폰기역 지하에서 기어 올라가듯이 긴 에스컬레이터를 몇 개나 지나서, 롯폰기힐즈 한 모퉁이에 도착했다. 아자부주반으로 향하는 완만한 내리막길을 걸어서 5분. 도요에이와 여학원 뒤쪽, 이 지역에 많은 대사관 건물로 착각할 만한 요새 같은 크림색 맨션 중 한 집이 '발자크' 오너 부부의 자택이었다.

오토록이 설치된 입구에서부터 유리벽 엘리베이터, 실내 구름다리에 이르기까지 모두 카펫이 깔려 있었다. 문이 열리자 대리석 현관에서부터 폭신폭신하고 큼직한 슬리퍼로 갈아 신었다. 마담에게 이끌려 두 번 꺾어지는 복도를 걸어서, 마치 원형극장 같은 20조* 정도의 거실로 안내받았다. 모든 것이 중앙에 있는 직사각형 주방을 둘러싸듯이 배치되어 있다. 오븐 두 대. 전기레인지 여섯 구. 개수대도 작업대도 빛이나 윤기가 전혀 없는, 본 적도 없는 소재로 만들어져서 위압감도 없고, 마치 무슨 현대예술 작품 같아 보였다. 모든 방이 이렇게 되어 있을 리는 없고, 이곳만 부부가 새로 꾸민 것일지도 모른다.

"여러분, 이쪽은 오늘부터 참가하는 미나미 씨, 이노 씨. 시게모리 씨 친구분이시래요."

풀을 빳빳하게 먹인 하얀 식탁보가 깔린 긴 탁자에 여섯 학생이 둘러앉아서, 모두 이쪽을 보고 있었다. 다들 삼십대에서 사십대 정도로, 세련된 차림새에 윤기나는 피부와 머리칼이 생활의 여유를 말해주는 여성뿐이다. 그중 몇 명은 본 기억이 나서 리카는 자기도 모르게 시선을 돌렸다. 가지이와 우연히 같은 시간을 보내지 않았더라면 평온하게 지냈을 일반인을 심술궂게 관찰하는 것이 아무래도 양심에 찔렸다. 창밖에는 도쿄타워가 놀라울 정도로 가까운 곳에서 밤하늘을 배경으로 빛나고 있었다.

고풍스런 작은 샹들리에, 적갈색으로 물든 중후한 책장에는 수많은 트로피와 프랑스 대통령과 나란히 찍은 사사즈카 부부의 사진이 장식되어 있다. 그런가 하면 선물로 받은 듯한 스노돔이며

---

* 1조는 다다미 한 장.

멕시코 인형, 골무 크기의 도자기 장난감이 자잘하게 진열되어 있다. 벽에 걸린, 귀부인이 카드 게임을 하는 바로크풍 그림은 어디서 본 것 같았다. 낮게 흐르는 배경음악은 세게 내리치는 듯한 리듬의 재즈 피아노 곡이다.

마담은 스테이플러로 철한 레시피를 학생들에게 나눠 주었다.

"그럼 바로 시작할까요. 오늘 메뉴는 여러 가지 해산물을 체에 내린 수프 드 푸아송, 커민 풍미의 양파와 당근 파이, 양고기 오렌지 구이, 딸기 무스입니다."

"와우, 커민 좋아라!! 오늘은 잔뜩 먹을 수 있겠어요!"

귀를 드러낸 밝은 머리색의 쇼트커트 스타일 여성이 갑자기 손뼉을 쳐서 훨씬 분위기가 편안해졌다.

"아키 씨는 커민 정말 좋아해."

여자들은 쿡쿡 웃었다. 리카는 머뭇머뭇 가슴 높이까지 조그맣게 손을 들었다.

"저기, 그렇게 많이 만드나요? 지금부터?"

"그럼요. 여덟 명이니까 괜찮아요. 자, 시작합시다."

학생들은 일제히 일어서고, 보를 걷어내자 지금까지 앉아 있던 탁자는 작업대로 바뀌었다. 식재료가 잇따라 날라져 왔다.

가지런히 늘어놓은 뼈가 빨간 고기를 뚫고 나온, 박력 있는 양고기 덩어리에 눈이 커다래졌다. 홍합, 게, 볼락, 쏨뱅이 등 신선한 생선의 희미한 점액이나 고요한 빛을 띤 눈알에 넋을 잃었다. 마담은 색이 짙은 채소를 담은 바구니, 버터와 생크림 등을 차례차례 늘어놓았다. 학생들은 지시하지 않아도 척척 일을 찾아 해서 리카만 뒤에 남는 꼴이 됐다. 그걸 눈치챘는지, 캐시미어 카디건에 물방울 앞치마를 한 여성이 도마와 식칼을 건네주었다. 시키는 대로 당근, 셀러리, 양파를 잘게 썰었다. 주위 여자들에 비하면 손이 더디다. 그뿐만 아니라 헤엄치듯이 웃고 재잘거리면서 작업하는 그들에 비해 어쩌나 여유가 없는지. 마담의 지시로 리카가 삐뚤삐뚤하게 썬 것들을 잘 닦인 냄비에 넣고 불을 켰다. 나무 주걱을 건네받고, 떨면서 불 앞에 섰다. 학생들이 주위를 둘러쌌다.

"먼저 수프 드 푸아송부터. 잘게 썬 채소를 스웨트합시다. 스웨트란 땀을 흘리게 한다는 뜻이죠. 약불로 천천히, 채소에 약간 수분이 생길 때까지, 너무 오래 볶아서 수분이 없어지지 않도록 불 조절에 주의해주세요."

시선이 자신의 손끝으로 모이는 게 느껴졌다. 이윽고 채소에서 수분이 배어나오고, 촉촉한 김이 리카의 뺨을 적셨다.

"아, 미나미 씨, 불을 좀 약하게 해보세요."

야단맞은 것도 아닌데, 긴장되어 위가 아파왔다. 그걸 눈치챘는지 대신 마담이 자연스럽게 나무 주걱과 냄비를 맡아서 리카는 뒤로 물러났다. 푸드 프로세서가 회전하고, 밀가루와 버터가 폭풍처럼 오르내렸다. 저쪽은 파이 반죽을 만드는 것 같다.

"고운 입자가 된 버터를 녹이지 않도록. 찬물을 조금씩 더 넣어주세요."

푸드 프로세서 뚜껑을 열자, 고운 가루가 날려 이쪽의 코끝을 간질였다.

토막 낸 해산물을 스웨트 냄비에 넣었다. 사프란 향으로 분위기가 확 화사해졌다. 이어서 집어넣은 토마토의 신맛으로 가슴이 시원해지는 것 같다. 당근과 양파를 찌고 있는 냄비에 커민 씨를 뿌렸다. 들이마시는 순간, 콧속이 기분 좋은 온도로 간질거리고 목을 천천히 그슬리는 듯한 향긋한 연기와 구운 고기와 땅콩을 섞은 듯한 냄새가 났다.

"선생님, 파트 브리제 반죽 끝났어요."

누군가의 말에 마담이 돌아보았다.

"틀로 찍어봅시다. 집에 동그란 틀이 없으면 컵을 사용해도 좋아요."

레이코는 명백히 다시 살아난 것 같았다. 처음 참여했다고는 생각할 수 없을 만큼 익숙해져서 민첩하게 채소를 썰어 분류하고, 높은 곳에서 양고기에 소금을 뿌렸다. 마담이 감탄한 듯이 칭찬했지만, 리카는 그조차 이해하지 못했다. 그럭저럭 하는 동안에 양고기용 소스에 필요한 오렌지주스가 졸아들었다. 새콤달콤한 냄새가 나기 시작했다. 빵가루와 고수, 오렌지 껍질이 푸드 프로세서 속에서 소용돌이를 일으켰다. 이 향기 나는 빵가루를 머스터드와 함께 양고기에 발라서 굽는 것 같다. 리카는 무심결에 마담 옆에서 이렇게 중얼거리고 말았다.

"양고기에 고수에 오렌지……. 맛이 상상되지 않네요."

"그렇지만 상상이 되어버리면 시시하잖아요?"

마담이 가벼운 어조로 말하면서 식칼로 배경이 비칠 정도로 얇게 도려낸 당근은 연한 주황색 리본이 되어 팔랑팔랑팔랑, 도마 위에 떨어져갔다. 코르사주를 만드는 듯한 손놀림으로 그것을 한 번 동그랗게 말았다.

"와, 정말로 오렌지색 장미 같네요. 당근인 줄 모르겠어요."

믹서에 돌린 딸기 퓌레와 크림이 얼음물에 담가놓은 볼 속에서 섞였다. 싱싱한 빨강과 부드러운 하양이 섞이니 보기만 해도 가슴에 작은 꽃이 필 것 같은, 밝은 분홍색이 나타났다. 여전히 아무 일도 못하고 있자, 레이코가 손잡이가 달린 분쇄기 같은 것을 건넸다.

"카즈코는 수프 끓일 재료를 으깨줘."

의아한 얼굴로 있으려니 손잡이를 가리켰다. 볼 위에 올린 분쇄기 안에는 불에 익힌 토막 생선과 게가 들어 있었다.

"실패할 일이 없는 거야. 자."

으깨서 즙만 짜라는 것 같다. 손힘으로 뼈와 꼬리와 눈알이 박박 갈리는 게 느껴졌다. 금세 팔에 힘이 빠져서 리카는 온 체중을 다 실어야 했다. 이 맡은 일만 잘 해내면 창피를 당하지 않으리라 생각하며 분쇄기를 끌어안았다. 치즈 씨라고 하는 키가 큰 여성이 얇게 썬 당근을 돌돌 말면서 살짝 귓속말을 했다.

"아마 미나미 씨하고 마찬가지일지도 몰라요, 나도. 여기 온 목적이, 요리를 잘하는 게 아니거든요."

모두 부드러운 소재의 니트와 원피스를 입은 가운데, 혼자만 앞치마 밑으로 판탈롱 슈트가 드러난 차림이어서 아까부터 시선을 끌었다. 리카는 그녀와 시선을 마주치지 않고, 쏨뱅이 눈알을 내려다보았다. 솔직히 말하면 이 방에 들어선 순간부터 어디서 만난 것 같은 기분이 들었다. 목까지 내려온 주근깨, 외꺼풀 눈, 두껍고 예쁜 입술이 낯익었다.

"귀여운 아가씨들 보러 왔죠?"

치즈 씨가 히죽히죽 웃으면서 말해, 당황하고 있으니,

"아하하, 알아요. 나도 이런 동아리 같은 분위기가 좋아서 온 건지도 몰라요."

그렇게 말하고 대화에 끼어든 사람은 통통하지만, 아주 예쁜 사십대 여자였다. 인터넷에서 "가지이에 지지 않는 뚱보도 있네" 같은, 생각 없는 악성 댓글을 많이 받은 사람이었다. 그는 말하면서도 거품기 움직이는 손을 멈추지 않았다.

"아냐, 아냐, 그렇지 않아. 유미 씨는 치즈가 있는 곳이라면 전 세계 어디든 가잖아. 프랑스건 스위스건."

"오늘의 치즈는 당신이 아주 좋아하는 미몰레트예요! 혼자 다 먹지 말아요."

마담의 말에 모두가 웃었다. 체에 거른 즙은 불안할 정도로 얼마 되지 않았다. 이윽고 집 안 가득 버터의 뜨거운 바람이 지나갔다. 파이 굽는 냄새다. 다른 오븐에서는 양고기와 오렌지향이 흘러나왔다. 달콤새콤함과 야성미 넘치는 고기 향이 섞여서 식욕을 자극했다.

요리가 전부 완성됐을 무렵에는 이미 10시를 지나고 있었다.

여자들 모임의 연장 같은 편안한 분위기를 상상했던 리카는 수강생 전원이 내뿜는 에너지와 수다에서 배어나는 지식과 작업량에 압도되어 녹초가 됐다.

오렌지색과 붉은색을 기본으로 한 요리에 맞춰서 식탁을 장식할 꽃은 미모사가 뽑혔다. "반대색을 고르면 요리가 빛나요" 하며 마담이 펼쳐놓은 식탁보는 연한 물색으로 요리나 꽃과 이루는 조화가 호숫가 소풍을 떠올리게 했다. 더 이상 견디기 힘들 정도로 배가 고파서 리카는 의자에 앉자마자 요리를 기다리지 못하고 바게트를 집어서 버터를 두껍게 발랐다. 기껏 해주는 와인 설명이 귀에 하나도 들어오지 않았다.

칠기의 색조도 제대로 관찰하지 않고, 식탁에 나온 토마토색 수프를 한 수저 입으로 가져갔다. 여기저기에서 한숨이 새어 나왔다. 그렇게 고생을 했는데 즙이 얼마 나오지 않아서 낙담했지만, 그 감칠맛의 엑기스라고나 할까. 생선 구석구석, 그야말로 눈알 뒤쪽까지 단맛, 쓴맛, 순한 맛이 전부 녹아들었다.

오렌지색 당근 장미를 올린 한입 크기 파이는 뭉근히 찐 양파와 당근의 농후함에 눈이 동그래졌다. 커민 향이 단맛을 더욱 돋보이게 했다. 주요리로 등장해서, 바로 뼈를 따라 발라놓은 양고기의 화려함에 금세 마음이 들떴다. 빵가루와 오렌지 껍질의 단맛, 아삭아삭하고 풋내 나는 고수의 벽에 싸인 양고기는 초원의 향이 강하게 났다. 어란처럼 농후하고 단단한 오렌지색 치즈 뒤에 나온 디저트 딸기 무스는 탱글탱글 부드러워서 달콤새콤한 바람이 유유히 가슴속으로 불어왔다. 꽃이 만발하는 계절은 손을 뻗치면 닿을 거리에 있음을 실감했다.

지금까지 맛에만 신경쓰고 다른 것에 전혀 흥미가 없었던 리카는 식탁 꾸미기며 일본과 서양의 조명 차이에 관한 강의에 바로 빨려들었다. 학생들은 질문하는 데 아무런 주저가 없었다. 마담이 이쪽을 보았다.

"미나미 씨, 뭔가 배우고 싶은 요리 있어요? 뭐든 신청하세요."

훈훈해진 분위기에 힘을 얻어서 리카는 꼭 물어보고 싶었다.

"저기, 어, 여러분들한테는 간단한 요리일지도 모르겠습니다만, 뵈프 부르기뇽을 꼭 배워보고 싶은데."

돌연 쥐 죽은 듯이 고요해졌다. 누군가 갑자기 고개를 숙인 채 자리에서 일어나 다른 방으로 이동했다. 히토미 씨라는 몸집이 자그마하고 사랑스럽게 생긴 여성이다. 인터넷에서 본 적이 있다. 어느 대기업의 과장 부인인가로 이름과 학력이 가장 명확하게 나와 있었다. 치즈 씨가 황급히 뒤를 따라나갔다. 마담이 순간 어두워진 표정으로 그녀들을 눈으로 좇았지만, 리카를 의식했는지 이내 눈을 가늘게 떴다.

"미안해요. 뵈프 부르기뇽은 전에 질릴 정도로 만들어서요, 다음으로 미룰까요."

히토미 씨는 얼마 후 돌아왔다. 약간 창백한 얼굴이지만, 아무 일도 없었던 것처럼 대화에 참여했다. 다들 과장스러울 정도로 배려하는 것이 생생히 느껴졌다. 리카는 미안해서 어쩔 줄 몰랐지만, 지금 무슨 말을 하기는 그랬다. 평소의 안색을 회복하고 말이 매끄러워졌을 즈음에 마담이 일어섰다.

"그럼 다음 수업은 2주 뒤. 식전주와 식후주에 관해 공부하겠습니다. 일본에서는 식사에 달콤한 술을 내는 것이 별로 인기가 없지만, 그것은 식욕을 증가시킨답니다."

수업은 끝났다. 온몸에 색색의 향이 나는 바람이 불며 지나가서, 레이코가 재촉할 때까지 리카는 취한 듯이 일어서지 못했다.

앞치마를 접어놓고, 맨션을 뒤로했다. 몸이 따뜻해진 탓인지 바깥 공기가 무척 차갑고 맑게 느껴졌다. 지하철 좌석에 몸을 맡기자마자, 두 팔과 허리가 물 먹은 솜처럼 무거워졌음을 실감했다. 피곤하네, 하고 누가 먼저랄 것도 없이 얼굴을 마주보았다. 생각해보니 레이코와 같이 요리를 한 것은 이번이 처음이다. 위는 찼는데 피곤한, 왠지 뒤죽박죽인 느낌이다. 물론 긴장했지만, 내내 설렜고 오랫동안 맛본 적 없는 성취감이 발끝까지 퍼졌다.

"나, 가지이가 실제로 죽였다에 한 표. 새삼스럽지만."

최근에는 일부러 피하고 있었는데, 태연하게 가지이 이야기를 꺼내는 레이코에게 안심하기도 하고, 어이없기도 했다.

"엄청나게 체력이 소모되잖아. 장난 아니지. 그 테린terrine의 누름돌로 사람을 치면 죽을 것 같아. 즙 짤 때 사용한 야채다지기에 손가락을 꾹 눌러넣거나."

리카는 엉겁결에 웃음을 터트렸다. 볼락과 쏨뱅이가 곤죽이 되도록 갈리던 느낌이 생각났다.

468

"정말이네. 요리교실이라고 하면 듣기에는 우아하지만, 체력 싸움이었어."

"학생들도 생각보다 느낌 좋은 사람들이고. 거드름 피우지도 않고, 그렇게 부자 같지도 않아. 가지이와 관련됐다는 사실만으로 죄인 취급을 받다니 불쌍해. 도중에 자리에서 떠난 사람, 분명히 가지이를 떠올렸을 거야."

가슴이 뜨끔해서 리카는 주위를 둘러보았다. 요리교실 학생들 또래 여성이 몇 명 있었지만, 퇴근길일 것이다. 다들 아무렇지도 않은 얼굴로 스마트폰에 시선을 떨어뜨리고 있었다.

"미안한 짓을 했어. 아, 취재라곤 하지만 양심에 찔리더라. 그런데 어째서 그렇게 주목받았을까, 그 사람들. 한때는 가지이 마나코 이상으로 평판이 나빴지."

"그건 말이야, 요리교실에 다니는 여자에 대한 편견과 콤플렉스 탓이 아닐까? 혜택받은 여자들이라는 이미지를 멋대로 떠올리면서 다들 질투한 거지."

"음. 솔직히 말하면 나도 그런 편견이 있었을지 몰라. 뭔가 깨달은 게 있어. 최근에 약간이지만 요리를 하게 된 뒤로. 청소나 요리는 로큰롤이더라. 사랑이나 다정함이 아니라, 가장 필요한 건 힘이랄까…… 일상을 무디게 넘어가지 않겠다는 투지랄까 ……."

레이코의 눈이 반짝 빛났다.

"맞아, 록, 록!! 권력에 대한 저항이야."

두 사람 앞에 서서 손잡이에 온몸을 맡긴 샐러리맨이 이쪽을 흘끗흘끗 보면서 귀를 기울이는 게 느껴졌다.

"이런 불평등하고 까칠한 세상에, 자신의 생활이나 자기 주변쯤은 자신을 만족시키는 것들로 단단하게 장벽을 쳐서 지키고 싶잖아. 돈을 들이지 않아도 머리를 쓰거나 품을 들여서 말이야. 게다가 그럴 때, 자기 손으로 먹고 싶은 것을 만들어내는 일은 귀찮을 때도 있지만 즐거워."

오랜만에 이렇게 생기 넘치는 레이코를 보니 믿음직스러웠다. 료스케 씨는 레이코의 힘에 압도되기도 했지만, 그로 인해 생활을 지킬 수도 있었을 것이다.

양고기 덕분에 회사에 돌아올 때까지 줄곧 입술이 촉촉했다.

"이봐요, 어느 세상에 그런 사람이 있겠어요?"

리카는 이내 말을 가로막았다. 《주간 슈메이》 신년 특집으로 가지이의 인터뷰를 1인칭 수기 형식으로 싣기로 하여 기사를 쓰기 시작했지만, 난항이었다.

도쿄구치소 면회실에서 이렇게 가지이와 마주한 것이 벌써 몇 번째인가.

왔다갔다하면서, 가지이가 여자대학교를 그만둔 데까지 얘기했다. 우연히 마을에서 마주친 남자의 권유로 부유한 노인만 상대하여 생계를 유지했다. 이 대목이 상당히 모호하여, 리카는 거칠게 추궁했다. 가지이가 어깨를 움츠렸다.

"오쿠라 호텔 라운지에서 홍차를 마시고 있는데, 그쪽에서 말을 걸어왔어. '당신을 줄곧 찾고 있었다'며. 마로 된 고급 양복을 입은 백발의 신사가."

"저기, 사실을 말해주세요. 당신이 거짓말하면, 나 바로 알아요."

너무나도 불쾌한 듯이 얼굴을 찡그린 탓인지 가지이는 마지못해서라는 투로 이렇게 대답했다. 기억이 잘못됐을지도 모르겠다, 어쩌면 내가 먼저 인터넷으로 작업을 걸었던 것 같기도 하다, 그런 식으로 알게 된 노인에게 잇따라 상대를 소개받았다. 이것만은 양보할 수 없다는 듯이 강한 어조로 덧붙이는 것을 잊지 않았다.

"매춘이 아니야. 섹스할 수 있는 체력이 되는 사람도 별로 없었고. 나는 고급 식당에서 맛있는 걸 먹고, 얘기를 하고, 가부키나 오페라, 스모를 보러 따라가고, 전통 깊은 호텔에서 끌어안고 곁에서 자고, 무릎베개나 마사지를 해주었어. 그뿐이야."

반신반의했지만, 젊은 나이를 무기로 내세운 게 틀림없다. 그러나 가지이의 매춘 얘기는 다른 잡지에서 자세히 다루었을 테니, 새삼스럽게 따져봐야 읽을거리도 되지 않는다.

"나는 또래의 여자아이가 도저히 할 수 없는 생활을 했어. 남자의 꿈을 이루어주는 게 천직이라고 생각했거든. 어느 손님이든 나와 함께 있으면 시간을 잊고 즐거워하며 기뻐해주었어. 물론 노력도 게을리하지 않았지. 퐁파두르 부인처럼 말이야. 기업 대표와 대화를 나눌 수 있도록 《닛케이 신문》을 읽고, 고전이나 전통 예능을 공부하기도 하고, 피부나 머리 손질도 게을리하지 않았어."

"가족은 당신이 휴학하고, 그……, 데이트로 생계를 꾸려나가는데도 눈치채지 못했어요?"

"음, 아버지가 눈치채고, 상경했을 때 한번은 타이르셨어. 학교
는 그만뒀지만, 요리 선생님을 목표로 다이칸야마의 요리학교에
다니면서 인생 공부를 하고 있다고 했더니, 이해해주셨지. 연상인
사람들과 데이트는 하지만, 어디까지나 사회 공부로 손 한번 잡지
않는다고 그랬지. 여자는 싸게 굴면 안 된다, 손이 닿지 않는 마돈
나로, 수수께끼 같은 존재로 있어라, 그게 아버지가 입버릇처럼 하
던 말이었으니까. 나 생활비는 계속 받고 있었어. 아버지는 자주
상경해서 내 공부에 도움이 되라고 맛집을 같이 다녀주었지. 안나
도 이리로 온 뒤로는 같이 살았고. 그애는 아직 어려서 내가 하는
일을 잘 몰랐던 것 같아. 그러나 엄마 없이 세 식구가 단란하게 지
내면 정말로 즐거워서, 도쿄 생활이야말로 내게는 진짜라고 생각
했어."

가지이는 이십대 초반 시절의 얘기를 하고 있으면 아주 생기가
돌았다. 리카나 레이코가 갓 사회인 생활을 시작했을 때보다 훨씬
충실하게 생활했다. 이건 인정할 수밖에 없다. 저 무렵은 일을 배
우는 데 필사적이어서 사생활 따위는 없는 거나 다름없었다.

"확실히 당신한테 어울리는 생활인 것 같네요. 그럼 어째서 결
혼을 꿈꾸고 결혼 상대 찾으려고 했나요? 필요 없는 것 같은데. 당
신 인생에서는."

느긋이 뺨을 부드럽게 밀어올리더니 가지이는 고개를 갸웃거
렸다.

"딸을 가진 엄마가 되고 싶었어."

"퐁파두르 부인은 끝내 엄마가 되지 못했죠……. 아마 몸이 약하고 유산을 경험해서……."

생각이 잘 정리되지 않아, 리카는 질문을 바꿔보았다.

"여자가 싫은데 딸의 엄마가 되고 싶다? 말이 되나요?"

"어머나, 안나는 아주 좋아해. 가족은 다르지. 난 원래 모성이 강한 편이니까."

"살롱 드 미유코 동료들도 예외인가요?"

리카는 말을 끊었다. 가지이가 허를 찔린 듯이 이쪽을 바라보았다. 둘러댈 생각은 잊고, 가지이는 여기 없는 그녀들과 마주하고 있었다.

리카는 무릎에 올려둔 메모에 시선을 떨어뜨렸다. 들으면 들을수록 느낀다. 정반대의 색과 향이 식재료를 돋보이게 하듯이 가지이의 주장이 극단적이고 격렬할수록 더욱더 외로움이 배어난다는 것을.

성게알 뵈르블랑소스는 비니거의 신맛에 한층 더 매끄러움이 돋보이게 했다. 따뜻한 성게알이 혀 위에서 뭉개지며 바다 향이 나는 크림으로 변신하면, 같은 농도의 달걀노른자 맛이 선명히 남는 블랑에 서로 녹아든다. '뵈르'는 프랑스어로 버터라는 뜻임을 그날 밤 리카는 처음 알았다.

두번째 수업 때는 실수하거나 잘 못해도 부끄러워하지 않게 되었다. 마담의 지휘에 따라 모두 힘을 모으면 반드시 풀코스는 완성된다. 무언가를 배우고, 이 자리를 즐기는 것이 훨씬 중요하다는 걸 알았다.

"저기, 잠깐 얘기할 수 있어요? 이따가 차라도."

식사와 강의가 끝나고, 앞치마를 접어서 끈으로 둘둘 말고 있는데, 치즈 씨가 말을 걸어왔다.

"이노 씨도 어때요? 시간 있어요?"

치즈 씨는 리카의 어깨너머를 쓱 보았지만, 레이코는 뭔가 눈치챘는지 이내 부드럽게 웃으며 거절하고, 하나로 묶은 머리를 흔들며 빠른 걸음으로 교실을 뒤로했다.

같이 맨션을 나오자, 치즈 씨가 자신처럼 야무지게 껴입은 데다 트렌치코트까지 걸쳐서, 서로 흘끗흘끗 비교해보다가는 웃음을 터트렸다. 그녀가 이끄는 대로 롯폰기힐즈 한 모퉁이의 츠타야 안에 있는 스타벅스로 들어갔다. 입구 가까운 자리에 두 사람은 마주 앉았다.

아직 바깥 기운이 냉랭한데 테라스석에서 차가운 프라프치노를 마시는 손님이 몇 명 있어서 시선을 끌었다. 모두 백인이다. 방금 전 디저트인 크레이프 슈제트에 맞추어 커피를 마신 터라 두 사람은 따뜻한 홍차와 차이티를 주문했다.

"요전에 깜짝 놀랐죠? 히토미 씨가 갑자기 상태가 안 좋아져서 ……."

치즈 씨는 느닷없이 그 말을 꺼냈다. 리카는 보람을 느끼고, 허리를 폈다. 이렇게 되기를 기대하여, 오늘 수업에서는 일부러 그녀와 말을 더 주고받으며 히토미 씨의 상태를 걱정하는 척했다.

"뭐 감춰봐야 소용없으니 말할게요. 꽃뱀 살인 사건의 가지이 마나코 알죠? 아, 어렴풋이 알아차렸으려나? 그러네요. 언론에서 일하는 시게모리 씨 소개니까."

몇 번이나 연습했던 대로 리카는 앗 하고 눈을 동그랗게 떴다. 그러고 보니 짐작 가는 데가 몇 있었다고 말하듯이 시선을 굴리다 조그맣게 끄덕여 보였다.

"우리에 관해 검색해보면 인터넷에 얼굴 사진이 돌고 있어요. 가지이의 콤플렉스를 자극하여 살인마가 되도록 몰아넣은 역겨운 부자들 무리네, 남편을 현금지급기로만 생각하는 한가한 여편네들 모임이네. 전부 틀렸지만, 히토미 씨, 그걸 본 거예요. 원래 섬세한 사람이어서 곧이곧대로 받아들이고, 단번에 심신이 망가져버렸어요. 가지이 씨와 같이 요리한 일도 트라우마였던 것 같고. 요리교실에서 그 화제는 금기예요. 이노 씨한테도 넌지시 전해줄래요. 아, 미안해요, 나, 말이 너무 많았나봐."

"아니에요. 주위에 좀처럼 얘기하기 어려운 화제이니 저라도 괜찮으시다면……. 게다가 이런 말을 하면 실례일지도 모르지만, 흥미로워요."

"그죠, 나였어도 당사자가 아니라면 여러 가지 찾아보며 재미있어했을지도 몰라요. 게다가 말이죠, 나, 업무상 비판받고 야유받는데 비교적 익숙해서 둔하다고 할까, 나름대로 객관적으로 보는 면도 있고……. 이런, 미나미 씨와 얘기하다보니 자꾸 하고 싶은 말이 생기네. 역시 어디서 만난 것 같은 느낌이 든다니까요."

리카는 모호하게 웃었다. 그녀가 품고 있는 것과 같은 확신이 점점 강해졌다. 아마 취재 대상의 비서나 측근이어서 만난 게 아닐까. 더 이상 캐묻지 않는 데에서 품위가 느껴졌다.

"당신이 만들고 싶어한 뵈프 부르기뇽은 가지이가 아주 좋아해서 열심히 배웠어요. 법정에서도 말했죠. 피해자에게 만들어줬다고. 그 탓에 우리한테 취재가 밀려들었어요. 아, 우리래. 어느새 보니 내가 언론의 창구가 되어 있더군요. 정말 한심해요. 여성지에선 '그렇게 못생겨도 그 많은 남자를 무너뜨리다니, 꼭 만드는 법 가르쳐주세요. 세상의 혼활 여성을 구해주세요'라고 하지 않나. 요리교실이란 것만으로 멋대로 신부수업이네, 인기를 얻기 위해 다니는 곳이네, 생각하는 세상의 온갖 편견에 완전히 질렸어요. 모든 걸 엉망진창으로 만든 기분 나쁜 사건이지만, 덕분에 우리의 결속이 더 강해진 것도 뭐 사실이죠."

그래서 수업 분위기가 여학교처럼 활기찬지도 모르겠다.

"요리교실을 다시 연 것은 모두에게 재활이기도 하고, 치료요법이기도 해요. 이렇게 신규 학생이 들어와서 드디어 평상시로 돌아가고 있잖아요. 미나미 씨와 이노 씨 덕분에 분위기도 돌아왔을지 몰라요. 머잖아 또 가게에서 수업을 할 수 있게 되겠죠. 마담의 자태도 좋지만, 역시 진짜 주방은 화력이든 뭐든 전혀 달라요."

"이런 말 물어도 될까요. 어떤 사람이었어요?"

"잊을 수가 없어요. 굉장히 이상한 사람이었으니. 반년 조금 더
……, 전부 15회 정도 다녔나. 그 사건이 아니라도 처음부터 자잘
하게 말썽을 일으켰어요. 잘은 모르지만 그 레스토랑 단골인 어느
사장의 소개인가로 왔거든요. 지금 생각하면 애인이었나봐요. 첫
수업이었나. 요리를 완성하고 한입 먹더니 갑자기 울더라고요. 깜
짝 놀랐어요. 맛있어서, 부드러운 맛이 나서 눈물이 멈추질 않는
다나 뭐라나. 누가 봐도 가짜 눈물이었는데 말이죠. 뭐랄까, 정말
로 자의식 과잉인 중학생 같았어요."

치즈 씨는 마시던 홍차를 바라보며 가게 앞에 있는 책방으로
시선을 보냈다.

"우리 출신지며 출신교며 옷이며 가방을 어디서 샀는지 끈질기
게 물어요. 기혼인지 아닌지. 남편 직업은 뭔지. 애인이 있다면 그
사람과 결혼을 생각하는지 아닌지. 대단하지 않아요? 아직 친하
지도 않은데."

리카는 어렴풋이 눈치챘다. 여자끼리 공유하는 음습함이 질색
이라고 입버릇처럼 말하지만, 누구보다 음습하고 무거운 세계를
가슴에 담아둔 쪽은 가지이 자신이다. 일대일 관계에서 자신이 우
위를 점하면 초연하지만, 일단 여자들 집단에 들어가면 자기 위치
를 잡으려고 우왕좌왕하는 약한 모습을 쉽게 떠올릴 수 있었다.
삼미신 동상이나 암소를 비굴한 듯이 바라보던 소녀의 이미지가
겹쳐졌다. 문득 느낀 적 없는 무언가가 허리쯤에서 올라왔다. 리
카는 당황했다. 애처로움 같은 것, 연민, 동정? 아니다, 그냥 불쾌

한 우월감이다⋯⋯, 하고 리카는 애써 이해하려고 했다.

"뭐랄까, 굉장히 피곤했고 당황했어요. 나, 바깥세상의 편견에
지쳐 이 교실에서 숨을 돌리고 싶었는데, 또 그런 게 들어와서."

"그런 거라면?"

"뭐랄까, 여자에게 순위를 매기는 잣대랄까요. 우리 수업이 이
만큼 주목받은 것도 여자끼리는 서로 비교하는 생물이라고 단정
했기 때문이라고 생각해요. 하지만 그런 건 남자의 잣대로 여자를
서열화하려고 하니 일어나는 일 아닌가요? 가지이 씨는 여자라
기보다 남자였어요. 아, 표현이 나쁜가. 남자랄까, 사회의 강자 편.
하지만 어쩔 수 없죠. 돈으로 젊은 여자를 사는 영감하고만 사귀
다 보면 누구라도 그렇게 될 거라고 생각해요. 실제로 나도 그렇게
될 뻔한 적 있고."

이쪽의 시선을 느꼈는지 치즈 씨는 손을 흔들며 자지러지게 웃
었다.

"아, 아뇨, 아뇨. 애인이나 그런 의미가 아니고요! 우리 직장에
는 그런 영감들하고 영감 예비군들만 있어요. 또래 여성은 전혀
없고, 결혼과 육아를 같이 할 수 없어서 귀여워해주던 선배들은
다 그만두고. 어느새 주위를 둘러 보니 나 혼자뿐이더군요. 뭔가
감각이 마비되어, 노친네들의 불쾌한 느낌에 몇 번이나 물들 뻔
했어요. 즐거워 보이는 여자 집단이 세상 물정 모르는 것처럼 보
여서 거슬리기도 하고, 전업주부인 여동생이 평소에는 친한데 너
무나 고생을 모르는 아이로 느껴져서 갑자기 짜증이 나기도 하고.

그러던 시기에 접대로 마담의 레스토랑에 갔어요. 나, 그때까지는 식사에 흥미가 없는 편이었지만, 먹는 일이 즐겁다고 생각했어요. 맛있는 것은 물론 분위기도 좋아서요. 아주 편안했어요. 나를 맞아준 마담과 얘기하다가 요리교실을 하고 있다 해서, 당장 신청했죠. 생각해보니 난 감자도 못 깎았는데."

"나도 마찬가지예요. 시게모리 씨 댁에서 요리교실에서 배운 요리를 먹고 감동해서. 어느새 떼를 써서 신청을 했더라고요."

말을 하고 보니 진짜 같은 기분이 들어서 리카는 당황했다. 거짓말을 했다는 자각이 별로 없다. 가지이의 습관이 옮은 것 같다. 잡지에서밖에 본 적 없는 시게모리라는 삼십대 후반 푸드라이터의 목소리나 분위기뿐만 아니라, 자택까지 또렷이 떠올릴 수 있었다. 꺼내놓은 노트북, 요리는 좋아하지만 좀처럼 시간 내서 만들지 못한다, 그러나 진기한 향신료나 오일을 발견하면 사서 주방 진열장에 진열해놓는다. 큰마음 먹고 진열해놓았는데, 유통기한이 지나버리는 일도 종종. 부랴부랴 쓰느라 향신료가 너무 많이 들어간 매운 파스타를 만들어, 얼굴을 찡그리면서 와인으로 밀어넘기는 밤도 있다. 그런 자신과 같이 있는 그녀가 요리교실 동료를 예사로 동업자에게 파는 것을 어떻게 생각하고 있을지, 지금은 되도록 생각하지 않기로 했다.

"그래요? 그럴 것 같더라. 뭔가 미나미 씨는 나랑 비슷한 느낌이 들었어요. 요리는 못 하지만 맛있는 걸 좋아하고. 그런 취향은 아니지만, 여자의 폭신폭신하고 보드라운 분위기나 귀여운 것 보기를 좋아하고. 그리고 실패할 일이 없는 간단한 힘쓰기 작업으로 이내 도망치려고 하는 점도."

거짓이 아닌 미소가 쏟아지고, 리카는 굳어진 몸이 풀리는 걸 느꼈다. 죄책감에서 오는 진한 쓴맛조차 악센트가 되어 입에 닿는 느낌이 기분 좋을 정도로.

"가지이 씨한테서 결혼지상주의 같은 느낌이 풍겨서, 혹은 수준 차이가 나서, 정체를 알 수 없어서, 굼떠서 우리가 마음을 열고 친하게 지내지 못했던 건 아니라고 생각해요."

"그것도 너무 잘 알 것 같아요."

"밖에서 그런 잣대를 가져와서 느닷없이 들이대니 뭔가 지치더라고요. 우리는 평소에는 뭐하는지도 모르는 사이로, 함께 요리를 하며 즐겼거든요. 지금도 그래요. 뭔가 말이죠, 배를 만들어서 먼 바다에 띄우는 것과 비슷해요. 힘을 합쳐 먹고 싶은 것을 만들어서 그저 먹는 거죠. 안전망이에요, 그 요리교실은. 일에 지쳐서 가족도 제대로 만나지 못하지만, 이 요리교실에 다닐 수 있도록 꼭 시간을 내고, 일찍 퇴근해요. 밥 해 먹는 것도 옛날보다 덜 귀찮아 졌어요. 채소와 고기를 의식적으로 섭취하고요. 이렇게 그럭저럭 이겨나갔죠."

오븐이 열렸을 때 터지는 환성. 마담이 의기양양하게 냄비 뚜껑을 들어올릴 때, 김 너머로 웃는 얼굴. 리카가 성게알 다듬느라 애를 먹자, 넌지시 손을 빌려주던 히토미 씨의 포슬포슬한 갈색 잔머리. 그런 모습이 되살아나, 리카는 깊이 고개를 끄덕였다.

"필요하죠. 그런 장소. 누구에게나……. 안전망이 없는 생활은 고되고, 막다른 곳에 이르기 쉬워요, 그죠."

"직업이나 나이, 결혼 여부, 아이가 있는가 없는가, 그런 건 우리 전혀 몰라요. 직장은 고사하고 이름도, 정말로 성을 뺀 이름밖에 몰랐어요. 인터넷에서 말하는 마운팅* 따위 전혀 없었어요."

리카는 끄덕였다. 아직 두 번밖에 다니지 않았지만, 학생들이 요리뿐만 아니라, 분위기에 반해서 다닌다는 것은 말로 표현하지 않아도 알았다.

"아는 것은 각자 좋아하는 식재료와 싫어하는 식재료, 나페 napper**가 가능한가, 프랑스에 치즈 여행을 가보았는가, 어느 백화점 지하 매장을 좋아하는가, 식탁을 꾸밀 때 참고하는 영화는 무엇인가. 그런 게 우리한테는 무엇보다 소중한 프로필이에요."

그런 단편에야말로 각자의 혼이 담겨 있지 않을까. 지금까지 자신은 그런 요소들을 너무 소홀히 해왔다.

"잘 알겠습니다. 음……. 그렇지만 가지이 씨는 그러지 않았군요……."

"발자크'도 그렇지만, 마담의 가르침은 기초를 제대로 공부했다면, 그걸 무너뜨려도 무방하고 새로운 것이나 좋아하는 것을 접

---

* 일본에서 유행했던, 다른 여성들과 비교하며 자신이 더 우월함을 어필하는 행위.
** 요리에 크림 등을 바르는 것.

목해도 된다는 방식이에요. 그곳에서 독창성이 태어난다, 라고 하죠. 그런 자유로움이 편해서 나는 요리교실을 좋아하지만, 가지이 씨는 고전이나 정통적인 것에 집착했어요. 조금이라도 규칙을 무너뜨리거나 새로운 것을 추가하면 불안해지는 것 같았어요."

"그 사람, 브랜드에 너무 집착하는 것 같더군요. 그 점과는 관계없을까요."

"맞아요, 맞아. 본 적도 없는 식재료나 참신한 조합은 아주 싫어했어요. 아, 그런 것만 신경썼어요. 남자는 이런 맛 좋아할까요? 남자는 싫어하지 않을까요? 하고 몇 번이나 묻더라고요. 진지한 얼굴로."

리카는 되도록 태연함을 가장했다. 오금이 저리는 것은 선 채로 작업한 탓만은 아니다. 가지이의 음식에 대한 에고를 그대로 드러낸 탐욕스러운 자세는 선천적인 것이라고만 생각했다. 그렇지 않았다. 이 요리교실에 오기까지 가지이에게 손이 많이 가는 요리는 어디까지나 제삼자를 위한 노동이었다. 그러고 보니 리카가 그녀에게 빠진 계기가 된, 버터간장밥도 파스타도 지극히 간단한 것이고, 라면도 버터 크림 케이크도 철판구이도 전부 외식이었다.

"남자 친구나 남편을 기쁘게 하려고 요리를 배우는 건 아니야, 라고 내가 말했죠. 마담도 그게 나쁘다는 말이 아니라, 그런 걸 가르치는 요리교실은 다른 데도 있으니까, 이 분위기가 맞지 않으면 그쪽으로 가라고 부드럽게 타일렀고요."

"가지이 씨는 뭐라고 했어요?"

"깜짝 놀란 얼굴이었어요. 요리란 자신을 위해 만들어도 되는 거군요, 그랬어요. 자신을 위해 만든 적이 없어? 물었더니, 네, 그러대요. 동생이나 남자 친구와 함께 있을 때는 제대로 만들지만, 혼자 있을 때는 밥과 버터와 간장 혹은 달걀프라이밥, 명란젓 파스타, 그런 간단한 것밖에, 라고 시무룩하게 말하더군요. 아무렇게나 먹는 나한테는 그것도 훌륭한 요린데, 라고 했더니, 다들 웃어서 그때 가지이 씨도 처음으로 씨익 웃었어요."

가지이가 살롱 드 미유코에서 친구가 돼도 좋겠다고 생각한 사람은 이 치즈 씨가 아닐까.

"나, 왠지 맥이 풀리더라고요. 언제나 연극 같은 톤으로 점잖은 척해서 짜증나기도 했지만, 그때는 아이처럼 순수했어요. 좀 독특한 사람이지만, 비슷한 점도 있구나 생각했죠. 나도 그렇고 다른 사람들도. 이런저런 일에 지쳐서 외로운 건가 하고. 요리는 아주 잘했어요, 동작도 정중하고. 차림새도 청결하고, 식재료를 다루는 데 굉장히 사랑이 넘치고, 보면 기분이 좋을 때도 있었어요. 이해력도 빠르고 성실하고, 공부도 열심히 했죠. 배운 요리는 꼭 되풀이해서 만들어보고, 숙달하고 오는 사람은 그녀뿐이었는걸요. 가지이 씨를 안 좋아하는 사람도 있었지만, 모두 그 점만은 인정하지 않았을까요. 아무리 물에 기름처럼 떠 있어도 그만두라고 하지 못했죠."

신기했다. 치즈 씨는 가지이를 옛 동급생처럼 얘기하고 있다. 지극한 우정이 느껴지진 않지만, 악의도 전혀 풍기지 않았다.

"그 사람은 즐거운 것 같았어요, 아주. 뭔가 늘 들떠서 말이죠.

너무 흥분해서 이상해질 때도 있었고, 나를 너무 따라서 귀찮을 때도 있었지만. 지금 생각해보면 아마 외롭고, 대등한 동년배 친구들과 나누는 대화에 굶주려서 그랬던 것 같아요. 사람들은 모두 싫어했지만, 나는요, 이건 비밀이에요? 가끔이지만, 좀 귀여운 사람이구나 싶을 때도 있었어요. 지루했던 게 아닐까요. 왜냐면 생활을 위해 노인네들만 상대했잖아요? 직장도 다니지 않고. 진짜 지치죠, 24시간 내내 노인 병수발하는 거나 마찬가지니까."

"노인 병수발요……."

"아, 그러고 보니 이런 일이 있었어요. 가을이었는데요. 다음 수업은 특별 수업으로 모두가 만들고 싶은 요리를 만듭시다 하고 마담이 제안했죠. 중화요리든 이탈리아 요리든 일식이든 베트남 요리든. 그랬더니 누군가가 신청한 요리에 가지이 씨가 맹렬하게 반대했어요. 그런 건 살롱 드 미유코답지 않다고. 너무 프랑스 요리이미지가 없다나, 뭐라나. 그러나 다들 찬성해서, 지금 생각하면 우리도 어른스럽지 못했지만, 가지이 씨 의견을 별로 신경쓰지 않고 다수결로 그 요리를 만들기로 결정했어요. 그랬더니 가지이 씨가 갑자기 소리를 지르는 거예요. 알아듣지도 못할 비명을 질러대서 우리 깜짝 놀랐잖아요."

오싹해서 치즈 씨를 마주 보았다. 그녀는 주위를 둘러보며 목소리를 낮추었다.

"이 얘기, 경찰에도 하지 않았어요. 마담, 우리가 호기심 어린 눈으로 비치길 싫어해서. 가지이는 갑자기 주방으로 저벅저벅 가더니 불에 올려놓은 퐁드 보 소스 냄비를 쏟아버리더라고요. 바닥이 온통 갈색이 되고 김으로 가득찼죠. 그리고 내열용 유리 그릇을 바닥에 내동댕이쳐서 파편이 날아다니고, 엄청난 소리가 났어요. 다들 비명을 지르고 마담은 경찰을 부르려고 했어요. 그러나 벽에 걸린 전화기에 손을 뻗치는 걸 재빠르게 알아차리고 뒷문으로 도망쳐버렸어요. 아무도 쫓아가지 않았어요. 다들 묵묵히 청소를 했죠. 도무지 영문을 알 수 없는 일에 무섭고 지쳐서요. 그후로 그녀는 요리교실에 오지 않았어요. 그리고 얼마 지나서 뉴스를 보고 그 사건을 알았죠."

치즈 씨는 잠시 후, 손을 뒤집어서 손톱의 때를 보았다. 오늘 수업에서 새까맣게 되도록 구운 빨간 피망 껍질 벗기기 담당이어서, 손톱 사이에 꼈을지도 모른다.

"뭔가 말이 너무 많아졌네요. 깜짝 놀랐죠, 이런 깊은 내용. 뭔가 역시 닮았다는 느낌이 들어요. 나, 당신이랑."

"정말 그러네요. 직장 환경이나 사고방식이나. 저도 이해가 가요."

"……나도 저돌적으로 일만 하는 유형. 요리교실에 다닌 뒤로 겨우 버무리거나 재우는 걸 알게 됐어요."

치즈 씨는 부끄러운 듯이 웃었다. 자신도 그랬다. 마담의 요리교실에서 배운 것들을 응용하여, 자신의 맛을 구축하고 싶다. 레이코도 그러기를 원했다.

정통 요리도 새로운 요리도, 매운 것도 단 것도, 고급 재료도 제철 재료도, 부드러움도 단단함도, 강함도 섬세함도……. 정반대의 것이라도 자신이 좋다고 생각하면 받아들이고, 직감을 믿고 섞는다. 그거야말로 요리의 묘미이고 어쩌면 생활을 풍요롭게 하는 방법이지 않을까. 말하자면 감각이라든가 유연성이라든가 지성이라고 부를 수 있을지도 모른다. 기본에 충실하고 요리를 잘하는 가지이지만, 믹스만은 할 수 없었다. 빨강이나 하양, 오로지 극단적으로 달려나갔다. 그런 자신에게 피곤함과 절망감을 느낄 때도 있지 않았을까.

가지이는 살롱 드 미유코에서 나간 지 2개월 후에 체포됐다.

그녀가 요리교실을 다니기 시작한 뒤로 남자들이 잇따라 죽은 셈이다. "자신을 위해 요리를 하게 됐다." 요컨대 그들에게 쏟던 막대한 에너지를 자신에게 쏟은 탓에, 그녀의 보살핌을 갈망하던 남자들이 자포자기 생활을 하다 죽음의 길을 선택했다고 생각하면 이해가 간다.

"그런데 가지이 씨가 반대한 요리는 뭐였어요?"

"말하지 않았던가? 칠면조예요. 추수감사절까지 아직 날은 좀 남았지만요. 음, 프랑스에서도 물론 먹지만, 미국이나 영국 음식이란 이미지랄까? 이 주변에 대사관도 많고, 외국인 대상 슈퍼마켓이 많잖아요? 누군가 냉동 칠면조를 발견했나봐요. 그래서 요리를 해보고 싶다고 말을 꺼내서, 다들 분위기가 달아올랐던 거예요. 크리스마스나 추수감사절에 먹는 칠면조."

그녀는 황홀하게 창 너머 바깥 거리를 바라보았다. 여러 대의 고급 외제차 불빛이 띠가 되어 지나갔다. 오늘 밤은 공기가 부옇게 느껴졌다. 벚꽃이 만개할 철이 가까워진 탓인지도 모른다.

상상 속의 칠면조 통구이는 지직지직 소리를 내고 있다. 버터를 몇 번씩 칠해 황금색으로 고루 빛나고, 고소하고, 전체가 노르스름하다. 이 미지의 요리는 리카가 막연하게 안고 있던 이상의 일부와 딱 맞아떨어졌다.

몰라볼 정도로 요리를 잘하게 된 자신. 여유 있고 알찬 생활. 사람들이 모이는 따뜻한 우리 집……. 아니, 아니다. 스스로 만들어서 주위의 소중한 사람들에게 아낌없이 줄 수 있는 뭔가의 상징. 안전망 비슷한…….

아마 치즈 씨네도 그랬을 것이다. 그러나 가지이에게는 달랐을지도 모른다. 오히려 정반대의 무언가.

모호하긴 하지만, 리카는 손짓 몸짓으로 자신이 원하는 것의 윤곽을 만들 수 있을 것 같았다. 요즘 요리교실에 다닌 탓에 향이나 촉감이나 온도에 민감해진 걸까. 이거야말로 레이코가 말하는 "먹고 싶은 것을 그때그때 제 손으로 만드는 즐거움"인지도 모른다.

요령은 파악해가고 있다. 나머지는 아주 조금만 더……. 아주 조금만 더다.

귀갓길에 본 도쿄타워는 왠지 동물성 지방을 발라놓은 것처럼 번쩍거렸다. 흘러나오는 기름은 빛의 행렬이 되어, 봄밤을 밝혔다.

14

밤에는 서늘해서 아직 트렌치코트를 치울 수 없다. 그러나 얇은 니트를 입었는데도 살짝 땀이 배는 날씨였다.

166센티미터 59킬로그램. 취재를 시작하기 전보다 결국 10킬로그램이나 늘었다.

아무리 애써도 날씬하게 보이지 않아서, 그냥 입고 싶은 대로 입기로 했다. 세일해서 사긴 했지만, 어울리지 않아서 입어보지도 않았던 파란 사과셔벗 같은 색의 니트에 엄마한테 물려받은 브로치를 달았다. 여전히 수면 시간이 적은 데 비해 피부나 머리칼에 윤기가 난다. 충실한 식생활을 영위하기 때문일까.

창밖을 보던 야마무라 씨가 입을 열었다.

"이곳이 꽃놀이하기에 최적이에요. 근처 상점가에는 맛있는 음식점들도 있어서 사 오기만 하면 되니 바로 파티를 할 수 있죠."

눈앞까지 바싹 드리워진 만개한 벚나무 가지에서 꽃잎이 떨어져, 베란다 실외기에서 떨어진 물로 생긴 웅덩이에 뚜껑을 덮듯이 빈틈없이 쌓였다. 결국 예상보다 훨씬 늦게 꽃이 피어서, 3월 하순에 빼곡했던 업무상 꽃놀이는 하나같이 분위기를 타지 못하게 됐다.

한동안 서로 아무 말도 하지 않고 공원을 내려다보았다. 벚나무에 둘러싸여서 작은 돗자리에 꼬치구이와 도시락을 늘어놓고 꽃놀이를 하는 가족이 몇 팀 있었다.

지은 지 30년 된 3LDK짜리 낡은 건물. 바닥에 빈틈없이 깔린 정사각형 판자가 초등학교 음악실을 연상하게 했다. 도자이선역에서 도보로 15분이면 상당히 멀지만, 정년까지 다니지 않고 일을 그만두어도 문제없이 대출을 갚을 수 있는 액수다. 건물 어디선가 소스 타는 냄새가 떠돌았다. 야키소바일까. 막연했던 내 집 마련 계획이 갑작스럽게 현실감을 띠게 된 것은 눈앞의 야마무라 하토코 씨 힘이 컸다. 그녀가 꺼내준 얇은 슬리퍼로 갈아 신고, 아까부터 천천히 실내를 둘러보며 걷고 있다. 약 다섯 평 크기의 거실이 눈앞에 보이는 대면형 부엌이 있고, 좁지만 방이 세 개 있다.

기타무라에게 받은 피해자 가족의 정보를 바탕으로, 입구에 놓인 정수기에서 꿀렁꿀렁 하는 물소리가 크게 울리는 니시신주쿠의 키다리 빌딩 4층 부동산에 도착해서 그녀를 지명했다. 야마무라 씨가 좋은 물건을 친절히 소개해준다고 사람들에게 들었다, 여자 혼자 살 만한 되도록 방이 많은 물건을 찾는다고 젊은 남성 사원에게 말했더니, 안쪽에서 그녀가 얼굴을 내밀었다. 정수기의 온수에 연한 가루 녹차를 타주었다. 그후로 일하다 짬을 내어 나흘에 한 번 꼴로 계속 만나서 오늘로 벌써 세번째다.

본명을 대고 출판사에서 근무한다고 말했다. 언론 일을 하는 사람이라고 밝혀도 야마무라 씨는 딱히 수상해하는 모습을 보이지 않았다. 아마 리카의 마음이 정말로 이 집에 쏠려 있어 이런 언행이 연기가 아니었기 때문일 것이다.

목적을 잊지 않도록, 야마무라 씨의 옆얼굴을 훔쳐보면서 가지이 같은 여자에게 가족을 영원히 빼앗긴 마음을 상상해본다.

"바쁜 직업이실 텐데, 상당히 본격적으로 요리를 하시나보네요."

절대 빈말이 아닌, 정말로 감탄한 듯한 목소리에 리카는 정신이 들었다.

다이닝 키친에 들어가서 오븐 문을 열었다 닫았다를 반복했다. 거실에 서 있는 야마무라 씨는 이쪽을 물끄러미 바라보았다. 햇빛이 비치며 그녀의 입 주위에 희미하게 난 솜털이 빛에 떠올랐다.

"아뇨, 이제 배우기 시작했어요. 근데 이런 식으로 불이 나오는 오븐이 있으면 좋겠다고 생각했어요. 레인지도 되도록 3구짜리가 좋을 것 같고."

그녀와 마주하기만 해도 자신의 욕구가 드러나는 것 같아서 리카는 당황했다. 얼핏 무뚝뚝해 보이지만, 허튼소리 하지 않고 상대방 이야기에 귀를 기울여서 최대한 원하는 것을 파악하려는 야마무라 씨의 투철한 근무 태도에 리카도 경계심이 풀어지기 시작했는지 모른다.

"요리교실에 다니시나요. 그런 곳은……."

그렇게 말을 꺼내다 야마무라 씨는 이내, 아뇨, 아무것도 아닙니다, 하고 중얼거렸다. 리카가 재촉하자, 조심스러운 듯이 조그맣게 말했다.

"가정적이고 여유 있는 여성들이 다니겠죠."

비굴하진 않지만, 일종의 체념이 배어 있는 말투였다. 가지이를 떠올린 걸까. 리카는 자신도 모르게 수습하듯이 말했다.

"저는 전혀 가정적이지 않아요. 그냥 먹는 것을 좋아할 뿐. 굳이 말하자면 저 자신을 위해서 요리하길 좋아해요."

야마무라 씨는 왠지 변명하듯이 말투가 빨라졌다.

"전 요리를 하지 않아요. 할 줄 몰라요. 특히 엄마가 세상을 떠난 뒤로는 거의 하지 않았어요. 엄마도 별로 요리를 잘하지 못했고. 그래서 오븐 사용하는 사람을 보면, 우와! 하는 느낌에 괜히 주눅이 들어요."

이렇게 사적인 얘기를 하는데, 별로 표정 변화가 없다. 피부는 거칠었지만, 검은 머리는 매끄럽고 촉촉해 보였다. 미간이 좁고 큰 코와 입술 사이의 인중이 짧다. 정리하지 않은 굵은 눈썹이 눈두덩을 어둡게 했다.

어느 사진에나 입술을 삐죽 내밀고 있어서 토라져 보이는 동안의 피해자와는 별로 닮지 않았다. 야마무라 씨의 어머니는 남동생을 상당히 과보호했다고 들었지만, 그녀와는 어땠을까. 어릴 때부터 야무졌던 누나는 자기 일은 스스로 하는 것을 당연시해서 응석 부리는 걸 허락하지 않았을지 모른다. 리카는 화제를 바꾸기로 했다.

"좁아도 괜찮으니 방 개수가 이 정도는 되었으면 좋겠어요. 할 아버지가 돌아가시면 엄마가 저하고 살고 싶어 할지도 모르고. 그리고 가케코미데라*처럼 주위 사람들도 이용하는 게 희망사항이어서요."

"가케코미데라요?"

"네, 남자고 여자고 외로움 타는 친구들이 많아서요. 죄송해요. 요구가 까다로워서. 그렇지만 제가 집을 갖고 싶은 이유는 그거예요."

리카는 시노이 씨를 친구라고 부르는 자신에게 놀랐다. 그래도 친구라는 말이 지금은 가장 와닿는다. 최근에는 기삿거리 받는 일을 전혀 하지 않는다. 전부 기타무라가 물려받았다.

"제가 그들에게 의지할 때도 있을 테니, 능력 있을 때 도와주고 싶을 뿐이에요. 이혼한 아버지가 자택에서 혼자 죽어 있는 것을 중학생 때 보았거든요. 아무래도 저도 혼자 죽을 것 같은 느낌이 들어서."

• 에도시대에 불행한 결혼생활로 도망 나온 여자를 안전하게 숨겨주는 특권을 가졌던 여승이 사는 절.

"그러셨군요, 혼자 돌아가시다니······."

야마무라 씨는 중얼거리다, 입을 닫았다. 그 사건 탓에 자신의 경력을 내려놓은 터다.

나는 슈메이샤에서 계속 일할 수 있을까······. 가지이 기사 연재 덕분에 데스크로 나아가는 길이 희미하게 보이기 시작했다. 그러나 사십대, 오십대, 그 자리를 계속 지킬 만한 체력과 기력이 될까 생각하면 자신이 없고, 대출 상환 전망도 불투명해진다. 이번 연재가 끝나면 일단 서른세 살의 자신은 무엇을 할 수 있을지 다시 잘 되짚어볼 필요가 있다.

"저도 마치다 씨 나이 때, 그런 생각을 했을지도 모르겠네요."

야마무라 씨는 갸름한 얼굴을 살짝 갸웃거렸다. 딱딱한 인상으로 좀처럼 웃는 얼굴을 보이지 않는다. 옆에서 본 매부리코에는 항상 지워지지 않는 의심이 서려 있다. 그런데 만남을 거듭할수록 아주 조금씩 다른 색조가 눈에 띄기 시작했다. 개수대를 설명할 때 의기양양하게 눈을 반짝이기도 하고, 사소한 문제점이 있으면 듬직한 표정으로 집주인에게 따진다. 지금 그녀의 시선 끝에는 공원에서 놀고 있는 어린 남매가 있다.

"저는 지금도, 앞으로도 줄곧 혼자 살 거랍니다. 마흔 전후에 내집을 마련해두길 잘했어요. 망설일 시간에 다른 일, 좋아하는 일을 할 수 있게 됐으니까요."

건조한 어조였지만, 자신의 이야기를 이만큼 한 것은 처음이다. 사실은 취재임을 고백하고, 그냥 가버리는 것이 최선이다.

"마치다 씨, 알겠어요."

야마무라 씨의 표정에 변화는 없지만, 눈 속에 빛이 반짝거렸다.

"완전 폐쇄된 공간이 아니라 출입 자유, 손님 맞춤, 사람이 모이길 기다리는 집이라기보다 누구에게나 교차로 같은 집을 희망한다는 말이군요. 이를테면 정자 같은 집."

창으로 바람이 들어왔다. 방충망에 내려앉은 꽃잎 몇 장이 한동안 가녀리게 떨다가 이윽고 팔랑팔랑 아래로 떨어졌다.

"그렇게 생각해도 좋겠네요."

리카가 중얼거리자, 야마무라 씨는 민첩하게 섀시를 닫기 시작했다.

"원래 집이란 게 지붕이 있고 비바람만 피하는 장소이기만 하면 되니까요. 사는 사람이 자유롭게 이용하는 방법을 정하면 되죠. 규칙에 얽매이면 오히려 만족스러운 물건을 찾을 수 없게 돼요. 저도 좀 생각해볼게요. 전용 면적은 같아도 햇볕의 양이나 구조만으로도 인상이 많이 달라지니까요."

요리교실도 집 찾기도 취재에 지나지 않는다. 그런데 어느샌가 리카의 생활에 깊숙이 침투하게 되었다. 밀가루와 다진 버터를 반죽한 파이 생지를 몇 번 치대는 동안 어느새 버터 알갱이가 보이지 않게 되는 것과 비슷하달까.

"오랜만에 매진이네."

출근하자마자 데스크가 흥분해서 콧등과 귓불이 빨개진 채 말했다.

가지이 마나코 인터뷰 기사를 권두로 실은 호는 대박이었다. 투고나 메일이 쏟아져 들어온다고 한다. 발매 전부터 인터넷에서 화제가 된 탓에 평소에는 《주간 슈메이》를 사지 않는 이십대 여성층에도 퍼졌다고 한다.

6회 연재 중 제1회는 가지이 마나코의 니가타 생활에 초점을 맞추었다.

가지이는 좀처럼 안나를 노린 남자와의 접점을 인정하지 않았지만, 리카가 그가 자살한 사실을 언급하자, 무슨 생각이 떠올랐는지 순간 얌전해졌다. "그 사람을 내가 지켰다. 어머니처럼 음식을 챙겨주고 감싸주고 도왔다. 우리는 비슷한 처지로 우리 둘밖에 없었다. 육체관계는 있었다고도, 또 없었다고도 할 수 있다"라고, 언제나처럼 도취한 모습으로 에둘러 사실을 인정했다. 그를 도쿄에서 온 영업사원이자 애인으로 변경하여 공술한 것에 관해서는 "그가 하는 말은 모호해서 꿈과 현실이 뒤죽박죽이었다. 아직 아무것도 모르는 소녀인 내게는 그래도 세련된 어른으로 보였다"라고, 거봉 같은 눈동자로 이쪽을 보며 단호히 말했다.

리카는 아르바이트생이 출력해온 독자 메일 일부를 읽었다.

"대체 세상 사람들은 어째서 이렇게 가지이 마나코에게 흥미가 많은 걸까요?"

어느새 옆에 앉은 기타무라가 고개를 좌우로 저으며, 눈가를 비볐다. 언제나 단정한 그답지 않게 큰 눈곱이 붙어 있고, 머리는 까치집을 지었다. 시노이 씨한테 얻은 정보 덕분에 같은 호에서 그도 특종을 냈다. 모 이자카야 체인점이 경영하는 요양 시설의 불법 투기는 가지이의 독점 인터뷰 다음가는 주력 기사였다.

"다들 칼로리 높은 것에 굶주린 거야. 아무래도 씹는 맛이나 과잉에 반응하게 되지."

기타무라는 납득이 안 간다는 표정이었다. 설명해도 모르겠지, 리카는 무시해버리고 다시 투고를 읽었다.

자신이 한 일이 이만큼 큰 반향을 일으킨 적이 없다. 그러나 리카는 이를 지극히 당연하게 받아들이고, 당연히 쏟아질 거라고 예상했던 비판도 다 읽었다.

자만이 아니라, 이런 반응이 가지이라는 취재 대상에 대한 재미 때문만은 아니라는 생각이 든다. 아마 시간을 들여서 납득이 갈 때까지 끈덕지게 버텨준 덕이지 않을까. 설령 허세라고 해도, 이런 취재 방식을 계속 자신의 스타일로 자리매김하고 싶다. 이 직장에서 앞으로도 그게 가능할까.

아르바이트생이 편집장 호출을 전했다. 그가 기다리는 유리벽이 둘린 방으로 갔더니, 리카를 보자마자 칭찬과 격려도 없이 다짜고짜 말했다.

"연재 횟수 늘릴 수 없나?"

"가지이의 말에 물타기하기는 싫습니다. 예정대로 6회로 끝내겠습니다."

딱 잘라서 말하자, 편집장은 뭐지, 하는 식으로 연한 눈썹을 치켜뗬다.

이런 식으로 상사의 명령을 내친 것은 처음이었다.

"대단해, 미나미 씨, 여기서 배운 것, 전부 집에서 연습해 오는 거야?"

올랑데즈소스를 끊임없이 저으면서 치즈 씨가 빨개진 얼굴로 물었다. 마담이 시키는 대로 '찰기가 생기게' '입자가 고운 거품이 나도록'에는 이르지 못했는지, 아까부터 찰방거리는 노란색 액체 방울만 날리고 있다.

"그렇게 잘하진 못하지만, 못해도 바로 다음으로 넘어가버려 요."

리카는 화이트 아스파라거스 뿌리의 단단한 부위를 제거하면서 대답했다. 오븐의 닭고기가 서서히 맛있는 냄새를 풍겼다.

가지이 마나코와 뭐든 똑같이 하고 싶었다. 지난 2주 동안, 두 차례 수업에서 배운 네 가지 메뉴를 전부 만들었다. 대체로 사흘에 한 번은 일찌감치 시노이 씨 집에 가서 한 가지씩 도전한 셈이다. 마담에게 배운 그대로, 응용하지 않고, 충실히 재현하려고 애썼다. 요리교실에서 받은 레시피는 전부 6인분짜리. 매일 밤 누군가가 오는 시노이 씨네 집에서 내놓으면 깨끗이 해결할 양이다. 그렇긴 하지만, 제일 처음에 만든 양고기 오렌지구이는 덜 구워졌고, 수프 드 푸아송은 완성된 양이 너무 적었고, 크레이프 슈제트는 너덜너덜 찢어졌다. 그러나 실패해도 포기하지 않고, 낙담하지 않고, 잇따라 도전했다. 어젯밤 만든 성게알 뵈르블랑소스는 식탁에 가져가자마자 한번도 들은 적 없는 환성이 터졌을 정도다. 교실에서 먹은 것 중에 가장 마음에 든 요리여서 성공했을 것이다. 의욕 충만하여 앞치마도 새로 맞추었다.

다들 저마다 한마디씩 했다.

"훌륭하네. 난 기껏 배워놓고 집에 가서는 아무것도 안 하는데."

"일부 기술이나 지식은 습득했고, 한 가지 정도라면 만든 적 있지만, 전부는 아무래도."

"남편이랑 아이한테 프랑스 요리를 만들어줘봐야, 그죠?"

아키 씨의 말에 다들 쿡쿡 부끄러운 듯이 웃었다.

"언젠가! 언젠가 때가 온다면 하겠습니다! 나, 아직 실력 발휘를 하지 않았을 뿐."

치즈 씨가 비명 같은 소리를 지르고, 간신히 거품기 든 손을 멈추더니 힘이 다한 듯이 탁자에 기댔다. 까르르 웃음이 터졌다. 마담이 맙소사 하는 투로 미소를 짓고, 끓는 물에 풍만한 여자의 맨살을 연상하게 하는 화이트 아스파라거스를 넣었다.

"여러분, 미나미 씨를 본받아요. 바로 연습하면 빨리 익힐 수 있어요. 아스파라거스는 향이 생명이니 너무 데치지 않도록 주의해주세요."

리카는, 분투하느라 붉게 물든 옆 사람의 귀에 슬며시 속삭였다.

"지기, 치즈 씨, 요전에 얘기 말인데요, 그때……, 칠면조는 어떤 레시피로 만들려고 했는지 생각나세요? 프랑스 요리 책에는 나오지 않아서."

그녀는 땀이 나서 목에 붙은 머리카락을 털려고 했는지, 머리를 거칠게 좌우로 흔들고는 자신없이 대답했다.

"선생님은 기억할 텐데."

이번에는 머랭 거품내기를 도와주고 있는 마담을 훔쳐보았다. 수업이 끝나고 학생들이 돌아갈 준비 하기를 기다렸다가, 슬며시 물어보았다. 칠면조라는 말을 꺼내자마자 마담은 움찔하며 가는 어깨를 들어올리더니, 잠시 시선이 흔들렸다. 아마 그날 일을 떠올렸을 것이다.

"남편 직장 때문에 미국에서 오래 산 대학 동창이 있어요. 그 나라 요리를 가족 입맛에 맞게 응용하기도 하고, 지금보다 식재료를 구하기 어려운 시절이라 현지 식재료로 일식을 만들기도 하며 고군분투했나봐요. 그녀한테 배운 추수감사절 레시피를 참고하려고 했어요. 뭐, 나도 한 번밖에 만든 적은 없지만요. 노트가 있어서 모두에게 보여주었죠. 아마 그때……."

마담은 가지이의 기행이 떠올랐는지, 약간 표정이 어두워졌다. 그녀가 수상쩍어하기 전에, 리카는 얼른 말했다.

"죄송하지만, 그거, 메모 좀 할 수 없을까요?"

"좋아요. 괜찮다면 노트째 빌려줄게요. 너무 길어서 베끼기 힘들 거예요. 아무때나 돌려주면 돼요."

사양할 틈도 없이 마담은 붙박이 책장으로 갔다. 바로 꺼내준 대학 노트에는 여기저기에 갈색 기름 얼룩이 튀었다. 조림과 중화

요리 등 잡지 레시피를 오려 스크랩해두었고, 요령 같은 것도 날림 글씨로 써놓았다. 마담이 아주 자연스럽게 자신의 핵심이 되는 것을 꺼내와서 리카의 양심은 죄책감으로 발톱을 세웠다.

처음에 레이코가 한 말이 생각났다. 요리를 좋아하는 여자에게 특기인 메뉴의 레시피를 묻는 것은 급소를 찌르는 것과 같다. 요컨대 자신은 줄곧 금기시되는 방법을 사용하고 있다.

이러다 벌 받겠지 생각하면서, 노트를 가방에 밀어넣었다.

취재를 위해서라도 만들어볼까 생각했지만, 이내 포기했다.

마담의 노트에 따르면 약 5킬로그램의 칠면조는 해동하는 데만 사흘이 걸린다. 전날 밑준비를 하고, 당일은 세 시간에 걸쳐서 지켜보며 굽고, 다음 날은 남은 뼈를 우려서 수프를 만들고, 남은 고기로 샌드위치나 그라탱을 만든다. 닷새에 걸친 대장정은 아무리 생각해도 일과 병행할 수 없을 것 같았다.

깨끗하게 비운 칠면조 배에는 모래주머니, 심장, 간, 목 부위가 들어가는 것 같다. 내가 죽어서 내용물은 다 발라내고, 손질된 내장과 목으로 채워진다면……. 문득 그런 상상을 해서 식욕을 잃었지만, 내장, 밤, 잣, 찹쌀이 들어가는 속에 무심코 침이 넘어갔다. 목 부위를 우려내서 만드는 그레이비소스는 번역 소설에서 자주 보던 거라 가슴이 설렜다.

오늘 밤 시노이 씨 집에는 평소와 달리 사람이 다 나가고 없었다. 리카는 노트를 덮고 주방으로 향했다. 냉장고에서 달걀, 버터,

야채실에서 화이트 아스파라거스를 꺼냈다. 잊기 전에 그제 요리 교실에서 배운 것을 복습해두고 싶었다. 벌써 새벽 2시가 지났다. 한 시간 안에 이불 속에 들어가서, 네 시간 자고 일어나 외무성에 가야 한다.

작은 냄비에다 버터를 완전히 녹인다. 중탕으로 데워서, 폭신해지도록 섞은 달걀노른자와 비니거에 금색으로 빛나는 버터를 가늘게 붓는다. 거품기로 끊임없이 저어서 빙빙 회전시킨다. 치즈 씨에게는 미안하지만, 그녀가 고생하는 모습을 옆에서 본 덕분에 빠른 시간에 입자가 고운 달걀색 거품을 만드는 데 성공했다. 손목이 멋대로 왈츠를 추기 시작했다.

『꼬마 삼보 이야기』에서 욕망에 이끌려 회전을 계속하던 호랑이들은 버터가 되어 녹아서 삼보 가족의 배 속으로 들어갔다. 가지이의 희생자들 역시 세상을 떠난 뒤에도 여전히 이렇게 대중의 호기심 어린 눈에 노출되어 소비되고 있다.

리카는 이제 그들 잘못이라고 생각하지 않는다. 자기가 그랬듯이 누구나 가지이 같은 불길한 힘의 소용돌이에 휘말릴 수 있을 것이다. 일사불란하게 버터를 섞었다.

밸런타인데이의 카트르 카르 만들기에서 배웠다. 끝이 없을 듯한 회전의 끝에 기다리는 것은 불변도 아니고, 증발도 아니다. 유화乳化다. 가지이에게서 도저히 눈을 뗄 수 없다면⋯⋯. 도저히 회전을 멈출 수 없다면⋯⋯.

차라리 가지이가 떨쳐내기 전에 냉정하게 몸과 마음을 가다듬고, 지혜를 다해서 그 여자의 출렁거리는 배에 손톱을 세우고 달려들어야 할지도 모른다.

됐다, 리카는 중얼거리며 거품기를 들어올렸다. 걸쭉하게 떨어지는, 따스하고 밝은 노란색 소스는 매끄러운 것이 캐시미어 같다.

"오늘은 다들 없어?"

현관문이 열리는 소리와 함께 신발 숫자를 확인했는지 시노이 씨의 힘 빠진 목소리가 들렸다. 이어서 세면실에서 입을 헹구는 소리가 크게 들렸다.

"유우는 신입사원 환영회, 기타무라는 시노이 씨가 준 소스를 쫓다가 오늘 밤은 잠복이래요. 레이코는 오늘 밤 나간 것 같네요. 어디 갔는지 모르지만, 혹시 료스케 씨와 식사하는 거 아닐까나."

그렇군, 하고 끄덕이며 모습을 나타낸 시노이 씨가 슈트를 옷걸이에 걸었다. 최근에는 담배 냄새가 별로 나지 않는다.

"괜찮으시다면 좀 드셔보세요. 화이트 아스파라거스 올랑데즈 소스예요."

자신이 생각해도 정성스럽게 요리를 담은 한 폭의 그림 같은 접시를 무가당 맥주와 함께 식탁으로 가져갔다. 시노이 씨는 잘 먹겠습니다, 고마워, 하고 맥주를 꿀꺽꿀꺽 마시더니, 차가운 숨을 토하고 포크를 들어 아스파라거스를 부드럽게 찍었다. 바로 입으로 가져가서 목울대를 드러내며 크게 씹었다.

"음. 참 좋네. 뭐랄까, 봄의 맛이야."

말하고는 수줍은지, 시노이 씨는 리카와 눈을 마주치지 않고 조그맣게 웃었다.

"이런 말 하면 실례일지 모르겠는데 정말로 많이 늘었네. 지금까지는 레시피대로 만들었구나 하는 느낌이었지만, 오늘은 마치 다 씨다운 맛이 나."

"어머, 저다운 건 뭐예요?"

"힘이 있고, 주장이 있고, 그러면서 섬세하고, 왠지 질리지 않는 맛이야."

"실은 이번만은 기존 레시피에다 한 가지 맛을 더 넣어보았어요. 자연스러운 단맛이 조금 더 났으면 해서 꿀을."

오호, 꿀을, 시노이 씨는 감탄한 듯이 끄덕이더니, 포크로 아스파라거스를 한 개 더 찍었다.

"가지이 마나코의 영향으로 기름진 정통 요리만 먹었는데요, 최근 제 취향을 알게 됐어요. 정통에다 한 가지 맛을 더, 향신료나 신맛이나 쓴맛을 더하는 편이 저는 좋은 것 같아요. 그리고 재료가 적고 단순한 레시피가 좋더라고요."

"자신만의 스타일을 찾았다는 거네. 그러고 보니 가지이 마나코 연재, 좋더군. 가지이의 시선이나 사고방식을 있는 그대로 전하면서 이 사건의 발생 배경까지 제대로 좇고 있더군. 무엇보다 주간지라는 매체의 읽을거리로도 여운을 남기는 맛이어서 참 재미있었어. 그게 자네다움일 거야."

리카는 겸연쩍어하며 그의 표정을 확인했다.

"그런데 저보다 레이코가 훨씬 요리를 잘해요."

그렇군, 하고 시노이 씨가 말하고, 아스파라거스에 소스를 듬뿍 묻혔다.

"레이코는 시노이 씨하고 얘기할 때면 표정이 좀 부드러워져요."

"나도 레이코 씨와 있으면 즐거워. 성실해 보이면서도 상당히 독특하고, 재미있고, 화제가 끊이지 않더라고. 다양한 견해를 배웠어. 본인은 그렇게 여유가 없는데, 신기하데."

무심결에 서로 쿡쿡 웃었다. 어째서 시노이 씨에게 끌렸는지 지금은 알 것 같다. 좋아하는 것이 비슷해서 신뢰할 수 있다고 생각한 것이다.

"맞아요. 레이코와 있으면, 시야가 좁은 아이인데도 언제나 내 세계를 넓혀주는 느낌이 들어요."

리카는 뜬금없이 눈물이 날 것 같았다. 이런 식으로 누군가와 함께 친구를 사랑스러워하는 순간을 줄곧 고대했다. 어린 시절부터 레이코와 즐거운 순간을 함께 나눌수록 어딘가 허전함을 느꼈다. 쭉 그녀를 보고 있을 수는 없었다. 좀 알기 어려운 곳에 도사린 진짜 장점을 자기 말고 누가 발견하고 사랑해줄 수 있을까, 불안했다. 료스케 씨는 레이코의 밝고 반듯한 부분만 좋아하고, 마음속 응어리는 알아차리지 못했다. 그 사람 나름의 사랑법이겠지만, 이로 인해 레이코가 괴로워졌을 수도 있다. 레이코의 폭주하기 쉬운 경향이나 고집, 가여울 정도로 고지식한 면을 이렇게 제삼자와 가볍게 웃으면서 이야기하고 싶었다.

"저는 아직 결혼생활을 잘 모르겠지만, 불륜이나 바람을 피우란 말이 아니라 도망갈 곳이 있어야 고통스럽지 않을 것 같아요. 막막한 밤에 훌쩍 산책 삼아 나가서 커피 한잔 마실 수 있는. 그곳에 남편이 불쑥 마중을 와준다면 충분하지 않을까요? 가족이라고 모두 공유해야 할 필요는 없지 않나."

"그 말을 들으니 조금 용기가 나네. 최근에 생각했는데, 딸을 만나볼까 싶어."

시노이 씨가 지금까지 보인 적 없는, 어디에도 힘이 들어가지 않은 목소리와 표정으로 말했다.

"이혼할 때 자유롭게 만나도 좋다는 조건이 붙었어. 딸에게 한번 거절당하고 나니 주눅이 들어서. 그다음부턴 전처한테 얘기를 듣기만 했지만. 그 시절처럼 좋은 아버지가 되겠다는 생각은 없어. 그냥 아이가 문득 생각났을 때 커피 한잔 마실 수 있는 정도가 목표야. 자네들하고 이렇게 함께 밥을 먹고 지내다보니, 아주 조금이지만 누군가와 함께하는 호흡을 파악한 것 같아."

리카는 몇 번이고 끄덕거리며, 이제 곧 이 집에서 모두 모일 일도 없어지겠구나, 확신했다. 다들 각자의 안식처로 돌아가려 하고 있다. 시노이 씨는 이 집을 내놓는 편이 좋다. 그리고 새로운 삶을 일구어야 한다. 그것은 외로운 일처럼 느껴지지만, 분명 각자에게 어울리는 또 다른 인생이 기다리고 있을 터다.

한데 그들과 이별하는 것보다 오븐과 조리 기구를 사용하지 못하게 돼 유감스러워하는 자신을 발견하고 미안해졌다. 시노이 씨가 이 집을 내놓으면 칠면조를 대접할 길이 완전히 없어진다. 레이코네 집에서 구울 수도 있겠지만, 내용물을 채운 6킬로그램 가까운 칠면조를 덴엔토시선에 흔들리며 짊어지고 가서, 처음 하는 요리를 부부 앞에서 만든다, 이건 내키지 않았다.

리카는 일어나 주방으로 가서 냄비에 불을 켰다. 수면에 큰 기포가 생겼다가 사라지는 모습을 보고 있으니, 가지이가 칠면조를 그토록 거부한 이유가 점차 형태를 드러내기 시작했다. 끓는 물속에 화이트 아스파라거스가 휩쓸려 들어가며 격렬하게 오르락내리락거렸다.

"아무것도 아니에요. 더 드시려면 바로 만들 수 있어요."

자신은 아마도 정신이 나간 얼굴을 하고 있었을 것이다. 시노이 씨가 물끄러미 리카를 보고 있었다. 깜박해서 너무 삶은 두번째 아스파라거스는 부들부들하고 흐물흐물한 봄바람 같은 맛이 났다.

"다들 한가하네. 그렇게 나한테 관심이 많으실까."

귀찮다는 듯이 말하면서도 눈은 기뻐서 반짝반짝 빛났다. 기본적으로는 주목받는 것이 좋아서 어쩔 줄 모르고 있다. 인터뷰가 실린 잡지가 매진됐다고 알렸더니, 가지이는 어린아이처럼 들떠서 구치소 내 매점에서 직접 소장용으로 샀다며 《주간 슈메이》를 꺼내 보였다. 자신의 인터뷰가 실린 페이지를 넘기는가 했더니, 웬걸 젊은 여배우의 컬러 화보를 펼치고는 얼굴을 찡그리며 "애는 천박스러워졌어. 슬슬 내리막길인 거 아냐" 하고 욕을 했다. 스무 살 여배우는 상큼한 흰색 민소매 원피스 차림으로 보는 것 듣는 것 세상 모든 것에 감동한 듯한 맑은 눈동자를 동그랗게 뜨고 있었다.

이 사람은 언제 어디서고 여성만 보고 있다. 소프트 아이스크림을 빨면서 암소를 지긋이 보고 있는 뚱뚱한 소녀가 지금도 리카의 눈앞에 있다.

"오늘은 다른 건으로 여기 왔어요. 살롱 드 미유코에서 당신은 칠면조구이를 거부하고 도망쳤다고 하던데요. 왜 당신이 그렇게 싫어했는지 이제 알았어요."

가지이가 이쪽을 보았다. 눈동자 속에 예전에 딱 한 번 본 동요가 서렸다.

"당신뿐이었다더군요. 살롱 드 미유코에서 배운 요리를 매번 완벽하게 집에서 숙달해온 사람은."

살롱 드 미유코에 다닌다, 야마무라 씨와 접촉한다는 것은 대놓고 말하지 않았다. 그러나 가지이는 이미 눈치채고 있을 거라고 생각했다.

"5킬로그램짜리 칠면조를 구우면 대체로 어른 10인분 정도 된다고 하더군요."

오늘 오후, 취재 상대와 미팅을 겸해 발자크에서 점심을 먹었다. 예전에 살롱 드 미유코의 요리교실로 사용했다는 주방이 슬쩍 보였다. 오너 셰프인 듯한 풍채 좋은 백발 남성이 젊은 요리사가 내미는 작은 냄비의 소스 간을 보고 있었다. 잘 닦인 거대한 오븐이 몇 개나 있고, 바닥에 수로가 있는 넓은 주방. 흔들림 없는 요새 같은 공간을 단 한 사람이 엉망으로 파괴하다니.

"둘이서 먹어치울 정도의 자그마한 새끼 칠면조를 구하지 못할 이유는 없지만, 그렇게 되면 해동에 걸리는 시간이나 굽는 시간이 달라져요. 다른 공정의 다른 요리가 돼버리죠. 당신은 배운 대로, 마담의 완벽한 레시피 대로 만들고 싶은 사람이니까요. 당신처럼 식욕이 왕성해도 10인분은 아무래도 무리겠죠."

이쪽의 자신감이 흔들릴 정도로 가지이는 동요하는 모습을 보이지 않았다.

"당신이 그토록 싫어했던 것은 칠면조구이를 배워 가도 당신에게는 만들 기회가 없음을 깨달은 탓 아닐까요? 다른 학생들이 교실에서 배운 레시피를 만들지 않는 것은 '언젠가' 기회가 오기 때문이죠. 다들 '언젠가' 사람이 모일 때가 있으니, 여차하는 순간이 오면 만들겠다고 생각해요. 그러니까 복습하지 않는 거예요. 당신에게는 '언젠가' 따위 없어요. 어릴 때부터 줄곧 그랬죠. 아무리 낙천적으로 행동해도 당신은 지금 눈으로 보는 것, 당장 확실히 손에 넣을 수 있는 것밖에 믿지 못했어요."

리카는 말을 끊고 가지이를 보았다. 최대한 그녀의 마음에 닿도록, 마담이 학생에게 설명하듯이 얘기하고 있었다.

"당신은 어떻게 해도, 아무리 애를 써도 열 명의 친구를 집에 초대할 수가 없었어요. 숭배자는 많지만, 만남 사이트에서 만난 남자들을 한 군데 모을 수는 없으니까요. 사귀는 남성 중에서 한 명, 거기에 여동생, 총 두 명이 당신의 한계였죠. 아니, 이런저런 거짓말로 둘러대며 교제하는 상대를 가족한테 보여주기 곤란했을지도 모르니, 그조차 무리일지 모르겠네요. 누구보다 성실하게 요리 수업에 임했지만, 마음껏 만들어서 대접할 사람이 없었어요. 그건 당신 인생 전부에 해당하는 말일지도 모르겠네요."

리카는 가지이를 바라보았다. 어인 일인지 그녀는 미소 짓고 있는 것처럼 보였다.

"어쩌면 당신의 개성이랄까 능력을 발휘할 수 있는 유일한 장소가 남성과 만남의 장이었던 것이 근본 원인일지도 몰라요. 혹은 '언젠가'를 믿을 수 있는, 여유나 긍정적인 마음가짐이 있었으면 좋았을지 모르겠네요. '언젠가'를 믿는 것은 약한 것도 어리석은 것도 도망치는 것도 아닌데. 나한테는 칠면조구이를 대접할 사람들이 없다는 사실을 깨달았을 때, 당신은 호흡이 괴로워지고, 어디에도 갈 수 없을 것 같은 기분이 들어서 미래에 대한 걱정이 없는 학생들이 미워지고, 한시라도 빨리 발자크의 주방에서 떠나고 싶어서 미칠 것 같았겠죠. 유일하게 솔직해질 수 있던 요리교실에 다니지 못하게 됐다고 생각하니, 만사 귀찮아졌던 게 아닐까요."

가지이는 빙그레 웃었다. 지금까지처럼 속이 보이지 않는 조소를 흘리거나 문득 뭐가 생각났다는 듯이 웃는 게 아니라, 이른 아침 통학길에서 만난 반 친구가 어깨를 툭 쳐서 놀란 얼굴로 웃어주는 여고생 같은, 특별한 의미 없는 건전한 표정이다. 치즈 씨가 한 말을 이해할 것 같았다. 이 여자는 확실히, 아주 귀엽다.

"치즈 씨가 그랬어요. 당신한테는 귀여운 구석도 있다고. 요리를 정말로 잘했다더군요. 혹시 당신이 친구가 돼도 괜찮다고 생각한 유일한 여성이 치즈 씨인가요?"

그제야 가지이가 느릿하고 달콤한 목소리로 말했다.

"무슨 소리 하는 거야. 그게 누군데. 몰라. 들은 적도 없어."

시치미를 떼듯이 밝게 고개를 갸웃거리지만, 말꼬리가 가늘게 떨리고 눈동자가 젖었다. 부드러워 보이는 입술을 꼭 다물었다. 그러자 고운 복숭앗빛이 푸르스름한 보랏빛이 되고, 피부도 검붉게 변했다.

"나는 '언젠가', 시간을 듬뿍 들여서 칠면조구이를 할 거예요. 나의 즐거움을 위해."

리카는 이제 공격을 멈추기로 했다.

"난, 당신이 특별히 가엾다고는 생각하지 않아요. 친구가 없는 건 조금도 이상한 일이 아니에요. 생각해봤어요. 내가 만약 칠면조를 굽는다면 열 명이나 손님을 모을 수 있을까 하고. 교제 폭이 좁고, 무엇보다 지금 내가 사는 맨션에는 그렇게 큰 오븐이 없고, 열명씩 들어갈 만큼 넓지도 않아요. 의자도 그릇도 부족해요. 봐요, 나도 못 하잖아요. 간단히 실행할 수 있는 사람은 소수예요. 그러나 내가 넓은 집을 얻게 된다면, 사람을 모을 수 있다면, 해볼지도 모르겠어요. 그때, 만약 당신의 혐의가 벗겨져 석방된다면."

잠시 머뭇거렸지만, 리카는 과감하게 말하기로 했다. 야마무라 씨가 소개해준 공원 앞의 집이 눈앞에 펼쳐졌다.

"나의 칠면조구이를 먹으러 와주세요. 꼭."

가지이 마나코는 참을 수 없었는지 울음을 터트렸다. 그 일그러진 웃는 얼굴이 울음을 터트리기 직전의 도움닫기였음을 리카는 안다.

거짓으로 우는 게 아니었다. 콧물을 훌쩍거리며, 연신 쏟아지는 눈물을 두 손으로 막으려 하고 있다. 손가락 사이로 붉게 충혈된 눈과 부은 눈두덩, 굵은 눈물이 뭉개지는 것이 보였다. 그녀는 언제까지고 멈추지 않을 듯이 오열했다.

만약 아크릴판이 없다면, 자신은 틀림없이 가방 속의 손수건을 꺼내 주었을 것이다. 가지이에게 전혀 어울리지 않는, 투박한 타월지 손수건이라 아주 조금 부끄럽지만. 다음 휴일에는 백화점에라도 가서 가지이가 아주 마음에 들어 할 것 같은 우아한 꽃무늬 손수건을 몇 장 사야겠다.

15

그 세 자리 번호는 행운의 숫자와 죽음의 숫자가 섞여 있는 것
이었다.

이른 아침부터 아르바이트 대학생 세 명을 줄 세우고, 기타무
라도 용병으로 세웠지만, 당첨된 사람은 결국 리카 본인뿐이었다.
업무상, 이런 줄에 선 적은 셀 수 없을 정도로 많았지만, 이만큼 주
목받는 방청권에 당첨된 것은 처음이었다. 평일인데, 겨우 65석
추첨에 300명 이상이 줄을 섰다. 역시 가지이 마나코와 자신에게
는 뭔가 인연이 있다고밖에 생각할 수 없다.

주위에는 언론이 '가지이 마나코 걸즈'라고 야유하는, 가지이
마나코와 꼭 닮은 차림의 그리 젊지 않은 여성들 모습이 눈에 띄

었다. 하나같이 연한 물색이나 분홍색 원피스에 카디건을 걸치고, 반만 올린 머리는 리본 모양의 머리핀으로 단정히 꽂았다. 뭔가 가지이의 복제 인간에게 지배당하는 근미래 SF소설 세계로 흘러 들어온 느낌이 들었다.

길 양쪽에 흔들리는 나무들이 풋풋한 냄새를 풍기고 나뭇잎 사이로 햇빛을 뿌렸다. 5월은 이제 갓 시작됐는데, 대기는 바싹 말라서 벌써 여름 기운이 강하다. 기타무라 일행을 위로하고 지하철 입구로 빨려들어가는 뒷모습을 지켜본 뒤, 방청권을 꼭 쥐고 도쿄 고등재판소로 들어갔다. 방청권을 쥔 남녀로 엘리베이터 안은 콩나물시루 같았다. 목적한 층까지 도착하자 그들과 함께 쏟아져나와 긴 줄을 서서 가방 검사를 받았다. 새삼 공항 같은 공간이라고 생각했다. 메모장과 펜만 들고 법정 앞에 늘어선 줄에 섰다. 완장을 찬 보도 관계자가 몸을 낮추고 몇 번이나 눈앞을 지나갔다.

나뭇결무늬의 문이 열리고, 줄이 천천히 삼켜졌다. 보도용으로 법정 전체 사진을 촬영할 동안 희망자는 밖에서 기다려도 좋다고 했다. 리카는 갑자기 사람이 사라진 복도에서 창밖에서 흔들리는 초록을 바라보고 있었다.

1심이 열린 지 1년, 언론의 열기가 꽤 식었다고는 하지만, 아직 방청권 당첨률이 5 대 1 가까운 인기 재판이다. 어제 마지막 회였던 리카의 연재 영향으로 다시 사건이 주목을 받았다. 사내에서는 이미 책으로 출간하자는 얘기도 나오고 있다.

6회째인 마지막 회는 가지이가 요리교실 '살롱 드 미유코'에서 무엇을 느끼고, 어떻게 행동하고, 어떻게 상처받았는지, 체포, 구류를 거쳐, 현재는 무슨 생각을 하고 지내는지까지 언급했다.

리카가 실제로 듣고 본 것은 일단 전부 잊고, 어디까지나 가지이의 시점을 통해 요리교실 풍경을 재구성했다. 그녀의 입으로 들은 요리교실은 실제보다 훨씬 화려하고, 학생들은 점잖 빼는 인상이었지만, 리카가 가명으로 몇 번 다녔다는 사실을 밝히고, 치즈 씨 이름을 밝히며 몇 가지 질문을 하자 금세 온순해졌다. 한참 얘기가 이리저리 엇나가다 겨우 교실 분위기가 좋았음을 인정했다. 동성이라고 하면 꼭 악의를 가지고 나쁘게 얘기했는데, 마담이나 학생들 얘기가 나오면 말투가 조금 부드러워졌다.

"그 사람들한테 내가 먼저 질문을 많이 했어. 마음을 열고 다가갔다고 생각해."

그래도,

"예습복습 해오는 학생은 나뿐이었어. 다들 진지하게 요리를 배우러 오는 게 아니더라고. 남편이나 애인을 별로 소중히 여기지 않는 것 같아 보였어. 차가운 여자들이야."

음산한 얼굴로 비난하는 것을 잊지 않았다. 리카가 동의하는 시늉을 했더니, 점점 말이 많아졌다. 가지이가 수강생들에게 나름 호의를 품었지만, 멋대로 메뉴를 정하는 데 화를 내고 교실을 뛰쳐나간 것까지, 치즈 씨에게 들은 내용과 대조하는 형태로 기술했다. 아주 조금이어도 좋으니 요리교실에 대한 세상의 편견이 지워졌으면, 하고 생각했다.

방청석에 앉자, 리카는 주위를 둘러보았다. 지정 장소에서 정면을 향하고 있는 변호사와 검사 둘 다 이쪽의 속물근성을 비웃듯이 아무것도 보이지 않는다는 눈을 하고 있다. 야마무라 씨의 모습을 찾았지만 없었다. 요즘 집 보러 다니기는 일단 중지. 역시 열심히 집을 찾아준 그녀에게 죄책감을 느꼈다. 주위 방청객 중에는 여성이 두드러졌다. 프리랜서나 기자, 낯익은 얼굴도 여기저기 보였다. 자신들이 합세해서 가지이를 부당하게 취급하고 있는 듯한 착각이 들었다. 씁쓸한 맛이 목 안에서 온몸으로 퍼졌다.

이윽고 판사가 입정하고 개정을 선언했다. 판사의 목소리가 울리자 법정 전체의 공기가 크게 흔들렸다. 양손이 묶인 가지이가 교도관을 따라서 왼쪽 문으로 모습을 나타냈다. 리카는 가슴을 쓸어내렸다. 가지이에게 재판 출석 의지는 들었지만, 피고인이 항소심에 출석할 의무는 없어서 안 나올지도 모른다고 생각했다.

판사가 이름을 묻자 그녀는 알아듣지 못할 만큼 작은 목소리로 "가지이 마나코입니다"라고 대답했다. 생년월일을 확인하자 "네. 틀림없습니다" 하고 힘없이 대답하고 변호사 옆에 앉았다.

면회실 좁은 공간에서 해방된 가지이는 천장이 높고, 쓸데없는 요소를 배제한 법정에서 거대한 바바루아* 같아 보였다. 따갑게 꽂히는 수많은 시선을 내치기는커녕 그 속에 푹 잠겨 있으면서도 애써 품위를 지키려는 듯한 강인한 연약함이 엿보였다. 투명감이

---

* 녹말을 익혀서 과일즙 등을 넣고 굳힌 과자.

라곤 없는 하얗고 매끈한 피부에, 달콤해 보이는 분홍빛 입술을 턱이 움푹해질 정도로 꾹 다물고, 울어서 부었는지 눈두덩이 무거워 보이는 눈은 구원을 청하듯 허공을 향하고 있었다. 1심 때의 당당한 태도나 평소의 불손함이 거짓말같이 사라졌다.

무엇보다 면회 때와는 비교가 되지 않을 정도로 옷을 대충 입었다. 몸매를 푹 가리는 진회색 혼방 소재 원피스에 레깅스 차림은 집에서나 입을 법한 소탈한 모습이다. 그래도 유방을 위로 올려주는 탄탄한 소재의 브래지어를 착용한 것은 이 거리에서도 확인할 수 있었다. 적지 않은 남성 지지자에게 선물받은 속옷을 입는다는 소문은 정말일지 모른다. 잔머리가 뺨에 붙은 얼굴은 약간 야윈 인상을 주었다.

가지이 옆에 대기하고 있는, 긴 머리를 하나로 묶고 턱이 다부진 남성 변호사를 보았다. 동그란 안경에 파란 면도 자국, 일일이 가늘게 뜨는 눈이 어딘지 모르게 자의식 과잉이라는 인상을 주지만, 실력 있는 변호사로 유명하다. 지금까지 다른 사건으로 두 번 정도 인터뷰한 적이 있다.

가지이는 눈을 내리뜨고 있나 싶다가도 이따금 눈을 크게 뜨고는 속눈썹을 달달 떨며 슬픈 듯이 어깨를 움츠렸지만, 눈썹만은 숱이 많고 거칠고 기운찼다.

변호사는 잘 들리지 않는 낮은 목소리로 항소이유서를 읽기 시작했다.

가지이는 이따금 비위를 맞추듯이 변호사 쪽을 향해 고개를 살짝 기울여 보였다. 리카는 꿈에서 깬 듯한 기분으로 가지이 마나코를 계속 보았다.

지난 반년 동안 왜 그렇게도 이 여자한테 홀려서 휘둘렸을까. 문득 모든 것이 조작 같았다. 많은 사람에게 둘러싸여 보호받고 있는 가지이는 혼자서는 아무것도 결정하지 못하는 의지박약한 여자로 보였다. 이 사람은 하고 싶은 일도, 하고 싶은 말도 없을지 모른다. 그저 거짓말로 상황을 모면하는 사이, 본인의 의지와는 관계없이 이곳까지 흘러왔을 뿐인지 모른다. 아무것도 결정하지 않고 사람들이 좋다고 하는 가치관에 손을 뻗친 것뿐이 아닐까. 그 증거로 가지이가 원했던 것은 전부 비싼 가격이 매겨져 있다.

가지이가 갑자기 방청석으로 눈을 돌렸다. 시선의 움직임으로 보아 누군가를 찾는 것 같았다. 리카는 얼른 가지이에게 뻗어나오는 시선을 붙잡으려 했지만 반딧불이처럼 번번히 놓쳤다.

변호사 측이 제출한 새로운 증거는 지극히 사소한 것이었다. 야마무라 씨의 동생이 세상을 떠나기 나흘 전에 약속 장소로 이용했던 하치만야마의 커피숍에 비치된 단골손님들 회람 노트에, 가지이의 마음이 변했음을 예감했는지, 자살하고 싶다는 심경을 암시하는 듯한 글이 있었다는 것뿐이었다. 그 커피숍이 최근 문을 닫았는데, 점장이 지난 10년분의 노트를 다시 읽다가 발견했다고 한다. 필적감정에 따르면 야마무라 씨의 동생이 틀림없다고 했다.

변호사와 검사가 발언을 하고도 첫 공판은 약 30분 만에 어이없을 정도로 간단히 끝났다. 가지이의 발언 기회는 전혀 없고, 판사가 노트 재감정을 요청했다. 2차 공판도 일정이 미정이다.

교도관의 부축으로 법정에서 나가는 가지이의, 울룩불룩 살찐 동그란 등을, 통통한 옆얼굴을, 흐트러진 검은 머리를, 리카는 많은 사람과 함께 지켜보았다. 심리하는 동안, 끝내 그녀와는 한번도 눈이 마주치지 않았다.

설날 이후 줄곧 만나지 못한 엄마를 불러낼 수도 있었지만, 오늘은 아무래도 혼자 오고 싶었다. 아버지가 잠든 요코하마의 묘지를 찾은 것은 8년 만이다. 이 도시는 아버지가 청춘 시절 몇 년을 보낸 곳이다. 가지이의 재판 항소심이 시작되면 제일 먼저 찾고 싶은 곳이었다.

멀리서 뱃고동 소리가 들렸다. 편안하고 한가롭지만, 쓸쓸해 보이는 초여름 바다가 보였다. 주위에 사람이 없음을 확인하고, 리카는 아버지 이름이 새겨진 젖은 묘비에 말을 걸었다.

"나 요리교실에 다니고 있어. 올랑데즈소스도 만들 줄 알아. 부드럽고, 신맛이 나. 마요네즈랑 좀 비슷해."

마지막에 맡은 그의 냄새를 떠올렸다. 숨이 막힐 것 같은 담뱃진과 중년 남자의 피지와 청주 냄새가 뒤섞인 냄새. 하지만 이유는 몰라도 불쾌감을 일으키진 않았다. 좋다거나 나쁘다는 얘기가 아니라, 그것이 아버지였다. 그가 뺨을 비벼주던 시절 수염의 감촉까지 되살아났다.

"아빠한테도 만들어주고 싶었어. 아빠 집에서 말고. 거긴 지저분하니까. 그 집을 구석구석 말끔히 청소하는 건 무리. 아빠를 우리 집에 초대해서 요리를 대접하고 싶었어."

줄곧 착각하고 있었을지도 모른다.

아버지를 좀먹은 것은 고독이 아니라, 그래, 수치심이 아닐까. 그래서 도움을 요청하지 못한 것이다. 리카가 아빠 집에 가지 못한다고 말했을 때, 그렇게 강하게 반응한 이유는 분노나 실망 때문이 아니다. 딸만 의지하는 처지에, 그 딸에게조차 매정하게 거부당한 자신이 부끄러웠던 것이다.

지난주, 아침에 귀가한 레이코가 실은 료스케를 만나고 왔다고 담담하게 털어놓던 모습이 떠올랐다.

나카메구로에서 식사하고 산책을 했어. 내가 건강하게 지내고 있어서 안심한 것 같아. 주말이어서 사람들도 많은데, 그 사람 울었어. 나도 이유는 모르겠지만 좀 울었어. 둘이서 외식하는 건 정말 오랜만이었어. 돌아오는 길에 료스케가 호텔에 가자고 해서 들어갔어. 신기하지. 그와 그런 곳에 간 건 결혼 전에도 손에 꼽을 정도로 적어서, 정말 몇 년 만이었어. 전혀 모르는 공간에 둘이서 침대에 나란히 있으니, 집이며 아이며 부부며, 그런 것이 뭔가 멀리 느껴졌어. 그냥 내 옆에 료스케라는 남자가 있었어. 공간에 휘둘리다니 바보 같지만 말이야.

그제야 정신을 차렸는지, 레이코는 화가 치미는 듯이 얼굴을 찡그려 보였다.

그렇지만 역시 아버지의 삶의 방식에는 찬성할 수 없어. 가족과
는 섹스하고 싶지 않다니. 지금도 너무 싫어. 다만 어쩌면 그게 부모
님 나름대로 부부 생활을 유지하는 최선의 방법이라고 믿고 있었을
지도 모르겠어. 불쌍한 부부지.

역시 자신도 그녀와 조금쯤 닮아 있다. 레이코가 도망치고 싶
었던 것은 료스케 씨 본인이 아니라, 그 덴엔토시선 선로가의 집,
이렇게 되고 싶다는 바람, 스스로 만든 가족의 틀이다. 리카가 두
려워했던 것 역시 아버지가 아니라, 기억 속의 그 집이었다. 누렇
게 뜬 벽지, 눌어붙은 오물에서 슬픔을 보았다. 그저 자기관리를
못하는 아버지가 청소를 게을리한 것뿐인데. 멋대로 차갑고 무서
운 망상을 부풀렸다. 오로지 자신을 책망하는 일은 뭐랄까, 편안
한 통증을 동반했다. 자신이 나빴다고 생각하면 아버지를 잊을 염
려도 없었다. 더 이상 비정한 딸이 될 걱정은 없었다.

그라탱을 만들지 않은 것은 아버지를 미워하고 소외시키려 했
기 때문이 아니다. 혼자 집을 치우고 거침없이 베샤멜소스를 만들
자신이 없어서다. 아버지의 엎드린 시신을 안아 올려도, 의외로
편안한 얼굴을 하고 있었을지도 모른다. 어쩌면 아버지도 리카나
엄마를 원망하지 않았던 게 아닐까. 만약에 그랬다 하더라도 리카
는 그냥 받아들이겠다고 생각했다.

"혼자서 죽는 일이 있더라도, 나는 아무도 원망하지 않을 거야. 누가 오기를 기다리지 않고, 내 돈으로 식재료를 사서 먹고 싶은 것을 직접 만들어서 마음껏 먹고 죽을 거야."

리카는 묘비에 등을 돌리고, 입구를 향해 걸었다. 눈앞에 바다가 내려다보인다는, 부모님이 이 땅에서 처음으로 데이트를 한 커피숍에 가보아야겠다고 생각했다. 엄마는 아버지 이야기가 나오면 쓸쓸한 표정을 짓지만, 그 추억을 떠올릴 때만은 부드럽게 미소 짓는다. 또 뱃고동이 울렸다.

유리벽에 둘러싸인 방으로 호출받는 일도 최근에는 아주 익숙해졌다.

편집장이 이렇게 오전에 출근하는 일은 드물다. 리카는 요즘 이른 아침에 출근하고 초저녁에 퇴근한다. 혼자만 시간축이 다르지만, 일하는 시간은 변함없고 전체 회의나 미팅에는 반드시 참석하므로 아무도 딴죽을 걸지 않았다. 전처럼 하염없이 회사에 남지 않았다. 이번 연재로 얻은 여성 독자층을 놓칠 수 없어서, 현재는 대기 아동 문제*를 취재하고 있다. 쓸데없는 취재로 시간 낭비하지 않고, 소득 없는 회식에 빠져도 초조해하지 않게 됐다.

"아까 나한테 확인 취재가 왔더군. 사흘 후, 이게 톱 기사로 나간다네. 상당한 반향이 있을 테니, 일단 마음의 준비는 해주길 바

---

* 희망하는 보육원에 들어가지 못해서 신청을 해놓고 대기하는 문제.

란다고, 그쪽도 왠일로 동정적이었어."

편집장은 리카 앞에 경쟁사의 기사인 듯한 팩스를 내밀었다. 커다랗게 춤추는 헤드라인을 보는 순간, 파란 불꽃 같은 것이 리카의 시야를 덮었다.

가지이 마나코 독점 인터뷰! 옥중 결혼, 아버지와의 진짜 관계는?! 항소심 직전에 모든 것을 털어놓았다!! 《주간 슈메이》 기사는 모든 게 거짓말." 유명 여성 기자의 삐뚤어진 사랑의 행방은?

몸이 갑자기 점토로 변한 것처럼 손발의 축이 흐물흐물해졌다. 조금만 힘을 주면 균형을 유지할 수 있으리라 생각했다. 하지만 아무것도 할 수가 없어, 리카는 바로 옆 파이프 의자를 끌어당겨 주저앉았다. 의자의 무게도, 주저앉을 때의 느낌도 제대로 와닿지 않았다. 리카는 사태를 파악하기 위해 일단 바싹 마른 입술에 침을 발랐다. 페이지를 넘겨 기사부터 눈으로 좇는다. 하지만 이렇게 될 거란 사실을 줄곧 예감하지 않았나 싶기도 했다.

가지이는 이 기사를 담당한 오십대 프리랜서 남성 편집자와 연인이 되어, 혼인신고를 앞두고 있다고 한다.

"이 남자, 나도 이름은 알고 있어. 기사를 작성한 뒤, 우리 회사를 제외한 출판사를 발이 닳도록 돌아다니며 가장 비싼 고료를 주는 곳에 팔았을 거야. 여러 곳에서 말썽을 일으켜서 기피하는 사람이지. 대형 신문사의 전직 기자였다는 자부심만 높은 미친놈이야."

전부 처음 듣는 소리뿐이었다. 눈앞에 빼곡히 늘어선 문자가 날벌레처럼 떨고 있다.

《주간 슈메이》의 그 여성 기자는 내게 이상한 감정을 품고 있었어요. 생활양식부터 식사까지, 전부 나를 따라하고 사건 전의 내 생활을 자신의 일인 양 간접 체험 하려 했어요. 명확히 기자로서 윤리를 망각한 행동이죠. 놀랍게도 자신의 성생활을 보고하러 온 적도 있다니까요. 나에 대한 충성심을 보이고 싶었을지도 모르지만, 성희롱이라고밖에 생각할 수 없었어요.

"여기 있는 말이 사실이야?"

리카는 로퍼 끝을 바라보았다. 손질을 게을리한 탓에 표면의 에나멜이 벗겨졌다. 사실입니다, 하는 약하디 약한 목소리가 나왔다. 뭐라 변명하려 해도 편집장이 낮게 신음하는 것을 얼굴을 들지 않고도 알았다. 읽지 않으려고 해도 글이 눈에 들어왔다.

그녀의 호의는 당혹스러웠습니다만, 원망하진 않아요. 거짓말투성이인 기사를 자기 주관대로 멋대로 쓰긴 했지만요. 담당 변호사는 소송도 불사하겠다고 했지만, 이렇게 진실을 얘기할 기회가 생겼으니 난 그냥 덮을 거예요. 그녀는 나를 짝사랑한 데 지나지 않아요. 자신의 주장을 펼치기 위해, 세상에 만연한 막돼먹고 제멋대로이고 남자를 싫어하는 여자들을 편들기 위해, 동성의 무리에 끼지 못해 고독을 불태우는 콤플렉스투성이인 여자, '이렇기를 바란다, 가지이 마나코'를 자기 편한 대로 묘사한 데 지나지 않습니다. 그러나 좋습니다. 이 기사를 담당한 남편 이외에 나라는 여자에 대해 제대로 썼던 기자나 작가는 없었으니. 소녀 시절부터 이런 일이 몇 번이고 있었습니다. 많은 사람이 내게 반해서 멋대로 환상을 강요하다가, 내가 상대해주지 않으면 갑자기 공격적으로 나오곤 했죠. 설명할 수 없는 기묘한 행동으로 말이에요. 이제야 세상의 여러분도 이해하셨을 거라고 생각합니다. 제가 누구의 목숨도 빼앗지 않았다는 것을. 돌아가신 분들에 대한 슬픔, 즐거웠던 추억은 끝이 없습니다만, 그들은 나와 전혀 관계없는 곳에서, 가엾지만 자연의 섭리대로 생명을 잃은 것입니다.

리카에 대한 공격은 단지 시작일 뿐이었다. 게다가 그녀는 충격적인 고백을 하고 있다. 아버지는 어쩌면 자살한 게 아닐까, 라고 했다.

여기서 처음으로 밝히겠습니다. 그 눈 오는 날 아침, 나는 고향에 있었어요. 본가에는 들르지 않고, 아버지와 호텔에서 만났죠. 아버지에게 지금까지 말씀드린 도쿄 생활은 전부 거짓이었으며 남자들에게 생활비를 지원받았다고 얘기했어요. 그런 삶의 방식을 바꿀 생각이 없다는 깃도. 가는 말이 고와야 오는 말도 곱다고, 저도 말이 지나쳤던 것은 몹시 후회하고 있어요. 사랑하지도 않는 엄마와 거짓 생활을 지속한 아버지한테 줄곧 심하게 짜증나 있었던 탓도 있어요. 아버지는 심하게 화를 내며 내 뺨을 쳤어요. 거기 담긴 것은 실망이라기보다 남녀 사이에 있는 질투였죠. 아버지가 내게 품은 것은 육친의 애정과는 약간 성질이 다른 것이었어요. 우리는 정신적이긴 했지만, 거의 연인 같은 관계였거든요. 엄마는 그걸 심하게 질투했을 거라고 생각해요. 아버지 역시 남자로서 나라는 여자의 사랑을 원하다 배신당하고, 스스로 사고로 가장한 죽음을 선택한 게 아닐까요.

단순한 망상이라고 웃어넘길 수 없었던 것은 가지이네 집 특유의 불길함을 알기 때문일까. 드라이플라워 수예품투성이인 방을, 그 집을 떠난 뒤에도 며칠 동안 계속된, 보이지 않는 벌레가 온몸에 스멀스멀 기어가는 것 같은 가려움을 떠올리니 불온한 기분으로 가득해졌다.

어쩌면 나 역시 오래 살 수 없을지 모릅니다. 그러나 죽음을 의식하니 지금 남편의 사랑이 더 강하게 느껴집니다. 지금까지의 경험은 전부 헛되지 않았어요. 남편을 만나, 바라던 대로 됐습니다. 남편은 초혼이지만, 친척 아이를 맡아서 자기 아들처럼 키우고 있는 착한 사람입니다. 갑자기 가족이 생겨서 정말 기쁩니다. 그는 잡음에 흔들리지 않고 나를 똑바로 바라보고 이해하는 몇 안 되는 선택받은 사람 중 한 명입니다.

숨이 막힐 것 같아서 리카는 얼굴을 들었다. 마른기침을 하고, 간신히 생각을 정리했다. 지금부터 시작될 괴로운 시간을 생각하며 순간 숨을 멈추었다. 숨을 토하니, 그것은 이내 눈사태처럼 찾아왔다.

가지이의 어머니나 안나에 관해서는 철저히 조사했다는 자부심이 있다. 그런데 그녀와 아버지의 관계를 별로 추궁하지 않은 것은 사실이다. 실제로 흥미가 별로 없기도 했지만, 그보다 아버지와 딸 이야기가 나오면 자신의 환부를 도려내는 듯하여 어느 정도는 의식적으로 피했기 때문이다. 이 건에 관해서는 가볍게 스치기만 했다. 가지이의 이야기가 어디까지 정확한지는 모른다. 그러나 이 핵심 사안을 언급하지 않은 것은 자신의 태만이다.

"여기 쓰인 것과 사실은 많이 달라요. 저는 가지이의 말을 이끌어내려고 했을 뿐입니다."

라고 말하는 것이 고작이었다. 가지이는 남편과 2인 3각으로 자서전을 출판한다고 밝히며 인터뷰를 마무리했다.

"자네의 업무 태도는 내가 잘 알고 있고, 이 여자가 어처구니없는 인간이란 것도 역시 알고 자네한테 기사를 쓰게 한 거야. 다만 당분간 호기심 가득찬 눈들에 노출될 거야. 상황이 이러니 취재차 밖에 나다닐 수가 없어. 조금 쉬게 될지도 몰라. 근무 방식이 달라지는 것만은 각오하는 것이 좋겠어. 오늘은 그만 퇴근해도 좋아."

편집장의 목소리는 평소와 달리 온화하여, 리카는 깊이 머리를 숙였다. 동료들과 눈이 마주치는 걸 피하면서 회사를 나왔다. 한

시라도 빨리 가지이를 만나야 한다. 이참에 이 사태를 달리 해석할 수 있지 않을까, 믿고 싶은 마음도 있었다.

전철과 택시를 갈아타며 되도록 생각을 멈추고 곧장 도쿄구치소로 향했다. 눈앞의 선로며 계단이며 스쳐지나가는 사람의 모습이 모두 스마트폰 화면 너머 영상처럼 현실감이 없었다.

구치소 접수처에 도착한 지 어느새 두 시간이 지났다. 아무리 기다려도 자기 번호가 불리지 않았다.

지난번과 비교가 되지 않을 정도로 강한 햇살이 검은 아스팔트를 달구고 있다. 짧은 차도로 발을 내디딘 지 얼마 되지 않아 신호가 빨간색으로 바뀐 것을 그제야 깨달았다. 발끝에 닿을 듯 말 듯 아슬아슬하게 자동차가 지나가, 온몸이 식은땀으로 흠뻑 젖었다. 돌아가고 싶은데 몸이 도저히 움직이지 않았다.

차 브레이크 소리가 나고, 시야가 회전했다. 명치에 둔한 통증이 달렸다. 파란 하늘이 한가득 펼쳐지고 다음 순간, 뜨거운 아스팔트에 눈두덩이 닿았다. 자잘한 돌멩이가 안구에 튀어들었다. 어쩐지 자신의 것인 듯한 핏빛이 시야 한구석에 들어왔다. 그제야 오른팔인가 오른쪽 다리가 경험한 적 없는 강한 통증으로 타고 있다는 것을 알았다. 입고 있던 바지와 셔츠가 찢어져 맨살이 보였다. 한동안 리카 앞에 멈춰 서서 상태를 지켜보던 운전자가 차를 몰고 그냥 달아나버리는 것이 피부에 전해지는 뜨거운 지면의 진동으로 느껴졌다. 아스팔트에 뺨을 비비다시피 하며 간신히 보도까지 기어나왔다. 걸을 때는 전혀 의식하지 못한, 울퉁불퉁하고 거친 질감과 많은 사람들이 밟고 지나간 눌어붙은 껌, 폴폴 날아오르는 모래 먼지에 몇 번이나 숨이 막혔다.

식물의 아린 냄새가 강하게 나서 겨우 시선을 들자, 그날과 마찬가지로 가드레일 아래에는 빈병에 꽂힌 국화꽃이 흔들리고 있었다. 이 꽃을 공양받은 누군가도 가지이에게, 아니, 가지이와 비슷한 누군가에게 목숨을 잃었을지 모른다.

보도에 웅크리고 앉아, 리카는 깨달았다. 이런 식으로 피해자가 죽는구나. 각자 소중히 간직하던 것이 무참하게 부서지며. 이번에야말로 맞서야 한다. 가지이는 살인범이다. 직접 죽였든 그렇지 않았든 그런 건 문제가 아니다. 그녀 속에는 명백히 타인에 대한 격렬한 증오가 있다. 자신이 이렇게 사라질 뻔할 때까지 몰랐다. 자신의 부주의가 자초한 사태이긴 하지만, 가지이에게 받은 충격이 없었더라면 이렇게까지 정신을 놓칠 일은 없었다. 세 남자도 같은 감정의 흐름과 충격을 경험한 것이 분명하다. 가지이와 약혼한 프리랜서 편집자인지 뭔지도 언젠가 같은 기분을 맛보게 될 것이다. 몸 여기저기를 손바닥으로 조심조심 더듬었다. 팔꿈치와 무릎이 크게 까져서 새빨간 피와 분홍색 살이 보이는 것을 확인하고 몸이 떨려서 시선을 돌렸다. 피로 진득하게 젖은 손가락 끝에는 모래가 잔뜩 묻어 있다.

어릴 때는 다칠 때마다 무섭다는 생각도 없이 남 일처럼 질리지 않고 상처를 보았지……. 자기 주변만 시간의 흐름이 느려진 기분이었다. 보도에 쓰러져 있는데, 내 집 안방에서 편안히 쉬고 있는 듯한 무척 차분한 기분이 들었다. 파란 하늘이 떨어졌다. 이 대로 눈을 감으면 잠들어버릴 것 같다. 그때, 청바지 자락에서 운동화로 이어지는 가느다란 발목이 어른거렸다.

"괜찮으세요?"

여성의 목소리가 내려와, 리카는 상대를 올려다보았다. 아이를 데리고 있는 젊은 여자가 저 위에서 걱정스러운 듯이 내려다보고 있었다. 명백히 안전지대에 서 있는 사람이었다. 줄무늬 니트, 건강한 분홍빛 뺨. 이런 판국인데, 구치소 바로 옆에서 아이를 키우는 기분은 어떤지 취재하고 싶은 마음도 들었다. 시야 끄트머리에 맨션 고층의 빨래가 흔들렸다.

"경찰……, 구급차 부를까요?"

그녀는 몸을 구부리고 밝은 갈색 눈으로 이쪽을 들여다보았다. 리카는 간신히 몸을 일으키고, 마주보았다. 등을 구부려 팔다리를 오므린 것은 엄마 뒤에 숨어 있는 다섯 살 남짓한 남자아이에게 피를 보여서는 안 된다는, 나름의 배려였다.

"괜찮습니다. 고맙습니다. 신호도 보지 않고 터덜터덜 걸어간 제 잘못이에요. 뼈가 부러지진 않은 것 같아요. 일단 집에 돌아가서 처치를 해보겠습니다."

"알겠어요. 그런데 바로 움직이면 위험하니 택시를 잡아드릴게요. 댁은 여기서 머세요?"

"도쿄 안이니 괜찮습니다. 죄송해요, 정말로……."

"아뇨, 개의치 마세요. 우리 아이도 자주 그래서. 늘 상처투성인

걸요. 좋아하는 친구하고는 꼭 싸워서 흙투성이가 되고 어디가 까
지지 않으면 성이 풀리지 않는 모양이에요."

이쪽 마음을 달래주기 위해선지 그녀는 일부러 익살스럽게 말
하고는 물티슈와 수건을 건넸다. 벌떡 일어서서 차도를 보았다.
낭창낭창한 팔을 활짝 펴고 손을 흔들더니 이내 낙담하는 표정으
로 도로 내렸다.

"딱지 생기겠어요……."

문득 정신을 차리고 보니, 투명한 물방울이 살짝 서린 검은 눈
동자가 리카의 상처를 보고 있었다. 남자아이는 겁먹은 모습도 없
이 몸을 구부리고 찰과상을 빤히 들여다보고 있다. 부러워하는 눈
빛이어서 리카는 당황했다.

"좀, 그러지 마. 얘는 딱지 벗기기를 너무 좋아해요. 친구 것도
벗겨줄 정도로. 정말 죄송해요."

그렇게 말하면서도 젊은 엄마의 시선은 차도를 향해 있었다.

확실히 반바지 아래 뻗은 다리의 꽃봉오리만 한 무릎이나 손등
은 몇 번이나 딱지를 벗겨서인지 생채기 자국으로 가득했다. 특별
한 비밀을 털어놓듯이 남자아이가 귓속말을 했다.

"딱지는 맛있어요."

리카는 깜짝 놀라서 여려 보이는 뺨을 물끄러미 보았다. 젊은 엄
마는 이쪽에는 아랑곳하지 않고 오른손을 들어 겨우 택시를 잡았
다. 일어설 때 부축까지 해준 아이의 엄마에게 고맙다는 인사를 하
고, 허리부터 차에 실었다. 문이 닫혔다. 차 안의 방향제 향이 너무

강하다.

육십 대 후반으로 보이는 택시 운전사가 계속 이쪽을 신경 썼다. 좌석에 피가 묻지 않도록 손수건을 꺼내서 펼친 뒤 다시 앉았다. 유리창 너머로 엄마 옆에 선 아이가 손을 흔드는 모습이 천천히 멀어져 갔다. 힘없이 끄덕이는 게 고작이었다. 강을 건널 때 스카이트리가 순간 강하게 빛났다. 리카는 억지로 눈을 감았다.

30분 정도 지나, 약국이 입주해 있는 가구라자카에서 가장 큰 슈퍼마켓 앞에서 택시를 세웠다. 붕대와 소독약과 반창고와 거즈를 집었다. 식욕은 없지만, 영양이 될 만한 음료수라도 사야 한다. 이건을 알게 됐을 시노이 씨 등과 만날 심경이 아니었다. 오랜만에 집으로 돌아가면, 더 이상 외출을 하거나 요리를 할 기력은 남아 있지 않겠지. 지금부터 본격적으로 외톨이가 되어 보내야 할 밤을 생각하니 무서워져서 뭔가 자신을 달래줄 게 없을까, 열심히 찾았다. 문득 슈퍼 매장에서 흘러나오는 하얀빛에 이끌렸다.

유제품 매장 앞까지 비틀비틀 걸어갔는데 한 곳에 시선이 꽂혔다. 선명한 남색 로고가 새겨진 작은 포장이 힘을 과시하며 주위의 상품을 압도했다.

그 에쉬레 버터가 이런 평범한 슈퍼에 진열되어 있다니. 가격을 확인하니 1,000엔이 안 됐다. 그것 말고도 다양한 브랜드의 버터가 매장 가득 자리를 잡고 각자 자신을 내세우고 있다. 발효버터, 숙성버터, 무염, 가염…… 불과 몇 개월 전까지 1인 한 개 한정이었는데. 믿을 수 없을 정도로 빨리 물건의 가치는 달라져 간다.

리카는 하얀빛 속에 한참 동안 우두커니 서 있었다.

천장 형태가 특이하다는 것을 이 집에 산 지 10년이나 지나서 비로소 깨달았다.

나무 블록으로 만든 성을 엎어놓은 것 같았다. 위층과 양 옆집이 조금씩 리카의 영역을 밀고 들어와서 침식하고 있었다. 벽과 천장이 점점 밀려와서 공간이 좁아졌다. 차라리 이대로 벽에 짓눌려서 아예 사라져버렸으면 좋겠다고 생각했다. 리카는 눈을 감았다. 조금도 졸리지 않은데 침대에서 일어날 수가 없었다.

편집장에게 또 7일간의 휴가를 통보받은 지 오늘로 사흘째다. 나흘 전에는 살롱 드 미유코의 수업이 있는 날이었다.

많이 망설였지만, 리카는 혼자서 찾아가기로 했다. 레이코가 걱정되니까 같이 가겠다고 여러 차례 문자를 보냈지만, "미안한데, 이번에는 나 혼자 갈게" 하고 거절했다.

입구에서 인터폰을 누르고 머뭇머뭇 가명을 대자, 마담의 부드러운 목소리가 들렸다.

사실은 그 이름이 아니죠? 돌아가세요.

죄송합니다, 저기, 최소한 마담의 노트만이라도 돌려드리고 싶어요.

식은땀을 흘리며 애원했지만, 문은 끝내 열리지 않았다.

그 노트는 당신 거예요. 갖고 가세요. 다만, 앞으로 우리한테 상관하지 말아줘요. 부탁합니다. 이노라는 분한테도 그렇게 말 전해주세요.

감정이라곤 없는 사무적인 말투였다. 그녀 뒤에 깔린 침묵에는 학생들의 분노가 어려 있을 것이다.

이것은 용의주도한 복수였다. 가지이는 대체 언제부터 이 계획을 세웠을까? 맨 처음 이쪽에서 연락을 취했을 때일까, 친구가 되고 싶다고 애원했을 때일까, 레이코와의 접촉이 계기였을까? 아니면 딱 한 번, 리카 쪽에서 그녀를 내쳤던 그날일까.

어젯밤에 처음으로 자신의 이름을 컴퓨터로 조심조심 검색해보았다. 예상했던 일이지만, 각양각색의 악플이 홍수처럼 밀어닥쳤다. 얼마 전, 민낯에 옷도 대충 입고 했던 사내 여성지의 인터뷰가 어느새 웹 사이트에 올라간 탓에 리카의 얼굴 사진이 이미 나돌고 있었다.

외모를 비웃는 말이 상상 이상으로 많았다. 리카는 기사에 관한 의견보다 자신의 체형이나 생김새를 두고 퍼붓는 말이 훨씬 신랄해서 경악했다. 비만도 아니고, 그렇게 못생기진 않았다고 생각했던 만큼 충격이 컸다. 사람들 앞에 서는 직업이면서 체형 관리나 화장을 게을리하다니 여자로서 직무 태만이다, 노력이 부족하다 같은 신경질적인 의견이 눈에 띄었다. 이것이 가지이 마나코가 이제까지 받아왔던 시선이라고 생각하니, 그녀가 왜 그렇게 완고한 주관을 구축하고 살아왔는지 비로소 이해가 됐다. 그 정도로 장벽을 치고 강인한 정신력으로 자신을 긍정하지 않으면 당당하게 살아가기 어려울 만큼 외모에 대한 세상의 기준은 엄격했다.

리카가 가지이에게 연애 감정을 품었던 것 아니냐, 자기를 투영해서 미화했던 것 아니냐, 콤플렉스 때문에 애증이 깊어진 것 아니냐 등 인터넷상에서는 온갖 추측으로 난리가 났다. 여자란 모름지기 가지이 마나코의 당찬 면모와 현명함을 배워야 한다는 의견도 눈에 띄었다.

특히, 이 보이지 않는 누군가가 내뱉는 무심한 비판이 꼭 틀린 말은 아니란 점이 괴로웠다. 지난 몇 달 동안 정말 씩씩해졌다고 믿었는데, 어디까지나 혜택받은 안전지대에서 친한 사람들에 둘러싸인 가운데 이루어낸 아주 미미한 변화에 지나지 않았다. 자신은 여학교 시절부터 아무것도 달라지지 않았다. 댓글 하나하나를 읽을 때마다 머리가 깨질 듯이 아프고 식도가 불덩이를 삼킨 듯이 뜨거워지는데, 몇 시간이고 자신을 향한 조소를 읽는 행위를 도저히 멈출 수 없었다. 어인 일인지 이따금 어린 시절 추억이나 엄마가 문득 짓던 표정, 인기인이었던 고등학교 시절, 입사한 뒤의 이런저런 만남이나 성공이 떠올랐다. 눈앞에 이어지는 자신을 향한 비판과 그런 것을 비교해보니 지금까지 살아온 인생이 전부 거짓처럼 느껴졌다.

최초의 충격이 지나가자, 묘한 쾌감이 찾아왔다. 비난을 받으면 받을수록 어느새 몸도, 생각도, 감정도 녹아내려, 누구의 눈에도 보이지 않게 될 것 같은 느낌이 들었다. 이 존재 자체가 사라져, 수도권 연쇄 의문사 사건에 얽힌 수많은 에피소드의 일부가 되어가는 것을 실감하고 있다. 평소보다 오래 컴퓨터를 들여다봤더니 신경은 흥분되는데, 기력은 나지 않았다.

레이코에게도, 시노이 씨에게도, 엄마에게도 연락할 수 없었다. 사흘 전, 회사에서 먹고 자고 있어서 만나지 못한다는 내용의 똑같은 문자를 보내고 끝이다. 그들을 마주하면 이 모든 감정을 제어하지 못하고 순식간에 무너져내려, 다시는 일어나지 못하리라는 확신이 들어서였다. 그들이 무수히 전화를 걸고 문자를 보냈지만 도저히 답을 보낼 마음이 들지 않았다. 누군가에게 도움을 청해야 하지만, 아무도 자신을 도와주지 못할 것이다. 조만간 사표를 쓰게 될까?

지난 항소심으로 보아, 가지이 마나코는 무기징역을 면하지 못할 것이다. 가지이는 주변을 혼란스럽게 하는 자신의 천성을 어필하며, 피해자들의 죽음은 자연스러운 귀결이라고 주장할 작전인 듯하지만, 오히려 판사의 반감만 살 것이다. 그래도 타인을 엉망진창으로 만들면서 자기 욕망에 따라 산 그녀가 지금 리카보다 훨씬 더 인생을 만끽하고 있다.

누군가가 돌봐주기를 그저 바라기만 하던 피해자들의 나약함에, 도움을 청하지 않는 자존심에, 말은 하지 않았지만, 반감을 품은 적이 있다.

서로 돕고, 서로 응석을 부리는 건 부끄러운 일이 아냐, 기대, 하고 리카는 늘 주변에 말했다. 그러나 막상 자신이 그런 처지가 되니 도저히 다른 사람에게 손을 내밀 수가 없었다. 지금까지 리카가 한 행동이나 목적하는 바를 다 아는 레이코나 시노이 씨가 지금 이 모습을 본다고 상상하기만 해도 온몸이 뜨거워지고 피부에 통증을 느낄 정도였다. 리카가 내민 손을 잡아준 레이코도 시노이 씨도 얼마나 강한 사람인가. 어쩌면 지금까지 의지했던 것은 자신일지도 모른다.

이렇게 아무것도 하지 않고 보내는 시간은 어린 시절에도 없지 않았을까. 생각해보니 취미다운 취미도 없다. 텅 빈 위가 말라비틀어졌지만, 조금도 식욕이 생기지 않았다. 젤리 음료만 간신히 한 모금씩 넘기는 정도였다. 위통을 달래려고 몇 시간 만에 몸을 뒤척였다.

그때 손가락에 까슬까슬한 것이 닿았다. 짧은 스웨트 바지 아래로 뻗은 무릎이 눈에 들어왔다. 구치소 앞에서 그 남자애가 지적했듯이, 뜯어내고 싶게 생긴 붉은 딱지가 생겼다. 리카는 몸을 조금 일으켜 딱지를 유심히 바라보았다.

하얀 피부를 덮은 딱지는 무슨 화사한 요리 같았다. 흡사 버터에 볶은 베이컨과 비슷했다. 그애가 맛있다고 한 이유도 이해가 갔다. 그때는 놀랐지만, 생각해보면 리카 역시 유치원에 들어가기 전에는 뭐든 주저하지 않고 입에 넣었다. 정신없이 손톱을 물어뜯기도 했다. 단순히 어떤 맛일까 궁금해서 매끈하고 달콤해 보이는 색깔의 자갈을 핥은 적도 있다. 고텐바의 캠프장에서 그랬다. 당황해서 뱉게 하려던 엄마의 얼굴이 떠올랐다.

딱지를 계속 만지작거렸더니 홀러덩 벗겨지며 떨어졌다. 리카는 떨어진 딱지를 붙잡고 한참이나 바라보았다. 이 검붉은 핏덩이는 엎드려 누운 채로 죽은 아버지의 머리 주변에 고인 그것의 미니어처 버전 아닐까? 아버지와 딸이니까 성분이 비슷하겠지. 뭐든지 다 아버지를 닮았다. 살이 잘 찌는 이 몸도, 얼굴도, 자기 자신을 잃어버리는 면까지도.

그러고 보니 우유는 피로 만들어졌다. 그렇다면 버터도 피다. 살짝 핥아보았다. 쇠와 땀 맛이 났다. 미끈거리는 감촉에 무릎을 보니, 아프진 않은데 딱지를 뗀 상처에서 피가 가늘게 흘러내렸다. 너무 일찍 떼어냈나보다. 주르륵 흘러서 이불을 더럽히는 피를 보다가 방이 어두컴컴한 것을 깨달았다. 지금 몇 시지.

천천히 몸을 일으켰다. 온몸의 피가 순식간에 내려앉는 바람에 리카는 오른손으로 침대를 짚고 한동안 시야가 밝아지기를 기다렸다. 조심스럽게 커튼을 젖혀보니 하늘이 연한 쪽빛으로 물들었다. 창을 열자, 생각보다 꽤 따뜻한 바람이 불어왔다. 그것만으로도 초조함이 가라앉아서 리카는 주방으로 갔다. 뭐든 먹어야 한다. 공복감은 없지만 본능적으로 그래야 한다고 느꼈다. 냉장고를 열었지만 안은 텅 비어서 조미료와 버터 상자뿐이었다. 버터 나이프로 한 조각을 잘라 혀에 올렸다. 쩽한 차가움에 순간 몸이 움츠러들었지만, 버터는 금방 꿀처럼 녹아 건조한 입안에 막을 쳤다. 지금도 리카의 몸에 열기가 돈다는 증거다.

난 가지이의 피해자와 다르다……. 이렇게 스스로 일어나 입에 음식을 넣을 수 있다. 맛을 느낄 수도 있다. 그러니까 도움을 청하자. 리카는 마지막 남은 기력을 끌어모았다. 보기 흉해도, 규칙 위반이어도, 손가락질을 당해도, 죽지 않으려면 뭐든 해야 한다. 스마트폰에 손을 뻗어 한동안 보지 않은 그 이름을 찾아냈다. 이제 지켜야 할 것도 없으니까, 거절해도 그만이라고 자신을 달래며 떨리는 손으로 메시지를 보냈다.

미안해. 뭔가 먹을 것을 좀 갖고 와주지 않을래? 불편하다면 무시해도 돼.

여기에서 벗어나려면, 밝은 곳에 이르는 아득한 여정을 더듬으며 가야 한다. 가능한 한 장애물을 낮게 설정해서 하나하나 넘어가는 수밖에 없다. 제일 먼저 넘을 장애물은 불러야 할 상대를 이곳에 부르는 것이다.

얼마나 오랫동안 누워 있었을까. 인터폰 소리가 들렸다.

리카는 눈을 떴다. 스마트폰 시계를 보니 벌써 밤 10시가 지났다. 실내가 깜깜했다. 일어나려는데 위가 뒤틀렸다. 몸 안쪽에서 선해지는 찌릿한 아픔에 얼굴을 찡그렸다. 입 냄새가 고약했다. 몸을 단장할 시간도, 방을 정리할 여유도 없어서, 불을 켜고 위아래 스웨트 실내복 차림으로 현관문을 열었다.

문 앞에는 리카가 전혀 모르는 남자가 서 있었다. 굵은 목에 수건을 둘렀다. 아이돌 이름과 얼굴 사진이 새겨진, 에메랄드그린색의 약간 작다 싶은 티셔츠가 몸에 달라붙어 있었다.

"오늘 메구미가 졸업 공연을 했거든. 그래서 갈아입지 않고 그냥 왔어."

탈덕하지 않았냐고 물으려다가 입을 다물었다. 마코토는 딱히 이쪽을 걱정하는 기색도 없이, 운동화를 훌러덩 벗고 안으로 들어왔다. 옆을 지나갈 때, 배낭에서 삐져나온 아이돌 사진이 인쇄된 부채가 코끝을 스쳤다.

뭘 사 왔는지 궁금해서 지켜보는데, 개수대에서 손을 씻은 마코토는 봉지에서 우유, 달걀, 팬케이크 믹스를 꺼냈다. 식기 건조대에 엎어놓은 작은 냄비에 팬케이크 믹스 한 봉을 전부 붓더니, 우유와 달걀을 깨트려 넣었다.

마코토라면 어디에 뭐가 있는지 설명하지 않아도 된다. 고맙다고 중얼거리고는, 리카는 더 참견하지 않고, 침대에 누워서 잠깐 눈을 감기로 했다. 지금은 살아 있는 사람을 이렇게 집에 불러들이는 것만도 버거웠다. 긴 나무젓가락이 냄비에 탁탁 부딪히는 소리가 났다. 달콤한 가루 냄새가 여기까지 났다. 사실은 아무것도 먹기 싫었고, 왜 굳이 팬케이크인지도 모른다. 그래도 이렇게 요리를 해주는 것만으로도 고마웠다.

"너무나 꼴사나운 상황이어서 마코토 말고는 못 부르겠더라.

그렇게 헤어져놓고 재수 없는 거 알아. 그래도 마코토의 이런 거리감이 필요했어. 지금은 이런 거리감 없이는 누구와도 마주할 수가 없어."

냉장고가 열렸다. 이쪽이 한 말이 들리지 않는 모양이다. 마코토의 목소리가 들렸다.

"아아, 다행이다. 버터는 있네."

지글지글, 프라이팬에 버터 녹는 소리가 들렸다. 동물성 기름이라 그런지 생명이 느껴졌다. 샐러드유나 마가린에는 절대 없는 거칠고 요염한 향이다. 리카는 다시 한번 그를 향해 목소리를 짜냈다.

"그 기사 읽었지? 사과하고 싶었어. 제일 괴로운 사람은 마코토였을 거야. 나, 그날 있었던 일, 신주쿠에서 잔 그날 일을 가지이한테 말했어. 그렇게까지 상세하게 말하진 않았지만. 가지이가 자랑하던, 섹스한 뒤에 먹는 버터라면 맛을 알고 싶어서, 그걸 알면 가지이의 미각이나 감정을 알 것 같아서, 그래서 마코토를……."

마코토는 리카에게 등을 돌린 채 차분하게 말을 막았다.

"물론 기사를 읽고 처음에는 놀라기도 했고 화도 났어. 그렇지만 그때 어렴풋이 짐작은 했어. 뭔가 있는 것 같다고. 마치다가 자자고 한 건 처음이었잖아. 혹시 《주간 슈메이》에서 드디어 '죽을 때까지 섹스하기 특집'이라도 하나 의심도 했고. 넌 그런 사람이잖아. 뭐든지 일과 연결하는 사람. 뭐, 나도 그렇지만. 그래서 잘 맞았을지도 모르겠다."

"정말 아무 얘기도 하지 않았네, 우리."

안도하는 것과 동시에, 목에 찬바람이 들어와 콧속이 아팠다.

"애인이었다면 용서하지 못했겠지만, 이젠 아니니까. 저기, 어린 시절 엄마가 손수 케이크를 만들어주는 것을 동경하고 부러워했다는 얘기, 전에 했잖아. 그랬더니 누나가 나를 불쌍하게 여겼는지 팬케이크 믹스를 사서 구워줬어. 봉지 뒤에 적힌 대로 만들기만 하면 된다면서. 예전에 밸런타인데이 때 케이크 구워줬지? 이건 보답이야."

"예전이라니, 겨우 3개월 전인데."

리카는 스스로 생각해도 이상할 정도로 상처를 받고, 자기도 모르게 비난조로 말했다.

"그런가. 벌써 몇 년 전인 것 같네. 여기 온 적이 있었던가 싶고."

"『꼬마 삼보 이야기』는 마지막에 이렇게 끝나. 버터가 된 호랑이를 팬케이크로 구워서 먹어. 버터를 반죽에 섞었나. 아니면 케이크에 발랐나…… 아, 프라이팬에 녹였을까?"

리카가 중얼거린 말은 환기 팬 소리와 버터가 자글자글 끓는 프라이팬에 반죽 넣는 소리에 삼켜져서 아예 들리지 않았던 모양이다. 뒤집힌 반죽이 프라이팬에 철썩 달라붙는 소리가 들렸다. 잠시 후, 마코토가 접시를 손에 들고 이쪽으로 왔다. 메이플시럽이 반짝거리고 모락모락 김이 나는 완벽한 동그라미, 연갈색 팬케이크는 커다란 버터 덩어리를 녹이고 있었다. 과장스럽게 두 손을 모았다.

"잘 먹겠습니다!"

포크로 한 조각을 잘랐다. 연노란색 단면이 보였다. 자잘한 기포와 무수한 기둥 같은 생지가 노릇노릇 구워진 겉면을 잘 지탱하고 있었다. 반죽이 아주 잘됐다. 버터가 느릿느릿 이동했다. 아주 작게 자른 조각을 입에 넣었다. 씹으라고 이에 명령을 내리고, 억지로 입을 움직였다. 짭조름한 버터와 달콤한 시럽이 스며들어 부드럽고 따끈따끈한 팬케이크를 씹었다. 위가 뒤틀리는 듯한 소리를 냈다. 맛도 느꼈고, 질감이나 온도도 감지할 수 있었다. 이것만으로도 최악의 상황에서 벗어났다는 것을 알았다. 가슴이 메어 제대로 넘어가지 않았지만, 억지로 한입 더 먹었다. 목이 뜨겁고, 체하는 기분이었다. 계속 포크를 움직였다. 4분의 1 정도 먹고, 결국 한계가 찾아왔다. 토하지 않으려고 꾹 참으며 포크를 내려놓았다. 있잖아, 하고 입을 열자 달짝지근한 숨이 나왔다.

"혼자 설친 거였어. 제멋대로 빙글빙글 돌다가 결국 내가 있을 곳도 직장도 엉망진창으로 만들고, 주변 사람들에게도 상처만 줬어. 가지이의 피해자들과 똑같아. 그 여자는 이렇게 계속 사람을 짓밟으며 이겨나가겠지. 그런 인간이 점점 늘어나고, 나 같은 인간은 퇴화해서 모두 멸종에 이르게 되는 지도 모르겠어."

평소처럼 뭔가 파고들 틈도 없이 긍정적인 말을 할 줄 알았는데, 마코토는 한동안 말이 없었다. 드디어 입을 열었을 때는 리카가 억지로 한 조각을 더 입에 밀어넣은 후였다.

"메구미가, 아, 그러니까 내가 응원하는 아이돌 말인데."

그의 티셔츠 로고에 그녀 이름이 있었다.

"최소한 오늘 졸업 공연 때까지는 날씬하게 몸매를 만들어서 올 줄 알았는데 더 포동포동해졌더라. 그래도 환하게 웃으면서 즐거워했어. 최고의 공연이었어. 네 말이 맞았어. 난 그냥 단순하게 그애가 비난받으니까, 응원하지 않게 된 거야. 여러 사람이 욕하는 애를 좋아하기가 두려워서, 나까지 욕먹을까봐 응원을 그만두었다는 것을 깨달았어. 사실 남이 어떻게 보든 신경쓸 필요 없는데. 나도 모르는 사이에 무엇을 좋아할지도 남이 정해준 기준을 따르고 있었던 거야."

마코토는 빠른 말투로 정보를 꾹꾹 담아서 줄줄 설명했다. 리카는 약간 어안이 벙벙했지만 안심했다. 자신에게 보이지 않았을 뿐이지, 마코토는 분명 이런 대화를 누군가와 나눴을 것이다. 이쪽이 진짜이고, 리카가 알던 빈틈이라곤 없는 인간은 대외적인 모습이었다. 생각해보면 사귀기 전에 마코토는 〈암거暗渠〉*며 옛날 영화에 대해 몇 시간씩 열정적으로 이야기하는 남자였다.

"살이 쪄서……, 점점 다른 사람이 돼가는 메구미를 보며 버려진 기분도 들었어. 왠지 분하더라. 우리의 기대를 무시하는 것만 같아서. 그래도 오늘 그애는 정말 즐거워 보였어. 아, 이런 얘기 하면 기분 나쁘지?"

---

* 홍콩 액션 드라마.

"음, 그럴지도. 그렇지만 재미있어."

리카는 웃어 보였다. 입가가 올라가면서 약간 높은 목소리를 내는 자신에게 안도했다. 이런 상황인데도 마코토가 좋아하는 아이돌 이야기를 끝도 없이 해서 조금 기뻤다. 그렇게 어린 소녀에게 구원을 바랄 정도로, 마코토 역시 무언가와 싸우고 상처받았을 것이다. 리카는 그걸 알아주지 못했다.

"콘서트에 다녀오길 잘했어. 아이돌 역사에 남을 거야. 평생 자랑거리겠지. 마치다 덕분이야. 그때 그런 말을 해주지 않았다면 난 안 갔을 거야."

"날 위로하는 건지 덕질 얘기를 하고 싶은 건지 모르겠네."

어쩌면……. 가지이와 리카의 관계도 일종의 아이돌과 팬의 관계와 비슷한지 모른다.

"그럼 갈게. 아, 이거 CD야. 관심 있으면 들어봐. 진짜 명곡이거든."

마코토는 그렇게 말하며 포장지를 건네고 일어났다. 지저분해진 주방을 보고 미안하다는 듯이 어깨를 움츠렸지만, 리카는 웃으며 고개를 저었다.

"응, 잘 가. 나야말로 갑자기 불러서 미안해. 정말 고마웠어. 팬케이크 맛있더라. 나중에 들어볼게."

리카는 CD를 꺼내 가슴 위까지 살짝 들어 보였다.

"아, 맞다. 여기 두고 간 반바지 갖고 가고 싶은데. 이번에 메구미의 마지막 버스 투어로 보소반도에 가서 1박을 하거든."

안 빨았는데 괜찮겠냐고 말하고, 늘 넣어두는 곳에서 옷을 꺼내 건넸다. 이날까지 처분하겠다는 생각을 왜 못했을까? 그는 현관에서 운동화를 신고 손을 가볍게 흔들었다. 리카도 손을 흔들었다. 문이 닫혔다. 방이 다시 고요해졌다. 마코토의 냄새가 남았다. 이제 아무 느낌도 없었다.

여기에 들른 것도 단지 콘서트의 흥분을 누군가와 나누고 싶었기 때문인지도 모른다. 실컷 얘기했으니 기분이 풀렸겠지. 그래도 고마웠다. 그와 서로 껴안은 적이 있고 진지한 대화를 나눈 적도 있다는 게 새삼 신기했다.

만약 마코토가 SOS를 보내는 날이 온다면 무슨 일이 있어도 달려가야지. 왠지 그도 자신도 앞으로 오랫동안 혼자일 것 같았다. 방으로 돌아와, 마코토가 준 아이돌의 CD를 컴퓨터로 재생했다.

먹다가 만 팬케이크를 내려다보았다. 다 식고 굳어서 맛이 없을 것 같았다. 맨손으로 뜯어서 입으로 가져갔다. 갓 구웠을 때는 신경쓰이지 않았던 인공적인 단맛과 떫은맛이 혀에 남았다. 그때, 반죽 안에 뭉쳐 있던 버터가 혀에 차갑게 닿았다. 빛을 발하는 듯한 지방의 매끄러움, 부드러운 식감, 짠맛을 강하게 느끼고 눈을 번쩍 떴다. 아, 그런가, 녹은 버터는 금방 재생하는구나.

처음에 이 방에서 맛있는 버터를 먹었던 때의 감동이 몇 초 전의 일처럼 되살아났다. 역시 지난 반년은 무의미하지 않았다. 가지이를 만나지 않았으면 몰랐을 맛이나 향을 꼽아보았다. 부끄럽긴 하지만, 리카는 자기 인생에 이 경험이 필요 없으리란 생각은 들지 않았다.

문득 아래를 내려다보니 아까 딱지를 뜯을 때 흐른 피가 벌써 굳기 시작했다. 만져보니 몽글몽글 젤리 같았다.

좋아하는 친구하고는 꼭 싸워서 흙투성이가 되고, 친구의 딱지까지 뜯으려고 해요. 젊은 엄마가 어린 아들에 대해 했던 말이 생각났다.

상대를 통째로 삼키고, 사라질 때까지 씹는 것이 바로 가지이의 소통 방식이었다. 어쩌면 그녀 나름대로 애정을 쏟는 방식이지 않을까. 수도 없이 딱지를 떼어내서, 평생 사라지지 않을 흔적을 공들여 만드는 것처럼. 리카 역시 사랑을 받았던 걸까? 너무나 일그러진 방식이긴 했으나.

이런 굴욕을 당했어도 태연하게 다시 일어서야만 앞으로 나아갈 수 있다.

방을 둘러봐도 이제 벽이나 천장의 압박감이 신경쓰이지 않았다. 팔꿈치와 무릎을 덮은 딱지는 리카의 몸이 며칠 새 아주 조금이라도 재생했다는 증거다.

식은 버터가 팬케이크 위에서 하늘에 흐르는 별똥별처럼 하얀 흔적을 남겼다. 피도 버터도 금방 굳는다. 그러니까 괜찮다. 컴퓨터에서 흘러나오는 아이돌 노래는 예상과 달리 유치하지 않은 본격 펑크 디스코로, 생명의 기색을 지우고 있던 방을 정글 같은 습도와 원색으로 채웠다. 리카는 오랜만에 쌓아놓은 빨랫감을 세탁기에 넣었다. 젤리볼 세제를 한 개 넣고, 야간 모드 버튼을 눌렀다.

세탁기가 회전하는 조용한 소음과 소녀의 목소리가 언제까지고
서로 붙들고 뒤엉켰다.

16

하염없이 내리는 비는 그다지 거세지도 않은데 신주쿠역에서 몇 분 걷는 사이 신발 바닥에 빗물이 스며들어 양말이 축축해졌다. 보슬비가 며칠이나 그칠 줄 모르고 내린 탓에 여름이 왔다는 게 실감나지 않았다. 특히 오늘 같은 기압이면 호흡이 얕아져, 따듯한 물속을 떠다니는 기분까지 들었다.

아몬드 모양의 눈이 반짝거리는 중동 출신인 듯한 젊은 여성과 엘리베이터에서 내려 안내 데스크에도 나란히 섰다. 여성은 사라사* 비슷한 소재의 옷을 바스락거리며 몸을 굽혀 볼펜을 꼭 쥐고

---

* 다섯 가지 빛깔을 이용하여 인물, 조수, 화목 또는 기하학적 무늬를 물들인 피륙.

마치 문신처럼 보이는 이름을 적었다.

이제 리카는 입구까지 흘러오는 코를 톡 쏘는 냄새가 커민을 중심으로 한 향신료 향이라는 것을 안다.

커민은 마담이 즐겨 사용하는 향신료였다. 요리교실 기억은 웬만하면 떠올리지 않으려고 했는데, 느닷없이 맞닥뜨리자 감각이 방황했다.

요즘은 손이 많이 가는 요리를 만들 의욕도 시간도 없다. 몸에 밴 기계적인 작업을 하듯이 밥을 지어서 한 공기씩 냉동하고, 과일을 깎고 썰어서 지퍼백에 담고, 채소를 데치거나 소금에 절이고, 건조 식품을 물에 불리고, 닭가슴살과 안심에 술을 부어 전자레인지로 쪄서 손으로 찢어 같은 크기의 플라스틱 통에 담아둔다. 손만 움직이면 되는 일뿐이어서 작업 중에는 아무것도 생각하지 않아도 된다. 가지이의 기사가 떠올라 1밀리미터도 움직일 수 없어, 아무것도 먹기 싫어, 하며 몸이 무겁게 가라앉는 밤, 불도 쓰지 않고 용기에서 집어 그대로 입에 넣으면 되는 자신만을 위한 요리. 그런 요리를 담담히 준비하는 시간, 그저 연명을 위한 의식 같은 고요한 행위.

빽빽한 우산꽂이에서 연회색의 자잘한 꽃무늬가 있는 익숙한 우산을 발견하고, 그 옆에 자신의 비닐우산을 살포시 기대놓았다.

천장이 낮은 공간, 바닥에는 식탁과 의자가 비좁게 놓여 있었다. 벽 쪽에는 김이 나는 냄비와 밥솥, 산더미처럼 쌓인 과일과 치즈, 이름을 전혀 알 수 없는 채소 요리, 양고기, 단계적으로 색이 바뀌어가도록 배열된 여러 종류의 작은 쿠키. 그 앞에는 커다란 일회용 알루미늄 접시를 손에 든 사람들이 줄을 서 있었다. 대학생쯤으로 보이는 여성이 식탁마다 체리 주스를 따르며 돌아다녔다. 벽에는 모임의 취지를 설명하는 프로젝터, 매직으로 쓴 설명문이 붙어 있었다. 나이나 성별, 국적이 다른 사람들로 성황을 이루어 어린 시절의 즐거운 모임을 떠올리게 하는, 손으로 꾸민 공간이었다.

지정된 자리로 안내를 받아 가보니 거의 한 달 만에 만난 친구가 그다지 염려하는 기색도 없이 장난기 어린 표정으로 리카를 올려다보았다. 터키 문화를 일본에 널리 알리는 단체의 금식禁食 행사에 같이 가자, 가능하면 밥 먹지 말고 와, 라는 문자를 받았다. 의도가 짐작도 가지 않았지만, 회사를 빠져나와 오랜만에 사적인 용무로 도심에 왔다.

"신기하지? 스트레스를 이렇게 받아도 살은 별로 안 빠지더라."

그렇게 말하며 리카는 맞은편에 앉았다. 최근 한 달간 잠을 못 자는 나날이 계속됐다. 식욕도 완벽하게 돌아오지 않았는데, 살은 빠지지 않았다. 166센티미터에 59킬로그램이었다.

그렇지만 분명…… 몇 킬로그램을 빼도 합격점은 나오지 않으리란 것을 리카는 이제 알고 있다. 아무리 아름다워져도, 회사에서 고위직에 올라도, 가령 앞으로 결혼해서 아이를 낳아 키우더라도 이 사회는 여성에게 그리 쉽게 합격점을 주지 않는다. 지금 이러는 동안에도 기준은 계속 올라가고 평가는 점점 엄격해진다. 이런 무의미한 심판에서 자유로워지려면 아무리 두렵고 불안해도, 누가 비웃지 않는지 몇 번이고 뒤를 돌아보게 되더라도, 자기 자신을 인정하는 수밖에 없다.

"그래도 지금까지 비축해둔 영양 덕분에 어떻게든 서 있는 느낌."

다행이야, 생각보다 훨씬 건강해 보여서, 레이코는 말했다. 전에 비해 약간 통통해지고 혈색도 좋아 보였다. 리카는 오랜만이야, 하고 웃었다.

아마도 이 순간, 제일 친한 친구가 앞에 있다는 압박감만 극복하면, 자신이 바닥에서 벗어날 수 있다는 사실은 알고 있다. 역시온 세상에 비참한 꼴을 보였다 해도, 레이코 앞에서는 최대한 '왕자님'으로 있고 싶은 욕망을 버릴 수 없다. 위가 욱신거렸다.

"미안해. 힘들 때 아무것도 해주지 못해서……."

레이코는 말끝을 흐렸다. 두 사람 사이에 놓인 종이컵에서 붉은색 주스가 찰랑거렸다. 복잡한 향신료 향이 두 사람을 둘러싸고, 초로의 남성이 발현악기를 연주하기 시작했다.

"아니야. 나야말로 너를 도와주겠다고 큰소리쳐놓고 막상 내가 정신이 없어지니까 소홀히 해서 미안했어."

레이코는 료스케 씨와 밖에서 만나는 횟수를 조금씩 늘려가는 것 같았다. 시노이 씨가 마침내 맨션을 매각하기로 해서 원래 생활로 완전히 돌아간 모양이다. 최근 들어 시노이 씨에게 들은 얘기다. 레이코는 료스케 씨와 함께 이혼 서류를 작성해서 언제든 제출할 수 있게 해두었다. 호적에서 당장에라도 나갈 수 있다, 그렇다면 만나고 싶은 동안에는 최대한 같이 있고 싶다. 이런 식으로 생각하기로 했다고 한다.

"있잖아, 이 이프타르는 금식을 마치고 먹는 식사래. 터키의 라마단 체험 행사야. 어때, 오늘 금식했어?"

"응. 그런데 아침에 요구르트를 먹어버렸어. 맞다, 금식이라고 해서 은근히 다이어트하라고 압박하는 줄 알고 조금 상처받았거든! 업계도 그렇고, 인터넷에서는 또 뚱보에다 정신이 나갔다는 소리를 얼마나 듣는지."

"비난하는 자들만 있는 건 아니야."

자학 개그였는데, 레이코는 따스한 눈빛으로 바라보았다.

"너를 훌륭한 기자라고 말하는 사람도 얼마나 많은데. 네 견해가 옳고 가지이가 거짓말을 하고 있다며 배신을 당한 거라고 말하는 사람도 많아. 반대파가 있을 때는 반드시 찬성파도 있다는 걸 잊지 마. 온종일 집에서 한가하게 인터넷을 즐기는, 애 없는 전업주부의 조사망을 물로 보지 말라고."

그녀로서는 드물게 조곤조곤한 말투였다. 레이코가 절박해 보이지 않아서 리카도 크게 안도했다. 레이코가 위로하려고 하는 말이 아님을 자연스럽게 이해했다. 눈물이 날 것 같아서 얼버무리려고 리카는 아무렇지 않은 척 말을 이었다.

"사실 니도 진에 비하면 얼마나 한가한지 몰라. 사과하러 돌아다니느라 정신이 없을 뿐이야. 부서 이동은 아직 미정인데 사실상 현장 일에서는 완전히 제외됐고, 내근직으로 사무 업무나 조사만 하고 있어. 만나자고 해줘서 고마워. 정말 기분 전환이 되네. 역시 이렇게 둘이서만 노니까 좋다."

둘은 접시를 손에 들고 뷔페 줄에 섰다.

형형색색의 채소와 과일. 모두 평소에 슈퍼마켓에서 보는 물건보다 훨씬 큼직하고 색상이 화려해서 이국의 시장에 온 기분이었다. 케밥과 다양한 종류의 빵도 먹고 싶었지만, 역시 쌀에 끌렸다. 양고기를 넣은 필라프, 포도잎으로 싼 필라프, 안에 필라프를 채워 구운 피망이 특히 마음에 들었다. 식감이 매끈매끈한 물만두에 단맛이 전혀 없는 요구르트소스를 곁들인 음식도 식욕을 자극했다. 콩 샐러드는 씹을 때마다 뱃속에서 강인한 무언가가 솟구쳤다. 시럽을 듬뿍 머금은 작고 단단한 파이는 어금니가 찌릿할 정도로 달아서 평소 쓰지 않는 뇌의 부위에 꿀 색깔의 빛이 내리쬐 녹아내릴 것만 같았다. 같은 파이를 먹은 레이코는 조금 괴로운지 미간을 찌푸렸다.

"터키 과자는 진짜 말도 안 되게 달다. 혀가 아릴 정도야."

"응. 진짜 달다. 그래도 난 이거 마음에 들어. 하루에 한 번 먹는 식사가 이렇게 풍족하다면 황홀경에 빠질 정도로 만족스럽겠다. 나, 금식을 오해했어. 먹지도 마시지도 않고 며칠간 버티는 괴롭고 힘든 일인 줄 알았어."

"그지. 참, 이거 읽어봐."

레이코가 주름접이식 팸플릿을 펼쳐 보여주었다. 리카는 소리

내어 읽었다.

"금식이 면제되는 사람은 여행자, 환자, 임산부, 어린이, 생리중인 여성, 의지력이 약한 사람, 그리고 실수로 금식을 어긴…… 사람?"

리카는 순간 웃음을 터트렸다. 레이코가 그치? 하듯이 고개를 끄덕였다.

"금식을 반드시 해야 하는 건 아니구나……?"

"응, 할 수 있는 사람만 하면 된다고 생각한대. 못 할 때는 쉬어도 되고. 못 한 날만큼 베풀면 된다더라. 라마단은 원래 가난한 사람들의 처지를 이해하려는 행사지, 고행이나 감량이 목적은 아니야. 요즘 사회에서 이슬람교는 굉장히 오해를 받기 쉽잖아? 이 행사는 터키인들이 전하는 신의 올바른 가르침을 알아주길 바라는 의미도 있다."

"와, 괜찮다. 할 수 있는 사람만 하면 된다니……."

"그렇지. 모든 일에 다 해당하는 얘기야. 그러니까 리카."

레이코가 의자에서 살짝 등을 떼었다. 팸플릿에 인쇄된 한 문구를 가리키며 또박또박 암송했다.

"알라는 너희들에게 평온을 구하고, 고난을 구하지 않노라."

"……평온을 구하고 고난을 구하지 않노라."

리카도 무심코 반복했다.

"그래. 만약 신이 있다면 우리가 주어신 시련에 괴로워하는 모습에 만족하거나 기뻐할 리 없잖아. 그러니까 뭐든 다 자기 힘으로 극복해야 하는 건 아닐지도 몰라. 계속 성장해야만 하는 것도 아니고. 그보다 오늘 하루를 무사히 마치는 게 훨씬 더 중요해."

리카는 새삼스럽지만, 레이코의 외모가 정말 마음에 든다고 생각하면서 그녀를 바라보았다. 자신에게는 없는 요소로 이루어졌다. 달콤하고 부드러우면서도 독기나 우울이 깃든 향신료도 있다. 흔한 레시피로는 절대 만들지 못하는, 향이 강하고 맛이 풍부한 프티푸르* 같다.

"이번주에 료스케랑 대학병원에서 상담받을 거야. 둘이서 해결하려고 아등바등하고 다른 부부는 어떤지, 이상적인 것은 무엇인지 고민하는 거, 다 그만뒀어. 료스케도 서로 힘들어하지 않기 위해서라도 여러 방법을 찾아보고 싶대. 어떤 결과가 나올지는 모르지만, 나, 잘되지 않는다 해도 더 이상 부끄러워하지 않을 거야. 도움을 받을 거야. 돈이 필요하다면, 가나자와의 부모님에게 도와달라고 부탁할지도 몰라. 부모에게 손 내밀면 지는 거다, 이기적이다, 한심하다, 그런 생각도 이제 안 해. 부모님은 당황스러워하는 것 같지만, 일단 이야기만이라도 듣고 싶다고 하셔서 처음으로 료스케랑 같이 만나러 가려고. 그리고 공부도 겸해서 동네 한방약국에서 경리 아르바이트를 하기로 했어. 이젠 더 이상 폭주하지 않을 거야, 괜찮아. 앞으로 아이를 갖지 못한다 해도 어쩔 수 없다고 생각하기로 했어."

• 한입 크기의 작고 귀여운 과자류나 간식.

잘했어, 나도 그게 좋다고 생각해⋯⋯. 말을 하는 대신 리카는 고개를 열심히 끄덕였다.

"리카는 절대 실패한 거 아냐, 나에 비하면 망신당한 것도 아니라고. 가지이 같은 여자와 엮이면 누구라도 그렇게 돼. 다들 가지이에게 어김없이 여자는 상처받고 남자는 죽는 게 아닐까? 자, 나를 봐."

레이코는 장난스럽게 양손을 활짝 펼쳐 보였다.

"고마워. 얘기해줘서."

마치 그리운 동급생 얘기라도 하듯이 덤덤한 말투로 레이코는 말을 이었다.

"뭐가 문제인 걸까, 우리. 어찌되었든 그런 여자한테 끌렸잖아. 가지이가 여자 친구를 원했다는 걸 알고 뭔가 안심도 되더라."

리카가 진심으로 끌린 대상은 가지이 마나코가 아니라, 그녀라는 존재가 좋아서 어쩔 줄 모르는 여자들 아닐까? 자신을 있는 그대로 긍정하지 못하고, 자신감과 광기로 넘치는 여자 쪽이 옳은 것 같아서 그녀에게 빠진 고지식한 여자들. 믿고 자신의 얘기를 할 사람이 필요한 모든 여자들 아닐까?

"치즈 씨도 나한테 비슷한 말을 했어."

"뭐야, 그 사람이랑 연락해?"

놀라서 되물었다. 레이코는 체리 주스를 한 모금 마시더니, 달짝지근하고 새큼한 숨을 내쉬었다.

"응, 연락해. 본명도 밝혔어. 너랑 사실은 어떤 사이인지도, 내가 어떻게 자랐는지도. 그쪽이 마음을 열어주기를 바란다면 이쯤은 해야지. 사실은 리카가 일하는 방식을 베낀 거지만."

"레이코, 커뮤니케이션 능력 대단하다. 나보다 훨씬 기자 체질인데? 치즈 씨, 나한테 당연히 화났겠지."

"지금은 그렇지도 않아. 시간을 들여서 이런저런 얘기를 나눴거든. 나와 리카의 관계나 개인적으로 꽤 부끄러운 일까지도. 그보다 오히려 걱정하고 있어. 일이 그렇게 돼서 리카가 몸도 마음도 망가졌을까봐. 치즈 씨는 나가타초에서 의원 비서로 일한대."

"아아, 그래서 어디서 본 것 같았구나……."

스타벅스에서 보낸 밤을 떠올렸다. 자신과 비슷한 차림을 한 그녀와 지금처럼 오래 사귄 친구처럼 마주 앉아 있었다. 벌써 몇 년은 지난 것 같다.

"그나저나 용케 연락했네."

"이대로는 안 된다고 생각했어. 치즈 씨도 얘기를 들어주길 원하는 것 같았고. 가지이를 좋아하는 여자, 가지이와 얽힌 여자는 모두 대화할 상대가 필요할 테니까."

그건 아마도 가지이 자신이 누구보다 동성의 대화 상대를 필요로 했기 때문일까.

"아, 너도 치즈 씨 만나볼래? 다음에 치즈 씨도 나오라고 할까? 아직 너무 이른가?"

순간, 시야에 리본 같은 것이 흘렀다. 리카는 시선을 모았다. 팔랑팔랑 춤추는 그것은 가로 방향으로 쓰인 블로그의 글이었다.

좀더 빨리 깨달았어야 했다. 이렇게 중요한 것을 왜 잊었을까? 가지이의 조서도, 블로그도 수없이 되풀이해서 읽었는데. 체포 하루 전인 11월 28일의 블로그에 가지이는 분명히 이런 글을 쓰지 않았던가. 몇 번이고 이 눈에 새겼을 터인데. 도쿄구치소에 다니기 시작한 무렵에는 특히 더.

크리스마스에는 칠면조를 구울 생각이라고, 가지이는 분명히 썼다. 요리교실에서 배운 레시피를 따라 하겠다고 언급하기도 했다.

칠면조를 그렇게 싫어했으면서. 교실을 뛰쳐나온 지 두 달 만에 도대체 어떤 심경의 변화가 있었을까? 누구를 대상으로 무엇을 어필하려고? 그보다 레시피를 어떻게 손에 넣었을까?

당시 그녀는 메구로의 자택을 떠나, 가와사키에 있는 요코타의 집에서 부지런히 집밥을 해주고 있었을 터다. 레이코를 데리러 갔을 때 본 자그마한 주방이 떠올랐다. 거기에 칠면조가 들어갈 만한 오븐은 있을 것 같지 않았다.

"레이코, 치즈 씨한테 몇 가지 확인 좀 해줬으면 하는데."

발현악기 연주가 어느새 끝났다.

"이 집을 사겠어요. 사게 해주세요."

리카가 펼친 도면은 석 달 전에 야마무라 씨에게 소개받은 공원 근처의 커다란 오븐이 있는 3LDK로, 지은 지 30년 된 오래된 집이었다. 니시신주쿠의 키다리 빌딩 안에 입점한 소규모 부동산에서, 둘은 칸막이가 있는 탁자를 사이에 두고 마주 앉았다. 정오가 지나 다른 사원들은 외근중이었다.

"그렇게 섣불리 사면 곤란합니다. 비싼 물건을요. 그리고 집을 보러 다니던 도중이었잖아요? 근데 연락도 안 되고."

지금까지와 달리 냉담한 태도와 경멸하는 눈초리에서 그녀가 이미 이쪽 정체를 알고 있음을 짐작할 수 있었다. 가지이에 관한 뉴스라면 아무리 소소해도 야마무라 씨가 놓칠 리 없다. 최소한 인터넷에 돌아다니는 정보는 전부 파악했을 것이다.

"그게 아니에요. 두 가지 이유가 있어요. 둘 다 제 사정이지만요. 첫번째는 무슨 일이 생겨도 회사를 계속 다닐 이유를 만들기 위해 당장 대출을 받으려는 거예요. 다행히 입사 이후로 돈을 쓰지 않았고, 엄마도 용돈을 절대 받지 않아서 계약금은 충분히 모았어요. 되도록 지체하고 싶지 않은 마음도 있어요. 두번째는 당신과 친해져서 나중에 인터뷰를 하고 싶어요. 저는《주간 슈메이》기자입니다. 이미 아시겠지만."

리카가 빠르게 말하고 나자 순식간에 그녀의 눈에서 감정이 사라지고 둘 사이에 벽이 생겼다.

"물론 뛰어난 부동산 중개인인 당신에게, 고작 3000만 엔짜리 거래로 도움을 주었다곤 생각하지 않아요. 당장 취재를 허락해주실 리도 없겠죠. 그냥 무시하셔도 괜찮아요. 하지만 저에게는 일생을 건 쇼핑인 것 아시죠? 그러니까 당신한테 사고 싶어요. 저는 이것으로 제 길을 막는 거예요. 일에서 벗어나지 못하게 하는 거죠. 그것도 최대한 빨리요. 그래서 지금까지 소개해주신 집 중에서 바로 결정해버렸어요."

순간, 야마무라 씨의 표정이 험악해졌다. 창으로 들어오는 햇살의 각도 탓인지 얼굴의 솜털이 다 일어난 것처럼 보였다. 그녀는 지긋지긋하다는 투로 말했다.

"부럽네요. 대형 언론사 기자는. 결국 당신들은 아무리 세상의 규탄을 받아도, 우발적으로 한 사람의 인생을 엉망진창으로 짓밟아도 안전망이 있네요. 세상에 그런 직업이 얼마나 있겠어요? 뜬금없이 충동적으로 30년 가까이 상환해야 하는 대출을 당당하게 받는 독신 여성이 지금 일본에 몇이나 될까요? 자기가 고독하다거나 제일 힘들다는 생각, 죽어도 하지 말아요. 그런 일을 당했어도 난 절대 당신이 불쌍하다고 생각하지 않으니까."

"제가 운이 좋은 편인 건 알아요. 그래요, 돌아가신 동생분과 저는 비슷한 세대이고, 노동시간이나 사생활이나 연봉도 거의 같죠. 저와 동생분의 차이는 어쩌면 성별뿐일지도 몰라요."

야마무라 씨가 크게 숨을 내쉬었다. 한 대 맞을 각오를 했는데, 그녀는 표정 변화 없이 일어나 정수기로 가서 물을 한 잔 마셨다. 플라스틱 통에 담긴 물이 거품 방울을 터뜨리며 쿠루룽 소리를 냈다. 다시 돌아온 야마무라 씨의 얼굴을 보니 힘이 모두 빠져 있었다. 입술이 떨렸다. 의자에 털썩 앉더니, 이제는 이쪽이 뭘 해도 상관없다는 듯이 지친 말투로 물었다.

"사람을 이렇게 몰아가는 게 즐거워요? 다른 유족들도 있을 텐데 왜 나예요?"

"당신은 동생분 죽음에 일말의 책임이 있다고 생각하시니까요. 지금까지 언론에 한 발언이나 일하는 모습을 보면서 느꼈어요. 동생분은 지나칠 정도로 가정적인 여성에게 집착했어요. 그런 면이 당신이나 어머님을 상처 입히지 않았을까요? 그래서 집이란 데 집착하는 거죠. 그런 식으로 대형 건설사를 그만두고도, 또 집 다루는 일을 하는 이유도 그것 때문 아닌가요?"

고개를 든 그녀에게서 달콤한 물냄새가 났다. 항소심에서는 야마무라 씨 동생의 사생활이 다시 공개됐다. 전철 관련 취미 생활을 하고 직장을 오가는 일 외에는 아무것도 없는 일상은 몹시 외로웠을 것이라고 단정했다. 카페의 노트에 쓴 시는 가지이를 향한 마음이 아니라, 단순히 일 때문에 받은 스트레스를 토해낸 것이라는 견해가 강했다.

"대체 가정적이란 게 뭘까요. 가정적인 맛이니 가정적인 여성이니."

리카는 혼잣말처럼 말했다. 야마무라 씨가 귀를 기울이고 있는지 어쩐지는 모른다.

"가족의 형태가 이렇게 다양화된 오늘날엔 아무 실체도 없는 거잖아요. 형태 없는 이미지에 휘둘려서 남자도 여자도 압박을 느끼고 괴로워해요. 사실 이 사건의 본질이 거기에 있는 것 같아요."

정수기 물이 또 큰 거품을 터트렸다.

"생각없이 이 집을 사려는 게 아니랍니다. 이 집에는 멋진 오븐이 붙박이로 있어요. 소개해주신 집 중에 이렇게 큰 오븐이 있는 집은 여기뿐이었어요. 저, 칠면조를 굽고 싶어요. 최대한 빨리요. 결심이 흔들리기 전에. 가지이 마나코가 유일하게 만들지 못해서 맛보지 못했던 메뉴거든요."

"그런 걸 가정집에서 구울 수 있어요……?"

야마무라 씨가 미심쩍은 눈으로 이쪽을 보았으나 시선을 마주치지 않으려고 조심하는 태도가 역력했다.

"요리교실에 다닌 덕분에 살롱 드 미유코의 뵈프 부르기뇽 레시피도 입수했어요. 동생분이 돌아가시기 직전에 가지이가 만들어준 요리예요. 살롱 드 미유코에 다니는 지인을 통해서 손에 넣었어요. 만들어보기도 했어요. 어제요."

"이봐요, 나보고 어쩌라는 거예요?"

나직한 목소리였지만 비명처럼 들렸다. 야마무라 씨는 항의를 담아 리카의 코 근처를 노려보았다. 리카는 이제야 그녀와 피해자의 용모에서 비슷한 부분을 발견했다. 어려서는 붕어빵처럼 닮은 남매로 통하지 않았을까.

"비프스튜라고 생각하신 것 같아요. 그래서 동생분은 밥에 끼얹어 먹으려고 했죠. 가지이는 법정에서 그 말을 하면서 웃었는데, 만들어보니까 뵈프 부르기뇽은 정말로 비프스튜랑 레시피가 거의 같았어요. 양식은 메이지시대 때 유행하기 시작한 유럽 요리를 일본인 입맛에 맞춘 요리니까, 동생분이 느낀 소감은 틀리지 않았어요."

"그래서 그게 어쨌다는 말인가요?"

"비프스튜는 어머님께서 잘하시던 요리 아니었나요? 두 분은 어머님이 만드신 비프스튜를 하야시 라이스처럼 항상 밥에 끼얹지 않았나요?"

야마무라 씨는 대답하지 않았다. 그저 도면의 주방만 바라보았다.

"뵈프 부르기뇽만 만든 게 아니에요. 저는 요 몇 달 동안 가지이 마나코가 만든 요리를 전부 다 만들어봤어요. 피해자가 왜 끌렸는지, 가지이가 그들의 무엇을 채워주려고 했는지, 그녀 자신은 무엇을 느꼈는지 막연하게나마 알 것 같아요."

야마무라 씨는 등받이에 몸을 기대고 나지막이 중얼거렸다.

"기자는 그런 일까지 해야 하나요? 뭔가 과해 보이네……."

"야마무라 씨도 일하실 때 비슷한 유형인 것 같은데요. 개인적으로 시간을 내서 담당 매물이 있는 동네를 직접 다니며 지역 주민이 아니면 모르는 정보까지 입수하는 거, 두 번 같이 집을 보러 갔을 뿐인데도 알 수 있었어요."

얼마쯤 있다가 그녀가 한숨 섞인 투로 내뱉듯이 말했다.

"우리는 한부모 가정이나 마찬가지여서, 엄마가 일 때문에 바빠 집안일에 시간을 내지 못했어요. 그래서 속죄라도 하듯이 남동생만은 마음껏 응석을 부리게 하셨죠. 난 뒷전이었고요. 동생이 바라는 건 뭐든지 들어주려고 했어요. 내가 가지이만은 안 된다고 말리라고 해도 도키오가 신부로 맞이하고 싶어 한다면 좀더 상황을 지켜보자는 소리만 했어요. 엄마도 가정적인 여성이라는 데 콤플렉스가 있어서 그랬을 거예요. 우리 집에서 먹은 음식은 밀가루를 볶아서 제대로 만드는 것이 아니라 인스턴트 가루를 쓴 비프스튜였어요. 그래도 채소를 숭덩숭덩 썰어서 넉넉히 넣고 된장이랑 버터도 약간 넣었을 거예요."

의자를 책상에서 조금 떼어내고 다리를 꼬자, 그녀 본연의 부드러운 곡선이 드러났다.

"들어보니 그것도 요리인걸요. 훌륭한 집밥이에요."

그렇게 말하자, 마침내 야마무라 씨 얼굴에 어색하게나마 미소가 지어졌다.

"왜 이런 얘기까지 해버렸을까. 이제 지긋지긋한데."

"제가 다시 인터뷰하게 해주세요. 이번 일로 세상에 내 이름도 얼굴도 다 알려졌어요. 가지이 마나코를 제대로 보지 못했을지도 모르지만, 그녀의 사건으로 명예가 더럽혀진 여성들이라면 제대로 볼 수 있습니다. 왜냐하면 그들 모두 나와 많이 닮았으니까요. 기회를 주시지 않겠어요? 물론 사생활을 지키고, 전에 저희가 저질렀던 무례……, 야마무라 씨 일에 지장이 가지 않도록 최대한 배려하겠습니다."

어디선가 아이의 앙칼진 목소리가 들린 것 같았지만, 고슈가도를 달리는 자동차의 브레이크 소리 같다. 야마무라 씨는 자리에서 일어나더니 그제야 정수기의 뜨거운 물에 오늘 처음으로 차를 타주었다.

'이번에 구입한 새집을 소개할 겸, 8월 1일 저녁에 저희 집에서 작은 파티를 엽니다. 칠면조구이를 할 거예요. 항상 저를 도와주시는 여러분, 이번에 꼭 와주세요. 직접 만들어도 좋고 사도 좋으니 각자 좋아하는 음료와 음식을 한 가지씩 가지고 와주시기 바랍니다. 의자나 탁자가 부족하니, 가능하신 분은 쿠션이나 방석을 지참해주시면 감사하겠습니다. 마치다.'

문자를 보내자마자 도울 일이 없는지 유우가 제일 먼저 연락해주었다. 항상 레이코가 제일 먼저 연락하는데, 지금은 료스케 씨와 생활을 재정비하느라 바빠서인지 신경쓸 여력이 없는 모양이다. 그래서 리카는 조금 기뻤다.

유우의 배려를 고맙게 받아들이기로 하고, 퇴근 후 그녀와 함께 아자부의 외국인 대상 슈퍼마켓에 갔다.

레이코, 료스케 씨, 유우, 기타무라, 시노이 씨, 엄마, 미즈시마 씨, 편집 프로덕션에서 일하는 미즈시마 씨의 다섯 살 연하 남편, 어린이집에 다니는 미즈시마 씨의 딸. 다 모이니까, 그럭저럭 아홉 명이 됐다. 한 명만 더 있으면 열 명이어서 망설였지만, 마코토는 초대 손님에서 빼기로 했다. 자신이나 마코토는 괜찮아도 주변이 신경쓸 테니까.

입구에서 바로 이어지는 에스컬레이터를 타고 올라가자, 바구니에 한가득 쌓인 용과와 리치가 두 사람을 반기고, 신선식품 매장 특유의 서늘하고 달콤한 공기가 감쌌다. 벌써 밤 10시를 지난 탓인지 손님은 거의 없었다. 오렌지와 생고기 냄새가 진동했다. 유리 진열장이 저 멀리까지 이어진 고기 매장은, 온갖 문화권 요리를 만들 수 있을 만큼 일본 최고의 상품 구색을 자랑한다는 소문이 허풍이 아님을 입증하듯, 악어 고기와 털 달린 짐승의 팔뚝 같은 고기까지 있었다.

몇 미터에 달하는 냉동고에 칠면조가 꽉 채워져 있었다. 비닐 코팅 하여 망을 씌워놓은 거대한 럭비공 같은 칠면조는 작은 수박 만 한 크기부터 웅크리고 잠든 갓난아기 정도의 크기까지, 다양하게 갖추어져 있었다. 실수로 발에 떨어뜨리면 뼈가 부러질 정도로 꽁꽁 얼었다.

밑간이 된 것을 찾았지만 없었다. 어쩔 수 없이 간이 되지 않은 서리 낀 고기를 만져보면서 5.8킬로그램 정도 나가는 것을 골랐다. 소문으로 듣긴 했지만, 영어로 표기된 가격이 생각보다 저렴했다.

새집 오븐의 철판이 얇아 육즙이 넘칠 것 같아서 칠면조 전용으로 바닥이 깊은 특대 크기 알루미늄 용기도 손에 들고, 계산대를 향해 카트를 밀었다.

"선배, 보냉제는 안 넣어도 괜찮아요?"

"괜찮아. 지금부터 사흘 동안 해동할 거니까. 집까지 가는 정도면 뭐."

부탁하지도 않았는데 유우는 종이 접시와 종이컵, 플라스틱 포크를 카트에 척척 담았다. 막 이사를 했으니 열 명분의 접시가 없지 않느냐는 말을 듣고서야, 리카는 식기를 아예 생각조차 못했다는 걸 깨달았다. 유우가 황당하다는 듯이 웃으며, 괜찮다고 했는데도 종이류를 전부 자기 돈으로 계산했다.

서늘한 슈퍼에서 나오자, 습기를 머금은 미지근한 바깥 공기가 기분좋았다. 칠면조를 넣은 비닐봉지 손잡이를 유우와 나눠서 들었는데도 허리까지 묵직하게 전해지는 무게는 변함이 없다. 나란히 길을 걷는데 유우가 아, 하고 작게 소리를 지르더니 이내 어쩔 줄 모르는 표정을 지었다. 그 시선을 따라가보니 대형 서점 체인점 앞에 포스터가 붙어 있었다. '가지이 마나코 첫 자서전 8월 10일 발매.' 오랜만에 본 가지이의 사진은 보도에 쓰이는 익숙한 것이지만, 포토샵을 해서 실물보다 훨씬 젊고 아름다워 보인다.

"벌써 가제본이 돌기 시작한 것 같던데, 당연히 안 팔릴 거예요. 저 여자 남편이 밥맛없는 구두쇠에다 삐뚤어진 관종이어서 좀 팔아보려고 여기저기 돌아다니긴 하겠죠. 원고 자체는 다들 재미없다고 그래요. 실제로 읽을 만한 게 못 돼요."

유우는 화가 났는지 빠른 어조로 갑자기 퍼부어댔다.

"가지이는 철저하게 주관적인 사람이잖아요. 읽어보면 딱 별볼일 없는 할리퀸 로맨스 같은 느낌이에요. 실력 있는 제삼자가 썼더라면, 넘치는 자기애도 그럭저럭 봐줄 만할 텐데 이건 대놓고 별로예요. 마치다 선배가 쓴 기사가 더 현실감 있고 재미있고 절실함이 있어요."

그러고 보니 연수를 거쳐서 결정된 유우의 소속은 논픽션 편집부라고 들었다.

"어쩔 수 없지. 왜냐하면 이 사람."

자기 말에 귀 기울여줄 상대가 없으니까, 라는 말은 꾹 삼켰다.

이렇게 주목을 받고 지지해주는 이성이 있어도, 사실을 왜곡해서 계속 떠드는 한, 가지이는 영원히 외톨이일 것이다. 아무리 소리쳐봐야, 아무도 받아주지 않는 말을 홀로 배출하는 데 지나지 않는다. 리카는 추하다고도 불쌍하다고도 생각하지 않았다. 그저 당연한 사실로 인식했다. 나름대로 살아가는 하나의 방식일 테고, 그런 사람이 어디 한둘이겠는가.

가지이는 이쪽을 조용히 보고 있다. 거봉 같은 눈이 리카를 빤히 보고 있다. 마치 도전하는 것처럼.

무엇이 거짓이고 무엇이 진실인가. 둘 다 별 차이는 없어. 그렇다면 내가 맛있다고 느낀 쪽을 선택하는 게 뭐가 나빠? 씁쓸한 진실이 도대체 몸의 어디를 채워준다는 거야. 살벌하고 재미없는 현실에 녹인 버터를 듬뿍 발라 향신료와 조미료로 맛을 내는 게 뭐가 나쁘지? 보고 싶은 것만 보는 게 뭐가 나빠. 그것이 나 나름의 처세술이고, 살아오면서 자연스럽게 그렇게 된, 역사에 기초한 진화의 한 형태인걸. 당신은 진심으로 모든 것에 바르게 맞설 가치가 있다고 생각해?

글쎄, 이 세상은 살아갈 가치가 있는 것인지 모르겠네?

"가지이 마나코는 알고 보면 미식가가 아닐 거야."

리카는 그렇게 중얼거렸다. 달리는 대형 트럭이 배기가스와 함께 가지이와 자신을 갈랐다.

유우가 의아한 표정을 지어서 리카는 그녀가 든 비닐봉지 손잡이를 빼앗아 들고 걷기 시작했다.

품이 많이 드는 맛있는 음식만 먹고 싶은 것은 아니다. 심야에 사무실에서 허겁지겁 먹는 편의점 도시락이나 컵라면, 혼자 있는 밤에 목이 메여가며 먹는 찬밥과 낫토, 플라스틱 밀폐 용기에 쟁여둔 반찬. 상상이 가지 않는 미지의 맛까지 전부 똑같이 좋아한다. 괴로운 감정이나 굴욕도, 두려움도 앞으로 실컷 맛보겠지만, 그것 역시 그리 싫지 않다고 생각하는 이유는 모든 맛을 알고 최악의 상황을 헤쳐나온 뒤이기 때문일까.

리카는 가지이에게서 시선을 돌려 네온과 배기가스로 가득 채워진 롯폰기의 밤하늘을 보았다. 아무리 오염됐어도 가지이 마나코의 눈동자보다는 훨씬 밝고 맑았다. 칠면조 봉지에서 물방울이 도로에 뚝뚝 떨어졌다. 리카는 뒤에 오는 유우를 재촉해 지하철 승강장으로 향했다.

앉을 자리를 찾아, 손수건을 깐 무릎에 차갑고 무거운 칠면조를 올렸다. 집 근처 역에 도착할 때까지, 근무 시간에 레이코에게서 온 연락 내용을 머릿속으로 되뇌었다.

치즈 씨한테 확인했어. 네 말이 맞더라. 처음에는 아니라고 했는데, 동요하는 바람에 바로 알았어. 네 말대로 2013년 11월에 치즈 씨랑 다른 사람들 모두 가지이의 초대장을 받았대. 때마침 체포 보도가 나온 무렵이어서 다들 얼른 찢어버린 것 같지만. 친했다고 생각할까봐 경찰한테도 말하지 않은 것 같아.

갓 이사온 새집으로 가는 길은 아무래도 여행하는 기분이 든다. 얼어붙은 무릎을 미지근한 바깥 공기가 어루만져 기분좋았다. 역에서 15분 이상 걸어야 해서 도자이선역을 나와 택시를 잡았다.

맨션 앞 공원에서는 매미가 한낮처럼 울었고, 별다른 용건도 없어 보이는 대학생으로 보이는 남녀 다섯 명이 수돗가에서 수다를 떨고 있었다. 오토록을 열고 외부 계단을 올라가 집으로 들어갔다.

불을 켜자, 유우가 "실례합니다아" 하고 말하며 신기하다는 듯이 실내를 두리번거렸다. 아직 가구는 침대밖에 없고 커튼도 달지 않았다. 다섯 평 크기의 방은 약간 푸른빛이 도는 새 벽지가 낯설었다. 창문을 열고 방충망을 당겼다. 포근한 바람이 불어왔다.

우선 알루미늄 통에 포장된 칠면조를 철판에 올려서, 오븐 문을 열고 넣어보았다. 여닫을 때 녹슨 기구 소리가 나고, 탄 사과 냄새가 약간 났다. 전원을 켜지 않은 오븐 안은 새까매서 아무것도 보이지 않았다. 어쨌든 칠면조가 오븐에 잘 들어가는 것을 확인하니 불안이 거의 가셨다.

리카는 새 냉장고를 열었다. 이날을 위해 칸막이를 떼어냈다.

식료품이 거의 없어서 하얀빛으로 가득한 넓은 공간에 칠면조는 간단히 들어갔다. 등 뒤에서 지켜보는 유우의 생기 넘치는 이마가 번쩍거리는 냉장고의 스테인리스 손잡이에 비쳤다.

"어머, 혹시, 칠면조 넣으려고 일부러 냉장고를 샀어요?"

"응, 원래 쓰던 건 비즈니스호텔에나 있는 작은 거였거든."

"밖에 놔두면 사흘 안에 다 녹지 않을까요?"

"아아, 그렇게 하면 고기 겉 부위가 상한대."

현관에서 유우를 배웅했다. 신발을 신는 유우의 등에 대고 말했다.

"아, 맞다. 너라면 그러지 않겠지만, 우선은 그만두지 않는 걸 목표로 삼고, 너무 무리해서 일하지 마. 업무 외 시간에 도움을 청해놓고 이런 말 하긴 그렇지만."

유우는 허리를 펴고 이쪽을 향하더니 문을 밀며 말했다.

"저는 마치다 선배가 정말 대단하다고 생각해요. 말만 하지 않을 뿐이지, 회사에도 선배 편이 아주 많아요. 그러니까 절대로 그만두시면 안 돼요. 그런 일쯤 아무것도 아니니까요."

고마워, 리카는 속삭였다.

다음날, 잠에서 깨 침대 옆의 스마트폰을 보니 시노이 씨에게서 문자가 와 있었다.

확실히 자네가 지적한 대로였어. 체포된 후에 가지이 마나코의 자택 냉장고에서 5킬로그램 전후의 썩은 칠면조가 발견됐다네. 이렇게 오래된 옛날 일을 어떻게 안 거야?

리카는 별로 놀라지 않았다. 가지이가 셋, 아니, 다섯 명의 남자를 죽이면서까지 꼭 만들고 싶었던 요리. 냉장고 안에서 아무도 모르게 썩어간 칠면조.

그날은 일하는 중에도 머리 한구석에 계속 어제 산 칠면조가 자리를 잡고 있었다. 무슨 일을 하더라도 의식이 주방에서 떠나지 않았다. 가지이도 그랬을 것이다.

요코타의 집에 살면서도 가지이는 꼭 자신의 집으로 돌아갈 생각이었다. 냉장고 안에서 해동되고 있을 칠면조가 계속 마음에 걸렸을 것이다. 요코타와 함께하는 인생 따위 사실은 손톱만큼도 생각하지 않았을 터다. 자기 집을 꾸며 살롱 드 미유코의 친구들과 크리스마스 파티를 해야지. 뽐내기 좋아하고 완벽주의자인 가지이여서 리카처럼 곧바로 실전이 아니라 미리 여러 차례 만드는 연습을 해볼 생각이었을 것이다. 기왕 초대를 했으니 맛있는 것에 사족을 못 쓰는 치즈 씨를 비롯한 회원들을 감탄시켜야 했다.

그날 밤은 집에 오자마자 냉장고 앞으로 날아갔다. 하루가 지났는데 칠면조는 여전히 바위처럼 딱딱했고, 표면은 반쯤 얼어서 서걱서걱했다.

둘째 날 밤에 손가락으로 살며시 눌러보니 내부에는 아직 얼음 덩어리가 남았지만, 표면은 대부분 생고기처럼 부드러워졌다.

그제야 망에서 빼내 포장지를 벗겼다. 드디어 분홍빛이 도는 희멀건 고깃덩어리가 드러났다. 하얗고 봉긋한 가슴 부위가 풍만한 곡선을 그렸다. 가지런하게 꺾인 포동포동한 다리가 안쓰러웠다. 구운 정도를 알려준다는 빨간 핀이 꽂혀 있었다. 인간의 신체 일부를 구겨놓은 것처럼 생생하여, 당장에라도 꿈틀거리며 말을 걸 듯하여 리카는 벌써 좌절할 것 같았다.

칠면조 전체에 소금을 고루 발랐다. 껍질이 오돌토돌해서 등줄기에 소름이 돋았다. 이 안에 손을 집어넣어 손질된 목과 간을 꺼내야 한다고 생각하니 어떻게든 나중으로 미루고 싶었다. 주방 가위로 단단한 플라스틱 끈을 싹둑 잘랐다. 껍질을 들어올리니 시커먼 공간으로 이어지는 개구부가 나타났다.

마치 가지이의 눈동자처럼 끝 모를 암흑이어서 리카는 손을 넣기가 영 꺼려졌다. 뒤로 물러나서 칠면조의 전체 모습을 바라보며 공포를 진정시켰다. 아무리 생각해도 이렇게 작은 몸 내부로 들어가는 입구 같지 않았다. 다른 세계로 통한다고 해도 믿겠다.

앞으로 열 몇 시간 후면 지인들이 온다. 혼자 해야 할 일을 세어보다가 눈앞이 캄캄해졌다. 자기가 말을 꺼내긴 했지만, 새집의 네 모퉁이가 자신을 향해 밀어닥치는 압박감을 느꼈다.

눈을 감고 개구부에 오른손을 넣었다. 냉기를 가두고 빠끔 벌어진 습한 공간이 손등 위로 펼쳐졌다. 살 너머로 불거진 뼈가 손바닥에 닿았다. 두 번 다시 자신의 손가락과 재회하지 못할지도 모른다는 불안이 엄습했다. 이러고 있는 지금, 우주 어딘가에서 리카의 오른손이 헤매고 있고, 미지의 생물들이 그것을 신기해하며 처다보고 있는 기분이다. 드디어 길쭉하고 가느다란 소시지 같은 목 부위, 파라핀 소재의 봉지에 담긴 간과 심장 등을 찾아서 빼내고, 처음 보는 것인 양 자기 손을 찬찬히 들여다보았다.

밑간은 직접 해야 한다. 미리 인터넷을 돌아다니며 찾아둔 레시피를 짜깁기해서, 눈대중으로 브라이닝액을 만들기로 했다. 샐러리, 당근, 양파, 정향을 소금물에 푹 담그고, 와인이 없어서 이사 선물로 받은 청주를 콸콸 부었다. 그것을 비닐봉지에 칠면조와 같이 넣었다. 하얀 봉지를 들여다보니 형광등 빛을 받아 환했다. 봉지에 고인 흔들리는 물을 보니, 작은 실내 수영장을 손에 들고 있는 기분이었다. 봉지 주둥이를 꽉 묶었다. 비닐봉지 한 장을 더 씌워 단단히 봉하고, 몇 겹으로 고무줄을 둘러 냉장고에 넣었다.

쉴 틈도 없이 칠면조 목을 부케 가르니와 함께 냄비에 끓였다. 버터에 볶은 밀가루를 넣어 걸쭉하게 만들었다. 그레이비소스는 아직 완성 단계가 아니다. 내일, 칠면조를 구우면서 나온 육즙을 듬뿍 추가해야 한다. 할 수 있는 만큼 해놓은 뒤, 리카는 샤워도 못 하고 거실 구석에 있는 간이침대에 쓰러져 그대로 잠들었다.

한낮이 지날 때까지 푹 잔 덕분에 평소보다 훨씬 상쾌했다. 몸을 일으킨 순간부터 엄숙한 기분이었다. 드디어 실전이다……. 침대를 접고 주방으로 가니, 냉장고 주변에 물이 흥건했다. 냉장고를 열자, 그렇게 열심히 묶었는데 브라이닝액이 흘러넘쳤다. 리카는 공황에 빠지지 않도록 크게 숨을 들이마시고, 키친타월을 잔뜩 뽑아서 엎드렸다. 바닥을 닦고 손을 잘 씻은 다음, 드디어 칠면조를 비닐봉지에서 꺼냈다. 완전히 부드러운 고깃덩어리가 된 칠면조는 들어올리자 흐물흐물 형태가 바뀌어, 금방이라도 손에서 쭈룩 미끄러질 것 같았다. 물기를 닦고 소금과 레몬즙을 골고루 바른 뒤, 알루미늄 통에 담았다.

드디어 찹쌀과 쌀로 스터핑이라는 속을 만들 차례였다.

어젯밤에 칠면조에서 꺼낸 심장, 모래주머니, 간을 씻어서 잘게 썰었다. 다진 소고기, 다진 양파, 다진 내장, 쌀, 잣, 말린 월계수잎, 허브를 넣고 열심히 볶았다. 레시피에는 그대로 물을 부어 냄비로 밥을 지으면 된다는데, 처음이라 불안해서 밥솥에 넣고 빠른 취사를 설정했다. 레이코가 알려준 실패하지 않고 파에야 만드는 법을 응용했다.

밥솥 통기구로 새어나오는 구수한 밥 냄새를 맡으니 긴장감이 높아졌다. 요리 블로그와 인터넷 정보에 따르면, 요즘은 칠면조에 넣는 스터핑• 때문에 식중독에 걸릴 위험이 있다고 한다. 생고기에 재료가 닿기 때문이다. 불에 제대로 익혀야 하는데, 너무 익히는 데만 신경쓰다 보면 퍽퍽해질 수도 있다고 한다. 굽기 직전에 속을 넣을 것, 여유 있게 넣을 것, 구우면서 버터를 바를 것, 이 세 가지만 지키면 된다지만, 어쨌든 손님이 아홉 명이나 된다. 한여름이고 어린아이도 있다. 무슨 일이 생기면 이쪽 책임이다.

• 칠면조나 닭 요리 등에 속을 채워 넣는 것.

오븐을 예열하고, 버터 한 통을 냉장고에서 꺼내 실온에 녹였다.

전기밥솥에서 멜로디가 울려 요리가 완성되었음을 알렸다. 리카는 내장 지방으로 쌀 한 톨 한 톨이 반짝거리는 갈색 필래프를 접시에 펼쳤다. 책임이 중대하다 생각하니 명치가 살살 아플 정도였다. 아, 그런가. 요리를 맡은 사람은 여차하면 간단히 사람을 죽일 수 있겠구나. 리카는 에어컨 온도를 낮췄다.

목뼈를 제거한 공간으로 식힌 필라프를 넣어서 칠면조 안을 채웠다. 느슨하게, 느슨하게, 측면에 닿지 않도록…… 필사적으로 되뇌면서. 만약을 위해 한 공기 정도만 남기고 스터핑을 다 채웠다. 연줄을 꺼내 다리를 묶었다. 껍질로 덮은 개구부를 이쑤시개 네 개로 봉했다.

맨손으로 부드러워진 버터를 칠면조에 발랐다. 손가락 열로 하얀 버터를 생살에 고루 바르다보니, 언젠가 알몸인 마코토의 등을 마사지해줄 때 감촉이 떠올랐다. 버터는 아주 부드럽게, 또 재미있을 만큼 잘 침투했다. 군데군데 쌀알 같은 돌기가 있는, 미끌미끌한 칠면조를 양손으로 안아 알루미늄 케이스에 넣어서 용기에 올리고 오븐을 열었다.

파란 불빛으로 밝아진 내부 공간은 서커스의 불고리 같았다. 빠져나가면 수많은 관중이 손뼉을 치며 맞아줄 것만 같았다. 뺨이 뜨거웠다. 리카는 드디어 칠면조를 오븐에 넣었다. 문을 닫자, 크게 안도의 한숨이 나왔다.

지금부터 약 세 시간이다. 손을 씻으면서 숨을 크게 토했다. 이따금 오븐을 열어 녹인 버터를 발라주며 저 거대한 고깃덩어리 구석구석까지 잘 익도록 해야 한다. 덜 익으면 누군가 아플지도 모른다. 그렇다고 고기가 퍽퍽해서 맛이 없으면 미안하다. 그러니 녹인 버터를 구석구석 정성들여 발라주어야 한다.

한 공기 정도 남은 스터핑을 선 채로 숟가락으로 퍼서 입에 넣었다. 끈적끈적한 간맛이 고루 잘 밴 찰진 밥은 이대로도 황홀할 만큼 맛있었다. 작은 냄비에 버터를 녹이고, 설거지를 하고, 냉장고 주변을 알코올로 청소했다.

스마트폰 타이머가 한 시간이 지났다고 알려주었다. 양손에 장갑을 끼고 조심스럽게 오븐을 열었다. 전체는 피부색으로 물들고, 육질은 탱탱하게 부풀어 올랐지만, 아직 노릇하게 구워지지는 않았다. 그래도 육즙을 잔뜩 뒤집어쓰고 지글지글 소리를 내는 한 마리의 칠면조는 불안 요소만 가득했던 생고기 상태에서 벗어났다.

리카의 마음이 더없이 차분해졌다. 케이크용 솔로 금색으로 녹은 버터를 천천히 발랐다. 뜨거운 고기는 버터를 탐욕스럽게 빨아들였다. 무시무시한 속도로 버터가 사라졌다. 오븐에 다시 고기를 넣고 얼마 지나지 않아, 오늘의 첫 인터폰이 울렸다. 오토록을 해제하고, 손을 씻었다.

"어서 오세요."

리카가 문을 활짝 열었다. 레이코와 료스케 씨, 그리고 밑에서 만났다는 엄마와 기타무라였다. 억지가 아닌 자연스러운 미소가 절로 나왔다.

"와, 집이 넓네."

"새집 장만 축하해!"

"식탁도 없어요? 잘도 이런 상태로 사람을 모을 생각을 했네요!"

엄마 앞인데도 기타무라가 거침없이 말했다. 각자 지참한 방석과 쿠션을 바닥에 깔자, 기타무라가 아웃도어용이라는 북유럽 브랜드의 러그를 펼쳤다. 그것만으로 거실 전체가 편안한 거대 소파로 변신한 느낌이 들었다. 한복판에 예전부터 썼던 접이식 낮은 식탁을 놓으니 바로 식사가 가능하게 되었다.

"마치 유목민이 된 것 같구나."

엄마가 웃으며 다리를 옆으로 구부리고 앉았다. 처음 만난 기타무라나 료스케 씨에게 엄마가 먼저 스스럼없이 말을 거는 모습이 듬직했다. 레이코는 매시드포테이토와 직접 만든 핫 비스킷을 종이 접시에 담았다. 이윽고 미즈시마 씨 부부와 다섯 살인 딸 미키가 도착했다.

"와, 맛있는 냄새!!"

집에 들어오자마자 미키가 소리쳤다. 창밖으로 여름 저녁놀이 펼쳐졌다. 미키의 말대로 집 안에는 버터 눋는 냄새와 치킨보다 훨씬 깊이가 있는 고기 굽는 냄새가 감돌았다.

각자 와인이나 주스 등 음료를 손에 들고, 가져온 음식과 치즈를 먹었다. 유우가 수박을 안고 나타났다. 리카가 오븐에만 붙어 있어도 자연스럽게 파티가 시작됐다. 레이코는 마치 의료 조수처럼 차가운 음료나 한입 크기 샌드위치를 리카에게 갖다주었다.

두번째로 오븐을 연 리카는 성공을 확신했다. 아무도 칠면조를 보지 못하도록 허리를 구부리고 녹인 버터를 솔로 발랐다.

마지막 손님인 시노이 씨가 도착한 것은 칠면조가 완성되기 15분 전이었다. 인터폰 너머로 그가 말했다.

"동행이 한 명 있는데 괜찮을까? 느닷없이 미안해. 얘기를 듣더니 꼭 가고 싶다고 해서."

"미안하긴요. 열 명분 레시피여서 오히려 잘됐어요."

문을 열었더니, 그의 뒤에서 나타난 사람은 티셔츠와 청바지를 깔끔하게 입은, 피부가 하얗고 팔다리가 길고 체격이 큰 여자아이였다.

"가미야마 사야입니다. 대학교 3학년이에요."

귀를 드러낸 짧은 단발머리 사이로 복잡한 디자인의 작은 귀고리가 보였다. 시노이 씨에게 듣던 소녀와 눈앞에 선 지극히 평범한 여대생의 모습이 도저히 일치되지 않아, 리카는 도움을 청하듯이 시노이 씨를 보았다. 그는 쑥스럽기도 하고 곤혹스럽기도 한 표정으로 버벅거렸다. 사야는 아버지 쪽을 전혀 보지 않고 예의 바르게 말했다.

"아버지한테 들었어요. 그냥 어려서부터 칠면조란 걸 한번 먹어보고 싶어서…… 가정과에서 영양학을 공부하고 있어서, 도와드릴 일이 있을지도 모르겠다 생각하기도 했고……"

그녀는 그 경험을 살려서 진로를 택한 것이다. 너무 빤히 보면 안 된다고 생각하면서도 자꾸만 건강 상태에 신경이 쏠렸다. 너무 마르지도 않고, 포동포동하지도 않은 표준 체격이었다. 크고 살짝 처진 눈이 어딘가 슬퍼 보였지만, 생김새가 단정했고 까만 눈썹은 의지가 강해 보였다. 시노이 씨와는 별로 닮지 않았으니, 엄마를 닮은 걸까.

예전에 얘기를 들었을 때에는 이미 부녀 관계가 회복 불능일 거라 생각했는데.

"잘 부탁합니다. 느닷없이 와서 죄송해요."

"마치다 리카예요. 아버님께 늘 신세를 많이 지고 있답니다. 요리, 잘하죠? 난 아직 초보니까 많이 가르쳐주세요."

자기소개를 하는 사람들 옆에서 시노이 씨와 료스케 씨가 명함을 교환하고 꾸벅 인사를 나누고 있었다.

"처음 뵙겠습니다. 아내가 여러모로 폐를 끼친 것 같아 정말 송구합니다."

옆에서 대화를 듣다가 리카는 놀랐다. 레이코는 가출중에 어디에 머물렀는지 전부 솔직히 말한 모양이다. 이 부부가 짧은 기간 동안 어떤 시간을 보냈는지, 리카는 상상도 가지 않았다.

"아이고, 아닙니다. 레이코 씨가 빈집에서 지내면서 여기저기 손봐주어서 제가 오히려 감사를 드려야 합니다. 덕분에 비싸게 팔릴 것 같아요."

시노이 씨와 마주한 부부를 바라보다가 리카는 그제야 이해했다.

아아, 그랬구나……. 어느 순간부터 전부 극복한 듯했던 레이코. 잘 웃고 잘 먹었다. 그녀의 영향을 받았는지 료스케 씨도 호탕함을 되찾았다. 시노이 씨의 존재가 큰 영향을 끼친 것이 명백했다. 시노이 씨 역시 이렇게 딸과 만나게 됐다. 이런 생각은 속된 억측일까. 만일 사실이라 해도 이 세상의 누가 그녀를 심판할 수 있을까.

스마트폰으로 설정한 타이머가 울렸다. 리카는 마침 잘됐다 하며 주방으로 달려갔다. 심호흡을 하고 주방 장갑을 낀 양손으로 오븐을 힘주어 열었다. 군데군데 진갈색으로 구워진 자국이 나 있고, 육즙이 지글지글 배어나는 먹음직스러운 황금색 칠면조는 단연코 지금까지 본 것 중에서 가장 선명하게, 오랫동안 마음속으로 그려온 것이 구현된, 모든 성공의 상징 같은 광경이었다. 앞으로 좌절할 것 같을 때마다 몇 번이고 떠올릴 것이다. 빨간 핀이 완전히 솟아올랐다. 오븐의 열기로 눈이 아팠다.

리카는 배에 힘을 주어 소리쳤다.

"칠면조가 다 구워졌어요! 레이코, 그레이비소스에 육즙을 넣게 도와줘!"

리카는 갓난아기 무게쯤 되는 무거운 알루미늄 접시를 안아 들고 사람들에게 가져갔다. 누가 들어도 인사치레가 아닌 커다란 환성이 터졌다. 모두 눈이 반짝거렸다. 스마트폰으로 사진 찍는 사람도 있었다.

"대단하다!! 어머, 이거 어떻게 뜯어 나누지?"

"그러게, 그 생각을 안 해봤네."

레이코의 질문에 양손을 움직이지 못하는 리카는 고개를 저어 보이고, 한복판의 접이식 테이블에 칠면조를 내려놓았다. 무거워서 팔꿈치 아래가 떨렸다.

"마사 스튜어트*가 추수감사절에 칠면조를 분리하는 동영상을 찾았어요. 이거대로 하면 될 것 같네요."

사야가 유우에게 스마트폰을 보여주었다. 나이가 비슷한 덕분인지 둘은 금세 즐겁게 얘기를 나누었다. 그다지 말이 많아 보이진 않지만, 음식에 관해서라면 적극성을 띠는 성향 같다. 취재하면서 리카가 만나온 여성들이 생각났다.

사야는 화면을 보면서 척척 손을 움직였다. 육즙투성이가 된 연줄을 빙글빙글 풀었다. 우선 다리를 떼어내고, 가슴 윗부분을 잘랐다. 칼 쓰는 손길이 야무졌다. 바삭바삭한 갈색 껍질 너머로 속살이 드러나며 김이 올랐다. 고기가 생각보다 꽉 차 있어서 놀랐다. 엄마가 휴우, 한숨을 내쉬었다. 마치 부드러운 복숭아색 햄처럼 보이는 단면이었다. 종이 접시에 다양한 부위의 살코기가 쌓이고, 적갈색 뼈가 발라졌다. 마침내 리카도 파악할 정도로 칠면조의 골격이 드러났다. 이렇게 보니 처음에 손을 넣었을 때는 무한해 보였던 공간이 아주 작았고, 스터핑으로 채워진 용량은 전체의 5분의 1이 안 되었다.

• 미국의 여성 기업인. 라이프스타일에 관한 책을 출간하기도 했다.

방 안에 걸쭉한 버터의 달콤하고 고소한 향기가 감돌았다.

"마사 스튜어트는 주식 내부 거래로 교도소에 있을 때도 잼을 만들면서 수형 생활을 한껏 즐겼다고 하더군요."

기타무라의 말에 미즈시마 씨가 기다렸다는 듯이 끼어들었다.

"와, 미국의 가지이 마나코잖아!"

이제 아무도 리카를 신경쓰지 않고 평소처럼 스스럼없이 웃었다. 사야도 희미하게 미소 지었다. 그러자 턱이 동그래지고 뺨이 올라가며 귀여운 인상이 됐다. 성인 여럿이 진지한 표정으로 동영상을 들여다보며 이런저런 얘기를 나누면서 고기를 분리했다. 후하게 대접하려고 지나치게 애쓰는 점이 일본인의 나쁜 습관이에요, 처음부터 끝까지 혼자 완벽하게 하려고 하니까 일본에서는 지인을 편하게 불러서 분위기를 즐기는 습관이 정착하지 못하는 거예요……. 요리교실에서 마담이 한 말을 문득 떠올리며, 리카는 앞으로 생활이 왠지 즐거워질 것 같다는 예감이 들었다. 이사와 장시간 요리로 긴장한 몸에서 힘이 빠졌다.

고기를 나눠 담은 종이 접시, 새 와인과 주스를 따른 종이컵을 돌렸다. 기타무라가 일어났다.

"자, 주인공에게 건배사를 부탁하죠!"

리카에게 시선이 모였다. 와인이 담긴 종이컵을 손에 들고, 리카는 최근 며칠간 일어난 일과 결정한 사항을 머릿속에서 정리하며 입을 열었다.

"실은 다음달부터 회사 여성지에 연재를 맡게 됐어요. 일련의 소동을 겪으며 저 나름대로 쓴 글과 가지이 마나코 때문에 일상이 엉망이 된 여성들의 인터뷰예요. 피해자 유족 한 명, 가지이 마나코의 여동생과 어머니, 그리고 가지이가 다닌 요리교실의 마담, 학생 중 몇 명이 얘기를 하겠다고 해주었어요. 편집장을 집요하게 물고 늘어져서 《주간 슈메이》 지면 이외라는 조건으로 따낸 일이에요. 저는 회사를 그만두지 않을 거예요. 좋든 나쁘든 유명해졌으니까, 그걸 이용해서 뻔뻔하게 나갈 생각이에요. 지금 편집부에서는 사무 일이 많아서 한동안 외근은 못 할 것 같고, 지금까지 일한 방식을 바꿔야 할지도 모르지만, 다양한 방법을 모색하면서 일을 계속하고 싶어요. 주택대출금을 갚아야 하니 뒤로 물러날 수도 없답니다. 교통은 나쁘지만 보시는 것처럼 방은 많으니까요, 여러분, 시노이 씨 집을 이용했던 것처럼 무슨 일이 있을 때 하숙집이라 생각하고 편안히 이용해주세요. 가구는 없지만 손님용 침구는 세 채나 마련했답니다. 응원해준 여러분께 먼저 감사하다고 말씀드리고 싶었어요."

순간 자리가 고요해졌다. 침묵을 깨뜨린 것은 늘 그렇듯이 친구였다.

"나도 그 취재에 꼭 등장하고 싶어."

레이코가 진심 어린 표정으로 말했다.

"이름이랑 신원은 드러나지 않게 써줄 거지?"

"응, 물론이지. 검토해볼게."

건배, 종이컵을 부딪치고 다들 더는 못 참겠다는 듯이 허둥지둥 고기를 입에 넣었다.

"칠면조는 처음 먹어보는데 이거 뭡니까. 진짜 맛있네요!!"

기타무라가 평소와는 다른 사람이 되어 흥분해서 소리쳤다. 모두 입을 모아 감탄했다.

"닭하고도 오리하고도 다른 느낌. 향이 풍부하고 부드러워. 감칠맛이 나고."

"껍질은 베이징덕처럼 바삭바삭하고 살은 촉촉해."

"이런 거 처음 먹어봐. 안에 채운 거, 장난 아닌데? 이거 다 처음부터 만든 거야? 레시피 알고 싶어! 나중에 가르쳐줘."

리카는 제일 마지막으로 포크를 들어 썰어놓은 고기를 씹었다. 연한 분홍색 고기는 속까지 잘 익어서 일단 안심했다. 버터를 잔뜩 녹여서 흡수시킨 덕인지 질기지 않고 부드럽게 씹혔다. 낙엽을 밟으면서 걸을 때 느끼는, 독특하고 진한 향과 맑은 육즙이 입안에 가득해졌다. 칠면조 육즙과 버터를 흡수해 묵직해진 찹쌀과 다진 고기, 잣이 듬뿍 든 속은 혀에 달라붙을 듯이 쫀득해서, 속을 채우기 전과는 완전히 딴 음식 같은, 계속 먹고 싶은 풍성함을 응축한 맛을 냈다.

"근사한 요리를 먹는 기분이야."

미키가 그레이비소스를 덕지덕지 묻힌 얼굴로 환하게 웃으며 말했다.

"미안하구나! 평소에는 대충 만든 요리만 먹는다고 폭로하지 않아도 돼."

미즈시마 씨가 냅킨으로 딸의 얼굴을 우악스럽게 닦아주며 소리쳐서 웃음이 터졌다.

"근사한 요리는 가끔 해 먹는 거죠."

리카가 말했다.

레이코가 완성한 그레이비소스가 손에서 손으로 건네졌다. 육즙을 잔뜩 넣은 소스는 걸쭉하니 진했다. 모든 부위의 감칠맛을 추출한 것 같았다. 레이코의 핫 비스킷을 적시자, 포슬포슬한 과자와 소스가 환상적이었다. 두 가지 다 순식간에 없어졌다. 리카는 옆으로 온 레이코에게 작은 소리로 말했다.

"레시피란 것 신기하다. 난 이 레시피를 살롱 드 미유코의 마담한테 받았거든. 마담은 미국에 사는 여대 시절 동창생한테 받았대……. 생각해보면 가지이 마나코와 대화를 시작한 것도 레시피 때문이었고, 가지이가 가르쳐준 레시피도 거의 다른 사람 것이었지만. 레시피를 나눈다는 게 참 신기해."

레이코가 갑자기 목소리를 낮추고 이렇게 물었다.

"그런데 가지이 마나코는 이 레시피를 어떻게 입수했을까?"

"난 마담이 가르쳐준 게 아닐까 싶어."

"응? 그렇게 소란을 부리고 교실에서 뛰쳐나갔는데?"

"그렇지만 요리교실을 확실히 그만두려면 연락을 해야 하잖아. 나도 상당히 멋쩍었지만, 회원 등록 취소하려고 마담한테 메일을 보냈어."

마담은 어째서 자신에게 흔쾌히 레시피를 주었을까. 이유를 생각하니 그녀의 마음을 조금은 알 것 같았다.

요리를 반복해서 만들다보면 자연히 레시피가 몸에 익어 피와 살이 된다. 마담 같은 프로라면 더욱 그렇다. 그러니 거기에 있던 레시피 노트는 이제 그녀를 위한 것이 아니었다. 요리를 배우러 오는 사람에게 보여주기 위해서 존재하는 공적인 것이었다. 입소문으로 알려지는 곳이라고는 해도 문을 활짝 연 이상, 가지이나 자신 같은 이물질도 여러 번 섞였을 것이다. 마담은 자기를 따르는 애제자뿐만 아니라 두 번 다시 만나지 않을, 만나고 싶지도 않은 사람에게 레시피를 주는 것도 전혀 꺼리지 않았다. 아마도 자신이 전파한 레시피가 세상에 전해지고 퍼질 때 어떤 쾌감을 느끼기 때문이 아닐까? 자기과시욕이 아닌, 좀더 개인적인 쾌락, 개방감과도 같은 것.

가지이도 그런 쾌감을 알고 있었기에 리카에게 수많은 레시피를, 미식 기법을 전수해주었다.

살롱 드 미유코의 학생들, 그리고 레이코가 요리교실에서 배운 요리를 만들지 않는 이유는 게을러서도, 흥미가 없어서도 아니다. 레시피를 손에 넣었다, 한 가지 요리의 전체 매뉴얼을 자기 것으로 삼았다는 안도감 때문이다. 어쩌면 레시피를 손에 넣은 시점에서 가지이의 목적 또한 이루어졌는지도 모른다.

어느새 뜯어놓은 고기가 바닥을 보였다. 알루미늄 접시에 쌓인 다양한 형태의 살짝 보랏빛이 도는 뼈를 바라보며 지난 나흘간을 돌이켜보았다. 문득 의문이 생겼다.

호랑이의 뼈는 어디로 갔을까?

『꼬마 삼보 이야기』의 호랑이들은 나무 주위를 계속 돌다 버터가 됐다. 그런데 나무 주변에 뼈는 없었을 터다. 뼈까지 버터 속에 녹아들었을까? 아니, 그렇지 않다. 뼈가 발견되지 않았다면 그 생물이 정말로 죽었는지 어쨌는지 모른다. 어쩌면 예상외로 호랑이들은 지금도 정글에서 건강하게 살고 있지 않을까?

가지이의 피해자들 역시 정말로 마음을 빼앗겼는지 어쨌는지는 아무도 모른다. 그녀에게 빠져 있다고 스스로 세뇌한 것은 아닐까? 만사 귀찮아서 먹는 것도 사는 것도 내팽개치고는, 가지이라는 격렬한 회전에 몸을 맡기고 일상을 방치한 데 불과하지 않을까? 가지이가 누군가에게 열렬한 사랑을 받았다는 눈에 보이는 증거, 이를테면 지금 리카의 눈앞에 보이는 사야를 바라보는 시노이 씨의 눈빛이나 료스케 씨에게 고기를 나눠주는 레이코의 행동 같은, 확고한 애정의 증거를 아직 한번도 목격하지 못했다. 전부 가지이 마나코의 말뿐이다.

어느새 모두 러그에 팔다리를 내던지고 배를 아무렇지 않게 내밀고 있었다. 엄마가 오랜만에 취했는지 벌게진 얼굴로 말했다.

"아아, 정말 만족했어. 게다가 속이 더부룩하지 않으니까 좋구나. 얼마나 맛있었는지 몰라."

"추수감사절 다음날 음식이 주요리인 곳도 있대. 남은 칠면조 고기에 매시드포테이토를 올려서 치즈를 뿌려 굽거나 칠면조 샌드위치를 만들어 먹나봐. 할리우드 영화나 번역 소설에서도 나오잖아."

레이코가 꿈에 취한 듯이 중얼거렸다. 리카는 그 요리의 냄새와 형태를 가만히 상상했다. 동경도 되고 언젠가 꼭 먹어보고 싶기도 하다. 그러나 딱히 와닿지는 않았다. 자신이 먹고 싶은 것은 전혀 다른 것이 아닐까? 위脾에 가만히 손을 올려보았다. 잠시 자신의 욕구와 몸 상태와 냉정하게 마주했다.

"오늘은 묵직한 걸 먹었으니까, 산뜻한 일식이나 맛간장으로 맛을 내고 싶은걸."

"칠면조를 일식으로 조리한다고? 그런 게 가능해?"

레이코가 믿을 수 없다는 듯이 목소리를 높였다.

"가능해. 내가 하기로 마음먹으면."

자연스럽게 말이 나왔다. 말하고 나서 너무 자신감 넘치는 목소리에 다들 놀란 얼굴을 보고 부끄러워졌다. 큰소리로 선언해버렸다.

"아, 내일 남은 칠면조로 만든 메뉴를 드시고 싶은 분은 오늘 주무시고 가세요. 정통 요리가 아니라, 제멋대로 한 일식이 되겠지만요."

엄마가 들뜬 모습으로 "그럼 자고 갈래!" 하고 선언했다. 할아버지를 보살펴야 해서 엄마에게 외박은 좀처럼 없는 일이다. 시노이씨 역시 살짝 술이 올랐는지, 드물게 실실거리는 말투로 말했다.

"나도 먹고 싶은걸. 여성분들만 있으니 사양해야겠지만."

"아빠, 눈치가 없어. 하여간······."

사야가 기가 막히다는 듯이 끼어들어서 자리가 순식간에 썰렁해졌다. 불쌍할 정도로 풀이 죽은 시노이 씨 쪽을 보지 않고, 사야는 아무렇지 않게 말했다.

"저도 자고 갈게요. 학교가 여기서 더 가까워요. 내일 동아리 일도 있고."

"어, 하지만."

"방이 세 개잖아요. 제가 아빠 옆방에서 잘게요. 그럼 문제없죠? 리카 씨, 죄송한데요, 편한 옷 좀 빌려주세요."

사야가 단호하게 말해서 모두 깜짝 놀랐다.

"정말 괜찮겠니? 무리하는 거 아니야?"

당황한 시노이 씨의 눈시울이 붉어졌지만, 사야는 무시하고 바지런히 종이 접시를 정리하기 시작했다. 만약 아버지가 살아서 지금 이 자리에 계신다면, 나도 어쩌면……. 이런 식으로 깔끔하게 제3의 길을 제시할 수 있었을지도 모른다. 누구도 무리하지 않고, 그렇다고 누구 하나 거절하지 않을 길을.

"별로 무리하는 거 아니야. 깊은 의미는 없고 그냥 칠면조 고기로 아침을 먹고 싶어."

엄마와 시노이 씨와 사야. 얼마 전까지만 해도 말도 안 되는 조합이라 했겠지만, 이 멤버가 한 지붕 아래에서 자는 것이 아주 당연하게 느껴졌다. 방이 넓어서일까, 칠면조를 나눠 먹었기 때문일까. 모두 스스럼없이 대화를 즐기는데, 시노이 씨만은 말없이 딸의 옆모습을 지긋이 지켜보고 있었다.

한 명, 또 한 명 손님이 돌아갔다. 마지막까지 남은 레이코와 료스케 씨가 어깨를 나란히 하고 어둠 속으로 사라지는 모습을 베란다에서 배웅하고 안으로 돌아오니, 엄마와 사야와 시노이 씨가 분담하여 뒷정리를 하고 있었다. 종이 접시와 종이컵을 버리기만 하면 되니, 시간이 걸리지 않았다. 칠면조 이외의 요리는 다 먹어치웠다. 차례대로 목욕하고 나니 벌써 새벽 1시가 지났다. 방 세 개에 각각 요를 깔고 실내복을 나눠주고 모두에게 잘 자라고 인사했다. 시노이 씨는 한때 마코토도 입었던 남녀 공용 실내복을 위아래로 입고, 쑥스러운지 목욕을 마치고 나온 얼굴을 붉혔다.

리카도 마침내 거실의 간이침대에 몸을 눕혔다.

오늘처럼 지인들과 함께 고독하지 않게 보내는 밤이 극히 드문 기적인 줄 안다. 다음에 이런 모임은 또 몇 년 뒤에나 열릴까. 알고 있기에 소중했다. 뒹굴거리며 읽고 있던 문고본을 휘릭 넘기고 있는데, 리카의 실내복을 입고 피부를 반짝이며 엄마가 서 있었다.

"어, 왜? 뭐 필요해?"

"아냐. 오늘은 오랜만에 참 즐거웠다. 네 주변에는 독특하고 재미있는 사람들이 많구나."

엄마는 아직 아무것도 없는 침실을 둘러보고 머뭇거리며 말했다.

"일이 힘든 것 같아서 걱정했는데 건강해 보여서 안심했어."

책에 가름끈을 끼우고, 리카는 몸을 일으켰다. 이렇게 마주 보고 있으니 둘이서 살기 시작한 40대 시절의 엄마와 변한 점이 없는 것 같았다. 만약 지금 자신에게 중학생 딸이 있다면, 도저히 엄마처럼 명랑하게 살 자신이 없다.

"나, 내 일에만 매달리느라 엄마를 하나도 도와주지 못했어. 늘 그게 미안해. 힘들면 언제든지 와. 같이 살 생각 하고 고른 집이니까."

"고맙구나. 그래도 아직은 버틸 수 있을 것 같아. 그래도 안 되겠다 싶으면 망설이지 않고 부탁할게. 그리고 말이지, 네가 하고 싶은 일을 미루고 참으면서 도와주는 것보다 지금처럼 좋아하는 일을 하면서 자기관리하는 게 효도야. 엄마도 몸 관리 잘해서 즐겁게 살아볼게. 그러려고 이혼했는걸. 괴로워지기 위해서가 아니라 즐거워지려고."

말을 마친 엄마는 쑥스러운지 허둥지둥 방에서 나갔다. 리카는 그제야 불을 껐다.

어둠을 응시하며 내일 만들 요리를 고민했다. 그러고 보니 이사 와서 먹으려고 사둔 건면이 개수대 아래에 있다.

"그래, 칠면조 세이로소바*를 만들자."

어둠 속에서 소리 내어 말했다. 섣달그믐, 아버지가 화를 내고 나갔던 그날 이후로 너무너무 싫어하게 된 음식이다. 그런데 리카는 갑자기 향그럽고 따뜻한 간장 육수에 차가운 메밀국수를 적셔서 먹는 그 맛이 더없이 그리워졌다. 칠면조가 버터를 잔뜩 흡수

---

* 메밀국수.

했지만, 원래 버터와 간장 맛은 궁합이 좋다. 일식으로 응용하는 데 조금도 무리가 없다.

뼈를 뭉근히 끓인 물을 가다랑어 육수와 섞은 다음, 간장과 미림으로 간을 조절한다. 메밀국수를 삶아서 찬물에 잘 씻어 퍼지지 않게 한다. 뜨거운 장국에는 조금 남은 칠면조 고기, 유자 껍질, 미나리가 있으면 좋겠지만 샐러드에 썼던 물냉이를 듬뿍 넣어야지. 마지막으로 와사비와 썰어놓은 파를 곁들이자.

가지이는 무엇을 위해서 칠면조를 구우려고 했을까. 아마 요리교실 학생들과 화해할 생각이었으리라. 다행히 가지이는 치즈 씨와 다른 사람들이 초대장을 찢어버렸다는 사실을 알기 전에 체포됐다. 혹시 지금도 학생들과 리카를 생각하고 있을지 모른다. 자신이 철저하게 상처 입히고, 내면으로 들어가 파멸시키는 데 성공한 여자 리카는 그녀 안에 어떤 위치로 존재할까?

애초에 나, 파멸하긴 했나? 아니, 결국은 그러지도 못했다는 것이 정답이다. 파멸조차 못하는 주제에⋯⋯. 그러고 보니 가지이가 예전에 분하다는 듯이 그렇게 소리쳤다. 파멸조차 못하는 어리광쟁이라고. 가지이뿐만 아니라 리카의 파멸을 두 손 모아 바라는 사람들도 불만과 실망으로 부들부들 떨고 있을 터다. 그러나 일일이 멈춰 서서 궤도 수정을 하며, 꾸준히 앞으로 나아가는 멋없는 삶을 가지이가 아무리 증오해도 바꿀 생각은 없었다. 부족한 것을 발견하면 그것을 자기 손으로 만들어낼 수 있게 된 지금, 내일도 모레도 최소한 지금보다는 나아지리라는 예감이 들뿐이다.

스스로 생각해도 참 뻔뻔하다. 기자 생명이 끝난 것이나 다름 없는데 기사 쓰기를 포기하지 않고, 회사에 끈질기게 버티고 앉아 억지를 부려 일을 따내고, 대출을 받아 집을 사고, 내일 먹을 것을 생각하고 있다. 세상 사람들 눈에는 가지이 마나코 수준으로 염치 없는 미치광이로 보일지도 모른다. 남 일처럼 생각하며 리카는 후 후후 웃었다.

그래도 칠면조 세이로소바는 리카가 자신의 욕구와 취향과 몸 상태와 마주하여, 태어나서 처음으로 직접 고안한 자신만을 위한 레시피였다.

앞으로 살아가면서 독창적인 레시피를 아주 많이 만들고 싶다. 그중에서 괜찮은 것은 다른 사람에게 전하고 싶다. 좋아하는 상대 든 거북한 상대든, 만난 적 없는 상대든 상관없다. 그 사람도 리카 의 레시피를 응용해서 자신만의 것으로 만들겠지. 자신이 느낀 마 음의 흐름이나 기쁨을 누군가가 경험해준다면, 그것만으로 리카 의 가슴은 뛸 것이다. 그렇게 해서 자신이 고안한 이름 없는 무언 가가 색과 형태를 바꾸면서 세상에 파문처럼 번지면 좋겠다. 수프 에 마지막으로 넣는 한 방울의 숨은 맛처럼. 그런 연쇄 작용을 마 음 한편으로 희미하게 느끼면서 살아가고 싶다고 생각했다.

지금 가지이를 만나고 싶다. 만나서 이렇게 말해주고 싶다. 이 세상은 살아갈, 아니, 탐욕스럽게 맛볼 가치가 있어요, 라고.

구석구석 세심하게 신경써서, 음식으로 탈난 사람도 없이 끝 까지 해냈다는, 지금까지 느낀 적 없는 성취감으로 몸이 기분좋게 가라앉았다. 이것으로 지난 나흘간의 수고를 보상받은 기분이었다. 리카는 자기 냄새가 밴 여름용 이불을 코 아래까지 끌어올렸다. 몇 개의 벽을 사이에 두고, 천천히 재생해가는 부녀의 기척을 느끼면서.

전부 다 먹어치워서 이제는 뼈만 남았다.

리카는 눈을 감고 냉장고 안의 그 멋진 적갈색 뼈, 그리고 내일 아침에 할 요리 순서를 떠올리면서, 오랜만에 속이 꽉 찬 잠에 빠져들었다.

옮긴이 권남희의 『버터』 후일담

_『혼자여서 좋은 직업』(권남희 지음, 마음산책, 2021) '에쉬레 버터' 중에서

야후 재팬에서 어떤 살인 사건의 범인에게 사형 선고가 내려졌다는 기사를 우연히 보았다. 야후 재팬 에 들어가도 범죄 뉴스는 보지 않았는데 그날따라 이상하게 시선이 가서 읽게 됐다. 2009년, '수도권 연속 의문사 사건'으로 매스컴에서 떠들썩했던 살인 사건이었다. 이른바 꽃뱀 살인사건이라고 불린 이 사건의 범인은 기지마 가나에라는 30대 여성으로, 정해진 주거가 없고 무직이었다. 그는 결혼을 미끼로 만난 남자들에게 10억 원 넘는 돈을 갈취하고, 그중 세 명은 자살처럼 위장하여 교묘히 살해했다. 화장기 없는 얼굴, 풀어진 파마머리, 평범한 옷차림, 100킬로그램 넘는 그의 사진이 신문마다 대문짝만하게 나오자, 일본 사람들은 크게 놀랐다. 일반적으로 생각하는 '꽃뱀'의 이미지는 아니었던 것이다. 피해 남성들은 이 사람이 사기를 친다는 의심을 조금도 하지 않았다고 한다. 목소리가 예쁘고 말씨에 기품이 있고 요리를 잘하는 게 큰 매력이었다고 살아 있는 피해자들은 입을 모았다.

기지마 가나에는 2017년에 사형 선고를 받고 현재 옥중 생활을 하고 있다. 놀라운 사실은 옥중에서 결혼을 세 번이나 했다는 것이다. 세 번째인 현재 남편은 〈슈칸신초週刊新潮〉의 편집자이다.

인터뷰를 하다 사랑에 빠졌다고 한다. 부부가 된다 해도 그저 칸막이 너머로 면회하고 편지 나누는 것밖에 가능하지 않다. 그럼에도 사형수와 결혼하는 것은 그만큼 사랑하기 때문일까. 본인들이 얘기하지 않는 한 남녀 관계는 추측이 무용하므로 넘어가자. 재미있는 사실은 그런 기지마 가나에를 모델로 한『버터』라는 소설이 나와서 당당히 아마존에서 1위를 차지했다는 것이다. 그리고 그 책을 내가 번역하게 되었다. 운명처럼.

살인 사건을 소재로 한 소설이 어째서『버터』일까 의아했다. 그러나 읽고 나니『버터』이외의 다른 제목은 상상할 수 없었다. 기지마 가나에가 미식가이고 요리를 좋아하고 상류사회를 동경하는 점에 포커스를 맞추어서 요리 소설인가 싶을 정도로 음식 이야기가 많이 나온다. 작가 유즈키 아사코는 소설『매일 아침 지하철에서 모르는 여자가 말을 건다』에서도 그렇지만, 음식으로 마음을 치유하는 글을 잘 쓴다. 주인공은 주간지 기자인 비혼 여성이다. 기지마 가나에를 모델로 한 가지이 마나코를 인터뷰하러 갔다가 그의 매력에 푹 빠진다. 가지이 마나코는 첫 면회에서 인터뷰를 조건으로 미션을 준다. 마루노우치의 에쉬레에서 에쉬레 버터를 산 다음, 갓 지은 밥에 냉장고에서 막 꺼낸 버터를 올리고 간장을 조금 넣어 먹어보라고. 마루노우치의 에쉬레는 에쉬레 버터를 비롯해서 에쉬레 버터로 만든 빵, 쿠키, 케이크 등을 파는 유명한 가게다.

나는 평소 빵을 즐겨 먹지도 않고 먹는 편도 아니고, 제대로 된 요리도 하지 않아서 버터를 사는 일이 별로 없다. 어쩌다 필요해서 사러 가도 진열 선반에서 제일 싼 것을 찾는다. 그마저 마가린으로 대체할 때도 있다. 그런데 『버터』를 번역하며 버터에 대한 나의 무지함을 깨달았다. 버터는 무조건 고급을 먹어야 한다는 주인공의 주장에 설득됐다. 그의 버터론에 묘하게 끌려서 한 번도 사보지 않은 고급 버터를 사고 싶어졌다. 산다 해도 그 버터는 냉동실에서 유통기한을 잊고 살아가게 될 테지만. 마스다 미리의 산문집에도 고급스러움의 상징처럼 마루노우치의 에쉬레 얘기가 나온다. 오호라, 에쉬레. 번역 끝나면 꼭 가봐야지, 생각했다.

500쪽 가까운 두꺼운 책의 번역을 마치자마자 마침 교환학생으로 가 있는 딸 정하도 만날 겸 도쿄로 날아갔다. 정하와 이렇게 오래 떨어져서 산 건 처음이다. 눈물의 모녀 상봉이었다(물론 나만 울었다). 정하는 못 본 사이에 많이 어른스러워졌다. 아르바이트를 하며 생활비도 자급자족하고 있고, 이미 맛집 리스트도 쫙 뽑아서 초밥집, 국숫집, 술집, 척척 알아서 데러가주었다. 이것도 현지인이라고 졸졸 따라다니기만 하니 어찌나 편하던지.

도쿄에 간 다음날, 드디어 정하와 마루노우치의 에쉬레에 갔다. 에쉬레는 도쿄 역에서 가깝지만, 우리는 긴자 역에서 내려서 이토야나 로프트에서 문구류 쇼핑도 하고 길거리 구경도 하며 에쉬레까지 걸어갔다. 에쉬레는 그 명성대로 버터도 맛있고, 그 버터를 넣어 만든 스위츠 종류도 맛있었다. 오픈 한두 시간 전에 가서 줄을 서지 않으면 진짜로 맛있는 것은 먹지 못한다. 그런 걸 모르고 오후에 슬슬 간 우리는 거의 비어 있는 진열장에 남은 휘낭시에와 마들렌 정도를 먹었지만, 그래도 엄청 맛있었다. 무엇보다 가게가 있는 브릭스퀘어 주변 풍경이 너무도 평화롭고 아름다웠다. 화사한 봄날에 긴자 역에서 브릭스퀘어 광장의 에쉬레까지 걸어가서 스위츠를 사 먹은 기억이 얼마나, 얼마나 좋았던지. 정하랑 "우리 살다가 언제 제일 행복했더라?" 하는 얘기를 나눌 때면 둘 다 가장 행복했던 기억으로 뽑는 것이 그날이다. 어느 날, 야후재팬에서 우연히 본 살인범의 기사가 모녀의 최고로 행복한 날로 이어지는 드라마가 되다니. 삶은 그래서 모든 순간이 복선일지도 모른다.

버터

초판 1쇄 발행 2021년 8월 25일
초판 8쇄 발행 2024년 9월 10일

지은이 유즈키 아사코 | 옮긴이 권남희
책임편집 고미영 | 편집 정선재 이은주 정유선 박기효 서은숙
디자인 위앤드(정승현) | 일러스트 엄주
마케팅 정민호 서지화 한민아 이민경 왕지경 정경주 김수인 김혜원 김하연 김예진
브랜딩 함유지 함근아 박민재 김희숙 이송이 박다솔 조다현 정승민 배진성
제작 강신은 김동욱 이순호 | 제작처 상지사

펴낸곳 (주)이봄 | 펴낸이 김소영
출판등록 2014년 7월 6일 제406-2014-000064호
주소 10881 경기도 파주시 회동길 210
전자우편 yibom@munhak.com
대표전화 031) 955-8888 | 팩스 031) 955-8855
문의전화 031) 955-3579(마케팅) 031) 955-2672(편집)

ISBN 979-11-90582-48-3 03830

www.munhak.com